鲁山泓源诗文系列选编

行 吟 集
（上）

鲁山 泓源 著

文匯出版社

目 录

上辑

域外漫笔

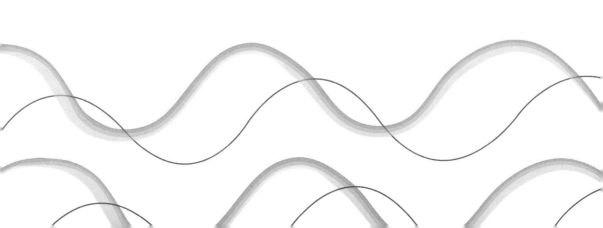

惊泪尼罗河

看过电影《尼罗河上的惨案》的人，都会被尼罗河的碧水清波和两岸的古建筑所陶醉。

美丽的尼罗河，发源于坦桑尼亚、肯尼亚和乌干达边界上的维多利亚湖，在埃及境内的浩瀚沙漠中坦荡地奔流了6 600多公里，到了尼罗河三角洲，给这里带来了一片肥沃的绿洲。古城埃及开罗，则是这片绿洲上的明珠。这里的尼罗河舒展如锦，平静清澈，波细浪缓，金光粼粼。两岸绿树成荫，花卉芳菲，掩映在开罗古城之中，真是美轮美奂，秀丽无比。白天，河上碧波荡漾，轻帆点点，游艇如织，往来于两岸，或顺水而下，或逆水而上，各自成趣。晚上，两岸灯火万点，互相辉映，倒影婆娑，融以月色，幽静玄妙，给人一种朦胧神秘的感觉。

埃及，创造了人类最辉煌的古文明。而尼罗河就是这灿烂古文明的摇篮。可以说，没有尼罗河，就没有古埃及的文明！没有尼罗河，也不会出现吉萨高地上的巨大金字塔群！

在开罗，除了参观金字塔、埃及国家博物馆外，畅游尼罗河便是游人必选的项目。我们从吉萨金字塔下返回开罗城里，便去尼罗河的游艇码头乘游艇畅游尼罗河。这里的游艇，有机动的，也有人工划动的。为了仔细欣赏这古城中的尼罗河，我们租了一只人工划动的小艇，宛如片叶之舟，可以坐四五个人。给我们划船兼导游的是一位年轻的阿拉伯妇女，名叫雅瑟娜。她头上包一条白纱巾，露出白皙的面孔和美丽的眼睛。她问我们，是逆水而上，还是顺流而下？我们告诉她：先沿着河东岸逆流而上，然后再顺着河西岸顺水而下。这样，我们可以尽情饱览尼罗河两岸的风光。

古城开罗是非洲的第一大城市，更是文明古国埃及的首都。城市分为新、老两个城区。新城规模较小，是阿拉伯和欧洲地中海建筑风格的混合体。埃及的总统府，世界组织的机构及各国大使馆都在新城区。新城区，给人的感觉，实际上并不新。尼罗河穿过的是开罗古城。这里河畔比较宽阔，离建筑物比较远。两岸多为平顶房，建筑大多是欧洲殖民地时留下的产物，比较破旧。但房顶上却电视天线如林，像沙漠中特有的那种无叶植物丛林一样，望去却也有趣。

雅瑟娜一边划船，一边给我们介绍沿岸的景点与开罗的轶事。我们沿途停停、看看，尼罗河的风光饱览无余。在交谈中，我们无意中问起雅瑟娜做这份工作有多长时间，以及工作感觉如何等。她并不介意地自我介绍了起来。

她说，原来她并不工作，有两个儿子、一个女儿，只在家照顾孩子。丈夫在部队里服役，是个军官，相当于中国的团长。靠丈夫的薪水，一家人的生活很好。

但是万万想不到，她的丈夫与自己部下的妻子通奸。奸情暴露后，有一天在他回家的路上，被一群人用石头、砖头活活打死，连尸体都不让收拾。按当地风俗，有妇之夫与别人的妻子通奸，双方都要被活活用乱石打死的！天降横祸！她的丈夫被打死后，家中生活完全没了依靠。要养活三个孩子，她必须出来打工挣钱，于是就找了这份工作，以维持全家的生计。不知怎么的，说着说着，雅瑟娜竟然哭了起来，情不自禁地用手去擦涌出的眼泪，而且泪水越来越多。

我一生中遇到过不少导游。但一个导游竟然在陌生的游客面前哭了起来，而且泪流不止，这倒还是第一次！而且恰恰是在这古老的尼罗河上。同伴和我都感到很吃惊，不好意思起来，连忙向她道歉！我们真后悔，不该问她这些事情！但现在后悔也来不及了。过了好一会，她最后擦干眼泪说："没什么，是我不好，失态啦！"说着又继续为我们把船划向对岸，沿岸顺流而下。

各家有各家的快乐，各家有各家的不幸！本来一个多么幸福的家庭，却因不该发生的事情发生而变得不幸！滚滚的尼罗河水，也同我们一起聆听了这位妇女的不幸！同时，也包容了这位不幸女人的辛酸眼泪！

下船离开雅瑟娜后，我们总感到像是对不起她似的，或觉得欠了她什么一样！在回酒店的路上，我像丢了魂似的，一直在想着这件事！雅瑟娜的丈夫是不好，对自己的妻子不忠，不知道珍惜自己幸福的一切。由于他的行为不端，葬送了一个原本幸福的家庭，给这个无辜的女性平添了巨大的艰难，给三个可爱的孩子降下了不幸！

当地有句谚语："尝过尼罗河水的朋友，一定会再来！"我想："尼罗河水，我还是不尝的好！因为融有太多辛酸眼泪的河水，肯定也是辛酸的！实际上，滔滔的尼罗河水，滋润了浩瀚无边的沙漠和肥沃的绿洲，哺乳了古埃及的灿烂文明。但同时，它也包容了太多的不幸人们的眼泪，甚至吞没了无数不幸人们的宝贵生命！我虽然几次到过尼罗河，但我从不去尝这滚滚的尼罗河水！因为，每当我掬起一捧尼罗河水时，我就情不自禁地想起雅瑟娜的影子和她泪水洒进尼罗河里的情景！

尼罗河，同世界上所有的大河一样，是一条孕育伟大古老文明的河，是一条融汇无数人辛酸血泪的河，是一条引无数英雄竞折腰的河，也是一条见证古老民族千秋凄凉和沧桑变化的河！

2006 年 10 月 26 日于美国加州拉荷亚

寻梦金字塔

金字塔,同埃及的古文明一样,对现代人来说,永远是一个谜境,一个梦幻。寻梦金字塔,一直是我多年的愿望。一个偶然的机会,当我踏上埃及国土时,我圆了这个梦。

一个晴朗的周末,埃及国家历史博物馆的朋友驱车带我们去吉萨高地游览金字塔。我们一行数人,个个都兴高采烈,恨不得马上到达金字塔下。跨过尼罗河大桥后,车子沿尼罗河西岸向吉萨高地驶去。没多久,便远远望见高大的金字塔群矗立在前方,在阳光下闪闪发光。

到了金字塔下,第一行动便是跑到那座最大的金字塔旁,伸出双手,去抚摸金字塔的巨石。三座高大的金字塔,排成一线,俨然像一排山耸立在我们的面前,周围还有几座小的金字塔,构成了一个金字塔群,巍然屹立在吉萨高地上。金字塔下,除了来自四面八方的游客外,还有几个拉骆驼的人,牵着几头备有花鞍子的阿拉伯骆驼,向我们走来,要我们骑上他们的骆驼拍照,每拍一次,要一美元至几美元不等,大方的旅客也会一出手就给10—20美元。同时,还有专门表演爬登金字塔的人,你只要随意给他几美元,他就可以表演爬登金字塔给你看,不用多少时间就可以爬到金字塔肩,然后再爬下来,并邀请游客一起爬。

我们先在金字塔下自行拍了几张照片,又付了几美元给拉骆驼的人,骑着骆驼拍了几张照片。然后,我就跟着表演爬金字塔的人往上爬大金字塔。这大金字塔是用每块4吨重的巨石垒成的。我试着好不容易往上爬了四层,就再也不敢往上爬啦。低头往下一看,天哪,已经爬了很高啦,不禁心慌腿抖,连忙往下爬,小心翼翼地费了好大工夫才下来。真不敢相信,表演的人会如此轻快地爬上爬下。

稍作休息后,在金字塔管理处工作人员的陪同下,埃及朋友带我们钻进了金字塔,顺着一条石砌的长廊往上爬,直钻到金字塔内的塔心——古埃及国王"法老"石棺的所在处。木乃伊早已不在,只剩下一个石棺空壳,破烂不堪。看过空棺后,我们就欣赏满布石壁的大型艺术浮雕和古老经文,真是琳琅满目,世之罕见。这里的每一幅浮雕都是价值连城的艺术珍品。难怪历代那些盗墓贼虎视眈眈,前来冒险。

每当我面对这些浮雕和抚摸着垒成金字塔的巨大石块时,我总是情不自禁地内心惊叹，远在四五千年前的古埃及，人们是用什么样的科学技术，创造出如此伟大辉煌的奇迹？！这对现代人来说，简直连做梦也不敢想。

埃及第四、第五和第六王朝的伟大文化成就，可以说是史无前例。金字塔内的雕画和经文，经历了420余年的时间（公元前2575年至公元前2152年）才完成。这就是公元前2500年间突然出现的埃及金字塔。金字塔是按照公元前10500年春分清晨的猎户星座图标设计而成的。在古埃及的传说中，殷浩泰普是第一位创造出金字塔型的建筑师，也是第一位将石块用于覆盖于建筑物之上的人，并于后来成为神明。

出了大金字塔，我们便去瞻仰金字塔地宫的守护神狮身人面像司芬克斯。司芬克斯身长180多尺，安祥、温顺，眼睛永远注视着东方，脸上显露出神秘的表情，像是怀有无限的心事似的，让人们永远捉摸不透。司芬克斯的鼻子受过伤，据说是当年拿破仑的军队侵占埃及时，看到司芬克斯蔑视他们，他们就向它开炮，伤到鼻子，并看到司芬克斯开始流泪，吓得拿破仑的军队不敢再开炮打，连忙撤走，以后就再也打不着它啦。但从那以后，司芬克斯就经常会流泪，有时会哭。司芬克斯的眼睛始终是睁着的，五千余年来永远注视着东方，向着太阳升起的地方。

面对着司芬克斯和高大的金字塔群，我深深地感到：金字塔里埋藏的不是什么"法老"的尸体，而是埃及人民的无限智慧结晶；金字塔也不是什么"法老"的陵墓，而是埃及人民的文明精神宝库。

寻梦金字塔是我一个永恒的梦。站在金字塔前，我久久不忍离去。古埃及的文明史，比尼罗河水还要长；古埃及人民的智慧结晶，比利比亚大沙漠的沙粒还要多。我在想：五千年前的金字塔对人们来说尚且是谜、是梦，那么金字塔以前乃至更遥远的历史呢，岂不更是谜中谜、梦中梦吗？这些谜要到哪里去求解呢？这些梦又要到哪里去寻觅呢？！

古埃及人最相信未来，认为人死后，才是生命的开始。所以，有的棺材上画着眼睛，从棺材里可以看着世界，看着未来；金字塔要造如此高大，可以望得远；金字塔地宫守护神司芬克斯的眼睛永远睁着，注视着东方，盼望着日出，盼望着新生，盼望着未来。

对今天的埃及人来说，过去是梦，未来不同样也是梦吗？！

2006年3月25日于美国加州拉荷亚

月海夜曲

拉塔基亚，同土耳其的伊斯肯德伦、黎巴嫩的黎波里、贝鲁特和以色列的海法与特拉维夫一样，是地中海东海岸上的明珠，更是叙利亚人心目中的天堂。这里有优良的深水港、美丽的金沙海滩、峻美的青山秀岭，实是中东热漠里人们难得的避暑胜地。

我们离开叙利亚首都大马士革在阿西河西岸山上住了一夜后，第二天下山直奔地中海边的港口城市拉塔基亚，沿途尽情欣赏地中海东岸的秀美山景。

到达拉塔基亚时，正是中午。负责接待的查劳尼夫妇带我们先去海边他们朋友的家中。当我们到其家门口时，只见他们朋友的女主人，带着两个四五岁样子的女孩，都穿着三点式泳装，从海滩上赶来，招呼我们进家休息。这两个女孩，原来是双胞胎，五岁年纪，看到我们一点也不陌生。我连忙一手一个将这对孪生小姐妹抱在胸前，请同伴给拍照，留下了一张难得的拉塔基亚海边人家照。查劳尼先生朋友家的女主人，并没有马上更衣，仍然穿着三点式泳装招待我们，并坐着同查劳尼夫妇谈话，边说边笑，好像多年没有见面似的高兴。那对双胞胎小姐妹，一会儿就同我们熟了起来，又说又笑，围着团团转个不停。

我们去叙利亚时，正好遇上斋月。我们去海边一家非穆斯林餐馆吃午饭。餐馆位于海湾尽头的青山崖上，下面是碧蓝碧蓝的东地中海，海面上，轻帆如莲，随风开放；晴空中，海鸟盘旋，自由翱翔。餐馆背山临海，半悬水空。西移的太阳，金光闪闪，普辉万里，洒遍整个荡漾的海面。对海把盏，清风扑面，同昨夜在山上月影树下相比，又是另一番情趣。查劳尼夫妇高兴得只顾同他们的朋友谈笑风生，没完没了。因为初次见面，我们不便多问。按计划，反正明天还有一天的参观时间。所以，我们尽可以边吃边逗双胞胎小姐妹玩。这顿午饭，与其说是吃饭，不如说是聊天更确切。从下午一点开始，一直吃到下午四点才离开餐馆，仍似言犹未尽，话兴正浓。

离开餐馆后，我们先去一家酒店住下。因为昨天从大马士革越过阿西河两岸的山岭，跨过阿西河，住到山上，奔游了一天，大家都有点累。查劳尼夫妇要我们好好休息一下后，晚上十点钟陪我们一起去吃晚饭，尽情享受一下拉塔基亚的夜生活。

晚上十点钟，查劳尼夫妇准时来陪我们去海边另一处有大草坪的餐馆就餐。

当我们到达时，餐馆外的大草坪上早已一桌桌的坐满了客人。在一围客桌的拱护下，中间有一块较大的空间，一群人手拉手尽情地唱歌跳舞，似乎有点西班牙的味道。查劳尼夫妇又另外约了几个老朋友，来同我们一起吃饭。我们坐下后，查劳尼夫人便迫不及待地跑进舞群，与那些欢乐的人们一起边唱边跳起来。查劳尼介绍说，拉塔基亚的夜晚，是人们一天中最快乐的时候。说完后，他也约他的朋友起身加入到跳舞的人群，同时邀请我们与他们一起跳。他说，在这里，不管你来自何方，也不管你认识与否，只要你加入到舞群，与大家拉起手来，一起唱歌跳舞，你就是朋友！盛情难却，我们拉着两个双胞胎小姐妹，与同伴们也一起加入进舞群，同这些陌生的人们拉起手来，在音乐舞拍的节奏下，跳了起来。

跳了一会后，回到坐位上，点的菜肴已陆续上齐。下弦月静静地挂在碧空，夜风掠过海面，送来微微爽意。月辉晶澈滢滢，烛光玉辉闪闪，清风习习，红酒清香缕缕，舞曲优雅抑扬，笑语朗朗盈情……人们似乎并不在乎海鲜是否美好可口，也不计较烹调技术是否堪称一流，只是尽情地吃，尽情地喝，尽情地跳，尽情地唱，尽情地聊天，尽情地享受。真是明月清风，烛光酒影，良宵难得，真情无价。

集体舞跳过后，人们又开始派对双人跳。这时，不管认识与否，也不管是否朋友，你可以邀请在坐的任何人作舞伴，同你跳舞，而被邀请者，则决无拒绝之事。因此，请你不要介意，只管邀请。查劳尼夫人在同查劳尼跳过一轮后，又来邀请我们跳，一轮又一轮，毫无倦意。她舞兴甚浓，舞姿也美，宛若月下嫦娥，翩翩如仙，令同伴们真是刮目相看。舞圈内，有白发银鬓的老人，更有年轻的少男靓女，相拥相偎，在轻音舞曲中，如梦如幻，如醉如痴。这就是拉塔基亚的夜晚。

查劳尼的朋友介绍说，如果不是没完没了的战争，拉塔基亚的夜晚还要美好。同贝鲁特一样，拉塔基亚被称做小巴黎。贝鲁特是黎巴嫩的小巴黎，拉塔基亚则是叙利亚的小巴黎。实际上，这里比巴黎还要美！巴黎没有海，没有山。拉塔基亚不但有山，更有海，是巴黎无法比拟的，所以说，这里比巴黎还要美！这也是为什么许多法国人住在这里不肯回巴黎的缘故吧！

同地中海北海岸一样，地中海东海岸也是美丽的！只可惜这里连年战争，害得人们不得安宁！美丽的胜地遭到了炸弹的摧残，不少变成了废墟，令人痛心！我们本来有计划去访问黎巴嫩贝鲁特的。可是，当我们到达叙黎边境时，到处都是打仗的士兵，山坡上，沟壑里，树林中，道路旁，村头边，士兵们头戴钢盔，身插树枝，持枪巡逻，防备随时飞来的炮弹。没有办法，在士兵们好心地劝说下，我们只好放弃！宁可放弃美丽的胜地，也决不可放弃宝贵的生命！查劳尼的朋友听了我们的介绍后，也深为我们感到遗憾！查劳尼夫人则安慰我们说："下次吧，等什么时候不打仗啦，局势安定啦，我们再邀请你们来，陪你们去访问贝鲁特。"

查劳尼先生祖籍不是叙利亚，据说是来自南亚的印度或巴基斯坦。他的夫人是叙利亚阿勒颇人,兄妹六人,五女一男。其余四姐妹分别嫁去捷克斯洛伐克、法国、阿尔及利亚和黎巴嫩。查劳尼的哥哥又娶了加拿大的姑娘为妻,住在加拿大。因此,他们家是一个典型的国际家庭。叙利亚地处欧、亚、非三洲的交会处,形成这种国际家庭的条件和机会很多。

从晚上十点离开酒店,到夜里下三点恋恋不舍地离开欢乐的海边餐馆,足足度过了五个小时。因为明天还要去参观港口、码头和城堡,我们只好违心地回到酒店。

这就是拉塔基亚的夜晚,这就是叙利亚的月海夜曲,一个令人难以忘怀的美丽夜晚。我将永远记住叙利亚朋友的那句话:如果没有战争,拉塔基亚的夜晚还会更美!如果没有战争,叙利亚的月海夜曲还会更令人向往……

2006 年 6 月 9 日

斯考特的酒吧

说到酒吧，人们都很熟悉。有人会说，酒吧有什么文章可作？不就是喝喝酒、聊聊天吗！

同不少人一样，我去过不少酒吧。但大都不留什么印象，唯独在塞浦路斯首都尼科西亚，斯考特·迈纳斯先生家的酒吧，给我留下了深刻难忘的印象。

晚上，在斯考特·迈纳斯家中吃过晚饭后，离开餐桌，斯考特夫人忙着收拾餐具等。斯考特招呼我们去他的特别酒吧。

小酒吧在大厅的一角，有一个小小的酒吧台，前面有一排高高的酒吧椅子。斯考特先生坐在酒吧里面，背后就是各式各样的酒类饮料。他有两个儿子、两个女儿，都已结婚和工作。大儿子是农业部的常务副部长。小儿子是一家建筑公司的设计师。两个女儿分别在两家国营公司工作。每天晚饭后，不管多么忙，也不管多么晚，斯考特先生都要在小酒吧里坐一晚上，听他的子女们一天的故事。他的两个儿子和媳妇、两个女儿和女婿，都会风雨无阻地来坐在外面的酒吧椅子上，与斯考特边喝酒边聊天。这时，斯考特就是一个十足的酒吧伙计，专给自己的儿女们服务。他熟悉每个孩子的嗜好，准备了每个人喜欢的酒及饮料，自己也斟上一杯。然后，就同子女们聊天，边聊边喝，酒虽然喝的不多，但聊天却非常有趣味。

在这时，这个小酒吧里人人平等。老子是称职的服务员，有求必应。子女们则是守规矩的吧客，从无打架斗殴之举。子女们将每天在自己的范围内发生的奇人怪事、新闻佚趣，一一向老子和兄弟姐妹们介绍。天南地北，无奇不有，并对这些新闻趣事谈出自己的见解。斯考特也不停地插话，或问仔细事情的原委，或发表自己的看法，其情融融，其趣卓卓。我们有幸成为这个特别酒吧的吧客，加入了他们这个家庭酒吧的聊天行列。

这个酒吧，有个不成文规矩，即凡是在尼科西亚的子女们，没有特殊事情的，都每晚必到，有几个算几个。有时可能只有一个人在尼科西亚，也会照来不误，两个人边聊边喝，直到尽兴方止。有时斯考特的太太也会来凑趣，坐在酒吧台子前，充当吧客，与老头子聊天。

我坐在酒吧台前，边喝，边听他们父子或父女之间的闲聊，无形中，对这个酒吧发生了浓厚的兴趣。在这个酒吧里，他们既谈时事新闻，也谈马路趣事，更谈每天的业务与工作情况。子女们有点向老子报告的意思，又有向老子请教的意思。而斯考特似乎是在听取每个子女的工作汇报，然后提出自己的意见，供子女们参考。我发现，他们父子、父女之间，除了喝酒聊天外，更重要的这是一个两代人相互沟通、相互融谐的好方式。在这里，老子像个公仆，子女们无拘无束，全无老幼尊长高低之分。酒喝得随心，话聊得投机，意兴得尽情，人过得轻松，真是个难得的好酒吧。我开玩笑地说："我们也做了回您家的成员，有意思！"斯考特笑着说："不瞒您说，许多朋友也都像您一样，坐在这里喝过酒，聊过天，连总理也在这里坐过呢！坐在这里比坐在沙发上舒服得多。"

第二天，斯考特先生特地陪我们去参观他新开的"中国中心"，有商场，有中国餐馆和专做中国贸易的进出口公司。为在塞国宣传介绍中国，斯考特做了大量的工作，作出了很大的贡献。在谈到中国的领导人时，斯考特掩盖不住内心的激动和喜悦说："我最敬仰毛主席和周总理！"接着他回忆起年轻时访问中国见到毛主席和周总理时的喜悦情景！他说："毛主席和周总理，对我们第三世界发展中国家的贡献实在太大啦！没有毛主席，就没有我们第三世界这个概念！今天，有人否定毛主席，完全是从自己的一己私心之偏见出发，是极不应该的！也是完全错误的！但不管你怎么拼命否定毛主席，越否定，毛主席就越显得伟大！您说怪不？！世界上的事就是这么奇特！"

我很佩服斯考特的思想。在参观他的"中国中心"时，我顺便好奇地问他，如何想起办他的家庭酒吧的？他高兴地说："几双儿女，我无法每天一一同他们单独见面，有时他们有人在外面碰到麻烦啦才来找我，这样很不好。于是，我就想了这么个办法，每天请他们来喝酒，让他们每天晚饭后到我这里来一起聊天，有什么问题可以及时了解解决。几年下来，这办法很好！他们都很开心，我也很高兴！同时，外面来的朋友和客人，我也可以借小酒吧一起聊天闲谈，互通信息，大家轻松愉快，效果很好。所以，我的小酒吧帮我解决了不少问题。"

斯考特年轻时曾经是塞国全国总工会主席。我想，有他这样的"家庭酒吧"的工作方法，难怪会把全国工人大众团结在自己的周围呢！我从内心里佩服他！我在想，别小看斯考特先生这个不起眼的"家庭酒吧"，这可是非常难得的交流平台。借着这个小小平台，斯考特和子女、和朋友，甚至和同事们有着非常和谐的交流和沟通，许多矛盾都在这个小小的平台上消失，许多建议都在这小小平台上提出，而许多问题也都在这小小平台上得到解决。更重要是对家庭来说，这个小小的平台使整个家庭得到和谐。从这个意义上讲，斯考特的这个小小家庭酒吧，真是值得可爱、可赞啊！

2006 年 5 月 30 日

橘香飘处

——在西班牙海鲜饭的故乡

凡是到过西班牙的人，无不对西班牙的海鲜饭留下深刻难忘的印象，希望有一天能够再去西班牙，饱尝美味的西班牙海鲜饭。我每次去西班牙，两种东西一定要吃，一种是塞哥维亚的面包，一种就是金黄色的海鲜饭（Paella），而瓦伦西亚，就是这种海鲜饭的故乡。

瓦伦西亚是西班牙的第三大城市，第二大海港，位于地中海的西岸，有着蔚蓝地中海的热情浪漫，也有古今建筑交融的艺术风雅，更是人们理想的度假胜地。而瓦伦西亚港口，又是西地中海沿岸最繁忙的港口之一。

记得，我第一次去瓦伦西亚，正值西班牙橘子熟了的时候。西班牙全国有十五个省盛产橘子，橘园连着橘园，苍翠无边，连成一片，开车几天都走不出去。公路边，金黄色的橘子挂满枝头，金光闪闪，沉沉欲坠，透出诱人的清香，任你随便采撷，尽情品尝，只要不是装车运走，橘园的管理人员是决不过问的。我们把车停在路边，走到橘树下随便摘了几个尝尝，甜甜蜜蜜，水多肉嫩，边吃边赞不绝口，吃了一个又一个，直到吃足为止。当然，在吃的时候，也决不忘记在金橘绿树下留影纪念。

据说，西班牙的橘子，是唐朝年间从我国温州由海上丝绸之路传去的，所以，同我国温州的橘子同属一个品种。但是，遗憾的是我在温州却从未见到如此广大辽阔的橘园。我们去瓦伦西亚市郊一个名叫苏赫的朋友家，参观他的一个位于橘林中的工厂。

苏赫的工厂，是西班牙同类工厂中最大的一家，位于瓦伦西亚南郊的大片橘林中间。工厂被一条大马路从中南北穿过。马路的西面是生产区，东面是生活区。在生活区里，这家工厂有自己的托儿所、幼儿园、小学、中学、老人中心和职工住宅。整个工厂就是一个独立的城镇。镇上所有的成年人都是这个工厂的职工。职工每家有一栋别墅，排列整齐，式样各异。别墅与别墅之间由花圃和绿树隔开，非常幽静漂亮。

苏赫父子带我们先后参观他们工厂的生产区和生活区（包括住宅区），边参观边幽默地笑着说："我们工厂里实行的是社会主义。职工的孩子生下来，从托儿所直到中学毕业,全部免费,凡中学毕业外出考入大学的,一律由工厂出钱供给读书,直到大学毕业。工厂里所有的人,一律由工厂给予医疗保险,直至死亡。"老苏赫笑着打趣说,"你们看我们这里的社会主义怎么样?"

"很好!"我们不约而同地笑着回答说。我在想,一个工厂实行这样的制度可以,可一个国家实行这样的制度难度就大啦。

中午吃饭的时候,苏赫父子带我们去工厂餐厅吃午饭。这天正碰上吃海鲜饭。苏赫父子带我们同工人一样,排队在窗口取饭。餐厅取饭窗口一排有好几个,每个窗口供应不同的品种,餐厅服务员按各人不同的需要盛给各种饭菜。当我们排到海鲜饭的窗口时,老苏赫让服务员给我们每人一大份,然后带我们到餐桌上与职工们坐在一起进餐。他边吃边给我们介绍说:"海鲜饭是瓦伦西亚的特色品种。全西班牙,乃至全世界的海鲜饭的故乡,就在瓦伦西亚。所以,到瓦伦西亚来,别的东西可以不吃,但海鲜饭一定得吃。海鲜饭是瓦伦西亚人招待客人的必备品种,也是当地人过节时家家都吃的饭。"

"今天工厂里吃海鲜饭,是不是苏赫先生您特地为我们准备的?"我明知故问地打趣道。

"对对,你们可是我们厂里的贵宾、稀客,万里迢迢,从遥远的中国来,一定要请你们吃上正宗的瓦伦西亚海鲜饭!"老苏赫异常高兴地说。

我边吃边看着盘子里的海鲜饭。金黄色的米饭,透亮闪光,杂有各种海鲜,如牡蛎、蚌、虾、鱼等,和青菜、刀豆之类,又香又鲜,味道极美,十分可口。老苏赫说:"海鲜饭原本用料不仅是海鲜,还有兔肉、鸡肉、橄榄油和蕃红花香料。各种原料混合在一起,然后放在一个大平底锅里蒸熟即可。海鲜饭西班牙语叫 paella,就是平底煎锅的意思。"

我问这米饭的黄色是什么原料,老苏赫神秘地说:"这就是蕃红花香料,是一种特别贵重的粉。瓦伦西亚人家里生了女孩后,作母亲的都要准备这种金粉,等女儿出嫁时作为陪嫁礼物给女儿带到婆家去,让女儿用这种香料烧海鲜饭给婆家人吃。"从苏赫的介绍中可以看出这种香料粉的价值。

自从我第一次去瓦伦西亚吃过海鲜饭,以后每次再去时,必定要吃,以致于后来去有西班牙风俗的国家,总想着海鲜饭。但遗憾地是再也吃不到瓦伦西亚味道的海鲜饭啦。

同巴塞罗那一样,瓦伦西亚因有美丽的海滩,而成为西地中海著名的旅游度假胜地之一。碧海蓝天下,沙滩上布满了各种年龄的游客。上午在沙滩上看到的多为老年人,他们尽情地在享受着地中海阳光的恩赐,背负金滩,面对碧空,或与蓝天闲聊,或同老伴细语,述说着以往的陈年旧事。而到下午,则多半是青少年,上身全裸,无拘无束,或躺在沙滩上尽情让阳光爱抚,或在海水中戏浪追逐,伴随着情爱,伴随着浪漫，与浪花共舞，与海鸟比翼，情满金滩，情满大海，悠然自在，怡然非常。

　　瓦伦西亚是一座古城。早在公元前137年，罗马人在这里建城。后历经摩尔人（Moors）、阿拉贡人（Aragonese）和条顿人（Visigoths）占领，加上曾是古代丝绸贸易中心所在地，所以，同大多数地中海古城一样，在文化与艺术上呈现出多元化。建于1262年的瓦伦西亚大教堂（Cathedral）是游人必到之处，也是瓦伦西亚市的地标性建筑。它融哥特式、巴洛克式和罗马式风格于一体，建筑雄伟，艺术精湛，壮丽辉煌，令游人赞叹不绝。著名的陶瓷博物馆（Margues de Dosaigues Palase）亦是建筑艺术精品之一。该博物馆内藏有5 000多件涵盖史前时代、希腊时代、罗马时代和毕加索时期的陶瓷精品，很值得一看。

　　另外，瓦伦西亚的中央大商场（Morcndo Central）是全欧最大的市场之一，亦是游客必到之处。我每次去瓦市时，都要到这里喝上一杯鲜榨的果汁，清新凉爽，适口怡人。

　　你如果幸运的话，还可以碰巧在这里看上一场精彩的足球比赛，保管你激动万分，终生难忘！我记得我去看的时候，坐在我身边的一位年轻姑娘激动得哭了起来！可证明我的话不错。

　　这就是西班牙海鲜饭的故乡——瓦伦西亚，一个我永远思念的地方。

2006年11月16日

米兰有条温州街

在美洲的不少城市里都有唐人街,但在意大利的米兰市,最老的中国人居住的地方却不叫唐人街,而叫温州街。大凡去意大利的中国人,都会到过或听说过米兰的温州街。意大利的米兰市,类似中国的上海、美国的纽约、加拿大的多伦多、英国的伦敦和德国的汉堡,是意大利的主要经济中心。

每次去米兰,不管多么忙,我总要挤出点时间,去温州街转转,看看老朋友,同他们聊聊天,那怕只有一两个小时也好。这不是因为温州街特别繁华热闹,而是我感到温州街上盈溢着一股特别深的温州情,飘荡着一种无价的温州人精神。

这是一条欧洲老城市中平平常常的街。街的两旁住的都是温州人,开的都是温州店。20世纪80年代前,店里卖的都是皮革制品,有钱包、票夹、女式手提包、公文包、皮鞋、箱包、腰带、饰品,琳琅满目,五彩缤纷,应有尽有,工艺精湛。所有物品,都来自街上温州人的手工作坊。在这里,你可以买到你所喜欢的全部皮革制品。如果你在一家店里找不到你所要的东西,这家店主会马上扔下自己的生意,带你去别家店里,直到你买到为止。街上所有的店铺,既属各家各户,又像一个联合体,彼此互相介绍,互相帮协,互相配合,从不互抢生意。在物欲横流的世界里,这种风俗,是你在别处很难见到的。

80年代后,随着国内改革开放,温州人出国谋生创业者的增多,来意大利的人也越来越多,米兰温州街上的店铺里卖的商品也越来越多。除了传统的当地生产的皮制品外,国内生产的各种时新服装、手工艺品、轻工业品和各种时新小商品,也越来越多地摆进了温州街上的店铺。商品品种增多了,人的新面孔增多了,但是温州街上传统的优良经商风气依然存在,温州人的团结互助的精神依然存在,而且日益发扬光大之。

温州街上的这种优良传统风气,是与温州人的同舟共济、团结互助、热情和睦、真诚无私精神分不开的。以温州街为背景的温州同乡会,是凝结温州人的核心。在整个米兰,甚至可以说在整个意大利,只有一个温州同乡会。这个同乡会,入会不用会费,同乡会的一切活动经费,全是温州人自动捐助的。同乡会的会长、理事长、理事,决不是按捐钱多少而定,而是看本人为温州街的服务态度和操守。有的人收入少，家境较差，但能为温州街热情服务、任劳任怨、大公无私和贡献卓著，照样可以当选为会长。

在这条温州街上，真正的是一家有难，十家相帮；一人有难，十人相助。而且这种帮助全是自发的，真诚的，决无半点私心杂念，或是要什么回报等目的。一个最简单的例子，街上不管谁家有新移民到来，同乡会会马上帮他（她）安排工作。自己家里能安排当然最好，自己家里不能安排，则马上会有人提出安排到他那里去工作，先解决吃饭问题，然后再解决别的事。

温州街，成了到米兰来的温州新移民的家，一个真正温暖的家。街上无论谁家有个红白喜丧之事，从来不用人讲，帮忙便会自动送上门来。这个多年形成的风俗习惯，在温州街上一直沿习至今，实在令人钦佩。

还有一件令我最感动的事情是，温州街上温州人的子女，凡是进入大学读书的，没有一个因经济困难而半途失学的。当谁家子女在读大学时确实发生经济困难的，马上就会有人自动掏钱帮助他渡过难关，保证他顺利读完大学或更高的学位。温州同乡会，把温州街上所有人家的子女都当成自己的子女，大家都希望温州街上能出更多的大学生，为温州人争光，为中国人争光！我访问了几个大学毕业后回到温州街上的青年人，他们都一致表示：能回到温州街为乡亲们做点事，是他们最大的心愿，因为温州街为他们付出的实在太多太多！

人们习惯把温州街称为"温州人的摇篮"。的确，大凡在意大利发达的温州人，可以说一百个人中有一百个是从温州街上走出来的。没有温州街，就没有这些温州人明媚的今天。

我常常在想，我去过不少地方，见过不少华人社团组织。有的地方，华人实在不多，华人组织却不少，东一个，西一个，各竖旗帜，但究竟于社团中成员有多少好处，谁也讲不清楚。更令人不解的是，同为华人，山头林立，互相竞争，连过春节、中秋节这样大的节日，都不能统一起来一起庆祝。本来欢庆的气氛可以浓浓的，影响可以大大的，结果却淡淡的，影响不尽如人意。而为什么在米兰却找不到第二家温州人的组织？只此一家，别无分店！这不能不同温州街的精神有关。试问：在这样一个团结互助力如此强的摇篮里，有谁还会去另立山头、自搞一套呢？又有谁会喜欢他人去另立山头、自搞一套呢？！我想，这答案是非常明确的。

我接触过几十个国家的华人社团，像米兰温州街的情况，却是屈指可数的，而且全是温州人所为。在众多的海外华人社团中，我发现，温州人最团结和睦、最同舟共济、最真诚无私、最有凝聚力、最值得学习。我把米兰温州一条街，称为温州人精神的化身。我深深地感到，这种温州精神正是中华民族上下五千年的文明所在、文化所在、灵魂所在、传统所在和精神所在的体现！

　　我热爱米兰的温州街,更热爱米兰温州街上的温州人精神！祝米兰的温州街更加繁荣发达！祝温州街上的温州人精神永恒长存！

2006 年 12 月 20 日

荡舟威尼斯

　　从朱莉叶的故乡维罗纳东去，经过维琴察和帕瓦多不久，威尼斯便呈现在我们的面前。威尼斯，是世界上独一无二的水上城市，建筑在118个淤积而成的岛子上，由378座桥梁将这些岛屿连结起来。整个城市都浸泡在水中，除建筑物和广场外，几乎没有陆地。

　　这座古老的水上城市，曾经是威尼斯王国的首都。在中世纪时，强大的威尼斯王国势力范围扩展到整个地中海，直到东部的伊斯坦布尔。大约在12—14世纪时，威尼斯是世界强国之一。直到后来慢慢地失去领土和衰落下去，成为欧洲诸国家中的一员。在1797年被法国拿破仑所灭，1866年加入意大利王国。其鼎盛时，人们可以从莎士比亚的名著《威尼斯商人》中窥见一斑。

　　现在的威尼斯古城，是原来威尼斯王国的首都，全城分六个古老的城区，你可以乘水上巴士到达每一个岛上。全城没有马路，没有红绿灯，也没有机动车辆，只有运河、水巷和拱桥。水巷千曲百折，纵横交错，像一张巨大的网。城市的大街就是运河，称作"路台"；小巷就是"水巷"，称作"卡里"；人行道就是运河或水巷与墙壁之间的平台，称作"基道"。公交车就是"水上巴士"，出租车就是"气艇"。威尼斯家家户户都有一些不同的船，作为交通工具。这些船栓在门前的木桩上，出门时解开锁链，跳上船开走就是。

　　步出火车站，陪同我们的哥德劳拉夫妇便带我们上了一辆水上巴士，先去威尼斯市内最大的圣马克广场。这里是来威尼斯的游客必到之地。凡是看过电影《面包师的儿子》的人，大概都会对圣马克广场留有印象。因为那个面包师的儿子，就是在圣马克广场被处死的。广场周围，北、东两边是高大的古王宫，现在改为市政厅和教堂，西、南两边是连接海的大运河，水里停靠了大大小小的水上巴士和游艇。

　　来到圣马克广场，首先迎接我们的是一群鸽子，不约而同地扑向我们，落在我们的头上、肩上和手臂上。这是我们有生以来第一次碰到的这种情况，连忙对准镜头，互相拍了几张鸽子扑身的照片。再往四周看看，不少游客亦同我们一样。成群结队的鸽子落满整个广场，还不时地同游人嬉戏。同来的哥德劳拉夫妇早准备好了一袋细米，抓了一把，撒向鸽群，鸽子便呼地一下子飞向地上的细米，啄食起来。

　　圣马克广场上的鸽子是从来不怕人的，它们不但可以落到你的头上、肩上和手臂上，如果你把手张开，它们还会在你手上悠悠散步，歪头偏脑，或啄啄你的手指头，真是可爱至极！这似乎不同于美国的鸽子。在美国，无论是东海岸，还是西海岸，鸽子还是怕人的。它们可以落在你的面前，抢食地上的米粒和面包屑，但决不会落在你的头上、肩上和手上，怕你抓它们。我想，在这个古老的城市里，鸽子可能见过的游客太多的缘故吧！威尼斯，一个不足十万人口的城市，每天有五万多名游客前来参观游览，圣马克广场又是每个游客必到之地，太多的人类朋友喂食它们，遂与游客结下了亲密的友谊。

离开圣马克广场，我们又乘水上巴士去瑞埃尔图岛。这里曾经是古城威尼斯的商业中心，岛上大大小小的店铺，琳琅满目。有传统的面包房，杂货店，更有卖时尚货品的服装店、快餐店、礼品店和卖狂欢节面具的店铺。每到一个店铺前，店主或服务员便会主动出来同你打招呼，当然是为了推销他们的商品。小礼品店里的工艺品，有许多都是在威尼斯本市作坊里加工生产的，上面载有"威尼斯制造"的字样。瑞埃尔图岛上的店铺实在太多，你想逛，保你一天也逛不完。

告别瑞埃尔图岛，我们改搭一种叫"康德拉斯"的小船。这是一种威尼斯非常普遍、非常适用的狭长的平底小船，宛如一叶片舟，两头高高翘起。小船上坐四五个人，有一个划船的导游，边划船，边介绍水街或水巷两边的名胜古迹。前面说过，威尼斯市里是没有机动车辆的，因为机动车在这里完全没有用武之地。这里的大街（水街）小巷（水巷），尽是碧波荡漾。有些较宽的街，靠近建筑物有窄窄的基道，基道下面仍然是水街。两边的建筑物和人行道，隔一定距离，有一拱小桥相连。小的水巷，则根本没有这种人行道，门外就是水，家家门外系一只"康德拉斯"。如果说乘水上巴士可以使你神采飞扬的话，那么在小巷里坐这种"康德拉斯"小舟，会使你诗情雅致油然而生。一巷碧水，宛如琼浆玉液；一叶小舟，荡漾在古老的楼房中间。船头激起轻轻的微波细浪，不时地撞向两边的楼墙，发出潺潺的柔声软语。你面对着两边数不清的古老建筑，看着小舟犁起的浪花，听着导游时而跨越时空无限遥远、时而回到现实就在眼前的介绍，宛如在一座海市蜃楼里漫游。是的，威尼斯，就是一座美妙的海市蜃楼。我情不自禁地暗吟："千家枕水闻波涌，万户临涛品浪声。城是古琴巷为弦，迎门对户奏升平。"这是一幅多么和谐的水上乐居图。

水巷两边，除了住家外，就是各种手工作坊和名牌商店。你只要把"康德拉斯"停靠在店门外水中，就可以登门（这里没有岸的概念）入室，观赏购物。我们逛了两家店。一家是加工水晶首饰的，另一家是加工彩色玻璃器皿的。加工水晶首饰的店里，一半是作坊，有几个老工艺匠正在专心致志地加工项链、手链和其他小的案几摆设品等，应有尽有；一半是卖品部，随卖加工好的产品。在彩色玻璃器皿店里，格局类似，一边工艺师正在从熔炉里用一根长长的吹管拉出熔化的石英液，马上吹成各式各样的彩色花瓶；一边卖品部的老板娘则满脸含笑地向你推销。这种店的好处，就是让游客亲眼看到自己买的纪念品，不是外来货，而是地地道道、货真价实的"威尼斯制造"。你也可以当场要工艺匠按你的要求加工，待冷却后，付款取货。在这家店里，哥德劳拉夫妇向店主介绍了我们的身份后，店主二话没讲，就答应免费给我们每人专做一件，让我们带回中国，永作纪念！我们立等受赠，既看了精采的工艺表演，又得到了真正的"威尼斯制造"的礼品，心里真有说不出的高兴！哥德劳拉的太太也拿到一份礼物，她高兴地说："今天，我们算是沾了你们的光！"这，就是真正的威尼斯！

走出了狭窄的水巷，哥德劳拉夫妇看来游兴未尽，异常开心，特地安排我们乘水上巴士作威尼斯环城游。这一决定，当然再好不过。告别"康德拉斯"小舟和导游，我们又登上了环城游的水上巴士。

水上巴士驶出城外，奔向威尼斯海湾的深处。金色的阳光下，亚得里亚海碧波涟涟，粼粼闪光，运目远望，浩瀚无涯。这就是亚得里亚海，这就是当年威尼斯王国驰骋的疆场！朝远望去，威尼斯古城又像是一艘巨大的航空母舰，停泊在威尼斯湾上。也许，当年威尼斯王国就是靠着这艘航空母舰，驰骋地中海，南征百战，称霸一时！而随着这艘巨舰的衰老而没落，威尼斯变成了一座仅供人们凭吊游览的水上古城。

1966年，威尼斯古城遭遇到了一次史无前例的洪水。这次洪水浸没了整个威尼斯城，许多地方的水深达一米以上。自那以后，本地人逐渐开始离开这个古老的城市。市内的圣马克广场，过去每年要被淹没10次以上，近年来每年要被淹没多达60次以上。水位的不断上升，严重地侵蚀着岛上的古建筑物和艺术珍品。

据意大利人口统计学家称：威尼斯本地人口正在逐年减少，如果再不采取相应的措施，到2030年左右，"最后一名威尼斯人将关掉家中的电灯"。说不定那一天，这座美丽的古城，连同她全部的珍藏，将同古老的威尼斯王国一样，淹没在浩瀚的亚得里亚海中！有人称"威尼斯是一首诗"，那么这首诗也将会被淹没！

这是留在每个威尼斯游客心头上的一缕阴影，一缕无法抹去的阴影。

2006年12月25日

西西里畅想

　　每次到意大利，总想去一次西西里，但每次都未能如愿。一来事情实在太多，似乎永远做不完；二来意国本土要参观的名胜古迹，也似乎永远看不完。但不去一次西西里岛，总感到像是有件神圣的事情没有办似的，老挂在心头。

　　记得在我第三次去意大利时，我的同事无意中与意大利朋友坦丹利科谈起，说我业余尤钟情于考古知识，平时一遇到古遗址之类的东西，就像脚上灌了胶，两腿就走不动啦。坦丹利科听说我有此爱好，就极为高兴地说："好呀！我也有此嗜好。这次用我的游艇载你们去西西里看看，那里可真有数不清的古遗址呀！我也有好久没去啦，我们就一起去放松放松！"坦丹利科的爽朗表态，真让我和我的同伴们喜出望外。

　　坦丹利科是中国人民的老朋友。新中国成立后，在西方部分国家对中国进行经济制裁和封锁禁运长达二十二年期间，他帮助中国出谋划策，为打破经济制裁和封锁禁运，做出了很大的贡献。他的大而豪华的游艇停泊在热那亚港口。这次他们夫妇俩专程陪我们从米兰乘车去热那亚港口，乘游艇沿意大利西海岸南下，途经托斯康群岛，在撒丁岛南端的卡利阿里停泊一夜后，第二天傍晚便抵达西西岛的最大城市巴勒莫市。坦丹利科将游艇泊进一处专门停泊游艇的港湾后，便弃舟登岸，带我们去一家预订的海滨酒店落宿。酒店东向面海，背依小山，风景优美，虽看不到夕阳沉海的壮观，但可欣赏日落西山的胜景。入住酒店后，坦丹利科说："今晚我们不去中国餐馆，来到西西里，入乡随俗，享受一下西西里岛的当地风味，吃西西里海鲜。"我们来到一家翻译成中文叫"观澜"的酒家，每人点了一份自己喜欢的海食。我要了一份带阿拉伯香味的蒜泥咖哩烤大虾。另外每人一杯红酒。座位于室外亭台上，半悬空中，一边是月下清波，一边是绿树花香。听夜涛澎湃，品红酒香郁，望华灯映浪，看鸥影翩翔，吸地中海薰风，闻西西里花香，临海畅饮，对酒当歌，如梦如幻，如醉如痴，两天以来海上的疲倦，全然消失。我按捺不住内心的激动，吟道：

初来西西对明月，乍到观澜凭锦轩。

美酒溢香自来韵，涛声送雅天就仙。

玉液润口增神怡，清风撩襟助心宽。

举杯当歌敬友人，激情涌怀寄浩天。

同行徐翻译连说好诗，忙用意大利语翻译给坦丹利科夫妇，虽不十分确切，可也有七七八八，逗得坦丹利科夫妇连连鼓掌称赞之。

为了争取多看几处古遗址，次日一早，我们在酒店用过早点便去一处古遗址参观。这处遗址从碑石上的介绍看，是属于古希腊时代的一处古墓葬群。而就在这处古希腊墓葬群不远处，还有一处类似的古墓群遗址，碑石上介绍是属于古罗马时代的。在公元前三世纪以前，西西里是属于古希腊王国的，岛上的城市建筑与首都雅典没有多少区别。众多的古希腊遗址，映现了古希腊王国都市的富丽堂皇和无比壮观，显示了古希腊文明的存在与辉煌。我们眼前的这处古希腊墓葬群，单从建造结构来看，已非常壮观。一个庞大的墓葬群完全建筑在地下，凿石而成，俨然一座地下宫殿。每个墓室就像一套房间，有睡房，起居室，厨房，餐厅和洗手间，一切都同活人的生活一模一样。一套套墓室成行成排地排列，两列墓室中间是一条街走道，完全按照活人的城市模式凿制而成。整个墓葬群完全凿挖在同一片巨大厚石层中。连洗手间的脸盆和尿盆亦完全在石头上凿雕而成，异常精致，坚固耐牢，历数千年而完好无损。在那样远古的年代，有如此巧妙的设计，实在令人难以想象！我的一个同事看了后打趣地讲："这要是在中国，抗日战争期间用来进行地道战，是再好不过啦！"我很想到地下墓葬宫里去看个仔细，坦丹利科忙阻拦我说："不要到里面去，里面很深很长，容易迷路出不来的。"主人这样说了，我只好作罢，但总觉得是个很大的遗憾！

离开了古希腊墓葬遗址，我们又去附近的一处古罗马墓葬遗址。这两处古墓葬遗址在结构上大同小异，只不过因古罗马晚于古希腊时代，建筑凿雕得更精致更美观。

西西里岛上的古遗址，往往在同一处遗址里，有不同的几个文化层；或几个时代的文化遗存共处于同一个文化层面，如古希腊、古罗马或拜占廷，还有阿拉伯人的建筑遗址。特别是在建筑上，在同一个文化层面上，你可以看到不同时期的建筑风格。这些不同的建筑风格，传道着西西里不同时代人们的喜爱标准与艺术成就。同塞浦路斯和克利特岛一样，西西里岛在公元前三世纪被古罗马接管以后，成为古罗马帝国的一部分。公元四至五世纪，被日耳曼族的汪达尔人占领。以后又被拜占廷人占领，成为拜占廷帝国的一部分。公元九至十一世纪期间，又被阿拉伯人占领。公元1061年被诺曼人占领，后又被西班牙人占领，成为西班牙的属地。直到十七世纪以后，西西里才独立，成为西西里王国。以后又加入意大利，成为意大利的一部分至今。由于不同统治者的主体文化不同，这些不同文化都曾在这里发生过激烈的碰撞，从而留下不同层次的文化与内涵。也就是这些不同层次的文化与遗址，成为向今人传递历代文化和信息的重要渠道和实在物证。它们散发着不同的文化气息，炫耀着不同的艺术光采。如古希腊、古罗马时代建筑的雄伟壮观，诺曼底建筑的精美华丽，西班牙建筑的富丽堂皇，无不给游人留下深刻的印象，令游人流连忘返。

西西里岛上到处都是古城堡，琳琅满目，风格各异，历经沧桑而巍然屹立。特别是在西西里东南处的几个古城，成为西西里古文化的精华集中地。在坦丹利科夫妇的陪同下，我们如同赶场一样，参观了几座不同的古城堡，实在受益匪浅。

在阿格利琴托（Agrigento），我们参观了有号称"希腊之外最壮观的'神庙群'"。著名的阿格利琴托神庙谷（Vali dei Templi）的历史据说可以追朔到公元前581年，这里的希腊城市（阿克拉迦斯城）延续了长达一千年之久，直到七至九世纪的基督时代才结束。古城里遗留下来的大片雄伟的建筑，构成了一片巨大的艺术、历史和自然遗产——神庙谷。现在神庙谷中最完整的建筑是和谐神殿（Tempio della Cancordia），约建于公元前450—公元前440年，是西西里最大的多里亚式建筑，神殿的完整程度仅次于著名的雅典帕特农神殿，迄今成为阿格利琴托的地标象征。神殿正面的六根立柱和侧面的三十四根立柱完整无缺，作为多里亚式建筑的辉煌典范。它因在六世纪被改建为基督教堂而幸免被毁。神庙谷中原有九座神庙，现在能看到轮廓的仅有四座，其余均已夷为平地。

在莫迪卡（Modica），我们看到公元前100年曾经被古罗马人摧毁的位于山顶上的古城遗址。这个遗址给人的感觉是：古希腊人的公众意识很强，有财力总是先修建公共设施，如剧场、澡堂之类的建筑，自己的家却非常简单。这和后来的古罗马人的奢华与占领者的优越感完全不同。莫迪卡，历史上最早属于古希腊领土，后被古罗马人占领和统治，再后来被阿拉伯人征服，最后又被诺曼人占领。1693年的大地震使得很多居民迁出。但是能工巧匠很快用山谷中的石灰岩建成了后巴洛克风格的城市。新的纪念碑、广场、楼梯、和以峡谷为背景的教堂塔楼，迅速建起，令人眼花缭乱。它是西西里岛给人印象最深又最有代表性的古老城市。

腊古扎（Ragusa）和希克利（Scicli）是东南部的另外两个小城。它们同莫迪卡一起，曾顽强拒绝过四周山谷和平原的敌人入侵。它们的巴洛克建筑的典范风格，使东南西西里明显地与西西里内地不同。

在这样短的时间中，在这样狭小的范围内，可以同时看到不同文化层次的清晰存在，这实在是太难得啦！我们从巴勒莫开始，经西部的马尔萨拉和特腊帕尼，再南下去杰拉、阿格利琴托、腊古托、卡尔塔尼塞塔，再去诺托、锡腊库托，再北向去卡塔尼亚，然后再从东北部的摩西那返回巴勒莫，用了几天的时间，围着西西里转了整整一个圈。

晚上回到巴勒莫，简单地吃过晚饭后，坦丹利科说："这两天跑累了，晚上我们放松放松，乘游艇游巴勒莫海湾，欣赏巴勒莫夜景。"于是我们上了游艇，离开城岸，驶出海湾。远望巴勒莫夜色，万家灯火相映交辉，上有明月当空，下有碧波荡漾。月色如水，波光似镜，游艇轻浮，微浪细唱。近岸的游轮上不时地传出古典的爵士乐。真是月色无价，乐韵无价。

仰望明媚的月色，静听优雅的爵士乐，我的遐想翅膀，不知不觉地又飞回到这几天来所看到的历历古迹。古希腊、古罗马、古地下墓宫、古地上城堡、古神庙群；希腊人、罗马人、汪达尔人、诺曼人、腓尼基人、阿拉伯人、西班牙人、意大利人，像无数条历史的河流汇集到西西里岛，汇集到地中海。那些历代占领者们，如同地中海夜空上的流星，在历史长河的夜空中，一晃而逝，毫无痕迹，剩下的只有地下墓葬群的空壳，和地上古神庙的立柱。那些东抢西夺、南征北战、称王称霸者，得到了什么？除了历史学家外，世间有几个人知道他们的名字？然而西西里依然存在，地中海依然存在，西西里人依然存在，意大利人依然存在！我想：在我整个西西里古迹的厚厚纪事中，似乎找不到一个占领者的具体名字，唯一可以找到的，只有西西里岛上历代劳动人民辉煌创造的各种历史遗址和厚重文化残存。

西西里岛，是个非常奇特的地方。西西里，北可去欧洲，南可去北非，宛若地中海中一块踏脚石，一块难得的跳板。西西里的阳光，西西里的月色，西西里的海风，西西里的沙滩，西西里的美食，西西里的渔歌，西西里星罗棋布的名胜古迹，西西里独一无二的民情风俗，样样都会令人遐思缥缈，畅想万千。

怀天外之风云，思远古之幽情。海朦胧，夜朦胧，遐思绵绵，畅想绵绵。

2006年12月28日

天涯喜逢故乡情

同意大利的热那亚一样，马赛是法国最主要的海港，位于地中海的利翁湾东侧。这是我们每次去法国访问必到的地方。

法国的美食，与中国美食、土耳其美食并称为世界最著名三大美食。所以，到法国去，千万不要忘记去享受道地的法国美食。每次去法国，在法国朋友的安排下，我确实吃了不少的法国饭菜，特别是在巴黎的日子里，可以说较有名的法国菜基本上都尝过。但是，给我印象最深刻的，还是在马赛吃过的一顿家乡饭，味道美极了，使人永远难以忘怀。

记得，那是在我第一次去法国访问时，从巴黎，经第戎、里昂，最后到达海港马赛，一路访问下去。在马赛考察了几个工厂后，还主要看了整个海港码头。由于马赛是法国最大的海港，是其进出口货物的主要咽喉和集散地。港口和码头设备一流，操作完全现代化。中国与法国间的进出口贸易主要靠马赛港吞吐。除参观了港口与码头设施外，我们还同港口有关方面进行了座谈，互相交流了有关情况，花了整整一天的时间。

由于白天法国朋友陪了我们整整一天，晚上不好意思再麻烦他们。我们决定自己活动，找个中国餐馆，换换口味。经出租司机介绍，城内有家中国餐馆，味道很好。

到了餐馆门口。餐馆名字叫"故乡春"，门上挂着两个大红灯笼，两边各有一个石狮子蹲在那里，守护着大门。进了门后，服务生见我们是中国人，连忙请老板出来同我们见面。我们简单地自我介绍，老板一听我的口音，就问我："先生府上哪里？"我如实地告诉了他。他竟然喜出望外地两手握着我的手说："想不到我们还是小同乡！您府上离我家只有二十里地。您可是我来法国这么多年见到的第一个老乡！"说完后，连忙介绍他的夫人出来同我们见面，又把两个女儿喊出来叫我们叔叔。

老板姓陈，叫陈明山，祖籍是离我家二十里地的积沟镇人，1949年以前被抓壮丁后带到中国台湾，后来讨厌当兵，遂与当地的同姓姑娘陈玉梅结婚。婚后一起来法国创业，先在巴黎，后经朋友介绍来马赛。两个双胞胎女儿，一个叫乡莲，一个叫乡月，都已经工作，晚上没事就来餐馆帮忙。

我稍思虑后就问陈先生："这名字是你给起的吧？很美！为什么一个叫乡莲，一个叫乡月？"陈明山高兴地说："您忘了，我的家是在五莲山下，乡莲、乡月，就是一个是家乡的山，一个是家乡的月的意思！"我马上明白了，连说："好名！好名！山是故乡的青，月是故乡的明！您一个乡莲，一个乡月，家乡两样最美好的东西您都有了，实在是福气！"

陈明山笑笑说："不瞒您说，这两姐妹都是出生在法国，从出生到现在，还没有回过老家去呢！我自1949年去台湾，后来到法国，到现在也没有回过老家，也不知道老家现在是个什么样子。我真想回老家去看看！"说完后，他同夫人简单说了几句话就对我们说："今晚上这顿饭算我的，请赏个脸。您们老远从家乡来，咱们不按菜单点菜，我亲自为您们做一顿家乡饭吃吃，让我们共同来回味回味家的味！我有这么多年没有见到老家来客啦，今天真是再高兴不过！"说完他就去忙乎起来。

陈先生的餐馆，倒是有些中国作料。他亲自炒了六个热菜，又弄了几个冷盘小吃，全是家乡风味，更煮了一锅地道的家乡饺子，开了一瓶家乡特曲"景芝白干"。他给我们每人倒了满满一杯酒，自己先举起杯说："我先敬老家来的客人一杯，然后大家随意！"说完仰头一口干掉！我素不喝白酒，只好用舌头舔舔，马上把舌头缩了回来，连忙道歉。但这确实是家乡的名酒，如一点不喝，怕伤了主人好意，就硬着头皮喝了一小口，然后连忙吃菜。俗话说得好："会喝酒的喝酒，不会喝酒的吃菜。"我就猛吃起菜来。当每样菜吃过一口后，我情不自禁地说："陈先生，您炒的菜，我也有几十年没吃过啦，真正的家乡口味！我自读完小学离开家乡后，也好久没有回过老家啦，想不到在这法国的马赛，会吃到如此道地的家乡菜！"陈先生马上说："您先不要忙着夸我，先尝尝这饺子，是不是仍然是我们老家的味道？"

我连忙用筷子夹了一只饺子，放到嘴里咬了一口，仔细品味起来。这饺子的味道也像我小时候在家过年时妈妈包的饺子，一模一样，一点没错！

陈先生见我们每人都吃的非常开心，就高兴地说："只有远离家乡的人，才知道家乡好呀！只有远离祖国的人，才真正体会到祖国的可爱！过去在老家，在国内，感觉不到家乡的美和祖国的可爱！可到了国外，时间久了，就不同了，就会想念家乡，想念祖国。诗人白居易也曾说过：'始知为客苦，不及在家贫。'我出来这么多年，每逢过年过节，无论如何，都要包一顿饺子，做一顿家乡饭，全家老小一起吃，借以不忘乡情亲情！不忘自己是中国人！现在，我的老婆、女儿，都会做家乡菜，都会包饺子。"

吃着陈先生包的地道家乡味的饺子，听了陈先生发自内心的淳朴自白，我们在座的每个人都感慨万分，异常激动！血浓于水！情浓于水！这是多么真挚、多么纯洁、多么高尚、多么感人的赤子乡情呀！这天晚上，我们在陈先生的店里吃了很久，谈了很久，最后，我们又久久不忍离去！真是"相见时难，别亦难"！陈先生因为过于高兴多喝了几杯，叫夫人亲自送我们回酒店。

这是一顿多么美味的家乡饭呀！又是一顿多么令人难忘的家乡饭呀！虽然，我们同陈先生以前素昧平生，但"乡情"二字却使我们像回到了自己的家。天涯相逢故乡情，故乡情醉陌路人。陈先生视我们为来自家乡的贵客，倾全情招待，真心实意，万金不换！虽然我去过巴黎多次，吃过不少的法国美食，但马赛的这顿家乡饭，却是我在法国吃过的既最令人难忘、又是最香美的一顿饭，一顿道地的乡情浓、乡味浓的家乡饭！

2006年12月31日于美国加州拉荷亚

霓虹醉影

　　到达巴塞罗那那天，恰巧是星期五下午。晚上没事，陪同我们的贾明德教授夫妇就带我们去兰布拉大街上的一家弗罗明格舞表演厅，边吃饭边看表演。

　　兰布拉大街是巴塞罗那有名的休闲街。大街从加泰罗尼亚广场直通到海滨，其最繁华地段全长约一里，为步行街，被称为"黄金一里"。这里灯火万店，店铺林立，游客如织，热闹非凡。

　　这家表演厅，据说很有名气，但规模不大，位于餐厅内，三面是餐桌。观看表演的客人可以边吃边欣赏弗罗明格舞的表演。表演厅创办于1970年，它的名字在巴塞罗那旅游局发给媒体的优惠卡上可以找到，可见绝非泛泛之辈。自创办以来，培育出不少弗罗明格舞的明星，算得上一家弗罗明格舞的殿堂级的表演场所。我们的座位正在台前，可以正面看到舞者的各种姿势。

　　早在开场前，表演厅楼下已经聚满了观众。许多人都是同我们一样慕名而来的外国游客。演出开始后，先是十几个青年男女和乐师的集体精彩表演，踢踏声阵阵，舞姿影翩翩，步调一致，乐声悠扬，博得了观众的热烈喝彩。集体表演过后，接下来的是名脚单个表演。一名约五十多岁的女演员轻盈登场。只见她两只脚不停地在地板上点击，一会儿用脚跟，一会儿用脚尖，如同鼓点，咚咚作响，还不时地撩起裙角，露出两条雪白的大腿，引逗观众，招来场外如雷掌声和哄堂大笑。真是"夜幕华灯万家静，霓虹醉影踢踏声。巴塞罗那天下客，弗罗明格传友情"。

　　贾明德教授介绍说："这位女演员是西班牙最著名的弗罗明格舞蹈演员之一，从几岁起就开始登台演出，迄今已经演了五十多年啦，曾和西班牙国王多次拍过照，也曾去联合国演出过。今天碰巧能看到她的演出，真是幸运！"

　　弗罗明格舞的发源地在西班牙南部的安达卢西亚州。对于弗罗明格舞，以前我们主要是从电影上看过。看实在的表演，这还是第一次。吉卜赛人总是说："弗罗明格就在我们的血液里！"你可以从舞蹈中读懂这句话的内在含义。用拍掌、踏脚来打响的拍子，是弗罗明格舞的一大特点。节奏热烈的舞曲更让人欣喜不已。这位明星的表演，长裙皱褶相叠，随着音乐每一个激烈的转身都让人们目眩神迷，并不时地博得观众的热烈掌声与喝彩。她表演了一场又一场。由于观众的掌声不断，她只好一再地翻场表演。她一再地翻场表演，就越发令观众兴奋异常，激动万分,掌声如雷。不料,正当我们观兴正浓、醉意正笃之际,表演的时间已过,表演只得结束。看得出,贾明德夫妇亦同样余兴未尽,恋恋不舍地离开表演厅。

从表演厅出来,我们沿着兰布拉大街漫步。一边回忆刚才看过的精彩表演,一边流连大街上的夜景。贾明德教授的夫人是中国人,叫李婉华,同贾先生都是我们多年的老朋友。贾明德教授是地道的西班牙人,但有个中国名字。每年他都要到中国好几次,每次都会给我们带来不少关于西班牙的趣闻。李婉华告诉我们说:"到西班牙看弗罗明格舞表演,就同到泰国看人妖表演一样,同样重要。如果到西班牙不看弗罗明格舞表演,那将是终生遗憾的事!所以,无论怎么忙,也要挤时间去看一场表演。看弗罗明格舞表演,同看斗牛表演,这是每个到西班牙的客人必须要进行的项目。"

巴塞罗那的夜色是非常迷人的。夜幕下,兰布拉大街灯火灿烂,月光似水,人流如潮,霓虹醉影,更令人流连忘返。在步行街上,你不但可以看到五光十色的花卉商店,脆鸣啼叫的百鸟园市,马路艺人的理想舞台和地道风情的手工艺林,伴同着各式风味的西班牙的大排档,小吃店,你还可以尽情参观欣赏、选享用。

接近凌晨二时,正是夜市最旺的时候,贾明德夫妇又带我们去一酒家吃夜宵。据贾明德教授介绍,这是巴塞罗那一家非常有名的酒家,已有很久历史,以经营地中海式风味为主。据说,西班牙的国王也曾化装成普通老百姓,前来光顾这家店的美食,可见该店的菜肴水准。反正信不信由你!我要了一份烩牛尾,外加西红面包,细品其味,确实名副其实,令人吃过后大有还想再来吃的念头。

巴塞罗那是西班牙加泰罗尼亚自治区的首府,是全国第二大城市和最大的海港及工业中心,被称为西地中海的"曼哈顿",传说为迦太基人所建。由于是一座历史名城,要看的名胜古迹非常之多。每次到巴市,当地主人都要按排我们游览参观很多地方。除了看弗罗明格舞外,最值得你看的,要算圣一家大教堂和音乐彩色灯光大喷泉。这是每个到巴塞罗那的客人也是必须要看的地方。

圣一家大教堂,从1882年开始建造,计划要造二百年,迄今已经造了一百多年啦,是当今世界上最高大、最壮观、最精致、最豪华、最富丽的教堂。建成后,它将比梵蒂冈、科隆和巴黎圣母院大教堂都要宏伟、壮观、堂皇得多!我虽然不是基督徒,但每次去巴市,总要去看看它的建筑进程。

音乐彩色灯光大喷泉,是目前世界上三大音乐灯光彩色喷泉之一。此喷泉每次表演两个小时。每当表演开始,成群结队的游人远远围观。随着不同的音乐,发射不同的灯光,喷出不同的水柱,化作不同的水花,五光十色,千姿百态,变化万端,风采无限,极为壮观。

西班牙是世界有名的旅游大国之一。全国近四千万人口,每年要接待六千多万的国外游客,平均每人要接待一点五人次以上,这在世界上也是少有的。北有比斯开湾，西有大西洋，南有地中海，隔海与非洲相望，其独特的地理环境，优美的气候条件，众多的名胜古迹，从东到西，从北到南，全国各地，到处都为旅游创造了良好条件。除了以上这些外，西班牙独特风味的美食，也吸引着众多的游客。最令人难忘的有瓦伦西亚的金色海鲜米饭、马德里肉汤、塞哥维亚的硬香实心面包和西班牙火腿，都是叫你吃过后永远念念不忘的！

　　再见，巴塞罗那的弗罗明格舞蹈！再见，西班牙的美食！

2007年1月5日

踏月好望角

从桌山上下来，正当夜幕低垂，明月初升的时候。见同伴们游兴犹浓，毫无倦意，我遂提议去好望角踏月，欣赏夜月下的好望角海天星空和惊涛奇观。我话音未落，不料一拍即和，应声即起，大家驱车即往好望角开去。

开普敦位于南非的最南端，也是整个非洲大陆的最南端，仅次于黄金城约翰内斯堡市，是南非的重要港口和旅游城市。好望角则是开普敦市伸进南面海中的一细长岬角，呈西北东南走向。虽然几次到过开普敦，但都未曾踏脚好望角。穿过西蒙斯敦小镇，不一会即到达好望角的尽头角尖。西蒙斯敦小镇和隔海相望的斯特兰小镇，像两只手臂环抱着福尔斯湾。

好望角是大西洋和印度洋的交汇处，是两大洋的陆上界标，更是从大西洋进入印度洋的海岸指路标。站在好望角角尖的观潮处，运目远望，好望角三面环海，一岬接陆，大海浩瀚，茫茫无涯，峭壁巍然。真是"观海无边天做岸，登高绝顶我为峰"的佳境。只见一轮明月从海涛中耀出，玉辉四射，浩瀚无垠，波涛翻滚，茫茫夜海，洋溢着无限的神秘。由于两大洋中毫无障碍阻拦，浩浩波涛，连成一体，风高浪急，气势滔天，汹涌澎湃，惊心动魄。一会儿，飞涛扑岸，吞星噬月，浪遏巨岩，然后又飞向夜空。我们几个人简直被这从未见过的景色所震撼！难怪在我们来之前，有朋友提醒我们，到好望角踏月，要有胆量，还要特别小心，不要被风浪所吓着，更不要被巨浪卷到海里去！

据说，早在1487年时，葡萄牙国王命32岁的迪亚士率3艘探险船沿非洲西海岸南下，寻找盛产黄金和象牙的印度国。在向东航行数月毫无发现决定返回时，途中接近一个伸入大海中的海岬，不料风暴骤起，巨浪滔天，遮天蔽日，难挽狂澜。船队经过两天与风浪拼搏后，才绕过这一海岬，驶进风平浪静的非洲西海岸。

望着令人生畏的海岬，迪亚士将它命名为"风暴角"。当1488年12月船队回到首都里斯本时，迪亚士向国王裘安二世描述了自己的探险经过和命名"风暴角"的情况。国王认为能绕过这个"风暴角"就能进入印度洋，到达印度国，是个好兆头，于是就将"风暴角"改名为"好望角"，从此延用至今。从这里，也可以想象到好望角的风暴是历来就有的。

月亮从东面印度洋的上空，在夜海水气中，慢慢经过中天，移向大西洋的一边。

夜转深，风愈大，浪愈高，天愈凉。月影下，朦胧中，远处的海涛，势如山涌兽奔，万龙翻腾，汹涌澎湃，搅天倒海；声如虎啸猿啼，狮吼豹叫，雷霆万钧，吓得月影婆娑，星宿发抖。脚下的浪涛倾天飞卷，直扑岩岸，气吞山岬，像要将好望角吞下似的，吓得我们连忙往回跑上高处。否则，真有被卷进大海的危险。五月的天气，好望角正是秋天，天高气爽，风大浪急，夜深潮高，其境过险，不宜久留，乃不约而同地返回。

离开桌山时，没来得及吃晚饭，只顾去好望角踏月看潮，忘记了饿。等离开好望角时，肚子才感到不舒服。我们回到维多利亚港的水门区，在湾内轮渡码头旁的一家餐馆晚饭夜宵合并在一起，痛痛快快地吃了一顿鲍鱼海鲜。南非的鲍鱼又大又便宜。记得有一次，我在德班港请四个英国朋友和国内的几个朋友，一天三顿从早到晚全吃鲍鱼，花了不到二十块南非币。吃得几个英国朋友，喝醉了直往桌子底下爬，乐得国内的朋友哈哈直笑。

酒足饭饱后，我们走出酒家，漫步海边。维多利亚港湾面向大西洋，西沉的月光下，同好望角完全是两个天地。这里风平浪静，船灯熠耀，与岸上的灯火辉映成趣，朦胧中，一派静谧神秘。在此南半球的夜色下，与几个好友在海边散步，实在是难得的浪漫与神怡。

望着远处海上的灯火，我情不自禁地又想到晚上去过的好望角。一边是惊涛骇浪，一边是风平浪静；一边是惊心动魄，恐怖可怕，一边是温馨如梦，浪漫醉人；同是踏月，两种风情；一样海边，两样感受，都令人永难忘怀。但若要问我：你最喜欢哪处踏月，我会毫不犹豫地回答："踏月好望角。"

2007 年 1 月 6 日

奇遇索马里

索马里，这个位于非洲之角上的国家，是给我们印象最深的国家之一。虽然离开索马里已经有些时间了，但索马里的情景依然清淅地常常浮现在我的脑海中。

在索马里，我们住在首都摩加迪沙的国宾馆里。这是仅有一层楼房的国宾馆，是索马里专门接待外国国家首脑用的。我们虽然不是什么国家元首，可也住进了这家国宾馆，享受了一下国家元首级的待遇。

由于我们大部分时间是在外面活动，因此，除了早饭外，很少在宾馆内就餐。在宾馆的第一顿早餐，通常是牛奶、鸡蛋和面包。牛奶和鸡蛋也正常，唯独面包，其特色倒是我们第一次碰到。服务员端上来一篮子面包，每个面包上都有数不清的小黑点。我们开始误认为是黑芝麻面包，就高兴地说："嘿，黑芝麻面包，可好啦！"可谁知道，拿到手里一看，天啊！哪里是什么黑芝麻面包，原来全是黑蚂蚁！我们将在表面上的黑蚂蚁一个一个的往外剔。当把表面上的黑蚂蚁剔完后，原以为可以吃了。可再把面包掰开后，才发现里面全是大大小小的黑蚂蚁，要想剔完，是根本不可能的。而且，每个面包都是一样。算啦，没有他法，大家干脆闭着眼睛，大口大口地吃了起来，并笑着说：黑蚂蚁有营养，这可是营养面包呢！以后，每天早上，我们都是享受这国宾馆里的黑蚂蚁营养面包早餐。后来，经宾馆的工作人员介绍才知道，宾馆厨房的面粉里尽是这种小的黑蚂蚁，厨师根本无法清除它们，只好连蚂蚁一起蒸进面包，这就产生了"黑芝麻面包"，即使是外国国家元首，也只能享受这种面包。

走出国宾馆，在马路上给你的第一个印象，就是满街尽是爬着讨饭的中老年妇女。见了行人，就远远地爬来向你讨钱、讨饭，缠着你不走。对于一个国家的首都来说，这是一条大煞风光的风景线，也是一条让人见了甚感悲伤的风景线。女性，是国家的母亲和半边天，有些竟然过着如此凄惨的生活，实在叫人难以容忍。经了解，这些妇女都是过了生育年龄不能再生孩子而被男人抛弃的。她们无依无靠，且大部分下肢不能直立。只能在地上爬行。我忽然想起，原来索马里是个一夫多妻的国家。在这个国家里，妇女社会地位不高。妇女一旦过了生育期不能再为男性生育时，有些男性就会马上将她休掉，然后再娶更年轻的姑娘做老婆，再给他生孩子。真是罪过！由于索马里大部分人家居住条件不佳，再加上潮湿，很多女性都因为严重风湿而导致半身不遂和下肢瘫痪。所以，只能在地上爬行，看了真叫人痛心。

索马里可以说是一个真正的一穷二白的国家。这个被老牌殖民主义国家统治了几个世纪的国家，可以说是地地道道的"一无所有"。首都摩加迪沙就像一个落后国家的破烂小镇，既没有高楼大厦，也没有像样的房子。居民住的大都是废铁皮和破油毡搭成的棚棚屋。一离开市区，则连这样的铁皮和破油毡棚棚都没有。除了庄园主和牧场主有房子外，老百姓住的大都是地窖，即像我国北方冬天藏地瓜用的地窖，在地下挖一个深坑，上面用树枝和草盖起来，再在上面盖上土。一个这样的地窖，就是一户人家。地窖里除了铺在地上用作睡觉的草外，没有任何东西。更有的连这样的地窖也没有，一家人家住在一棵树下，把树枝稍拉弯到地下，在树的四周用土压住，树枝里面就是一个家，靠树枝的叶子挡住外面的视线。

为了看看农村的实际情况，有一次利用假日，我怀着好奇心，随我国派驻该国的医疗队去乡下给老百姓看病。他们每次下乡必须有男女医生搭配一起去。因为老百姓没有衣服，每家只有一套衣服。要给男人看病，则由男医生进地窖，让女人穿着衣服出来。要给女人看病，则由女医生进地窖，让男人穿着衣服出来。每到地窖口，先喊话问是家中谁有病，然后再决定是男医生还是女医生下地窖去。一个村庄，就是一片地窖。地窖与地窖中间是通道。如果要给住在树下的人家看病，到了树下后，也要先喊着问明是谁有病，然后再决定由何人进去诊断。一家只有一套衣服，挂在树枝上，不看病的人穿好衣服出来站在树枝外面。以树为家的人家，一到下雨，就全家蹲在树下挨淋。幸好，索马里位于赤道两旁，天气不冷。否则，人们将很难过冬。

从乡下归来，我的心一直很沉重。再想到那些满街爬着讨饭的妇女，心情就更加感到难过。对我来说，真是第一次看到如此贫穷的国家，第一次看到如此贫穷的人民，和第一次看到如此可怜的母亲群。用"一贫如洗"来形容，一点也不过分。

索马里全国几乎没有什么工业，主要靠农牧业为生。畜牧业以黄牛、骆驼、羊为主。按照计划，我们参观了一个国营农场和一个私人牧场。我最感兴趣的是牧场的骆驼，像羊群一样多，一群群的在草原上自由自在，无拘无束。我也是第一次见到这么多的骆驼。难怪索马里被称为"骆驼之国"。可惜，这里的骆驼都是单峰驼，不好骑，否则，我一定骑上去，在这非洲之角疯狂奔驰一番，以减轻我心头因伤感而生的压抑。

在牧场里，正好碰上吃午饭的时间。牧场主人请我们就在牧场就餐。广阔的一个大牧场，除了牛羊和骆驼群之外，别无他物，怎么就餐？就在我们心存疑问的时候，陪同人员将我们带到一棵大树下，在草地上铺一块大的塑料布，让我们坐下休息。然后，就在旁边用木柴点起一堆火，不一会又从附近的羊群里抓来一只羊，当场宰掉，用木棍支起来架在火上烤。再把从农场里带来的玉米棒子堆在火上烧。只见羊肉在火中被烤得吱吱地响。不一会儿，羊肉烤熟了，玉米棒子也烧熟了。牧场主人把烤羊从木架上取下，放在客人中间，用两手一块块撕开分给每个人，就着玉米棒吃。新烤熟的羊肉，热气腾腾，又香又嫩，吃起来倒满有风味。又见主人招呼手下人从骆驼群里赶来几峰母骆驼，当场挤出鲜骆驼奶来，倒在塑料杯子里，一杯杯地分给大家。我们大都第一次参加这样的午餐，更是第一次喝这样新鲜的驼奶。主人盛情招待，第一口只好硬着头皮喝下去。仔细品，稍微有点烟熏味道，喝起来倒也别有风味，于是就大口大口地喝起来。

新鲜的烤羊肉，新鲜的烤玉米棒，新鲜的骆驼奶，再加上从农场里带来的新鲜的木瓜，组成了一顿新鲜的野外午餐。这顿午餐，倒比在国宾馆里吃的"黑芝麻面包"来得更有味道。主人非常高兴，我们也感到特别新奇。对于西方人来说，索马里同许多非洲国家一样，是一块完全未开垦的处女地。由于殖民主义者根本不投资开发索马里，所以，今天的索马里一切仍处于处女时代。处女的原野，处女的天空，处女的阳光，处女的白云，处女的海水，处女的海滩，处女的青山，处女的河流，甚至连风也是处女的。在这个原始的处女世界里，一切都是新奇的。这新奇中有希望，有光明，也更有凄惨和悲伤。

仰望着苍空，我在索马里发出疑问：上帝真的存在吗？如果真有上帝，为什么上帝不一视同仁呢？！特别是对那些生育过无数孩子的母亲，眼睁睁地让她们满街乞讨，过着人不如狗的生活，这应该吗？！

2007 年 2 月 2 日

地中海情缘

从叙利亚的拉塔基亚港坐了一夜的船，到了塞浦路斯后又参观了整整一天，不仅有点累，而且更有点饿。当地朋友将我们送到酒店后高兴地说："你们先休息一下，晚上七点钟，我陪你们去塞浦路斯全国最好的中国餐馆吃中国菜。"一听说要吃中国菜，精神顿时就上来了，胃口也马上兴奋了起来。毕竟在叙利亚天天吃阿拉伯菜，肚子早就抗议了！来到塞浦路斯，竟然有中国菜吃，真是出人意料之外。

晚上七点钟不到，当地朋友驱车来接我们去位于尼科西亚市中心的"宝塔中国餐馆"。高高的霓红灯招牌竖立在餐馆的门前，很远就望得见。临街的院子里已经座无虚席。朋友早为我们订好了席位，所以不用担心没有位子。就坐之后，朋友马上去把餐馆的老板请来同我们见面。听说我们是来自中国，老板又马上去把大厨叫了出来同我们见面。见到有中国客人来，老板有说不出的高兴！

大厨出来同我们见了面。这是一个二十七八岁的中国年轻人，倒能讲国语。他自我介绍叫李明，是广东新会人，来塞浦路斯已经有七八年啦，一直在这家餐馆做，生意马马虎虎，还过得去。我一听说他是广东人，那肯定会烧广东菜啦！就说："我就喜欢吃广东菜，今晚可有口福啦！"见过面后，李明忙回厨房去忙乎。我们几个则笃定等享用啦。

可是，等一道道菜上来后，天哪，这是什么广东菜？！因为我们是客人，又不好当着朋友的面表现出来。我就起身去院子里转了转，发现每个桌子上的菜基本上大同小异，差不了多少，但客人们却又说又笑，吃得开心满意。

由于是朋友请我们吃饭，不管是好是孬，也要给朋友留个面子。我们努力吃饱，还得满口不断地称赞"好吃"和"谢谢朋友"。

当我们快要离开餐馆时，李明特地出来同我们告别，欢迎我们下次再来，多多关照。

我趁餐馆老板走开时，忙把李明拉到一边，半开玩笑、半认真地说："李先生，你这是烧的什么广东菜呀？广东菜的名誉全叫你给糟蹋啦！"

李先生很有自知之明，忙自我介释说："对不起！我根本就不会烧菜。原来我只是广东乡下的一个生产小队长。后来到了香港，我姐姐又把我送到这里一个朋友处。我既不懂技术，又不会外语，更没有钱，能干个啥？姐姐的朋友为了照顾我，让我来这家餐馆当洗碗工。当时，这家餐馆生意也不好，眼看着就要关门啦。鬼使神差，老板忽然想起我是来自中国，灵机一动，有了新的主意。他问我姐姐的朋友我会不会烧中国菜？如果我会烧中国菜，他就马上将餐馆改成中国餐馆。因为当时全塞浦路斯还没有一家中国餐馆。我把自己的情况同姐姐的朋友讲了，姐姐的朋友说，可以先试试，反正老板的生意眼下也不好！就这样，餐馆换了招牌，改成了"宝塔中国餐馆"，我就从一个洗碗工一下子变成了大厨。可说实在的，我从来就不会烧菜。以前在乡下时，都是我老妈烧给我吃，是吃现成的，现在要烧菜，没有更好的办法，只得按我老妈烧菜的样子，照葫芦画瓢地干起来，当然你们觉得不好吃了。但万没想到，老天帮忙，这里的人大多数没去过中国，也从来没吃过中国菜。中国菜究竟是什么样子、什么味道，他们一概不知。他们只知中国菜好吃，所以，听说我们这里有中国菜，纷纷慕名而来。由于同原来的口味不一样，他们就感到很好吃。这样一来，生意倒真的好了起来！你看，每天都是这个样子，坐得满满的！"我们听了后，都哈哈大笑了起来！

正在这时，两个约六七岁的小男孩走了进来，后面还跟了一个二十四五岁样子的姑娘。李明忙介绍说："这是我的两个双胞胎儿子。对不起，他们中国话讲不好。"说完，他又转过身去把那位姑娘拉到我们面前说："这是我老婆，当地希腊人。不过，她中国话也说不好。"他老婆，一位漂亮的希腊姑娘，很有礼貌地向我们笑笑，表示认识了。李明继续自我介绍说："这姑娘也是老板给介绍的。老板看我给餐馆带来了火红的生意，赚了钱，不但给了我30%的红股，还主动给我介绍了女朋友。六年前，一句希腊话也不会讲的我，和一句中国话也不会讲的她，我们就靠点头和微笑，结了婚。在塞浦路斯，我是第一个娶希腊姑娘的中国人。按希腊人的习惯，我老婆带给我一栋花园房子和一辆小车，后来我又买了一辆车和一栋花园房子。我们现在有两栋房子和两辆车。老婆在政府机关工作，又生了一对双胞胎，她非常开心。"

两个小男孩，一个像他们的妈妈，标准的希腊面孔；一个像他们的爸爸，典型的广东脸型。我看了后笑着打趣说："你们俩真会办事，不偏不倚，一个像妈妈，一个像爸爸，公平合理。"李明同他的老婆都会意地笑了，两个孩子则亲昵地依偎在他们中间。

从餐馆回到利马索尔的酒店，告别了客人后，我步向阳台。海风阵阵吹来，满载着地中海的柔情，轻抚着面颊，给人以无限的惬意。我望着地中海的夜空，银汉缥缈，星光闪烁，神思远飞，遐想万千，心情难以平静。古老的地中海啊，你不仅孕育了古老的地中海文明，更诞生了无数古老美丽的地中海神话——古埃及神话、古希腊神话、古罗马神话、古拜占廷神话、古奥斯曼神话！而现今，一个来自遥远中国广东的小伙子，连一句希腊话都不会讲，竟然娶了一位连一句中国话也不会说的漂亮的希腊姑娘，又生了一对可爱的双胞胎儿子。夫妻恩爱，成双比翼，这不仅是一段美丽的地中海情缘，更是又一个美丽的现代版神话吗？！

美丽的地中海呀，你胸怀着多少美丽的浪花？你的每一束浪花，都浸透着灿烂的古老文明；你的每一束浪花，都蕴藏着一串美丽的神话。你不仅是古老文明的摇篮，更是美丽神话的摇篮！难怪，人们的地中海情缘总是那么深，那么远，那么美，那么甜！

2007 年 3 月 16 日

在维纳斯的故乡

在酒店刚刚用过早餐，陪同我们的塞浦路斯农业部副部长迈纳斯先生兴致勃勃地走进来，对我们说："今天我老爸科斯特·迈纳斯要陪你们去游览一个你们肯定都想去的地方，"他边说边露出极其神秘的色采。

科斯特·迈纳斯是塞国前全国总工会主席，现在专门从事中塞友好的联系工作。我们马上异口同声地说："帕福斯——维纳斯的诞生地！"迈纳斯先生哈哈大笑地说："我早就知道你们要去维纳斯的故乡啦！这是每个来塞浦路斯的人必须要去的地方，你们怎会例外呢？哈哈！"

帕福斯，维纳斯的诞生地，位于塞国最西的尖端。从利马索尔港至帕福斯不到一小时的车程。我们从海边一路西行，一边是碧波粼粼的海水，蓝得如织锦缎；一边是不高的典型的地中海气候下的山岭，山顶丛丛绿树，山坡葡园连片。车子在葡园和海波间行驶。随着车子的颠簸，我们的心快要跳出来啦，急于要看维纳斯的故乡，一个诞生美的化身的圣地。

海风徐徐，阳光灿烂。地中海的阳光，是全世界有名的。当小车往西北稍拐了一个弯后，迈纳斯先生指着不远处山脚下海水中一块巨大的岩石说："快看，那水中巨大的岩石下，就是维纳斯的诞生地。"

车子往前又开了一会，停在山脚下巨石耸立的海边。原来老迈纳斯先生已先我们到达这里。他是从帕福斯的住处赶来的，所以比我们早到。彼此见过面后，老迈纳斯神采飞扬地给我们当起了向导，介绍起维纳斯的美丽故事。

维纳斯，是古希腊的女神，是美的化身，是美的偶像。塞浦路斯是古希腊的领土，所以，维纳斯就成了古希腊的女神。

据说，维纳斯就是诞生在这块巨石与地中海海水撞击时溅起的浪花中。这矗立海水中的巨石，就是维纳斯的父亲，这粼粼碧水，则是维纳斯的母亲。多么神奇的故事，多么美丽的传说！老迈纳斯滔滔不绝地介绍，我们则听得入神入迷。我的目光从海中巨石移向海边的山巅。这山，从上到下，并无裸露的岩石，更无岩崖，全是茂盛的葡园。这么大的巨石是从哪里来的呢？既不像是从海底下长出来的海岩，也不像是从山坡上滚下来的山岩，更不像是从天上掉下来的陨石！这就是这块巨石的神奇所在！

由于维纳斯诞生地的神奇传说，更由于维纳斯的美的偶像，帕福斯成了全世界情男靓女追求美、寻觅美的必来之地。每年都有热恋中的年轻男女，或千里迢迢，或万里迢迢，络绎不绝地来到帕福斯，来到这澄碧的地中海，围着这巨大的岩石游泳，嬉戏，山盟，海誓，让海水涤去自己的凡心俗气，让巨石增添自己的坚强意志。据说，来这里游泳，可以使自己像维纳斯一样美丽；又说，来这里游泳，可以使恋侣鹣鲽不离。

面对着巨石旁，海水中正在欢乐的小伙子和姑娘们，我似乎着了迷，思绪又飞回了遥远的古希腊……当时的维纳斯究竟有多美？她的父亲是岩石，母亲是碧水，她的性格肯定是坚强的，而她的心地又肯定是柔软和善良的。

帕福斯，这爱的圣地，美的圣地，带给人们的是无比甜蜜和崇高情操，更带给多少人们无限美妙的遐思！

我蓦地离开老小迈纳斯和同伴，独个儿一口气爬上了海边的山顶。这里恰如南非的好望角，一岬西去伸入海中，山下两边，碧波涟涟，清风习习，运目远去，天海一体，昂首开怀，心旷神怡，如仙如神，难怪乎维纳斯诞生在这里！

在帕福斯，我们逗留了大半天，久久不忍离去。遥思古往，细看眼前，瞻望未来，关于维纳斯的多少美丽故事和传说，关于维纳斯的美的偶像和圣洁，千百年来，曾经迷过多少青年男女，而维纳斯的断臂肖像，又成为多少艺术殿堂和家居中的摆设和典藏。

离开帕福斯时，老迈纳斯似乎洞悉我们的心思，早把准备好的维纳斯断臂肖像送我们每人一尊，是给我们游览帕福斯的最好纪念品。我小心翼翼地捧着这尊维纳斯肖像，回到酒店，把它细心地放在台子上，唯怕碰坏了它。

回国后，我把它放到我的玻璃书橱里最醒目的位置。每当我抬头看到这尊来自维纳斯故乡的维纳斯肖像时，我的心绪就会情不自禁地又回到帕福斯，回到维纳斯的故乡。那山，那海，那巨石，那碧水，那飞翔的海鸟，那嬉戏的情侣，拱托着那美丽的传说，印证着那神奇的故事，把人又带回到那如梦如醉的境地。

最后，让我用自己所写的一首诗的尾段，来结束这一纪事：

> 在塞浦路斯的西部帕福斯，
> 我游历了维纳斯的诞生地。
> 主人送我一尊维纳斯肖像，
> 带回后放到我的玻璃橱里。
> 每当看到维纳斯端庄的娇躯倩影，
> 似乎又听到波涛中涌动的那首诗！

2007年3月20日

做客总督府

　　在毛里求斯的日子里,适值遇上周末过中秋节。这天,我们同当地的朋友一起去海边游泳和晒太阳。毛里求斯被誉为印度洋上的明珠,是印度洋上的"夏威夷"和非洲的"海南岛"。那蔚蓝的天空,碧澄的海水,明净的海滩,多姿的风采和浪漫的民情,更是世上一流。直到下午四点,我们才恋恋不舍地离开那温馨如梦、细软似锦的沙滩,和清澈透亮的海水,回到酒店。不料,刚刚进门,就接到总督府的电话通知,请我们去总督府做客,并出席总督专门为我们举行的中秋家庭晚宴。

　　我们本来计划晚上去一家海边的中国餐馆,好好地过一个中秋节的,顺便同一些当地的中国朋友,共度中秋,同赏明月。接到总督府的通知后,感到总督美意可贵,盛情难却,便高高兴兴地准备好去总督府赴会。

　　下午五点钟不到,总督府就来车接我们去。到了总督府大门口,我们下车一个个排队在签名簿上签名后,就被引领到会客室去。总督先生早已在等我们,同我们一一握手见面,并招呼我们坐下。他自己则坐在一个单人沙发上。总督是印度后裔,六十多岁,中等个子,黝黑的面孔,人很和善慈祥。更难能可喜的是,他能讲一口流利的中国话,完全不用翻译。他问我们在毛里求斯过的如何,习惯与否。几句问话,一下子缩短了总督与我们之间的距离。总督先是招呼我们吃水果和小点心,边吃边聊,他主动地向我们介绍毛里求斯的国情与风俗习惯。在介绍完当地的习俗后,他高兴地说:"今天,是你们中国的中秋节,所以,我请你们来,在总督府与你们一起赏月,共度中秋佳节,是临时决定的,我想你们不会反对吧?"听了总督的话,我们都情不自禁地笑着回答说:"总督想的真周到,非常感谢总督的美意!"我问总督在哪里学的中文,说得这么地道。他笑着说,年轻时他曾经在香港的一家印度银行里做事,是跟银行里的中国朋友学的。他很喜爱中文。除了会讲中文外,总督的广东话同样讲的很流利。原来如此,难怪总督中文说得如此好!

　　简单的会见,约有半个多小时,然后总督便带我们参观总督府。整个总督府占地八百多英亩,主体是一座三层楼的别墅建筑。在别墅的前面,是一个极其宽广的大花园和草坪,周围被茂密的树林和一翠辇所环绕。总督先带我们参观了府中陈设,然后就带我们去花园和草坪漫步观赏,并热情地同我们在门口花园中拍照留念。偌大的一座别墅和花园草坪,实际上没有几个人居住。除了总督夫妇和他们的两个双胞胎外孙女外，就是总督府的不多的几个工作人员。在同总督拍完集体照后，大家还同总督个人单独拍了照。随后，我特地邀请总督的两个双胞胎小外孙女一起拍照。这张照片成为在国外的若干留影中最喜欢的一张。照片拍完，我就带着这两小姐妹在花园和草坪上玩耍。她们有说有笑，一点也不陌生，就像家里人一样。

太阳落山后，月亮透着妩媚和温馨，冉冉从东边的林梢上升起。总督府坐北朝南，初升的明月，又大又圆，清辉洒满了整个总督府和花园草坪。晚宴就在别墅前的花园草坪上。宽大的长宴桌上，摆满了各种鲜花、水果和月饼。每个人的面前点一盏洁白的小蜡烛，那气氛简直优美极了。总督与夫人分坐在长桌的两端，我们与其他的客人分坐在两边。总督招呼我们坐好后，就高兴地说：“今天是中国的中秋节，难得有中国朋友来总督府与我们一起过个中国的节日。这是家庭聚会，大家不用客气，就像在中国家里一样。我专门请了文华酒店的最好的中国厨师帮忙，做些传统的中国饭菜，月饼也是从文华酒店定做的，希望大家开心。我们不在宴会厅，就在这月下花园草坪上，边吃边谈边赏月，你们看如何？”总督高兴地边笑边问。从他的中秋家宴的特意安排，可以充分地看出他对中国文化习俗的熟悉与热爱。

毛里求斯是一个面积仅有 2 040 平方公里的印度洋岛国，四周为一整个环型的珊瑚礁所围绕，对整个毛里求斯形成了一个天然保护圈，鲨鱼难以进入近海滩。阳光灿烂，海风清新，水清见底，沙细似锦，山如雕塑，林如翡翠，再加上人们心地善良，社会和谐，被称为印度洋上的度假天堂。首都路易港就在海边上，更是海岛之明珠。总督府就位于这颗明珠海边的山脚下，风景更是十分优美。

不一会儿，月亮升上了半空，整个总督府在如水之月光下异常静谧。宴桌上的烛光，摇曳闪烁，抖动花影，与月辉相映成趣。月影洒入酒杯，晶莹剔透；烛影融于玉液，绯晕明亮。一桌传统的中国美食，几盘团圆的中国月饼，一席丰盛的中秋家宴，数颗火热的游子赤心，天涯有缘，汇集在一起。主人与客人同桌共餐，同月共赏，同节共庆。在这万里之遥的印度洋上，能过上如此美好的中秋佳节，实在是我们所料想不到的。晚上出席总督家庭晚宴的，除了我们外，还有几个当地的华人侨界名流和总督的私人至交。宴会没有特别的形式，完全是一个家庭聚会，洋溢着节日的气氛。这更使我们感到特别亲切和无比愉快。

为了感谢总督的盛情款待，我情不自禁地站起来，借总督的酒，向总督夫妇敬了一杯，并随即敬吟小诗一首：

中秋玉轮圆碧空，总督家宴更盛情。
沧溟荡漾诚意深，金樽盈溢美酒红。

清辉烛光共相映，毛中两国同月明。

遥将厚谊寄神州，千秋佳话载汗青。

总督想不到我会当场吟诗谢他，连忙站起来，举杯对月，建议大家一起为中国朋友干杯，祝中国繁荣昌盛！随后，就是欢乐的掌声和惬意的笑语。

明月当空，烛光摇曳，美酒盈樽，笑语频频。这顿总督府的中秋家宴，在欢声笑语中延续了很久很久。当我们离开总督府的时候，月亮已经转向了西天。海风阵阵吹来，给这难忘的海外中秋佳节夜晚，更增添了无穷的惬意。

一个国家，一个民族，要想发展，必须发奋图强，善交善友。毛里求斯，区区一个海岛小国，能够成为今天印度洋上的国际旅游中心、国际会议中心、国际航运中心和非洲的第二富国，这与他们的热情善良和善交善友是分不开的。我热爱毛里求斯优美的自然环境，更喜爱毛里求斯人的热情好客和善交善友的性格。

2007年6月20日于美国加州拉荷亚

星光熠熠耀戛纳

你知道戛纳吗？你去过戛纳吗？

戛纳，这个法国东南海边尼斯的卫星小城，像圣迭戈的拉荷亚一样，以其独特的美丽和富有而著称。在欧洲，它被称为醉生梦死者的天堂。可是，在中国，如果不是电影节，似乎很少有人知道这个地中海北岸的法国小城——戛纳。

在马赛办完事后，本来计划回巴黎转去空中巴士城图卢兹访问。当地的朋友好意地告诉我们说："正逢一年一度的戛纳电影节开幕，难道你们不想就近去观光一下吗？这可是难得的机会呀！"

由于几天以来忙得团团转，忘记了从巴黎来马赛时沿路看到的戛纳电影节的巨大海报广告牌。经朋友提醒，这才想起戛纳电影节就要开幕的事儿。与同伴小议后，认为难得一遇，大家决定挤时间就近去观光一下。

去戛纳，正赶上电影节开幕的一天。早上从马赛出发，经过小城德拉吉尼扬，接近中午时到达戛纳。

五月的戛纳，阳光如金，碧空晶莹。背依优美的小山，面临蔚蓝的大海，微风吹拂下的湛蓝海水，泛着粼粼金光。马路两边，各种巨大的电影节海报，在明媚的阳光照耀下，鲜亮夺目，光采照人。我们打听到电影节开幕的时间后，就早赶到戛纳海边最大的电影节宫前，等待观看电影节开幕时盛况。

下午五时左右，电影节宫前的马路就实行交通管制，禁止机动车辆通行。在电影节宫前面的空地上，已铺好了大红的地毯。据说，戛纳电影节的红地毯，是欧洲三大电影节中面积最阔大、色采最艳丽、气势最恢宏的，宽十多米，长百多米的红地毯，从电影节宫的底部，一直铺到40多级高的台阶之上，仿佛一条巍峨峻峭的彩色天梯，令人神往，恨不得自己也能在这红地毯上走上几步。

鲜红的地毯，碧蓝的海水，耀眼的星芒，把这个原本就美丽异常的海边小城衬托得更加魅力无穷。

晚上，电影节开幕仪式，是戛纳电影节最迷人的时刻，也是群星争辉、小城疯狂的时刻的开始。电影节宫前人山人海，来自世界各地的影迷和热情的戛纳人在开幕式开始前，就早早地在地毯前守候了。他们有的推着婴儿车，有的牵着自己的小狗，有的抱着自己的小猫，还有的把自己的孩子顶在肩头上，人人手中举着摄影机、照相机,耐心地等待着明星们的出现。

等啊！望啊！盼啊！当那些身穿争奇斗艳服装的魅力女星们踏上红地毯的时候,接之而来的是围观影迷们的疯狂欢呼、喝彩、尖叫、鼓掌,和蜂拥而至的摄影记者们的亮如白昼的摄影闪光！我们几个夹在狂热的人群中,也情不自禁地与人们一起欢呼狂叫,张望观赏,与人同乐,直到整个开幕式结束,随着四散的人流离去。

由于来自世界各国参加电影节的明星、演员众多,再加上来自世界各地的影迷与追星族团的庞大,我们又是不速之客,戛纳小城乃至整个尼斯,夜间旅馆一室难求,电影节宫开幕演出票,更是千金难购。我们有自知之明,去一家小的旅馆与接待员商量,不论条件,看能否安排我们几个睡睡就行。最后,他们给我们在廊道上临时加了几个床铺,请我们使用公共洗手间。反正,我们也不计较,只要有地方睡就谢天谢地。记得,有一次在巴黎博览会期间,我也睡过一次走廊加铺的,像是20世纪70年代某次到上海出差一样。

可能由于紧张和兴奋过了头的缘故,尽管在走廊加铺,我却一躺下就睡着啦,而且睡得特别香甜,不久就进入了梦乡。梦中,我不再是一个影迷,而是一个有名的明星,随从国家电影代表团,参加第100届戛纳电影节。电影节宫不是在海边,而是在山顶上,一座新盖的华丽电影宫占据了整个山顶。无边的红地毯丛山顶电影宫台阶上一直铺到海边。当我从海边步上红地毯时,有众多的天女在空中向下抛撒鲜花。花瓣落满我的全身。红地毯前的影迷们欢呼狂叫,掌声如雷。摄影记者们像是从天而降,在我的面前举着相机,不停地按动快门,发出闪闪光亮。随着第100届戛纳电影节评委会主席高声宣布我被评为第100届戛纳电影节影帝时,从山顶到海边,顿时爆发出山呼雷鸣般的掌声,汇同着地中海的涛声,响彻云霄海外,震动地宫天庭。我从来没有的激动、兴奋,接过影帝的奖杯,吻过评委主席的手,便同诸明星热烈拥抱和互祝成功！

"起床啦！看你像是在睡总统套房。快起床,吃饭后到外面逛逛。"当我正在做着第100届戛纳电影节影帝美梦时,我的同伴早已起床来喊我啦。我从第100届戛纳电影节影帝的宝座上又回到现状,一张走廊加铺,就这样在酣梦中睡了大半夜！

这就是戛纳电影节不速之客的奇遇。

由于法国人从来看不起英国人的缘故,法国人很不屑讲英语。所以,在戛纳同在巴黎一样,你讲英语是行不通的。这里的警察也好,旅馆、饭店的服务员也好,没有人会讲英语的。大部分法国人总认为自己民族优于英国人,法国人比英国人高贵,所以,不屑去讲英语。因此,你很难在戛纳找到英语的路标和广告牌。你如果不会法语,只会英语,那你的麻烦就大啦。因为你讲英语,没有人会理睬你,当然也就没有人会帮助你啦。戛纳虽然是有名的旅游胜地,酒家、旅馆、商店,到处都有,但如果你不讲法语,就会遇上很大的服务困难。

戛纳小城,城小名气大。早在很久以前,便是欧洲人们梦寐向往的地方。1860年以后,随着电影节的成功举办,电影节无疑是对戛纳小城的锦上添花。戛纳不但是追求享乐者的天堂,同时更是电影明星和演员们追名争辉的天堂。在欧洲三大电影节中,戛纳电影节无疑名气最大、影响最大、规模最大、成就最大。许多电影明星和演员,以把自己能在戛纳电影节上成名获奖,看成是毕生奋斗的目标。

每逢电影节时,这里明星如云,璀灿熠耀,争奇斗艳。无论酒店、餐馆、旅社,或是马路、车上、海边,你随处可以遇见来自各国的电影演员和明星。如果你语言没有障碍,又是经常看外国电影,你就有可能在这里遇到你所迷恋的演员、明星,甚至有可能成为朋友。你如果有充足的时间,还可在这里亲眼看超级明星大比拼的盛况,更可以亲眼欣赏群星争辉、小城疯狂的奇景! 你更可以邀上三五位好友同你一起去海上荡舟扬帆、激水戏浪,然后躺在海边,尽情地享受地中海上的阳光,去畅想地中海悠久的文明历史和古老文化的灿烂辉煌。

"电影节是戛纳的灵魂!"每年戛纳电影节,不仅仅是电影人和众明星们的盛大节日,更是戛纳市民与游客的狂欢节日!

没有去过戛纳的朋友们,请去一次吧! 去会见你心目中的偶像明星,圆你电影迷的"戛纳之梦"!

2008年1月22日于美国加州拉荷亚

墨尔本蓝天牧马记

五月的墨尔本，秋高气爽，万里无云，阳光灿烂，海风阵阵。亚拉河畔宁静清新，行人熙攘。经过一夜的休息，人们倦尘全消，精神抖擞，迎来新一天的风采。

早上，8点钟不到，格罗斯贝·拉尔夫先生就亲自驾车来接我们去他的牧场，陪他牧马。虽然这安排早就有计划，但当他说起时，我们还是压抑不住内心的激动和喜悦，恨不得马上赶到他的牧场去。

拉尔夫先生看出我们的心思，就笑着说："不用急，先去我家，然后我们坐直升机去。因为马场不在一处，分布在好几个山下，必须坐飞机去，顺便也可以让你们看看澳大利亚的田园风光和山野秋色。"

拉尔夫的家坐落在海边，是一处很大的花园别墅。我们下车后，稍停片刻，拉尔夫就带我们到停在别墅附近他的直升机旁边。这是拉尔夫的专用飞机。安排上飞机后，拉尔夫启动马达，亲自驾驶飞机离开了他的别墅，朝着墨尔本市的西北方向飞去。

飞机上除了拉尔夫先生外，机舱里共有四个坐位，两两相对，中间一个小台子，可以打扑克，亦可喝咖啡与饮料。旁边有一个迷你冰箱和电视机，冰箱里有各种饮料，听随客便。我们一行3人，加上特地来陪我们的汪征镰先生（系荣毅仁老先生的外甥女婿，旅澳华侨），正好4人。大家边说边喝，边欣赏机翼下面的郊野风光。飞机在低空飞行，不时地掠过村庄与田园，山林与河流，像一只山鹰，腾上跃下，让我们尽情地欣赏秋色中的美丽图画。

这是我们在国外第三次乘坐私人直升机，一次是在美国的缅因州，一次是在德国的不来梅。这次系纯粹的游览，故最惬意。

约莫飞了20分钟的样子，飞机进入了低矮的丘岭山区。拉尔夫先生指着下面的山坡介绍说："前面就是澳大利亚山的余脉，我的牧场就在这些山脚下的平地上或山坡上。澳大利亚山从新南威尔士州的东南部向西南延伸，一直延伸到维多利亚州的墨尔本的海边。今天，我请你们陪我在蓝天上牧马，一来看看我的马场，看看我的马群，二来顺便看看澳大利亚山的秋季风光。"

说着，他放慢了速度，指着一个山坡上的牧场讲："你们看，这就是我的一个牧场。这里共有300匹马，是澳大利亚有名的良种马。"我们顺着拉尔夫指的方向望去，在一个山坡上有一块很大的空地，四周拉着低矮的铁丝网，除了深秋的枯草外，中间没有一棵树。我问拉尔夫先生，为什么牧场中没有树？他回答说："凡是养马的地方，不能种树。因为有树，有时马跑到树下，管理人员不易控制，我在飞机上更无法看到它们，无法掌握马群的动态。所以，每个牧场只能在周围种树。牛、羊牧场也一样。"

飞机在牧场上空的蓝天中不停地旋转着，像盘旋的山鹰，傲视着牧场中的一切。草地上的马儿或三五成群，或单行独往地觅寻着满意的草儿，当听到飞机的马达声时，习惯地仰起头来，朝空中看看，像是向主人致意似的。牧场外的山坡草地上则不时地有三五成群的袋鼠在追逐奔跑，自由自在，快乐逍遥，更给秋色增添了无限的风采。

在马场上空转了一会后，拉尔夫先生将飞机拉高，越过了山头，又飞向山的另一坡上。这里又是一个差不多大小的牧场。拉尔夫先生讲，这里共有350匹马，匹匹身健体壮。说着，它将飞机低飞，随后停在牧场一角的迷你停机坪上。从牧场管理处的小房子里出来一个30岁左右的青年人走向前来同拉尔夫打招呼。拉尔夫介绍说，每个牧场都有一个管理人员负责，掌握马的生活动态，每天将详细的报告给他，供他及时了解马场的情况。

大约过了十几分钟情形，拉尔夫又带我们飞向了另一山头。这天天气特别好，碧空澄澈，没有一丝云影。飞机翼下，群山红遍，层林尽染，阳光闪烁，熠熠生辉。在这南澳的深秋，同样有着秋天的韵雅和红叶的风采。此时此刻，在崇山峻岭的上空，从低飞的飞机上，你才真正领略到万山红遍的壮观和秋韵无限的天籁。这时，我们才深深体会到拉尔夫先生特意安排我们蓝天牧马的真正用心所在。像这样的牧马方式，对我们几个来说，都是第一次，但对拉尔夫先生来说，则是他的日常工作。这里面自然有他的欣慰与惬意。

一个上午，拉尔夫先生带我们飞过了一个山头又一个山头，飞遍了一个牧场又一个牧场。他兴致勃勃，我们心旷神怡。毕竟，对我们来说，这种安排不多见，这种机会也很少有。我们就这样任由他带着在这澳大利亚山上飞上飞下，转来转去，精神抖擞，毫无倦意。

接近中午时，拉尔夫将飞机停在一个山头平地上。这里有一块大草坪，和一座小的别墅，是拉尔夫在山顶上的住处。下了飞机后，拉尔夫带我们进了休息室，他夫人早已在等着我们。拉尔夫笑着说："今天中午，我们就在这里吃午饭，然后休息一会，下午继续看。"

这是一幢单层的别墅，位于山头的最高处。卧室、工作室、厨房、会客室、康乐室、舞池，样样齐备。别墅的四周，喷泉流水，绿树成荫，花圃艳丽，石雕精致，给人一种世外桃源的宁静感觉。午饭是拉尔夫夫人同另外一位女佣做的，除了面包、色拉外，主食是烤小羊排。澳大利亚号称"骑在羊背上的国家"，烤羊排是其特色美食之一。一上午，我们在蓝天上飞得开心，在牧场里看得开心，这顿午餐更是吃得开心。因为烤羊排是我的至爱，不用讲，我着实饱餐了一顿。拉尔夫夫人却一再道歉说烧的不一定合大家的口味，请多包涵，等等。

拉尔夫先生总共饲养了近 5 000 匹马，有十几个大小不同的牧场，和一个颇具规模的马医院，在澳大利亚属于大的牧场主之一。我们在山顶别墅喝过咖啡和稍作休息后，又同他飞向蓝天，飞向别的牧场。拉尔夫先生一边注视着前面的方向，一边向我们介绍他的"养马经"。

在一个牧场，我们碰巧遇上有几匹马正在装上货车，要送给客人，马儿似乎不肯上车。想到这几匹马就要离开朝夕相处的伙伴，天各一方，自然有些恋恋不舍，看了真叫人有点为之难过。记得《名贤集》上有句名言说：马有垂缰之义，狗有湿草之恩。马是人们的好朋友，是极有感情和灵性的动物，更不用说它们要离开自己的同伴呢。

约莫下午六点钟，我们回到了酒店。这一天，我们在澳大利亚山上的蓝天中上上下下飞行了六七个小时，被称作"蓝天牧马"。人家说：走马看花。我们是驾机看马。我们名义上说"牧马"，实际上完全是"观马"，在群山与蓝天上愉快地度过了难忘的一天。拉尔夫先生堪称为养马专家，他熟知马的一切，更对马有着深厚的感情和至爱。所以，谈起马来，他总是眉飞色舞，滔滔不绝。这一天，我们不仅看了那么多的马，听了那么多马的故事，更学到了不少关于马的知识。除了看马外，我们还欣赏了美丽的澳大利亚山的秋色，真是难得！

我们每个人都很高兴。我在这一天的日记中这样写道："墨尔本，很有意义的一天。"

2008 年 2 月 2 日

漫游悉尼港

凡是到过澳大利亚的人，无不对悉尼留下难忘的美好印象，无不希望重返悉尼。我也是这些人中的一位，离开澳大利亚，却念念不忘那遥远的美丽海港。

从塔斯马尼亚岛回到悉尼时，正值周末。按当地朋友的计划，是乘游艇游悉尼港，去领略南太平洋的旖旎风采。

这天一早，温斯托克先生就开车到酒店来，接我们去悉尼港游艇码头附近的一家咖啡座吃早点。他边吃边向我们介绍一天的游港安排，让我们事先有个思想准备。除了早餐外，午餐将在游艇上吃自助海鲜。然后，继续沿海边游览。晚上回到岸上去悉尼市里的"红双喜酒家"吃中餐，问我们有什么意见？出门在外，客随主便，我们没有意见，只表示给朋友添麻烦，很不好意思。接着，温斯托克先生又简单地介绍了一起参加游海港的主要朋友。除了我国驻悉尼总领馆的部分工作人员外，其他大部分都是悉尼工商界和媒体的头头，总共有一百多人。他称，组织这么多财界、商界和媒体的朋友一起游海，他还是第一次，因此，非常高兴！

温斯托克先生原是匈牙利人，第二次世界大战期间，曾经当过炮兵，参加过反对德国希特勒的战争。二战结束后，他携全家来澳大利亚定居。目前，虽已是高龄，但身体硬朗，精神矍铄，讲起话来，如同发射机关枪，若不认真听，就很难捕捉他那带有匈牙利声调的机关枪发射的意思。

吃过早点后，我们便直接步行去游轮码头，早有先到的朋友等在那里。在游艇俱乐部工作人员的扶护下，我们陆续登上游艇。因为人多，今天没有用私家游艇，而是从悉尼海港游艇俱乐部租用的一艘大型豪华游艇。游艇共分三层，底层有卧室、洗手间和活动室，二层是咖啡室、舞厅和休息室，顶层为观景台，有台、椅，可以坐在台旁，边欣赏海景，边喝咖啡、饮料等，边聊天。

我们是第一次乘这么豪华的大型游艇游海。在香港虽然也乘过几次豪华游艇，如嘉里集团董事长郭鹤年的游轮，但没有这么大。大家登上游艇，相互认识后，便各随其便。

游艇离开停泊码头，驶向悉尼著名地标之一的海港大桥。头上，晴空万里，澄澈无垠，鸥翔鹭翔，翩翩起舞。艇下，碧涛浩瀚，波光粼粼，游艇在海原上犁起两道雪白的浪花，像两条长长的尾巴，拖在游艇的后面，逶迤摇摆，闪闪发光。

从游艇上看悉尼海港大桥,如长虹搭空,如天桥飞架,气势雄伟,巍巍壮观。不一会儿,游艇驶到大桥的底下。我们在桥下,仰观凌空出世的飞天长虹,个个都想爬上去,从这一端走到另一端,居高临下,尽情欣赏悉尼海港的雄伟壮阔,去领会人生的奥妙与真谛。坐在一旁的葛瑞夫太太,正在同另一位女士边欣赏大桥、边聊天,看到我不停地在选择各种方位拍摄大桥的雄姿,就热情地问:"是第一次到悉尼么?"

"是。悉尼港实在太美啦!"我情不自禁地笑着说,言谈中掩饰不住内心的高兴,连忙调好焦距,在征得同意后,对准葛瑞夫太太和她的女友,拍下一张难得的照片:美丽的长虹下,两位美女正坐在游艇上闲逸地聊天,谈笑风生,尤如天仙。

这时候,站在一旁的美雅集团的执行董事副总裁葛瑞夫先生走过来,打趣地对我说:"看到啦,我们澳大利亚人都是英国罪犯的后代。当年英国政府把犯人一船船地运来澳洲,让这些政治犯人不能反对他们。没想到,就是这些政治罪犯的后代,今天把澳大利亚建设得这样好,管理得这样好,远远超过了英国本土。"

"可能政治犯不同于一般的刑事犯吧。政治犯大多有较高的文化水平和一定的政治抱负。"这时我想起西非塞拉利昂的首都弗里敦,当年英国政府在把一些政治罪犯运往澳洲的同时,把一些刑事罪犯等押运到西非弗里敦去,让他们在那里自生自灭,美其名曰"自由城"。一百多年过去了,塞拉利昂和澳大利亚却有着天壤之别。弗里敦虽然也是西非最好的天然良港,又是全国政治、经济和文化的中心,却无法同悉尼等相比。

"你说得不无道理!"葛瑞夫笑着说。他自称是纯种英国罪犯的后代,但他毫不因为自己是罪犯的后代而感到耻辱。所以,他把澳大利亚今天的富强,理所当然地同他们这些英国罪犯的后代联系起来。

离开海港大桥,游艇驶向悉尼另一著名地标——悉尼水上歌剧院。没有到过悉尼的人,只要看到悉尼海港大桥和悉尼水上歌剧院的照片,就会知道这是悉尼无疑。悉尼水上歌剧院造型奇特俊美,世上独一无二。有人说是像张开的贝壳。但我看倒更像是一株侧放的莲花,在碧波荡漾的海面上,散发出诱人的莲香。为了保护这一世界名胜,游艇不可靠近,只可在远远的海面上遥眺这一建筑。从陆上,我们已经参观过这一建筑,还在里面看过一场精彩的演出。但从远方的水上看,则显得更美,给人一种碧波荡漾中的缥缈感。

当游艇离开歌剧院的水面,驶到靠近邦迪海滩(Bondi Beach)时,已近中午。游艇抛锚停泊在邦迪海滩附近的海面上。午饭是海鲜自助餐。我有生以来第一次吃生蚝、生龙虾,就是这次在游艇上。除有各式色拉、面包、点心、米饭、虾、鱼、牛羊排外,最耀眼的就是大生蚝和龙虾。看到当地的朋友,把一只只生蚝从壳里挑出后生吞活咽,把龙虾切开将肉生吃时,我不禁伸了伸舌头,做了一下鬼脸,哈,这也能吃?!我眼巴巴地绕着它们转,专挑些可吃的东西吃。

　　温斯托克先生看到我不吃生蚝和龙虾，就走到我的身边对我说："这是今天特地为你们准备的，可不能不吃！要知道，澳大利亚的生蚝和龙虾是世界上最好的。来，试试看，我教你如何吃。"他说着，把一只大生蚝肉从壳中挑出，放到我的盘子里，又切一块龙虾肉也放到我的盘子里，请我放进嘴里吃吃看。这时，我想起鲁迅先生说的关于第一个吃螃蟹的人一定是很勇敢的话，就拿出第一次吃螃蟹的勇气来，眨了眨眼，硬是将一只生蚝放进嘴里，仔细嚼了起来，品尝这生蚝的味道，确实不错。温斯托克先生笑着说："怎么样？没有骗你吧！你知道吗？澳大利亚的生蚝出口到美国后，要一美元一只呢。"在温斯托克先生的鼓励下，我用同样的方法吃了几块生龙虾肉，味美鲜嫩，异常可口。从此，我开始了吃生蚝和生龙虾的实践。

　　午餐结束，当地的一些朋友，特别是一些女士，便到舞池里跳了起来。我们同来的几个人，则继续忙着欣赏海滩上的风光。在游艇上，观看海滩上的风光，更有一种别样韵味。

　　海滩，在澳大利亚人们的生活中，是十分重要的。在澳大利亚，形成了一种海滩享乐文化。无论是墨尔本、阿得雷德、佩斯、布里斯班，还是黄金城、达尔文和悉尼，据说，澳大利亚大部分人第一次开始接触异性，都是在海滩上发生的。在悉尼港面向太平洋的沿岸，有多达七十多个美丽的海滩。这些海滩，使悉尼人可以充分接触海浪，尽情享受海滩文化生活的韵味，沐浴海滩文化生活的风采。同工作比起来，悉尼人同海滩的关系似乎更重要、更密切些。

　　当游艇驶近一处裸体泳滩时，可以清楚地看到海滩上全裸的情男靓女，无拘无束，自由自在地尽情享受碧海晴天之快乐与惬意。温斯托克先生多次到过中国，深谙中国的民俗与国情。他开玩笑地问我："在贵国，这些人可能会被认为乱搞男女关系，而统统被抓起来，会不会？"

　　"不知道！因为没有发生过。"我也笑着回答说。记得有一次在西班牙的帕尔玛——马廖卡岛的一处海滩上，我衣冠楚楚地在海滩外欣赏海景，海滩上全裸或半裸的泳客，全都看着我直笑，认为我是天外来客，是一个怪物，弄得我前所未有的尴尬。这大概就是不同的文化习俗吧。

　　从游艇上下来时，夕阳已经沉没在悉尼城背后的森林里。当带着满身的浪痕，敞开被海风抚摸过的胸怀，又回到华灯初上的悉尼城时，一阵海风吹来，一番难得的惬意。星星与灯火争辉，月色与清风合韵，悉尼港又沉浸在朦胧的夜幕中……

　　　　　　　　　　　　　　　　　　　　　　　　　　　　2008年6月12日

首次邂逅感恩节

到美国第一年的感恩节,是我们在美国过的第一个感恩节。

感恩节这个概念,对我们来说,最初还是中学时代从美国的当代小说中知道的。后来在大学读书和工作时,对这个美国的节日才有了更多地了解。有关英国清教徒向印地安人感恩的故事,在美国已经流传了几个世纪,但真正成为一个节日,那还是20世纪40年代初的事。

记得那是在感恩节的头天晚上,我们刚刚从达特茅斯学院回到波士顿哈佛大学附近的住处,接到勒哈尼教授的电话,约我们明天晚上去他家一起过感恩节。这对我们来说无疑是一件快事。因我们系第一次在美国遇到感恩节,在这人生地不熟的异国他乡,有美国朋友邀请去一起过节,自然再好不过。

如果说圣诞节是美国的新年的话,那么感恩节就是美国的中秋节。因为感恩节是一个全家团聚的节日。这一天是美国的公假,家家户户在家团聚,吃火鸡大餐。我们第一次到美国朋友家去过节,不知道应该带些什么礼物,就按朋友的介绍,带了两瓶红酒和一束鲜花。

勒哈尼教授的家位于查尔斯河畔上一座独立的花园房子。当我们到教授家时,勒哈尼教授早已在会客室等我们。教授和我们简单寒暄后,就带我们参观他的房子。这是一座三层的独立英式别墅,楼上是卧室和工作室,地面一层是会客室、餐厅和厨房,地下一层是活动室和储藏室。楼上和走廊里挂满了欧洲名画家的油画,会客室里除了挂满名画外,还摆设了一些世界各国的古玩,其中有一件是我们熟悉的唐三彩马,摆在会客室的正面靠墙的案几上,足见教授对这件唐三彩的重视。一架大的三角钢琴在会客厅的一角,是教授夫妇闲时自娱自乐用的。会客室的大窗面对查尔斯河,从窗口可以看到冰清雪洁,雾凇闪烁,恰似一幅优美的查尔斯河立体冰雕图,给人一种优雅宁静的感觉。如果是在夏天,则一定是游帆点点,海鸥翩翩,岸柳袅袅,群花争艳,将会是一幅朝气勃发、生机盎然的风景画。

感恩节期间的波士顿,同圣诞节时差不多,是非常寒冷的。人们只能在室内活动,一出门,就得穿上厚厚的滑雪衫,戴上滑雪帽和手套,把耳朵和腮帮捂起来。而室内则暖洋洋的,只需穿薄薄的棉毛衫或T恤衫。勒哈尼的两个儿子带着他们各自的妻子和儿女陆续来到,脱掉外衣,一起加入到与勒哈尼聊天的行列。两个儿子各有一对儿女。教授的女儿伊丽莎白尚未结婚，成为勒哈尼夫人准备感恩节晚餐的好帮手。她俩在厨房中忙这忙那，走进走出。勒哈尼的两个小孙子和孙女一到，家里的气氛顿时变得活泼异常，空前活跃，似乎一下子春天到来。他们一会儿缠着奶奶，一会儿围着姑姑，可谓不亦乐乎！

当勒哈尼夫人招呼吃饭时，已是晚上七点钟。我们走进餐厅，第一印象是满满的一桌子食品，最耀眼的就是一只烤好的大火鸡，静卧于桌子的中间。晚餐虽然是家庭聚会，为了方便，采取自助形式。勒哈尼夫人，既是主人，又像是服务员。她一手拿着一把长刀，一手按着火鸡，按各人不同的需要，把火鸡切成片，然后把火鸡片小心地放到每人的盘子里，其他的牛排、羊排、猪排、烟熏三文鱼、色拉和各种糕点等，各人自取。我们因是第一次吃火鸡，不知道味道如何，先要了一小片尝尝，发现味道不错，第二次我们就要了较大的一片。如此大的一只火鸡竟然烤得如此鲜嫩，恰到火候，真是功夫到家。勒哈尼夫人看到我们对火鸡发生了兴趣，就高兴地说："感恩节，按美国的习惯，主要就是吃火鸡，所以，感恩节也叫火鸡节。你们喜欢，可以多吃些。"面对着这么一桌子丰盛的感恩美食，即使我们每样吃一点，也会把我们的肚皮胀破，哪敢多吃。

勒哈尼教授知道我们是第一次过感恩节和第一次吃火鸡，就给我们介绍美国感恩节的来历和吃火鸡的传统，使我们对感恩节有了进一步的感性认识，从而更丰富了我们的感恩节的故事。俗话说得好：入境问俗。要了解感恩节，最好的办法就是到英裔美国人的家里去过一次感恩节，这样你才会对感恩节的故事有一个全面的了解。

在这次感恩节晚宴上，我们认识了勒哈尼教授的两个儿子及儿媳，更高兴地认识了他的两对宝贝孙子和孙女。他们似乎对我们的到来很感兴趣，离开了她们的祖母和姑姑，竟然跑到我们的身边，好奇地问我们："你们中国也过感恩节吗？"

"我们也有感恩节，叫中秋节。不过我们没有火鸡吃。我们过感恩节，除了各种好吃的肉、鱼、蛋、菜外，还有饺子、月饼。做儿子女儿的要感谢爸爸妈妈、爷爷奶奶！比如说，你们不仅要感谢你们的爸爸妈妈，还要感谢你们的爷爷奶奶和外公外婆！因为没有他们，就不会有你们呀！"我们笑着认真地对他们说。由于中国没有感恩节，为了不扫他们的兴，我们学韩国人把中秋节当成感恩节告诉他们。

"你们的感恩节好玩吗？我们什么时候也可以去你们家过感恩节呀？"最小的孙女问道。

"好玩极了！非常欢迎你们到中国我们家来过中国的感恩节！等你们的爸爸妈妈有时间的话，就可以带你们到中国来呀！"我们高兴地对她们说。两个小姑娘听后高兴地跑回自己的妈妈身边，向她们报告我们对她们的承诺。

勒哈尼夫人尽管忙了大半天和整个晚上，但是看得出，她非常开心。一年一次的感恩节聚会,给家里带来了无限的温馨和快乐。而儿孙辈的欢聚,更给她和勒哈尼增添了无价的欣慰和喜悦。一晚上,勒哈尼教授除了同我讲话外,大部分时间不是在同他的两个儿子说笑,就是在逗他的四个孙辈开心,尽享天伦之乐。

这是一个令我们难忘的夜晚。第一次到美国人家中作客,第一次在美国人家中过感恩节,第一次吃火鸡,第一次邀请美国小朋友到中国过中秋节,心里真有着说不出的高兴。当勒哈尼教授让他大儿子把我们送回住处后,很长一段时间我们似乎仍然沉浸在勒哈尼教授家感恩节的浓郁气氛中。

转眼好多年过去了,我们在内地和香港曾先后接待过勒哈尼教授的两个儿子和他们的子女,只是遗憾的是未能碰上过中秋节,未能遂小朋友的愿。我们也在美国过了好多个感恩节,更吃过不少的火鸡,但是,给我们印象最深的还是那年我们在波士顿勒哈尼教授家过的那个感恩节。

2008年9月15日于美国加州拉荷亚

用宝石垒猪圈的国家

就像在意大利国中有圣马力诺和梵蒂冈两个小国一样，在南非国中也有两个国中之国。这就是被称为南非皇冠上宝石的莱索托王国和被称为南非瑞士的斯韦士兰。莱索托王国位于南非的中部偏东，临近南非的德班港，全境为海拔一千五百米至三千多米的高原。

我们满怀探秘寻奇的心情，从约翰内斯堡乘飞机来到莱索托。以前，我以前一直觉得南非种族歧视比较厉害。但当我在莱索托首都马塞卢下飞机出机场时，却看到一个黑人小孩同一个白人小孩在亲密无间地高兴玩耍，一旁看着他们笑的就是各自的父母。我迅速地拍下了莱索托的第一张照片，命名为"成长中的友谊"。

到达莱索托王国的时候，正值当地的冬天，虽地处高原山地，但并不太冷。一般人只要穿一件羊毛衫，外加一件茄克衫就够了。但当地农村的人出门却个个身上披一条毛毯，像一件披风，将两个角在前面打个结就行了。国家很小，人口只有二百万左右，虽然以农牧业为主，但却盛产金刚石、黄金和各种宝石，故被称为"皇冠上的宝石"。然而，令人遗憾的是，当地根本没有宝石加工业，致使众多的宝石没有得到充分的开采和加工，不能变成国家和人们的财富。

我们去一位朋友亓先生家玩，你们猜我们看到了什么？天哪，朋友家的一个大猪圈，周围作墙的竟然全是用大块的猫眼石、紫晶石和绿晶石等宝石矿料垒成的。我开玩笑地说："亓先生，你的猪圈可比你的猪值钱得多呀！"

"怎么，你懂宝石？看不出，干你们这一行的还识宝石！"亓先生高兴地说。我说："略知皮毛，不过在你面前，不敢班门弄斧。我曾到过缅甸孟拱的红宝石矿和翡翠矿、哥伦比亚的绿宝石矿、我国的沂山蓝宝石矿和蒙阴的钻石矿，故不瞒你说，对宝石略知道一点点。"

"你看，这是什么？"亓先生指着院子一角的一大堆石头问我。

我顺着亓先生指着的方向走过去，偌大的一堆石头，竟然全是各种宝石矿料。再看门前，连台阶也全是用宝石原料砌成的。

"这全是我从山里检来的，有的是从邻居家换来的。"亓先生微笑地接着又说：

"走，我带你去看看我的加工厂。这是迄今为止在莱索托唯一的一家宝石加工厂，我刚开了一年多时间。"说完，亓先生马上开车带我到马塞卢靠南非的边界上他的宝石加工厂去参观。

工厂位于城郊的一座山下，两排简陋的厂房里主要是矿石切割机和宝石打磨机。工人都是当地人，唯一的一名技术员是从中国台湾来的。只见工人把大块的荒料用切割机就像锯木头、又像切豆腐一样，切割成整整齐齐的小块，然后再由打磨工人打磨成半成品。同世界上所有的生产宝石的国家一样，莱索托王国也是不准宝石原料出口的，只有做成成品或半成品才让出口。亓先生把宝石原矿料加工成半成品后，再把它们运到中国香港或中国台湾，进行精加工，做成各种宝石饰品，出售给珠宝商。工厂里的宝石原料堆积如山，就是从附近的山上开采出来的。实际上，在莱索托的整个高原山底下，除了金刚石和黄金外，到处都是这种宝石矿藏。只可惜当地没有加工能力，宝石失去了它应有的价值，不能给老百姓带来利益。所以，老百姓也根本不把这种宝石当成财富，只当作垒猪圈用的石头罢了。

这使人想起我国古代卞和献璞的故事来。一块美玉，当它藏于石头之中不被发现和加工成美玉时，无人会把它当成宝贝而珍重它，只把它当成一块平常的石头，用来盖房、修桥或铺路用。宝石可以价值连城，但必须遇到识宝者并经过加工后，才能表现出它的价值。记得我的一个朋友，在缅甸的一处翡翠矿场上的乱石堆里，捡到一块翡翠荒料，外面看就是一块平常的石头。结果拿到香港宝石加工厂给老师傅一检验，却是一块上等的翡翠。莱索托是一个躺在宝石矿床上的国家，却只能以农牧业为主，靠出口牲畜、羊毛、金刚石和豆类来增加国民收入，这不能不说是一个笑话。对一个曾经是英国的"保护国"，被英国统治了几百年的国家，又不能不说是一个悲剧。

莱索托人百分之九十九为班图语系的索托人和祖鲁人，忠厚善良，勤劳勇敢，和蔼可亲。莱索托王国同中国非常友好，经常派代表团到中国访问。由于国家实行开放和对外资企业免税的政策，许多南非的企业纷纷到莱索托开分店，办工厂，使莱索托成为整个南非的加工基地。早在一九八八年，中国最大的百货公司上海市第一百货商店便到莱索托设立了莱索托第一家中国企业，对加强中索关系、增进中索两国人民之间的友谊起了一定的作用。

有一次，我们在马塞卢请几个来自英国的朋友吃饭。在闲聊中谈到莱索托的宝石情况时，我颇为好奇地问："英国曾经统治了莱索托那么长的时间，为什么在莱索托找不到一家英资企业？更找不到一家英国人开的宝石加工厂？"我的英国朋友说："以前英国在南非主要盯住南非的黄金、钻石和羊毛，顾不上一般的宝石开采。再说，莱索托地处高原山地，交通不便，条件艰苦，开发成本大，一般人不愿意来投资，所以，形成了这个局面。"

我先后到过几次莱索托，由于国家小，我跑遍了整个国家，访问了不少当地朋友，但是遗憾得很，我没有发现英国人给莱索托留下任何有价值的东西。倒是几家中国香港朋友开的服装厂、纺织厂、印染厂，成了今日莱索托人们心中的向往所在。在首都马塞卢的大街上，也很难找到具有英国特色的建筑，只有戴着莱索托皇冠造型的当地建筑。

中国香港朋友工厂的对面，就是南非的领土，既没有铁丝网，也没有边防。莱索托人到南非，和南非人到莱索托一样，都是不用护照和签证的。双方来去自由，非常方便。但这也给那些偷渡去南非的人，提供了方便之路。有些人就是第一步先到莱索托，然后便可大摇大摆地进入南非去，这可能也是国中之国的特色吧。有一次，在我从约翰内斯堡返回香港的飞机上，碰到几个国内的青年，原来就是先到莱索托，再去南非开普敦发展的，在开普敦攒了些钱，他们又准备离开南非去澳洲或回国内发展。据说，目前南非局势不稳定，且南非币贬值厉害。过去，一块南非币可以兑换一美元，后来只可以兑换半美元，但现在却要八到十个南非币才能兑换一美元。

我在想，如果南非经济不好的话，那么处于南非怀抱中间的莱索托，也肯定会受到波及。亓先生说过，他将会扩大宝石加工厂的规模和增加宝石加工程序。在此，诚望他的计划能够顺利地实现，让莱索托的宝石不要成为垒猪圈的石头，这太可惜，又太浪费宝石资源。

2008 年 12 月 28 日

夜半惊梦

十二月的下旬,在中国北方已是冰天雪地,但在缅甸,却仍然同夏天一样,阳光灿烂,热浪滚滚。我们连同司机一行九人,一早从仰光出发,乘小巴向西部开去,穿过伊洛瓦底江三角洲,直奔缅甸西海岸。

阿拉千山脉从北向南,耸立在伊洛瓦底江和孟加拉湾的中间,要到缅甸的西海岸,必须翻过阿拉千山脉。当小巴穿过伊洛瓦底江三角洲平原后,便一路盘山而上。缅甸是盛产柚木、红木和铁木等名贵木材的国家。沿途到处是高大茂盛的柚木树等。除了这些高大的阔叶树外,最令你惊奇和喜爱的就是茫茫竹海,满山遍岭,苍翠葳蕤,无边无际,远远望去,绿浪滚滚,十分可爱。这样的竹海,国内我们只在浙江天目山区安吉县和四川南部见过,但似乎也没有如此辽阔、如此广大。

小巴在竹林间的山路上,忽高忽低,忽左忽右,盘旋上下,随着山路的高低起伏,回旋曲折,宛如一叶孤舟,在碧海中航行,沉浮漂荡,时而冲向浪尖,时而沉于涛底。

由于常年失修,路,已不成其为路,只不过是山水流冲的渠道。小巴在这样的崎岖山路上行驶,颠颠簸簸,摇摇摆摆,除了屁股被颠得疼痛难忍外,整个身体的骨架都有被颠零散的感觉。幸好每当行到风景佳处,我们便停下来,一面方便一下,一面领略路边的大好美景。当小巴开到山顶隘口时,我们全都不约而同地叫停,下车观光。居高临下,竹海千里,荡碧涌翠,风吹浪卷,令人顿觉心旷神怡,胸襟开阔。

这时,毛主席"踏遍青山人未老,风景这边独好"的词句,一下子涌向我们的喉头,我们情不自禁地大声吟诵。一阵山风吹来,将这词句吹向远方,吹向天边,掀起万重波涛,推向竹海的深处,也卷去浑身的疼痛和倦意。陪同我们的当地朋友阿九开玩笑地说:"怎么样,这可是神仙走的路啊!"实际上,他也是因陪我们才第一次走这条路的。

"很好!"我们兴奋地说,"不管是在香港,还是在上海,就是花多少钱也看不到这么好的风光!"尽管是累一点,但大家都同意我们的说法。因为这些地方很少有人去,但风景却罕有的美,是在大城市或发达地区根本看不到的。相信,我们这一次的缅西孟加拉湾东岸行,也是个难得的机会!不是么,连当地的阿九,出生在缅甸,长期生活在仰光,去过曼德勒、密支那等许多地方,这次去缅西,也还是第一次呢。

　　从上山到下山，在青山竹海里穿波了大半天，虽有清溪轻唱，花香鸟语，却不见一户人家，半缕炊烟。赶到海边古亚镇时，已是中午时分，个个饥肠咕咕，肚饿口渴。阿九带我们寻到一家当地餐馆，准备吃了午饭再走。

　　古亚镇是海边的一个小镇。镇上的人多以农渔为生。我们到达时，正碰上镇里人在分鱼。一大堆人围着一大堆鱼，等着分发。在一棵大树下，用一根绳子把一根木棍吊在一个大树枝上，算是大秤的"秤杆"，"秤砣"就是一个绑在绳子上的大石头。在"秤杆"的另一端，是一根绳子吊着一个大柳条筐，把鱼盛到筐子里，只要筐子里的鱼同"秤砣"平衡，就算一份。童叟无欺，公平合理。村民们的朴实纯真，深深地感染着我们这些来自城里的人。几个来自国内的朋友，围上去，看得出神，竟然连饿也忘记了，直到阿九招呼吃饭，这才离开。

　　午饭是一顿地地道道的缅西渔家海鲜饭，几乎样样都是酸菜煮鱼。虽然不尽合口味，但却样样都是新鲜的，同香港湾仔的缅甸餐馆里的味道也大不一样。

　　吃过午饭后，我们不敢在这个小镇上多作停留，便上车沿着海边的渔樵崎岖之路，向北而行。道路虽然坑坑洼洼，坎坷不平，但沿途风景一流，真正绝顶。一边是青山翠屏，一边是碧波银浪；一边是山鹰盘旋，一边是海鸥翩翔。小巴在海边绿丛中穿梭，犹如在山水长卷中徜徉。人在车上，如驾舟游仙，逍遥飘洒。车上有几个朋友是来自中国的海边城市，也对沿途的海边风光赞不绝口，不时地举起相机拍个不停。我打趣地对他们说："怎么样，风景不比大纽约差吧！这里真正是天然美景！"

　　我们一路上就这样走走停停，停停走走，看看玩玩，玩玩看看，经过琴塔利镇后，到傍晚才赶到丹兑市，在著名的额不里海滩边一处度假屋住下。

　　丹兑的额不里海滩，是世界上最著名的海滩之一。这里最大的特点是天然：天然的山，天然的水，天然的竹树，天然的海滩，连下榻之处，也是按照当地的风格搭建的竹制茅屋。洁白细柔的沙滩，静静地躺在绿树和碧波中间。海水清澈见底，微波涟漪，夕阳正沉，绯澜如锦。这时，丹兑市送给我们这些新来的客人一个绝美的礼物：看海上落日。

　　海上落日，和海上日出，也许世界各地大凡相似。但在这孟加拉湾东岸，却完全是两样。高耸的阿拉千山脉，翠屏如嶂，辽阔的孟加拉湾，坦荡似锦，火红的沉沉夕阳，熠熠如镜。夕阳把自己一天的余晖，尽洒海疆，把海疆织成无边无垠之锦缎，婆娑抖动，灿烂辉煌。同行的朋友看到如此壮观的美景、可爱的海水和温柔的沙滩，一个个等不及安排好住处，便急急扑向海的怀抱。同行者有位女友，也迫不急待、穿着衣裳跑进海浪中，惹得朋友们给她大拍穿衣泳照。

　　自助西式晚餐后，大家便分头休息。两个人一间竹茅屋。有洗手间和电灯，但只有晚上十点钟以前供应照明，十点钟以后，就得点蜡烛照亮。一天颠簸下来，虽说有无限风光，可累也是实情。没多久，人们便进入了甜蜜的梦乡，在梦中继续品味孟加拉湾畔的旖旎风情。

　　时近半夜,正当人们酣梦甜甜,蝶舞翩翩之时,突然响起了小孩子的哭叫声,似乎就在房间里。连忙起身点起蜡烛寻找哭声来处,简单的一间茅屋中并未发现有任何小孩的踪影。几乎在同时,几个房间的朋友都被小孩的哭声惊醒,纷纷起床,互相问询。这时,同行的阿九也被惊醒起床,揉着眼睛跑去服务台,问明小孩哭喊的来由。

　　经介绍才弄清楚,原来不是什么小孩的哭声,而是夜间壁虎的叫声。壁虎每每夜间出来,爬向茅屋,捕捉蚊虫,相互叫唤,形同孩子的哭声。由于壁虎可以捕捉茅屋中的蚊子,对人无害,是种有益的小动物,所以人们并不把它们赶走,而且也无法把它们赶走。原来如此,一场虚惊!

　　一勾弦月,已经挂上树梢。月朦胧,夜朦胧,山朦胧,海朦胧。一场虚惊,赶走了人们的睡意。人们离开茅屋,步向海滩。月辉如水,竹影摇曳,海天幽渺,倦客细语,漫步在柔软的沙滩上,尽情地享受这孟加拉湾畔夜的韵雅,如诗,如画,如梦,如幻……

2009 年 2 月 23 日

缅西偶遇

结束了一天实兑港海上的悠游，我们仍恋恋不舍地离开了渔船。当我们下船的时候，我们请水手把剩下的虾、蟹和鱼带回家去，可水手说什么也不肯带，要我们带回酒店自己烧着吃。

真是一个忠厚朴实的渔人！在实兑港，我们到处都会遇到这样的人和这样的新朋友。

没有更好的办法，我们只好把中午吃剩下的鱼虾带回王子酒店。倒是陪同我们的阿九想出了个好主意，把鱼虾带到街上找一家餐馆，替我们代加工，做一顿晚餐，我们只要付给餐馆加工费即可。

这倒是个好主意，既解决了鱼虾的问题，又解决了晚饭的问题。于是，阿九拎着鱼虾，在街上找到一家云南人开的叫"滇池春"的中餐馆，同老板一说，老板一见是来自中国的朋友，马上满口答应，给我们加工，保证让我们吃得满意！阿九祖籍是云南人，一说起来又都是老乡，更是照应周全。

"滇池春"酒家坐落在实兑市王子大街的十字路口上，是一家二层楼的云南口味的中餐馆。借着老板烧菜的时刻，我同阿九和几个同道，在饭店门口看缅西北风情，看得入了迷。

只见有不少小朋友等在餐馆门口，不时地把手伸向进出餐馆的客人。阿九介绍说，这些孩子是在向客人讨钱。几个朋友和我也拿了些零钱，向几个小朋友招了招手，便有几个小朋友跑到我们的面前，自觉地排成队，大约都在五六岁的样子。

其中一个小姑娘，面孔黑黝黝的，长得挺秀气，煞是可爱。她向我伸出那可爱的小手，我马上分给了她一份零钱，她很有礼貌地向我笑笑，作为谢答，然后很高兴地走开。

小姑娘和她一起来的几个孩子走开后，又来了几个小姑娘和小男孩，我们照样每人给了一份零钱后，便都笑着走开。那样子挺惹人爱。

后来，又来了一个小姑娘，向我伸出手来。可惜，我身上的缅币零钱已用光，再也拿不出一个零钱来啦。我只好向她摆摆手，示意已没有钱给她。可爱的是这小姑娘毫无恼怒，也是笑着走开，那幅朴实、憨厚、纯真的情趣，实在令人喜爱，从而给我留下了深刻的印象。

更令人感到可爱的是，先前的那个小姑娘看到她没有得到钱，竟然跑过来，把自己得到的那一份，分了一些给她。我好奇地问街上其他的人，问她俩是否姐妹、同伴，还是认识？得到的回答是：不是！

不久，晚饭烧好了，我们便上楼吃饭。这是一顿带有浓厚缅西孟加拉口味的海鲜饭。我们要求完全按当地的口味烧给我们吃，店老板没有辜负我们的期望，令我们每人都吃得很开心。

吃罢晚饭，我们正兴致勃勃地打算去逛逛夜市，不料时不作美，发生断电。仅有的路灯也只好闭上眼睛，让夜幕尽情地降临。沿街的店铺不得不点起蜡烛和马灯做生意，仿佛一下子回到世纪前的岁月里。

夜市逛不成，只好返回酒店。服务员见我们回来，连忙帮我们在每个房间点起蜡烛，借以照明。没有电，电风扇就英雄无用武之地。

房里热气蒸人，只好将窗子全部打开。但这样一来，就洞门大开，蚊子乘虚而入，纷纷拥进房间，像饿虎扑食一样，死叮乱咬，不一会儿，便把你的手脚叮个遍，使你无法入睡。

这最好的"王子酒店"，竟然是蚊子的天下！面对蚊子的进攻，没有别的办法，只有躲进蚊帐里去避难，让蚊子在帐子外面去乱哼哼地叫个不停。可是，本来就闷热的房间，躲到蚊帐里就更是热上加热。

帐外蚊子叮，帐内汗直流。有几个人干脆向服务员讨了把芭蕉扇子，坐在大厅里聊天，边扇风，边打蚊子，借以度过王子酒店这难熬的一夜。

还有几个人躲在蚊帐里，边扇扇子，边睡觉。谁知到了第二天早上起床一看，浑身如同生了麻疹，红红的一片红点，全是蚊子的杰作。追其原因，夜里睡觉时，因为热的原因，不自觉地将蚊帐扯开，或滚到蚊帐外面，成了蚊子饱餐的美食。

这就是我们在实兑市住过的难忘的"王子酒店"。

当我们回到仰光时，我们总结了孟加拉湾游的几个难忘，其中"滇池春"餐馆门前讨钱的孩子群，和"王子酒店"都是我们难忘者之一。

但我们还是要说：再见，王子酒店！

因为实兑市实在太美，她美在幽静恬逸，美在偏僻世外，美在游人罕至，美在纯朴可爱，美在自然剔透，美在山翠海碧，美在水天一色……

2009年3月14日

难忘的孟加拉湾

　　清晨，离开缅甸丹兑市的额不里海滨度假村，沿阿拉千山脚下的孟加拉湾一路北上，经过洞鸽、拉木、萨坎莫、达勒和蓬达诸小镇，到晚上日落时才到达实兑市。要不是因为急于赶路，沿途的每一处都令人流连忘返、如醉如梦的。近海岛屿成群，星罗棋布，葱茏茂密，远近相望，高低起伏，大小各异，玲珑剔透，俏丽无比。远望，又好像是一支庞大绿色海洋舰队，停泊在那里，令人神往。如果时间允许的话，在这里乘上一只小游艇，穿行于这绿岛之间的碧波之上，即使神仙，也必垂涎。

　　实兑市是一个半岛城市。一个小小的实兑半岛伸入孟加拉湾，实兑市就位于半岛的尖端，三面临海，一面连着大陆，比邻孟加拉国和印度，是缅甸在孟加拉湾上的重要港口，可停泊万吨级以上的货轮。但由于地处偏僻的缅西北，商业萧条，吞吐量不大，码头常年失修，港口也随之日渐萧条，冷落不堪，全无港口城市的喧嚣。

　　晚上，我们住进市中最好的"王子酒店"。酒店就在半岛顶端的海边，打开窗户，外面就是辽阔的孟加拉湾，除了不息的夜海暗波和远处点点渔火外，这里既没有繁华海港的灯火闪烁，也没有一般城市的喧闹和烦躁，倒给人另一种罕有的宁静安祥的感觉。

　　据说，当年英国统治缅甸时，英国的一个王子曾经住在这家酒店，从此这酒店便名声大噪，并改名为"王子酒店"，沿用至今。时过境迁，虽然号称"王子酒店"，却连空调也没有。唯一可以用来取凉的只有中国产的电风扇。12月底的孟加拉湾畔，仍然是凉爽不足，闷热有余。"王子酒店"是一家三层楼的海滨旅馆。由于整座城市没有高大的建筑，王子酒店也就成了一座大宾馆。只是如同港口一样，年久失修，破烂不堪。木质楼梯，踏上去吱吱作响，像是要塌下去似的。房间的墙壁全用木板隔制，邻房人的大声说话，可以听得清清楚楚。我们选住三楼面海的房间，一进门便连忙打开窗户，开动电风扇，驱赶房中的热气。

　　由于一整天的长途跋涉和颠簸，我们一行简单地吃过晚饭和冲凉后，便倒头大睡，一觉到天亮。

　　从实兑市往北不远，就是孟加拉国的特克纳夫、科克斯巴扎尔和吉达港。

　　实兑市除了缅甸居民外，还有不少孟加拉国人和少数印度人。清晨的实兑市，还是比较繁忙的。马路两边的商店和食肆忙着开张，招徕过客。在诸多饮食店中，有缅甸人开的当地小吃店,也有孟加拉国人开的清真小馆,和印度人开的咖喱特色小铺。缅甸人开的当地小吃店,一般临街都有奶茶供应,店门口摆上几张小方桌,周围放上几只小木凳。喝奶茶的人只要随便一坐,马上店家就送上一杯热奶茶,清香可口,醒神润喉,真是一大享受。然后再叫上几样当地特色小吃,就是一顿早餐。熟悉当地情况的人都十分清楚,这种街边小吃,在大饭店里是根本吃不到的。

由于交通不便,地处偏僻,除了有来做小生意的孟加拉人和印度人外,实兑市没有真正意义上的游客。自然也就没有什么游艇可言。于是我们就租了一条渔船代替游艇,去畅游实兑海港。

当渔船离开码头后,驾船的水手不是把船开进辽阔的孟加拉湾深海,而是把我们带进一处两边都是长岛的海峡中去。两边的长岛像两列巨大的绿色屏障,渔船在两列长岛中间的海面上奔驰,尾部拖起一束长长的浪花。据水手介绍,这里是实兑港最美丽的地方,也是整个孟加拉湾最美丽的地方。要游孟加拉湾,看孟加拉湾风光,不是去孟加拉,而是非实兑港海景莫属。沿阿拉千山山脚的海岸,同海岸平行的有十几列长岛,成几个"川"字形状,北南并列于海中,长岛中间,海阔水深,皆可停靠万吨巨轮,同时又是渔家打鱼捕捞的好场所。果然,当我们继续前进时,两边不时有渔船驶过,船上的打鱼人友好地同我们打着招呼。

我们靠向一条正在打捞的渔船,经我们的水手打过招呼后,我们跳到渔家的船上,只见船舱里已经装了不少的大虾、蟹和带鱼之类。为了就地品尝孟加拉湾海鲜的味道,同来的王先生建议向渔家买几条带鱼和大虾,在船上烹饪做午餐。当我们的水手同对方打过招呼后,对方船家一听说我们是来自中国的朋友,二话没说,就一下子送了我们十几条大带鱼和半篮子虾、蟹,一分钱不要,说让我们尝尝。我们说不要钱不好意思吧!陪我们的水手说,没关系,在海上渔家都是这样,要我们不要客气!

离开打鱼人,已是中午时刻,吃午饭的时候到啦。我们的水手把船靠向岸边水浅处抛锚泊船,用我们准备好的炉子生火煮饭,烹鱼蒸虾。水手熟练地按当地打鱼人在海上的做法,挑了几条大带鱼煮了一锅咖喱鱼块,蒸了一笼虾、蟹,我们品尝着这别有风味的佳肴,喝着带去的饮料,在摇篮似的渔船上,欣赏着蔚蓝的海涛荡漾。有盘旋在头上的群鸥相伴,我们美美地饱餐了一顿。这也算是一顿野餐吧,不过不是在陆地草坪上,而是在这碧波荡漾的孟加拉湾上。

吃过午饭,水手把船往南驶向海峡的出口处后,绕过一个长岛的顶端,又驶向另一个同样的海峡。两边的长岛从水边一直绿到山顶,没有半点裸露的山岩或土坡。我们的渔船在长廊般的水面上,凌波破浪,乘风向前。沿途,一样的打鱼人忙着撒网,渔歌互答;一样的海鸥戏水浮沉,比翼争鸣;一样的清风徐徐,一样的翠山绿障,一样的蓝天白云,一样的画意诗情,一样的水清透澈,一样的和谐幽静……这里绝对是一处没有任何污染的活水，一个无法形容的美丽港湾，一个世间少有的世外桃源！我在想，要是在这些长岛上盖上别墅，绝对比纽约长岛上的别墅美上千百倍，到那时，连天上神仙说不定也会争相下凡、来安家落户呢！

　　徜徉碧海，仰望蓝天，我不禁吟道：

　　　　　　长岛列列南溟间，碧波滚滚绿障环。
　　　　　　渔歌互答桃源地，鸥鹭比翼瑶池天。
　　　　　　夜半惊梦成笑趣，日中游幻不忍还。
　　　　　　莫道闹市有乐趣，且看僻港尽胜观。

　　诗韵汇入涛声，流向孟加拉湾。诗韵飘进清风，吹遍长岛翠山。
　　难忘，美丽的孟加拉湾。

2009年3月14日于上海玄圃斋

走进非洲大厦

——非洲屋脊上的春城纪事

　　从索马里首都摩加迪沙的机场起飞，我们乘意大利航空公司的班机，来到埃塞俄比亚的首都亚的斯亚贝巴。当我们离开机场、乘车走进市区时，眼前顿觉一亮，原来心目中的亚的斯亚贝巴一下子消失得无影无踪，呈现在我们面前的是一座靓丽的现代化城市，难怪人们称其为非洲屋脊上的明珠！

　　埃塞俄比亚联邦民主共和国地处非洲屋脊的东部高原上。首都亚的斯亚贝巴位于高原上的一个盆地内，平均海拔2 450米。本来，我们认为这里一定会像索马里一样炎热荒凉。可是等我们一踏进这个高原顶上的盆地时，一阵宜人的清风迎面吹来，蓦然间给我们带来了无限惬意，仿佛春天降临到我们的面前。亚的斯亚贝巴，虽然地处热带，但由于海拔高度大，却完全没有热带的热浪和炎酷，恰如我国昆明，四季如春，气候温婉，舒适怡人，是非洲屋脊上难得的春城，即使在每年旱季的十月至次年的一月间，这里也是鲜花盛开，蜂忙蝶翩。

　　在非洲人民的心目中，亚的斯亚贝巴不仅是非洲屋脊上的"明珠"，而且更是非洲人民团结的中心。这个团结中心的象征，就是位于亚的斯亚贝巴市中心的"非洲大厦"。它像纽约的联合国大厦一样，矗立在非洲人民的心中，故又被称为非洲人民的"联合国大厦"。

　　非洲大厦建于1960年，是一座宏伟的弧形大厦，为当时埃塞俄比亚皇帝塞拉西一世赠送给联合国非洲经济委员会办公用的礼物。在大多数中国人的心目中，知道埃塞俄比亚，是从塞拉西一世皇帝访问中国受到毛主席接见时开始的。我本人对埃塞俄比亚的了解和向往，亦是始于此。

　　我们在当地朋友的陪同下，第一个要拜访的地方，就是这座非洲大厦。这座类似联合国大厦的非洲大厦，与著名的人民宫相对而立，遥相呼应。当我们走进时，似乎真有点像走进纽约联合国大厦的感觉。在大厦的前厅里，有用彩色玻璃拼成的巨大壁画，面积达150平方米。这是埃塞俄比亚著名艺术家阿弗沃克·特克莱的杰作。壁画富有非洲人民的传统艺术绘画形式，用浓重的笔触描写了非洲人民的苦难生活，展现了非洲人民艰苦卓绝的斗争生涯、辉煌的历史成就和崇高的美好理想。这幅壁画既是非洲人民团结奋斗的铿锵序言，又是非洲人民团结战斗的光辉结篇。

离开前厅，我们径直走进了非洲大厦的会议大堂。当我坐在会议大堂的座位上面对主席台时，我真的感觉到又仿佛坐在纽约联合国大厦的听席上。我静静地闭上眼睛，似乎在聆听非洲统一组织主席的讲演。非洲，作为第三世界的主体之一，和发展中国家的大本营，给世界爱好和平的人民带来了无限希望与无穷力量！1963年5月，31个非洲独立国家的元首、政府首脑和代表们，就是在这座大厦里举行了隆重的盛会，庄严地成立了非洲统一组织。从此，这里成为非洲人团结战斗的中心。以后，这里又先后举行过多次非洲首脑会议和一些其他的重要国际会议。会议大厅的迎面，是一幅大型的壁画和一幅绘有非洲统一组织各国首脑的头像油画。这大型壁画和油画，正好是这座非洲大厦的绝美解说词。

在非洲大厦的前面，有一个特别公园。公园里是参加非洲独立国家首脑会议的各国元首们亲手种植的松柏树，象征着非洲人民团结战斗的友谊长青。

同许多非洲国家一样，埃塞俄比亚在历史上也是一个多灾多难的国家。最早曾经成为古罗马和波斯帝国的疆土时不计，在16世纪时，葡萄牙和奥斯曼帝国相继入侵。1868年，英国殖民主义者又步葡、奥后尘，侵入到这个高原国家。1890年，意大利在入侵索马里的同时，又从英国人的手中夺取了埃塞俄比亚，并宣布"埃塞俄比亚是其保护国"。直到1896年3月1日，英雄的埃塞俄比亚人民在孟尼利克二世皇帝的率领下，同意大利侵略者进行了殊死的战斗，在著名的阿杜瓦战斗中大获全胜，彻底打败了意大利占领军，获得了自己的真正独立。孟尼利克二世遂成为最早统一埃塞俄比亚的皇帝和亚的斯亚贝巴的奠基者。

为了纪念孟尼利克二世的功绩，人们以他的名字在市中心建立了孟尼利克二世广场，并竖立了他手持长矛、身跨骏马的英雄雕像。在广场附近，还有埃塞俄比亚著名爱国主教彼得罗斯的大理石白色雕像，他由于拒绝为意大利占领者当局服务和不断号召人民反抗意大利侵略者而于1937年惨遭枪杀。主教双手被铁链锁住，脚下放着打死他的那把手枪。雕像栩栩如生地表现了他宁死不屈、慷慨就义的民族英雄气概，成为埃塞俄比亚人民反抗外敌侵略的又一尊严象征。

仰望着孟尼利克二世和彼得罗斯主教的雕像，俯瞰着鲜花盛开和绿草如茵的草地，在这遥远的非洲屋脊上的春城，我陷入了沉思。不管是在那些发达的西方欧洲国家，还是在这些发展中的非洲国家，大凡那些对自己国家、对本民族作出过贡献和牺牲的人，人民总是永远不会忘记他们的！从孟尼利克二世，到彼得罗斯主教；从尼罗河畔开罗的国家历史博物馆，到非洲屋脊上亚的斯亚贝巴的非洲大厦；国家的历史长卷如此，世界的历史长卷也是如此。埃塞俄比亚的历史长卷记载了埃塞俄比亚人民反抗外来侵略、争取民族与国家独立的历史；非洲大厦的历史长卷则记载了非洲各国人民反抗外来侵略、争取非洲各民族和国家独立的历史。

　　在这非洲屋脊上的春城,我漫步在孟尼利克二世广场,仰望着非洲大厦雄伟的英姿,在人类历史的长河中继续沉思,沉思,沉思……

2009 年 6 月 12 日于上海玄圃斋

金边掠影

记得我们第一次去柬埔寨访问是在20世纪90年代中期。那时，柬埔寨刚刚结束长年的战乱，国家正处在百废待兴的关键时刻。柬埔寨国家旅游部部长佟崆先生带了一个很大的代表团到中国香港推介柬国旅游业。这期间，我们有幸参加了对佟崆所率代表团的接待工作。佟崆先生回柬后，没过多久，就打长途电话到香港，邀请我们组团去柬访问，以促进柬国旅游业的发展。

应佟崆部长的邀请，我们和香港及内地的有关朋友组成了一个代表团前往柬埔寨考察。那时说是考察，实际上主要去看看环境。因为大家都对柬埔寨的情况心中无数，主要以旅游观光为主。

从香港乘飞机，经过5个多小时的飞行，我们安全地到达了金边机场。在入境处，早有佟崆的女婿洪范先生在等我们，不用费多少时间，便很快入柬境内。一般的客人据说除了交签证费外，还要另外付小费夹在护照里，才可顺利入境的。

金边机场离市中心只有半个小时的车程。虽然经过多年的战争，但从机场到市中心的路还算平坦宽阔。我们被安排在毛泽东大道上一座三层楼的酒店里。洪范先生要我们先休息一下后，晚上仍由他来接我们一起去吃晚饭。

晚上约七点钟，洪范先生准时来接我们去一家较偏静的花园别墅式酒家吃晚饭。这是一家较有名的酒家，经营传统的高棉特色饭菜。周围绿树环绕，旁边有一个不小的花园，环境极其幽雅。饭菜品种很多，非常丰富，但我们吃起来感到同泰国菜与越南菜的味道差不多。

柬埔寨的首都金边原是湄公河三角洲上的一片沼泽地。传说1372年，有个姓边（Penh）的老妇人，有一天在河边捡到一块浮木，发现浮木里面藏有四尊小佛像，于是就堆了个小山丘（Phnom），并在小山丘上建了一座小寺（Wat）供奉那四尊小佛像，并为此寺取名塔仔寺（Wat Phnom）。从此以后，这个地方也被称为塔仔山。至于中文"金边"的名称，则是因为塔仔山寺院的周墙涂满了当地喜欢的金色而得名。1432年，吴哥国王奔哈·亚（Bonhea Yat）因不堪吴哥屡遭外敌骚扰作乱，遂弃吴哥而迁都金边，并加高塔仔山和整修塔仔山寺。奔哈·亚死后就葬在该寺院西侧的大钟形塔里。塔旁边就是边婆婆的雕像，永远微笑着面对世人。塔仔山现成为金边香火最旺的寺庙之一，据说边婆婆对女性的祈求最为灵验。

　　金边建都后，因其物产丰富，交通便利，迅速地得到发展，一直作为首都至今，最繁华时，河岸区灯红酒绿的夜生活，曾有东方"小巴黎"之称。

　　到达金边的第二天上午，我们一行前去柬国家旅游部拜会佟岿部长。柬国旅游部办公室离我们住的酒店很近，就在毛泽东大道斜对面的一座平房里。我们一行在洪范的引领下，没有多久就到了。洪范先带我们进了佟岿部长的办公室，佟岿正忙着工作，见我们后，马上从办公桌旁走出来，欢迎我们。

　　柬埔寨王宫和银阁寺，是金边两个游客必到的旅游景点。

　　在佟岿部长夫妇的亲自陪同下，我们一行首先去王宫参观。柬埔寨国家王宫位于热闹的河岸区，远远就可看见其标志性的金黄色宫顶。王宫初建于尚处法国殖民地时期的1866年，目前王宫中的许多建筑都是后来陆续增建的。宽广的王宫占地长435米，宽421米，为传统的高棉建筑风格，配以暹罗风格的装饰。多层屋檐和高耸的尖塔，在柬埔寨的传统上，是财富和权势的像征。据介绍，原来建筑都是用的木材，后来改建时，为了牢固起见，全部改用钢筋水泥，但仍保存其原来的风格。由于高棉王国历史上最早是信奉印度教，后来改信佛教，所以在王宫建筑风格上仍保留了印度教和佛教并存的风格，王宫所有建筑都是金黄色宫顶和白色墙壁，金黄色代表佛教，白色代表印度教。

　　王宫中最高大的建筑是加冕大厅（Preah Tineang Tevea Vinichay），为西索瓦国王（King Sisowath）于1917年所建，高达59米，主要用于加冕大典和王室重要庆典。大厅正中央有一座尖塔，象征柬埔寨国土中央的高山奥拉山。王位上方挂着一串串有着九个伞状的祈福物，是人们祈求来世能前往美好的天国象征，带有典型的佛教色彩。

　　王宫中当时仍然住着诺罗敦国王王室一家，许多处所不便打扰。离开王宫，穿过一道厚厚的围墙，前往王宫南侧的银阁寺。银阁寺的最大特点是用5 329块各重1.125公斤的银砖铺成的地面。为了这用银砖铺成的地面，现已用地毯覆盖加以保护，当然仍可以看到部分银砖。银砖寺初建于1892年，1962年重修，主要作为王室宝物的展室厅，内供奉着一尊巨大的玉佛，故又称为玉佛寺。玉佛前有座重达90公斤的金佛，全身镶有2 086颗钻石，最大的一颗重25克拉，镶在佛冠上。

　　银阁寺前，有诺罗敦国王骑马雕像，周围是历代国王、王后的浮屠和多座佛教建筑。寺院的围墙上有《罗摩衍那》中的故事彩绘图，约绘于20世纪初，有部分因水汽和潮湿已遭损坏。

　　王宫建筑群里比较重要的建筑还有观舞亭台（Preah Tineang Chanchhaya）、权杖收藏所（Ho Preah Khan）和拿破仑三世亭阁（The Pavilion Napoleon III）等。

　　参观完王宫建筑群后，我们去瞻仰柬埔寨国家独立纪念碑。为了纪念柬埔寨1953年脱离法国殖民统治，成为独立国家而兴建的这座独立纪念碑，于1962年11

月9日竣工。独立纪念碑由柬埔寨著名的建筑师 Vann Mdyvann 设计建造，外形为五层檐顶的亭台，檐顶层层往上收口，形似吴哥塔庙，每层檐的四个角都饰有多头的蛇神那迦的雕像。据说，纪念碑的设计灵感来自罗洛遗址的巴空庙。现在，这里也是柬国纪念阵亡将士之处，因此每年的独立纪念日和行宪纪念日，纪念碑下总是摆满花圈和鲜花，中央的火盆燃起熊熊烈火，以纪念这些特殊的日子。不过，整座纪念碑远远看去，恰如一把巨大的火炬，燃烧在金边的城中，指引着柬埔寨人民永远捍卫国家的独立与尊严，决不允许外来国家与民族的侵犯。

红日西沉，夜幕落下，晚上的金边最令人向往的地方莫过于流经金边的湄公河畔。灯火映照下的金边河，宛若一条金色的彩带，飘在金边市中。河两边排满了大大小小的食肆酒楼，客人傍水面河而坐，畅饮灯下，非常热闹。隔水相对，熟悉的人还可招手致意，互问互答。月色和灯光互映下的湄公河水，在两排食肆酒楼中间，涛声潺湲，波影婆娑。河中游艇来回往返，扁舟小贩凌波叫卖，更给金边人的夜生活增添了无穷的诗意。

现在，柬埔寨全国都在向中国学习，努力发展经济，致富国民。相信不久的将来，柬埔寨必将成为东南亚地区的一颗明亮的新星，升起在世界民族之林。

2009 年 9 月 9 日

美哉,莫斯科地铁站

　　莫斯科,这个以前社会主义阵营的红都,随着苏联1991年的解体,黯然失色,日益变得冷落与萧条。

　　在斯大林时代给人们留下的诸多宏伟的建筑中,我最欣赏的是被称为"地下艺术宫殿"的莫斯科地铁站。我个人觉得,到了莫斯科,你可以不必去看克里姆林宫,但绝不可不去乘地铁,参观一下被称为"地下艺术宫殿"的莫斯科地铁站。

　　莫斯科的地下铁路网站,织造了一个举世无双的庞大的地下艺术宫殿。二百三十多处的地铁站,每一处都是这座艺术宫殿的分馆,每条地铁站的通道,都是一条绚丽的艺术长廊。各式各样高悬明亮的水晶和琉璃吊灯,映照着车站廊壁上的缤纷绘画,琳琅满目,五光十色。每一处地铁站,都有自己独特的艺术亮点,和丰厚的艺术底蕴。

　　莫斯科市共有12条地铁线路,像太阳的光线一样,从市中心向四面八方辐射开去。我乘过不少大城市如巴黎、伦敦、纽约、新加坡、中国香港、东京等城市的地铁,可以坦率地说,莫斯科的地铁建筑是无与伦比的。

　　莫斯科的第一条地铁是在1935年开始修建的。当年,斯大林决定,一定要把莫斯科的地铁建成全世界一流的社会主义的地铁。不论是在每个地铁站,还是在每个地铁站的长廊里,处处都布满了艺术珍品。如"库尔斯可站""共青团站"和"起义广场站"等,都是由当时苏联最好的建筑师参与设计的,故成了今天的著名艺术建筑品。在修建过程中,大量采用优质的大理石、花岗岩、半宝石、钢、铜、彩色玻璃、马赛克等原材料。技艺高超的苏联工匠用彩色玻璃和华丽的雕饰品装饰了每个地铁站和它们地面上的大厅。

　　我们在俄罗斯朋友陪同下,从胜利广场进入地铁站。四排扶手自动电梯直达100米深的地下,每个扶手电梯的两旁是两排大球型莹光太阳灯,排成两条线,同扶手电梯一样直通到地下车站。从地面下到地铁底站,足足要乘三分钟的自动扶手电梯。

　　到达地下车站后,只见三条吊满水晶宫灯的长廊,两边的两条长廊中各有一条铁路线,中间的一条长廊纯粹是宽阔明亮的人行道。三条长廊的壁上挂满了一幅幅巨大的记载苏联卫国战争胜利时庄严、欢乐的宏大场面写生画。长廊的顶壁悬挂着大型的水晶琉璃宫灯,交相映辉,亮如白昼。在中间人行长廊两头墙壁上则是两幅满壁尺寸的人们欢庆战争胜利的狂欢盛景。

我们边欣赏这百米以下的地铁站,边不停地揿动着相机,拍下这辉煌壮丽的地铁站实景,似乎不是在参观地铁站,而是在浏览一处艺术殿堂,谁也不想马上乘车离去,直到欣赏完大部分艺术珍品后,才恋恋不舍地赶上飞来的列车。

离开胜利广场,我们去下一站"基辅站"。这里是一样的明亮长廊,一样的水晶琉璃宫灯,所不同的是,这里墙壁上所有的画全是描写乌克兰人民喜庆丰收的大型节日欢庆图,那载歌载舞的喜悦场景,深深地吸引着每个同行者。

再下一站是"起义广场"站。这里不同的是,替代大型绘画的全是铜铸雕像实体。在人行长廊的两旁,每隔一定的距离,就是一尊尊比真人还要大的工农兵形象雕塑群,表现了苏联十月革命时工农兵投身革命的英雄形象,表情各异,栩栩如生,看来引人入胜。每个雕像都有几吨重,全是实心铜雕成。不少雕像已被行人摸得明光发亮,熠熠生神。

陪同我们的俄罗斯朋友骄傲而又自豪地介绍说,莫斯科地铁所有的车站都同我们看过的一样,都像一个个艺术宫殿。在这些艺术宫殿里所有的绘画、雕塑和艺术品,都是来自苏联时代当时最著名的艺术家之手,都是大手笔之杰作。

我们每个人都深深地被这些艺术精品所吸引,两只眼睛像是被磁铁吸引住了似的盯住每件艺术品;两只脚更像是脚底涂了胶一样,走的很慢很慢,整整一个下午,仅仅参观了三个地铁站。

艺术呀,艺术。这就是艺术的魅力!

真正的艺术是无价的,绝不会因时空的变化而贬值。真正的艺术光芒是无疆的,绝不会因国家的边篱而被阻拦。真正的艺术光芒是永远放射的,绝不会因其产生的年代不同而褪色。真正的艺术是美好的。多保存一份艺术,就是多保存一份美好。

莫斯科的地铁收费采取单一价式,仍保留了苏联社会主义时代的做法。你只要进了地铁站,不管你在地下走多远,乘多少站,都是一个价。你如果有时间的话,可以在这个地下艺术宫殿里乘来乘去,随意参观,尽情欣赏。你还可以任情拍照,将所有的艺术珍品收进你的相机,也决不会像在艺术博物馆中会有人来干预你。你可以得到你全部的"美的概念""美的真谛"和"美的享受"。

虽然离开莫斯科已经很久了,但我的脚步似乎仍然停留在莫斯科的地铁站里。

2009 年 10 月 7 日

没有墓碑的大师墓

八月的俄罗斯，秋高气爽，宜人非常。白桦树的叶子，在淡淡的阳光照耀下，婆娑抖动，闪闪发光。像在欢迎我们这群来自远方的客人。

在拜谒了坐落于红场上的列宁、斯大林和高尔基的陵墓后，作为一群列夫·托尔斯泰的崇拜者，我们接下来就去拜谒俄罗斯的文学大师列夫·托尔斯泰的墓地。

列夫·托尔斯泰的墓地，坐落在俄罗斯图拉州他的故居附近，是他小时候和哥哥玩游戏时经常去的地方。我们离开列夫·托尔斯泰简朴的故居，步行没有多远，即来到他的墓前。

一丘平平凡凡、简简单单的墓地，同他的别墅一样，完全出乎我们的意料之外。我原来认为大师的故居简朴，那可能是因其先人留下的，无可非议。可墓地应该是后人为大师建造的，按大师当时在俄国的名气和身份，是应该讲究一些的，可是不然！

从故居陈列的介绍看，列夫·托尔斯泰从小就富有幻想。他热爱和平、反对战争，经常同哥哥在故居附近的桦树林中绵长幽静的小路上沉思、漫步、跳跃、奔跑和相互追赶嬉戏。他们曾经不止一次地幻想，如果在树林中找到绿色的棒子，世界就不会发生战争，人类就不会发生疾病，社会就会永远和平。这种思想一直到他创作出伟大的史诗《战争与和平》来，似日益盛笃。

大师虽然同他的妻子生了十几个孩子，可是从他与妻子相处的情况来看，似乎并不是很合谐，而是经常吵嘴。这使大师很伤脑筋，在某种程度上对大师的创作有一定影响。也使我们和后人少读到一些宝贵的著作。1910年，列夫·托尔斯泰因同妻子口角不快而离家出走。在出走前，他给妻子只留下一张小小的字条。他要去他妹妹曾经修过道的一家小修道院，并没有说明是什么原因。不幸，大师在出走的途中染上了肺炎，他只好临时滞留在一个简陋的小车站休养。由于条件太差，又没能得到好的及时治疗，十天后，这位伟大的俄罗斯文学巨匠，在无声无息中悄然谢世。

在经典影片《最后一站》中，曾对这段经历有过生动具体的描写。

一颗璀璨的明星陨落了，这真是俄罗斯和世界文坛上的一大悲剧！

列夫·托尔斯泰逝世后，他的哥哥按照他生前的遗愿，把他安葬在他们小时候曾经去寻找过绿色棒子与和平的桦树林中，并遵照他的遗嘱：不立纪念碑！

这就是大师对自己最后的全部要求！这要求，同他的那些不朽的著作一样辉煌！一样伟大！这使我想到历史上与现实中的许多人，在死前或死后所建的庞大的坟墓和所立的高大的墓碑。二者相比，真是天壤之别！这平平凡凡和没有墓碑的墓，年年却有国内外的无数陌生崇拜者前来凭吊献花，络绎不绝。而那些建筑庞大且立有高大墓碑的坟墓，不少却终年寂寥凄冷，无人过问，相伴的只有荒草野狐、冷风残雪。

我从小就酷爱这位文学大师的著作。从他的第一部长篇小说《战争与和平》，到他的《安娜·卡列尼娜》，再到他的《复活》，我不止一遍地读了又读。我爱书中的娜达莎、安娜·卡列尼娜和卡秋莎。

来到托翁的墓前，我看到的"只是树林中的一个小小长方形土丘，上面开满鲜花，没有十字架，没有墓碑，没有墓志铭，连托尔斯泰的名字也没有……"。这是1928年奥地利著名作家茨威格在拜谒大师墓地时所写的《世界最美丽的坟墓》一文中的感言。

我走向前去，按中国人的习惯，绕大师的坟墓走了三圈，献上带来的鲜花，又从树林中捧来一抔新土，轻轻地撒在大师的墓上，祝大师不朽的灵魂永远安息，祝大师墓地上的鲜花常开常艳。

站在列夫·托尔斯泰的没有墓碑的墓前，我完全赞同茨威格先生，这不是一座平凡的坟墓。这是一座宏伟的坟墓，一座世界上最美丽、最壮观的坟墓，一座比有墓碑和墓志铭更令人神往和景仰的坟墓。

广袤的俄罗斯大地，就是他最神圣最安适的坟墓！

辉煌的宏篇巨著，就是他最美好的墓碑和墓志铭！

2009年10月12日于美国加州拉荷亚

红场纪事

到达莫斯科后，俄罗斯朋友给我们安排的第一个项目，就是去红场拜谒列宁陵墓，瞻仰列宁遗容。

早上八点钟不到，我们就赶到亚历山大花园东门口，早已有排队的长龙等在那里。队伍从红场侧面，沿克里姆林宫围墙一直排到亚历山大花园门口，又折向东去。当我们到达时，队伍已经拖到朱可夫元帅的骑马铜像前面。我们赶紧入列排队。不一会儿，马上又有人排在我们的后面，队伍越排越长。

排队等候瞻仰列宁遗容的人，大多数是来自俄罗斯全国各地和世界各国的游客，也有不少是莫斯科市民。人们有说有笑，谈笑风生。尽管语言不同，肤色各异，但人们的心情是一样的。一位伟大的无产阶级的革命导师，一个曾经是世界上最伟大的社会主义国家苏联的缔造者，仍然是全世界爱好和平的人们心中的偶像。虽然，今天苏联已经解体，俄罗斯当年的风光已经不再，但人们永远不会忘记当年苏联在人们心目中的光辉形象。如果没有苏联，俄罗斯人民说不定迄今还要在德国法西斯的铁蹄蹂躏下苦熬，欧洲和亚洲不少国家的人民还要遭受德、意、日法西斯的残酷统治。

队伍慢慢地移动着。在靠近亚历山大花园门口时，一位形象酷似列宁的老人，背后插着苏联的镰刀斧头旗帜，正在与游客照相留影。近前仔细一看，这位老人，还真的挺像列宁，特别是下巴上那一撮山羊胡须，像极了。由于要同他拍照的人很多，在大队伍旁边又排起了一个小队伍，长出了一支队权。我也高兴地去排队，与这位长相酷似列宁的老翁照了一张相，付了100卢布。据介绍，在莫斯科红场周围，凡是俄罗斯名人，都有模拟者在与游客拍照，如列宁、斯大林、普希金、高尔基、罗蒙诺索夫、托尔斯泰等，形成红场上另一道旅游风景线。但就是没有赫鲁晓夫，可能是因为名声不好的缘故吧。

在快排到红场时，队伍中间空出一段距离，每50个人一组分批进入红场。在进入红场的入口处，设有安全检查闸，如同乘飞机登机前的安全检查一样，所带行李物品都要进行安检。不用讲，这当然是为了保证列宁陵墓的绝对安全。通过安检后，队伍进入列宁陵墓后长长的红场墓地中间走道。在这里埋葬着苏联早期的国家主要领导人和他们的雕塑像。然后走到列宁墓的左前方，通过地下入口，进入了列宁遗体厅。列宁平躺在水晶棺中，上身微微有点斜，似乎在向来人打招呼的样子。瞻仰者不能停留，在保安人员的带领下，绕遗体瞻仰一周，然后从右方出口走出，前后总共只有两三分钟的时间。但就是这两三分钟的时间，成就了多少人的愿望，实现了多少人的梦想！据说中国这几十年来莫斯科瞻仰列宁遗容的人特别多，像潮水一样涌进了莫斯科，走近了列宁墓。许多年过花甲的耄耋老人，万里迢迢来到红场，就是为了看一眼列宁的遗容。他们有的在瞻仰遗容的一瞬间，情不自禁地热泪盈眶！那种情怀，实在难以用语言来形容。

本来很好的天气，可等瞻仰完列宁遗容出来时，下起了小雨。雨中，列宁墓前的广场上聚集了一堆人，周围插满镰刀斧头红旗，有警察在维持秩序。走近一看，原来是几位苏联卫国战争时的老红军战士在向游人讲述着苏联十月革命与卫国战争的往事，个个胸前佩满了功勋章。这几位老红军就是当年莫斯科保卫战的直接参加者。随着这几位苏联老红军的激动讲演，前来听讲的人越来越多，更有不少是青年人。人们打着伞，围着静听苏联历史上那曾经动人的故事，不知是怀旧，是好奇，还是留恋过去那曾经辉煌的历史？！

特别令我惊讶的是，在这些围听的青年群中，竟然还有一群来自美国的青年朋友，这真是令人不可思议。我想对他们来说，这些苏联老红军的讲演，可真的成了天方夜谭。

离开讲演的老红军，我冒着雨走到红场南边的圣·瓦西里升天大教堂观赏。无奈，雨越下越大，我只好随着避雨人群跑进教堂下面暂躲一下。圣·瓦西里升天大教堂，又名波克罗夫大教堂，既是俄罗斯的象征性地标之一，又是俄罗斯建筑的七大奇迹之一。它是伊凡雷帝为了纪念1552年战胜喀山鞑靼军队而下令建造的。教堂中间是一个带有大尖顶的教堂冠，八个带有不同色彩和花纹的小圆顶错落有致地分布在它的周围，再配上九个金色的洋葱头状的教堂顶，颜色鲜丽，独具特色，让人过目难忘。教堂的南面为瓦西里斜坡，直通莫斯科河。这就是圣·瓦西里升天大教堂的魅力，不论到那里，人们只要一看到它的形状，就知道它代表着俄罗斯和莫斯科。

在圣·瓦西里升天大教堂的前面，是俄罗斯民族英雄米宁和波扎尔斯基雕像，高高地矗立在巨大的方形花岗石底座上。该雕像为1818年落成，为纪念1611年至1612年他们打败了波兰侵略军，解放了莫斯科。

过了一会，雨停了，给游人带来了喜悦。出瓦西里升天大教堂，广场北面是红色的俄罗斯国家历史博物馆，大门紧闭，说明不开放，只能在外面观看拍照。该博物馆建于1873年，也是莫斯科的标志性建筑。大楼以红色为主，塔顶为白色与金色相间，极富魅力。在博物馆的后面，就是前面所介绍的朱可夫元帅骑马铜像。

在红场的东面，就是莫斯科最著名的"古姆商场"。这座建于1893年的商场，是世界十大商场之一，有240家顶尖商店，分上、中、下三层和多栋连体建筑集成。各栋、各层之间有天桥、通道和自动扶手电梯相连。建筑独特，装饰华丽，完全可以与西欧最现代、最豪华的商场相比美。由于商场太大，我们无法全部观光完，只能看了一小部分。

红场真的不算很大，只有中国北京天安门广场的五分之一那么大，地面全用大的条石和地砖铺成，显得古老而神圣。红场原名是"托尔格"，即"集市"的意思，1662年改名为"红场"，"红"为"美丽的"意思，即为"美丽的广场"。据说卫国战争时苏联出兵抵抗德国入侵、进行莫斯科保卫战时，部队就是从红场出发的。因而人们对红场的感情特别深。现在，更因为有列宁的陵墓在此，才每天吸引着全世界大批的游客前来，这是俄罗斯历史上任何一个名人都无法得到的殊荣。

2009年10月20日

热爱猪仔的城市

到了汉堡后，德国朋友鲁道夫并没有先安排我们游览汉堡市，而是先带我们去他的家乡不莱梅市参观。他出人意料地亲自驾驶他的直升机，让我们坐飞机前往。这是一架仅能坐四个人的家用小型直升机，连驾驶员鲁道夫一共五人。飞机上中间有一个方型小桌，四个人面对面坐在小桌的两边，可以边喝饮料，边从机窗看外面的风光。飞机起飞离开停机坪后，在汉堡的上空盘旋了一会儿，飞过易北河，在一片绿色森林的上空，径向西南飞去。小小的直升机，在林海的上空时高时低地飞行，宛如一叶扁舟在海浪里荡漾。我们知道，这是鲁道夫先生的好意，他是让我们在飞机上欣赏北德的田园风光。

不莱梅市离汉堡不远，不到半小时的工夫，我们便从易北河边飞到了威悉河边。飞机在鲁道夫别墅旁的小停机坪停下后，鲁道夫先生带我们观看了他的别墅。稍作休息后，他便又开飞机带我们去不莱梅港口参观。同汉堡位于易北河上一样，不莱梅位于威悉河上，易北河与威悉河同流入北海。与汉堡市不同的是，不莱梅市是由不莱梅市和不莱梅港口两部分组成，不莱梅港位于威悉河的入海口，因而是一个海港。而汉堡港则完全是一个内河港。鲁道夫带我们顺威悉河的上空飞行，仅仅一眨眼的时间便到了不莱梅港的上空。

为了节省时间，我们在不莱梅港没有下飞机，在飞机上浏览整个海港的全景。静静的威悉河，流出陆地后便汇入北海。港口里停泊着巨型货轮，有的在忙着卸货，有的在忙着装货。巨人般的大吊车，不停地将沉重的集装箱搬上卸下，煞是一番繁忙景象。不莱梅港距离不莱梅市区65公里，是德国的第二大港口和重要的进出口货物的集散地及对外贸易中转站，也是当地经济的发动机。不莱梅的州徽是一把钥匙，一把"打开世界的钥匙"，可见不莱梅港的重要性。

在不莱梅港口的上空，我们约莫盘旋了半个多小时，看了整个不莱梅港的全景后，鲁道夫便驾驶着直升机带我们飞回不莱梅市的住处，去游览古老的不莱梅。

不莱梅市和不莱梅港两部分组成了德国一个最小的联邦州，也是经济最活跃的一个州，面积360平方公里，人口不到54万，州政府设在不莱梅市。不莱梅市历史悠久，在德国除了巴伐利亚州以外，不莱梅是德国最早建立的一个小"国家"。在欧洲现存的最古老的城市中，不莱梅仅次于意大利的圣马力诺，位居第二。早在公元8世纪时,不莱梅迅速发展,11世纪时,曾被称为"北方的罗马",可见其当时的繁荣盛况。

我们在鲁道夫的陪同下,参观了市政厅、市政厅地下商场、紧邻的圣母玛丽亚教堂和圣彼得大教堂。最令人感到有趣的是在瑟格街上,有少见的铜的猪雕塑群,一共有两群,栩栩如生,生动逼真。这些铜猪,大小如同真的一样。一群是一头大猪和四头小猪,大猪在前,四头小猪紧紧跟在后面,但看不出大猪是妈妈,还是爸爸,一般来讲,应该是妈妈的可能性多些。另一群是一个人在喂猪,他吹着喇叭,正在呼唤着大猪小猪来吃食。大大小小的猪仔们,争先恐后,互不相让,急急忙忙跑着来争抢食物,逗人极啦。这两群猪的铜塑像,遂成了人们开心取乐的好去处。特别是那些孩子,经常骑在猪仔身上玩耍取乐,甚至连一些成年人也不甘落后,骑在猪背上活开心。我们看到有一位白胡子老爷爷也正骑在一头大猪背上同他的孙子逗趣呢。由于每天都有人来骑、摸着玩,这些铜猪都被骑摸得精光透亮,在阳光下神采奕奕,更为逗人。

我没有弄清楚是什么原因让不莱梅人热爱猪、雕塑猪的铜像。然而,在德国的小城格廷根市的中心广场上,也有一大群猪的铜塑雕像,这群猪的铜塑像成了整个广场的主题中心。在格廷根市,人们不但热爱猪,而且似乎对这群猪的铜塑像非常尊重和爱护。经询问才知道,据说是先有猪仔的出现,后有格廷根市的建立。以前是没有格廷根市的,后来人们经常看到有一群猪仔出现在那里,经勘查,发现原来那里地下埋藏很多盐巴,是一处很大的盐矿,于是人们纷纷从四面八方前来开挖盐巴,慢慢地人多啦,形成了一个格廷根城市。人们为了纪念这群猪的贡献,就在市中心建立了一个猪的广场,在广场上雕塑了一大群猪的铜像。今天,凡是到格廷根市的人,都要去市中心广场欣赏这群猪的铜雕塑像。

这是在我去过的所有国家里,所见的仅有的两个有猪雕塑群的城市。我把它们称为"热爱猪仔的城市"。由于世俗的偏见,人们大都把猪看成是笨头笨脑的东西。实际上,猪是一种智商很高的动物。在中国的十二生肖中就有一个猪。只可惜,它们的智商还没有等到发挥,就被人杀掉吃了。记得有一条新闻,在一个乡下,有一天,一个主人家的孩子掉到河里被水冲走了,狗和猫都眼巴巴地看着干着急,最后还是这家的小猪跳进河水中,用牙齿咬住孩子的衣服,把孩子拖上了河岸,救了这个孩子。

这又使我想起了另外一个故事。据说,从前有一户人家养了母子两头猪仔,有一天,主人磨刀霍霍要杀小猪的母亲大母猪。这情景被小猪看到了。小猪就趁主人走开的时候,偷偷地把主人磨好的屠刀藏了起来,然后又用牙齿咬着那把屠刀跑到井边,把那把屠刀扔到井里去了,不让主人杀自己的妈妈。后来,主人因找不到屠刀,就放弃了杀母猪的念头。小猪终于救了妈妈的命。看,这小猪多可爱。

从这两件事来看，谁能说猪的智商低？

记得，我住在新英格兰时，曾经观看过佛蒙特州举办的一次赛猪会。每家每户把自家养的猪仔赶来参加赛跑比赛。等到比赛开始，起跑枪声一响，一排猪仔争先恐后向前奔跑、争夺冠军的情景真是可爱极啦！看到这种情景，又有谁会说猪仔笨呢？！特别是当比赛结束时，凡获得冠、亚、季军的小猪仔一排站在领奖台上领奖的乖样子，真是好逗极了。

离开瑟格街，鲁道夫又带我们去游览不莱梅有名的扎桶匠街。这是一位咖啡商仿照中世纪街道的样子设计造的，全长100多米。这是一条名副其实的小街，如果两个人相向而过，双方必须侧身才成，因为小街只能容纳一人通行。小街为石块铺成，两旁都是旧房小店。走在这样的小街上，你仿佛是生活在中世纪：中世纪的房子，中世纪的商店，中世纪的小路，中世纪的画廊，中世纪的小钟，中世纪的风俗，可能还有中世纪的小猪仔，一切都是中世纪的。似乎中世纪的一切，汇集到一起，筑成了不莱梅这座不大的历史古城。我到现在也还弄不清楚，为什么不莱梅这座带有浓厚中世纪色彩的城市，同猪仔有缘，人们那么热爱猪仔、喜欢猪仔？但我想总该事出有因吧！

2009年11月18日于美国加州拉荷亚

瑞士情结

　　有一段时间,我们经常往来于法国和意大利之间。瑞士的朋友老抱怨说,每次都是他们到法国或意大利见我们,埋怨我们为什么不去瑞士看看,那里有世界一流的山水风光和一流的现代经济。说的次数多了,一个瑞士情结,倒真的成了一个要解开的谜。

　　瑞士在世界上是一个对经济发展上做出奇迹贡献的国家。我们决定去瑞士走走,看看这个深藏于于欧洲山水中的自由联邦。因为世界上许多地方,凡是美的山水,都被人称作"××的瑞士"。如新西兰,被称为澳洲的瑞士;斯瓦士兰,被称作南非的瑞士;新罕布什州被称作美国的瑞士,等等。瑞士成了世界上山水美的代称。

　　从法国的里昂坐火车,没用多久就到达位于法瑞边界日内瓦湖畔的日内瓦市。进入瑞士境内后,我们的瑞士朋友山道士先生早已等在那里。稍作寒暄,山道士径开车带我们去日内瓦湖畔的一家酒店下榻。

　　日内瓦湖,又称莱蒙湖,像一弯弦月坐落在瑞士西南的瑞法边界上。而日内瓦市就依偎于日内瓦湖的西端,宛若一颗璀灿的明星,镶嵌在日内瓦湖这弦明月的一端。日内瓦是瑞士的第二大城市,是欧洲有名的旅游城市和历史悠久的国际都市之一。在市内,阿尔卑斯山脉和汝拉山脉举目可见。真是湖光山色,相映成画,琼楼仙阁,翠拥绿绕,完全是一番世外桃源的景象。

　　清早,我独个起床,漫步到湖边,一抹朝霞染透了日内瓦湖和远处湖际上的半边天空。城静,湖静,山静,水静,人静,鸟静,树静,花静。静静的湖面上,成双成对的白天鹅和黑天鹅在浮游嬉戏,完全不觉像我一样早起的游人。我第一次见到白天鹅和黑天鹅在一起,和谐相处,沉浮自由,振羽展翅,凌波逐浪。以前,从芭蕾舞《天鹅湖》中知道黑天鹅很凶,是破坏白天鹅恋侣的罪魁祸首,想不到眼前看到的情形却完全两样。

　　我静静地欣赏着这清晨的湖光山色,陶醉在晨曦下天鹅们的欢娱中,与天鹅同乐。不久,一轮红日从东方的湖面上跃起,把金色的光芒洒上了湖面,洒上了湖周的青山,也洒上了天鹅的翅膀。天鹅越来越多,日内瓦湖顿时变成了天鹅湖,湖波荡漾,天鹅群舞,一派生机益然。

　　一会儿,湖畔街上行人接踵,不见机动车辆。有趣的是不少少女少妇踏着滚动的溜冰鞋在行走，据说是去上班。几个少妇手牵着她们亦穿着溜冰鞋的小儿女奔向幼儿园或小学。这里完全找不到机动车的踪迹。这真是一大乐趣。一些年长者正在湖边散步、晨练，追逐早上的气息和神韵。在湖的一角，有一个巨大的花钟，钟的指针和钟盘，全用鲜花簇成，不时地向人们报告着时间。我请过路人给我在花钟前拍下了几张照片，作为我瑞士行的最好留念。

早饭后，山道士先生亲自来陪我们去日内瓦市里参观。日内瓦城中不仅有举世闻名的花钟和日内瓦喷泉，还有满城的花园和森林。我们去罗纳河边的卢梭岛参观。岛上生长着茂密的菩提树、白杨树、枫树等，宛若一片小的森林。苍林翠木簇拥着一尊卢梭的铜像。卢梭是欧洲18世纪时著名的哲学家、启蒙思想家、教育家、文学家，出生在日内瓦市的一个钟表匠的家庭，是18世纪法国大革命的思想先驱，启蒙运动最卓越的代表人物之一。凡是读过《论人类不平等的起源和基础》《社会契约论》《爱弥儿》《忏悔录》的人，都会知道卢梭思想对当时社会的巨大影响。雕像的卢梭坐在椅子上，左手持卷，右手握着鹅毛笔，沉思默想，正欲挥笔疾书。铜像的底座上题着醒目的大字"日内瓦公民——让·雅克·卢梭"。卢梭岛原名圣·皮埃儿岛，四周用石头砌成，方圆有几十米。16世纪时，人们建造了一座小桥，把小岛同两岸连接起来，使整个岛与河两岸融为一体，秀丽而幽静。

离开卢梭岛后，山道士先生又带我们参观古老的日内瓦大学、宗教改革国际纪念碑、联合国日内瓦办公楼和乘游艇横渡日内瓦湖。

第二天，我们一早出发去爬少女峰。山道士先生告诉我们说，到了瑞士，好看的地方很多，但是最值得你看的有两道风景线，一道是日内瓦湖，另一道就是少女峰，即一湖一山，或说一水一峰。这大概就是人们常说的"山水瑞士"的由来吧。

我们沿日内瓦湖北岸先东向去，然后拐弯北上，去到少女峰脚下一个叫作因特拉肯的小城。因特拉肯意为"两湖之间"的意思，坐落在布里恩茨湖和图恩湖中间，亚拉河穿城而过，葱郁的森林，怒放的鲜花，点缀着这座美丽的小城。城中的菏黑马特公园是在山下欣赏少女峰的最佳地点。我们先去菏黑马特公园，从下面仰观少女峰的壮美。皑皑的少女峰，在阳光下矗地摩天，熠熠生辉，缥缈旖旎。

我们赶去登山之处，搭乘专门爬山的带有齿轮的小火车上山。火车顺着齿轮轨道往山上爬行，只见玉峰迎面飞来，晶莹剔透，在阳光下闪烁耀眼，一派灿烂，令人眼花缭乱。约摸一个多小时的工夫，小火车到达了欧洲最高的火车站，即享有"欧洲屋脊"美誉、海拔3 454米高的少女峰车站。

下车出站后，在山顶上迎着阳光，踏着积雪，眯着眼睛，少女峰宛如身着洁白长裙的少女，亭亭玉立在你的面前，端庄秀丽，婀娜多姿，楚楚动人，惟妙惟肖。这时，你真有要张开你的双臂，去拥抱少女峰的奇想。如果你怕冷，你可以躲进斯芬克斯观景大厅内，欣赏少女峰的飒爽英姿。

　　在山上逗留一个小时后，我们乘同样的小火车，从另一条路下山，继续尽情观赏少女峰山坡上的五光十色和千姿百态。

　　离开因特拉肯小城，我们前往卢塞恩小城休息。沿途尽览瑞士的田园风光。连绵起伏的阿尔卑斯山脉构成瑞士的骨架，清澈的日内瓦湖和大大小小的河流织成瑞士的血脉，如梦的乡村，如画的城镇，如镜的湖泊，如龙的雪山，仿佛一颗颗璀璨的明珠，串起瑞士人的骄傲和自豪！清澈如镜的日内瓦湖和亭亭玉立的少女峰，更是瑞士的国标和图腾。

　　去吧，亲爱的朋友，张开你的双臂，尽情享受大自然的恩赐，去畅游温柔的日内瓦湖，去拥抱圣洁的少女峰！

2009 年 12 月 17 日

皇山星空

离开千岛湖，我们沿着圣劳伦斯河的北畔，直向蒙特利尔奔去，赶着参加蒙市每年一度的国际电影节。儿子的同学在麦吉尔大学任教，就住在麦吉尔大街上的一座公寓的二层。放下行李，略作小憩，我们便开始了对蒙市的游览。

蒙特利尔市位于圣劳伦斯河下游的一个河心岛上，背靠岛上的皇山，濒临圣劳伦斯河水，是加拿大第二大城市和港口，环境非常优美，地理位置十分优越。从远空中鸟瞰下去，蒙特利尔市连同它所依托的河岛，宛若一艘巨无霸游轮，停泊在圣劳伦斯河上。

它有着浓厚的历史文化氛围，深受法兰西文化的影响，因而被誉为"北美的巴黎"。由于原来是法国的殖民地，全市75%的居民为法裔加拿大人，是北美最大的一个法语城市，也是仅次于巴黎的世界第二大法语城市，同时更是加拿大最浪漫激情的城市。

除每年8月份有国际电影节外，每年6月中旬还有一个为期10天的国际爵士音乐节，届时总有上百万的爵士音乐迷涌入这个城市，观看1 000多个乐团的倾情表演。另外，还有各种各样的节日，像啤酒节、法国音乐节、国际美食节等。

去麦吉尔大学参观，这是当仁不让地选择。麦吉尔大学就在麦吉尔大街上，街以学贵，故被称为麦吉尔大街。这所当年被誉为加拿大之"哈佛"的大学虽然今天早已让位给多伦多大学，但在许多领域，仍然位于加国大学的前列。我儿子的同学带我们参观了麦大的校园和他工作的学院后，稍坐片刻便匆匆离去。

任何一座城市，最富有文化内涵和底蕴、最令人向往的，往往不是那些新盖的高楼大厦，而是那些曾经繁华过的老城区和老建筑。

我们离开麦吉尔大街，步行来到老城区。蒙特利尔的老城区，是指东西以贝里街和麦吉尔大街为界、南北以圣劳伦斯河与圣杰克街为界的一个区域。当欧洲人在1642年初次登上这个河岛时，他们沿着皇山脚下的河边开始建筑房屋和防御工事，形成了早期的蒙特利尔市，即现在所说的蒙特利尔市老城。

在将近三个世纪的时间里，这个原始的城区一直是蒙市的金融和政治中心所在地。庄严的政府大楼，宏伟的教堂，宽阔的证卷交易中心、繁忙的商场和港口，都集中在这里。我们踏着老城的石砌街道，在用石头和红砖造的房子中间穿来穿去，看着专供游客骑用的高头大马，听着专供游客乘坐的马车通过石子街时所发出咯嗒咯嗒的马蹄声，似乎又回到了巴黎的老城意大利广场。一队队高头大马不时地从身边走过，赶车的人不住地招徕顾客，地摊上玩杂耍的人不时地发出各种叫喊，围观者所发出的阵阵喝彩，成群结队带笑的游客，到处都洋溢着古典巴黎的风韵。

今天的蒙特利尔老城，虽说繁华不及当年，但仍然是蒙特利尔乃至全加拿大的文化重镇，各种文化活动或艺术节日，不但是北美之最，而且还吸引着世界各地的文艺爱好者。

离开老城区，去达姆斯广场。这是1644年当地土著和欧洲殖民传教士激战过的地方。在广场的中央竖有保罗·舒米德·梅松纳夫的纪念雕像。当年就是他，在这里亲手杀死了当地的土著酋长。看到这尊雕像，我不知是景仰呢，还是鄙弃，总感到不是滋味！

达姆斯广场的南面是建于1829年的诺特丹夫天主教大教堂，有"节欲"和"忍耐"双子星塔高高矗立，西塔里有北美最大的钟之一——12吨重的"大钟"，据说钟声在很远的地方都能听见。豪华的教堂里有蓝色的拱顶，漂亮的木刻和精致的法国彩绘玻璃。广场的北面，是建于1847年的蒙特利尔银行，是加拿大最古老的银行总部。

离开了达姆斯广场，去参观蒙特利尔国际会展中心。外形好像是一个装有五彩玻璃的大盒子。会展中心的一侧立着一片唇膏森林，是艺术家Cloude Cormier采用了废弃街道上的52根混凝土柱子改制而成，颇有创意。森林的造型无一雷同，饰以粉红色唇膏色彩，与五彩玻璃合谐地造成了会展中心的未来感，简单地将色彩运用得当，轻松地给人深刻的印象，真是匠心独具。

在市区游览了几个地方，享受了蒙特利尔的法式美食后，快到傍晚时间，我们径往市中心后面的皇山公园游览。皇山公园几乎占据了整座皇山。皇山，在我的心目中，就是蒙特利尔这艘巨无霸游轮的高大船体。而蒙特利尔市大大小小的各式建筑，恰如这艘巨无霸游轮上的不同层次的窗口和装饰。沿着林间游径，观赏葱茏的树木，品味着鸟语花香，畅谈着轶闻奇趣，踏着层层石阶，我们一路往皇山顶上攀登，不知不觉地便来到了位于皇山顶上的圣约瑟大教堂。当我们迈向最后一个台阶，站在圣约瑟大教堂门前时，雄伟的大教堂更显得壮观挺拔，穹窿的尖顶，直插入蓝天白云中去。当你转身俯瞰整个蒙特利尔市，麦吉尔大街和老城的建筑，则宛若游轮的一层层船舷和走廊，而马路上行人，恰如船舷上走动观涛的游客，给人一种非常悠然惬意的感觉。

在皇山顶上，我们直逗留到日暮，等着看落日余晖。当夕阳西沉，夜幕降临时，据说是蒙特利尔市景观最美的时刻。天上的星星亮啦，地上的灯火明啦，蒙特利尔市所有的楼窗透出了灯光，伴以无数的街灯、河堤灯、游轮灯、渔家灯，顿时，皇山脚下，一片灯火的海洋。星光与灯火连成一片，天地一体。这时置身皇山之巅，星空万里，灯海万顷，群星璀璨争辉，灯火闪烁比彩。当你举头仰望星空，俯首探视灯海，你如同身在天街，漫步银汉。你不知是去月宫拜会嫦娥、吴刚，还是去银河访问牛郎、织女？是去天宫敬奉玉皇大帝，还是去瑶池会见西天王母？我们仰望着幽远的皇山星空，是迷茫，是畅想，是质疑，还是神往？连我们自己都无法作出确切的答案。

据说，在星空中可以供人类生存的星星有54颗，更有许多关于外星人的传说。在考古学中，人们往往把当代人认为无法做到的事情，就说成是外星人干的，把外星人视为神仙。殊不知，外星人视地球人同样是外星人，也可能同样是神仙呢！随着我国探月卫星嫦娥一号和嫦娥二号的升空，这星空中不但又增加了新的成员，而且更可贵的是月宫的嫦娥和吴刚不再孤独寂寞，有来自故土的新姐妹做伴，当然再高兴不过！希望我国今后有更多的嫦娥新姐妹升空，长伴嫦娥。

一座浪漫的城市，一座浪漫的皇山，一个浪漫的星空，一个浪漫的夜晚，一缕浪漫的幽情，一幢浪漫的梦幻，凝聚了一幅俊美的河上皇山星空图。突然，几颗流星划过长空，消失在远处的天际，勾起了我儿时地记忆，带去了我浪漫的畅想，也带走了我无限的神思。

2010年2月7日

马岛见闻录

好友叶宾斯先生在马达加斯加的最大海港塔马塔夫买了一大片地，经马国政府批准成立马国第一个经济开发区。为了更好地规划开发区，叶宾斯一再邀请我们从香港和内地带几位经济专家去，帮他参谋参谋。我们便邀请了几位同行好友，一起前往马达加斯加，开始了我们的马岛之行。

马达加斯加位于印度洋的西南部，隔海峡与莫桑比克与非洲大陆相望，是世界第四大岛，土地面积六十二万七千平方公里，海岸线总长达四千余公里，整个海岛由火成岩构成，土壤呈现红色，故又称"红岛"。海岛中部为海拔800—1 500米高的中央高原，察拉塔纳纳山主峰马鲁穆库特鲁山海拔2 880米，为马岛最高峰。南部为带状低地，多沙丘与潟湖。西部为缓倾斜平原，从500米低平原逐渐下降到沿海平地。东南沿海属热带雨林气候，终年湿热，季节无明显变化；中部为热带高原气候，温和凉爽；西部为热带草原气候，干旱少雨。

14世纪初叶，伊麦利那人在岛的南部建立了伊麦利那王国。1500年，葡萄牙殖民者侵入。在以后的150年中，荷、法、英等殖民者接踵而至。在19世纪初期，伊麦利那人统一全岛，建立马达加斯加王国。1896年沦为法国殖民地，1960年6月26日宣告独立，建立马尔加什共和国。1975年12月12日改国名为马达加斯加民主共和国。

从中国香港出发，经在新加坡和毛里求斯两次转机后，我们一行到达马达加斯加的首都塔那那利佛。这是一座位于马岛中部高原一个马蹄形山背上的城市。飞机停在一个没有什么建筑的机场上。下飞机后步行前往入境处。在一座平房大厅的一角，旅客排队等待入境。

办理入境的地方，就是放了一张中国农村小学那样的课桌，桌子旁边有一条供两个人坐的长条凳，两个边防官员在办理入境，图章拿在手里，腋下夹着一本文件夹，一本护照看半天，然后慢腾腾地盖一个图章，算是让你入境啦。由于太慢，后来又来了一位女边防官，很胖，硬是同前面两个人挤在那条长条凳上，三个人一起办理。天哪，幸亏机场不大，下机的旅客不多，否则真不知道要排队到哪年哪月才能入境。这是我所到过的国家中最简陋的入境处，也是办事效率最低的入境处。

好容易等到入境，我们便立即驱车前往城中。前来接我们的开发区刘总听我抱怨机场劣状，一上车就给我们解释，安慰我们。车子在一条坑坑洼洼的公路上行驶，大约一个小时，我们被安排在市中心一座当地人开的酒店里下榻。

酒店倒是一幢有八层楼高的大饭店，在塔那那利佛算是一座大酒店啦。听说餐厅老板是香港人，我们一开始都很高兴，满认为可以吃到香港菜了。可是谁知道，当我们一看到端上桌的饭菜后，个个都愣起来了，这哪里是香港菜？于是叫服务员去请老板。老板是个女性，四十多岁，人倒是非常客气。由于她在当地出生，是第二代的华裔，讲的广东话很生硬。她结结巴巴地解释说，在马岛请不到香港厨师，因马国的主要客人是欧洲人，很少有中国客人到，所以酒店里没有真正的香港菜供应。女老板让我们凑合着吃吧，她实在没有别的办法。我们听了后深表理解。

饭后，我们谁都不想马上休息，便步出酒店在街上漫步。大街像进城的马路一样，坑坑洼洼，年久失修，有些用石子铺的路段，石子龇牙咧嘴，走在上面要特别小心。马路上行走的公共汽车，都是破破烂烂，而且车外与车窗上吊挂着许多人。马路中间有一个大圆圈，虽然没有交通灯，来往车辆秩序还算井然。马路两旁的店铺倒很热闹，到处都是印度人和巴基斯坦人开的各种珠宝店，店里卖的大都是较贵重的宝石与半宝石女用饰品。而当地人摆的地摊，则大多出售廉价的半宝石饰品和小商品。据说有一家法国人开的超市，是专为外国人和有钱人开的，商品全是从国外进口，价格非常昂贵，当地人很少去那里买东西。

塔那那利佛是马国最大的城市，人口约170万，具有亚、非、欧三大洲的混合风格。只是由于长年没有建设和发展，城市显得非常破旧。令我百思不得其解的是，马达加斯加岛距非洲最近，其社会风俗习惯却与远在亚洲的印度尼西亚有着惊人的相似。马国是全世界最贫穷的国家之一，也是我们到过的最落后、最不发达的国家之一，几乎没有什么工业，缺煤、缺油、少电。加油站处常见排队等加油的汽车长龙。国民经济以农业为主，农业人口占80%以上。城市里的孩子光着脚，衣裳破烂。在附近的菜市场上，只看到出售黑米，很难看到有新鲜的蔬菜供应。据当地人说，他们每天就吃两顿黑米饭，没有菜肴。

其实，马达加斯加土地肥沃，气候适宜种植各种庄稼。该国有着非常丰富的矿藏，除石墨储量占非洲首位外，大多数山中蕴藏着极其丰富的宝石。据说，中国五金矿产进出口总公司就在马岛买下一座山，专门开采宝石。而森林中多产优质贵重木材。无奈，国家不发展，国人端着金碗讨饭吃。

叶宾斯先生的开发区的刘总，原是广东某大型国企的办公室主任，也是我们多年的好朋友。他知道我们不喜欢酒店的饭菜，在征求我们同意后，就让我们搬去他们开发区的临时招待所，住的条件虽然差一些，但是伙食不错，因为厨师是从上海专门请来的。在开发区招待所里，有几个当地的雇员，我问他们喜不喜欢在开发区里做工？他们都异口同声地说喜欢。因为他们在这里可以把每天客人吃剩下的饭菜带回家去,分给自己的孩子和家人吃。这些饭菜对他们来说,简直比过年过节还要丰富的多。所以他们工作特别卖力,吩咐干什么,就干什么,态度也很友善。马国的工资低得可怜。叶宾斯家中用了七个工人(包括司机、保安、佣工等),每月一共只付工资折合人民币五百元。但就是这么低的工资,在当地也是很高的。

为了让我们更多地了解当地实情,我们又搬去海边另一家较高级的酒店下榻。这是一座面向大海的宾馆,房间及阳台都很宽敞,酒店设备,一概齐全。睡房面向大海,走到阳台上,就能看到前面码头上的货轮。海风阵阵,令人特别心旷神怡;海鸥翩翩,在海天中翱翔浮沉,更给人一种自由自在的感觉。室外就是沙滩,连着海浪。从房间出来可直奔大海,游完泳后,可躺在沙滩上晒太阳,或随即回到房间,躺在床上,欣赏蓝天白云。这样的房间在夏威夷或香港,最起码每天也要三五百美元,而在马岛仅仅十五美元一天,可谓廉价和超值。

叶宾斯的开发区,位于海边的一座小山下,背山滨海,风景极为优美。虽然开发区尚在处女时期,但空闲时在无染的海边走走,置身那种澄碧的天空、蔚蓝的大海和清新的阵风,实在是种无价的享受。叶宾斯计划创办一个现代化的开发区,一边是科研生产和贸易发展中心,一边是生活娱乐和休闲中心。由于刚刚被批准,除了筹建中的两家厂房外,其余的仍是一片未开垦的处女地。叶宾斯先生陪着我们,边走、边指画、边述说着他的打算。随着他的指点,我们似乎看到了一个新型的海边城市正在崛起。叶先生讲,这是马国被批准的全国第一个开发区,所以必须要全力以赴办好它。

在离开发区不远的海边,我们参观了一个法国人创办的度假村。除了办公室是一座平房建筑外,客房全是当地的茅草小屋,一座座间隔较大,类似毛里求斯海边的度假屋。茅草屋内没有电话、电视、电灯,只有洗漱和冲凉设施,夜间用蜡烛照明,全天然的,没有任何外来干扰。屋外就是细柔的洁白沙滩和无际的蔚蓝大海。游客几乎是清一色的欧洲人,以法国人最多。我问了几个游客,她们都说这里的最大特点就是静谧和安逸,天然的世外桃源,来到这里,可以不受任何外界干扰,去净心地思考人生,畅想未来,品味自然。

有一天,叶宾斯先生来接我们去离他家不远的一家半山上的法式餐馆吃饭。餐厅虽然不是很大,但气氛很浪漫,餐桌上点着蜡烛,散发着淡淡的幽香,仿佛又回到了法国的尼斯海边。叶先生讲,这是一家由尼斯人开的餐馆,历史悠久,还是法国人在时开的,在当地很有名气。吃过后,确实味道不错。想不到在这南半球的海岛上竟能吃到正宗的法国餐,实为出乎意料之外。

我们一行在马岛逗留了半个月,几乎访问了大半个马岛,深感马岛是一个真正的宝岛。这里有葱茏茂密的热带雨林,逶迤璀璨的宝石矿山,绵延千里的金沙海滩,辽阔无垠的芊芊草原。植物品种繁多,且特有珍贵,还有许多其他地方已完全绝迹的罕有动物。10 000余种的奇花异草，500多种的两栖动物，如珍贵的旅人蕉，茂盛的仙人掌，稀有的罗望子，特有的狐猴、峰牛和变色龙等，使马岛成为得天独厚的旅游天地。难怪一位与我们同行的老专家说："马岛之行，是他一生中最难得、最难忘和最有意义的一次旅行。"以后我每次回国见到他，他总是乐着说起此事。

怀着依依不舍之情，我们将要离开马岛。由于马岛机场完全不按正常操作规则运行，你即使有了机票，也无法按时飞行。机票上的起飞时间如同虚设。虽然有关部门事先打过招呼，但我们还是在机场等候了近两个小时，最后还不得不分两批，登上两班不同的飞机离开马达加斯加。当我们在毛里求斯首都路易斯机场会合时，我心里真有一种说不出的味道，不知是喜，还是忧？喜的是：马岛真是不虚此行，忧的是马国人民倚着宝山受穷，实在不应该！

2010年4月15日于上海玄圃斋

情牵茵斯布鲁克

　　一个人对一个地方的向往，往往是因为偶然间读了一本有趣的书，听了一个美丽的故事，或是看了一部感人的电影，从而便在心目中对某地梦怀萦思，念念不忘。

　　我们对茵斯布鲁克的向往，是缘自多年前看过的电影《茜茜公主》三部曲和对茜茜公主的喜爱。

　　在《茜茜公主》这部电影中，茜茜公主以她天真烂缦、纯洁无瑕和美丽动人，赢得了弗朗茨王子的至爱，也赢得了每个观赏者的喜欢。我们便是属于这无数喜欢的观赏者之群。在《茜茜公主》中，茜茜公主同弗朗茨王子第一次相见时，就是在茵斯布鲁克。影片中曾数次提到茵斯布鲁克，从此，这个神秘的小城便深深地烙印在我们的心中。暗暗打定主意，有朝一日，我们一定要到茵斯布鲁克去，去寻觅世间的真美和人间的至爱。

　　为了更好地欣赏奥地利的风景和阿尔卑斯山脉的壮观，我们从奥地利首都维也纳乘火车，一路西行，步步登高，经过五个小时，几乎穿越整个奥地利，到达了我的目的地——茵斯布鲁克。

　　茵斯布鲁克坐落在奥地利的西部与风景秀丽的列支敦士登公国的边境上，她的北边不远，就是德国。奥地利是欧洲著名的山国，境内地势西高东低。阿尔卑斯山脉横贯全国。站在茵斯布鲁克市中心，就可以看到白雪皑皑的阿尔卑斯山山顶。当我们走下火车，迈入茵斯布鲁克的旧城时，仿佛进入了一处世外桃源般的人间仙境。古老的皇宫、教堂、凯旋门，中世纪的城堡，连接青山的城市塔楼，壮丽的修道院展览馆和举世罕有的水晶博物馆，使得整座小城古老而神秘，玲珑而辉煌，幽静而绚丽，宛如童话世界。

　　在当地朋友的陪同下，从火车站步行往前约10分钟，我们便到了位于玛丽娅·特蕾西娅大街上的安娜柱和凯旋门，这是两座最显眼的地标。建于1704—1706年间的安娜柱，是为了纪念蒂洛尔人在1703年成功击退巴伐利亚人而建的。凯旋门则建于1765年，本来是为庆祝玛丽娅·特蕾西娅女皇次子的婚礼而建，不料女皇的丈夫弗朗茨却在婚宴上暴毙。于是在凯旋门南北两面的浮雕上分别刻画着欢乐的婚礼和悲伤的葬礼场面，使人不得不驻足深思。不过，这个凯旋门较法国巴黎的凯旋门小得多。

离开安娜柱和凯旋门，我们到著名的金屋顶参观。这是茵斯布鲁克的另一地标，为晚期哥特式建筑，因屋顶上覆盖有 2 738 块镀金的铜瓦而得名。金屋顶是为了纪念马克西米利安大帝的第二次婚姻于 1496—1500 年间建造的。现在为马克西米利安展览馆。

从金屋顶往前步行约五分钟，便到了茵斯布鲁克最著名的霍夫堡皇宫。霍夫堡皇宫金碧辉煌，内部由 20 多个房间组成，每个房间都饰以华丽的浮雕和美丽的壁画。在巨人厅里，被昵称为"欧洲的丈母娘"的玛丽娅女皇和她的夫婿弗朗茨及他们的长子约瑟夫二世的组合肖像，最为引人注目。随后，就是她的其他子女的肖像，惟妙惟肖，栩栩如生。玛丽娅女皇的女儿几乎全都与欧洲其他皇室联姻，这大概就是她被昵称为"欧洲的丈母娘"的原因吧。

巨人厅的整个顶棚，是寓意哈布斯堡家族联姻的展示画，各位皇族成员居于画的中央，围绕四周的是蒂洛尔的平民。在以蒂洛尔英雄安德烈亚·赫费尔命名的房间中央，摆放着女皇玛丽娅接受谒见时坐的宝座。在这里，我们终于欣喜地看到了那位出生在巴伐利亚的茜茜公主，和她的夫婿约瑟夫·弗朗茨的肖像。约瑟夫·弗朗茨是哈布斯堡最后的一位皇帝，他管理着处于没落时的帝国，茜茜公主同他虽然是童话般的浪漫结合，但婚后她们生活得并不浪漫。对茜茜公主来说，简直就是苦命。也许正因为如此，在今天，人们仍然念念不忘茜茜公主。我们从奥地利首都乘坐五个多小时的火车来到茵斯布鲁克，其主要原因就是缘自这位美丽可爱的巴伐利亚公主和末代哈布斯堡的皇后。

在哈布斯堡皇宫里曾经居住过一位空前绝后的女皇，这就是玛丽娅·特蕾西娅女皇。她于 1740 年到 1780 年在位。在长达 40 年的在位期间，她不但是哈布斯堡王朝，更是欧洲帝国史上最有权力的一位女性，她统治着相当于今天的德国、奥地利、捷克、匈牙利等国和意大利北部的广大领土。她继位之后，便经历了 1740 年至 1748 年的西里西亚的八年战争，和 1756 至 1763 年的七年战争。虽然，在西里西亚战争后，奥地利被迫将部分领土让给了普鲁士，但这并未影响到女皇在人民心中的地位。

在历史上，玛丽娅女皇是一位家喻户晓的明君，她整顿行政体系，任用贤能，促进商贸发展，推动教育普及，同她的夫婿弗朗茨鹣鲽情深，一共生育了 16 个子女，成为欧洲史上的美谈。后来，她的夫婿弗朗茨被选为神圣罗马帝国皇帝。

早在 1363 年以前，茵斯布鲁克所属的蒂洛尔只不过是一个独立的公国。因为哈布斯堡家族的鲁道夫四世听闻蒂洛尔公爵过世，便假造文书欺瞒公爵夫人说要将蒂洛尔转交，就这样蒂洛尔遂成了哈布斯堡家族的领地。后来在马克西米利安大帝（1459—1519）的时代，茵斯布鲁克这座古城又奇迹般地成为神圣罗马帝国的首都。

由于马克西米利安大帝对茵斯布鲁克的笃爱,茵斯布鲁克得到迅速发展,一度成为奥地利境内仅次于维也纳的重要城市。1665年后,尽管首都从茵斯布鲁克迁出,但哈布斯堡王朝的历代统治者仍然常常到茵斯布鲁克停留和避暑,使茵斯布鲁克同皇家保持着密切的关系。第二次世界大战后,茵斯布鲁克曾经是两次冬季奥运会的举办圣地。现在,茵斯布鲁克不仅是欧洲的冬季滑雪圣地,也是夏天登山的优美去处。

晚上,我们和几个朋友倘徉在茵斯布鲁克的夜色中。中欧秋天的山城夜晚,颇有浓浓凉意。一钩弦月悬挂在城外远处的雪山顶上,给人一种神秘的清幽和静谧。我们踏着中世纪石子铺成的小巷,披着阿尔卑斯山地的月辉,在想像着当年茜茜公主如何同约瑟夫·弗朗茨认识的情境,又想起电影中茜茜公主去河边钓鱼、结果没钓到鱼却钓到约瑟夫·弗朗茨国王的画面,真是诗意益然。我们在想,这脚下的石子小巷,也可能曾经是茜茜公主走过的小巷,或是茜茜公主同约瑟夫·弗朗茨相遇的地方。不过,那时他们还都是孩子,尚不曾萌生情意吧。但,不管怎么说,他们都不止一次地记着他们的相会,提起他们的相会,可见印象之深。应该说,伊什儿的再相遇、笃相恋,缘自茵斯布鲁克的相见。

一段纯洁无瑕的热恋,一种天真无邪的浪漫,一缕价值连城的至情,永远牵扯着茵斯布鲁克。

在2010年上海世博园的奥地利馆里,出现三位奥地利形象代言人,他们是奥地利展馆的一大亮点。在这三位形象代言人中,除了第一位是奥地利著名的音乐大师莫扎特和第三位是定居奥地利的著名中国足球运动员孙祥外,第二位,就是我们人人喜爱的"茜茜公主"。茜茜公主的到来,将肯定无疑地为上海世博会增辉添彩,和再次唤起人们对茜茜公主的记忆、怀念与赞美。人们的友情视点将再次投向奥地利,投向茵斯布鲁克。

茵斯布鲁克,一座水晶般的城市,引出一桩水晶般的人间真情和人间至爱。

2010年4月5日于上海玄圃斋

猎奇大堡礁

有人说，到了澳大利亚不去大堡礁一游，就像到了中国不看万里长城一样。这话有一定的道理。

雄伟的大堡礁（Great Barrier Reef Queensland Australia）是世界七大自然奇景之一，是世界最大最长的珊瑚礁群，1981年被列入世界自然遗产名录，是澳大利亚人最引以自豪的天然景观。

早上，我们的澳大利亚老朋友哈根先生陪我们，同其他游客一起，从前往大堡礁的终极出发点——凯恩斯海港出发，乘"太阳恋人号"游轮前往大堡礁。游轮在大堡礁和海岸间的海峡中行驶，由于风高浪急，颠簸的很厉害。幸亏我们在登船前都吃过晕船药，否则肯定会晕得一塌糊涂。经过一个半小时的乘风破浪，游轮停泊在靠近大堡礁的绿岛诺曼外堡礁，我们开始了对大堡礁的猎奇。

我们从浮动平台上先乘半潜水艇在珊瑚礁的上面和侧面观赏大堡礁的神奇。这是一种窄长的潜艇，坐在里面，可以透过潜水艇外壳的整块大片玻璃自由自在地欣赏色彩缤纷的珊瑚丛，成群结队叫不出名称的热带鱼类，清澈无比的海底世界，千姿百态的海底生物，仿佛置身于水晶宫中一样。

大约在水中畅游了半个小时后，我们又换乘平底玻璃船在游轮停泊的海域周围观看水中鱼群。此种玻璃船船底是用透明的玻璃板制成，坐在船里可以看到一群群的游鱼从船底游过。鱼有大有小，奇形怪状，五颜六色，自由追逐，浮上沉下，从人的脚下游过。我们坐在这种平底船里看鱼群，如同在梦幻的魔盒中一样。

从平底玻璃船里回到浮台上，和几个朋友一起改坐海底摩托车沉到大堡礁的海底穿行。别看这种摩托车很小，但所有潜水装备齐全。我们把头伸进一个像太空面罩的头盔里，就像在地面上一样呼吸，戴着眼镜，在海底自由追逐鱼群。我看见有一大群鱼从我的身边游过，连忙混进它们当中，与它们一起浮游了几分钟，然后钻出鱼群，打算返回。不料，鱼群见我离开它们，也跟随我一起游了过来，我似乎变成了它们的领头鱼，煞是有趣。这种摩托车体积很小，十分轻便，骑着它可在海底自由穿行，随意浮动，与鱼同游同乐。

看看已到傍午时刻，我们回到游轮上吃午饭。这是一顿非常丰盛的海上自助餐。除了传统的蔬菜色拉、水果、各种饮料外，还有昆士兰牛肉、袋鼠肉、鳄鱼肉、驼鸟肉、烤羊排、龙虾、牡蛎、大老虎虾、泥蟹和其他各种海鲜。品种繁多，只觉得没吃多少，就已经很饱了，赶快跑去船舷边，继续欣赏澎湃的波涛和翱翔的海鸟。

午饭后，哈根先生走到我身边，问我有没有兴趣去海底漫步，真正零距离接触大堡礁。我说"当然有"！于是他带我到离游轮不远的另一处浮台上，这里已集中了数位打算做海底漫步的游客。要参加海底漫步，必须事前先作小小的潜水入门培训，由专门潜水教练指导训练过，掌握注意事项，然后才可下水。我们穿好浮游潜水衣和脚蹼，戴好潜水眼镜和氧气管头盔，正准备下水时，教练高声说："谁如果在水下不舒服，要上来的话，就可伸出大拇指做向上的动作，这样我会立刻赶到你身边，帮你回到水面来。"因我是第一次在大堡礁潜水作海底漫步，哈根先生不放心，陪我一起潜水，始终傍随在我的身边。

我们在教练的带领下，潜沉到5米深的海底，双腿跪在洁白柔软的海底沙上，接触真正的海底，观看色彩斑斓的珊瑚，自由自在游动的鱼群，澄澈透明的海水，按捺不住心中的兴奋，脑中不由地迅速联想到卫斯理小说中所描写的海底世界来。

我离开柔沙，开始浮游，在珊瑚丛中自由穿梭，与鱼为伍，成为鱼群中的一员。哈根先生不让我钻进珊瑚丛深处，怕我会迷失方向，无法钻出来，只让我在珊瑚外面浮游观看。

突然，一条大鱼向我迅速游来，我连忙躲开，说时迟，那时快，那条大鱼已从我身边游过，真是有惊无险。这时，有不少小鱼来到我的身边，有的吻吻我，有的用尾巴碰碰我，似乎在安慰我，把我当成了它们的同类和朋友。我也情不自禁地伸出手去摸摸它们，以示友好和回报。

大堡礁海底的珊瑚和鱼类，五颜六色，十分美丽。想不到在这深深的海底，也同在陆地上一样，宛若春天的大地，鲜花盛开，绚丽绮美。我被这海底世界所深深地吸引，不住地穿梭，不住地追逐，不住地观赏，不住地惊叹，不住地畅想……

为了亲吻鱼的友好，我索性挺直身子，一动不动，任海水漂游，让鱼儿们围着我，尽情地接吻，尽情地戏耍，尽情地欢呼，尽情地倾情，欢迎它们的新伙伴。而我，浮游在这水晶般的仙境中，静静地自我陶冶，自我静化，纯洁自己的思想，静化自己的心灵，与造化万物共一体，分享这海底世界的自由快乐，如梦如幻，奇妙难得，一种无法形容的别样享受。

大堡礁位于南半球，它纵贯于澳大利亚的东北沿海，绵延伸展共有2 600公里，有2 900个大小珊瑚礁岛和900个岛屿，最宽处达161公里，总面积有344 400平方公里，全世界独一无二，自然景观非常特殊，由350多种绚丽多彩的珊瑚组成，造型千姿百态，有扇形、半球形、鞭形、树木形和花状形等；颜色缤纷绚丽，有白色、青色、靛蓝色、淡粉红色、深玫瑰色、鲜黄色、蓝绿相间色等，如同天然的大花园；大小不一，有的非常细小，有的可宽达两米。堡礁大部分没入水中，低潮时略露礁顶，形成珊瑚岛。珊瑚丛中游弋着1 500多种鱼和4 000多种软体动物。这里也是儒艮和大绿龟等濒临绝灭动物的栖息地。肥大的海参在蠕动，大红大黄的海星在爬行，奇形怪状的蝴蝶鱼、厚唇鱼穿梭如织，还有近一米长的大龙虾、上百克重的砗磲、潜伏在礁中的石头鱼，巨大的乌龟，应有尽有。这里又是海鸟的天堂，上千万种成群的海鸟，遮天蔽空，更为大堡礁增添了无限生机。

在礁群和海岸之间是一条海峡形成的海路。风平浪静时，游船在此间通过，船下连绵不断的多姿多彩的珊瑚景色，就成为吸引世界各地游客来观赏的最佳海底奇观。

大堡礁名称的由来与英国探险家库克船长有关。1770年6月，库克船长驾驶"奋斗号"作环球考察时，他的船只陷在澳大利亚东海岸和珊瑚礁的潟湖之间动弹不得。尽管他们想极力摆脱，"奋斗号"还是搁浅了。库克船长只好率领水手上岸修理船只。在修船期间，库克考察了珊瑚礁群，并给这些珊瑚礁群起名为"大堡礁"。

夕阳，给大堡礁涂上了灿烂的余晖。当我们重新登上"太阳恋人号"游轮离开大堡礁返回时，我望着不断远逝的大堡礁海域，那心情同样很激动，而且激动中多了一份留恋。我的朋友哈根先生看出我的留恋心情，安慰我说："大堡礁太大太美，仅用一天的工夫是看不完、也看不够的。你要有兴趣，下次我再陪你来，管保让你看好！"我心里想，这么大的一个大堡礁，就是再来上三次、五次，也只能是窥一斑而已，怎么能看得完、看得全呢！就如同一个人游庐山，"不识庐山真面貌，只缘身在此山中"。庐山尚且如此，更何况是绵延两千多公里的大堡礁呢。能有这么一次的观赏，就已经很幸运啦！

我笑着回答哈根先生："谢谢先生的美意！希望能有机会再来大堡礁海底漫游。"

2010年4月30日

趣话罗托鲁瓦

四月下旬的新西兰北岛，正是当地的秋末冬初，在中国正值春末夏初，气温同我国差不多，不冷不热，是旅行的最佳时刻。早上约九点半，我们离开著名的"帆船之都"奥克兰，前往罗托鲁瓦（Rotorua），去观赏毛利人的居住中心和被称为"地球出气口"的世界第一大温泉。

罗托鲁瓦位于新西兰北岛的中部，在普伦提湾和陶波湖中间。我们离开奥克兰一路向南行驶，沿途不时有低矮的丘陵，碧澄的湖泊和坦荡的牧场。经过三个多小时的行驶，我们于当地时间下午一点左右到达罗托鲁瓦市。罗托鲁瓦市，人口仅五万五千六百。如果在中国，只不过是一个镇，但在人口只有四百三十八万的新西兰来说，也算得上是一个城市了，所以在城市排行榜中位列第十。

我们在一家叫作金城酒家的餐馆匆匆吃过午餐后，便驱车前往爱歌顿牧场参观。这是一个专门放牧驼羊和驼鸟的牧场。草地上到处是游荡的驼羊和驼鸟。驼鸟，我们在中国、澳大利亚和美国都多次见过。但对驼羊来说，还是第一次听说和看到。驼羊，属于羊中稀有品种，样子是羊，但脖子很长，像骆驼，故名驼羊。驼羊的毛和绒都很贵重。用驼羊皮做成的羊绒褥冬暖夏凉，防潮，不透汗，是床上用品中之珍品。同伴大都第一次见到驼羊，既好奇，又新鲜。

牧场主人为了欢迎我们这些远方的来客，特地给我们准备了很多驼羊饲料，让我们亲手喂食驼羊，好从中体会乐趣。可能是主人故意让这些迎接客人的驼羊饿肚子的缘故，当我们的车靠近羊群时，驼羊不约而同地一哄而上，把车团团围住，争食抢吃。我们下了车，同行的小林拿了一些饲料先喂了一只驼羊，当他又去喂另一只驼羊时，先前的一只驼羊不知是因为没吃饱，或是什么别的原因，转过头去，用后蹄狠狠地踢了小林一蹄子，吓得小林连忙跑开，既好气，又好笑。想不到以温顺著称的羊，也会发怒踢人。牧场主人看见后笑着走过来说："你要一直把它喂饱后，它就会乖乖地走开。否则，它就会发脾气。"

羊竟然会踢人。从来闻所未闻，见所未见。真是一大奇闻，一大奇趣！好在羊的力量不大，踢着也不觉疼，只觉好笑而已。小林有惊无险，平添一份乐趣。

稍后，牧场主人又把我们带到牧场的奇异果树下，让我们品尝奇异果花粉做成的蜂蜜、橄榄茶和黄金奇异果。这黄金奇异果又大又甜，我们吃了又吃，赞不绝口。

据说，新西兰的奇异果是从中国传去的，现在新西兰又将它出口到世界各国，也出口到中国。品尝着橄榄茶的清香、黄金奇异果和奇异果蜜的甜蜜，回味着驼羊的举动，每个人的脸上都泛出一股惬意的微笑。

大约离爱歌顿牧场十几分钟的车程，我们来到"毛利人中心"。中心的大门由交叉着的像长枪一样的东西撑在两旁。进了大门，就是毛利人居住和集会的地方。罗托鲁瓦之所以出名，主要是因为有被称为"地球出气口"的"世界第一大温泉"（世界第二大温泉在美国黄石公园内）。

享誉全球的新西兰地热名城罗托鲁瓦，是南半球也是全世界最有名的泥火山和温泉区。离它的东部不远，就是新西兰第二大火山——塔腊韦腊火山，海拔1 111米（新西兰第一大火山是位于陶波湖南面的鲁阿佩胡火山，海拔2 797米，为北岛的最高点）。"罗托鲁瓦"就是毛利语"火山口湖"的意思。这里的热泉与泥热浆地多不胜数，到处蒸汽弥漫，泥浆跳跃，散发出阵阵浓郁的硫磺气味。火山口湖"世界第一大温泉"就是罗托鲁瓦的地标。凡是到罗托鲁瓦的人，必定要前来观看这一世界名胜。我们来到用栏杆围着的观景台上，观看这大自然神赐的奇景。温泉上方，只见云雾缭绕，彩霓翻滚，夕阳下叠虹频现，横跨长空，随着云涛雾浪的涌动，千变万化，如梦如幻。我们站在观景台上，看眼前乱云飞渡，烟雾蒸腾，亦如醉如梦，飘然欲仙。附近的华卡雷瓦喷泉定时喷发出滚烫的泥浆，在夕阳下形成五色彩柱和绚丽的浪花，令人无限陶醉。雾气笼罩下的火山湖，热气蒸腾，深不可测，茫茫然蕴藏着无穷的奥秘。

走下观景台，没走几步路，就是巨大的天然温石炕。我们不约而同地躺在温石炕上，仰望着天空，观赏者漫卷的流云游雾，呼吸着溢满硫磺味道的空气，尽情地享受着天然石炕的温暖。地热，透过厚厚的石炕，透过我们的衣裳，传遍我们的全身，真是绝妙地享受。我们每个人都热恋着这天然石炕，久久不忍离去。

在参观了当地的"政府花园"（即早先专为英国伊丽莎白女王参观游览世界第一大温泉时所建造的行宫）后，晚上我们去温泉湖旁的露天浴池泡温泉。那里布满了大小不一、温度各异的浴池。你可以先在温度较低的浴池内浸泡，然后逐次换到温度较高的浴池去，充分利用温泉的热量和矿物质的医疗效用，尽情地忘却烦恼，洗去尘垢，荡涤杂念，畅想美好。

在"毛利人中心"工作的大都是毛利人。他们朴实、勤快、热情、友好，似乎对中国人更有一种特别的感情。据说，他们的祖先同印度尼西亚的毛利人一样，都是来自中国。数年前，当印度尼西亚大肆排华时，毛利人成群结队地联合起来，宣称自己是中国人，毅然地站在华侨一边，支持华侨，那情景令人极为感动。新西兰的毛利人也有同样的情怀，这无形中增强了我们同他们之间的友谊，缩短了我们同他们之间的距离，加深了我们同他们之间的感情。今年在上海世博会开幕式上,来自外国演出的就有新西兰毛利人的歌舞《勇敢的号角》。那豪放的歌声、粗犷的舞姿和嘹亮的小提琴声,至今犹在眼前耳畔,令人难忘、令人钦佩。

当我们在上海世博园观看毛利人热情洋溢的表演时,便情不自禁地又想起远方神奇的罗托鲁瓦和罗托鲁瓦的毛利人朋友。

2010 年 5 月 5 日

飘在卡帕多西亚

土耳其安纳托利亚中部高原上的卡帕多西亚（Cappadocia），东到开塞利（Kayseri），西到阿克萨莱（Aksaray），南到尼代（Nigde），北到哈吉贝克塔什（Haciektas），广达2万平方公里，是世界上最壮观的"风化区"。其中由内夫谢希尔（Nevsehir）、格雷梅（Goreme）和于尔居普（Urgup）构成的三角地带，更是卡帕多西亚风化区的精典景点和最吸引人的游览区。

早上我们五点钟起床，五点半时，天色还黝黝暗，卡帕多西亚热气球公司准时来车接我们到他们公司，等候编组，然后乘热气球游览卡帕多西亚壮观美景。在等候时，热气球公司准备了咖啡、茶、蛋糕、饼干等点心供游客随便选用。来自各个旅行团不同国家的游客，欢聚在一起，为了一个共同的目的，有说有笑，和谐与共。特别是那些从未乘过热气球的游客，更是有一种说不出的激动和紧张的期待心情。

令人兴奋的时刻终于到来了。六点整，卡帕多西亚热气球公司的专车按组送我们去不同的乘气球的地点。每12个人一组，驾驶员和帮手把一个拖在地上的长长软软的大气球用点燃的氧气筒喷嘴对准气球的口喷冲热气。等待游览的客人站在一旁观看操作。当热气球冲满热气竖起时，我们在驾驶员的指导下，上了热气球的吊篮。这是一个长方形的吊篮，中间有一道隔层，把吊篮一分为二。隔层两边装满了把手，供游客把用。驾驶员站在前头，按照风向控制气球飘行的方向。

在驾驶员的操控下，我们的热气球升起来啦，越升越高。随着热气球的升高，我们激动的心情也升到了极点。差不多同时间，所有热气球都离开了地面，升上高空。几十个彩色热气球在空中按同一个方向，有前有后，有高有低，差不多等同速度地在卡帕多西亚的上空飘荡。这些五彩缤纷的气球装点着曙光中的卡帕多西亚的蔚蓝天空，给卡帕多西亚本来就神圣的风光锦上添花，使卡帕多西亚的无限美景更显精彩。

卡帕多西亚热气球公司经营者大都有多年的丰富经验，驾驶员能把气球操控得非常平稳而且准确无比。有时坐在热气球吊篮里的游客，往往觉得就快要撞上山壁了，却都能毫无知觉地闪过任何障碍。热气球一会儿升高，飘向山顶；一会儿降低，沉落谷底；用最接近景点的方式，让游客近距离地观赏地面上和山谷中的一景一物，并体验凌空飘荡的快感。

晨风中，气球轻盈飘荡，随意浮沉，人们大有"八仙过海，各显神通"的惬意。特别是当两个或几个热气球擦肩并飘时，不同气球上同一个团队的旅友，相互招手呼唤和拍照，那光景，更是令人群情激动，魂飞神驰。

随着热气球的徐徐飘荡，格雷梅露天博物馆的洞穴教堂、房屋门窗和洞穴社区历历在目；济尔维户外博物馆绵延的奇岩山谷，和"仙人烟囱"则一览无余。卡帕多西亚各种不同造型的仙人烟囱和美丽的自然景观，几乎全部集中在济尔维户外博物馆里。这里有白色、粉红色圆锥形的小头胖身仙人烟囱，也有戴黑帽、穿黑衣的白脸仙人烟囱。

由三个谷地构成的户外博物馆，有着绵延数公里的岩层横断面，它们由高而低，由远而近，让人好像置身于岩石形成的波浪间。在济尔维附近的帕夏贝，不仅有着卡帕多西亚最美、最可爱的"仙人烟囱"，还拥有卡帕多西亚最高大的仙人烟囱。这些仙人烟囱全是多头式、戴尖帽的，非常有趣。传说仙人就住在这些烟囱石内，仙人烟囱也因此而得名。高耸入云的仙人头像下，一样是开洞的住房和教堂。其中一个有三头式的烟囱石，里面有两个房间，据说其中一个是5世纪时隐士圣西门（Ask Vadisi）的隐修所，至今仍保存得很完整。

这些众多的仙人烟囱石，实际上形状可任人去想象，我看有许多酷似成群的企鹅，有的像是上岸，有的像是入海；还有的酷似蘑菇丛林，黑冠白茎；有的宛若巨大春笋，破土刺天；有的像雄伟的金字塔，有的像行走的骆驼队，有的像奔腾的骏马，有的像顽皮的猴群；更有粗大挺拔的，又酷似男性勃起的生殖器，直冲碧空蓝天，傲视群雄。

离开了仙人烟囱石群，热气球上升到将近1 000米的高空中，远处埃尔吉亚斯山（Erciyes Dagi）的风采，尽收眼底。卡帕多西亚的壮观，就是由这座火山喷发所形成的。

公元前1200年，卡帕多西亚（Cappadocia）的居民是赫梯人（Hitties），之后一些小王国统治着这一地区，再后来这里为波斯人所占领，随后罗马人又来到这里，并在这里建立了他们的首都恺撒利亚（Caesarea），即今天的开塞利（Kayseri）。在罗马和拜占庭时期，卡帕多西亚成为早期基督徒的避难所。从公元4世纪到11世纪，基督教在这里发展、兴盛起来。现存的大多数教堂、修道院和地下城市（underground cities）都是在这一时期兴建的。其后的塞尔柱王朝和奥斯曼帝国，也对基督教徒采取了宽容态度。

卡帕多西亚渐渐失去了它在安纳托利亚半岛上的重要性，人们已经完全忘记它昔日的辉煌，直到1907年一个法国牧师发现了建在石窟中的教堂。20世纪80年代，旅游业的兴盛开创了卡帕多西亚发展的新纪元。现在，卡帕多西亚已成为土耳其最著名、最热门、最受欢迎和最多游客的旅游胜地之一。这里触目所及的天然石雕，千姿百态的奇形怪石，使人感叹仿佛来到了外星球。这也就是美国的科幻大片《星球大战》曾在此取了不少外景的原因所在。

热气球在空中上上下下地飘荡了一个多小时，正在往下落的时候，不巧下面正遇上一条峡谷。驾驶员稍一用力，热气球又升了起来，慢慢飘过峡谷，轻轻地降落在一块麦田里。我们正在感叹驾驶员的本领高超时，气球已安然轻轻着地。我们还未来得及欢呼，热气球公司的工作人员又给了我们一个极大的惊喜：说时迟，那时快，他们如同魔术师般瞬间在我们面前摆好了小桌子，桌子上罩着红台布，一瓶鲜花，10多只酒杯和一盘切好的蛋糕。这一切完全是在一眨眼工夫完成的。一个工作人员随即打开一瓶香槟，给每只酒杯中斟满，然后请大家一起举杯，庆祝成功！随即照相机闪光灯"咔嚓"一闪，给我们这些幸运儿女留下了永恒的纪念。飘在卡帕多西亚。在朝阳下的一片欢乐声中，驾驶员更出人意料之外地发给我们每人一本证书，上面有自己的名字，热气球公司的名称，和飘游的日期，背景就是卡帕多西亚满天飘荡的热气球。

我们圆满地、愉快地结束了这一终身难忘的热气球飘的历程。

卡帕多西亚，是世界上最好的热气球旅行地之一。这里飞行条件异常优越。飘在卡帕多西亚，是我们土耳其之旅的最精彩亮点之一。朋友，如果你有机会去土耳其旅行的话，记住，千万不要错过机会：飘在卡帕多西亚。

2010年6月20日

重山叠虹半月湾

——圣塔芭芭拉游记

我对圣塔芭芭拉的兴趣,始自加州大学圣塔芭芭拉分校在近十年中连续出了五位诺贝尔奖得主。虽然诺贝尔奖有其片面性和不足之处,也不是学术界唯一的知名奖项,在西方世界中却是不少人梦寐以求的对象。一所大学的小小分校,在短短的十年中连续出了五个诺贝尔奖得主,这不得不叫人刮目相看。

一个初秋的日子,我们和朋友在奥克斯纳德(Oxnard)登上北去的 AMTRAK 火车,在观光车厢选了个面向太平洋的座位,边欣赏碧波荡漾的大海,边海阔天空地随意闲聊,经过不到一小时的车程,傍午时便到达了小城圣塔芭芭拉。

站在游艇码头上,北面望去,可以一览整个圣塔芭芭拉小城的概貌。小城坐落在两列山的前坡海边。最后面的是一列东西走向的高山,宛若一巨大的屏风,或是一道长城,那一列高低不同的山峰,恰如城墙的垛口,挡在北面,巍巍壮观。

在这列高山的前面,是又一列东西走向的小山,从东面海边,一直绵延到西面海边,在西部有一尖岬像一只打弯的手臂伸入海内,揽起一处海湾,使海湾形如半月。小城圣塔芭芭拉就建在海边和这列小的山坡上。小山脉从西向东亦有高低不等的五六个小山头。西班牙式的红瓦白墙楼阁,鳞次栉比地从这些小山头上一直排列到海边,衬以绿树红花。半月形海湾,镶嵌在小城的前面。远远望去,两道长虹飞架在海湾上方,一头搭在山顶,一头伸在海空,真是一幅绝妙的重山叠虹半月湾图。我简直被这眼前的美景陶醉了,久久不忍离开。直到朋友再三催我吃饭,这才恋恋不舍地离去。

在游艇码头处一家海鲜餐馆吃过午饭后,我们随即登上了一艘游艇,向对面伸入海内的长栈桥开去。游艇冲出了停泊码头,迎着风浪向着小城的方向开去,不到一刻钟的工夫,就绕到对面长栈桥的东面。我们下艇登上栈桥。

栈桥上有海鲜餐厅,许多游客正在露天座位上品尝着帝王蟹和其他海鲜,鸽子与海鸥在人群中走来晃去,寻找落在地上的残渣剩饭,如入无人之境。这里鸽子和海鸥都很有修养,绝不会从孩子们的手中抢食不该属于它们的食品。这使我想起了在澳大利亚悉尼海鲜市场上的故事。有一次我们在悉尼海鲜市场上一家露天餐厅吃龙虾时，当我刚刚拿起来准备吃时，一只大海鸥突然扑上来，用两爪抢过龙虾就远远飞去，毫不讲理，真是叫人哭笑不得。看到眼前娃娃们在父母指导下勇敢地嚼食帝王蟹的天真模样，又想起在悉尼与海鸥争食龙虾的往事，我禁不住笑了。

同热心垂钓的人们打过招呼后，我们步下栈桥，来到主要大道上，不想正碰上市民在举行大游行。一打听，才知道是市民们正在举行西班牙人在1800年8月发现圣塔芭芭拉的庆祝活动。真是来得早，不如来得巧。

圣塔芭芭拉由于被两列山脉横亘隔开，形成一个真正的天然海角。人们从陆地上很难发现她。在西班牙人从海上发现她以前，这里是一块完整的纯洁处女地。1824年8月西班牙人发现该处后，便在此建立居民点，随后便有西班牙人和欧洲人陆续移来定居。在现有约10万居民中，75%为西班牙人和其他欧洲移民，很少有黑人。

为了纪念西班牙人发现这块圣地，每年8月份的第一周的星期三至星期日，为纪念庆祝活动周。这就是我们看到大游行的原因所在。看过纪念大游行后，我们去号称美国第一办公大楼的圣塔芭芭拉法院大楼参观。未进大楼，早有许多化了妆的男女青少年聚集在大楼的底层走廊里，正准备演出。原来大楼的后院有一块大草坪，靠墙处有一个大舞台，正在进行纪念演出。草坪上坐满了观众，看着演出，一派节日景象。我们情不自禁地加入到观众行列，观看纪念演出，分享节日快乐。离开时，我们邀请男女青少年演员与我们合影留念，他们无不高兴地同我们拍照，表现出亲切好客的样子，令人难以忘怀。

告别青年男女演员后，我们登上了法院大楼的顶层环楼平台，尽可从四个不同的方向饱览小城的全貌。山更明，水更秀，天更蓝，云更白，风更清，虹更灿，帆更疾，人更欢……

望着翠拥花簇的圣塔芭芭拉，我随即吟出：

> 重山叠虹半月湾，瑶阙琼楼桃花源。
> 清风催浪轻帆扬，长龙探海戏碧澜。
> 华亭似莲簇波开，游人如织喜流连。
> 锦裳华饰人人乐，歌舞游行处处欢。

为了弄清楚圣塔芭芭拉名称的由来，我们特地请教了当地的几位长者。一说"圣塔芭芭拉"，西班牙语是美丽肥沃的地方；另一说是当初来到这里的信天主教的西班牙人中，有一家人的女儿叫"圣塔芭芭拉"，她是在圣塔芭芭拉第一个改信基督教的人。由于这位姑娘改信基督教，笃信天主教的父亲认为女儿背叛祖教，改信异教，绝不容忍，活活将女儿杀害。后来基督教事实上成为美国的国教后，人们便把这块地方命名为"圣塔芭芭拉"，以永远纪念这位在当地第一个信仰基督教的姑娘。

听了长者的介绍，我想我宁愿取后一种说法，但我又想如果这后一种说法属真的话，则我又深感到宗教斗争的残酷和无情。一个好端端的年轻姑娘，因为宗教缘故就这样被活活地杀害，而且杀害她的不是别人，恰恰又是她的家庭和亲生父亲，这是何等地残忍啊！就因为女儿信奉不同教派，父亲就把女儿杀死，实在是叫人难以理解。

离开圣塔芭芭拉后，我的脑海中总是浮现圣塔芭芭拉的故事。我在想，幸亏基督教是美国的国教，圣塔芭芭拉的名字才被流传了下来，使人们永远记住她的芳名。如果事情相反，美国当初也采用天主教为国教的话，后人将永远不知道有过圣塔芭芭拉这位姑娘。

圣塔芭芭拉，这名字真美。

2010 年 8 月 21 日

翠海明珠

——巴西玛瑙斯记游

记得我第一次去巴西，回来后，同事、亲戚和朋友见面就问我对巴西的感觉如何？我说，巴西是我访问过的国家中少有给我留下诸多美好印象的国家之一：绿色的亚马孙热带林海，像西藏高原一样神秘、奇特和迷人；蓝色的里约热内卢，给人少有的美丽、浪漫和激情；银色的圣保罗，使你充分领略财富、时尚和生活的真谛；白色的伊瓜苏大瀑布，则给你壮观、安逸与平和的享受……

但我情有独钟的却是亚马孙河畔上的玛瑙斯，一座深藏在亚马孙热带雨林中的神奇城市。

11月的中国北方，已经是北风吹、落叶飞的冬季。但在亚马孙河畔的热带雨林中，却依然是翠海涌波，绿浪翻滚的炎热夏天。我们早上九点半从巴西的第一大城市圣保罗出发，在巴西高原的上空一路向西北飞行，约摸四个小时，便到达亚马孙河畔最大的城市玛瑙斯。

玛瑙斯深藏于巴西西北部亚马孙热带雨林腹内，为亚马孙州首府所在地，是著名的旅游城市，更是探秘亚马孙河与亚马孙热带雨林的重要门户。这座被无边无际绿色围绕的城市，在这世界上最大热带雨林的翠海中，宛若一颗璀璨的明珠，闪烁着她独特的魅力和光芒。

玛瑙斯是一个印地安土著部落的名字。19世纪以前，玛瑙斯只是印地安人的一个部落所在地，一个热带雨林中的小镇。1893年以后，随着被称为"黑金"的天然橡胶业的兴起，玛瑙斯获得了飞快地发展，瞬间成为世界瞩目的宝地，使其拥有了"黑金之都"的美誉。世界各地商人和冒险家们携带大量金钱前来购买橡胶，使玛瑙斯一时成为巴西橡胶的贸易中心。随着城市的迅速扩大，人们修建了堪与欧洲著名剧院相媲美的玛瑙斯大剧院、赛马场和夜总会，又使玛瑙斯成为世界闻名的国际性城市，为巴西带来了长达70余年橡胶经济的繁荣时期。

始建于1669年的玛瑙斯，现有人口160万，海拔90米，属典型的热带雨林气候。全年只有两季，即雨季和旱季，5至10月为旱季，11月至来年的4月为雨季。出乎我的意料之外，在这南美茫茫无边的热带雨林中，玛瑙斯竟然完全是一座欧式的城市。

当你漫步在马路上时，百年以上的欧式建筑比比皆是，仿佛置身于英国、法国或是意大利某个中世纪的城市中，使你依稀能感到当年玛瑙斯作为"黑金之都"时的繁华。市中心有一个游客必到的歌剧院广场。位于歌剧院广场西侧的玛瑙斯歌剧院（又称亚马孙河大剧院），是典型的欧洲文艺复兴时的建筑风格。这座大剧院，是玛瑙斯欧式建筑风格的代表，至今依然风采迷人。看着歌剧院广场上的雕塑和喷水池，使人仿佛回到了英国伦敦；而广场地上黑白相间的马赛克，又颇具明显的葡萄牙风格。大剧院是一座蓝白相间的建筑物，红墙白柱，双曲楼梯，庄严雄伟，金黄色的穹顶，在阳光下熠熠生辉，格外夺目。据介绍，用于建筑的全部材料一概从欧洲进口，来自意大利的大理石、英国的铁柱、法国的水晶吊灯等，685个座位和90个包厢的富丽堂皇，丝毫不逊色于大名鼎鼎的巴黎歌剧院。1896年玛瑙斯歌剧院落成时，专门从意大利请来歌剧团举行首演，轰动了整个巴西。大剧院终日灯火辉煌，通宵达旦，吸引了世界上不少著名剧团前来献演。这就是玛瑙斯昔日的辉煌。

同巴西的其他许多城市相比，玛瑙斯显得异常少有的和谐、宁静与安全。这里的社会治安是全巴西最好的。在这里你听不到任何有关治安提醒的警示，你不用担心你的钱包和衣袋被扒窃，更不用担心你不在家时房门被撬盗。巴西治安给人的印象普遍的不太好，而这里却真有路不拾遗、夜不闭户的感觉，是全巴西少有的一处世外桃源。这可能也是玛瑙斯令人向往和难忘的独特之处。

沿市中心的林荫大道步行去警察广场。广场的旁边，坐落着玛瑙斯博物馆，又称印地安人博物馆。在一座欧式建筑里，陈列着亚马孙河流域300多个印地安人部落的不同的生活用品、生产工具、手工艺品和宗教用品，可谓琳琅满目，丰富多彩。这些展品，凝聚了当地印地安人文化的丰富沉淀和深厚底蕴，见证了印地安人灿烂悠久的历史与多姿的传统习俗。看到这些展品，使你仿佛又回到了古老的印地安人中间，有点与他们同呼吸、共命运的味道，也看到了印地安人古老奇特的生活方式。

在这座印地安人博物馆里，我第一次在印地安人的古老历史中，明显地看到了中国古代人的印迹。美国考古学家在亚马孙河地区发现了十六尊人物雕像和六片玉圭，雕像的形状都像古代中国人，玉圭上刻有文字，经考古学家破译和解读，认为玉圭上的古文字是中国古代商朝的文字，是中国古代殷人祖先蚩尤、东夷人祖先少昊等部落首领的名字。这就是说当地的印地安人可能是中国古代蚩尤、少昊的后代传人。当地印地安人的问候话"Yindian"，经考古学家解读为"殷地安"，即"殷地安阳"，犹言"家乡好"的意思。更有亚马孙河地区印地安人传说中的"HOSI安"，则被考古学家解读为商朝末年军事统帅"攸候喜"。另外，考古学家还发现亚马孙地区印地安人的祭祀习俗也和中国古代东夷人少昊部落（即中国古代山东、江苏北部一带的居民）相同。中国古代有几次大的移民潮，黄帝打败蚩尤后，蚩尤的部落曾有不少移民海外。周武王打败殷纣王后亦有大批移于海外。蚩尤和少昊后裔的印地安人各部落，很可能就是在那时来到亚马孙河流域的。

这使我想起二十多年以前，不少亚马孙河流域的印地安人纷纷跑到中国，说自己是中国人的后代，要同中国做生意的事，恐怕也就是这个原因吧！

巴西是南美洲最大的国家，面积居世界第五位。古代全部为印地安人的居住地之一。1500年4月22日葡萄牙航海家佩德罗·卡希拉尔抵达巴西时，在那里竖了一块刻有葡萄牙王室徽章的十字架，给这块陆地取名"圣十字架"，并宣布为葡萄牙所有。由于殖民者掠夺是从砍伐巴西红木开始的，"巴西"一词逐渐代替了"圣十字架"，成为"巴西"的名字沿用至今。16世纪30年代，巴西成为葡萄牙的殖民地。1807年，法国拿破仑打到葡萄牙时，葡萄牙王室逃到巴西，巴西成了葡王国的中心，直至1820年葡王室迁回里斯本。1822年9月7日，巴西宣布完全脱离葡萄牙而成为独立国家，1888年5月13日废除奴隶制，电视连续剧《农奴》就是反映这一时期的作品。1889年11月15日，巴西废除帝制，成立共和国，1968年改为现名"巴西联邦共和国"。

时至今日，巴西已成为南美洲经济发展最具活力的国家。旅游业更是巴西非常重要的经济产业之一。位于亚马孙河畔的玛瑙斯，独有亚马孙河与亚马孙热带雨林两大天然神秘伴侣，自然成为人们旅游、寻秘、猎奇和探险的胜境。

2010年11月15日

梦圆南美巴黎

　　还是很久以前，我的一位朋友南美归来后激动地对我说，阿根廷的首都布宜诺斯艾利斯真美，被称为"南美洲的巴黎"，劝我有机会一定去看看。朋友的这句话一直深深地刻印在我的脑海里，布宜诺斯艾利斯也成了我的一个梦，经常出现在我的萦思中。

　　多次去过巴黎后，我便产生了决心去阿根廷的信念，寻梦这个"南美洲的巴黎"——布宜诺斯艾利斯。

　　满载着五彩巴西的浪漫激情和伊瓜苏瀑布的壮丽虹影，我来到了这座心仪已久的城市。布宜诺斯艾利斯，是阿根廷首都，坐落在巴拉那河和拉普拉塔河的交汇处，市区以拉普拉塔河岸为基线，像一幅巨大的扇面图展开在拉普拉塔大平原上。布宜诺斯艾利斯，在西班牙语中是"好天气"的意思。这里长年树青草绿，气候温和宜人。布宜诺斯艾利斯行政上叫作联邦首都区，人口约293万，如果连布宜诺斯艾利斯省的22座卫星城镇包括在内的话，相当于大巴黎区，人口近千万，约占全国总人口的四分之一，面积达3 600平方公里，称为大布宜诺斯艾利斯。全市有100多个街心公园和广场，200多座铜像和雕像，以"雕塑之城"享誉世界，成为市区引人注目的景观。全市有2 000多条大街和小巷，四通八达。其中最著名的"七月九日"大街为全世界最宽的大街，与加拿大多伦多市全世界最长的扬格大街南北遥相呼应。

　　如同到巴黎一定要去香榭丽舍大街一样，到了布宜诺斯艾利斯后，在当地朋友的陪同下，我们首先去"七月九日"大街游览。这是一条贯穿布宜诺斯艾利斯市南北的大街，宽达140米，比法国巴黎的香榭丽舍大街还要宽10米。街道两边的建筑物带有显著的欧洲色彩，古风浓郁的哥特式、罗马式建筑与现代化的高层建筑林立相挨，交相辉映，各显风采。沿街楼房底层多是商店和餐馆。商店明亮的玻璃橱窗里陈列着来自世界各国的名牌商品，五光十色，琳琅满目，吸引着无数的游客。"七月九日"大街是为纪念阿根廷1816年7月9日独立而兴建的，大街广场的中央竖有白色的独立尖塔纪念碑。

　　世界著名的科隆大剧院，就在"七月九日"广场上。这是一座典型的意大利文艺复兴式的辉煌建筑，仅次于美国纽约大都会歌剧院和意大利米兰的拉·斯卡拉大剧院,名列世界第三。剧院单是正厅前排就有632个座位,座位之间宽敞舒适。整个剧院,除2500个观众席外,还可以允许有1000余个观众站着观看,这也是在一般的剧院中所没有的。剧院的走廊里有无数根大理石圆柱,恰如一尊尊雕像,表面贴有夺目耀眼的金箔。一排排晶莹透亮的菱形琉璃吊灯,把剧院映照得一片辉煌。巨大的礼堂,地上铺着天鹅绒红色地毯,四壁金光灿烂,一派奢华富丽。整个剧院绝妙的音响效果,可以毫不夸张地说,达到无以复加的地步。坐在科隆大剧院里,使我不由地想起80年代初我在纽约大都会歌剧院看演出时的情景,真是一种说不出的陶醉。

"七月九日"大街穿过的市中心,是布宜诺斯艾利斯最著名的"五月广场"。1810年5月,这里曾经爆发了反对殖民统治的革命,广场因此而得名。广场上草坪绿草如茵,喷泉飞珠泻玉,鸽群自由盘旋,游人惬意观赏,生机盎然,一派和谐。广场正中耸立着金字塔形的阿根廷纪念碑,高13米,塔尖上有雕刻的自由女神像,线条细腻,神采奕奕,栩栩如生。纪念碑于1815年建成,为纪念五月革命殉难的烈士而建。自由女神像则是1856年改建纪念碑时增加上去的。

从五月广场步行向西,与五月广场相连的是布宜诺斯艾利斯市所有广场中最大的国会广场。宽30米、长1000米的五月大道,把国会广场和五月广场连接起来。广场的一侧是国会大厦,一座具有希腊、罗马风格的绿色尖圆顶建筑。与国会大厦遥相对称的是被称为"玫瑰宫"的总统府,是一座典型的具有西班牙风格的建筑,因宫墙为玫瑰色,故被称为玫瑰宫。宫前有五月革命领导人之一的贝尔格拉诺将军的骑马铜雕像。玫瑰宫共三层,地上两层是总统府,地下一层是博物馆,陈列着历届总统的塑像和重要的历史文物。

沿"七月九日"大街继续前行,在"七月九日"大街和科连斯特斯大街的交叉处,是圆形的共和国广场。广场中心竖有一座高72米的方尖塔纪念碑,很像美国华盛顿DC的华盛顿纪念碑,是为纪念布宜诺斯艾利斯建城400周年而立。在初立时,它被许多人称为怪物,并有人主张要拆除,但随着时间的推移,它却越来越独领风骚,成为布宜诺斯艾利斯的著名市标,并日益显示出当年设计者独具慧眼的先瞻性。

除了"七月九日"大街、五月大道和科连斯特大街外,著名的佛罗里达大街亦是游人和购物者必到之地。大街两旁,高楼如林,店铺如云,世界各地的名牌商品在这里汇聚成一个多姿多彩、奢华富丽的购物天堂。

傍晚时刻,我们来到马德罗港女人桥旁。夕阳下,马德罗港女人桥连同她在水中的倒影,宛若一朵巨大的天堂鸟花,横空出世,英姿飒爽,绽放在马德罗港上。桥下彩波婆娑,如涟漪梦幻,衬以岸边楼房的倒影,组成了一幅俊美的风景图画。岸边空地树下,坐满了游客和休闲的男男女女,随意品尝着美食和各种饮料,享受着生活的惬意与悠哉。我们选了一张靠水边的位子坐下,加入到他们中去,尽管互不相识,对笑一下,却并无不融洽。

会跳舞的人千万不要忘记:布宜诺斯艾利斯是探戈舞的故乡。在这里探戈极其流行,并被视为阿根廷的国粹。大凡有酒店的地方,或是有娱乐场所,就一定会有探戈舞厅或舞池,供探戈爱好者,尽情探戈。探戈起源于19世纪末的布宜诺斯艾利斯,是集音乐、舞蹈、歌唱、诗歌于一体的综合艺术。探戈音乐节奏明快,独特的切分音是她鲜明的特点;舞步华丽高雅,热情奔放,其雅俗共赏的艺术魅力,深为阿根廷人所喜爱,成为阿根廷人日常生活中不可缺少的艺术内容。布宜诺斯艾利斯市民,乃至阿根廷国民,人人都喜爱跳探戈舞。

喜欢美食的人可不要错过,烤牛肉既是阿根廷全国的第一名菜,也是阿根廷每家每户的家常便饭。几百年来,上自达官贵人,下至平民百姓,都以食烤牛肉为主。烤肉方法大致有三种,如要招待贵宾,则用最地道也最烦琐的连皮带毛整头牛架烤,长达7—8个小时,牛肉香嫩可口。在阿根廷的日子里,我们有幸参加了一个当地朋友的新婚盛宴,亲口品尝了这种连皮带毛烤出的牛肉,实在是太美了。其次是脱皮整牛架烤,最后是炉烤牛肉。每到中午时刻,在布宜诺斯艾利斯街头,你会看到建筑工人用干树枝碎木料点起篝火,支上牛肉就烤起来。他们一边喝着马黛茶,一边耐心地搬弄着烤牛肉,实在有趣。居民不仅家家设有烤炉,而且郊游时也带上作料到郊外烧烤,佐以色拉和红酒,一家老少可尽情地享受。据说,阿根廷每人年均消费牛肉达50多公斤。这可不是个小数字。

探戈、牛肉、马黛茶,组成了布宜诺斯艾利斯人的生活三乐趣。马黛茶是大多数阿根廷人常喝的一种茶。这是一种灌木的叶子,采来晒干粉碎后用开水冲饮,颇有我国小三峡居民饮用的长寿茶。味苦,但有生津解渴、提神壮阳和消食去腻的功效。在充满欧陆风情的布宜诺斯艾利斯的街头,在公共汽车上和在朋友聚会上,你随处都可以看到风度翩翩的男子与美丽的姑娘喝马黛茶。人们用当地产的小葫芦做壶,用金属吸管饮茶,肩上背着一个扁长的皮桶,里面放着茶叶和一个小暖水瓶,随渴随喝,悠然自得。

同法国巴黎有老城区一样,在布宜诺斯艾利斯也有老城区。中世纪的建筑,石子小路,狭窄的小巷,旧的酒店,家庭式的工艺作坊,成了远方来客寻幽探密的理想所在。星光月下,当你漫步在小巷石子路上时,看着两边楼窗的灯光,颇有一种极其幽静、极其神秘的感觉。

夜幕降临后,布宜诺斯艾利斯万家灯火,映照着拉普拉塔河上的船灯渔火,恰如银河,一片璀璨。这时,你若来到布宜诺斯艾利斯大教堂外,墙壁上被称为"阿根廷火焰"的火炬,在夜空下,在灯火中,光明夺目,熠熠生辉,照亮着姑娘们灿烂的笑靥,摇曳着人们喜悦的心情。这火炬于1950年圣马丁逝世100周年时开始点燃，到现在一直在熊熊燃烧。火炬边的铜牌上写着："这里安放着圣马丁将军和独立战争中其他无名英雄的遗体。向他们致敬吧！"布宜诺斯艾利斯大教堂古色古香，内有拉丁美洲民族英雄圣马丁陵墓，墓顶为圣马丁铜雕像，身着独立战争年代红、蓝戎装的持枪士兵守灵。该教堂曾于1753年倒塌，后重建而立。

与美国和巴西比起来，阿根廷更像是个欧洲国家。全国97%的国民祖籍来自西班牙和意大利，只有极少数的其他民族。当地居民的生活方式和习俗，也完全与欧洲相似。

16世纪以前，在阿根廷这片土地上居住的都是印地安人。16世纪中叶沦为西班牙殖民地。1810年5月25日爆发反抗西班牙统治的"五月革命"，成立了第一个政府委员会。1812年，民族英雄圣马丁率领人民抗击西班牙殖民军，1816年7月9日宣布独立。1853年，乌尔基萨将军制定了第一部宪法，建立联邦共和国，他成为阿根廷制宪后第一任总统。20世纪30年代起出现军人文人交替执政局面，70年代中后期，军政府对左翼反对派人士进行残酷镇压。1983年民选政府激进党的阿方辛上台，恢复宪制。

布宜诺斯艾利斯是一座美丽的城市，更是一座盈溢梦幻的城市。漫步在布宜诺斯艾利斯的河滨大街和老城小巷，我们的布宜诺斯艾利斯之梦变成了美丽的现实。梦已圆，情已偿。新的梦的彩蝶又飞向了更遥远的他方。

2010年11月20日

大河秘踪

——亚马孙河巡游记

　　到了巴西玛瑙斯,如果你不去巡游亚马孙河,那将是你终生的遗憾。

　　举世闻名的亚马孙河,是全美洲第一大河流,仅次于非洲的尼罗河,为世界第二大河流,但其流域和水流量则均为世界第一。它发源于秘鲁南部的安第斯山脉,流经整个秘鲁后,在秘鲁北部折向东去,沿途汇合了来自厄瓜多尔、哥伦比亚和玻利维亚的多达1 000余条支流,全长6 437公里,最终在巴西东北角注入大西洋,总流域面积达705万平方公里,约占南美洲大陆总面积的40%。亚马孙河流域,是世界上公认的最神秘、最庞大的"生命王国"。

　　亚马孙河是拉丁美洲人民的骄傲。她浩浩荡荡,千回万转,滋润着辽阔的广袤大地,孕育了世界上最大的热带雨林,蕴藏着世界上无穷的奇异神秘,成为人类探秘的最辽阔、最丰富、最罕有、最难寻的天然秘境胜地。

　　在茫茫的亚马孙热带雨林中,河流是唯一的通道。玛瑙斯是一座以河为路,靠港为生的城市,是亚马孙河上的最重要港口,有一座长达1 313米的浮动码头,可以随水位高低上升和下降,即使在旱季浅水期,玛瑙斯港也可以停泊大型船只,它是属于橡胶经济时期的产物。港口附近有一个红顶雕花的老市场,也是玛瑙斯的历史见证物之一。亚马孙河沿岸一片繁忙,游船如织,货轮如梭,再加上石油公司的加油船,每天都是百舸争流的美丽画卷。

　　玛瑙斯位于亚马孙河支流内格罗河的北面,近亚马孙河上游主流索里芒斯河的交汇处以上。巡游亚马孙河的游程需要一天的时间。早上,我们搭头班游船从玛瑙斯港口出发,沿内格罗河顺流而下。在无边无际的热带雨林中,河流宛若一条长长的水街,又像一条蓝色的彩带,时宽时窄,漂浮在林海的绿波之上。我们的亚马孙河巡游内容包括河上眺望、热带雨林探秘、访问印地安人村落和欣赏"大河婚礼"奇观。

　　游船在碧波上徐徐前进。沿途除了不时飞起的水鸟和林中的苍鹰外,还会看到当地的印地安人三三两两地驾着独木小舟在河中穿行。有的不时地靠近我们的游船,向我们兜售他们手中的三趾树懒和短嘴鳄鱼,要我们与它们合影,然后索要

1美元。这同在非洲埃及金字塔下拉骆驼的一样，要游客骑他们的骆驼照像，照一张要3美元。俗话说靠山吃山，靠水吃水，靠金字塔吃金字塔，靠亚马孙河当然要吃亚马孙河了。

据介绍，这种三趾树懒常年生活在树上，是亚马孙热带雨林中的居民之一，一生不见阳光，从不下树，以树叶、嫩芽和果实为生，吃饱了就倒吊在树枝上睡懒觉，以树为家，又很懒，所以叫树懒，又只长有三个如钢齿般的爪，故又称三趾树懒。长相奇特，圆头圆脑，眼睛周围有一圈白毛，很是好看。

乘游船航行约一个小时，要改道进入热带雨林深处，水道变窄，如同小巷。我们下游船换乘小木舟进入茂密的丛林中，游船则顺主河道驶去前方，等我们钻出密林后重新搭乘。狭窄的水巷，如同中国的小小三峡，但两旁却不是悬崖峭壁，而是杂乱无章地生长着各种树木，有的高大擎天，有的枯死倒地，横七竖八地胡乱相依。粗大的藤蔓缠绕着高大树干，将藤头伸向树冠高处，去争取阳光的恩赐，有的却东拉西扯地横攀几棵大树，垂下的枝条如同长长的绿色帷幕，枝叶上不时地滴着水珠，酷似水帘。水巷两旁的林丛，遮天蔽日，不见阳光。小舟穿行在这暗无天日的密林中，人们有一种无名的恐惧感。幸好不止我们一只小舟，一艘游船上的游客改乘小舟，变成了一串小舟，联在一起，人众胆壮，遂打消了恐惧感。

沿途树上，不时地看到悬挂着的蚂蚁窝，有的像榴梿、有的像篮球、有的像蚂蜂窝。导游说，这些蚂蚁窝是万万不可碰的，否则，后果不堪设想！俗话说：蚂蜂窝捅不得！这蚂蚁窝更捅不得！一般的蚂蚁都住在地底下，称为"穴栖"，而亚马孙热带雨林中的蚂蚁却都住在树上，称为"树栖"。亚马孙热带雨林中横行着一种叫做"军团蚁"的肉食蚂蚁，是恐龙时代的产物，它们过着游猎生活，所有的动物都怕它，连美洲虎、豹和人都不是它们的敌手。这种蚂蚁，遍布在巴西、厄瓜多尔、秘鲁和哥伦比亚的广大热带雨林中，一遇到动物和人，数百万只或数千万只蚂蚁一拥而上，猛吃猛吞，不用多长时间，被猎者就会只剩下一堆骨头。这种蚂蚁叫"食人蚁"，比洪水猛兽还要可怕百倍。

与亚马孙河热带雨林中的"食人蚁"一样恐怖的还有亚马孙河里的"食人鱼"，也是亚马孙河里人们的可怕对手之一。亚马孙河是不能游泳的，不但不能游泳，更要注意千万不可掉到河水里去。如果你不小心落到水中，成千上万条"食人鱼"一哄而上，连吃带吞，几分钟之后，好端端的一个大活人就会只剩下一具骨骼。"食人鱼"虽然不是很大，身长只有30多厘米，但天生凶猛，胆大贪肉，两排牙齿如同锯齿一般，锋利无比，闻到肉味，就拼命地追食，蜂拥而上，不吃饱喝足，决不罢休。

在大自然中，就是这样的出奇，那些看起来非常弱小的群体，可一等它们抱成一团，众志成城，再强大的个体也不是它们的对手。亚马孙热带雨林中的"食人蚁""食人鱼",据说还有一种"食人蜂",都是这样的群体,它们单个很弱小,但它们一成群,就可以吃掉成群的美洲虎、豹和成群的人。

在整个亚马孙热带雨林中,有太多的神奇,太多的奥秘,太多的恐怖,太多的美丽的故事和太多可怕的传说。这在何马先生所著的长篇巨著《藏地密码》第二、三卷中有着非常详尽、非常生动、非常真实和非常惊险地描述。

雨林探秘仅是很短的一段。钻出密林后,游船早已在水巷口等着我们。我们上了游船继续顺主河道前进。在距离玛瑙斯约80公里处的亚马孙主河道上,我们来到了一处水上村庄。

在热带雨林的怀抱中,一间间草房镶嵌在河边,草房与草房之间有小桥相连。村中有水上市场,舟船云集,顾客驾着小船穿行货船中间,选购自己喜欢的物品。在这些货船中,也有不少大公司的供应船忙忙碌碌。水上市场俨然如同一座大型"水上超市",船店林立,百货齐全,任人选购。由于时间关系,不能多作逗留,我们在水市中穿行了一圈后,便又继续向前。

巡游亚马孙河,最精彩和最令人向往的就是观赏被人们戏称为"大河婚礼"的黑白河段。在内格罗河与索里芒斯河的交汇处,宽阔的水面上顿时出现了一幅不可思议的奇特景观:索里芒斯河的河水是黄色浑浊的,内格罗河的河水是清一咖啡色的,两条河流交汇后,河水不是相融在一起,而是泾渭分明,各呈风采,共同携手,相拥相偎,缠绵温情,并肩前进,恰如一对恋人在悠然漫步,又像一对新婚夫妇在含情默默地步入结婚礼堂,在流过10多公里后,才开始接吻,拥抱无间,融于一体,奔向前方。

这真是世间奇观。如果不亲眼所见,我是决不会相信的。我们的游船顺着这条泾渭分明的水界线继续前进,直到这两种颜色的河水融为一体后,才恋恋不舍地带着满腹疑问,开始返回。

据说,之所以会出现这种黑白河奇观,主要与这两条河流经过的河床所含的矿物质成分与泥土含量不同有关。河水的不同颜色是由两条支流的水酸碱度不同所致。玛瑙斯地处河水酸碱度比较重的内格罗河边,据说玛瑙斯市传统女多男少的现象也是由河水酸碱度过重引起的。

整个亚马孙热带雨林,就像一片巨大的阔叶树的绿叶,亚马孙河与它大大小小1 000余条支流,就像这片绿叶上的叶脉。巡游亚马孙河,探秘亚马孙河热带雨林,太多的美景,太多的奇妙,太多的恐怖和太多的疑问,伴同着亚马孙河的滚滚波涛,逝者如斯,永无休止,随着游客来而来,随着游客去而去……

2010年12月20日

多伦多印象

由于孩子们的外婆和舅舅住在多伦多，我们也便成为多伦多的常客。常来常往，多伦多在我的脑海中留下了深刻的印象。

在我的感觉中，多伦多之于加拿大，就如同纽约之于美国，是加拿大最大的城市，重要港口，金融、贸易、工业和文化中心之一，是一座充满活力和生机勃发的城市。

始建于1834年的多伦多，位于安大略湖的西北角，处于交通要冲，从安大略湖沿圣劳伦斯河而下，不远就可抵达大西洋。城市从湖边开始辐射，以全球最长的扬格大道贯穿南北，并以此为中心呈棋盘状排列在安大略湖边广阔的平原上。沿湖边向西，可去尼亚加拉大瀑布，向东可直达美加边境上的千岛湖。

当我第一次到达多伦多时，首先映入我眼帘的是高高地耸立在大湖边市娱乐中心的多伦多电视塔。这是当今全世界最高的铁塔，是多伦多市最著名的地标之一，也是加拿大最著名的建筑物之一。该电视塔建于1976年，塔高553.33米。据说，上海浦东陆家嘴的东方明珠电视塔，就是仿照多伦多电视塔建造的。不过，上海浦东电视塔上下只有两层观景区，而多伦多电视塔上下共有四层眺望观景区，游客可根据自己的兴趣选择自己观景的处所。

杨碧咏先生是我在香港时多年的老朋友，后来同他太太移居多伦多，听说我到了多市，便第一个打电话约我一起登多伦多电视塔，并在塔上的旋转餐厅共酌。

电视塔的第一层眺望观景区位于342米的高处，有着透明的玻璃地板和走道可以到外围眺望观景。第二层眺望观景区位于346米的高处，是一家咖啡厅，人们可以边喝咖啡，边鸟瞰整个多伦多的市容。杨先生定位就餐的是位于351米高处的第三层眺望观景处，这是一家旋转餐厅，它平均旋转一次要72分钟。餐厅内陈设了很多加国艺术家的名作，可供游客随意欣赏和选购喜爱。我们定的座位正好靠外围临窗坐，可以边吃喝、边聊天、边欣赏多伦多市的全景。杨先生和我已有好几年没有见面了，久别重逢，自然要说的话很多。随着餐厅的徐徐旋转，我们眺望着塔下繁华热闹的市容，无边碧蓝的湖水，市中心的多伦多大学主校园，不远处的联合国驻加办事处的办公大楼和弧形的新市政厅大厦，真有"酒逢知己千杯少"的感慨和说不出的心旷神怡来。

离开旋转餐厅,我们最后登上位于447米高的电视塔第四眺望观景区。在这世界最高电视塔的最高眺望观景处,漫步晴空,眺望四方,使人顿时体会到"欲穷千里目,更上一层楼"的壮观和飘然欲仙的神怡;而面对脚下的浩荡大湖,则又令人想起范仲淹在登岳阳楼时所发出的"先天下之忧而忧,后天下之乐而乐"那脍炙千古的感慨。此处多伦多电视塔的最高观景处,要比岳阳楼高出许多倍,安大略湖也比洞庭湖大得多,可令人登塔的思想境界,是否比当年范翁高呢?看时下物欲横流、贪腐日盛、拜金猖獗的现状,实在令人不得只剩下"忧而忧",和去仰问苍天:"范翁何在"!

登罢电视塔后,我们去参观多市唐人街。多伦多的唐人街分东西两部分。位于东区的部分是老的唐人街,大多居住的是原来早期华人移民。位于西区的部分是新的唐人街,居住的多是中国改革开放后出来的新移民。中国的新移民,给加拿大的经济发展带来了可观的资金,也带来了新的活力。这是不争的事实。而在所有多伦多的居民区中同温哥华一样,唐人街是最充满活力的。到了唐人街,不管是东区,还是西区,仿佛回到了中国繁华都市的大街上,车来人往,熙熙攘攘,热闹非常。中文字招牌的店铺、餐馆、商场,五光十色,丰富多彩,令人流连忘返。特别是港式餐厅到处都是,人们可以吃到各种风味的正宗香港小吃。从邓达斯街上的贝街到斯帕迪纳街之间,从斯帕纳迪街一直到国王街的交会处,完全是一派中国色彩。可以毫不夸张地说,唐人街是多伦多市的最大亮点之一。

多伦多的另一亮点,就是皇家安大略博物馆。被称为"加拿大最大单项文化财产"的皇家安大略博物馆,陈列展品多达600多万件,涵盖了美术、科学、人文、自然史和考古学等多个学术方面。这里最大的特点是:收藏品最有影响的是远东部分,特别是中国的部分,跨越历史长达四千余年之久,有出土的远古文物,精美的兵马俑、阎罗王的陶瓷雕像、明代墓穴和近现代艺术精品等。

特别值得一提的是,多伦多皇家安大略博物馆是中国境外最大的中国文化收藏处所,比英国伦敦大英博物馆中的中国藏品还要多得多。所以,如果你到了多伦多,要想了解更多些中国文化,建议你千万不要错过机会,去参观一下这家博物馆。

在电视塔南面的安大略湖中,傍湖岸不远,有一个天然的湖岛,宛若一叶绿舟停泊在岸边水中。这是我们经常陪孩子外婆去的地方。小岛不是很大,但却是安大略湖献给多伦多市民的一处难得的世外桃源和一方净土。岛上不准有机动车行驶。人们登岛后,只有步行,或骑自行车代步。高大茂盛的树木,绿色如茵的草坪,衬以阵阵花香、争鸣鸟语,就在闹市门前,浮游碧波之上,实是罕有的休闲胜地。在林间小路上走累了,草坪树下的长条靠背椅,便是我们休憩聊天的好地方。

这里没有闹市的喧噪,没有人群的拥挤,更没有小贩们的叫卖声,和无理取闹者争吵的相伤粗口。有的只是孩子们的欢歌笑语,情侣们的情情双影,老人们的深沉静思，姑娘们的满面春风和如霞笑靥……兴致来了，去水边观赏涟漪细波，扑岸浪花，翱翔水鸟，浮沉游鱼，碧澄蓝天，如莲游帆，冲浪健儿，则更是别有一番乐趣。如果你是一个钓友，还可扬一杆钓竿，去水边栈桥上垂钓，静静地等待鱼儿上钩，钓起一层春波，一幢梦幻，一片希望，一缕喜悦……

秋天到了，我的多伦多印象，化为片片枫都红叶，飘落根地，也飘进了我的诗稿，成为我诗稿中最美丽的书签；或是化作朵朵彩云，抹上天际，也抹上了我的心田，成为我心田里最美丽的希望。一片诗稿的书签，一缕心田的希望，凝聚了我多伦多印象无限美的收获。

2011年2月2日

在白求恩的故乡

多伦多和她所在的安大略省,对于中国人民来说,有一种特别的感情,即这里是中国人民的老朋友白求恩大夫的故乡。因此,到了多伦多,我们也决不放过机会,去拜访这位伟大的国际共产主义战士的故居。

一个深秋的晴日,从多伦多市出发,往北行驶,100余公里的第11号公路旁,在穆斯卡区中心,我们来到了诺尔曼·白求恩大夫的故乡——格雷文赫斯特小镇。在古镇的翰街上,几株红枫簇拥着一幢两层的米色小楼,就是白求恩的故居。故居矮小典雅,颇具北美农村的古老风韵。门口竖立着白求恩大夫的巨幅红色半身照片,照片的上面与底部分别用英文和中文写着白求恩字样,非常醒目。故居现在是"白求恩纪念馆",由加拿大国家公园管理局代表加拿大政府所管理。

白求恩故居始建于1880年,1890年3月3日,亨利·诺尔曼·白求恩出生在这里,并在这里住到1893年。白求恩是家里的长子,由于父亲是个牧师,为了父亲布教,一家人经常搬家,白求恩随父亲几乎住遍了安大略省的每一个小镇,所以可以说,整个安大略省是白求恩的故乡。现在故居的主要房间仍按1889年的样子陈列,尽量使其同白求恩诞生时的景象接近。在二楼的房间里亦挂有白求恩大夫的巨幅照片,陈列着白求恩大夫生活战斗的实物、照片,世界各地送来的珍贵文物和各国前来参观者的留言簿,特别是有中国各个时期来的代表团和自行前来瞻仰者的成叠留言。

在这厚厚的几本留言中,有一则特别令人感动,是一位来自中国的八路军抗日老战士的留言。从留言中看到,这位老战士正是当年白求恩大夫在战地医院救活的无数八路军战士之一。这位老战士,在退休后多少年万里迢迢地来到白求恩故居,含着热泪,向自己的救命恩人述说自己的情怀,那份情感,真是难以用笔来表达的。

一本厚厚的白求恩相册,记载了白求恩这位国际共产主义战士辉煌壮丽的一生,特别内中有白求恩大夫1939年在我国抗日前线敌人炮火下奋不顾身抢救伤员的动人情景。这相册里所记载的,也进一步验正了上面那位八路军老战士留言的真实所在。

白求恩的祖父是个外科医生,白求恩从小深受祖父的影响,八岁起就开始对学医特别感兴趣，并决心长大后也像祖父一样做一名外科医生，他把祖父的医生名牌挂在自己的卧室的门上，模仿祖父作医生的样子。白求恩大夫的精湛医术，与他从小就热心于当医生的理想是分不开的。看到小"亨利"的真心喜爱，作牧师的父亲并没有反对，而是鼓励他，不论做什么工作，都要精益求精才是。

故居的一楼有电影放映厅，滚动放映白求恩大夫的生平纪录片。当我们坐在银幕前，静静地看着白求恩大夫那种对工作精益求精，和那种毫不利己、专门利人的崇高革命品质再现时，无不深受感动。白求恩大夫是加拿大的一位著名医生，他本来可以在自己国内工作得很好，也生活得很好的。但是为了全世界的反法西斯战争，为了人类正义的事业，他毅然放弃了舒适和安逸，不远万里奔赴中国抗日前线，为中国人民的抗日战争和解放事业，献出了自己宝贵的生命，赢得了全中国和全世界人民的崇高景仰。

在中国，白求恩大夫的光辉形象影响和教育了整整几代人。不少人从小以白求恩为榜样，去确立自己的世界观和人生观，从而走向为人类、为社会而献身的道路。在美国加州圣迭戈的一家著名大医院里，我遇到了一位来自中国的心脏科医生，他说自己从小就是由于深受白求恩的影响而走向学医做医生道路的。

白求恩大夫是毛主席给予评价最高的一位外国人，是加拿大人民的骄傲，更是安大略和多伦多人民的骄傲。现在，格雷文赫斯特镇上的"白求恩纪念馆"每年都迎接大批来自全国各地和世界各地的参观者，特别是自中国改革开放以来，大批的中国游客更是络绎不绝地前来拜访白求恩故居，了解白求恩大夫的光辉一生，瞻仰这位伟大共产主义战士的风采。更为可贵的是，白求恩的父亲是个虔诚的基督教牧师，但白求恩大夫并没有受他父亲的影响，却选择了信仰共产主义，并为共产主义这一崇高伟大的事业而献出了自己的光辉的一生！

翰街上的红枫在阳光下发出绚丽的光彩，白求恩大夫的故居在红枫的映衬下，更显得庄严、安逸和俊美。红的枫叶染遍了枫国的秋天，而白求恩大夫的精神，渗透了世界上无数人的心田。人们喜爱白求恩大夫故居旁红枫的如霞彩韵，更喜爱白求恩大夫的伟大人格和崇高精神！

2011年3月3日

南天瑶池
——登下龙湾天堂岛

我们写下龙湾的《无题》诗在网上发表后,不少网友、旅友和文友纷纷发来邮件,希望我们能写一篇关于下龙湾的游记。盛情难却,只好遵命,涂鸦一篇,以飨诸友。

越南北部的下龙湾,可以毫不夸张地说,是越南全境内最美丽的旅游景点,也是漫游环球中令我们最陶醉的景点之一。我们游过下龙湾后,还有一首打油诗可以描述当时的感觉,即"不到下龙湾,终身是遗憾。到了下龙湾,胜过做神仙"。

从越南首都河内市乘巴士到达下龙湾时,已近傍晚。我们下榻的是位于山半腰的西贡酒店,依山面海,不用出门,从窗口和阳台就可以俯瞰下龙湾胜景。远处缥缈的群山,拥抱着一泓碧水,在淡淡的暮霭中,下龙湾周围的座座青山,若明若暗,宛若仙子,朦朦胧胧,千姿百态,十分令人神往。而岸边的琼楼玉阁,掩藏在湾畔的绿树和椰林中,更显得神秘和静谧。当明月升起在夜色的下龙湾上空时,下龙湾如梦如幻的夜色,实在令人无比陶醉。就着夜色,和着月辉,蘸着波涛,我们写下了下龙湾系列的第一首诗《暮宿下龙湾》:

> 暮宿下龙湾,山影动如仙。
> 琼阁拥涛静,神舟凌波欢。
> 风清送仙音,月明两重天。
> 酣榻半坡上,凭山观海宽。

第二天早上七点钟,我们准时在游艇码头登上下龙湾游艇公司的游艇。游艇实际上是私人的,每家每户自己打理,只不过是挂靠在游艇公司、由游艇公司统一管理罢啦。游艇是一艘木制的带有顶棚的观光船,艇舱中靠窗各有两排小桌和坐椅,中间是一条走道,宽阔而干净。游客可以坐在艇舱中,也可到船头甲板上观景拍照,一切随意。

没过多久,游艇便离开了码头。人们随着游艇倾听着下龙湾的深情歌谣,迎接着下龙湾的灿烂朝阳，领略着下龙湾的迷人风韵，驶进了下龙湾的浪漫天堂。

被世界教科文组织称为世界自然文化遗产的"海上桂林"——越南下龙湾风景区，其范围非常广泛，海域面积广达一千五百平方公里，在如此辽阔的海面上有超过一千六百多座石林及石笋状的小岛散布其中。这些小岛，千奇百怪，形态各异，鬼斧神工，妙趣横生。海气生成的雾霭，像一抹淡淡的轻纱笼罩着晨曦中的大小青山，使它们座座宛若蒙着面纱的阿拉伯少女，亭亭玉立在水中，迎接远方的来客。游艇穿梭在这些青山间的碧水波上，如历仙踪，如履仙境。

随着旭光的普照，下龙湾上的薄雾缓缓散去，海上的大小青山，俏容陡现，倩姿尽显，如神似仙，沐浴清波，倒影水中，奇形映印波上，涟漪似画，婆娑如锦；怪状昂向碧空，跃跃欲动，披罩金裳。游艇穿荡其间，一个个迎面而来，擦肩而去，如影随形，若即若离，含情默默。置身仙境，灵感顿生，吟《下龙湾》曰：

> 群仙姗姗天外来，盛会瑶池日日开。
> 仙家神舟忙迎送，凌波踏歌尽开怀。

游艇来到一座较大的山下，码头上停泊着许多游艇，都是准备游览天宫洞的。天宫洞藏在这座山中。要游览天宫洞，必须先下船，然后爬上半山坡，再进入洞中。这是一个石灰岩洞，同广西桂林的石灰岩洞差不多，只是在海里的山中，更感稀奇。按照导游的解说，洞中尽是天上的各路神仙，其中当然有玉皇大帝、太上老君、西天王母、南极仙翁、八大金刚、孙悟空、七仙女、牛郎织女等，应有尽有。不过石灰石的钟乳垂帘，石笋遍地，定海神针，天山雪峰等，倒是更具特色。且洞中海洋、河流、湖泊，一应俱全。边游览，边发诗兴，吟《游下龙湾天宫洞》曰：

> 海浮青山一排排，山怀天宫对海开。
> 裙帘晶莹悬飞瀑，钟乳圣洁从天来。
> 清溪潺潺游鱼欢，雪原绵绵翔鸟赛。
> 登临探幽步天街，心潮澎湃荡胸怀。

从山后面出天宫洞，又是一游艇码头，游艇早已等在那里。步下一狭长的山阶石路，穿过一海边栈桥，我们安全地重新登船，继续前行。

游艇在山间穿行，偌大的一个下龙湾，上千座奇形怪状的大小山岩，被称作"海上桂林"，真是再确切不过。众山峭壁如切，玉立水上，头顶翠冠，披风戴日，如同群仙沐浴瑶池，戏水南天。出海上南天门，左前方有一块巨大的石头兀立水中，恰如两挂并排升起的船帆，被称作"风帆石"，当我们从旁边擦肩过时，灵感突发，吟《风帆石》曰：

> 双帆并肩万里行，乘风破浪未曾惊。
> 千年风云擦肩过，万载日月照航程。
> 海鸟作伴乐逸多，渔翁踏歌妙趣生。
> 喜看仙女凌波来，笑煞撑船老梢公。

乘风破浪，继续在山影中间前进，游艇在碧静如镜的水面上犁起一束束银色浪花，拖在游艇的后面。人们不断地在船头、船尾选着不同的山水背景，以不同姿态，拍摄着人生最美好最满意的镜头，留作永恒的纪念。有几位年轻的姑娘，更是跑前跑后，不停地闪动着相机，兴奋空前。

过不远，水中一山峰宛若一人大拇指，被称作"拇指石"，实应称作"拇指峰"，翘立水中，直指蓝天。人们争相跑向船头，个个翘起大拇指与山影对比，看看谁的拇指大。我们也不甘示弱，亦对着拇指石，按其形态，翘起拇指，并吟《拇指峰》曰：

> 拇指高翘天海间，津津乐道下龙湾。
> 天下拇指数第一，水上青峰冠南天。
> 人人经过翘拇指，船船往来停风帆。
> 南海一绝当风唱，流韵万古荡海原。

海面上到处是游艇在荡漾，有前往的，有返回的，还有停泊在水中间不走的。许多两三层的大游艇在山间绕来荡去，像是在与同伙捉迷藏。游船老板介绍说，这些大的游轮，游客都是住在船上，吃在船上，漂在海上，他们一般在下龙湾要游览三五天，有的要在船上漂游一个星期，直到玩个尽兴，载满下龙湾风情，然后才下船上岸。下龙湾风平浪静，极宜在水上倘佯，乘船观山，妙趣无穷。

经过拇指石不久，迎面两块巨石高高立在前面，船老板介绍说，这就是有名的"斗鸡石"。仔细一看，果然不错。两块巨石如同两只大鸡，怒发冲冠，昂首挺胸，一决高低。这可能是全世界上最大的两只鸡，都想称霸海上，惟妙惟肖，各不相让，非要争个你死我活不可。看到这两只好胜争斗的巨石鸡，我们几乎不加思索，顺口吟出《斗鸡石》：

> 昂首抖擞凌波上，比武纵身立海疆。
> 浩茫碧海擂台阔，无畏精神斗志扬。

> 游客停桨齐喝采，渔夫敛网助阵忙。
> 日月裁决海作证，千古未见胜负场。

游过"斗鸡石"，船前出现了一片开阔的水面。这时有不少渔家将自己刚刚打上来的鱼、虾、蟹等，靠向游艇兜售。我们选买了些肥大的蟹、蚌和虾，准备请船家给我们加餐，要亲口尝尝下龙湾的海鲜。

接近中午时，我们的游艇到达天堂岛下。这是一座耸立在下龙湾中较高的山。岛虽不是很大，山崖陡而并非如切，从山脚到山顶，林木滴翠，葱茏茂密，花香阵阵，鸟语频频，葳蕤泛辉，生机盎然。山下水边有一块不大的沙滩，沙细水清，有不少先到者在游泳，进行海浴。沙滩旁是通常的小吃店和工艺品店。

我和几个旅友，对游泳兴趣不大，因时间所限，一下船，便直奔登山石阶，爬山而去。别看天堂岛小山不高，但由于陡，几乎是七八十度的山坡，爬起来还真是有点吃力。陡峭的石径，像"之"字形在山坡上拐来拐去，爬起来要特别小心。幸好，每爬几个"之"字，便有一个小的观景台，让人喘息观景，所以有休息，有攀登，也就不觉得太累。当我爬上了山顶，登上了天堂，发现山顶有一个圆形亭子，恰好罩着整个山头。

昂立山顶，运目四周，这时你才深深领会到这里叫"天堂岛"的蕴意所在。天堂岛周围的众山，几乎都较天堂岛矮小，如同一颗颗翡翠明珠，荡漾在天堂岛周围的琼浆玉液中，像群星拱月，拱卫着天堂岛。蓝天、碧水、青山、绿岛，交相映辉，缥缈旖旎，如梦如幻。随着近中午阳光的强烈照晒，水面上又升起淡淡的海云，在阳光下泛起多道彩虹，交织着悬挂在天堂岛与周围的山海间，流霞浮霓，气象万千，堪称绝美胜景。置身此仙界佳景之中，令人不禁飘然若仙。能不心动乎？能不诗兴大发乎？不能。我实在无法控制自己的诗兴，乃高声唱《登下龙湾天堂岛》曰：

> 步步登高上天堂，飞霓流霞太清疆。
> 人间仙境称第一，南天瑶池世无双。
> 琼波凝碧清幽溢，仙山滴翠漫沉香。
> 凭轩运目四维远，清风开怀仙亦狂。
>
> 如梦如幻下龙湾，水波娑婆山影翩。
> 桂林山水甲天下，下龙湾景胜万千。
> 嫦娥悔透偷灵药，仙女结伴争下凡。
> 荡舟扬歌寄远友，明月清辉映波涟。

　　趁我们登天堂岛的时候,船家为我们烧好了极为丰盛的午餐。当我们从天堂岛下来回到船上时,清水煮的虾、蟹、蚌,清蒸的全鱼,配以新鲜的疏菜、色拉、水果、啤酒、米饭和各种饮料,满满地摆好在我们的桌子上。在海上漂游了半天,再加上游天宫洞,登天堂岛,肚子早就咕咕叫了。看到如此丰盛的海鲜午餐,口水直流,顾不得客气,连忙各就各位,大嚼起来。

　　游艇在不知不觉中离开了天堂岛水面,在山光水影中,返程往回漂游。

　　酒醉饭饱,我重新步向船头,望着身边的重重青山,看着船下的涟涟清波,理着山间的缕缕倒影,深深地感到,下龙湾荡漾的是海的深情,神的灵韵,诗的风雅和画的意境。

　　船在荡漾,山在荡漾,水在荡漾,画在荡漾,诗在荡漾,心在荡漾,下龙湾的灵气在荡漾……

　　荡漾,荡漾,下龙湾荡漾的是我们心中永恒的记忆!

　　荡漾,荡漾,下龙湾荡漾的是我们心中难忘的梦想!

2011 年 5 月 28 日

微笑高棉

我们一行从越南首都河内机场起飞，飞行了三个多小时，便到了柬埔寨吴哥古城的所在地暹粒市，开始了对吴哥古遗址的参观。

吴哥，这个9—12世纪中南半岛上的伟大王国，其遗址无声无息地在丛林里沉睡了几个世纪，直到19世纪末才又与世人相见。1992年，联合国教科文组织将"吴哥考古保护区"列入世界文化遗产，加以保护，并使其成为柬埔寨最富盛名的旅游胜地。

"吴哥考古保护区"集中在暹粒市北面的6到25公里处，占地400多平方公里，其中包括吴哥大城（Angkor Thom）、吴哥窟（Angkor Wat）、塔普伦寺（Ta Prohm）、女王宫（Banteay Sri）、罗洛（Roluos）遗址和科巴斯宾（Kbal Spean）水底浮雕等300多处古建筑群。

吴哥（Angkor），在梵文里是指"都城"或"圣殿"的意思，现在则泛指古高棉的伟大王国。

考虑到参观和摄影效果，我们选择上午先去游览吴哥大城。到达游览入口处，先在景点工作人员的指挥下排队照像，一分钟不到，马上有一张带有吴哥窟作背景照片的通行证给你，通行证有一根吊带，可以挂在脖子上。工作人员并告诉说，该通行证通用"吴哥考古保护区"所有景点，每到一处，只要戴着它就可通行无阻，要务必保存好。这一做法，是我跑过世界所有旅游景点中最先进的做法，一分钟的工夫，一切搞定，既快又好，而且仅此通行证就是一件非常宝贵的纪念品，极有保存价值。

吴哥大城，又称通王城，四周有护城河环绕。吴哥大城是目前已发现的在吴哥历史上使用时间最长的城市，为阇耶跋摩七世（Jayavarman VI）下令兴建，边长3公里，围成面积为9平方公里的大都城，其规模之大，在12世纪末很少有城市可与之比肩。阇耶跋摩七世在位时间是吴哥王国的鼎盛时期，势力范围远达今日的老挝和越南南部，他把国教印度教改为佛教，并在所有的建筑上刻上大型佛面，以宣扬这种新的国教。

尽管阇耶跋摩七世笃信佛教，但吴哥大城的设计却依然体现出印度教的宇宙观。整座大城以巴扬寺为中心，代表高山；最外围城墙以红土石砌成，每边12公里长，高达8米；外围宽100米，深6米的护城河代表大海。

吴哥大城所在地的前身是为Yasodharapura，即耶输跋摩一世（Yasovarman I）从罗洛（Roluos）遗址迁移到暹粒河畔的第一座都城，但Yasodharapura的中心有巴本寺，较偏西方，两者之间有多处重叠。最外侧城墙的每个方位各有一个城门，并有道路直通城中心——巴扬寺。另一个城门位于东门北方约500米处，称为胜利门，有通道直达王宫，这是专供军队出征和凯旋时的通道。五座城门的形制相同。

我们选择从南大门进城，该门位于暹粒市中心前往吴哥大城的必经之路上。进城大路非常宽阔，凌驾在城门楼前的护城河上。路两边护城河为高大的蛇栏杆，上面雕饰着两排拔河装石人像群，这就是"搅拌乳海"的故事。面对城门的左侧为善神，右侧为恶神（又称阿修罗），各54位，可以从头饰与面部表情清楚地看出其差异。吴哥承袭了印度哲学，认为善与恶互不可分，因此善恶众神总是相伴出现。不断拉扯的善与恶，正是形成人世万物的主要动力。

穿过护城河上的大道，就到达吴哥大城的南城门。高达23米的城门顶楼是面向四方的四面微笑佛像（Bodhisattva Lokeshvara）。四面佛的形象使人一下子想起缅甸古都曼德勒市中心山上高大的四面佛寺中的四面佛，那是我第一次见过的四面佛形象。这一类的雕像初现予阇耶跋摩七世建造的许多建筑中，笃信佛教的他将印度教里"婆罗门神"的四面形象和佛陀慈祥之面容融为一体，代表慈祥的佛无所不在地眷顾众生，形成独特的建筑语言。有人说，这四面佛的面容酷像阇耶跋摩七世，是阇耶跋摩七世把自己的容貌与佛陀融为一体。

城门两侧有3头象爱罗婆多，长鼻触莲花底座形成有力的支柱，众神之王因陀罗高坐其上，引领后方的阿普莎拉仙女和众神保护吴哥大城。目前的出入口处原有两扇巨大的木门，其遗址仍清晰可见。进了城门后，到处都是修复古建筑的脚手架，虽然影响了摄影的效果，但为了保护古文化瑰宝，人们都无怨言。穿过坍塌的通道，我们直奔大城中心的巴扬寺遗址。

屹立于吴哥大城正中央的巴扬寺，是目前吴哥大城的艺术精华所在，是本文"微笑高棉"的主体。巴扬寺以雕饰繁复的外观，布满塔楼的面带神秘微笑的佛面，吸引着众人的目光。该寺于12世纪为阇耶跋摩七世所建，主要建材为灰色沙石，大门面东，门楼有三个出口，最外围寺墙长156米，宽141米，外侧有精彩的浮雕，内容主要颂赞军队出征和一些当时社会生活情景地描绘。

寺的第二、三围间有许多独立的门框，原是16座方形建筑，但在阇耶跋摩七世去世后被完全毁坏，仅剩层层独立的框架。第二围显得十分混乱，因为第一、二围经过几番增建，空间狭小而曲折，宛若迷宫。两围中间狭小的空隙里隐藏了一些原始的佛陀故事浮雕，是巴扬寺随着信仰改变而改建的痕迹和证据。

登上顶层平台，便是著名的四面佛塔群，这里共有53座塔，加上南大门顶楼佛塔共54座，塔上的四面都雕着同一样沉思微笑的佛面，总共有200多个佛面，从不同的角度，随着光线的变化，面对众生和大地，现出慈祥的微笑。据说，鼎盛时期的高棉吴哥王朝共有54个省，疆域辽阔，阇耶跋摩七世无法每个省都要去亲自管理，于是就修建了54座宝塔，每个省一座，塔顶上雕上自己的头像，微笑着面对四方，像征着他每天都能看到各省百姓，关心黎民。现在，柬埔寨一切都向中国学习，实行对外开放的政策，欢迎来自全世界各国的客人。微笑佛陀，变成了实足的微笑高棉，笑迎天下客。凡是来到巴扬寺的客人，每个人都可捕捉到那属于自己的一抹"高棉微笑"。

在顶层平台，除了可以见到虔诚的赤足信徒外，还可以碰到一些真正的专家在仔细地拍照和研磨各种浮雕与艺术造型。我问一个来自法国的摄影者何时来到吴哥古城，他笑着说，已经来吴哥有两个多月了，可能还要停留一段时间。我想，他可真是古建筑和古艺术学者啦，否则决不会在此花如此长的时间。就在平台上一座较完好的四面佛塔旁边，一家印度电影制片公司的人正在忙着拍摄外景，引得不少游客围上观看。

离开吴哥大城，我们去塔普伦寺。塔普伦寺建于1181年，是阇耶跋摩七世为其母亲兴建的纪念寺院，与尊奉其父亲的"卜力坎"遥相呼应。阇耶跋摩七世自诩为佛陀转世，其母亲就是佛陀之母，又被尊为"智慧女神"，塔普伦寺里原先就供奉了许多根据其母亲形象雕刻而成的女神像。

塔普伦寺共有5层围墙，最外围长约1 000米，宽约650米，但没有层层往上的寺庙山结构。我从东塔门进入后，迎面碰到的是印度援助队正在忙着修复。在这里可以看到第一、二围间有座长方形建筑，为"圣火休息处"。走入第二、三围间，还有另一座刻满阿普莎拉仙女的长方形建筑，名为"跳舞大厅"。最外层围墙的四面各有门楼，每座门楼各有三个出入口，门楼上有佛面塔，目前只有西、北两座佛面塔保存状况较好。

塔普伦寺因电影《古墓奇兵》而名声大噪。这里最大的亮点是深入建筑里的大树根与古建筑形成木石生死与共、相依相存的特殊画面，极具浪漫风情，成为摄影爱好者的优选。

午饭后去游览吴哥窟，即吴哥小城。吴哥窟距吴哥大城约3.3公里，约建于1113年—1150年，由苏耶跋摩（Suryavarman II）二世兴建。当跨入吴哥窟护城河的那一刻，仿佛穿过时空长廊，进入了一个神秘的国度。宽大方正的空间，营造出壮丽的氛围，长达350米的引道两侧雕满神气活现的蛇神那家—（Naga），指引着前方耸立如山的圣殿；偶然飘过眼前的阿普莎拉仙女，正展示着被埋没数百年的诱人舞姿和轻盈服饰。

吴哥窟的大门朝西，这就是我们赶在下午游览吴哥窟的原因，因为如在上午来游，拍出的照片全是背光，效果极差。在吴哥，这是唯一的一座大门朝西的宏伟建筑。吴哥窟据说是苏耶跋摩二世为自己兴建的陵寝，根据高棉的传统，下葬时必须面向西方，所以大门朝西。当然还有其他的多种说法。吴哥窟最外围的城墙东西长1 500米，南北宽1 300米，结构平衡对称，堪称吴哥古建筑群的代表作。其中心是以五座层层向上的高耸的宝塔为主体，中央主殿高达65米，内部供奉婆罗门教的太阳之王毗湿奴神，形成寺庙山的顶峰，可谓气势恢宏壮观。在吴哥窟第三层高大漫长的回廊里雕刻了以战争和神话为主体的浅浮雕，同时在二、三层回廊间的千佛殿上有上千尊佛像，组成了一个神的世界。

离开吴哥窟，去女王宫游览。在远离吴哥考古园区东北方约15—40公里的女王宫（Banteay Sri）有"吴哥艺术之钻"的美称，其精彩的浮雕作品堪称一绝，令人看后不得不瞠目结舌。

规模较小的女王宫，以粉红色沙岩为建筑材料，在阳光下闪耀着温暖的色泽，宛若轻盈粉红的淡淡火焰，极其美丽，是吴哥遗址中非常特别的一组建筑。在女王宫，不论是围墙、门楣，还是三角楣，都深刻着如织锦缎般的花草花纹，以及生动的印度教故事。

精美的女王宫是由两位婆罗门教的地主所建，他们的名字是Yajnavaraha和Vishnukumara的两亲兄弟，两人具有王室血统，是曷利沙跋摩一世（Harshavarman I）的曾孙。他们俩具有非凡的艺术才能，使女王宫的雕刻美轮美奂，整座女王宫就是一件玲珑珍品。女王宫完工于公元967年，一直使用到14世纪。

游览完女王宫，稍作休息，时间正好是夕阳西下、暮色将临之际。便连忙赶去巴肯寺（Bakheng）的寺庙山看日落奇观，这也是巴肯寺最受欢迎的景点。当登上60米高的巴肯山顶时，整个吴哥古城沐浴在夕阳的余晖之下，由金色变红色，再由红色变成淡红色和桔黄色，如梦如幻，一片缥缈。在缥缈彩霞中，荡漾出微笑高棉的灿烂神韵。这种天赐的神韵，就是再有才能的画家也难描绘出其万分之一毫。此时，游览一天的疲劳，顿感荡然无存，代之而生的，是说不出的心旷神怡和无限的轻松快感。

2011年6月1日

夏宫花园揽胜

　　正如到了法国巴黎一定要去游览凡尔赛宫一样，到了俄罗斯圣彼得堡，人们一定都会去游览夏宫花园。

　　夏宫花园位于芬兰湾的南岸，距市区29公里，正式名称叫"彼得宫花园"，始建于彼得大帝时代，是由设计彼得保罗大教堂的瑞士人多梅尼克·特列吉尼仿照法国巴黎凡尔赛宫设计的，故有"俄罗斯的凡尔赛宫"之称。

　　整座夏宫花园占地1 000公顷，由上花园、大宫殿和下花园组成，其中共有10座宫殿、大量园林和140座喷泉，规模可谓庞大，宛若一座展示宫殿、雕塑、喷泉、园林和建筑艺术的巨大露天博物馆。

　　夏日的圣彼得堡，云遁天朗，一碧澄澈。白桦树叶在阳光中闪闪发光。美丽的夏宫花园被一片茂密的白桦林围绕着，庄严中盈溢着无形的静谧和神秘。

　　我们这些远方来客在当地朋友的陪同下，迈进夏宫花园的大门，首先展现在人们眼前的是上花园。占地15公顷的上花园，绿树、草坪、花圃、喷泉、雕塑皆成几何状排列，像一块块锦绣的地毯，铺在人行道的两边，衬托着尼普顿等几个有名的喷泉和金光闪闪的圣保罗信使教堂。花园中心喷水池中的青铜人马像，栩栩如生，倒印水中，与岸上的绿树倒影相映成趣，浑然一体。文雅端庄的白色大理石圣女雕像，亭亭玉立在如茵的草坪上，微笑着面对来者，给花园增添了无穷的祥和与雅静。远处教堂的金顶在绿树簇拥中，浮金流翠，熠熠生辉。

　　花圃中百花争艳，喷泉里银柱洒霖，幽径上游客闲逸，碧空间清风习习……

　　穿过上花园，是金碧辉煌的大宫殿，镀金穹顶，在蓝天下炫目生辉，光耀晴空。大宫殿是不对游人开放的。宫门紧闭，更显其威严与至尊。

　　绕过大宫殿，便来到下花园。大宫殿面向芬兰湾，两边有台阶通往下花园。在台阶中间，居高临下，正前方是被称作大瀑布的喷泉群。在喷泉群与大宫殿之间，是宽阔的观景走道。站在走道上，俯观下花园，在两道梯形瀑布中间，有37座金色雕塑像，29座浅浮雕像，150个小雕塑像，64个喷泉喷琼洒玉，在阳光的辉映下，彩虹叠起，霓霞闪烁，极其壮观。喷泉的流水汇成一条长河，直通芬兰湾。式样虽然形同凡尔赛宫前的运河，但此处居高临下，面向大海，形如凡尔赛，却远远胜过凡尔赛，绝对是青出于蓝而胜于蓝。

在喷泉群一个大半圆形水池的中央，耸立着大力士参孙和狮子搏斗的金色雕塑像，这就是著名的隆姆松喷泉。喷泉中间，一水柱冲天，几接近大宫殿的穹顶，周围有无数的小水柱相伴，斜向四周喷水，恰如花瓣四散，又如同众星拱月，最后落入池中，激起层层浪花。隆姆松喷泉旁边，立有高大的金色裸体男性雕像，和守护神雄狮卧像。

这里特别值得一提的是，夏宫中的喷泉数目繁多，形状各异，有金字塔喷泉、橡树喷泉、小伞喷泉、亚当喷泉、夏娃喷泉、罗马喷泉、棋盘山喷泉、蒲公英喷泉、等等，造型独特，争奇斗巧，千姿百态，五花八门，应有尽有，不胜枚举。

银白水花喷洒，金黄雕塑闪光，七彩叠虹绮丽，在阳光下，交织出满眼的缥缈梦幻。

顺着通向芬兰湾的运河岸边走道，漫步到芬兰湾水边，巨大的石块散落在水边，任凭海浪的亲吻和扑摸。

站在芬兰湾畔，眺望平静的芬兰湾，蓝天与碧波相连，水天一体；白帆和鸥鹭争驰，比翼共舞；岸上绿树与建筑相拥，红绿相间；游人同雕塑相偎，动静分明……

芬兰湾畔，绿树丛中，在下花园的东部是蒙普拉伊宫，据说是彼得大帝自己亲自设计的，隐藏在湾边的丛林中，极有万绿丛中一点红之感。

同蒙普拉宫一样，有许多优美的建筑隐藏在芬兰湾畔的丛林中，玲珑珍袖，幽雅宁静，恬淡舒适，极具特色。伴随它们的林间花园、草坪，更是被修剪得玲珑剔透，俊美秀丽。大概，这些隐藏在海边丛林里的建筑也许都是当年沙俄时代的达官贵族们的消夏别墅吧。

我们漫步在芬兰湾畔，回头仰望阳光下的夏宫大宫殿和诸多喷泉，再面对滚滚的芬兰湾，不禁油然诗兴，吟道：

数游凡尔赛，今临姐妹园。
俯瞰芬兰湾，气势更超凡。
喷泉天花绽，彩虹缤纷灿。
喜看神州客，乐游不思还。

恋恋不舍地离开芬兰湾，恋恋不舍地离开下花园。当我们返回到大宫殿旁边近出口处的纪念品一条街上时，两边尽是俄罗斯当地的工艺品。其中最多的当属有名的俄罗斯"套娃"。几乎是每个摊位前都摆满了这种"套娃"，从小到大，一摆就是一大排。套娃个个面带笑容，酷似中国无锡的泥塑人小"福娃"。这种"套娃"，大概是俄罗斯最普遍、最大路、最有代表性的工艺品了，无论你走到哪里，都会见到有大量的套娃，成群结队地向你微笑，欢迎你购买。特别是在莫斯科大学前莫斯科河畔的观景台上，摆的全是惟妙惟肖的套娃，个个笑容可鞠，一排排的摆在那里，像是列队欢迎你似的，令你不得不买一些，把这种俄罗斯式的微笑带回家中。面对这一群群微笑的套娃，不管你买与不买，但对游客来说，都会留下套娃们的微笑和俄罗斯美好的记忆，加深对所游景点的深刻印象。

看着这大大小小美丽可爱的套娃的微笑，我们也禁不住被逗笑了。

2011 年 7 月 10 日

壮哉，博斯普鲁斯海峡

博斯普鲁斯海峡，是世界上最美丽的海峡。要描述这最美丽的海峡，实在不是一件容易的事情，因为她美得千头万绪，美得壮美浩荡，美得深沉厚重，美得灿烂辉煌。

她，凝聚了太多的历史亮点和时代风云于一身。古希腊古罗马之无限古韵，辽阔亚洲和绚丽欧洲的多姿风情，神秘黑海和妖媚爱琴海之魅力深情，统统汇聚在这里，使人难以下笔，难以吟咏。

博斯普鲁斯海峡，这条长32公里，连接亚、欧两大洲，沟通黑海与地中海的深水海峡，从古希腊时代以前起，就是全世界最重要的战略水域。

搭乘游船游览博斯普鲁斯海峡，是到伊斯坦布尔的最大乐趣，更是最让人思绪万千、梦绕神萦的事情。

五月中旬的博斯普鲁斯海峡，薰风习习，阳光和煦，碧澄的天空，快乐的浪花，跃翔的海鸟，穿梭的游轮，给人一种特别开朗的宜人感觉。

上午十点钟，我们从伊斯坦布尔老城埃米纳尼游艇码头登上博斯普鲁斯海峡观光游船时，那股激动的心情真是难以用语言来形容。一位来自上海的85岁的老教师，更是激动得流下了热泪。她说：她做地理教师六十余年，过去做梦也不会想着自己这辈子能来伊斯坦布尔乘游船漫游博斯普鲁斯海峡。来自湖南的几十个青年男女，更是高兴地跑上船头，忙着对着海峡两岸涌来的无限美景拍照。

游船离开码头，沿博斯普鲁斯海峡逆流而上，尾部拖起一束美丽的浪花。游船的左边是欧洲部分的城区，右边则是亚洲部分的城区。我们先沿欧洲部分的城区岸边前进。

船后的老城区渐渐离开了我们，吕斯泰姆帕夏清真寺（Rustem Pasa Camii）和耶尼清真寺（Yeni Cami），连同其附近的建筑，构成了老城壮观的天际线。

远处，蓝色清真寺和圣索菲亚大教堂遥相呼应。两个超重量级的古老建筑相对而立，各显风采韵姿，形成绝妙的视觉震撼。它们是两个绝然不同的宗教圣殿，千百年来就这样和谐地对视着，矗立在博斯普鲁斯海峡畔的高地上，迎送了多少个世纪的变迁，目睹了多少个朝代的风云。

横跨在金沙湾上的加拉太塔大桥，是连接伊斯坦布尔旧、新两区的重要通道。

这是一座极有特色的建筑，上层车水马龙，行人如鲫，钓客如云，底层餐厅遍布，咖啡馆、酒吧相挨，商铺林立。水边不断地有渡轮停靠和出发，乘载着往返于新、旧两区的人们。

当游船穿过雄伟的加拉太塔大桥，伊斯坦布尔的新城区贝伊奥卢区（Beyoglu）便越来越靠近我们。这块位于金角湾北边的丘陵地带，非常陡峭，从水边到山顶全部被楼房建筑所覆盖，整个新城区宛若一座巨大的独立城堡。加拉太塔高高耸立在山顶的中央，塔尖直刺青天。这里过去是生活在伊斯坦布尔的外国人集中居住的地方。奥斯曼帝国时期的犹太人、西班牙人、阿拉伯人、希腊人和亚美尼亚人，在这里都分片居住。因此，这里的建筑也由此呈现出各种不同的风格。位于山顶的加拉太塔，就是由来自意大利的热那亚人在1348年修建的。故加拉太塔又称"热那亚堡垒"，因为当时的热那亚人为了巩固自己在君士坦丁堡的势力，采用了西欧最先进的攻城守城技术，把加拉太塔建造得十分坚固。塔高达60米，塔壁厚3.75米，地基深达16米，还配备有新式大炮作为武装。可以说，加拉太塔是拱卫君士坦丁堡的战略锁钥。加拉太塔的尖顶是20世纪时加上去的，让它看起来更雄伟和富有漫画的色彩，而与老城区中高高的圣索菲亚大教堂和蓝色清真寺的塔柱遥遥相望，更给博斯普鲁斯海峡增添了无穷的魅力和神奇的色彩。一到晚上，加拉太塔顶层的夜总会会提供精彩的肚皮舞、民族舞及脱口秀表演。在跳民族舞时，台上台下共同起舞，来自世界各国的游客参与其中，每个民族的特色在这里都显露无遗，充分展现。

阳光温煦，波光粼粼，纵情欣赏海峡两岸的旖旎风光。让海水荡涤着胸臆，让清风吹动着襟袖，让游轮托起屡屡情思，让海鸥负去翩翩畅想。

凌着如诗如画的波光水影，在新区的水边岸上多尔马巴赫切新皇宫，切着海峡的波涛，那长达615米壮丽的大理石面，吸引着每个远来游客，巴洛克的繁复技艺衬上奥斯曼的东方线条，使多尔马巴赫切皇宫宛如博斯普鲁斯海峡皇后般尊荣。与此同时，博斯普鲁斯海峡也因新皇宫而锦上添花，增加了更多的华丽和光彩四射的魅力。法国作家Pierre Loti在他1890年的旅行日志《君士坦丁堡》中把这座宫殿和与之相邻的Ciragan宫描述为"洁白如雪的一排宫殿，屹立在海边的大理石码头上"。今天看来，这样的描写依然栩栩如生，令人浮想联翩。

19世纪中叶，当老皇宫托普卡帕宫不敷使用也不够现代化时，苏丹阿卜杜勒·迈吉德一世就选择了这处原本是木造、面积又小的多尔马巴赫切皇家休闲庭院，并将之改建成富丽程度远超过欧洲任何一座皇宫的苏丹居所。事实证明，阿卜杜勒·迈吉德一世眼光独到，通过借景博斯普鲁斯海峡，这座新皇宫显得少有的气势非凡，俊逸超群，壮丽无比。

傍岸停泊着三艘来自远方的巨大游轮，我们的游船与它们擦肩而过。船上的人们不时地走来跑去,荡着博斯普鲁斯海峡的波涛,眺望着海峡周围的仙山琼阁,选择自己钟情的镜头,收作永恒的留念。还有的年轻人,高兴得干脆在船上跳起舞唱起歌来,像是在举行什么欢乐的聚会。

　　游轮在人们的欢快心情中继续前进。海峡两岸的各式精美建筑不断地映入眼帘,收进镜头。当博斯普鲁斯海峡大桥从头上经过时,伴随着相机的快门按动声,是游客们更大的惊叹声。这就是连接亚欧两大洲的博斯普鲁斯大桥,太令人神往啦! 穿过两座博斯普鲁斯大桥后,再往前走,在靠近征服者大桥(Fatih Koprusu)的山坡上,耸立着雄伟的鲁梅利城堡(Rumeli Hisan,意为“欧洲城堡”)。征服者穆罕默德1452年在短短四个月间建起了这座城堡,作为围攻君士坦丁堡的根据地。他选择的地点正是博斯普鲁斯海峡最狭窄的地方,也正好是巴耶塞特一世苏丹在1391年修建阿纳多卢城堡(Anadolu Hisan,意为“亚洲城堡”)的对面。这样他就控制了海峡的交通,从而切断了从海上夺取城市的通道。

　　面对着巍峨的欧洲城堡和亚洲城堡,仰望着高大凌空的征服者大桥,伴随着游船的颠簸起伏,我们实在难以控制自己的诗兴,不禁纵情吟道:

<blockquote>
峡阔通南北, 桥长连欧亚。
涛来古希腊, 风自东罗马。
万里丝绸路, 千年传佳话。
翔鸥跃空碧, 游艇凌波哗。
仙山披新翠, 琼阁聚风华。
国富民乐游, 逍遥步天下。
喜见九旬婆, 身健眉盈霞。
儿孙共相伴, 潇洒游天涯。
荡舟扬激情, 歌舞如在家。
壮哉博斯峡, 浪涌绽银花。
</blockquote>

　　游船在博斯普鲁斯海峡中继续前进。从欧洲岸边水域,转到亚洲岸边水域,经过亚洲城堡下,沿亚洲部分岸边返回。当我们经过少女塔身边,重新回到老城区时,我们每个人真地都有着诗一样地享受,脑海中荡漾着无比美好的诗情画意。

　　其实,伊斯坦布尔本身就是一部古老的长诗,而润育着伊斯坦布尔的博斯普鲁斯海峡,则是一部更古老的长诗。这些长诗,像伊斯坦布尔和博斯普鲁斯海峡一样古老的美酒,令人向往,令人陶醉,读来令人飘然若仙。诺贝尔文学奖得主奥尔汗·帕慕克(Orhan Pamuk)在他的回忆录《伊斯坦布尔,一座城市的记忆》(Istanbul: Memoriesof a City)中将伊斯坦布尔描述为一座“缤纷之都”。

在这里，人们形形色色的生活如同这座城市不同凡响的历史一样，都尽现于城市流动的美丽景致中，可谓"如梦如幻"。

在这里，你可以跟随拜占庭时期帝王们的脚步，去参观苏丹艾哈迈德区精妙绝伦的纪念建筑和众多博物馆；也可以去看看奥斯曼帝国时期苏丹们在城市七座山峰上修建的清真寺，感叹它们的鬼斧神工；或是去城市西部地区古老的犹太人、希腊人和亚美尼亚人聚居区的鹅卵石小路上散步……

帕慕克在他的回忆录里以大师般的娴熟笔法剖析了这座城市古旧的感觉和忧伤的气质。

如今，这些都已成为过去，取而代之的是一种自苏莱曼大帝时期以来从未有过的活力、创新和积极向上的感觉。复古的建筑再度回归时尚，美丽夺目的现代艺术馆到处出现，而新城酒吧金碧辉煌的屋顶和Levent气势磅礴的礼堂，都说明了这个城市的人们正在全心全意地迎接一个充满着时尚风情的未来。

正是博斯普鲁斯海峡，给伊斯坦布尔的古往今来，添注了取之不尽、用之不竭的无穷活力，凝铸了众多的美丽传说。当你坐在游艇上，漫游在博斯普鲁斯海峡时，畅想着地中海古人类文明的发展史，你是在读博斯普鲁斯海峡这部气势恢宏、意境深邃、场面壮观的长篇史诗，一部见证伊斯坦布尔辉煌历史、灿烂文明和瞻望美好未来的史诗。

2011 年 6 月 24 日

皇村韵迹

早上吃过早饭，我们离酒店乘车去圣彼得堡东南30公里处的皇村游览。

皇村，是沙俄时代叶卡捷琳娜宫所在地。叶卡捷琳娜宫是一处典型的田林花园，是沙皇的消夏行宫，也是俄罗斯最辉煌的建筑之一。当我们到达下车后，完全被眼前的一片树林所惊艳。叶卡捷琳娜宫坐落在一片茂密的绿林之中，若非辉煌的宫殿在阳光下闪闪发光，从外面很难想象这里是一处壮观的皇家园林。

走进大门，蓝、白、金三色相间的叶卡捷琳娜皇宫，秀丽端庄地横立在人们的面前，令人油然而生羡慕之感。颜色的选择与搭配，惟妙惟肖地使人自然想到了女性的高雅美姿，真使人叫"绝"。

叶卡捷琳娜宫殿金色的大厅，巴洛克式的装饰，可谓富丽堂皇。晶莹的琉璃吊灯，名贵的油画，精美的器具，更增添了许多高贵典雅。叶卡捷琳娜弹用过的钢琴和使用过的棋盘，静静地摆放在那里，仿佛等待着主人回来。正面靠墙的桌子上，整齐地安放着来自远方中国的名贵瓷器，与墙角里用青瓷装饰的壁炉，相互映辉。

叶卡捷琳娜宫中最著名的大厅当数"琥珀厅"，内部装饰采用的全部是琥珀，堪称别具一格，独享风雅，是世界罕有的一大奇观。不过，这都不是宫殿的原物。原来的所有琥珀在第二次世界大战期间全部被德国法西斯掠走，至今下落不明。现在人们所看到的，全是二战后苏联政府重建叶卡捷琳娜宫时按原样复制的。

1717年，叶卡捷琳娜一世在位时开始动工建造宫殿，历经几代沙皇扩建而成。不幸的是，在第二次世界大战期间德国法西斯将叶卡捷琳娜宫全部摧毁，把所有贵重物品全部掠走，只留下一片废墟。战后，苏联政府集结了全国最好的专家和工程师，汇集了全国的所需材料，按原样重新修建了叶卡捷琳娜宫，恢复其昔日的辉煌，并予以精心地维护。连同上面所讲的"琥珀厅"一样，现在呈现在人们面前的已不是当年的叶卡捷琳娜宫，而是一座完全新的建筑。

在宫殿前面，是一片很开阔的草坪和众多棋布的花圃。花园内有一个修长的湖泊，湖边绿树成荫，湖中有一玲珑袖珍小岛。绿树、草坪、湖泊、小桥、游人，水中倒影，小楼逸姿，交汇成一派锦绣田园风光。园中的众多雕塑，与欧洲古典主义的诸多建筑，相辅相成，犹如天赐，既有异曲同工之妙，又有锦上添花之美。简洁的色彩，皇家的风格，宜人的氛围，优雅的布局，整个叶卡捷琳娜花园宛若一幅织锦图，镶嵌在俄罗斯广袤的大地上。

皇村，这名字除了有著名的叶卡捷琳娜宫外，更与俄罗斯著名诗人普希金的名字紧紧相连。作为普希金文学生涯的摇篮，正是皇村这片充满灵性的土地，沐浴了诗人的成长，赋予了他源源不绝的创作灵感，使他成为俄罗斯最伟大的诗人之一。在皇村的皇家教堂后面的皇村中学，就是当年诗人普希金同亚历山大一世的王子同窗读书的地方。皇村沐浴了诗人普希金，诗人普希金让人们认识了皇村，皇村更让人们永远记住这位俄罗斯的伟大天才。1937年，在诗人普希金逝世100周年纪念之际，皇村改称"普希金城"，并在园中为诗人立了青铜雕像，让每个前来皇村的人瞻仰。

说句实在话，如果没有普希金的故事，我们是不会到皇村来的。我们来皇村与其说是参观叶卡捷琳娜皇宫，倒不如说来寻觅普希金的足迹更确切些。这大概就是诗人普希金让更多人认识皇村的原因所在吧。

来皇村访问前，在圣彼得堡涅瓦大街上，我们访问了两处同诗人普希金有关的地方，一处是涅瓦大街15号，为普希金的居住处；一处是涅瓦大街18号，为"沃尔夫与别兰热"两兄弟开的甜品店。1837年1月27日，诗人正是在"沃尔夫与别兰热"甜食店喝过最后一杯咖啡后，奔赴决斗地点"小黑河"进行决斗的。就是这次决斗，使俄罗斯和世界人民从此失去了一位伟大诗人，使我们从此少读了许多美丽的诗篇。普希金逝世时还很年轻，如果不死，他应该会给人类留下更多更好的诗篇！如今，诗人已去，"沃尔夫与别兰热"咖啡馆已成为人们怀念普希金的好去处。我们去访问时，遇到不少怀着同样心情的人，大家都忙着在此拍照留影，借以寄托对这位伟大诗人的怀念。咖啡店内有一尊青年普希金临窗坐着的雕塑像，满怀沉思，仿佛在想着自己决斗的后果……

在涅瓦大街附近的艺术广场上，有一座普希金的雕塑像，我们去时正碰到一群青年男女簇拥在雕像前拍照留念。

在普希金广场上，耸立着4米多高的普希金青铜雕塑像，周围同样围着拍照留影的人群。

在普希金纪念馆门前，高大的普希金青铜雕塑像，更是吸引游客络绎不绝、前往怀念的地方。

离开皇村，一连串有关诗人普希金的故事，在我们每个人的脑海中凝聚起诗人的形象，这形象越来越明显，越来越亲切，越来越可爱，越来越伟大……

2011年7月11日

爱琴海畔古城行

爱琴海地区的海岸有土耳其最大最受欢迎的旅游胜地。特别是南爱琴海一带，历史极为悠久，希腊和罗马古迹，星罗棋布，不胜枚举。据说，在这里几乎每建立一处新的现代化高楼大厦，都会发现三处古老的遗址，其中规模最为宏大的当属古城"以弗所（Ephesus）"。

以弗所是地中海东部地区保存得最好最完整的古典城市。从公元前1200年，爱奥尼亚人（Ionian）从希腊逃出，在沿海边地区安定下来，并建立了重要的城市以弗所、布莱恩和米利都。罗马时期的以弗所由于繁荣的商业而兴盛起来，成为小亚细亚的首府。这座城市还吸引了很多基督徒前来，圣约翰（St John）和圣母玛利亚（Virgin Mary）曾定居于此，并在这里写下他的《福音》。

从爱琴海边的鹦鹉山上下来，在山间和两边的山坡上有一片很大的古城遗址，这就是古城以弗所。我们从以弗所的南大门往下一路观看，首先看到的是位于上城区的浴室遗址，这是供人们进城前洗浴用的。浴室的西面是一座音乐厅和一座体育馆废墟，仅剩高大的石柱和断墙残壁。再往下走，在右边有一个特别的城市公共会堂（Prytaneum）遗址，像一个小型的剧场，保存完好。在会堂的左面是一个很大的贸易市场遗址。公共会堂是专为裁判贸易市场上的纠纷而设，一旦在集市上发生任何商业纠纷，就在公共会堂进行评议裁决。

沿贸易市场和公共会场中间的街道继续下行，便走到科里特斯（Curetes）大街的顶端，这里是两层高的赫拉克勒斯大门（Gate of Hercules），建于公元4世纪，两根主梁上都有赫拉克勒斯的浮雕。从大门可以进入以弗所城里。这里左边有一条大理石铺路通向一个巨大的神殿，里面供奉着图密善皇帝（Domitian，公元81—96年在位），内有一个不常用的通道，可以进入碑铭博物馆（Museum of Inscription）。

进入赫拉克勒斯大门，右边就是图拉真喷泉（Founttain of Trajan）。巨大的图拉真皇帝（公元98—117年）雕像据说以前比水池还高，但我们看到的只是一只脚的残址。

走过图拉真喷泉，左边是宏伟的露台屋（Terraced Houses），这是一个欣赏罗马上流社会奢华的场所，据考古专家讲，其规模仅次于意大利古城庞贝。这个露台屋有几处仍有两层遗存，墙壁上装饰着壁画，地面上装点着精美的镶嵌图案。据介绍，这里许多精美的小型装饰品目前都保存在塞尔丘克的以弗所博物馆里。

在露台屋的对面，是令人难忘的哈德良神庙（Temple of Hadrian），科林斯式建筑风格。神庙走廊上的中楣很美，还有一个美杜莎（Medusa，希腊神话中长有蛇发令人恐怖的女妖）的头，用来辟邪。神殿建于公元118年，但大部分都是公元5世纪重修的。街对面的一排商铺，和神殿建于同一时期，地面上铺着公元5世纪的马赛克，至今颜色鲜艳如新。

顺坡往下，右边有一通道，宛若一小巷，通向著名的公共罗马男厕（Roman men's toilets），仅存两排靠墙的马桶等距离地排在那里，成直角布置。马桶的形状同现在的差不多，不过都是用石头雕刻而成。马桶下面是很深的流水通道。在四周马桶的中间是一个大水池，池中放满鲜花，如厕者不但闻不到臭味，还可以饱闻花香。建筑者真是想得周到。这可能比两千多年后的现代人想得还周到，因而给人留下了深刻的印象。

离开罗马男厕，继续往下，奥古斯都大门的遗址出现在右前方，大门通往市场。据说该大门是古罗马人特别喜欢的减压场所。有一些远古的涂鸦咒骂那些"在此小便者"。

奥古斯都大门的左边，就是著名的塞尔瑟斯（Celsus）图书馆。Celsus Polemaeanus是公元2世纪早期小亚细亚的罗马统治者，他死后，他的儿子Consul Tibernus Julius Aquila在公元114年建起这个图书馆来纪念他。Celsus死后就埋在图书馆的西边。图书馆墙上的壁龛里约有1.2万卷藏书。墙壁的里层和外层相隔1米，可以保护珍贵的书籍不受温度和湿度的损害。正面的壁龛里有四个代表美德的雕像：仁慈、思想、学识和智慧。图书馆曾在奥地利考古协会的帮助下重建，但这些雕像的原件却收藏在维也纳的以弗所博物馆里。令游览以弗所的人无法看到。

在图书馆的正对面，是一处很大且豪华的古罗马妓院，从图书馆有小道通往。不知道古人为什么要这样设计？但这里流传着一个笑话，即古以弗所的男性去妓院有一个很文明的口辞，就叫"去图书馆看书"。听起来，这行动多正经。可是当到了图书馆后，便从小道溜进妓院，寻欢作乐。有的妇人不放心自己的老公，听说老公到图书馆看书去了，就跟到图书馆，找不到老公后，就去妓院找。当然这是两千多年前的轶事，谁也没去考证过。但图书馆面对妓院，遗址犹在。

过塞尔瑟斯图书馆，便是神圣之路（Sacred Way）。这是一条用大理石铺成的宽广大道。石块路下铺有精美的水管，路面上留有明显的车辙印迹。走不多远，路边有一块很大的空地，空地上遗留着许多建筑遗迹，这就是110平方米的市场（agorea），曾是以弗所最大商业活动的中心。市场周围环绕着廊柱，有食品和工艺品的商铺。在神圣之路两旁，存留着许多罗马角斗士精美的雕像。

在神圣之路的西面，从山半腰直到海边，是一大片尚待挖掘的古城大部。迄今为止，以弗所古城仅仅挖掘了不到十分之一的面积，目前山坡上大片地方盖着大棚，正在继续挖掘。

顺神圣之路北向，转到东西向的海港大街。在海港街的东端是大剧场，它是由罗马人在公元41年到公元117年之间在希腊时代旧剧场遗址上改造的。这里最早的剧场可以追溯到利西麦克斯统治时期的古希腊城市，坐席可容纳2.5万观众，从舞台开始排列，后一排都会比前一排更加倾斜向上，更为陡峭，如同阶梯，上层外围视觉与听觉效果都非常好。在大剧场的背后，耸立着Panayir山，山上仍然存有一些利西麦克斯古希腊城墙的遗址。

海港大街由东向西，直通爱琴海上的海港，全是由大理石铺成，是以弗所最显要的大街，目前仅仅挖掘出了很短的一段。它是由拜占庭皇帝阿卡狄乌斯（Arcadius，公元395—408年在位）所建。在它的全盛期，水管和污水管道都装置在大理石石板的下面，50盏街灯挂在柱廊上照明。街两旁尽是商业店铺，有大型的海港浴室和凯旋柱，不论在古代，还是现代，都是一处非常宏伟壮丽的景点。海港大街以北的古城部分仍埋在地下，尚待考古专家前来挖掘。地面上古城的高大建筑物遗址，随处可见，远远望去，仍然极为壮观。

越过海港大街向北，有小路直通游客停车场。在小路旁边的茶室、餐馆和纪念品小店中间有圣母玛利亚教堂，也被称作双重教堂。这里最初是个博物馆、文艺殿堂，供人讲演、教导和辩论的地方，后遭大火焚毁，于公元4世纪时被重建为一座教堂，后在旁边又陆续建了几座教堂。

经过圣马利亚教堂遗址，就是露天运动场和建于公元2世纪时的Vedius体育馆，里面有训练场、浴室、卫生间、练习房、游泳池和礼堂。可惜，运动场遗址大部分精雕细刻的石材都被拜占庭人搬去建造Ayasuluk山上的城堡了。据说，从旧遗址或地震后的废墟采集建筑石料是以弗所人的传统做法。

以弗所古城挖掘出的文物，除了因各种原因收藏在海外多处博物馆中外，绝大多数收藏在附近的塞尔丘克以弗所博物馆。这个优秀的博物馆收藏了很多从古城中发掘的精美手工艺品和古董，从中可以领略以弗所的千古风韵。

以弗所的建城，有一个神奇的故事。相传，古希腊雅典Codrus国王的儿子安德鲁克里斯（Androclus）从希腊逃出初到这里时，向一位圣贤哲人请教应该在爱奥尼亚的何处居住。这位先哲的回答较为阴晦："鱼和野猪会给你提示。"

安德鲁克里斯和一些渔夫一起坐在Cayster河的河口和Pion山（Panayir Dagi）附近，该山后来建造了以弗所大剧场（Great Theatre）。正是中午时分，他们炸鱼作为午餐，其中有一条鱼突然从烤炉中跳了出来。这条鱼身上带着一块烧红的炭火，炭火引燃了一些木屑，接着木屑又引燃了附近的灌木丛。当时正有一头野猪藏在灌木丛中，它受到火苗的惊吓从灌木丛中跑了出来，渔夫发现了野猪就把它捉住杀了。渔夫杀猪之处，就是后来建立以弗所阿耳特弥斯神庙（Temple of Artemis）的地方。神庙位于以弗所和塞尔丘克之间，在当时是世界上最宏大的建筑，甚至超过了雅典的帕台农神庙，被列为古代世界七大奇迹之一。现在人们只能在遗址上四处看看，原来神庙的127根柱子现仅剩一根，巨大的柱子让你能想象出这座神庙以前的宏伟规模和富丽堂皇。早在公元前800年起，神庙和附近的西布莉就成为人们朝圣参拜之圣地。到公元前600年左右，由于海上贸易的大发展，以弗所已经发展成为一非常繁华的大城市。

但是不幸的是亚历山大的部将利西麦克斯统治爱奥尼亚地区时，由于海港受到淤泥充塞，以弗所人很不情愿地迁到了 Pion 山旁边居住。后来，尽管帕加马的阿塔罗斯二世（Attalus II）付出很大努力重建了海港，而且罗马皇帝尼禄（Nero）的地方总督也努力地挖掘淤泥，但海港继续受到淤泥的充塞。哈德良皇帝也一直试图使 Cayster 河转向，可是最终大海还是淤埋了海港，退回到帕姆查克，以弗所也就开始衰落。到公元6世纪东罗马帝国皇帝查士丁尼重建圣约翰教堂选址时，他选择了塞尔丘克的 Ayasuluk 山，而不是以弗所。

以弗所是我游历过的所有古城遗址中被保存得最好的一座，遗憾的是仅仅挖掘出了十分之一的面积。而整个以弗所和塞尔丘克的古遗址范围相当于意大利庞贝古城的八倍，规模相当大。如果哪一天以弗所古城完全被发掘出来对世人开放时，我们一定会再访古城，重吟古风。

2011年7月18日

棉花堡与古浴都

从爱琴海畔的库萨达瑟出发，途经艾登和纳济利两个小城，约三个半小时工夫，到达帕慕克卡莱（Pamukkale），即土耳其有名的棉花堡。因为土耳其语的Pamuk意思是"棉花"，Kale是"城堡"的意思，所以，称帕慕克卡莱为棉花堡。在土耳其境内，除了卡帕多西亚之外，棉花堡是知名度最高的自然奇景，是安纳托利亚西部最大的一张旅游王牌，1988年，被联合国列为世界自然文化遗产，每年前来的游客多达100多万。

棉花堡和其所在的古城赫拉波利斯（Hierapolis）一起组成了一个国家公园，南北两面都有主要入口。我们从南门步行进入公园，穿过古城赫拉波利斯的城门，走到棉花堡的景点，按规定，每个人必须脱掉鞋子，将鞋袜放在棉花堡上面的草坪上，赤脚从售票厅沿一条穿过石灰华的钙质小路走250米到达石灰华上方的平台，然后步入梯田状的白色水池中。由于水中的钙质沉淀所形成的大大小小的突起非常坚硬，走在上面有刺痛的感觉，故走时要特别小心。

棉花堡的名称来自覆盖大半个山坡的像白色棉花般的天然奇景。它是由天然的温泉从地底下涌出，然后流进层层相联如梯田的山坡上，从半山坡一直到山脚下，远远看去，宛若一座白色的棉花城堡，极其壮观。在这层层梯田的水池中，尽是来自远方的游客，满眼身穿三点式泳装的年轻少女，玩耍嬉戏，如同在海滩上一般。阳光下，泉水倒映出蓝绿色调，点缀在白色大地上，如玉台琼崖，瑶池城阙，缥缈绮丽，美妙奇幻，熠熠生辉。

关于棉花堡，当地流传着一个美丽的希腊神话故事。传说早在远古时代，有个名叫安迪密恩的英俊牧羊少年，爱上了月神的女儿瑟莉妮，瑟莉妮经常偷偷下凡，同安迪密恩在山坡上幽会，有时趁安迪密恩在山坡上放羊时，瑟莉妮也会下凡与安迪密恩幽会。有一次，安迪密恩与瑟莉妮幽会的时间过长，忘记了挤羊奶的活，结果羊群的羊奶饱满自溢，流遍了山坡，覆盖了整个山峦，变成了棉花堡。

这片鬼斧神工的独特景观，其实是由从石灰岩岩体中流出的富含碳酸氢钙的温泉水形成的。涌冒的温泉泉水顺着山坡聚集环流，水中所含的碳酸氢钙慢慢释出堆积沉淀成石灰华结晶。这些石灰华结晶经过千年的累积，形成今日举世罕见的棉花堡壮丽景观。

　　走进棉花堡上的感觉非常神奇，脚下是温润滑腻的泉水，身边是皑皑纯净的雪原，神心融入了圣洁的仙境，劳累消逝得无影无踪。从上往下看去，梯田池里的泉水清澈碧莹，田埂宛若洁白的玉框，一排排，嵌镶在白色的山坡上，恰似登天玉阶，极其壮观美丽。

　　走在这美丽晶莹的棉花堡上，在一片温婉浪漫的光影里，我体验到一种美的天然圣洁，和深邃永恒的美的感悟。

　　棉花堡温泉的水中富含碳酸钙、钠、镁等矿物质，无论是浸泡或饮用，泉水都有益于人体健康，尤其是对坐骨神经、神经系统、泌尿器官等疾病均有疗效。

　　但可惜的是，在过去的几十年间，由于旅游业的发展，随着游客的不断增加，和对温泉水的过度开发，使很多湖泊受到了污染，泉水池有的已近干涸，只剩下一条细流，从山顶流下，分流进梯田池中。以前，游人可以随意在池水中浸泡，享受温泉，但现在大多数水池已不能。石灰华遭到了不同程度的破坏，棉花堡的天然景区现已不能踏入，只可在栈道上观看。

　　为了保护棉花堡这一世界级的自然遗产，联合国教科文组织授权当地采取措施，修复损坏的部分，并阻止无限制地开发地下温泉水资源。土耳其政府对天然矿泉水进行了有计划地控制，比如在原有地形上用水泥砌成一阶一阶的人工阶梯边缘，让泉水中的碳酸钙堆积凝结在上面，形成人工的石灰华阶梯。另外，为保持地形干燥，让胶状的碳酸钙沉淀物有足够的时间接受阳光暴晒硬化。对部分梯池控制放水的时间，定时注入新的泉水。

　　离开棉花堡，沿棉花堡上方的平地北去，紧挨着棉花堡石灰华的是赫拉波利斯考古博物馆（Hierapolis Archaeology Muuseum）。博物馆的建筑本身原是赫拉波利斯古城的罗马浴室，高大交错的拱型遗存仍然巍然屹立。博物馆的藏品主要分成三大部分：一部分是造型奇特的大理石石棺；一部分是从赫拉波利斯出土的小型文物；一部分是来自Afrodisias学院的浮雕（Friezes）和罗马雕像，其中西布莉女神的爱人Attis和埃及女神伊希斯的女祭司雕像特别精美动人。

　　在赫拉波利斯博物馆附近，是一个拜占庭教堂遗址和阿波罗神庙的地基。与迪迪马和特尔斐的阿波罗神庙一样，这里也有一个由宦官牧师照看的神龛。让牧师照看神龛的灵感来自旁边一处叫作Plutonium的泉水，那里供奉的是冥王星——阴间之神。为了表明自己跟地狱有关，这处泉水还会释放有毒的蒸汽，其毒性对所有生命都是致命的，但是唯独牧师例外。为了证明泉水的毒性，牧师表演把小动物和小鸟扔进泉水中，让人们当场看到它们在蒸汽中死亡。

　　朝罗马剧场方向，先进入右边围栏的第一道门，顺着小路继续向右走，左边有一座寺庙，寺庙前有一道生锈的铁栅栏，栅栏旁有一个小小的地下入口，旁边的警示牌上写着"危险，有毒气体"（Tehlikelidir Zehirli Gaz）。人们会听见有气体从地下的水中溢出,需要注意的是,蒸汽仍然具有致命的毒性,要特别小心。据说,曾有人好奇心超过了理智,在铁栅栏修好之前,这里曾发生过好几起悲剧。

阿波罗神殿的遗址,现在是一家大的咖啡馆。就在咖啡馆旁边,有一个温泉仍对大众开放。目前这是棉花堡景区中唯一的一个仍在开放的温泉。温泉位于整个棉花堡景区的中心,过去属于阿波罗神殿的一部分,许多古建筑的大理石石柱倒卧在水中。泉里游人如鲫,浸泡,挤在一起,看来如同煮饺子一般。

在温泉的右上方山坡处,就是罗马剧场,可容纳1.2万观众,是由罗马皇帝哈德良和Septimius Severus修建的。舞台的大部分、栅栏和前排贵宾包厢座位部分装饰仍然保存完整。20世纪70年代由意大利工匠对剧场作了修复。

从剧场出来,沿一条坑坑洼洼的小道向山上走,可达使徒圣菲利浦殉难处(Martyrium of St Philip the Apostle),建筑呈八角形,很特别。它的所在地被认为是圣菲利浦被杀害的地方。这里风景非常漂亮,共有八个礼拜堂,每个礼拜堂的拱门上都有十字架。

沿山侧向西走,是一个完全荒芜的古希腊剧场(Hellenistic theatre),在古希腊剧场的下面是一处古市场,建于公元2世纪。这是目前所发现的最大的古市场之一。市场的三面都有大理石门廊和爱奥尼亚式圆柱,另一面是一个长方形基督教堂。

经大市场下山,回到主路上向北出口走,有精美绝伦的柱廊式frontinus街,部分路面和圆柱还保存完整。这里曾经是赫拉波利斯市南北向的商业中轴线,两边都有气势恢宏的拱门。北端是有双塔的图密善拱门(Arch of Domitian),在拱门前不远处有一座大型的公共厕所建筑,地面上有两条水沟,一条用于排污水,一条用于进清水。

穿过图密善拱门又是一处罗马浴室遗址,然后是赫拉波利斯的亚壁古道(Appian Way,最早和最有名的罗马古道),这是一处很特别的大墓地(necropolis)。它向北延伸至好几公里远,有1 200多座坟墓遗址,那些陈列在博物馆中的大理石棺就是从这里挖掘出来的。其中比较特别的是一群圆形坟墓,据推测其顶端有古老的生殖器崇拜符号。

古时候的人是很会懂得享受的。正是因为这里的地下温泉,早在公元前190年,帕加玛国王欧迈尼二世在此建造了赫拉波利斯城。在罗马帝国时期以及后来的拜占庭时期,这里成为全国最大的洗浴和疗养中心,被人们看成是一座圣城,是著名的皇家浴都。温泉被奉为能包治百病的圣水,人们络绎不绝地从全国各地涌来,造成了赫拉波利斯空前的繁华和豪奢,并且形成了大规模的犹太人团体和早期基督徒圣会。整个赫拉波利斯市建筑规模恢宏,占地面积庞大。

不幸的是,频繁的地震给这里带来了巨大的灾难,1334年的大地震彻底摧毁了赫拉波利斯，这座昔日极其繁荣的城市从此被遗弃了，仅剩下断垣残墙，散落在山坡平原上，给人一种荒凉的感觉。地震的破坏性实在是太残酷无情了，土耳其、古希腊、古罗马和奥斯曼帝国时期的许多辉煌城市，几乎都是毁灭于无情的大地震之中。

这就是神奇的棉花堡景点现在所能见到的主要精华所在。其实，在大棉花堡的周边，或在地下的山洞里，到处都有小棉花堡可看。在帕慕克卡莱村的主路边也有几个不错的公共游泳池，在去棉花堡景区的路上也能看到多处小棉花堡石灰华的景色。

2011 年 8 月 1 日

塞维利亚随笔
——在西班牙的发祥地

　　从西班牙的首都马德里乘高速列车出发南下，穿过横亘在西班牙南部的摩勒纳山，沿瓜达尔基维尔河畔继续西去，总共两个多小时，便抵达西班牙的发祥地和全国第四大城市塞维利亚。

　　塞维利亚是安达鲁西亚自治区的首府，是西班牙的发祥地，也是著名的文化古都。瓜达尔基维尔河自北向南纵贯全市，顺流南去，在罗塔港北边，流入大西洋。

　　在历史上，塞维利亚早在公元8—13世纪时曾经是哥德人和阿拉伯摩尔人王国的首都、最繁华的商业城市与进出大西洋的重要海港，直到18世纪末期，随着马德里和巴塞罗那等城市的崛起，塞维利亚才日渐衰落。由于西班牙的斗牛和弗洛明哥舞蹈都是从塞维利亚首先发展起来，并传遍西班牙全国，所以，要看真正原汁原味的西班牙，就要到西班牙的西南部来看塞维利亚。

　　塞维利亚整座城市分新旧两个城区，主要景点大都在老城区。在当地朋友的陪同下，我们经过商业步行蛇街，先去塞维利亚的弗朗西斯广场游览。弗朗西斯广场原是塞维利亚的政治中心，广场的一侧有一座复式的哥特式两层建筑，外墙上布满了精美的浮雕。广场附近的小巷里尽是各式各样的小商店，摆满了各种各样的工艺品，有陶瓷、绸缎、服装、玩具、扇子和集邮公司的各种邮票等，可谓琳琅满目，五花八门，样样俱全。

　　离弗朗西斯广场不远，就是哥特式和伊斯兰式两种建筑风格兼具的基拉尔达大教堂，俗称塞维利亚大教堂。该教堂原址是一座早期的清真寺。1401—1511年期间，在原清真寺遗址上建起了这座基拉尔达大教堂，目前是世界上最大型哥特式教堂之一。除了哥特式风格外，在哥特式尖顶上又添加了伊斯兰式的平顶。教堂的一角，有圆顶的洋葱头式的伊斯兰建筑风格；塔楼也是两种建筑风格并存，大教堂旁边的喷泉却又是西班牙风格，形成了一种独特的建筑艺术风格。

　　基拉尔达大教堂最吸引人的是两大特殊的看点：一是世界上最大的包金木质祭坛和220平方米的木刻浮雕，该祭坛是从1482年起，用82年时间雕刻而成；二是大厅里存有航海探险家哥伦布的棺椁，它是1898年古巴革命时从古巴转运到基拉尔达大教堂的，放在15世纪四位西班牙国王的雕像之上，高达两米多。大教堂里还保存有哥伦布和其他航海探险者使用过的地图、手稿、文献及印地安人的资料，这些都是非常珍贵的文物。另外，基拉尔达大教堂里有25个小礼拜堂，其中有供王室专用的礼拜堂，则是国王王妃的墓葬地。

在基拉尔达教堂附近，还有博物馆和修道院。

从基拉尔达大教堂继续向前走，就是阿尔卡沙尔王宫。它最早是一座城堡，建于公元1世纪，1364年被改建成西班牙国王下榻的宫殿，直到今天，西班牙国王来塞维利亚时仍然住在这里。阿尔卡沙尔王宫外面看起来很不显眼，如同一处四合院落的民居，中间有一排绿树，右侧是一排平房，左侧是一堵白墙，有一个出口，通上王宫。正中是一堵厚厚的城墙，右手处有一扇厚重的大门，被称为"红色狮子门"，据说非常有名。跨过红色狮子门，迎面是好几座拱形的门，可以通往不同的方向，进入内宫。四周的回廊和墙壁上，布满了精美绝伦的阿拉伯风格的浮雕，可惜游人只能到此为止，宫里是不让外客进入的。朋友非常抱歉地带我们穿过左边的通道，进入一座大花园，规模很大，园中绿树滴翠，花圃如毯，清溪幽径，小桥流水，让人流连忘返。

离开阿尔卡沙尔王宫旁的大花园，我们去参观著名的西班牙广场。广场离瓜达尔基维尔河不远，有两个入口处，分别是两座高塔形的建筑。西班牙广场建于1929年，为伊比利亚——美洲世界博览会而建。广场整体为淡褐色的弧形主体建筑，东西两端和中间建有五座西班牙风格的高楼，其中东西两端和中间的高楼为塔式高楼，且东西两座高楼为最高，另外两座为三层楼房。五座高楼中间由古罗马式的回廊、圆柱、拱门等相连接，形成一体，极为壮观。所有相连回廊均分上下两层，有58幅镶嵌的彩瓷壁画，描述西班牙各个城市的风情、西班牙历史上的重要事件和传奇故事等。回廊的其余墙壁上贴有瓷砖，地上铺有地砖，顶部饰有木质花纹，且各段回廊花纹各异。

西班牙广场占地广阔，中间有巨大的圆形喷泉。喷泉周围是一条人工河，河上有四座小桥，桥面、栏杆和台阶全部用青花瓷贴面，极其雅丽。整个建筑群气势恢宏，组合严紧，视野开阔，体现了典型的阿拉伯和西班牙建筑风格浑然一体的塞维利亚风格，铸造了这座"西班牙最美丽的广场"。唯一美中不足的是，偌大一个广场，完全看不到绿色，没有草坪，没有绿树，更不见花朵，多了庄严壮观，少了生机俊秀。

顺着西班牙广场中轴线穿过西班牙广场和河边大道，就到了瓜达尔基维尔河畔。发源于摩勒纳山脉的瓜达尔基维尔河，是西班牙南部最大的河流，更是塞维利亚的母亲河。正是瓜达尔基维尔河的滚滚流水，孕育了塞维利亚古老的文明和现代的依旧繁荣。

　　瓜达尔基维尔河边有一座黄金塔,该塔建于1220年,是一座12边形的砖塔,至今已有700年的历史。据说,这原是北非摩尔人入侵西班牙时所建城墙的塔楼,因为曾是储存黄金白银等财富的藏宝地,所以被称为黄金塔。现在,虽然不再有人藏黄金于此,但作为一处历史古迹,屹立在滚滚的瓜达尔基维尔河边,却仍然每天在迎接着远方的来客。

　　在西班牙广场附近的瓜达尔基维尔河畔,有小小的斗牛场和斗牛博物馆。斗牛场不值得去看,但斗牛博物馆却很有看头。在这里有斗牛史的文字介绍。据介绍,原来斗牛的历史可以追溯到古希腊以前的米诺斯文明时代,后来随着古希腊、古罗马文化的传播,传遍了整个地中海古文明圈。从18世纪起,西班牙各地开始兴建斗牛场,斗牛娱乐遂蔚然成风。博物馆里还陈列了许多斗牛的图片、各种斗牛士服装,还有斗牛士的生平介绍和实物,看过后,可以增长不少知识。

　　漫步在瓜达尔基维尔河边的大街上,望着滔滔的流水,我在品味着塞维利亚这座文化古城。欧洲的文学戏剧中有很多的故事和人物,都出在塞维利亚。著名歌剧《塞维利亚的理发师》《费加罗的婚礼》《卡门》都跟塞维利亚有关。其中《塞维利亚的理发师》一剧,更使塞维利亚名扬天下。而《卡门》使18世纪的塞维利亚闻名全世界,也使人知道了塞维利亚有一座著名烟厂(烟厂厂址现在是塞维利亚大学的一部分校舍),和烟厂里的那位女工吉卜赛女郎卡门——著名歌剧《卡门》第一幕中的女主人公。还有举世公认的在西班牙伟大作家塞万提斯的作品中,经常出现的塞维利亚的街道和房屋的名字。塞万提斯在塞维利亚度过了他的青年时代,不朽的名著《堂吉诃德》就是他在塞维利亚的监狱中完成的,塞万提斯最终也长眠在这里。另外,英国诗人拜伦和奥地利作曲家莫扎特的歌剧《唐璜》也与塞维利亚有关。因此,大凡文学爱好者,特别是外国文学爱好者,一定不会对塞维利亚感到陌生,一定不会不向往着西班牙的发祥地——塞维利亚。

2011年8月22日

冰原寒影

在加拿大落基山脉中的四大国家公园及邻近的哥伦比亚省之省属公园中，有太多独特景观，因此联合国教科文组织将这些公园全部列入世界自然遗产。其中位于冰原大道两边的六大冰原与它们形成的巨大冰河，连同冰河公园中的400多条冰河，更是人间罕有的奇观。

八月下旬的加拿大，天气特别宜人。清晨七点钟，我们离开哥伦比亚山谷中的维勒蒙特（Valemount）小镇，向东前进，不到一刻钟的时间，便又回到菲沙河畔，沿菲沙河上游继续向著名的哥伦比亚冰原进发。在七点半左右，鲁宾孙雪峰远远地出现在我们的前方。路边一块巨石下，立有一块"观看鲁宾孙峰最佳处"的大木牌，我们纷纷下车，遥望天际间的皑皑雪峰全貌。鲁宾孙雪峰，海拔3 954米，终年积雪不化，形成巨大冰原和冰河。据说，鲁宾孙主峰，每年只有15天是晴日，可以观看到它的真面貌。幸运得很，我们到达的一天，可谓一年中15天里的一天，极其难遇，而且天气特别晴朗，无风、无云、无霭、无雾，雪峰清晰，玉宇独尊，巍然矗立，英姿雄发。

约八点半时，我们进入阿尔伯特省内，折向南行，经杰士伯小镇，进入杰士伯国家公园。神奇的哥伦比亚冰原和阿塔巴斯卡冰河就在杰士伯国家公园内。它们是我们这次旅行的最终目的地。在经过糜鹿湖和阿塔巴斯卡瀑布后，峡谷两旁尽是崇山峻岭，皑皑雪峰，莹莹冰原，芊芊森林。

约十一点半时，我们接近圆顶冰河。落基山脉中的六大冰原及其形成的众多冰河，成为北冰洋、太平洋和大西洋三大水系的分水岭。

中午十二点半，我们到达了哥伦比亚冰原游览中心，在中心吃过午餐后，由布鲁士特哥伦比亚冰原雪车游览公司统一组织，分批登往冰原。先乘大巴士沿75度的斜坡爬上阿塔巴斯卡冰河南面的高山坡上，再换乘特制的大型雪车，顺75度的陡坡直下冲进阿塔巴斯卡冰河，在冰河与山坡处有一洼冰河清水，是专为洗涤雪车轮子用的，防止雪车轮胎上的泥沙带进冰河，污染冰河。雪车驶进冰河，在冰河上爬行，慢慢地驶近哥伦比亚冰原。当我们到达这次旅游的最终目的地"哥伦比亚冰原"时，冰原的停车场上早已停满了这种特制的雪车和成群结队的来客。这种大型的特制雪车，据说全世界只造了23辆，为卡尔加里工厂生产，22辆全部为布鲁士特哥伦比亚冰原雪车游览公司使用,还有一辆卖给美国作科考用。这种特制雪车,别看它体积特别大,但却体重极轻,以适应在冰原上行走。

哥伦比亚冰原总面积达325平方公里(130平方英里),是落基山脉中最大的冰原,其最高点哥伦比亚山海拔3 745米(12 284英尺),平均标高3 000米(10 000英尺),最大深度为365米(约1 200英尺),平均降雪量为每年7米(约23英尺),出海口为太平洋、大西洋和北冰洋。

我们乘雪车经过的阿塔巴斯卡冰河,是哥伦比亚冰原所形成的冰河之一,属溪谷流出形冰河,面积为6平方公里(2.5平方英里),现有长度为6公里(3.75英里),正在不断地缩短,厚度为90—300米(270—1 000英尺),表面流动速度:冰瀑为每年125米(400英尺),转折点为每年25米(约80英尺),前端为每年15米(约50英尺);标高:冰瀑为2 700米(8 900英尺),雪车折返点为210米(约7 000英尺),前端为1 965米(6 300英尺)。

这是一片位于天际间的圣洁的世界。我们小心翼翼地行走在茫茫的哥伦比亚冰原上。面对这片巨大的冰原,太阳也显得苍白无力,完全不像加州的阳光那样温暖可爱。惨淡的阳光下,雪车、游人,洒下了片片寒影,使人感到阵阵寒气逼人。皑皑的雪冠,也在惨淡的白日下,发出刺眼的冷光。安卓米达山厚厚的冰峰,在哥伦比亚冰原上投下了大片的寒影,更给这些远方的来客增加了"高处不胜寒"的怵觉。在这无边的冷得彻骨的冰原上,每个行人,宛若一粒微不足道的尘埃,随时都有被冻在冰层上的可能。尽管如此,所有的远方来客似乎热情不减,面对茫茫冰原,明知高处寒,偏向寒处行。更有那么多勇敢的探险者,他们在冰原特别导游的带领下,从阿塔巴斯卡冰河"逆流"而上,攀登这高不可攀的哥伦比亚冰原,真正勇士也。据我们的雪车司机兼导游介绍,徒步攀登冰河,必须要有经过特殊训练的专业导游带领,才可在冰河与冰原上前进,否则,一旦踏错方位,陷入冰隙中,掉进冰河下面,谁也无力救你,谁也无法救你,那就只有永别了。

蹚路茫茫冰原,踏迈莹莹玉境,仰望皑皑雪冠,闪避森森寒影,一缕灵感潺潺如清泉涌出:

> 漫游冰原步天庭,临高踏寒唱雄风。
>
> 忽见星外来客至,白日擦肩浮云惊。
>
> 银河冻凝洛矶山,闲庭九霄会群仙。
>
> 天籁顿从四维起,万邦游侣尽开颜。

阿塔巴斯卡冰河,是哥伦比亚冰原分流出来的冰河之一。该冰河逐渐的往下流,其速度之慢,几乎看不到它的流动。就如河里的水流一般,冰河里的冰块也以不同的速度移动。冰河底部的冰层受到强大的压力后，就会像"软胶"一样，能够流过起伏不平的河床礁石而不破裂粉碎。冰河的上层冰块则比较脆，一旦压力增加，则会裂开成罅隙，形成冰瀑。在冰河往下流动时，它夹带着大量石块及岩层，一泻而下。底层冰块移动时，巨大坚硬的冰块碾磨、挖凿河床的礁石，冰河的侧边则会切割四周的山崖，因激烈温度变化，使得山边的岩石松动而滚入河中。冰河带着这些物质流入山谷，并沉积在侧边形成堆石（Moraines）。当我们从雪车上下来时，看到的一些长形像刀锋般的碎石，被称为侧堆石。前端堆石则沉积在冰河的前端部。当冰河在山谷中暂时停止流动但继续融化时，可以很清楚地看到前端堆石。

神圣的哥伦比亚冰原，以其冰河所形成的巨大水源，提供了新鲜洁净的水，供给成千上万的人使用。我们在冰原上用空的矿泉水瓶接装从冰层里流出的圣洁冰水，一喝，清凉甘洌，顿感从头凉到脚跟。冰原上的工作人员讲，我们所接喝的冰水是150年以前落在冰原上的雪，所化而成，清洁和有保健疗效。于是，大家纷纷用空瓶盛装此冰原冰水，带回山下。巨大的冰原使夏季气温变得温和，也使冬季气温变得严酷，深深地影响了该地区动植物的生存。哥伦比亚冰原和它形成的冰河，不但给我们提供了一览数千万年前北美大陆开始形成时的壮丽景观，也给今天和后世的科学家们留有丰富的过去大气和气象记录，供科考应用。

加拿大曾有过四次主要冰河期。阿塔巴斯卡冰河与哥伦比亚冰原曾是一大片冰面的一部分。今日落基山脉，到处都可见到受此冰面沉积与削蚀的地形。曾有一个时期，阿塔巴斯卡冰河向北流至现在的杰士伯镇一带，与其他冰河会合后，东流至大草原区，向南流过卡尔加里一带。如此数百公里的流程，要花费数世纪之久的时间。据介绍，最近的一次冰河时期为一万年前，由于夏季融化速度大于冬日的沉积速度，北美洲大多数的冰河已日益缩小，长大的阿塔巴斯卡冰河迄今也仅剩有6公里长了。

高山带冰原的形成，是雪降落在山峰与高原后，由于每年夏日融化量很少，年复一年沉积而成厚厚的积雪，当雪积到30米深度后，底层受压力后便形成冰层，一旦更多的雪降到山顶和高原，冰层深度变厚，压力增大，渐渐的冰层就流向四周的山谷，并开始往下流，这样就形成了冰河。不识冰原真面貌，只缘身在冰原中。我们在冰原上和搭乘雪车在冰河上行走时，虽然无法看到哥伦比亚冰原的全貌，但它覆盖在周围群山的边缘部分，就好像一只特大蛋糕上覆盖着的一层厚厚的洁白糖霜，清晰可见。

在阿塔巴斯卡冰河旁边，可见到一种奇怪的现象，所有的树木都只有背风向一边有树枝，迎风一边全无枝叶。据介绍，这是因为向风的一侧，因积雪太多太重，全部被雪压折而去，常年下来，故产生只有一边生有树枝的现象。而且由于地处高寒，所有的树木都长得很慢，一棵拇指粗细的小树，至少都有五六百年的树龄，一般的树都有一二千年以上的树龄。我们每个人听到介绍都情不自禁地伸伸舌头，表示吃惊。

当我们离开哥伦比亚冰原后，沿杰士伯国家公园中的冰河大道一路南行时，落基山中的六大冰原和它们形成的众多冰河一直伴随着我们。当我们在冰原大道告别"弓冰原、弓冰河"、穿越班芙国家公园、西去穿行在哥伦比亚省的"冰河公园"时，400多条冰河在不同的方向于蓝天白云间闪闪发光，呈现出千姿百态的圣洁与娇媚，有的可以看到大部，有的仅能窥其一斑。穿行于崇山翠谷间的公路，俨然成了一条展览冰河的长廊，供人们浏览欣赏。整个加拿大的落基山脉宛若一座庞大的冰原冰河露天博物馆，无比壮观地展示在北美大地上，供科学家考察、探险家探测和旅行家观赏。

2011年8月28日于卡尔加里

初访微软

去西雅图访问时，正值微软公司庆祝公司科研部成立20周年大型纪念活动，金宇哲博士打电话邀请我们一起前去参加这项活动，并称约定好时间后，派车来接我们。经查询，从我们住的位于市中心的酒店可以乘公共巴士直达微软公司客人接驳处，于是我就告诉他，他要参加庆祝活动，一定很忙，就不用来接了。我们要做一次西雅图普通市民，自己乘公共巴士去。

在西雅图市中心的特定范围和特定时间内，所有的公交车对任何乘客都是免费的。对此，我们以前虽然到西雅图访问过两次，但每次从机场，到酒店和外出访问，都是作为客人，由友人接送，从来没有乘过任何公交车。这次访问西雅图，虽然也是友人邀请，但由于我们决定自己乘公交车观看一下市容，才发现了这个免费的规则。酒店门口，正好有许多巴士经过，我们乘上了可路经微软公司客人接驳处的巴士。因为我们是第一次乘该巴士，不熟悉路线，故上车时就要求司机提醒我们在湖滨站下车。由于微软公司客人接驳处在对面高速公路转弯进去的一个大的停车场，司机看不到，一不留神没有提醒我们就开过去了，直到终点站，我们才感到有点不对头，就问司机。司机说我们已经乘过了头，须再乘车往回走。司机是位非常热情和蔼的中年妇女，她为没有提醒我们深表歉意，与此同时她马上联系即将到达的下一班车的司机，然后她对我们说："我已经给你们联系好了，你们乘下班车，不用付车费，司机会送你们去接驳处的。我回去不经过那里，故无法送你们，很抱歉。"这虽然是日常生活中发生的一件极平常的小事，但这位女司机认真负责的工作态度，却令人非常感动。

果然没多久，后面的一班巴士来到。当全部旅客下车后，一位男司机下车招呼我们，说前面那位女司机已经告诉他，他保证把我们送到。真是"好人处处有，世上善心多"。两位司机共同的热情，深深地感动了我们，未到微软，心已温暖。

微软公司客人接驳处是专门为微软公司的上下班职工和来访客人服务的。这里停有微软公司特制的各种大、中、小巴和小轿车，白色和绿色相间，标有微软（Microsoft）字样，非常醒目，不时地来往穿梭于接驳处和微软公司各个大楼之间，接送工作人员与各方来客。接驳处的服务室内提供各种免费饮料，供人们休息和随意享用，使人极有"宾至如归"的感觉。

我们一杯可乐还没喝完，工作人员已通知我们小车已到，请我们上车。我们出了服务室，果然"××××"号白色小轿车已经等在上客处，司机热情地招呼我们上车后，便送我们径去微软公司总部99号科研部大楼。

微软公司共有东西两个大院，如同一座大学的两个分院，有上千座建筑，统一编号，俨然是一座庞大的微软城。在这座庞大的微软城里，没有特别地标性的建筑，所有的大楼外表看起来几乎是一模一样，按统一编号排列。我们要去的科研部在99号大楼内，大楼底层门的一边，立有醒目的银白色不锈金属字架"Microsoft"，如果要算作地标的话，大概这应该就算是微软公司最好的地标了。

我们的朋友金宇哲博士正忙于庆祝活动，听说我们到了，连忙出来接我们到庆祝现场。微软公司科研部成立20周年大型庆祝活动在99号大楼旁边的一个广场上举行，有各种蛋糕、点心、色拉、自助西餐和饮料供应。广场上聚集了数百人，有的站着，有的坐着。在庆祝仪式完毕后，人们边吃、边喝、边聊，一派轻松随和的景象。广场周围杆子上的"庆祝微软公司科研部成立20周年"标语旗招，高高地悬挂在空中。参加庆祝活动的，除了来客外，大都是来自世界各地的微软公司的菁英。金宇哲博士把我们一一介绍给他的同事与朋友，仿佛我们也成了微软公司的成员似的。但不管怎么说，我们也在分享他们成功的快乐与喜悦，成为他们快乐的一员，这就足够了。

金宇哲博士带我们回到99号楼下，同我们一起在"Microsoft"字样前拍照后，就开车带我们到微软公司的"访客中心"参观。由于微软公司有数百座建筑，来客无法一一参观，所以，公司专门搞了个大型的"访客中心"，供来访者集中参观和分享他们高科技的成果。

"访客中心"在B92号大楼，从科研部所在的99号大楼到B92号大楼，开车不久就到了，但是停车却花了不少的时间。这是我们有生以来所见过的无数停车场中最大的一个地下停车场。连金博士也不清楚这个地下停车场一共有多少层。停车场按ABC等字母顺序排列，停好车后，一定要记牢自己的车位和出入的电梯，否则就很难找到自己的车。事实上，后来我们在离开"访客中心"再回来找车所花的时间，比进来停车时所花的时间要多得多，正好可佐证这个问题。

在"访客中心"的楼上，有一个很大的演示厅和一条很长的陈列长廊，在长廊里陈列着微软公司自创建以来所有的产品介绍。从最初的，到最新的，从最简单的，到最复杂的，可谓五光十色，琳琅满目。金宇哲博士亲自一一向我们介绍，并顺便演示给我们看。特别是对一些最新的产品，不演示，我们这些外行人根本看不出个所以然来。只有经过演示，我们才知道其精妙之处所在。

在一个展示美国城市图的平台上，金博士打开美国一座座城市的平面图给我们看，令我们看得目瞪口呆。接着他又打开了我们居住地圣地牙哥县的平面图，让我们自己找我们的住所，我们按城市街道门牌找寻，清清楚楚，一目了然。金博士讲，只要告诉你在美国住过的任何一座城市，这里都可找到你曾住过的地方。于是，我们又顺便打开我们过去在美国东部纽约、泽西城、波士顿等几个城市的平面图，寻找我们曾在那里住过的地方，结果无不房屋依旧，建筑犹存，又清楚地出现在我们的面前，一点也不错。这真使我们眼界大开。按照介绍，目前世界上任何国家的任何一座城市，都可以在这里找到精确的坐标与位置。我想，这要用在军事上，那就完全可以不要用人工绘制军用地图啦，这比一般地图不知要精确多少倍呢。

在演示大厅的正中，有同真人尺寸大小的比尔·盖茨和他的创始伙伴的剪形立体合影，任何人只要与他们站在一起拍照，就可以得到一张新的与比尔·盖茨等的合影，非常逼真。估计，在以往的岁月中，肯定有不少人同照片中的比尔·盖茨合过影。

偌大的一个微软产品展示长廊和演示厅，荟萃了无限的神秘和新奇，使人流连忘返，不忍离去。我们在展示长廊和演示厅逗留了大半天，仔细观看能看到的各种新产品，直到"访客中心"下班，才恋恋不舍地走出微软公司"访客中心"的大门。

在离开访客中心时，我顺便问金宇哲博士对自己在微软公司工作的体会，他言词中掩饰不住自己的喜悦和高兴。一句话，他非常满意自己能在微软公司工作。还说："在这里有许多来自祖国的同事，大家彼此相处合作得非常愉快。"他还讲到，在微软公司的搜索部里，有五分之二的人员是来自中国的留学生，连该部门经理都是中国人，有时可以一连几天不用讲一句英语，工作起来非常方便。我听了后，深深为这些中国学子在微软公司愉快的工作而感到由衷地高兴。

微软公司所在地，一座神奇的城市，一座掩藏在绿林丛中的高科技殿堂，一座充满缥缈绮彩的梦幻之都。在这座神殿里，汇集了当今世界上顶尖出类拔萃的科学菁英，也凝聚了当今人类无穷无尽的科学梦幻。比尔·盖茨一手设计和造就了这个科学神殿和梦幻之都。他打造的电脑王国的神话，迄今还没有哪个好莱坞导演敢驾驭、敢改编成电影故事并搬上银幕。这座神殿和梦幻之都，是比尔·盖茨对人类、对社会和当今世界的最宝贵的奉献。

比尔·盖茨给微软公司、给西雅图城市，乃至给世界留下了太多的社会神话和人生启迪。一个哈佛大学尚未毕业的学生，创造了人间如此辉煌的巨大奇迹，一个庞大电脑王国的缔造者和国王，却实实在在地激流勇退，完全离开自己的王国，去专门从事慈善事业，造福于那些需要幸福的社会大众，这本身就又是一个稀有的奇迹，又是一个美丽的神话。他以一个富翁独特的方式为自己80岁大寿的父亲设立了一个3 300万美元的"威廉·H.盖茨公共服务立法奖学金"，用来资助奖励那些致力于公共服务事业的法律专业学生，此计划将延续长达80年。他又同股神巴菲特（Warren Buffet）联合倡导呼吁所有富人将他们资金的一半捐给慈善事业，并为此,专门远涉重洋去中国,向那些中国新贵大亨游说。

这就是比尔·盖茨。这就是比尔·盖茨的神话。据介绍,比尔·盖茨除了精心创建他的科技王国微软公司外,同时还对他所住居的位于华盛顿湖畔的城区常年进行大量捐赠,使他所在的小城Belleune成为西雅图诸多卫星城市中一颗最璀璨的明珠。

当人们看着华盛顿湖畔隐蔽在绿树丛中的比尔·盖茨的宁静别墅时,人们不是在为他的别墅的宁静惊奇,而是惊奇比尔·盖茨面对成就所怀有的那一颗宁静的心。他有一颗巨大的雄心,但并不贪心! 他有创世的奇才,但更有爱世的宏才!

在谈到比尔·盖茨的近况时,金宇哲博士感慨地说,比尔·盖茨现在已经不再对他创立的微软公司进行日常管理。但比尔·盖茨不但是他们这些学子们创造事业的榜样,更是他们今后处世做人的榜样。他要努力学习比尔·盖茨的精神,哪怕只学到一点点,他也就心满意足啦。

我们殷切地期待着有更多的比尔·盖茨。

2011 年 9 月 2 日

再访波音

听说波音787梦幻型飞机要远嫁东亚日本，我和内子决定在它未嫁出门前，赶往波音飞机厂，看看这梦幻飞机的真面貌。

从西雅图市中心出发，约半个小时的车程，就到了波音飞机厂所在地。我们先去波音公司的访客中心，在综合简介大厅看过波音飞机的制造历史简况，又在演示厅看电视短片介绍后，便乘上波音公司的专职小巴，由公司的接待人员陪同去工厂车间参观。

波音飞机厂的高大厂房，没有地面上进入的大门，在门口要先乘电梯下到工厂厂房下的通道，然后步行近千米，再乘电梯上升，直接到达车间半空中的观看台上。观看台宛如空中长廊，凌驾在有六七层楼房高的车间中。在观看台下两边的地上便是正在装配的飞机。接待员首先陪我们观看的，是正在安装的波音747型飞机。在高大的车间中，观看台一边，共有五架747型飞机同时在安装中，一切操作都是由机械手在运行，车间里人很少，操控机械手的技术人员在专门的玻璃工作室内工作，秩序井然。看机械手安装飞机，好像在搭积木一般，安装飞机的各个部件，一件件轻快准确地安装上去，然后再由专职技术人员检查固定之。观看台的另一边，正在装配波音737型飞机，数来有七架之多，也同时在安装中。观看台两边，一边是747型飞机，一边是737型飞机，可以同时观看，直看得人眼花缭乱。不用说，只看车间内同时安装这么多架庞然大物，你就可以想象到这车间有多么大啦。

陪同我们的接待人员边走边指给我们看各架正在安装中的飞机，并介绍正在进行安装的情形。我们随着接待员在观看台上左右观看、欣赏，并不时地提出我们的疑问，接待员则有问必答，详细解答，尽量让我们满意。

这里顺便提一下，波音747-8型机，是作为对竞争对手法国空中巴士A380大型客机的回应。2005年11月14日，波音公司正式启动了波音747-8型波音项目。型号定位为747-8，是因为该型号与787所使用的多项技术紧密联系，这些技术都将融入747-8飞机。747-8型包括747-8洲际型客机（Intercontinential Passenger）与747-8货机（Feeighter）。波音747-8型采用波音787型的技术，主要用以加强载客和载货的能力。机身有两段地方共延长约5.5米，典型三级客舱布局，747-8型客机比747-400型客机要多出51个座位。装备波音787型所使用的通用电气GEnx发动机，先进的主机翼设计，提高了燃油效率，改进了运营经济性。747-8货机载货能力达到140吨。德国汉莎航空公司是首家选用747-8型客机的航空公司，2009年第三季度开始交付使用。卢森堡国际货运航空空司和日本货运航空公司一次确认订单就是18架。

参观完正在生产波音737和747型飞机的车间后，我们又乘电梯下到地道中，再穿过初来时的长长地道，到出口处乘电梯上升到地面，离开车间。我问身边的接待人员，这么长的地道，他每天要来回走多少次？他笑着回答说，少说也有四五次，有时会更多。

回到地面后，小巴早已等在门口。我们上车后，开往生产波音787型梦幻飞机的生产车间。到达车间入口处，先通过一个宽大的阶梯下到地下通道，然后同样穿过长长的通道到达电梯口，乘电梯上升到车间观看台，观看波音787梦幻型飞机的安装。这是我们这次来参观波音公司的最主要目的。

与在生产波音747型车间的情形差不多，这里观看台的两边，一边是波音777型飞机正在装配，共有7架同时在安装；另一边就是我们要看的波音787梦幻型飞机，有三架已基本安装完毕，还有两架正在安装机翼。从外形看，波音787机型与波音737型大小差不多，只是外观更漂亮，机身更具流线型。据接待人员介绍，波音787梦幻型飞机最大的特点是噪声小、强超音速、平稳感好，所以以"梦幻"著称。我问接待人员，哪一架是即将离厂的首架波音787飞机？接待员指着靠最前面的一架说，看，那就是第一架波音787梦幻型飞机，现在已完全安装完毕，只待外面喷镀检查合格后，就可以出厂啦，是日本订的货，不久就要交货飞去日本。还说，中国也订购了几架波音787梦幻型飞机，只是尚不清楚何时交货。

看着这些安装完毕和正在安装的波音777型和787型飞机，我们真想在它们的旁边拍照留个影。可惜遗憾的是，在我们来车间之前，不管是嘉宾，还是一般访客，每个访问者的相机与手机都被收集在一起，存放在访客中心，不准带进车间来。因此，留给每个人的除了遗憾，还是遗憾。不过，能亲眼看到这些新型的、即将飞向蓝天、飞向远方和翱翔于长空的庞然大物，我们已经非常心满意足了。

记得我们第一次访问波音飞机公司是在1988年夏天。那时参观能看到的只有波音707型、737型，而747型仅仅是开始的小号型。这次再访，747已有400型，即波音747-400型，不仅有777型问世，787梦幻型也已整装待发，远嫁异国他乡，而且已有797型问世，发展之快，令人瞠目。接待员笑着告诉我们，你们下次来时，可能又会有更多新的机型问世，欢迎你们再来。

早在20世纪70年代中期，我国从美国进口了第一架波音客机。国家从各地抽调译员，组成专门班子，翻译全套技术资料。内子有幸参加了全套技术资料的翻译，因而她对波音飞机产生了浓厚的兴趣和感情。80年代初期，内子在纽约一家大公司工作时，正值波音飞机公司开拓国外合作生产业务。内子抓住时机，力促波音公司同中国合作生产飞机，并为此做了大量的工作。

经过几十年的努力，现在波音飞机制造公司已经成为中国航空制造业最大的国外合作生产者。截至目前为止，中国已同波音飞机公司合作生产的飞机多达6 000余架，仅波音747-8型飞机，国内就有四家飞机制造公司联合同波音公司合作生产。看着一架架正在装配中的波音飞机，内子心中洋溢着无比的喜悦和激动。她说，这些飞机中，说不定有的今后就要飞翔在中国通往世界各国的蓝天碧空。

波音787，使梦幻成真。实际上，整个波音飞机公司，就是一个神奇的梦幻王国。在这个神奇的梦幻王国里，威廉·爱德华·波音（William Edward Boeing）先生就是这个梦幻王国的第一位国王。

波音先生于1881年出生在底特律，他父亲是位富有的矿山工程师兼木材商人。波音先生未完成耶鲁大学的学业，就离开耶鲁大学，回到父亲经营的木材公司。后来他眼光独具，干脆在木材资源丰富的西雅图置买了一大片森林，以发展他们的木材生意。

波音先生神思敏锐，富有幻想，勇于实践，敢于创新。他平日除了帮父亲打理木材生意外，经常会仰望浩浩蓝天，羡慕林中飞鸟，幻想有一天自己能像鸟儿一样，在长空中自由飞翔。

28岁的波音先生，告别了父亲，孑身一人来到西雅图。在西雅图这片翡翠般的梦幻之地，他正好遇上当地举办的"阿拉斯加——育空——太平洋博览会"。会上，他第一次目睹了由人驾驶的飞行器，自由地飞行在海天碧空中。他发现，像鸟儿在蓝天中飞翔，决不是无法实现的幻想，而是可以实现的理想，这极大地鼓舞了年轻的波音。从此，波音就立志要制造出自己的飞机。于是，他离开了父亲的木材公司，改去飞行学校学习飞行，并和朋友创办了以两个人姓氏的头两个字母为名的"B&W公司"，招聘了20名技术人员，利用西雅图联合湖边的一个旧船坞组装机翼和浮筒，在湖边搭起的简易陋棚里拼装机身。

世上无难事，就怕有心人。就这样，硬是靠双手，从无到有，一钉一铆地造出了"B&W公司"的第一架水上飞机——蓝凫。

这应该也就是波音飞机公司的第一架飞机。

蓝凫首次试飞时，波音不顾同事们的强烈反对和极力劝阻，毅然登上蓝凫，满怀信心地驾驶着蓝凫，在联合湖的上空自由飞翔，恰如一只雄健的海鹰，展翅在蓝天白云间，经过多番盘旋后，安全平稳地降落在湖面上。

梦幻成真，波音成功了，他像鸟儿一样在空中自由飞行的梦，变成了活生生的现实。联合湖畔洋溢着一片兴奋和欢乐的气氛，波音难掩心中的喜悦，更对未来充满了必胜的信心。

随后，就在蓝凫成功的次年，"B&W公司"正式改名为今天的波音飞机公司（Boeing Co.），以制造军用飞机为主。此后不久，喜逢天时，第一次世界大战爆发，急需飞机，年轻的波音飞机公司一下子就接了50架军用飞机的订单，这在当时可是一笔不小的订单。正是这批订单的生产，为波音飞机公司的成功发展打下了坚实的基础，在以后的第二世界大战的漫长过程中，波音飞机公司获得了长足地发展。

第二次世界大战后，为了适应社会发展的需要，波音公司在生产军用飞机的同时，开始发展民用航空飞机，制造出了庞大的波音飞机姐妹群，飞向世界各地。

现在，波音飞机公司已成为世界上主要民用和军用飞机的大型生产厂家之一，并位于全世界所有飞机制造公司之首。

从蓝凫之梦，到波音787梦幻，波音的梦，成了最硕大、最美丽和最惊人的辉煌现实。虽然波音飞机公司的总部，因某种原因的需要已迁去芝加哥，但波音梦幻的七彩绮霞，依然飘荡在西雅图联合湖的蓝色上空；波音辉煌的现实，照旧屹立在西雅图这块翡翠般的大地上；波音公司的主要业务操作基地和生产工厂，特别是民用部分的波音系列飞机的生产，仍然留在西雅图这块波音梦的最初发祥宝地。

眼看着面前的波音787型的梦幻新机，我们不禁又想象着年轻的波音先生当年驾驶蓝凫在联合湖上空飞翔时的情景，心中涌出对波音先生的那份景仰，自不必多说。

梦幻、理想、信心、坚毅、实践、成功，这就是波音先生从梦幻走向成功的路。这是一条通往蓝天之路。鲁迅先生曾说过：地上本没有路，走的人多了，也便成了路。与地上相比，天上则更没有路，波音先生硬是在蓝天白云间走出了自己的一条路，一条波音之路。我们热爱这条路，更崇敬这条路的先行者——波音先生。

由于在波音工厂内不能拍照留影，出了车间，离开访客中心，我们赶紧在停机场边的高地上，以工厂停机场上的若干飞机为背景，抢拍了几张再访波音的照片。

从波音最初的梦幻，到波音今天恢宏的奇迹，是一首波音梦幻成真的歌。正是这首梦幻之歌，从无到有，从弱到强，唱响美国大地，唱响世界长空。也正是这首梦幻成真之歌，唱出了一拱高大的美丽彩虹，横空出世，光华夺目，凌驾在太平洋畔西雅图的上空，日益泛出绚丽的霓彩，映射出灿烂人生的宝贵价值。

2011年10月11日

垂钓韦碧岛

朋友夏先生在韦碧岛（The Whidbey Island）橡树港海边买了一栋别墅，一再邀请我们前去玩，说韦碧岛风景极其雅静美丽，是一处少有的世外桃源，更是吟诗写作绘画垂钓难得的好地方。由于一再邀请，实为盛情难却，便同泓源兄一起前往。吟诗绘画不敢当，倒是垂钓，勾起了我的兴趣。听说西雅图和温哥华附近的海域盛产三文鱼、螃蟹和扇贝类海鲜，正好借此一行，验证一下，弄好了，还可以一饱口福，大嚼一顿。

时间正当9月中旬，想不到西雅图一带天气特别好，可以同圣地牙哥比美，不冷不热，特别宜人，姑娘们一式背心、短裤和拖鞋，似乎要与大自然一决高低，比试美丽一样。

我们到达西雅图后，夏先生和他的母亲早已在车站等我们。稍作寒暄，我们便上车北去。

韦碧岛是美国的第三大岛，位于西雅图西北面的海湾中。等我们到达岛上时，早已日沉西海，路边除了黑黝黝的树林外，什么也看不清。夏先生告诉我们说，我们经过的通往韦碧岛的大桥一带，风景特别好，更是西雅图有名的旅游景点之一。岛上大部分地区都是原始森林，长满了粗大挺拔的云杉、红松、枫树和白桦等。岛呈南北狭长状，剜若一位挺胸玉立的少女，坐落在西雅图的海湾中，傍立在华盛顿州的西北角海边，又像一位睡美人，躺在西雅图西北部的蔚蓝海湾中，随波荡漾，尽情展现着她的靓丽风姿。

夏先生的别墅位于韦碧岛橡树港的北面海边山上，落地玻璃的门窗与阳台朝南面向橡树港海湾。离海水只有几十米远的斜坡，有小路可以步行到达海边。屋旁另外还有两三户人家，彼此相隔较远。在别墅到海边的空间，错落有致地长满了高低不同的杉树、松树和枫树，透过树间，可以清楚地看到荡漾的海波和水上起飞的海鸥、海鹰等水鸟，远远望去，则是一处被四周青山环绕着的玲珑海湾。其实，这只不过是橡树港湾的一部分罢了。

夜色下，一轮明月悬挂在宁静海湾的上空，把淡淡的玉辉，洒向这神秘的海湾、黝暗的树林与海湾四周高低起伏的山影。近处林中，不时传来鸟儿谈情说爱的脆鸣馨语，给宁静的夜空更增添了一种特有的韵雅。

晚饭是乘着月光,在宽大的阳台上吃螃蟹。螃蟹是夏先生在去接我们之前刚从海里摸来的,再新鲜不过。同桌共餐的除了夏先生和他的母亲、泓源与我外,夏先生的一位来自台湾的年轻女友,和临时借居在夏先生家的美国朋友夫妇二人。由于都是老朋友,我们各自随意就座后,夏先生的母亲捧上满满一大篮子清水蒸熟的大螃蟹,并说:"今晚没什么好吃,专吃螃蟹,每人起码两只,管饱。"说着,又拿出几瓶红葡萄酒和啤酒来,请大家就着酒吃螃蟹。

这可是一顿名副其实的螃蟹宴。每只螃蟹足有两磅多重,个大体肥,肉嫩味鲜。我们慢慢地吃着,先从螃蟹的每条腿吃起,最后打歼灭战,吃主体蟹壳里的精华。一只螃蟹吃完,已经肚圆胃满,再也没有能力去吃第二只了。这使我想起游卡塔琳娜岛吃帝王蟹时的情景,也是吃了一只帝王蟹,其他就什么也不想再吃了。

酒足蟹饱,大家坐在月下聊天,有说有笑,毫无倦意。看着我们愉悦的情景,月亮在海空中也露出了笑容,分享我们的快乐。玉辉莹莹普洒,清风习习轻拂,海浪涟涟荡漾。几只小松鼠也不甘寂寞,快乐地爬上松枝,静静地藏在月色下,偷听我们的天方夜谭和朗朗笑语。

卧室面向海湾,月光透过落地玻璃窗洒满床前,窗外不时传来窃窃莺语。对月有思,闻莺共鸣,难以入睡,遂即起身,欣然命笔,写下《夜宿韦碧岛》:

> 枕涛揽月寻隐星,静卧雅居闻啼莺。
> 窗外花香迷竹影,案前玉辉映画屏。
> 笑语阵阵惊林鸟,吟韵声声扬海空。
> 夜海波漪畅思飞,星空风徐催黎明。

月之韵,风之韵,海之韵,夜之韵,诗之韵,汇成了一幅《岛之韵》。海岛之夜,韵不胜收。

第二天早饭后,原以为夏先生会带我们去钓鱼,不料他先让他的女友阿侃带我们去游览岛上的风景名胜"德瑟森帕斯州立公园"(Deception Pass State Park)。

德瑟森帕斯州立公园,就在韦碧岛东北角与大陆的接合处。韦碧岛在东北角靠两座桥与大陆连接,被称为"Deseption Pass"。实际上这里是韦碧岛与大陆之间的一条极为狭窄陡峭的深峡,在深峡中间,突兀峭立一座小岛,宛若一巨塔。在小岛两边各建一座钢架高桥,分别连接大陆和海岛。桥的两边是一道陡峭的深峡,连接南北的海湾。水上有游艇来回穿梭于大桥两边的海湾中。海岸曲折不平,山脚海边有许多大小宽窄不一的海滩,有的供人垂钓,更多的是供人游泳和进行日光浴,躺满了乐泳的情男靓女。这里海蓝天碧,山明水秀,是一处难得的旅游胜地。

离开德瑟森帕斯州立公园,过桥后不远,经艾日厄(Lake Erie)湖边,盘旋上到艾日厄山顶（Mt Erie），这里是一处观景的最佳地方，山的四个方向，皆有观景台，极目四维，山、海、天、湖，错落有致，布局精雅，海湖如琼浆瑶池，山林似翡翠珍珠。这里的风景特点同西雅图周围环境极其相似，海边有山，山间有湖，海、山、湖相连如画，蓝、碧、翠相映成辉，堪称世外桃源胜境。

离艾日厄湖，去韦碧湖（Lake Whidbey）边倘佯些许，再回到海边，海的蓝，湖的碧，山的翠，处处绮彩，斑斑绚丽，令人目不暇接，流连忘返。

午饭后，夏先生带我们去海边钓鱼，实现我们这次韦碧岛的主题行。钓鱼处就在夏先生住处前面的海边，不用走太远。我们开车到海边后，就把小车停在水边路旁，穿上专门钓鱼的防水连身裤靴，进到水中，扬起钓竿，将鱼钩抛向远处的水中，然后不断地旋转钓线，移动鱼饵，以引诱游鱼上钩。没隔多久，只见夏先生毫不费力地钓起一条大三文鱼，足足有十来磅重。我连忙跑过去帮他把鱼从鱼钩上拿下来。鱼很大，力气也很大，一只手按不住，我便两只手按住鱼身，夏先生把鱼钩从鱼嘴里取出，然后将鱼放进带来的桶里。一切弄妥后，夏先生又开始寻找新的目标。而我尚未见鱼上钩。

夏先生见我有点心急，就劝我不要心急，说钓鱼必须要有耐心，要沉得住气，来不得半点的急躁，慢慢耐心等待，自会有鱼儿上钩。我按着夏先生所教去做。果然，当夏先生钓起第二条三文大鱼时，也有一大条三文鱼上了我的钓钩。我顿时高兴地跳了起来，也顾不得去帮夏先生从钓钩上取鱼了，反而连忙抱着那条活蹦乱跳、拼命挣扎的大三文鱼，跑到夏先生身边，请他帮我把鱼从鱼钩上取下来。我平时很少有时间钓鱼，更从未钓过这么大的三文鱼。那份高兴劲，就甭提了。我第一次尝到了钓到大鱼的甜头，也第一次享受到钓到大鱼的那种快乐！夏先生见我高兴得不得了的样子，也分享我的高兴。

就在我们的前方远处深水海域，有两艘游艇泊在那里，远远地可以看到人们正在船头钓鱼。夏先生告诉说，那都是从外面来钓鱼的，他们开着小船到这里来钓鱼，等钓到一定数量后，就会离开返回。

与我们同时来钓鱼的都是住在岛上附近的人家，几乎一样的钓竿，一样的防水靴裤，一样的盛鱼桶，一样的潜水泳衣。这里人们一次不会钓很多，把鱼养在海里，随吃随钓，中午吃，上午来钓，晚上吃，下午来钓，管保新鲜。我笑着对夏先生说，橡树湾成了你们这些住在这里的人们的天然养鱼池了。

初战告捷，我从来钓鱼没有像这样高兴过。一个下午，我们共钓了十多条三文鱼，大的都十多磅一条，最小的也有七八磅重，真是战果累累。一次钓这么多鱼，吃不了，冰箱里又放不下，我问夏先生怎么处理？他笑着说，送人，送给没来钓鱼的同事和邻居，就万事大吉了。他平时不会钓这么多，顶多钓两三条，今天因为和我一起钓，特意让我高兴高兴的！

　　我看着满满一桶的又大又肥的三文鱼，不禁想到在超市海鲜冷藏柜里的三文鱼块，每磅价码是六七美元，而且都是冰冻货。这里只要到海边，随时都可以钓来吃，分文不取，而且是绝对的正宗海鲜。想到这点，我忍不住笑了。夏先生问我笑什么？

　　我明知故问道："你知道在超市里三文鱼是多少钱一磅么？"

　　夏先生也笑了，接着又补充说："这就叫'靠山吃山，靠海吃海'。"不用讲，垂钓自有垂钓的好处，靠海自有靠海的优越。近海楼台先得鱼，晚上我们又是一顿三文鱼大餐。

2011 年 10 月 31 日

悠游奇特旺

　　从尼泊尔首都加德满都出发，一路向西南方向的尼泊尔与印度边界上的奇特旺国家公园奔去。巴士沿着迪苏里河边陡峭的山公路，弯弯曲曲地前进。一边是高峻的青山，一边是深邃的河谷，巴士恰如一叶扁舟，在浩瀚的喜马拉雅山脉的山浪峰涛中，颠颠簸簸，浮浮沉沉，一会儿跃向浪尖，一会儿沉入波底，一会儿又傍着浪坡，奔波了五个多小时，终于到达了位于尼、印边界特莱河（Terai）流域的尼泊尔奇特旺国家公园。

　　三月中下旬的天气，在祖国的北方，依然春寒料峭，树木犹眠。但这里却已是大麦金黄，油菜待收，百芳争艳，花明柳暗。沿途的村民们，正忙忙碌碌地在田中插秧种稻。村前屋后，三五小羊在静静地边吃草，边互相玩耍。狗儿们大都不声不响地趴在门前小院里酣睡，似乎天塌下来也与它们无关，由于民风纯朴，村无盗贼，省得它们去尽职看守门户，多管闲事，惹得主人生烦。如果你有兴趣，把它们叫醒，它们还可以起来，陪着你这陌生的客人，在街上走一段，以示友好和亲热。

　　尼泊尔境内拥有多座国家公园，其中最著名的要算这座奇特旺国家公园。这里曾是殖民地时代英国王室最喜爱的狩猎保留区。1911年，英国国王乔治五世和他的儿子威尔士亲王来奇特旺进行狩猎，在11天内竟然猎杀了39只孟加拉虎和11头犀牛，创下了"丰功伟绩"，可谓战果辉煌。从此，奇特旺狩猎保护区声名大振。

　　为了保护濒临绝种的野生动物，1973年尼泊尔政府在这里设立了第一座尼泊尔国家公园——"奇特旺国家公园"，并施行禁止区内各种狩猎行为。奇特旺国家公园内布满丛林、河流、沼泽、象草（Elephantgrass）和婆罗双树，有50多种哺乳动物，500多种鸟类，更有一些如独角犀牛和孟加拉虎等濒临绝种的珍稀野生动物，成为尼泊尔野生动物的天堂。1984年，奇特旺国家公园被联合国教科文组织列为世界自然遗产，加以保护。

　　游览奇特旺国家公园最令人喜爱的项目就是骑大象在密林中悠悠漫步，寻找和探秘珍奇野生动物在天堂里的生活；在密林中的河里乘坐独木舟寻觅与欣赏水鸟、鳄鱼和河马的闲态逸姿。

　　从我们住的绍拉哈酒店乘车不到一刻钟的工夫，就到达奇特旺国家公园的密林边。这里是一处专供骑大象进入密林游览的始发点。进入场地后，搭着一排有大象一样高的木架子，有台阶可以上去。前往骑象游览的客人，每4个人分一组。驯象师将一头大象骑到架子面前，每只大象背上牢牢地绑着一个四方形的木框子，框子里可以背靠背地坐4个人，每个人面向一角，两腿分开跨在木框角的两旁，不致从象背上掉下。当我们四个人全部坐好后，驯象师便驱赶大象前往密林中去。同时出发的有十多只大象，前后组成一个象队，浩浩荡荡，分别向林中前进。在到达林边时，有一条不深的河，大象蹚过河水，再步向林岸，沿着林间小路，悠悠进入密林。

这是一片原始密林。林中树木遮天蔽日，自生自灭。高大的树上缠满了粗大的藤蔓，横挂竖扎在枝杈之间。树上不时有猴群在枝杈上攀来跃去，自由戏耍。三月中下旬的奇特旺，是尼泊尔旱季的尾期，阳光明媚，气候温和。密林里百鸟争鸣，群兽欢聚，一派生机。驯兽师高高地骑在象颈上，不时地用一根包着胶布的铁棍拨动着档在面前的树枝与藤蔓，以防划伤我们。同时，他两眼不停地搜索着憩藏在树丛中的动物。

我们骑在大象上，在树丛密林中小心穿行，不时发现有成双成对的鹿儿在树林荫下相偎缠绵。有时又会发现成群的小鹿从树丛中蹿出，逃向远处。孔雀在树间漫步，百灵在树上争鸣，雉鸡在树丛中追逐，真不愧为是动物的乐园。由于前来骑象探秘的游客较多，各头大象自辟蹊径，没有固定的路线，有时也会遇到不同的异兽。当一个驯象师发现罕见的异兽后，会向其他的驯象师发出暗号，然后让其他驯象师带着客人赶来，共享观赏的喜悦。

进入密林约一小时后，树林越来越密，树木也越来越高大。就在我们拐弯转向另一处深丛时，驯象师突然停下，让我们顺着他的铁棍指处观看。在一丛绿树底下，有大小两只犀牛，正在酣睡。驯象师一边说"这是母子两犀"，一边发出特别暗号。没有多久，一下子就从密林的四面八方赶来了七八只大象，游客足有二三十人之多，将母子两犀牛层层围在中间，仔细观看，争相拍照。这母子二犀可能早已习惯了此种场面，并无惊慌之态，依然相偎，卧在那里，不动声色，也根本没有要离开的意思。当大象们和游客们欣赏够、拍完照片离去后，两犀牛仍然一动不动地在树丛中又进入酣睡状态。这是我第一次不是在动物园里，而是在野林里见到野生的犀牛，自然有说不出的高兴。

继续往林深处穿行，突然大象警觉了起来，驯象师见大象情绪异常，也特别提高了警惕，并转头告诉我们："大家请注意，可能附近有老虎，要特别小心，无论如何不可掉下象背，也不要大声说话！"听说真的有老虎出现，大家都绷紧神经，一声不吭，紧张地往四周寻看。

我们紧紧地骑在大象背上，两手紧握住木框的横杆，背紧紧地靠在一起，憋住呼吸，随大象继续前进。果然，没走几步远，从旁边的树丛中蹿出一只老虎，朝我们看了一眼后，便迅速从我们身边纵身而过，瞬间钻入远处更深的密林之中，没等到我们来得及拍照，老虎已消失得无影无踪，实在可惜。看来老虎也怕大象，不愿与大象结怨为敌。驯象师告诉我们："已经进入了猛虎出没的地带，请大家特别留神。"随后，他又发出信号，通知其他驯象师。但是令人非常遗憾的是，等其他的驯象师赶到后，就再也没有看到老虎的影子。大概因为大象和众多游客的到来，聪明的老虎早就跑到远处逍遥去了。一些没有见到野生老虎的旅伴，直叫"天大的遗憾"！

骑着大象，悠哉悠哉，在密林里穿行了两个多小时。当我们钻出密林，又经过林边河中心时，顽皮的大象在河中用鼻子吸足水，向后喷洒在我们身上，似乎在故意逗我们玩，弄得大家又好气又好笑。与我同骑在一个象背上的来自澳大利亚的姑娘，索性尖叫了起来，乐得驯象师大笑不止。

回到原出发地从象背上下来后，大家便分组去附近的拉布蒂河（Rapti River）河边码头，每四个人一组乘独木小舟在林间顺流漂游。独木舟，顾名思义，就是用树林里那种粗大的树干作的，将一段树干两头削尖，中间挖一个槽，宽窄仅能容得下一个人，前后可坐四个人，每人一只迷你小板凳，人坐下后，紧紧地塞在木槽中，两只手抓住木槽的两边。每只独木舟上有一个水手掌舵撑杆划行。奇特旺密林里的河流静如飘带，两岸的苍森翠林，和蓝天上的白云，倒影于水中，随波涟漪。鹭鸶鸥鹰等水鸟，在林间水上浮沉纷飞，自由自在。我们却更多的关心是鳄鱼家族。河岸的壁崖上，到处都是大小不同的鳄鱼洞穴。在一个洞穴口，正有一只小鳄鱼伸头探脑地看着我们，似乎在猜测我们对它有否敌意。小鳄鱼初生出来，缺乏自卫能力，大都藏在洞穴里，靠老鳄鱼照顾喂养。

随着独木舟的逐流漂浮，岸边时常可以看到有大小不一的鳄鱼趴在那里，一动也不动，有的似乎在静静地狩候猎物，有的似乎在沉睡于梦中，有的似乎在教授儿女扑食的本领……

当我们的独木舟转过几道弯，来到一处水阔林远的地方时，河中有一个小岛，实际上是一个沙洲。傍向小岛，只见沙洲上横七竖八地躺满了大大小小晒太阳的鳄鱼。鳄鱼总起来说给人的印象是凶恶的和丑陋的，可这里呈现出的是一个温馨和谐的大家庭。记得在新加坡参观鳄鱼湖时，曾见过众多的鳄鱼，不过那里的鳄鱼是人工饲养的，是专供游人观赏的。这里则不同，这可是密林河中野生的鳄鱼，一下子见如此多野生鳄鱼，我还是头一次。

因我们的独木舟实在太小，船手怕我们受到鳄鱼的不期袭击，一再要我们坐稳，不要擅离舟中。故我们只能老实坐在舟中，远远地观看，不去打扰这一鳄鱼家族的美梦。

在林间河中划独木舟游览，由于速度不是很快，显得十分悠闲而惬意。虽然河中住着会攻击人的"短嘴鳄鱼"和专吃鱼类的"长嘴鳄鱼",但能清楚地观赏这些鳄鱼的踪迹和生活状态,也是一种乐趣。顺着蜿蜒的河流慢慢划去,沿途除可以欣赏到各种水鸟、游鱼外,还可以看到塔鲁族人民在岸边沐浴、洗衣等生活情景,更给人以美的陶醉。

回到住地,傍晚去到河边看夕阳西下的风采,颇为诱人。从各个宾馆涌来的游客,三五成群,或坐在岸边草地上,或站在水边,或躺在睡椅上,边品尝着尼泊尔奶茶,边谈论着白天的喜闻乐见,边欣赏着河边林空上夕阳的变化。各人对好镜头,调好焦距,随时拍下自己最喜欢的那一刻情景。这时,有几位驯象师赶来几只象到河中,让大象吸水。有只小象趁机在水中游玩,大耍顽皮,逗得岸上的游客连连称"妙"。

苍森、翠林、蓝天、白云,密林深处的千奇百怪,碧波水面的水草花卉,大象背上的山外来客,独木小舟上的热情游子,再加上河边夕阳西下的余晖,俨然织就了一幅优美的泼墨水彩图,美轮美奂令人向往。

这就是尼泊尔的奇特旺国家公园,一处天然浑成的人间净土。

2012 年 3 月 30 日

鱼尾映湖水连天

尼泊尔的第二大城市博克拉，是加德满都谷地以外最著名的观光胜地。坐落于海拔800米—900米喜玛拉雅山区的博克拉，集湖光山色于一身，是让人最容易亲近和最向往的自然美景。如果说尼泊尔加德满都谷地是以古王宫、寺庙等名胜著称的话，那么博克拉则是以大自然的山水名胜而闻名。在这里有著名的费瓦湖（Phewa Lake）、佩古纳湖（Begnas Lake）、鲁巴湖（Rupa Lake）等三个风光秀丽的湖泊，周围环绕着嵯峨的安纳布尔纳峰（Annapurna）和道拉吉里峰（Dhaulagiri）等世界名山，其中尤以被尼泊尔人称为圣山的安纳布尔纳群峰中的鱼尾峰（Fish Tail）最为壮观。因此，博克拉便成为大自然爱好者们前往尼泊尔旅游的必去之地。

作为尼泊尔的第二大湖泊，费瓦湖是大自然对博克拉人的特别厚爱和宝贵恩赐。大多数游客前往博克拉，可以说最主要目的都是为了观赏她。由于她的美，使得博克拉成为各国游客趋之若鹜的观光景点，为当地的发展带来了非常可观的经济效益。

泛舟费瓦湖上，是欣赏费瓦湖最佳的方式，也是博克拉最令人惬意的旅游项目。清晨，我们一早离开酒店，驱车来到湖畔的游艇码头，登上一叶扁舟，由船姑划着把我们带进湖里。湖面上飘浮着层层岚雾，远山近水全处于一片朦胧之中，如梦如幻，神秘缥缈，恰如一幅神奇的江南泼墨山水图。

随着扁舟的推波逐浪，一轮红日从远处天际的山顶跃出，晨岚顿时烟消雾散。涟漪的湖波中涌出一道金色的光影，在湖面上不断地扩散，继而亮遍了整个湖面。这时，湖南岸的青山翠林在朝阳下倒印于湖中，而湖北面远处积雪皑皑的鱼尾峰（海拔6 993米）投在湖中的倒影，则更令人惊奇若狂。随着艳阳的高照，青山与雪峰在湖中的倒影重叠，形成奇特的湖中叠影，双双相映，水天相连，婆娑激滟，实为罕见。船姑一边划船，一边唱起尼泊尔独特的民歌，并不断与相邻的船姑招手致意。此时，湖光山色交相映辉，蓝天叠影融为一泓，歌声笑语互添神彩，荡舟波上，叠影如幻，神采飞扬，浮光掠影，飘然若仙。

到达湖中王宫附近的一座小岛，我们在船姑的指挥下离舟上岸游览。岛不大，上有一座博克拉最重要的印度教神庙，叫瓦拉希庙（Varahi Temple），庙有双层阶梯式屋顶，里面供奉的是毗湿奴的野猪化身瓦拉哈，建于18世纪，有许多印度教徒正在前来膜拜。除小庙外,岛上大树遮荫,许多游人在树荫下乘凉。

在岛四周浏览拍照后,便离岛登舟直奔湖边码头,下船去湖畔游览。被称为巴伊达区(Baidam)的费瓦湖畔,是博克拉市最热闹最繁华的区域。区内的中心街,当地俗称为"老外街",同加德满都的"老外街"差不多,两旁林立着旅馆、餐厅、酒家、旅行社、按摩院、小型超市、咖啡座、登山用品店,以及各种各样的工艺品和旅游纪念品商店等。几乎所有游客要的物品,在这里都可以满足供应,因此,成为博克拉主要国外来的游客中心,故被戏称为"老外街"。整条"老外街"的形状,如同加拿大班芙国家公园中的班芙小镇一样,但要比班芙小镇繁华热闹得多。

费瓦湖畔的巴伊达区,从20世纪90年代之后开始繁荣起来。当时加德满都的欧洲嬉皮士已经陆续在这里落脚,安营扎寨。博克拉的城镇中心原本位于北边的旧集市(Old Bazar)一带,后来随着观光业的蓬勃发展,游客开始越来越多地聚集在费瓦湖畔。特别是近几年来,中国的游客成了尼泊尔旅游市场上最大的客源,每天都有大批中国各地的游客纷纷从北京、上海、广州、香港、成都、拉萨和昆明等地来到尼泊尔,成了尼泊尔旅游胜地的游客主体。

近几年来,费瓦湖畔的旅馆和餐厅如雨后春笋般涌现。许多店里还挂着中国五星国旗,拉着大幅中文招牌,以招徕生意。许多店员讲着一口流利的普通话,不时地向游客兜售自己的产品。满街的旅馆、餐厅和商店,看起来有点供过于求。但这对旅客来说,有更多的选择余地,未尝不是一件好事。在一家经营地毯与女士服装的店里,我遇到一位来自美国南加州的黑人男青年汤姆先生,他除了讲一口流利的英文和尼泊尔语外,也能讲一口流利的普通话。我问他到尼泊尔多长时间?他说已经有五年啦,中文全是向中国游客朋友学的,只会听会说,但不会写。我告诉他:"你能会听会说,说得如此流利,已经很不错啦!"他谦虚地笑笑说:"哪里的话,还差得很远,还要继续努力。"

在费瓦湖畔的"老外街"上,有尼泊尔、印度、意大利和南美各国的西式餐厅,可以满足不同口味旅客的需要。看看午饭的时间已到,我请尼泊尔朋友毕偌德带我去一家地道口味的尼泊尔餐厅去吃尼泊尔菜。毕偌德先生用摩托车带我去湖畔一条小巷内的一家叫"塔加利"(Thakali)的尼泊尔餐馆,到达后,见有一对白人老夫妇先我们到,正在享受午餐。经友好相问,得知他们是来自北欧丹麦,也是专程来博克拉游玩的。

我和毕偌德先生都要了一份羊肉套餐,毕偌德先生又专为我叫了一杯当地的特产米酒,牛奶状。首先上来一盘炸喜玛拉雅山土豆,这是尼泊尔当地特产。每只土豆一切为二,然后放在油锅里炸酥,皮薄肉细,香脆可口,吃起来特别有滋有味。邻桌的那对丹麦老夫妇赞不绝口。尼泊尔饭菜的口味,同印度北部一样,香料也完全相同,因此吃起来,口感差不多。当然,在费瓦湖畔,你如果喜欢吃鱼的话,也可请餐馆用费瓦湖的鲜鱼给你烹调一顿带有尼泊尔风味的鱼套餐，让你尽情品尝。

离费瓦湖畔不远的莎朗可山，是欣赏喜玛拉雅山脉风光和看雪山日出的最好的位置之一。莎朗可山不高，汽车可以开到离山顶的近处，然后下车步行一刻钟的工夫，即可登上山顶观景处。仰立山顶，或登上民居观景台，由西向东，你分别可以看到海拔8 172米的道拉吉里峰（Dhaulagiri），海拔6 993米的鱼尾峰（Fish Tail），以及海拔7 937米的安纳布尔纳二峰（Anna Purna II）。众峰犹如一幅卷轴图展开，雪白的山峰，绿色的树林，错落的村舍，蜿蜒的河流，切割的谷地……勾勒出层次起伏的壮丽景观，令人叹为观止。如你有充足的时间和天气许可的话，搭乘小飞机游赏群山，近距离观赏鱼尾峰和喜玛拉雅山脉的壮丽景观，那将绝不虚此生。

2012年3月31日

重返马六甲

在新加坡吃过早饭,我们一行乘长途巴士出发,经过新、马两道边境关卡后,顺利驶上了北向马六甲的高速公路,沿马六甲海峡北岸前进。

四月下旬的马来西亚南部沿海一带,没有想象的那么炎热,也或许是巴士里有冷气空调,对外面的炎热感觉不到。公路两边,是漫无际涯的绿色椰林林海。椰林成片成片地覆盖着高高低低的丘陵,恰如大海的波涛,高低起伏,汹涌澎湃,艳阳高照,向阳的波面闪着粼粼光芒。巴士在椰林间的高速公路上奔驰,宛若一艘游艇,在海涛中浮沉,令人极为兴奋和陶醉。

我们第一次见到如此浩瀚的椰林林海,摄像机擎在手里,自然对着车窗外徐徐退去的椰林波涛拍个不停。我们都曾经几次纵横和环游过海南岛,海南岛的椰林虽说也很大,但同马来西亚半岛上的椰林相比,可真是小巫见大巫。

由于马六甲附近下过暴雨,直通马六甲的道路被洪水冲垮,我们不得不绕道前行。谁知道,绕道太远,且不是高速路,是一条旧的公路,再加上去马六甲的车都转到这条路上,一时车辆阻塞严重,可谓寸步难行。走走停停,停停走走,等赶到马六甲时,已经很晚,无法按计划完成当天在马六甲的游览项目。导游与公司联系,在征得大家同意后,决定连夜赶去马来西亚首都吉隆坡,先完成吉隆坡一带的游览后,再返回马六甲。

这就是我们"重返马六甲"的故事。

在游览了北部的槟城、云顶高原、马国政治中心布城、吉隆坡及其外港巴生港后,我们又按计划南下,重返马六甲。因为马六甲对中国游客来说,有着特殊的意义。大凡中国到马来西亚的旅行团,别的地方可以不去,但马六甲古城,是一定要游览的。

我们所以对马六甲情有独钟,主要原因有二:一是远在唐朝至明朝时,马六甲与中国保持着非常良好的关系。特别是明代郑和下西洋时,七下西洋,曾经有五次经过马六甲,并长时间驻扎在马六甲,马六甲曾经是郑和七下西洋远航船队的重要前哨;二是明代永乐年间,当时的马六甲国王曾亲自到中国进贡,同中国的关系极为密切。我从有关资料中看到,有公元1409年郑和护送明朝公主与当时的马六甲满素沙王和亲的传说。但是,我在图书馆和各大网上遍查不到这位和亲公主的名字。于是，我抱着舍近求远的办法，趁这次赴马六甲旅游之际，在当地调查了解一下，说不定兴许会找到答案。

到了马六甲后，我们下榻于一家马六甲海峡边上的备有游艇俱乐部的五星级豪华度假酒店，窗外就是波涛滚滚的马六甲海峡和游艇停泊港湾。酒店的游泳池里不少住客正在消暑泳乐。趁着出发前的空间，我抓拍了不少马六甲海峡的晨曦照。马六甲海峡，这条联结太平洋和印度洋的黄金通道，再一次地收进了我的相机，成了我相册里的藏品。

在当地导游林先生的带领下，我们游览了马六甲古城的唐人街、著名的青云亭、三宝山、三宝井等当地名胜。

马六甲的唐人街，在马来西亚是最古老的唐人街。吉隆坡的唐人街只有上百年的历史，而马六甲的唐人街却有数百年的历史，其真正形成的年代，应该追溯到明朝永乐年间明公主越洋和亲的以降年代。马六甲唐人街几百年来，依然保持了传统的中国风俗，华人过着传统的华人生活。有些传统今天在中国已很难看到，但在马六甲依然保留如初。在全长四百余米短短的唐人街上，虽然不乏现代化的气象，但街道两旁全然都用中文传统招牌。笔者每次回到上海走在南京路上，常常误认为是走在美国某一大城市的街上，给人一种极其失落的感觉。这些早在明朝就来到马六甲的华裔后代们，如今每逢中国节日，人们仍按传统民族习惯焚香祭祖，燃放鞭炮，吃中华传统食品。

在马六甲城的南面，有被称为中国山的"三宝山"（Bukit China）。公元1409年，郑和护送明朝公主与马六甲苏丹满素沙王和亲后，苏丹满素沙王把这块土地封给明朝公主。山中建有"三宝庙"（Temple Of Admiral Chengho）。之所以叫"三宝庙"，据说郑和下西洋首次航行至马六甲的途中，大船不慎破了一个洞，幸亏得到一种名叫"三宝"的鱼，用身体堵住船体破洞，而使大船幸免于难。后来郑和以此鱼名为寺庙命名之，山也因此得名叫"三宝山"。据说，当时跟明公主随嫁的五百多名男女，以及后来陆续到马六甲来的华人，死后全部安葬在"三宝山"，也称之为"中国山"。现在的"中国山"，实际上成了马六甲华人的最大墓地。

在"中国山"下，位于JI Tukang街上，有建于1646年的"青云亭"（Cheng Hoon Teng），是马来西亚最古老的中国寺庙，庙内有纪念郑和下西洋第一次到访马六甲的情形。寺庙建筑工匠及所需材料全部来自中国。"青云亭"门前有一棵古老的常青树，枝繁叶茂，成为当地华人许愿的好去处。

在"青云亭"门外的一侧，有古老的"三宝井"（Hang LiPoh' Well），是明朝公主汉丽宝所挖掘，供公主和随嫁人员所饮用。实际上是为郑和所挖建。因当时马六甲人全饮用河水，郑和称，明公主乃是金玉之体，不能饮用不清洁之水，故特挖建此井供公主等一千人员饮用。井上的名字是"汉丽宝"的英文谐音，当地人则把它称作"王井"。

我在唐人街上的巴巴娘惹博物馆、唐人街上的餐馆，以及我在当地最好的老师——导游林先生那里，终于找到了我的答案：明朝同马六甲苏丹和亲的公主名字叫"汉丽宝"，"三宝井"上的名字验证了真有其名。明朝皇帝是朱姓，为什么南嫁的公主姓"汉（Hang）"？我带着这个不解，请教林先生。原来汉丽宝不是真正的明公主，就像汉代王昭君不是汉天子刘家亲生公主一样，汉丽宝只不过是一介宫女，作为明"公主"和亲马六甲苏丹，在中国明朝公主名册上根本找不到和亲马六甲苏丹公主的名字。这就是为什么我遍查不到的原因所在。因为明朝的公主根本无人和亲南嫁，何名可查？至此，真相大白。

我们的导游林先生，是马来西亚第四代福建人的后裔，不但能讲一口流利的中文，还是吉隆坡大学历史系的毕业生。他对明朝这段历史颇有研究。他更以自己是中国人的后裔而深感自豪。他说，当时的马六甲王国极其弱小，常遭暹罗人追杀。幸亏遇到了强大的明朝郑和的舰队救了他，并赶走了暹罗的南侵部队，保护了马六甲王国。从此，马六甲苏丹就成了中国的好朋友，同明公主和亲后，对中国更加友好，每年不远万里，主动前往中国进贡。

这位林先生还说，如果当时马六甲苏丹不是遇到中国郑和的部队，而是遇到西方列强的任何船队，肯定会被趁火打劫，将马六甲变成他们的国土，如同英、西、法、葡、荷等国一样，插旗为地，占为己有。后来的马六甲的遭遇就是如此。

马六甲位于马来半岛的南部，马六甲海峡的北岸，滨临马六甲海峡，扼印度洋与太平洋的交通咽喉。马六甲城建于1403年，马六甲河穿城而过，历史上曾是马六甲王国的都城。对于这样一块宝地，西方列强早就虎视眈眈，极欲掠取而占之。1511年，马六甲终于沦为葡萄牙的殖民地，1641年又被荷兰从葡萄牙手中抢走，成为荷兰的殖民地。1826年，荷兰终于抵不过大英帝国的舰队，马六甲遂被英国夺取，成为英国海峡殖民地的一部分。这就是西方"现代文明"带给马六甲人民的血的记忆和活生生的铁的现实。

如果也像西方列强那样，以中国明朝郑和浩浩荡荡的船队与人马（比一百多年后的麦哲伦的舰队要强大的多），要把马六甲变成中国的一部分，就像英国之于澳洲、北美洲等那样，可以毫不夸张地说，不用吹灰之力，就可以轻而易举地办到。但中国自古就是一个爱好和平、反对侵略和乐于助人的国家。千百年来，中华民族曾经多次崛起强盛，但从来都是友好对待邻国。明代郑和下西洋，船队浩浩荡荡，威武雄壮，遍历南洋诸国，非洲沿海，要比西方列强航海早一百多年，是最早实现环球航行的国家。如果中国也同西方列强一样，那么"日不落帝国"的称号，就绝不会落在英国的头上。

历史虽然证明：中国人从来是爱好和平、反对侵略的，但是在衰败落后时却惨遭西方列强疯狂地侵略掳掠，大片的国土被掠夺，无数的珍宝被抢走，有些至今仍未回归祖国的怀抱。这血的教训，将永远烙印在中国人民的心坎上。随着中国的重新崛起，我们要继续发扬中华民族的优秀传统，爱好和平，反对侵略。我们不去侵占别国的一寸领土，但也决不允许外国抢占自己的一寸土地。我们的祖国虽然辽阔广大，但没有一寸土地是多余的，每一寸土地都是极其宝贵的。寸土必争，寸岛必夺，决不让步，绝不手软！这是我们神圣的天职。

马来西亚第一位首相拉曼在1956年2月20日宣布马来西亚的独立仪式，就是在马六甲的草场上举行的。马六甲是马来西亚独立的发祥地。我们漫步在马六甲的草场上，看到草场周围欣欣向荣的现代化气息，再联想到今日整个马来西亚迅速发展的盛况，深深地感到：一个民族，一个国家，只有自身强盛，才能不被别国欺负，才能真正成为自己国土上的主人，才能真正称得起自立于民族之林的民族。马来西亚如此，中国也是如此。大国如此，小国更是如此。

2013年4月25日于上海玄圃斋

手指湖散记

在纽约上州，有一排湖南北走向，酷似安大略湖伸出的两只手，故被称为手指湖。从西向东，十一个湖泊，或长或短，或深或浅，或弯或曲，或大或小，形状奇异，风采独特，既是旅游的美景胜地，又是社会人文的荟萃之乡。

寻觅康乃尔，惊艳喀玉嘎

喀玉嘎湖（Cayuga Lake），是手指湖中最长的一个湖，也是低于地平面最低的一个湖，从北向南，绵延40余英里，纵躺在一个狭长的低谷里。两岸山陵秀丽，楼舍翠掩，林木茂密。著名的康乃尔大学，就坐落在湖南端的伊萨卡市（Ithaca）东部。大学滨湖而建，矗立在湖边的山头上，颇有举世独尊的派头。与康乃尔大学遥遥相望的湖南面的一个高山头上，就是伊萨卡学院（Ithaca College）。两所大学，各占一个山头，互不示弱。伊萨卡学院，虽然无法与康乃尔大学比肩，但亦是百年老校，且占有地主之优势，自然也有它占领一个山头应有的本钱。

康乃尔大学是美国著名长青藤八大院校之一，其余的七所大学我都先后多次访问过，唯独康乃尔大学，我曾在地图上找过多次，但始终不知道其在何处。以前不知道在网上查找，后来知道在网上查找的方法，才发现原来其同达特茅斯大学一样，是在偏远的农村、纽约上州的一个名不见经传的伊萨卡，位于手指湖中最长的一个喀玉嘎湖的南端。一个很小很小的市，但却是一个风景极其秀丽的小城。可能这里最早的移民来自中东或中亚，所以市的名字也带有中东和中亚的色彩。

访问康乃尔大学，是我完成访问长青藤系列大学的计划之一。既然找到了康乃尔大学的所在地，我就决不会放过。这次到康乃尔大学访问，真正看到了康乃尔大学的真面貌，极圆心愿。康乃尔大学不独是人所共知的美国乃至世界上著名的农业最高学府，而且更是全世界酒店管理专业的No.1。这在来访前我是不知道的。陪访的康乃尔大学马庆中教授的夫人张蔚教授，高兴地向我们透露了这个消息。以前只知道瑞士、德国大学的酒店管理专业出名，美国拉斯维加斯大学的酒店管理专业也很棒。真想不到在这所美国偏僻的农村大学，竟会成为全世界酒店管理专业的第一最高学府。

康乃尔大学校园从山头一直铺陈到喀玉嘎湖边。从康乃尔大学隔湖的对岸望去，康乃尔大学高高的钟塔倒印在湖中，随波荡漾，伴同着轻舟白帆，宛若一幅美丽的山水画卷，极为优雅。在康乃尔大学，我们遇到了一群来自中国的留学生，我问他们对康乃尔大学的感觉如何，大家都异口同声地争相回答说："非常好！出乎我们原来的想象，想不到这里的环境这么优美静谧，如在画里一样。特别是这湖水，碧透如镜，清澈涟漪，真是难得！"

这是他们纯朴心声的自然流露，毫无粉饰。其他，就不用再讲了。我们站在湖边的校园区，正有几只轻舟扬帆北去，愈漂愈远，愈漂愈小，直到消失在远方天际。

和日内瓦同名的小城

去过瑞士日内瓦的朋友，都知道莱蒙湖畔有个美丽的城市——日内瓦。在手指湖群湖中最深的一个瑟内卡湖的西北角，也有一个叫作日内瓦（Geneva）的小城，她不是瑞士的日内瓦，但她的名字确实也叫日内瓦，我们就叫她作美国的日内瓦吧。她虽然没有瑞士的日内瓦那么出名，但她的旖旎风采，湖光水韵，却一点也不逊色于瑞士的日内瓦。因为她傍着美丽的瑟内卡湖。

瑟内卡湖是世界上少有的深水湖之一，水最深处达632英尺，长度接近喀玉嘎湖，是手指湖中最长的两个湖之一。湖边的州立公园宽广平坦，绿草如茵，高大的枫树、松树和云杉，成为游人和市民们遮阳的天然大伞。公园湖边常常是社区举行大型活动的重要场地。著名的瑟内卡湖边大型音乐会，吸引着全市和县里的听众，坐满湖边，尽情享受生活的乐趣。美丽的游艇展览会，则展出手指湖区历代各式各样的游艇小舟，令人极为欣赏赞叹。

瑟内卡湖西岸，从北向南，沿湖边布满了精美绝伦的高级别墅和赫博特·威廉史密斯学院的办公小楼。临水傍湖，浓荫遮掩，幽静闲逸。从临湖的阳台上，可饱览瑟内卡湖的水光波影，翔跃水鸟，游帆渡轮。湖上日内瓦酒店，曾经是美国前总统克林顿夫妇下榻的地方，至今酒店内还挂着克林顿夫妇的合影。

我们在赫博特·威廉史密斯学院的接待办公室里，边品尝着美味的咖啡，边欣赏着窗外的湖韵山色。学院里的工作人员极其热情，向我们介绍有关情况，特别是介绍中国留学生在这里的生活状况和学习环境，使我们听过后，甚感欣慰。我打趣地对工作人员说："你们这里的工作环境真好，在纽约，哥伦比亚大学和纽约大学都没有你们这么好的办公环境。"工作人员满意地笑笑说："以前有很多华尔街的大亨，到日内瓦来盖别墅，专门到此地度假呢！"我点点头，同意她的说法。因为我们刚刚参观过一个华尔街银行家以前在日内瓦的大别墅，别墅里有几个大花园，其中还有一个很大的中国花园呢。

在日内瓦市的西郊，有一个美国国家农业部与康乃尔大学合办的机构，叫作美国农业科学实验场，是专门从事农业新品种科学研究的。实验场里汇集了来自全美国和全世界的不少有名的农业科技精英。民以食为天。美国不仅是科技大国，更是世界上手屈一指的农业大国。所以，美国每年都将大量的资金投放到农业科学研究上。在这个实验场里，目前有数千个新品种已经实验成功和正在进行实验过程中。

手指湖地区，是美国的第三大葡萄酒生产基地。这里各湖边到处可见茂盛的葡萄园和酒香四溢的葡萄酒庄。酒庄除展出生产的新品种外，还配有专门的品酒室，供人们免费品尝。我们去访问一家瑞典裔人开设的葡萄酒庄，免费品尝了好多品种的葡萄酒，后来在参观完日内瓦博物馆后，又每人领到一张免费品酒卡，到邻近的一家葡萄酒庄免费品尝了不少新品种。品尝后，你买不买，都没有关系，只要去品尝，庄家都欢迎。

由于手指湖地区葡萄酒的产量大，所以这里每年都要举办葡萄酒节和展销会。我们到达日内瓦时，正赶上手指湖地区每年一度的葡萄酒节，在瑟内卡湖南端的瓦斯科格勒恩举办。来自全美国的葡萄酒生产和销售商，云集湖畔，熙熙攘攘，品酒唱诺，好不热闹。葡萄酒节为期三天，家家结彩庆贺，喜气洋洋，湖光搅动酒香，满街横溢，各酒庄主人雅聚一起，共商葡萄酒的生产和销售大计。市民、游客频频品酒，每日到头来，尽是"家家扶得醉人归"。

康宁小镇，泛着水晶般光彩

在香港时，常常用康宁牌的玻璃制品，虽知道其是美国名牌，但却根本不知道它产在哪里。来到手指湖区，想不到大名鼎鼎的康宁玻璃制品厂，就坐落在康宁小镇。

康宁小镇，位于瑟内卡湖南边的两个小山脚中间的一块平地上。小山葱茏翠绿，平地绿树环绕。康宁玻璃厂集生产、科研、销售、展览于一体，组成了整个康宁小镇。工厂宛若花园，科研机构同工厂联袂，水晶般的博物馆和高大明亮的办公大楼并肩。全康宁小镇上的成年人，无论是高级科研人员，还是高级工程师、技师，或一般工作人员，大家都在为康宁玻璃集团工作。

康宁玻璃博物馆，同康宁工厂一河相隔，中间有步行大桥相连。博物馆外面全是由落地玻璃幕墙构成。馆内部门很多，除各种成品外，在博物馆内，有关玻璃制造的历史部分、一般玻璃制品部分、特殊玻璃制品部分、工艺品玻璃制品部分，其中以工艺品玻璃制品部分，最为引人注意。五花八门、琳琅满目的玻璃工艺品，真使人大开眼界。光色斑斓的多彩玻璃，造型奇特的工艺器皿，玲珑别致的艺术礼品，构筑了一个彩色缤纷的梦幻世界，令人流连忘返，不忍离去。想不到在这样一个小小的康宁小镇，竟能造出如此精美绝伦的玻璃工艺制品，让人无不感到惊讶和新奇。

在康宁玻璃博物馆内，除各种成品外，还进行玻璃工艺品的制作现场表演。我们坐在观赏台上，静静地观看工艺师把一块玻璃体用长杆通到3 000摄氏度高温的融炉内，稍许就将玻璃球拉成长条，然后再用一根吹管往里吹成一个球形，把玻璃管球放进火炉内加热，不一会再拉出来吹成一个水罐样，然后再放进火炉内加热。通过不断地加热变软，然后吹制造型，如同拿捏面泥，眨眼间，一个工艺品双耳水罐就大功告成。工艺师让观众看刚出炉的工艺品，问有哪位客人要买？见无人回应，就马上把刚做好的双耳盛水器打碎，重新再作表演，给大家观看。看到工艺师把一个好端端刚做好的玻璃工艺品打碎，观众个个感到非常可惜。

康宁玻璃博物馆，每天前来参观的行人游客络绎不绝，迎接不遐。观众除当地的市民外，更多的是来自纽约、费城、华盛顿、波士顿、洛杉矶等地的游客，也有来自境外的旅行团。足见康宁玻璃，盛名远播，信誉堪佳，人见人爱。

碧波荡漾，乐声悠扬

在手指湖的西北部，是纽约州的第二大城市罗切斯特（Rochester）。它位于安大略湖和手指湖之间，是通往手指湖的重要通道。以前只知道罗切斯特市的科达照相胶卷，是世界第一，闻名全球，但近年来被数码相机所淘汰，日渐落后。可是罗切斯特大学的音乐学院——伊斯特曼音乐学院却后来居上，一跃成为全美第一，超过多年稳居榜首的纽约茉莉亚音乐学院。这真是一个奇迹。

正是这个音乐学院的音乐大师和学生们，经常在手指湖畔作演出，既提高了他们的演奏技巧，也娱乐了手指湖区的居民，更扩大了伊斯特曼音乐学院的影响。

夏秋两季交替时的夜晚，是手指湖区一年中气候最好的季节，也是举办湖边露天音乐会的最佳时刻。每当音乐会演出之际，湖畔坐满了市民，湖中游艇上则或坐满了渔家，或坐满了游客，岸上波上，连成一片，不时地为美妙的演奏鼓掌喝采。随着琴弦的拨动，悠扬的琴声招徕了群群鸥鹭，在人群上空起舞盘旋，和着琴声，争鸣湖空。湖岸边的野鸭，亦成群结队地游到演出的水边，似乎在分享演出的美妙。对它们来说，这演出，简直就是天籁之音。

明媚的月下，凉爽的湖畔，涟漪的波上，人们静静地欣赏着各式各样的音乐表演，去接受音乐的洗礼，享受着人间的乐趣，陶冶着人生的情操。随着琴弦的轻拨慢挑，人们的思绪也不断地翻腾奔跃，沉思人生的过去，感悟人生的现况，畅想人生的未来。

俗话说得好：酒香不怕巷子深。前往罗切斯特大学伊斯特音乐学院报名的学子越来越多，现在已达到快容纳不下的地步。但学校仍然坚持严格保证教学质量的办学方针，不辜负学生的热望和真情，让每个学子学有所成，达到合格的水平，完成应有的学业，把光环和音韵带去美国和世界各地。

手指湖区，从农牧业的角度讲，她是国家重要的粮仓酒窖，谷丰醇香，牛强马壮；从旅游的角度讲，她是一个藏在深闺中的美丽少女，婀娜多姿，风情绰约，大有发挥其天分的余地。手指湖周边有许多风景秀丽的州立公园，有的山深林密，有的高崖飞瀑，有的别墅成群，有的庄园古朴，如茵的诸多高尔夫球场，如林的诸多帆船俱乐部，如画的诸多夏令营地，是人们不可多得的理想去处。

2012 年 7 月 22 日

湖光潋滟千岛翠

——重游美国千岛湖

说起千岛湖，人们往往会想到浙江新安江发电站水库的这个"千岛湖"。本文指的是位于美国五大湖之一安大略湖东端的天然千岛湖。该湖是安大略湖的湖水进入圣劳伦斯河的湖口部分，既可以说是安大略湖的一部分，也可以说是圣劳伦斯河的一部分。全湖拥有 1 865 个大大小小的天然岛屿，布满在一片碧波荡漾的水面上，恰如翡翠明珠，争辉夺彩，故当地人称作千岛湖。

同安大略湖和圣劳伦斯河是美国、加拿大两国的边界湖、河一样，千岛湖也是美加两国的边界湖。两国边界把千岛湖一分为二，南部属于美国的纽约州，北部属于加拿大的安大略省，大约有三分之二的岛屿在加拿大一方。湖中不少岛屿属两国共有，边界划在中间，一座岛上插着两国国旗，煞是有趣。

早在 10 多年前，曾跟一位侨居马来西亚的朋友一起游览过千岛湖。今年儿子提出，要全家一起去加东旅行，顺便游览千岛湖。主意已定，全家便起程前往。

游览千岛湖，要搭乘游轮。每条游程的时间不同。环湖一周游，要三个小时，部分湖中游，有两小时和一小时的游程。我们因迟到了一会，未能赶上三小时的环湖游，便乘了一班两小时的游览船，中间可以下船，游览湖中岛上的一处 Boldt 古堡建筑，倒也颇合心意。

七月份的千岛湖，正是一年中游湖最好的时节。天气不冷不热，游客往来不绝。年轻的朋友们，一式夏装，背心、短裤加拖鞋，轻松随意春光，更给湖光增添了无穷的魅力和靓丽的风采。看看离开船还有一段时间，便被孙辈促拥着去游艇码头旁街道上的一家冰激凌店吃冰激凌。小店里客流如鲫，生意红火得很。

快到开船的时刻，在游艇管理人员的指挥下，我们鱼贯登轮。游轮分上下两层。底层靠窗有两排桌椅，可以坐着边吃喝边欣赏湖光岛色；顶层是露台，排满了长条靠椅，导游手持麦克风开始介绍起了千岛湖的故事。

游轮推波逐浪，轻浮慢游；碧波荡漾涟漪，湖光潋滟；岛屿千姿百态，翠绿如滴。海鸟伏跃飞翔，凭空逍遥。一个个绿岛，如同佳人，婀娜多姿，迎面而来，擦肩而过。导游则对从身边经过的每一个岛屿不失时机地向游人频频美言，尽量让远方的来客带着美好的记忆,满意地离去。

千岛湖上的岛屿大大小小,接近两千,大部分都属于私人所有,为有钱富家的度假胜地。岛上都盖满了风格各异、建筑别致、小巧玲珑的私家别墅。一幢幢哥特式、巴洛克式、罗马式、希腊式、维多利亚式的别墅,俏立在碧波中的翠岛上,如画如绘,五彩缤纷,风姿绰约,远远望去,如同撒在湖中的颗颗宝石,夺光耀彩,争奇斗艳。琼楼绿树,仙阁翠帷,珍岛玉桥,扁舟游艇,漂浮在蓝天碧波间,荡漾在清风阳光下,不是仙境,胜似仙境。据说,岛上别墅的主人,不是世界五百强的富豪巨头,就是享誉全球的社会明星达人,美国前总统布什在此也有他的私家岛屿和度假别墅。

随着游轮在岛间绕来转去,游客们忙着抢拍船过境迁的美景。导游似乎不喜欢游客站起来拍照,一再要客人坐着不动。这举动很不被客人认同。按理说,导游应该让游客留下更多美好镜头带走才是,为什么不喜欢游客多拍照呢?这事的答案,到后来游览结束快下船时才知道,原来导游要向游客推销他自己的千岛湖风光DVD碟。

游轮在绿岛间徜徉。突然前面似乎有岛子挡住去路,无路可行。但当游轮快速绕过一个绿岛后,前面又是一片开阔的湖面,远处又出现了新的绿岛和别墅。真是天外有天,湖外有湖,岛外有岛,楼外有楼。此景此情,使人不由得想起"山重水复疑无路,柳暗花明又一村"的诗句意境来。

千岛湖中的岛屿,无论大小,都被保护的很好。有的小岛,仅有一块岩石,一棵绿树,亦亭亭玉立,别具一格。湖碧水澈,树茂岛翠,天蓝风清,环境幽静。如果你有充足的时间,可以借船登岛访问私家岛地,仔细领略岛上主人的度假生活,同岛主一起消闲,更是别有一番风趣。不过,要登临私家岛屿,必须要先征得岛主同意才行。如果游到邻国湖面岛屿,还要有邻国签证才可。

水在岛间荡漾,船在湖中徜徉,人在船上观赏,鸟在碧空飞翔。玉楼琼阁在岛上翠帷中闪光,好一幅千岛湖迷人风光。

一束浪花,一阵清风,送来一缕《重游千岛湖》诗兴:

> 天女翡翠撒碧湖,满泓玉液荡明珠。
> 仙山如垒隐绿帷,琼阁似绘呈彩图。
> 日照千岛争辉耀,月映万波溢媚妩。
> 乘轮凌波探幽尽,归来满怀诗兴殊。

一泓碧波,千座翠岛。湖上游艇随波浮游,岛上人家惬意悠闲。湖光水韵,岛姿翠色,一切都那么轻快和谐,令人陶醉。

　　据介绍，游千岛湖还有一个好季节，那就是当"秋深霜降枫叶红"时，千岛万枫，绯韵如火，灿若彩霞，枫彩倒映湖中，船行彩岛之间，伴随蓝天白云，满湖霞彩荡漾，一派缤纷烂熳，可谓如梦如幻，浮生如仙。

　　由于千岛湖为两国共有，所以湖中两国游轮、轻舟，插着各自的国旗，或擦肩而过，或并肩游赏，两国的游客，互致问候，互相拍照，别开生面，又添风采。

　　游到 Boldt 古堡码头，我们下船登岛，游览 Boldt 古堡。这是一座私家花园古堡，为典型的哥特式建筑，高大的城堡，矗立在岛中央的高顶上，四周古木参天，遮云蔽日，气势超群。我们从底楼一直观赏到顶部，遗憾的是古堡未曾竣工，主人便仙逝西去，致使古堡没有完全建成，顶层内部尚未装修，与下面已建好的几层大相径庭。Boldt 古堡现被辟建为博物馆，是千岛湖中千百座别墅中的佼佼者之一。馆中的一切，仍按主人生前原样陈列。不管是加拿大方面的游客，还是美国方面的游客，Boldt 古堡都是必到之处。游客不论从哪条水道前来，很远就可以望到她的峻拔英姿，吸引你不得不前往游览观赏。

　　游览完 Boldt 古堡，早有接应我们的渡轮等在游艇码头上接我们回到原出发地。我们恋恋不舍地重新登上小渡轮，又回游在碧水翠岛之间，最后享受着千岛湖的岛雅水韵，潋滟湖光，补拍着那些先前来不及抓拍的亮点。

2012 年 7 月 25 日

远在天边的一片乐土

——魁北克记游

　　去魁北克前,看过许多关于魁北克的介绍。但去了魁北克后,我深深地感到:魁北克的美,远比那些介绍要好得多。

　　在我们的心目中,魁北克就是远在天边的一片美丽乐土。

　　观赏过利维斯瀑布后,我们便向魁北克进发。迎面而来的是圣劳伦斯河上的魁北克大桥。过了大桥,沿着圣劳伦斯河边的公路,一路北上,不久就进入魁北克市的路易斯大街。

　　极其宁静的路易斯大街,两旁坐落着一幢幢别致的法式别墅,玲珑剔透,精致俊雅,几乎全被葱茏的绿树浓荫掩遮。这魁北克的第一印象,就把人带进了童话般的世界。不一会儿,便到达了市中央大草坪,路易斯大街沿草坪边缘而过。大草坪中树木参天,绿草如茵,游人闲怡,百鸟争鸣。在我们去过的所有城市中,还是第一次见到面积如此大的市内休闲草坪公园。

　　一过中央大草坪,便进入了市中心。路易斯大街直通魁北克老城。我们在老城外的新城区内的一处停车场停好车后,便步行穿过老城拱门,进入老城,开始魁北克的探幽之旅。

　　在古城门旁的一条街口,高挂着一条横幅,上写着"魁北克节"。来的早,不如来得巧。我们正赶上"魁北克节"。

　　魁北克一带,原为印地安人的居住地,印地安语"魁北克"的意思是"河流变窄的地方",位于圣劳伦斯河的北岸,整座城市建筑在狭窄的河边高地上,古城周围被坚固的城墙环绕着,居高临水,扼大河于一冲,是一处绝佳的防御要塞。魁北克市分为旧城和新城两部分,城墙以内的部分为旧城,城墙以外的部分为新城。市区又分为上城区、下城区和新城区三部分。上城区位于圣劳伦斯河畔的高地上,以旧城为主,周围有平均高达35米的古老城墙包围着,是全北美洲独一无二的一座拥有完整城墙的城市。

　　步入古城门,在人行道上漫游。魁北克是加拿大魁北克省的首府,是加拿大法兰西传统文化的发祥地和历史名城之一。这里处处保留着浓厚的法国传统风情。

每走一步，几乎就是一处历史古迹。一栋栋历史古建筑，在叙说着一个个历史故事。琳琅满目的工艺品画廊店铺，座无虚席的临街食肆，暗香浮动的花卉小店，悠哉闲逛的行人游客，笑靥如霞的童稚少女，优雅整洁、弯曲窄小的石板街道，带有尖塔的哥特式古老教堂，使人感到这里就是一座法国的城市，而且比今天的法国还要法国化。如果你肯仔细观察的话，你会惊人的发现，这里的人们生活比今天的法国本土的人还要悠闲惬意、自由自在、潇洒浪漫。人们像是生活在与世隔绝的远方天边，或是一处与世无争的世外桃源，无忧无虑，尽情地享受快乐的时光，享受大自然所赐予的一切美好。

有人说魁北克是一座最美、最罗曼蒂克的城市。这话到是一点不错。在魁北克的大街小巷里，处处都有一种法国式古典的美，洋溢在浪漫的气息中。弹吉他的年轻姑娘，拉小提琴的英帅小伙子，吹小号的银须老艺翁，忙于给人速描的民间画师，豪放的吉卜赛女郎，玩杂耍的魔术小丑，街边路口，广场公园，笑容可掬，随处可见，吸引着过往行人，流连忘返。

穿过著名的食街，高耸在邮电大楼旁边的弗龙特纳克城堡大酒店，是魁北克最耀眼夺目的地标之一。高大的哥特式城堡建筑，兀立在圣劳伦斯河畔陡峭的悬崖之巅，鹤立鸡群，居高独尊，面对滔滔的圣劳伦斯河水，颇有君临天下之势。青铜色的楼顶，红色砖的外墙，壮美的哥特式塔尖，是魁北克众多古建筑的佼佼者。

据说，弗龙特纳克城堡大酒店的所在地，原是17世纪的圣路易斯城堡，也是当时法国总督的官邸和当地的军事行政中心，后来城堡毁于英法战火。19世纪末，加拿大太平洋铁路公司重建该城堡，从蒙特利尔召集来一批商人，把城堡改建成饭店。为了纪念当时驻守魁北克的法国总督弗龙特纳克伯爵，饭店建成后以他的名字命名。如今，酒店前方临圣劳伦斯河的崖畔，是一个很大广场，临崖有高大坚固的铁栏杆，是来魁北克的游人必到之处。凭栏远眺，圣劳伦斯河上下浪涛滚滚之汹涌壮观，尽收眼底。河对面的利维斯市全景，则一览无余。

我们到达时，在酒店与邮政大楼间的广场上，有吉卜赛女郎正在表演，四周坐、站满了观看的市民和游客，随着女郎的精湛表演，不时地爆发出阵阵掌声与喝采。

离开弗龙特纳克城堡大酒店，我们前去皇家广场参观。该广场建于1608年，在北美洲也是最古老的广场之一。因为广场上有法国国王路易十四的雕像，故广场以皇家广场命名。广场初建时，当时的总督以皇家广场为中心，建立了一个新区，是第一个在法兰西以外建立的法国人永久居住区，也即是北美洲法兰西人的起源地。

在皇家广场旁边的一条小巷里，有一幅超级大壁画，也是吸引游客的地方。该壁画是由来自法国和魁北克的12位著名画家共同创作的,面幅达420平方米,描述了17位和魁北克历史有关的知名历史人物,是魁北克市的一处著名名胜。

在魁北克,不论是古城区,还是新城区,到处都会看到众多的魁北克历史人物雕像,竖立在公园内、广场上、马路旁、大厦前,仍然在受到人们的怀念和尊敬。只不过"满街故人像,无语话汗青"。

在魁北克,还有一处亦是游客必到之地,就是魁北克要塞兵营,又称"大城堡"。大城堡中有皇家第22兵团博物馆,可一起参观。

魁北克城建于1608年法国统治之初。占地37英亩的大城堡,是加拿大最大的英治期建的城堡。城堡是根据法国工程师沃班(1633—1707)的防御体系设计的,建筑工程在埃利亚斯·沃克·杜恩福特中校的领导下完成。围墙部分的施工从1820年持续到1832年,墙内的建筑物直至1857年才完工。

第二天上午,我们冒着沙沙小雨,前往参观大城堡和皇家第22军团博物馆。首先进入的是凹角堡(Ten Aille)。如果说"大城堡"是一座城中堡的话,那么"凹角堡"就是一座堡中堡,建于1842年,1860年后改为监狱,1976年修复后成为皇家第22军团博物馆的一部分。这里所有的通道全部深凹于地面以下,人与车行驶在里面,如同行驶在地道里。通道两旁全是高过人头的石壁与土岗,而通道则完全像是兵营的战壕。

离开凹角堡,前往钻石角棱堡(La RedouteDuDiamant)。棱堡于1690年至1693年修筑在封德纳克任总督期间。堡内有一个火药储藏室,一个军需库和六门大炮,大炮一字排在高崖围墙内,炮口对着圣劳伦斯河面。棱堡每边长96英尺。

除凹角堡和钻石角棱堡外,大城堡内还有威尔士亲王堡(Bastion Du Prince De Galles)和达尔豪西堡(Bastion DalHousie)两个堡中堡。前者为表示对爱德华七世威尔士亲王的敬意,在威尔士亲王1860年访问魁北克城时将堡垒命名为"威尔士亲王堡垒"。堡垒的主要武器是一门口径9英寸、射程达14 000多英尺的大炮,炮口对着圣劳伦斯河的要塞河面,居高临下,形势险要。

皇家第22军团博物馆主要介绍军官营地、行政楼、皇家第22军团团徽、军需库和法国旧火药库等几处旧址。军官营地最初是为两名高级军官及39名下属而设计的,有厨房、餐厅和会议室。1872年加拿大总督德福兰侯爵在魁北克大城堡内军官营地设立了总督府,故军官营地由三个部分组成,即总督官邸、大城堡统帅官邸和皇家第22团军官餐厅。

魁北克城堡中唯一保存好的原装门——达尔豪西门(Porte Delhouce),是连接达尔西堡及里施蒙德堡之间的护墙在1871年把原来的射击口改装上窗户。

雨淅淅沥沥地下个不停,但参观的游人热情高涨,乐此不疲,毫无倦意地参观完整个大城堡,纷纷争相傍着大炮留影。

离开大城堡兵营，重新回到繁华的古城街道上。雨，并没有浇灭人们的热情和减少临街咖啡座里的惬意。食街上依然飘荡着从食肆酒家溢出的法式菜肴的香味。特色店铺里似乎增添了许多顾客，显得更加热气腾腾，生意兴隆。

雨中的魁北克，似乎更多了几缕梦幻，几缕缥缈，几缕神秘，几缕朦胧，几缕浪漫，几缕情思。一片远在天边的乐土，令人神往，令人畅思，令人留恋，令人不忍离去。

2012年8月19日

寻觅大师的足迹

　　记得还是在我们读中学时，曾经读过美国著名作家马克·吐温的小说《汤姆·索亚历险记》。大概是书中主人公的年龄与自己当时相仿的缘故吧，所以印象特别深，时间虽然已经过去很久了，但汤姆·索亚的形象却一直印在脑海中。

　　从一份旅游广告的小册子上偶然看到关于马克·吐温的介绍，在纽约上州靠近宾州的边界处有个叫埃尔米拉（Elmira）的小镇，是马克·吐温曾经长期居住和工作过的地方。于是我们决定去埃尔米拉一访，寻觅这位美国著名的小说家、作家、演说家和幽默大师的足迹。

　　从康奈尔大学出发，顺13号公路往西南方向前进，大约三刻钟的车程，便到了舍芒河畔的埃尔米拉镇。

　　顺着路线图，我们找到了埃尔米拉学院。这是一所很美的大学，建筑特色非常别致，每一座建筑，都有其独特的风姿，在晚秋的枫树林中，熠熠生辉。我们不禁脱口赞道："好一座大学，想不到在这个小镇上会有这么好的大学。"

　　埃尔米拉地区最大吸引人的地方是"Mark Twain's Study"，这里是"#1 Literary Attraction in America"，是美国的"第一文学胜地"。由于我们事先不知道其在何处，也没碰到任何可以打听的人，在校园里转了一圈，也没找到"Mark Twain's Study"在何处。过了好一会，我们终于见到有学生从教室里出来，便马上走向前去问询，就在我们的身前方50米不远的地方。真是踏破铁鞋无觅处，得来全不费功夫。按照学友的指点，我们迈步即到了这次要寻觅的重点"Mark Twain's Study"。一个八角形的小亭子，坐落在院中心喷水池北畔的高坡上，周围有几棵高大的枫树遮掩着。门是关闭着的，内部面积看来也只有七八个平方米的样子，室内陈设仍然如同主人在时相同。

　　马克·吐温的这个学习和工作的八角小房，原来是在埃尔米拉镇东面哈瑞斯山上的，1952年迁移到埃尔米拉学院来。其形状是模仿密西西比河上领港员住的房子。自从1870年马克·吐温与当地的女子奥利维娅·朗敦结婚后，他们有二十年时间同鹊瑞农场奥利维娅的姐姐苏珊·克瑞尼住在一起。每到夏季，他们就住在埃尔米拉家里。就是在这间书房里，马克·吐温写下了他最著名的《百万英镑》《汤姆·索亚历险记》《哈克贝利·费恩历险记》《镀金时代》《傻瓜威尔逊》《傻子出国记》《在亚瑟王朝廷里的康涅狄克州美国人》等一系列著作。

在马克·吐温书房的对面，隔喷水池相望，是马克·吐温和他妻子奥利维娅的铜雕塑像，分别竖立在两边。马克·吐温的妻子奥利维娅，就读于埃尔米拉学院，家境较马克·吐温富裕。同马克·吐温结婚后，两人一直住在哈瑞斯山上的鹊瑞农场家中。

在埃尔米拉学院，有全世界顶级的马克·吐温研究中心，和马克·吐温展览馆，里面有大量关于马克·吐温夫妇一生的介绍和所获得的成就与荣誉，是每个研究美国文学史和马克·吐温的人不得不探访的最好的胜地和源泉。

马克·吐温是19世纪美国批判现实主义文学的优秀代表，他站在人道主义的立场上，尖锐地揭露了美国民主与自由的虚伪，批判了美国作为发达资本主义国家固有的社会弊端，被誉为"美国文学中的林肯"。美国著名小说家海明威则称他的小说《哈克贝利·费恩历险记》是"第一部"真正的"美国文学"。

恋恋不舍地离开埃尔米拉学院马克·吐温研究中心，我们驱车去哈瑞斯山上的山顶旅馆餐厅，这里被誉为是一边就餐，一边欣赏和体会马克·吐温创作灵感的最好的地方。哈瑞斯山下，舍芒河静静流过，马克·吐温坐在他的八角小书房里，回想着自己苦难的童年和坎坷的人生道路……

家境贫困，12岁父亲就离开亲人去世，年轻的塞姆·朗赫恩·克列门斯（Samuel Langhone Clemens），也就是我们的马克·吐温，不得不辍学，离开心爱的母校，走向自我谋生之路。他先到一家印刷厂做学徒，稍长大一点，就离开故乡到外面打工。好容易长到21岁，他对密西西比河上领港员的工作产生了浓厚的兴趣，遂决心拜师学艺，当一名领港员。密西西河上四年的领港学徒生涯，风风雨雨，波波浪浪，锻炼了他的身体，磨炼了他的意志，增长了他的知识，成了他一生的"大学"，使他熟悉了各式各样的人，认识了社会的各种现象……

1861年，美国南北战争爆发，他随哥哥西去内华达，加入找矿淘金的行列，后又去报馆工作，从此开始了他40年漫长的创作道路。

就是这一切，成为他丰富的创作泉源，汹涌澎湃地从他的笔端流出。就在埃尔米拉哈瑞斯山上的他那间小小的八角书房里，一部部优秀的小说问世，一篇篇檄文张告天下，讽刺揭露世俗社会的人们，为了个人利益彼此欺诈、勾心斗角的社会风气，暴露在民主、自由掩盖下的美国社会真相，批判种族歧视和伪民主的社会现实与种种弊端。

马克·吐温是美国批判现实主义文学的奠基人，世界著名的短篇小说大师。他经历了美国从自由资本主义到帝国主义的发展过程，其思想和创作也表现为从轻快调笑到辛辣讽刺、再到悲观厌世的发展阶段。他于1910年去世，享年75岁。在他长达40年的创作生涯中，写出了10多部长篇小说，几十部短篇小说，和其他体裁的大量作品,为后人留下了史诗般的不朽著作,和无价的精神食粮。

离开哈瑞斯山顶旅馆餐厅,我们下山返回,穿过埃尔米拉镇,前去马克·吐温永久栖息的地方——埃尔米拉武德老恩墓地。墓地位于埃尔米拉镇的西边山下,这是一处由高大的松柏和枫树簇拥着的草坪墓地,主要埋葬着美国南北战争时阵亡的北方军人。在看墓人的指点下,我们顺利找到了马克·吐温一家的墓葬。一边是马克·吐温和他妻子与儿女的墓葬,一边是他妻子娘家一家人的墓葬。看来这两家关系非常融洽,连死后都要葬在一起,可真谓亲密。在两边墓穴的顶端正中间,竖立着一块高 12 英尺的墓碑,顶端有马克·吐温和奥利维娅娘家一家主人的头像。一个多世纪过去了,头像依然非常清晰。

一次探访,一次瞻仰,一次祭拜,一次感悟;感悟成功,感悟荣辱;感悟今生,感悟来世,感悟一切……

每个人来到这个世界,只不过是来去匆匆的游客,对,就是游客。家庭、学校、工作单位,以及奔波过的山、河、湖、海、空,都不过是旅途中的不同酒店和行径而已,可以比较,但无须计较;可以反思,但无须后悔。在大师面前,正如在高山与大海面前一样,自己究竟有多高、有多大,不言而喻。

2014 年 1 月 14 日

太阳月亮永相伴

——特奥蒂瓦坎纪游

墨西哥的太阳金字塔和月亮金字塔，已经在我们的心目中屹立了很久很久，虽然曾先后几次去过墨西哥，但却一直没有机会到墨西哥城去亲临探望。今年三月，我们下决心放掉别的计划，挤时间去墨西哥，拜谒久仰的金字塔。

早上，在墨西哥城内酒店用过早点，地导便来接我们直接去墨西哥城东北50公里处的特奥蒂瓦坎古城遗址，路上大约用去45分钟的时间。沿途郊区大大小小的山坡上，住满了许多平民，大都是贫穷的普通老百姓。旅友们调侃说，美国的山上住的都是富人，墨西哥城的山上住的却都是穷人。

上午十点钟不到，我们来到了特奥蒂瓦坎，车子停在太阳金字塔后面的一处停车场。下车后，仰望太阳金字塔，宛若一座高山矗立在我们的面前。自然少不了先忙着拍几张照片。导游告诉说，正面拍的效果更好，要我们随他到正面去，因为登金字塔的路在正面，其他三面都无路可攀登。

跟随导游，绕过侧面，顺金字塔脚下走了好长的一段路后，才来到太阳金字塔的正前方。这时再看太阳金字塔，俨然一座庞然大物，巍然屹立在我们面前，摩天顶日，高大无比。导游给我们简单介绍了些他应该介绍的内容后，就让我们自己凭体力去攀登。

墨西哥的特奥蒂瓦坎古城遗址，坐落在墨西哥谷地的一个四面环山的叉谷上，因两座巨大的金字塔——太阳金字塔（Pir'amide Del Sol）和月亮金字塔（Pir'amide De La Luna）出名，它们是这座古都现存的主要建筑。特奥蒂瓦坎曾经是墨西哥最大的古城，也是一座都城，这里据说曾建立过中美洲最大的前西班牙帝国。城市的方形平面图于公元1世纪上半期规划，当时有20余平方公里。

太阳金字塔，仅次于埃及的胡夫金字塔（Cheops）和墨西哥的乔卢拉（Cholula）金子塔，为世界第三大金字塔，屹立在亡者大道东侧，建在一座更早的洞穴神祠上，底座长230米，宽187米（有说底座各边长222米，为正方形），因塔顶神庙已无存，现高为68米，建成于公元100—150年间。全塔共有五层高，有登攀的台阶上去。但越往上爬，台阶越来越窄，坡度越来越陡，攀爬起来就越来越难，有的游客干脆坐着一阶一阶地往上爬。开始时,由于台阶较宽,坡度较小,爬起来还算容易。当攀登到第二层时,有些旅友就干脆打退堂鼓,坐下休息,不再往上爬了。

登上太阳金字塔,是我的夙愿之一。记得多年以前,我在攀登埃及胡夫金字塔时,只攀登到第四层石头时就退了下来,至今仍觉得遗憾,这次一定不能再犯那次的错误,鼓起勇气,勇攀高巅。

说起来容易,实际攀登起来,可不是那么简单。当攀登到第四层时,台阶非常窄,且近90度的垂直坡度,我们又要攀登,又要照顾好相机,免得被眼前贴身的台阶碰损,就显得非常吃力。当我们终于步上最后一个台阶,到达顶层四周的平台时,一种说不出的喜悦和自豪感,油然而生。

作为特奥蒂瓦坎的最高建筑,当我们昂然挺立在太阳金字塔顶,俯瞰令人倾倒的古城仅存遗址全景时,顿感心旷神怡,坦荡飘逸。高大的太阳金字塔巍然独尊,坐在山谷的正中,四面高山朝贡,八方清风拂面。脚下亡者大道通向远方,月亮金字塔端坐在亡者大道的北头,十二神殿簇拥的月亮广场(Plaza De La Luna),空旷宽阔,神气十足;古城城堡的各种神庙、宫殿遗址,排列在亡者大道两边,星罗棋布,古风犹存,遗韵横溢。

我们在首次登上太阳金字塔回到第五层的周围平台小息一会后,又忍不住第二次迈向金字塔的极顶,再次环视一周,摄取最后的印象,然后,再恋恋不舍地走下太阳金字塔。在塔半腰中,同许多热情的当地学生拍照留念。他们的纯朴天真,热情好客,给人留下难忘的印象。

回到太阳金字塔下,我们顺着亡者大道,奔向月亮金字塔。在太阳金字塔顶望月亮金字塔,感到她很小,但走在亡者大道上看月亮金字塔,又感到她同太阳金字塔差不多一样高大,且更加端庄娴雅。两旁的十二神殿遗址整齐地排在脚下,越发显得俊美秀丽,赏心悦目。其实,月亮金字塔比太阳金字塔矮20米,但因她建筑在山前一处高地上,故显得与太阳金字塔差不多一样高。月亮金字塔完工于公元300年左右,比太阳金字塔年轻150岁左右。

当走到月亮金字塔前月亮广场上时,导游开玩笑地问我们:"要不要再登月亮金字塔? 你们要上去,我们等你们。"我们知道他是在开玩笑。说真的,我们真想再登上去,可实在是年龄不饶人、力不从心了。我们只好回答说:"留作下次吧,否则一次登完了,下次来没得登啦!"但望着那些正在登上月亮金字塔的游客,我们心里还真是怪痒痒的。

创造特奥蒂瓦坎古文明的阿兹特克人修建太阳金字塔和月亮金字塔,是专为献给太阳神和月亮神的。

在太阳金字塔下,有一条100米长的隧道从金字塔西侧通到塔中心正下方的一个洞里,里面有宗教物品。据推断;早在金字塔建立之前,这里的人就崇拜太阳。古代居民认为这个洞穴就是生命的起源，故在洞穴上建造神祠。后来的人又在神祠上建造了太阳金字塔。可惜，隧道的入口门已关闭，我们只能听导游介绍。

在太阳金字塔东北500米远的祭司住处（Palacio De Tepantitla），有特奥蒂瓦坎最著名的壁画，叫破旧的"雨神的天堂"（Paradise Of Tl'aoc）。壁画在一个门的两侧，门则通往东北角的一个有顶的天井里，两侧都是祭司陪伴下的雨神Tl'aloc像。门右边描绘了他的天堂。门左边的壁画上有小小的人像，他们在参与一场独特的球赛。其他的房间里的壁画描绘了戴着羽毛头饰的祭司像。

月亮广场西南角旁边，是绿咬鹃蝴蝶宫殿，据说这里原是一个高级祭司的住处。一道楼梯通往上面有顶的门廊，那里有一幅抽象的壁画。门廊附近是一处修复完好的院子，里面的柱子上雕刻着绿咬鹃和绿咬鹃蝴蝶杂交种类的图形。在绿咬鹃蝴蝶宫殿下面，是美洲虎宫殿（Palado De Jaguares）和羽毛贝壳神庙（Templo De Los Caracoles Emplumados）。美洲虎宫殿庭院旁边几处房舍的矮墙上有多处壁画，展示的是祈求雨神的场面。

从美洲虎宫殿的院子里可以进入羽毛贝壳神庙，不过在二至三世纪时，在它的上面又建起了新的建筑。在整个月亮广场的西南角有一大片宫殿群遗址，据说都是当时的王室和贵族的住处。这里形成了一个巨大的城堡。不过现在仅是残垣断壁，只有宫殿和房屋的地基遗址，给人留下的也只是昔日的辉煌描述和随心地驰骋想象。

综观整个特奥蒂瓦坎古遗址，宫殿、神庙皆随岁月的流逝而消失，唯独太阳金字塔和月亮金字塔，像天空中的太阳月亮，光耀千秋，风采依旧，不弃不离，永远相伴，每天在迎接着四面八方的来客。

2014 年 4 月 25 日

通往洞里萨湖

柬埔寨的洞里萨湖,位于柬埔寨的西北部六省中间,是中南半岛上最大的湖泊,向东与湄公河相通。该湖水量季节变化很大,每年12月至次年6月,湄公河枯水期,湖水流入湄公河,湖面面积在低水位时2 500平方公里,水深不过2米;每年7至11月时,湄公河涨水,河水倒灌入湖中,湖面面积可达10 000平方公里,水深可达到10米。所以洞里萨湖被称为天然的蓄水池和柬埔寨人民的母亲湖。

探望洞里萨湖,是我们多年的愿望之一。上次去柬埔寨时,因时间过于紧迫,未能有暇光顾。这次我们决心不再错失良机,说服同伴,挤时间安排洞里萨湖一游。

在暹粒市酒店用过早餐后,我们便驱车前往离暹粒市以南20公里的洞里萨湖。5月的柬埔寨,热季刚刚过去,雨季刚刚开始,但依然不时有闷热和阵雨。在一阵阵雨过后,苍翠的绿树和繁茂的花草会给人带来一股清新和爽意。天空轻云漫布,炎阳被遮,无形中给我们带来了一个出游难得的好天气。

从暹粒市往洞里萨湖,沿途一路平原。路两旁尽是当地人住的两层或三层的柬式房屋,底层是不住人的,高高地被粗大的竹竿架子撑住。是用来防备湖水涨水的。人们根据多年湖水涨水可达到的高度,来确定底层竹架支撑的高度,确保上面的住房不会被水淹到。枯水时,下面还可以堆放物品或拴圈牛羊。房周围长满了香蕉、椰子、榴梿、腰果等果树。据说,这里路两旁住的大都是经营水产品和农产品加工的有钱人家。

不到半小时的车程,我们来到去洞里萨湖的游艇码头。面前一条长长的小溪,由于刚下过雨的缘故,溪水是黄浊的。溪中一字停泊着长串小艇,等待游客来选乘。我们下车后,步行往下到水边,登上了一条小艇。小艇上两边各有两排坐椅,中间一条走道。艇上一名开船的年轻舵手和两名八九岁的小男孩,是全部的工作人员。青年男子可能是两个孩子的爸爸,我们没有问,看样子有点像。青年男舵手只管开船,两个小孩跑前跑后,做些辅助工作。

游艇在弯弯曲曲的小溪中前进,尾部拖起一束黄黄的浪花。溪两岸的田地里长满了高粱等庄稼。水边不时有打鱼人在撒网捕鱼。三五小童光着屁股在捉鱼摸虾,完全不顾游艇上的男女游客,有的竟然还对着游艇上的客人笑笑,打打招呼,一副好客的样子。有的游客，特别是个别来自大城市中的女游客，看到这些天真无邪的孩子非常可爱，不时地闪动着相机，拍下他们那纯真烂漫的童影。

正行到半途中，忽然马达"甬"的一声响，游艇顿时停止了前进。正当我们要询问原因时，只见一个略大一点的孩子连忙跑到船尾，跳上一托起的尾架上，轻轻地用脚一踏，便一切照常，游艇又马上前进了。我被这个小童干脆利索地举动和动作的效果所感动。只见这个小童却毫不为然地坐在那里静观游艇前进拖起的束束浪花。

同我们一起奔往洞里萨湖的游艇，有的与我们并肩前行，有的从我们身边擦船而过。其中不少是来自欧美的客人，互相打着招呼，大家怀着同一个目的，各奔前程。

大约行驶了5公里的样子，到达了我们的目的地：洞里萨湖。只见茫茫一片，横无际涯。水面上有一处水上村庄，被称为"水上街市"。一幢幢木制房屋漂浮在水面上，有的连成一片，有的单门独户。房屋下面养着各种鱼、虾、蟹等。上面有一层、二层、三层不等，住着渔民或做水产买卖的人家。在一片连起来的中心处，有专门的大鱼档，排成排的鱼档中，有各式各样的水族类动物可供随意选购，亦可讨价还价。在大鱼档周围，有茶楼、咖啡馆、餐馆、酒家、小吃店和旅游纪念品商店，供游客选购。店与店中间，不时有售货的独木小舟穿梭其中，非常方便。

当我们的游艇靠近水上街市时，不料马上被飞涌而来的独木小舟蜂拥包围。这些独木小舟，有的卖饮料，有的卖水产，有的卖食品，有的卖特产，应有尽有。只见一只独木小舟飞一样地靠近我们的游艇，当我们还没有意识到要发生什么事时，一个七八岁的小姑娘提着一篮子饮料飞一样地从窗口进了我们的游艇，跑到我们面前，抢卖饮料，可口可乐，1美元一罐，啤酒2美元一罐，正是大家都口渴时，她的生意做得很不错。当她做完生意后，我正想为她拍一张照片，她却又飞一样地跳出窗口，回到了自己的小舟上，又飞向了新来的游艇。那干练的精彩动作，看得简直令人眼花缭乱。

在这些包围上来的独木小舟中，也有不少是拥上来扒在窗口讨钱讨饭的。有两只独木小舟上，各有一个三四岁的小姑娘，脖子上缠着一条大蟒蛇，同她的兄妹和妈妈一起向游客讨钱讨食品。其中一个小姑娘竟然带着蛇爬到窗口，吓得几个女游伴慌忙逃开。当冷静下来后，好心的女游伴拿出自己的糖果和糕点给她和她的小弟妹，她们便高兴地回到自己的小舟里。同在吴哥古城遇到的情形一样，当地小孩非常喜欢游客带来的糖果和点心。

到达水上街市的中心后，我们跳到了街市的岸上，即连起来的浮动屋群和船板上，看了几处鱼市，一般都很贵。在一家茶楼小坐片刻后，我们便登上了顶层瞭望台。阴云下，茫茫的洞里萨湖，波涛连天际，热风洒湖畴。星星点点的水上人家，漂

浮在水面上,听由风吹雨打,任随波翻浪滚。面对无涯波涛,想到游艇上的小童和飞窗进船兜卖的小姑娘,顿时思绪万千,不禁吟道:

> 通往古城见微笑,洞里萨湖凌波涛。
> 湖上街市浪里忙,舟中贫儿水上漂。
> 临船兜卖迎百客,踏浪飞窗争分秒。
> 渔家户户难言苦,风波浪里泪如浇。

从这些湖上孩子们的身上,我们似乎看到了柬埔寨新的曙光和未来。

但同时,独木小舟中幼儿幼女的泪脸和乞讨声,亦给人留下了挥之不去的阴影。仰望天际,面对湖澜,我们不由自主地又想起了范仲淹《岳阳楼记》中所发出的"先天下之忧而忧,后天下之乐而乐"的感慨。我们清楚地知道,洞里萨湖不是洞庭湖,这洞里萨湖上的茶楼也并非洞庭湖畔的岳阳楼。但普天下的人民是一样的。面对如此众多的劳苦大众,改造世界,改善大多数人的生活环境、让"天下共乐"的天职,实在是太大太重了!世界上有多少人能够真正做到"先天下之忧而忧、后天下之乐而乐"呢?!

当地的朋友大概看出了我的疑虑,忙介绍说,柬埔寨经过多年的战争摧残,人民生活苦不堪言,目前很难在短时间内解决这么多穷人生活困难的问题。我们正在努力抓住现在和平的时期,向你们中国学习,发展我们的经济,尽快让我国的老百姓摆脱贫穷的现状。

我相信这位柬埔寨朋友的话,并期待着这一天的早日到来。

2014年6月31日

游维尔京群岛

维尔京群岛分属英、美两国。

美属维尔京群岛位于大西洋和加勒比海之间，在加勒比海小安的列斯群岛东部，西距波多黎各64公里，由50多个大小岛屿和珊瑚礁组成，面积为344平方公里（亦称351平方公里），其中最大的三个大岛分别是：圣克鲁斯岛（218平方公里）、圣约翰岛（50平方公里）和圣托马斯岛（83平方公里）。首都：夏洛特阿马利亚，旧称圣托马斯。现在人们仍习惯称圣托马斯。是嘉年华邮轮公司和皇家加勒比海邮轮公司邮轮的停靠地和旅游胜地。

圣托马斯（St.thomas）坐落在一环翠山海湾边，给人的印象是宁静和美丽，仙山与琼阁。同其他的加勒比海岛屿相似：世外桃源。在邮轮上眺望圣托马斯市，可以环绕看到市的全景的各个角落，非常俊雅。

游圣托马斯，最好的办法是花25美元搭乘当地旅行社的观光巴士，从海边的市区，可以旋转地开到岛上最高的圣彼得山顶，一路边行边停，边停边看。

旅游巴士司机兼导游，边行边介绍维尔京群岛和圣托马斯的故事。在到达一个叫Drake's Seat的观景点，巴士停下，游客跟着导游下车，来到一处平台，导游开始介绍维尔京群岛和圣托马斯的历史，滔滔不绝。

从半山处的观景点，可以较近距离的眺望圣托马斯湾的满湾小船和白帆，我们乘坐的嘉年华自主号游轮静静地停靠在山脚海边，有一种特别豪华伟岸的感觉。远处的小岛，亦清晰在目。

当我们正听得津津有味的时候，不料天突然一眨眼的工夫，下起了大雨，碧蓝的海面上顿时乌云密布。导游连忙请我们上车躲雨。来得快，去得也快，没多久，云开天朗，我们又下车，继续听导游介绍。

离开观景点Drake's Seat不久，我们又停在一处叫Great House的景点，这时又下起了小雨。天似乎存心与我们过不去，蒙蒙细雨完全遮住了圣彼得山的真面貌和山下港湾的美丽。幸好，Great House本身就是一处上好的景点，我们冒着沙沙小雨，随导游观赏。

这里除了建筑的华美外，更有一处专门为观景建造的山腰平台，一座观景凉亭，一个可以容纳二三十人坐着听讲演的平台，四周有护卫栏杆。可惜老天不作美,我们到达时,正是乌云密布,细雨淅淅,山上山下,灰蒙蒙雾茫茫,美丽的梅根海湾和排名世界十大海滩之一的梅根海滩,如同仙子,也在一片朦胧之中。倒也另有风趣,游客们自嘲:宛若云中神仙,身处梦幻。

离开 Great House 景点,导游继续带我们到达圣彼得山顶,这是游圣托马斯最好的观景胜地。在山顶的一处平地上,有一处很大的纪念品商店,在商店靠海湾的一边,专建了一个观景平台,可以俯瞰整个圣托马斯海湾和四周的海岛,真是如梦如幻。

可就在我们刚下车时,突然雷电交加,风骤雨暴,大雨倾盆而下,我们只好躲进商店,仔细浏览商店里的纪念品。暴雨被大风吹进商店,地板上水流成河,工作人员赶忙排除流水。我们等了很久,希望雨能早点停,好享受一下大自然赐给人们的圣彼得山胜境,但是老天不遂人愿,当我们下山时,仍是风骤雨狂。导游无奈地解释说,在热带雨林,这是非常正常的现象。

下山后,我们绕道山的后面,前往 Coki Beach。这时雨亦停止,仿佛故意同我们开玩笑。这是一处小巧玲珑,但却极其幽静的海湾和沙滩,平静的海水,一片湛蓝澄澈,是适合浮潜的好去处。就在附近的岸边,停靠着一艘小型游轮,是专门送游客来此休闲的。

云开天晴,圣托马斯海湾又恢复了本来水蓝天碧的美丽本色。白云、蓝天、碧水、银舟、翠山、红楼,玉阁、邮轮、轻帆,织就了一幅美丽的海湾水墨画景。

2015 年 8 月 11 日

游圣马丁岛

圣马丁岛（St.Martin）位于加勒比海东北部，在小安的列斯群岛中"向风群岛"的北端。岛名为哥仑布命名，以纪念在圣马丁节发现此岛。

该岛总面积仅88平方公里，分属荷兰和法国两国。其南部属于荷属安的列斯，面积为34平方公里，首府菲利普斯堡；北部则为一法属海外行政区域，面积为54平方公里，首府为马里格特。

由于分属两个国家，故岛上有两种完全不同的独特文化——荷兰文化与法国文化。岛上有迷人的海滩，最有名的为法属部分的东方海滩（Orient Beach），风景靓丽，色彩明亮，有许多优雅别致的小酒吧和咖啡屋。该海滩广阔漫长，又分天体海滩和非天体海滩两部分，中间由巨大的防浪石隔开，二者井水不犯河水，相安无事，各不打扰。只是在天体海滩部分，禁止拍照，入内相机须统一保管，不许带入。非天体海滩则一切听便。

一般大型邮轮会停泊在荷属部分的首府菲利普斯堡（Philipsberg），而较小的邮轮则会停靠在法属部分的首府马里格特（Marigot）。

1493年，哥仑布在第二次横渡大西洋时首次到达该岛，称此岛为西班牙的领地，但他本人从未在该岛登陆。因为西班牙不急于在此建立殖民地。

与此相反，法国与荷兰则凯觎此地。法国欲要殖民百慕达至千里达之间的岛屿；而荷兰则发现圣马丁岛可以作为巴西和新阿姆斯特丹（今日之纽约）两块殖民地的航线的中途补给站。

荷兰人在1631年轻易在此设立定居点，并建立了阿姆斯特丹堡抵御其他入侵者。荷属东印度公司开始在岛上经营盐矿。法国和英国人也纷纷在岛上设立定居点。这令西班牙发觉圣马丁岛很抢手，遂借八十年战争在1633年一举攻占全岛，并将其他国家的殖民者驱逐出去。

荷兰人此后发动多次攻势，企图夺回该岛，但始终未遂，直至1648年八十年战争结束，西班牙承认荷兰独立，并因无法盈利且无须在加勒比海建立海军基地而放弃该岛。

法荷两国的殖民者自圣基茨和圣尤斯特歇斯岛回到圣马丁岛上，双方经无数次冲突，发现都无法将对方驱离该岛，故在1648年双方在岛上的协和峰签署和约，瓜分圣马丁岛。法国更在该岛对开海域部署海军军舰,以恐吓荷兰人给与他们更多的土地。但和约签署过后至1816年,法荷两军在岛上依然冲突不断,更曾修界16次。由于法荷两国军队一直冲突不断,结果导致全岛后来曾一度被英军占领。后来法国与荷兰按照在1648年签署的协议分治圣马丁岛。法国和荷兰的军队在岛东部的牡蛎塘集结,然后各反向沿着海岸线行进,到双方军队最后碰头相会处,以此为界,确定两国的边界。

传说出发前的仪式上,荷兰军队喝了杜松子酒和淡啤酒,法国军队喝了康杰白兰地和白酒。法国兵因此酒劲十足,比荷兰人兴奋得多,跑得快,结果占去了三分之二的土地,荷兰人只得了三分之一。还有说法:荷兰军队在行进中,看到一位漂亮的法国少女,全被迷住走不动了,只顾去看美丽的法国姑娘,结果耽误了不少时间,最后只占了三分之一的圣马丁岛。

但不管如何,后来两国之间的和平友好相处了三百多年至今。现在两国之间没有边防,也没有海关,只在分界处立一块碑,插两面国旗,任何人均可自由往来,无须办任何手续,也不用任何证件,如同在一个国内一样。这在全世界是绝无仅有的情况。

荷属圣马丁岛首府菲利普斯堡,是著名的邮轮停靠港,和岛上最大的免税购物中心和商业中心。20世纪80年代初,荷属圣马丁岛与邻近的萨巴(Saba)岛和圣尤斯特歇斯(St.Eustatius)岛共同组成“荷属安地列斯群岛向风群岛选区”,成为荷兰王国的一部分。由于荷兰政府积极鼓励岛上最有价值的自然资源——洁净的海滩和宜人的气候,经济上已经日益转型为依靠旅游业。这也为大型邮轮的停靠提供了有力的条件。

1763年荷兰海军有位苏格兰籍船长约翰·菲利普斯,他在盐田与大海之间的狭长地带上建立了菲利普斯堡。数量繁多的商店、咖啡屋和旅馆,让菲利普斯堡成为圣马丁岛上最热闹的地方和游客的去处。

离开荷属圣马丁岛,前往法属圣马丁岛。刚刚进入法属圣马丁岛,似乎感到有些荒凉,但过了不多久,就完全不一样。美丽的海湾畔,处处红色别墅,坐落在碧波湾畔,青山依托,翠林拥掩,幽静而闲逸。在到达奥林匹克湾时,导游介绍,这里正在建造一座五星级的希尔顿酒店。站在海湾边高处,眺望奥林匹克湾,在湾内不远处,有一座长型小岛,挡住大西洋的惊涛骇浪,宛若一道绿色的防浪屏障,使海湾恰如一个天然的避风港。其环境之优美,无疑是天赐。这是一处新的旅游开发区。目前仅是座座别墅,掩遮在绿树丛中,同山坡上的别墅群,相映成趣。

离开海边,穿过青山绿帐,转眼就来到了法属圣马丁岛的首府马里格特市。一座海湾畔的海港。背山面水,风景玲珑优雅。同所有加勒比海的海港一样,港口中停泊着各种船只,海湾中舟艇游曳,银帆漂浮,鸥鹭翔跃。市北面的山上矗立着路易斯堡，堡上飘扬着法国国旗。山下依山傍海，是马里格特的市区和海边的旅游纪念品市场。街道两边是各种食肆、咖啡座和店铺，一派繁华景象。我在紧靠山脚下的一家豪华商场的咖啡座，叫了一杯卡帕提奴，细细品尝，真像到了法国海边康城，或是尼斯。

离开马里格特，去附近位于马里格特湾的另一边的梦海滩。隔海湾可以眺望马里格特市的全貌。海湾开阔。海面平静，水清沙白，环境极其清幽。沙滩上丽影如云，在遮阳伞下三三两两，或聊天，或看书，或闭目养神，享受阳光浴的恩惠。海浪中则是冲浪健儿，博击飞来的惊涛骇浪，一展英姿。

在法属圣马丁的东北部，是著名的东方海滩，分天体和非天体泳滩两部分，但离市区较远，且费用较昂贵，多是国外来的游客去处，或是有较长度假时间的休闲处所。

圣马丁岛虽然很小，但因分属荷法两国，有两种截然不同的文化氛围和风俗习惯，故生活颇为丰富多采，如有充足的时间，可在此尽情享受两国文化的精华和不同风俗的神韵。在进入马里格特的市区前，就有一座法式"自由女神"雕塑像。当地介绍说，美国纽约有"自由女神"像，我们这里也有自己的"自由女神"像。不过这里的"自由女神"不是白人女神，而是黑人女神。

圣马丁岛很小，是全世界分属两国的最小岛屿。虽然岛很小，但有许多美丽的海湾供人游玩。有的海滩被誉为整个圣马丁岛或加勒比海上最美丽的海滩。当然，各人爱好与要求不同，故对海滩的评价也不尽相似罢了。

2018 年 8 月 18 日

圣基茨和尼维斯联邦纪游

圣基茨和尼维斯联邦（Saint Kitts and Nevis）位于东加勒比海背风群岛的北部，是一个由圣克里斯多福岛（即圣基茨岛）与尼维斯岛所组成的联邦制岛国。在1983年9月9日独立，是一非常年轻的英联邦王国，总面积仅为267平方公里，人口约5.5万，以黑人为主，占94%，其他为白人和混血种人，极少数为英国人、葡萄牙人和黎巴嫩人，首都为巴斯特尔，在圣基茨岛上。我们的邮轮停靠在首都巴斯特尔海湾的岸边。在此下船，然后上岸游览。

尼维斯岛较小，位于圣基茨岛东南仅3公里的海上，两者相隔一个被称为"窄堑"（The Narrows）的海峡。这里是一处很好的旅游景点。

该联邦国的两个主要岛屿均为火山岛。岛的中部地区丛林密布，有数条河流自此发源分流大西洋与加勒比海，人迹罕至，居民多集中在沿海地区。全国属热带海洋性气候，平均气温为26摄氏度，年平均降雨量圣基茨为1 400毫米，尼维斯为1 220毫米。

1493年哥仑布到达圣基茨岛，1628年该岛被英国占领。此后法国又一度占领该岛的两端，互相争来夺去。1783年，根据《凡尔赛条约》，该岛被正式划属英国。尼维斯岛于1628年沦为英国的殖民地。1983年9月19日，圣基茨和尼维斯联邦独立，成为英联邦成员国。

联邦国的居民多为英国圣公会教徒，少数为新教徒和天主教徒。当地的黑人为非洲黑人后裔，但坚持加勒比风格，有独特的民族文化，忌讳被别人称为"African"。在独立前，跟随英国的邮票发行体制。独立后，自行发行邮票，题材广泛，是世界集邮爱好者的收集热点之一。

圣基茨岛是一座南北狭长的火山岛，岛上多为海拔350米以下的低矮火山丘陵。山脉主要分为三列：西北为瑟里火山，海拔1 156米，为全国最高峰；东南部和东南半岛为平原和缓丘地带。尼维斯岛则为一锥形火山岛。

硫磺山要塞国家森林公园，是圣基茨岛上最有名的旅游景区。公园里的乔治堡要塞1999年被联合国列入《世界遗产名录》。要塞占地15公顷，由英国军事工程师设计，军队监管着非洲黑奴进行修建和维修。该古堡建于大洋边的一处山顶上，山下即是碧波浩瀚的大海，居高临下，十分险要。古堡上各个方向，大炮依然原样排列，朝着不同的方向。登临要步行爬上长长的台阶。由于地势险要和一直有军队驻扎，乔治堡要塞得到了完好地保存。要塞的建筑布局糅合了英国要塞和加勒比海地区的风格，成为十七八世纪城堡的典范，是全美洲保留最生动、最完好、最壮观的景点之一，这在加勒比海地区是绝无仅有的。远眺辽阔的大海，昂首峭崖城堡之上，不禁油然而生韵：

> 半空悬城堡，峭崖观海涛。
> 云漫青峰突，雨骤翠林娇。
> 风急堡旗扬，海阔银帆飘。
> 万里乘兴来，远眺凭阙高。

可供参观的部分包括：居高临下的海崖城堡、医院、军火库、炮官居所和乔治堡要塞博物馆等。

离乔治堡要塞城堡，去不远处的约翰逊花园，这是岛上颇值得游览的另一处景点。此花园位于海边的一处山坡上，在花园中可随处远眺蔚蓝的大海，环境极其优美。该花园是美国约翰逊总统的爷爷在圣基茨岛上经营种植的。园中有许多名贵的花卉和植物，有年龄在400多年的古树，依然枝繁叶茂，每天游客络绎不绝。

游览完约翰逊花园后，我们一行便去大西洋与加勒比海的分水岭上观赏奇景。圣基茨岛由于南北狭长，且为背风群岛的北部，是该处大西洋与加勒比海的天然分水岭。这是一处新开发的旅游景点。登上分水岭的顶端，大西洋和加勒比海分别位于你的两边：一边是汹涌澎湃的大西洋，一边是娴静平和的加勒比海，风景特别优美，气势异常开阔，给人留下难以忘怀的水天奇观。

2015 年 8 月 25 日

碧海明珠

——加勒比海圣卢西亚纪游

在很长的时间里,我们的脑海中长期被大西洋中的巴巴多斯占据着,坦率地讲,对圣卢西亚很陌生。这次游圣之前,虽然也看了不少的资料,特别是一些赴圣先行者写的游记。但当圣卢西亚真正出现在我们的眼前时,则完全改变了我们的概念。一句话:我们被圣卢西亚陶醉了! 可以毫不夸张地说,圣卢西亚是加勒比海诸岛国中风光最美丽的地方,真是堪称碧海明珠。整个圣卢西亚岛国,简直就是一块巨大的翡翠,漂浮在碧蓝的加勒比海上。绿,成了这个岛国的全貌。她比所有加勒比海其他的岛国都更绿。故人们誉称圣卢西亚是"加勒比海的绝代佳人"。

圣卢西亚,面积为616平方公里,位于东加勒比海向风群岛的中部,是向风群岛中的第二大岛。其北部是马提尼克岛,西南部是圣文森特岛。全岛是一座活火山,境内山峦起伏,有众多的山间河流,肥沃的河谷平原,宜人的地热温泉。岛上四周被山峦环绕,最高峰为基米峰,海拔959米。岛的中央为大片的热带雨林。

圣卢西亚是英联邦成员国,首都卡斯特里市,是一座真正的由仙山琼阁组成的海港山城。绿树、红楼、碧海、翠山、蓝天、白云、邮轮、轻帆,织就了一座海市蜃楼般的美丽城市。其市中心的德里克广场,则向人们诉说着这个城市和国家的美好所在。广场上的萨曼树有着400多年的树龄,如今依然枝叶繁茂。德里克广场公园,是以该国诺贝尔文学奖获得者德里克命名的。公园中同时还有一尊威廉·阿瑟·刘易斯的塑像,他是诺贝尔经济学奖获得者。一个只有17万人口的国家,竟然出了两位诺贝尔奖得主,按人口比例来讲,该国称得上是诺贝尔奖得主最多的国家。

圣卢西亚是加勒比海地区自然生态保护最好的国家,全国堪称双绝:绝美山地,绝美雨林。在全国所有大大小小的山岭峻峰中,你绝找不到一座光秃的山,看不见一处无绿的岭。郁郁葱葱,翠绿无涯,让人越看越喜欢,越游越生爱。

位于西南海岸的大小皮通山(Pitons)是圣卢西亚的最著名地标,也是整个加勒比海地区最著名的地标之一,其山峰崎岖起伏,绵延相连,特别是两座山山形相似,高矮相近,大皮通山海拔770米,小皮通山海拔743米,并列矗立在海边,恰如一对山的双胞胎，逗人喜爱。"皮通山自然保护区"是圣卢西亚的"世界自然遗产"。山的南侧是一个玲珑剔透的优美海湾，随山而名，叫皮通湾。湾畔山脚下坐落着一个美丽幽静的小镇，叫苏斐尔(Soufriere)小镇，原来是一个小渔村，随着旅游业的发展，游人络绎不绝，最终成了一座美丽的小镇。

神秘而美丽的皮通山，只能从远处眺望，很难走到近处游览。因其坐落在岸边水中，如从海中生出，几乎无路可通。如要前往山下游览，必须要请专门向导带路方能成行。不过，在从首都前往皮通山自然保护区的半坡路上，在到达苏斐尔小镇之前的不远处，有一处绝佳的观景点，可以看到完整的皮通山的真面貌。汽车导游会带你前往观看和小休。此观景处有食品和饮料供应，可一边眺望美景，一边尽享小吃。皮通山距离首都26英里，美国好莱坞大片《超人》曾在此拍摄取景。另外，皮通牌(Pitons)的啤酒是圣卢西亚人的至爱，你也可以在此享受一下，与圣卢西亚人分享他们的自豪与骄傲。

由于圣卢西亚是座火山岛，境内山峦起伏，景色优美，农业和旅游业在国民经济中占主要地位。在山脚下，到处都是地热的喷发景观。一处处地热蒸汽，从地下喷出，形成团团烟雾，在山间缭绕，形成一道天然的风景线，供游人观赏。岛的中央拥有大片的热带雨林，游客可以在此看到鹦鹉和天堂鸟飞舞其间。但遗憾的是目前尚未全部对外开放，如要到达雨林去游览，须要请向导带路通过，穿过茂密的热带雨林，去观看美丽壮观的热带瀑布，和雨林中特有的鸟类等。圣卢西亚岛上有景色迷人的村庄，曲折的山间海边道路，众多的幽静的海湾，美丽的山间花园，茂盛的大片香蕉田园，错落有致的棕榈树影，组成了一幅俊秀的海岛画轴，故而被评为世界上新婚旅游的最佳胜地之一。

在历史上，圣卢西亚曾多次为法国和英国不停地轮番拉锯占有，岛上的国旗先后换了14次。这是东加勒比海地区被争夺最激烈的地方，被称为"西印度群岛的海伦"。直到1814年，根据《巴黎和约》才正式将该岛划为英国，成为英国的殖民地。1967年，圣卢西亚实行内部自治，外交与防务由英国负责。1979年2月22日宣布独立，为英联邦正式成员国。从此终止了被反复争夺的处境。

圣卢西亚是加勒比所有岛国中生态环境堪称最好的地方，大量的火山灰形成的土地肥沃，非常适宜农作物的生长。但是，由于殖民者的长期统治，同大多数加勒比海地区的岛国一样，普通的居民依然生活得很贫困。在旅游的沿途中，随处可见到贫穷居民的情况。

除了皮通山风景区外，圣卢西亚还有几处旅游景点值得游览。

鸽子岛，其最大亮点是它将大西洋和加勒比海隔开，最窄处不足100米宽，登上顶端可以看到两边海面绝美奇景，一边是波涛汹涌的大西洋，一边是静谧如镜的加勒比海，如同迈入仙境，让人心旷神怡万分。

　　旧堡，位于圣卢西亚岛的最南端，曾经是18—19世纪时的圣卢西亚制糖业中心，现在是进入圣卢西亚的一个中转站。

　　苏弗尔里艾尔火山，直径6.5公里，可开车进入，是目前世界上唯一能够驱车进去观看的火山。驱车进入近处，可以看到地热喷泉、不断鼓泡的蒸汽喷水池，郁郁葱葱的植物园和钻石瀑布。

　　玛瑞高海湾，是圣卢西亚最漂亮的海湾，美国电影《杜立德医生》在此拍摄，使得玛瑞高海湾从此名声大振。海湾里布满了游艇，岸上还有一家五星级的酒店，和美丽的泳滩。

　　瑁讷（Morne Top）山顶，登上可观看萨克马兰谷地和卡斯特里海湾的全景。这里是卡斯特里最好的观景处所，千万不要错过。

　　圣卢西亚岛拥有地球上最清澈的海水，最洁白的沙滩，最晶莹的钻石瀑布，和最迷人的多元海岛风光，故被人们称为"天堂岛"和度蜜月胜地。

2015 年 12 月 31 日

波多黎各记游

　　有朋友来自波多黎各，经常向我介绍波多黎各的美。我问她："波多黎各美在哪里？"她说："波多黎各美在大海，美在古堡，美在一湾双城，更美在风俗人情……"

　　正巧，我们去东、南加勒比海的游轮是嘉年华公司的自主号。嘉年华游轮公司的加勒比总部就在波多黎各的圣胡安，可以有机会好好游览一下波多黎各，以不负朋友的多次推荐。

　　到了波多黎各首都圣胡安后，先上游轮登记办好入住手续后，便可下船去游览圣胡安。就在游轮码头最近的街口，有专门免费旅游车可乘。此游览车为定时班车，环游圣胡安老城各主要景点。游客每到一个景点可下车游览参观，等游览完后，再坐经过的游览班车，继续往下个景点游览。单从这一点看，你就可以看出波多黎各人想得多周到。这一小小的举措，可给远方的来客第一个难忘的"好客"印象。

　　我们在圣克瑞斯特（托）贝尔堡（Castillo De San Cristobal）景点下车，开始游览这座海边的古堡。

　　这是一座西班牙风格的城堡，坐落在城边大海一角的一座小山上，居高临下，上顶蓝天白日，下临蔚蓝碧海。城堡下波涛翻滚，城堡上古风斑驳，仍呈巍然雄壮之态。该城堡是由西班牙人所建造，用以抵御当年入侵的地面之敌。圣克瑞斯特贝尔堡是西班牙殖民者在此建造的最大的防御设施，完工于1783年，占地27英亩，沿海湾修筑，将圣胡安市保卫于堡中。圣克瑞斯特贝尔是哥仑布的西班牙语形式，故以此命名。

　　在保持了一个多世纪的平静后，城堡约三分之一的防御设施因用于缓和交通繁忙被毁坏。城堡所在的山原名叫欧卡山（Cerro De La Horoer），后为了纪念成功抵御英国人和荷兰人的入侵，遂改名为圣克瑞斯特贝尔山，山、堡同名。

　　圣克瑞斯特贝尔城堡周围的景色很美，可谓美不胜举。城堡本来就建在海边的山上高处，你再站在城堡上，高上加高，自然可以俯瞰整个圣胡安市和圣胡安海湾。堡内广场宽广，有西班牙人曾经使用过的武器展览。据介绍，每个月的第三个星期天有古军火演习表演。可惜，我们是等不及啦。圣克瑞斯特贝尔堡不但是圣胡安市的地标，更是圣胡安市的保护者和灵魂，是到波多黎各的游人必到之处。在这里，荟萃了圣胡安市最好的观光视点，既可以俯瞰美丽的圣胡安老城，又可远眺静娴的圣胡安海湾和蔚蓝沸腾的大海,聆听大海的呼唤和永恒的歌声。叫人无法不陶醉。

游览完圣克瑞斯特贝尔城堡后,可在城堡尽头处车站乘坐免费游览车前往另一座古堡——圣菲利普黛尔莫罗城堡,亦可以沿海边城墙上的环城大道,直接步行去。其实,由于圣胡安城墙相连,这两座古城堡可以说是连在一起的。很多人都是步行到圣菲利普黛尔莫罗堡的。我们为了节省时间,还是乘游览专车前往。

很短的时间,车子穿过一个大草坪,就到了圣菲利普黛尔莫罗城堡。我们下车后,就自行步行游览参观。有的人把这一城堡分成圣胡安莫罗城堡和圣菲利普海角城堡,其实这就是一座城堡。城堡有一座古老的大门,穿过大门后,就进入了古堡。整座古堡共有四层建筑,亦是建筑在一海角高地上的,居高临下,面向大海,气势雄伟。最下面的一层,可以直接与海涛接触,最上面的部分,则可以眺望大海的远处,茫茫无边无际,那正是大西洋的辽阔海疆。

这是圣胡安曾经抵御外敌的古城堡,堡里还有古老的炮台和锈蚀的大炮。这里曾经是圣胡安的海上大门,据说是由爱尔兰和意大利人帮助建造的,把当时之所能用的材料都搬来建造这座城堡了,如今是圣胡安的重要地标。据说,城堡是哥仑布所发现的新大陆的最古老的西班牙式城堡,1539年开始建造,前后耗时200多年才最终建成。古堡城墙有140英尺高。城堡顶上的灰色灯塔,从1846年开始运行,是圣胡安整个岛上最古老的灯塔。在经历了西班牙和美国的战争后,城堡曾经重新维修过。每当日落时刻,当人们站在高高的城堡墙上远眺大海时,落日余晖普洒在波涛汹涌澎湃的万里海域,日晖、波光,相互映照,那情景实在是令人心旷神怡,万般陶醉。

圣菲利普黛尔莫罗城堡,是世界文化遗产,是整个加勒比海地区最大最雄伟的军事设施。它同圣克瑞斯特贝尔城堡一前一后,紧密相连,一个防御海上之敌,一个防御陆上之敌,守护着圣胡安的港口和圣胡安老城。

除了上面介绍过的两座古城堡外,其实在圣胡安还有一座最大的城堡——拉芙尔塔莱萨堡。该堡建于1530年,是圣胡安最古老的军事设施。后经过大规模扩建,被改用作政府官邸达400多年,现为圣胡安的总督府,是西半球历史最悠久的行政官邸。

几个世纪以来,这些城堡发挥了重要的军事作用,它们使西班牙帝国免于加勒比印第安人和海盗的袭扰,免于其他敌国的战争威胁。它们是西班牙强权的见证。它们的存在,充分显示了波多黎各在"新世界"的探险和殖民地化过程中扮演的重要角色。

位于大安的列斯群岛东端的波多黎各,北面是广阔的大西洋,南面是优美的加勒比海湾。其位置得天独厚。圣胡安的古城堡垒,与历史名胜,集中了圣胡安旧城的主要工事建筑,是美洲大陆最重要的工事群之一。这一宏大工事群,是在16世纪初至19世纪末的400余年中陆续建成的,表现出欧洲军事建筑技术在"西班牙美洲"的巧妙运用。它告诉人们:18世纪欧洲盛行的军事防御技术,是如何被运用到一个陡峭而又具有重大战略意义的地方。美丽的圣胡安,是波多黎各的首都。圣胡安市原来的名字叫波多黎各,而当时的整个海岛叫圣胡安。后来正好相反,把整个海岛改叫作波多黎各,而原来的波多黎各遂改称圣胡安,建于圣胡安湾畔,这就是旧圣胡安。

圣胡安市位于波多黎各岛的东北部,面向大西洋。哥仑布美洲之旅的第二年,他的另一支船队跨过大西洋抵达波多黎各岛。那时岛上居住着三万多泰诺印地安人。西班牙殖民者于1509年在卡帕拉建立了第一个居民点,可是凶恶的毒蚊使他们不得不把居民点移至海湾小岛上。在小岛上定居下来后,他们自力更生,烧出砖瓦,修建起具有伊斯兰风格和西班牙式的新式民宅,并用最早抵达本地的圣徒胡安的名字来命名这个居民点,这就是圣胡安名字最早的来源。

圣胡安的旧城面积较小,街道狭窄,呈格状布局,为防止海盗和外敌的入侵,沿海建有20英尺厚、140英尺高的护城墙。随后又先后在城中海边建立了三座巨大雄伟的城堡,这就是我们在前面《碧海古堡》中所介绍的三大城堡,它们占据了整个圣胡安旧城的绝大部分面积。

旧城内的建筑排列紧凑,二、三层高的楼房,沿海边鳞次栉比,笔直的街道连缀着市内露天广场。在哥仑布发现的"新世界"中,殖民者有了第一个市政府,三大古堡更是西班牙人在美洲的第一个军事要塞。所以,在19世纪时,圣胡安已经成为西印度洋群岛上一个非常迷人的居住点和繁华的商业城。

圣胡安市和它所属的博物馆、议会大厦、诸多教堂现在都成了圣胡安历史公园区的重要一部分,这些部门分别由市政府、州政府和联邦政府所有。雄伟的国会大厦,就建立在海湾畔,旅游班车从门前经过,可下车自行游览。

在旧城的中心区,你可以看到,新奥尔良式的街道两旁,三层楼房的卷花铁阳台比比皆是。这些建筑大多属于十七——十八世纪时西班牙的贵族们所有。他们用经营烟草、蔗糖和马匹生意赚来的钱兴建起来的。各建筑表面涂有加勒比海地区特有风采的淡色彩调,如青灰、天蓝、玫瑰红、赭色和黄色等,这些色彩,在别处可能被认为过于豪华和奢侈,但在这里,却是极为正常,如同蓝天和碧海一样!

这里的居民,如同他们的历史一样重要。他们热爱生活,深爱自己的家园。在他们的住宅处,你到处都能看到微型喷泉的流水,高处悬挂的鸟笼,和来自外国的装饰品。虽然在"新世界"他们已生活了几百年,但他们的言谈举止,仍含有西班牙的内在气质,和融有当地民族传统的憨厚朴实。

圣胡安新城,在海湾的对面,从旧城有街道通往。旧城由于面积较小,且都是要保护的重要历史遗址,所以就在圣胡安海湾的对岸,建造了新城。

新城不同于旧城那样多历史遗址,多游览景点,主要是新型的现代化高楼大厦。沿海湾边高楼林立,楼下或是浅滩,或是惊涛拍岸,风景更是新潮。

与旧城不同,新城多是现代化的企业办公所在地。美国皇家加勒比游轮公司在新城有公司和游轮码头,专行加勒比地区的各航线。不过各游轮公司的航线大体差不多。

新城与旧城相比,这里显得干净清洁,新颖舒适,多现代化的酒店。如果你想入居得舒适奢华些,尽可到新城找酒店下榻。由于几大游轮公司会聚圣胡安,这里的夜生活十分丰富多彩。

圣胡安旧、新两城中是美丽的圣胡安海湾,夜来海湾景色十分梦幻迷人。月色、海色、星光、灯影,再加上新、旧两城的夜间霓虹彩景,美轮美奂,惟妙惟肖,当你登上停泊在港湾的游轮顶层远眺圣胡安海湾和新旧两城夜色时,说你怎么陶醉,都不会过分……

波多黎各的卡罗利纳市位于圣胡安以东很近的海边,从圣胡安新城开车一会儿就可到达,恰如圣胡安的远郊。这里也是一个旅游城市。我们从圣胡安新城出发,搭出租车,直奔卡罗利纳而来。

卡罗利纳海滩,在卡罗利纳全部旅游景点中排榜第一。我们的出租车司机,正好是卡罗利纳人,要游卡罗利纳,那是算找对人啦。该司机同样介绍我们去游览海滩,与我们原来的计划不谋而合。

到达下车后,司机让我们自己游览,讲好时间,他按时来接我们。当我们一步入卡罗利纳海滩的边缘时,一个开阔靓丽的白沙滩,展现在我们的眼前,完全出乎我们原先的预料。

明丽开阔的卡罗利纳海滩,沙质非常惹人喜爱,我们一看见,似乎就爱上了它。洁白干净、柔滑细软、颗粒匀称,不管是抓在手里,还是踏在脚下,都给人一种特别舒服的感觉,那真叫享受。

由于海滩就在城市楼房和大海中间,如此开阔的海滩真是少见。楼房连着沙滩,沙滩连着碧海,碧海连着蓝天,那景色本身就令人陶醉。遮阳伞下,沙滩椅上,让你尽情享受这大自然的恩赐,尽情地放松自己,尽情地开阔自己的胸怀,尽情地无忧无虑地远眺着大海畅想一切,仰望着蓝天遐想着未来,或反思往事,或品味人生。

海滩很大很开阔,但并不拥挤,这也令人感到意外。如此好的一流海滩,平静得出奇,干净得出奇,水清得出奇,天蓝得出奇,人少得也出奇……究其原因,就是藏在深闺人未知。很多人只知道夏威夷海滩和佛罗里达迈阿密海滩,却很少有人知道卡罗利纳海滩。

我去过世界上许多国家的海滩，从地中海沿岸，到非洲海边，从美国的圣迭戈的卡罗利纳海滩，到加勒比海诸岛上的海滩，再远到南美洲之星和里约等的海滩，就海滩的气质和优美度来看，波多黎各的卡罗利纳海滩一点也不比夏威夷威吉吉海滩逊色，而就沙质而论，卡罗利纳海滩实在要比夏威夷威吉吉海滩要好得多，海水也清澈平顺得多。

难怪很多第一次来卡罗利纳海滩的人，一来就爱上了这个地方。其实，波多黎各当地人是非常喜爱这个海滩的，一是极为方便，就在城边；二是外来人少，从不会发生拥挤现象，三是大自然所赐与海滩的因素这里完全拥有，尽你去享用。

偏僻乡村多出美女，天涯海角尽生桃源。大概就是这个道理吧。正如中国的八大名酒，没有一家是出自大城市，全出在深山乡野之处。但任是深山更远处，络绎酒客找上门。我相信，随着加勒比旅游业的不断发展，尽管对外宣传的不够，那些自动找上门来的游客一定会越来越多。

由于卡罗利纳海滩非常安全、安静，且不拥挤，这里特别适合家庭聚会式的游览。一家老小，欢聚海边沙滩，老少各享其乐，天伦尽趣。海滩上专门设有幼儿乐园，供孩子们玩耍，以解大人们之忧。

很多游客都跟我有同感，认为这是一个"很棒的海滩"。这里不但海滩很棒，而且服务也很棒，沿海岸各大酒店都会提供优质的服务，绝对不会有任何麻烦，每个人都是那么友好相爱。

在海滩不远处的海边有大型豪华的赌场，供游客们玩乐和入住，非常方便。旁边海上还有游艇俱乐部，有许多游艇供租用游海、钓鱼等。另外还有一个最早非洲来的移民原居住点小型博物馆，可顺路一并参观游览，以了解当地的历史。

美丽的海滩，干净的沙床，清澈的海水，漂亮的游客，幽静的环境，波多黎各一个最好的海滩——卡罗利纳海滩。

盼望能再见，波多黎各！我们会把见到你的一切，告诉我那位好心的波多黎各朋友！

2017年4月10日

一处闹市身边的秘境

——加拿大斯娲密什纪游

　　加拿大的斯娲密什，2015年被《纽约时报》评选为全世界人一生应该要去游览的52处地方之一，位于加拿大温哥华西北部海边约一小时车程的地方。这里虽然离温哥华很近，且属于大温哥华地区，但由于海边高山所阻，在威士乐举办冬季奥运会之前，却鲜为世人所知。

　　从温哥华市北区开车，沿海边仅有的一条公路向西北而行。公路在海边半山腰间蜿蜒盘旋，海边美景迎面扑来。一边是高耸峻拔的山群，一边是碧波荡漾的大海。这里山峰连着山峰，海湾连着海湾，白云在山腰处飘游，海鸟在海面上飞翔。随着车子的穿行，把人们步步带入佳境。

　　在进入斯娲密什市区前，是著名的斯娲密什"海通天"景区。一条通天缆车道，从海边飞起，把游客带到一千多米高的群山顶上，如同在泰山顶上的天街。在这里眺望四周皑皑的雪巅玉峰，俯瞰碧波如镜的静谧海湾，仰看蓝天上飘浮的白云，指点高空中翱翔的山鹰，令人无法不心旷神怡，遐想翩翩。

　　更加令人难以想象的是，这里有座山，整个山头望上去煞像福建省清源山上的太上老君。我们指着他，向同来的游伴推荐，游伴们无不纷纷称奇，说完全像极了。当然，只有去过泉州、游过清源山和见过太上老君像的人，才会有此同感。

　　我把这座山称为"太上老君山"，并把他发到网上，网友看了，亦感到无比神奇，深表赞同。大自然真是无奇不有。这座天然的太上老君巨雕，身高1 881米，大概是全世界最高大的太上老君坐雕了。看来，太上老君云游至此，也喜欢上斯娲密什了。这就是我为什么说：斯娲密什是一处连神仙都喜欢的地方啦！

　　山顶峡谷间有长长的越涧人行桥，高悬于空中，把相邻的山峰连在一起。人们可以在山顶密林中穿行，尽情欣赏群山雪峰美景。碧空中翻滚着的云海波涛，和在千米高的山顶上以海湾作背景，捕捉令人满意的镜头，留下斯娲密什美好的记忆。

　　世界上有许多美景，有的是海波沧茫，海滩洁白，但缺少高山雪峰。而有的地方高山峻拔并立，雪峰皑皑，但又缺少碧波沧海。斯娲密什则两者兼备，妙就妙在此处。

这里海湾连着海湾，海湾中又多高山耸立，直插蓝天，与美丽的阿拉斯加海域连成一片，大气磅礴。近似越南北部的下龙湾，又完全不同于下龙湾。两者比较起来，下龙湾显得小巧玲珑，斯娇密什的海湾群则显得壮阔峻巍，一直延伸到北太平洋的广袤海疆。只不过这里发现的晚、开发的晚或基本尚未开发罢了。但若从另一角度看，正是由于人们发现的晚、开发的晚，才给人间留下了这一方净土，和一处天然的秘境。

离海通天景区不远处，有从高山飞下的"山恩瀑布"（亦有翻译为"山昂瀑布"）。一挂飞瀑，从山顶飞流直下，经过山体的凹凸处处，时飞时溅，直到山脚下，在绿树林中形成清澈溪流长河，奔入近处的海湾而后汇入大海。

美丽的阿丽斯湖，像一位窈窕淑女，端庄秀美，温雅腼腆，隐藏在雪山下的绿树丛林中。远处的雪峰和周围的绿林，倒印在清澈的湖水中，如梦如幻，如锦如缎，美丽极了。湖水中和岸边草坪上，倩男靓女，或戏水，或浴日，或逗稚童玩耍……

从雪山绿林里流出的斯娇密什河，水清澈甘洌，完全没有污染，在深邃的河床中，悠悠轻歌，缓缓跳跃，似乎给人带来无限的快慰和惬意……又带着无限的欢乐和天然的自信，溶涵了无数的山形林荫、云影风声，奔向了海浪的大家庭，找到了自己最后也是最好的归宿。

当你漫步在斯娇密什市的街头，远处的飞瀑宛若长练，高高地飘依在青山上，从山顶，一直落入到山脚下的绿林中，再也不见踪影。

山脚下的碧水中，水鸟成群，野鸭凑趣。野鸭妈妈带头在前，领着一群鸭宝宝，在水面上划出一道道美丽的涟漪；鸭爸爸则押后护尾，保证鸭宝宝们的安全渡水……

这里湛蓝的天，雪白的云，苍翠的林，静谧的湖，甘洌的河，碧澈的海，巍峨的山，织就出一幅瑰丽神奇的大山水画卷，令人神往和陶醉。

秋天的枫韵叶丹，更令人无法不留恋忘返，心旷神怡。我们曾经在2013年的秋高枫丹之时，约了数位摄友，前来捕捉枫采丹韵，留下过美好的记忆。

在海边看云卷云舒，云消云浮，山隐山显，山青山暗，则别有一番韵味。那海中半山的云雾之上，翠绿的山颈，托着皑皑的玉峰，倒印在澄碧的海中，煞是难得的镜头。

山鹰，是斯娇密什的骄傲和健儿，或亭立河边的岩石上，或静栖于窗外的高枝上，一双锐利明亮的眼睛，不停地在搜索着四周，注视着大自然的一静一动，从不倦息。

这里的高岩陡壁，更是攀岩爱好者的天堂。每年来自世界各地的攀岩爱好者，欢聚在神秘的海边山谷，一展自己的英姿风采。那些高空跳伞爱好者，更是在万里晴空中展现自己山鹰般的身影⋯⋯

斯娒密什，这是一个神秘的山谷，一处令人无法不神往的奇异秘境。当交通不发达的时代，住在这里的斯娒密什原始部落，就在这与世隔绝的秘境中，独享这里的世外桃源的美景，写下了他们民族的神圣历史。

2017 年 12 月 31 日

登圣哈辛托山记

　　2月中旬的一天，我们早上9点钟从全美国第一旅游城市圣迭戈出发，驱车前往加州棕榈泉市圣哈辛托山景点游览。上午11点钟到达景区访客中心，下车作短暂停息，然后再驱车约三英里，到达登山缆车站停车场，再转乘穿梭巴士前往登山缆车站。

　　在缆车站下车后，便进入候车大厅排队购票。缆车上下需20分钟，即每20分钟一班。由于游客多，大家都在咖啡厅内外等候。我们被排在12点40分钟的班次，有充足时间先吃些随带食品和饮料。缆车站周围有山谷、瀑布和景点供游客参观、游览和拍照，故时间也不虚度。仰望山巅，在云雾缭绕中，圣哈辛托玉峰若隐若现，神秘莫测，早已令人向往。

　　当下山缆车的游客走完后，我们依次进入缆车厢内，开始飞跃登山。缆车离开山脚，我们直飞向山顶，如冲天飞船。近距离欣赏圣哈辛托山的山势奇观与真面貌。

　　缆车在空中旋转飞升，虽然速度很快，但却非常平稳，连少妇怀抱中的婴儿亦无惊吓的反应，令人感到十分舒适。只是在每过一个桥塔时有点震动，致使游客快乐地欢呼，但瞬间即逝。

　　随着缆车的旋转盘升，圣哈辛托山崖的嶙峋怪石、悬崖峭壁、奇峰巉岩，徐徐飞来，直扑胸怀。游客们忙着拍下各种峻美景点，将其尽收于相机与手机内。更有游客第一时间在媒体上与朋友分享这绝美奇景。满载80人的缆车厢内，游客们个个睁大眼睛，全神贯注地看着窗外的壮美奇景和不时飞下的天瀑。

　　著名的自然科学家约翰·缪尔（John Mori）在登圣哈辛托山时曾写道："圣哈辛托山的风景是世界上鬼斧神工的奇观之最。"他的评价虽不十分全面，亦不算过分夸张。而当时被誉为"世界第八大奇迹"的旋转缆车，更得益于工程的雄伟奇迹。

　　约10分钟后，我们到达圣哈辛托山的山顶缆车站。这是一座多层的高原山顶建筑。在这里有两家餐厅，一家高级的"山顶餐厅"（Peaks Restourant），一家自助的"松林咖啡"（Pines Cofe）。另外，还有一家酒吧，名字叫作"观景台长廊"（The Lookal Lounge），名字起得恰到妙处；一个观景区，一处自然历史展览室和一个放映纪录片的小电影厅。每处都是上山来的旅客。在观景区，到处都是观景拍照的摄影爱好者。眺望远方,茫茫云海,浪涛翻滚,波澜万千,变化莫测……

漫步缆车站,一侧是8 516英尺的万丈深峡,一侧是圣哈辛托山顶上的州立公园。在自然保护区内有林间小道,长达50英里,可供游客山顶林间探险和游览。我们到达时,放眼四周,堪称林海雪原,茫茫无边。许多滑雪爱好者,携带雪地靴和越野雪橇,奔向白雪皑皑的偏远地区去探险和滑雪。

离山顶不远处,徒步可到达"圆谷"(Round Valley),一处风景极其优美的野营露宿地,四季游客如织,从无间歇。对于那些不惧寒冷且喜欢猎奇觅异的朋友,这里是天然独特的野营圣地和抒发豪情的神秘幽境。如遇上志同道合者,则更是千载难寻的好去处。

我们漫步在观景区的长廊中,凭栏远眺无边的云海,看波翻浪涌,山鹰翱翔,澄澈碧空,听山风呼啸,林涛阵阵,不禁诗兴顿发:

> 一步飞升到瑶台,云海茫茫无边开。
> 青松苍劲吻碧空,无限风光天上来。

此情此景,一览众山小。圣哈辛托山是美国南加州的第二高峰,在棕榈泉市的119个旅游景点中,列排行第三名,距离沙漠山奥特莱斯约半小时车程,可一并游览之。棕榈泉市是美国一号公路上著名旅游城市景点,位于美国最大的莫哈维大沙漠中,堪称大漠中的天堂。

2017年3月2日

追梦者的欣慰回忆

2017年5月5日，我国自行研制的大型喷气客机C919在上海浦东国际机场首飞成功，开启了它的蓝天之旅。这是一个扬眉吐气的日子，它标志着我国民用航空领域的一次重大跨越，是我国航空史上的重大里程碑。从"运十"到"C919"，经过几代人坚持不懈地卓越努力，中国人梦寐以求造大飞机的梦想终于成真。作为第一代经历者的我，更感到由衷的高兴和无比的欣慰。

20世纪70年代，在结束了为期两年的上海机电一局英语培训班的教学任务后，1974年年底，我又接到上级通知，调我去刚成立不久的上海"七〇八设计院"三室工作，任翻译资料组副组长，并兼任英语老师，负责给院里的工程师和专业技术人员教授英语，以便他们能更好地阅读国外的技术资料。

虽然英语是我大学里的主课之一，但要准确系统地翻译当时最先进的航空技术资料，这是我翻译生涯中遇到的第一个重要挑战。因我一没有航空知识，二缺少航空技术专业术语，三更没有航空的技术和经验，如何将译文达到"信、达、雅"的标准？看来不利条件不少。但同时，我又看到许多有利条件：身边众多来自全国各地的优秀航空专家、工程师和技术人员，可以说都是我当然的老师。有他们的帮助，我相信一定会完成有关的翻译任务。再说，两年的英语教学实践，使我听、说、读、写、译的能力得到一定程度的提高；多次担任上海市举办的国际展览会口译的工作，增进了我对机电产品的了解，也使我学到了不少机电行业的技术知识与专业术语。更可贵的是，我们组里其他四位翻译同事，都是来自西安、毕业于航空学院的老翻译，我可以随时随地虚心地向他们请教学习。为了更好地了解飞机，我特地请老翻译带我登上进口的波音707客机。经过一段时间地努力和实践，我的"英译中"翻译水平有了较大的提高，从中我也初步摸索出了技术资料翻译的技巧。

"七〇八设计院"汇集了来自全国各地的航空技术精英，其中来自西安的最多，他们都是搞飞机研发的出类拔萃的专业人才，可谓人才济济。其中许多人在读大学时一般都读过基础英语，故能借助字典阅读国外的技术资料。我的任务就是尽快地在现有基础上提高他们的英语水平，尤其是阅读和翻译的能力。为了不多占用工作时间，我将上课时间安排在每天上午七时半至八时半，教材全部是航空技术方面的。参加学习英语的同事，每天要提早半小时上班，但大家都毫无怨言，全神贯注地学习。许多工程师和技术员坚持每天来学英语。他们那种认真刻苦、孜孜不倦的学习精神,至今仍深深地印在我的脑海中。这是一个与众不同的英语班,因它是学员和老师之间双向教学、互相切磋、共同提高、达到双赢的平台。可不是吗,我教授英语知识给学员,学员教授给我的是航空知识。与学员们的互动和分享,英语翻译与英语教学的互补,使我的翻译水平和教学的水准上了一个新的台阶,这对我来说,又是一个双赢。

"七〇八设计院"是一个来自五湖四海的大家庭。共同的使命感将全体员工凝聚在一起,真可谓"劲往一处使,汗往一处流"。作为总设计师的程不时更是处处以身作则。为了研制"运十"飞机,他废寝忘食,夜以继日,始终奋斗在第一线。有一次,为了攻克襟翼上的技术难题,他带领技术人员们挑灯夜战,度过了几个不眠之夜。这种无畏挑战、迎着困难上的拼搏精神深深地感染了每一个"七〇八"人。有了这种精神,还有什么困难不能克服,还有什么梦想不能成真。

"争分夺秒,早日造出大飞机"是每个"七〇八"人的共同心愿。记得当时食堂人手不够,于是每周四中午,我会去食堂做义工卖饭。为了让辛勤工作的员工早点吃到午餐,争取多些午睡时间,以便能精力充沛地继续下午的工作,我在卖饭前做足功课。当时食堂的蒸饭有两种,一种是用碗蒸,有二两一碗,也有三两一碗;另一种是用一个个长方形的铝合金平底锅蒸饭。我用刀将平底锅蒸的饭先按二两一块切好,盖上盖子保温。这样一来,我卖饭的速度就特别快,以致于每当我出现在哪个窗口,那里必定是排长龙。

程总是个不可多得的人才。他知识渊博,敬业有余,锲而不舍,平易近人。他常来我们翻译资料组,查阅各种技术资料,还风趣地、有声有色地向我们介绍飞机部件做疲劳等试验的情况,增加了我们不少的航空知识。他不仅是航空领域的精英和领军人物,而且还是一个多才多艺的音乐爱好者。他拉小提琴非常出色,后来他还与上海音乐学院著名女高音歌唱家周小燕教授合作,同台演出。正是在他的带领下,"七〇八设计院"成为一个富有朝气、充满活力、紧密合作、励志奉献的社区。这是一个快乐、和谐、温暖的大家庭。

在到处洋溢着喜悦和欢庆场面的同时,我们也面临着各种挑战、需要排除万难、不断解决各种矛盾。我们翻译资料组内两人(一位是30多岁的年轻人,另一位是50多岁的老同志)专门负责摄影,虽然只有两人,相处气氛却不时火药味十足。经我调查和观察,发现他们之间并不存在利益冲突,只是由于年龄、教育背景和经历之差异而造成处理问题的不同,最主要的还是缺乏沟通。每个人想法都不同,出现矛盾是难免的,关键是如何及时又有效地解决矛盾。经过多次对双方的耐心思想工作以及周末的家访,他们之间的矛盾才逐渐得以缓和。

我们三室除了翻译资料组外,还有一个十几人的晒图组,其中大多数是刚从学校毕业的学生。由于年轻，他们时间观念不强，纪律松弛，常常贻误工作。新调来的朱支书认为做好这些年轻人的转化工作已刻不容缓。于是她要求我配合她工作。经过一段时间的努力，晒图组的状况有了可喜的变化，其中小刘的变化最快。然后，一次朱支书和小刘在打扫食堂时，意外发生了。小刘的左手中指不幸遭严重压伤，医生诊断唯一的治疗方法就是要截去中指上面二节。由于小刘的姐姐在外地工作，他是家中的独子，母亲又长期病假在家，这突如其来的事故对小刘和其母亲犹如晴天霹雳，难以接受。而朱书记的右手也粉碎性骨折，亟需休息和治疗。因此，我一方面极力安慰小刘和其母亲，另一方面陪小刘去瑞金医院进行截指手术。此后一段时间内，我每天上班前总是先去小刘家帮他买菜、烧饭，照顾一下他的母亲。

真是祸不单行。差不多同一个时期，我的家里也出了问题。由于"七〇八设计院"地处龙华机场候机楼，我每天上班乘车需要一个多小时。为了确保七时半上英语课，我每天早上六时要先将儿子送到附近的幼儿园去吃早饭，晚上七时后，常常是幼儿园老师送我儿子到邻居家。一天清晨，我儿子突然感到剧烈的头疼，我立即送他去儿童医院看急诊。医生诊断是传染到的腮腺炎诱发的急性脑膜炎，需要抽骨髓作化验。儿子被抱去另一幢楼抽骨髓，医生不让我陪同。这时我仿佛听到儿子抽骨髓时痛苦地呼喊"妈妈"，而我却不能在他身边，分担儿子的痛苦，真是心如刀割，泪流满面。俗话说：母子连心，儿子身上受的痛苦，更痛在母亲的心上。由于我爱人经常出国、出差，我工作又忙，即使在儿子住隔离病房期间，我也不能每晚去陪他。我曾自责自己忽视了对儿子的照顾，并因而感到深深的内疚。面对事业与家庭产生的矛盾，我有时会感到纠结。但当我想起小刘和他母亲能勇敢地面对现实时，想到从外地调到沪地大多数"七〇八"人，他们接受的挑战比我多得多（如安家、孩子上学等），与他们相比，我感到自己很惭愧。儿子出院不久，在有关单位的关心下，我儿子进了上海市直属机关第一幼儿园，从此解除了我的后顾之忧，使我能全身心地投入到进口大飞机资料的翻译工作。

不知不觉地在"七〇八设计院"工作了两年，这次不寻常的对进口大飞机资料的翻译工作，是我毕生难忘的一段人生经历。1976年底，我荣幸地被评为院"先进个人"。不久，我不得不依依不舍地告别"七〇八设计院"这个追梦的大家庭，因为又一个翻译任务的新挑战正在等待着我。

如今，四十多年过去了，我国自行研制的大飞机C919终于成功地飞向了蓝天，时韵高歌，梦已成真，这是多么地令人激动和高兴！此时此刻，当年奋战"运十"的情景，依然历历在目，记忆犹新。我为自己能成为"七〇八设计院"的第一代航空人的一份子，为研制"运十"飞机所作的微薄贡献而感到自豪，更为C919成功地飞向蓝天而感到无比欣慰！从"运十"到"C919"的三代航空人的汗水、泪水、拼搏、进取、励志、奋发、包容、追梦和无私奉献，交织成一曲响彻云霄的乐章，谱写了一首壮丽豪迈的追梦者之歌。在此，愿以拙作《追梦曲——贺C919喷气大飞机首飞成功》献给三代航空人：

　　　　追梦蓝天翱九霄，浦江水暖聚英豪。
　　　　废寝忘食日月鉴，披肝沥胆春秋晓。
　　　　为生神翼挟风雷，又拓鹏程万里遥。
　　　　可敬半世航空人，热血酬志国魂骄。

2017年5月10日

惊涛骇浪万里行之序曲

——国产首艘万吨轮"绍兴号"诞生记

20世纪70年代末的一天，阳光普照，晴空万里。位于上海陆家嘴黄浦江畔的上海船厂迎来了一个特别的喜庆日子。该厂的码头上，人山人海，呈现一派彩旗飞扬、锣鼓喧天、掌声经久不息、喜气洋洋的动人景象。锣鼓声、爆竹声、欢呼声、掌声和歌声，此起彼落；彩旗、江水、船只和人群，交相映辉。伴随着这一篇华丽乐章的奏响，上海船厂自行设计、制造和出口的全国第一艘万吨级远洋干货轮"绍兴号"披着大红彩球，迎着朝阳，缓缓下水。在这激动人心的时刻，有多少工人欢呼跳跃，又有多少工程师和技术人员热泪盈眶！多少辛劳的汗水，多少个不眠之夜，今天终于迎来了巨轮下水的壮观。此刻，我为亲历见证造船史上这个光辉的里程碑，感到无比自豪，更为自己能有机会直接参与这一伟大壮举，感到万分激动。

1976年夏，我被借调到上海船厂工作，参与该厂首次出口的第一艘万吨轮"绍兴号"的全套技术资料和出口资料的英语翻译工作。该厂已成立了一个由三位经验丰富的高级工程师组成的翻译小组。他们精通造船技术，有一定的英语基础，但要写成文章则有些难处，故急需机电一局增派一名专业英语翻译。

我如期前往上海船厂设计科报到，因翻译组附设在该科。设计科位于该厂办公大楼三楼的一间可容纳七八十人的大型办公室内。在这里上班的有工程师、技术员和描图员，每人桌上都有一块大的图板，供放图纸用。设计科科长施功时热情地接待我，陪同我去翻译组，并一一介绍组里的成员：组长钱工，江苏人，毕业于上海同济大学，负责船体部分之翻译；葛工，上海人，毕业于上海交通大学，负责轮机部分之翻译；刘工，广东人，毕业于上海圣约翰大学，负责电气部分之翻译。施科长安排我的工作是：帮助组长钱工参与船体部分之翻译，因钱工第一外语是德语，英语是他的第二外语；校对船体、轮机、电气三部分之翻译，并最终将"绍兴号"的全套技术资料定稿和打印；负责全套出口资料之翻译。因外贸是我的本科专业，故出口资料的翻译，就由我负责。

这次任务对我来说是一个巨大的挑战，原因如下：一是我对船的知识可谓一片空白；二是一条船的专业词汇和术语太多，我能否在短期内掌握好？三是我第一次参与这么综合性的全套技术资料的翻译，缺乏经验；四是时间紧迫，在约两年的时间内，能否按时翻译好且打印成册？是三位高工精神抖擞、斗志昂扬的干劲鼓舞了我。我除知难而进外，决没有任何临阵退缩的理由。我分析自己的有利条件：其一，英语是我的本科专业；其二，在七〇八设计院担任了两年的英语翻译，对技术资料的翻译有了一定的基础；其三，在上海汽轮机厂工作时，对机电产品的加工和制造过程有所了解，也积累了一些词汇量；其四，俗话说"近水楼台先得月"，组内三位高工是奋斗在造船行业几十年的老前辈，他们技术精湛，是我最好的导师，我可以随时随地向他们请教，与他们切磋。一想到这里，我信心十足，深信有翻译组这个团队的互帮互学，群策群力，有上海船厂这个造船大家庭的互相支持和互相合作，任何困难都能克服，任何艰难险阻都能战胜。

为增加船的知识，我不仅经常利用工作间隙下车间，向工人师傅学习，而且还利用业余时间去上海沪东造船厂和求新造船厂参观访问。为增加船的词汇和术语，我去新华书店购买造船行业的词典，经常去上海图书馆收集相关资料。为更好掌握技术资料的翻译诀窍，我还抽空去上海科技情报所查阅资料。三位高工为增加我对造船行业的感性认识，不遗余力地帮助我。葛工和刘工经常耐心地给我讲解和传授造船知识。尤为感人的是，钱工趁国外货轮在沪停泊期间，不顾酷暑和年事已高，利用周末，带我上船，边参观，边仔细地为我讲解。三位高工孜孜不倦的教诲使我终身受益匪浅。

在上海船厂从事万吨巨轮"绍兴号"的翻译工作，是我人生中一段极其珍贵、难以忘怀的经历。我看到了上海船厂的造船人，为了实现制造万吨巨轮的理想而发挥的冲天干劲和夜以继日地奋斗在各个车间的忘我精神；我看到了工程技术人员废寝忘食、加班加点地绘制图纸的认真态度；我更看到了工程技术人员争分夺秒地奋战在各个车间的身影，和他们自始至终与工人们一起攻克技术难题、战斗在生产第一线的英雄本色。我有幸与上海船厂三位德高望重的高工一起工作，他们老骥伏枥、志在千里的崇高境界深深地激励着我：活到老，学到老。他们既是我难得的良师益友，更是我心中的楷模。他们的教诲一直鼓励着我在以后的职业生涯中锐意进取和锲而不舍。

经过翻译组近两年的共同努力，国产首艘万吨远洋干货轮"绍兴号"全套技术资料和出口资料的翻译工作按时圆满完成。这是我们翻译组向上海船厂的造船人交出的一份可喜的成绩单。这是整个翻译组团队的力量极致发挥的结晶，也是全体造船人共同努力、社会各界人士鼎力相助之成果。可不是吗，自英国首相撒切尔夫人参观了正在建造中的"绍兴号"后，社会各界人士十分关注。

当年，我去上海船厂工作，路上要花不少时间：先乘公交车至外滩摆渡口，再乘轮渡从浦西到浦东，最后还要乘公交车。有一段时间，我抱着幼小的女儿去上班，早出晚归。女儿病了，为不影响翻译工作之进程，我抱着女儿七时前赶到摆渡口附近的地段医院，争取七时地段医院开门时可第一个就诊。女儿断奶后，被安放在附近里弄托儿所日托。托儿所的阿姨们非常支持我的工作。例如，我常常需要加班，赶不及晚上七时前去领女儿，她们就轮流推迟下班等我。有一次，女儿出水痘，为免传染给托儿所其他幼童，她不能去托儿所，此时正值我的翻译工作进入关键时刻，我爱人恰好在忙着接待一批重要外宾，无法请假。托儿所所长张阿姨听后，二话不说，将我女儿白天放在其家，安排其家人照看，真正地为我解除了后顾之忧。我那刚读小学的挂钥匙的儿子很懂事，他也用实际行动支持我的工作。那时他每天放学回家做完作业后，就会去托儿所偷偷看妹妹，他像个小情报员，每晚将看到妹妹在托儿所的表现告诉我。

第一艘国产万吨巨轮"绍兴号"的成功下水，标志着国家造船工业上了一个崭新的台阶，为后来进一步制造世界级十万吨远洋干货轮——海上巨无霸及航母巨舰等，打下了不可磨灭的、坚实的基础。从运十飞机（C919之前身）到"绍兴号"万吨巨轮，中国人用智慧、勤奋和无私丰献，创造了一个又一个可歌可泣的奇迹，绘制了现代化的宏伟蓝图，在短暂的数十年间就实现了"可上九天揽月，可下五洋捉鳖"的梦想。从航空人到造船人，我万分荣幸地亲历了航空史上的腾飞和见证了造船史上的惊涛骇浪万里行之序曲的谱写。

谨将此文献给我的良师益友——钱工、葛工和刘工！

2018年6月12日

下辑

清明雨

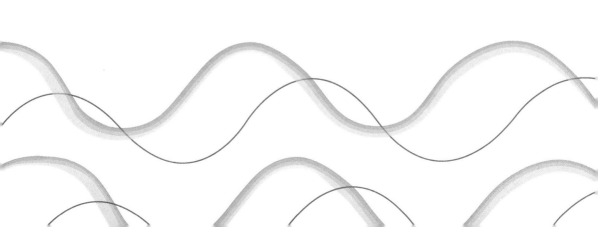

万国祭

——兼吊印尼大地震大海啸遇难者

山崩地裂海狂啸，家毁人亡城摧倒。
三十万人下黄泉，数百万人遭煎熬。
死神凶煞祸五洲，癫魔作孽天不饶。
噩耗连传暗日月，恶梦不绝惊肉跳。
同为人子情切切，相怜相悲何须表？
捐钱献物输诚心，施仁舍义不辞劳。
世间自有真情在，救死扶伤赴惊涛。
万国共奠泪滂沱，遥祭游魂扬九霄。

2005 年 1 月 12 日

清 晨

月落黝幪谢，星藏曙气煌。
晨山托旭日，新卉吐芳香。
翠壑凭鸥语，清溪任鹿跫。
良辰毋等客，欲渡早帆扬。

2005 年 2 月 2 日

日 落

日落沧溟窅，霞铺绮彩长。
归鸥怜昱淡，钓叟敛钩忙。
桅晃摇波影，帆收棹不扬。

胜观难久驻，品赏抢时光。

2005 年 2 月 4 日

贺华人春节列为纽约州法定假日

报载，春节被纽约州政府列为法定假日，全美华界，顿时沸腾。欢喜难禁，遂信口拈来，以志兴奋。

百年漂泊史，苦争华夏情。
春节例公假，华界齐欢腾。
猛歌唐人街，劲舞法拉盛。
开心布鲁伦，欢乐大学城。
亲朋喜相庆，耍狮又舞龙。
友人纷祝贺，欢度大游行。
扬眉尽吐气，春节界日浓。
喜讯飞故国，大洋架长虹。
禹甸乡亲笑，万里真情涌。

2005 年 2 月 9 日于美国加州拉荷亚

两岸春

——贺乙酉春节两岸包机对飞

春风有意送两岸，改革开放谱新篇。
亲情相通汇海峡，银鹰对飞翱九天。
两岸本是同根生，兄弟原为一脉传。
大年举杯敬炎黄，唯祈一家重团圆。

2005 年 2 月 9 日于美国加州拉荷亚

桃李吟

——观美国加州圣迭戈华夏中文学校乙酉春节游园会少儿表演

一

小小舞台连万家，爷奶爹娘坐台下。
稚仔腾跃显春色，童妞展翅露春华。
掌声不绝催苞放，笑语绵绵飞彩霞。
多谢春光无偏私，一样播爱润新芽。

二

一圃幼苗异国生，喜浴华夏雨和风。
清歌高唱神州曲，妙舞激扬赤县情。
园丁全心同培育，校董合力共济黉。
今朝迎春展新蕾，他日桃李天下红。

2005 年 2 月 13 日

春望故园二首

（一）

碧波浩瀚望故园，神州万里喜讯传。
四海涌唱盛世歌，隔洋游子心亦甜。

（二）

桃红柳绿艳阳天，三山五岳百花灿。
华夏崛起睦四邻，国门处处友谊关。

2005 年 3 月 8 日于美国加州拉荷亚

喜读《海曲吟》

乙酉年四月，余回乡祭祖，喜遇辛崇发君惠赠其新作集《海曲吟》，彻夜通读，激动万分，深感家乡欣逢盛世，英才辈出，遂凑小韵记之。

海曲有诗彻夜吟，风雅颂凝家乡音。
字字浓情深似海，句句高雅逾昆仑。
每歌必咏日照事，有曲尽颂东港魂。
山河巨变逢盛世，英才辈出诗有神。

2005 年 4 月 10 日

端午吟

端午客国非官节，炎黄子孙家家过。
千篇风雅颂灵均，万种黍粽卷悲歌。
虽无龙舟激楚浪，但有瀚海扬碧波。
为报春风汨罗道，人在天涯尤重节。

2005 年 6 月 11 日

警世歌

——纪念抗战胜利六十周年

岁月峥嵘六十秋，难忘心头旧恨仇。
山河破碎灾难重，家园毁灭血泪流。
多年苦战惩日寇，一朝奋缨缚贼酋。
今日横眉话惊世，靖国魔魂又出游！

2005 年 6 月 12 日

捐躯为中华，洒血尽精忠

——纪念抗日女英雄赵一曼诞辰一百周年

天府多豪杰，巾帼有俊英。
本是富家女，丽质如芙蓉。
父母掌上珠，闺阁才艺精。
心意花木兰，更慕秋瑾踪。
满怀革命志，毅然别家行。
经难出蜀道，黄埔留倩名。
坚信主义真，理想仰大同。
勇赴救国路，历险闯关东。
抗日作先驱，装哑改名姓。
守吾华夏魂，护我炎黄灵。
清吾四海水，壮我五岳松。
柔情化利剑，刺透豺狼胸。
舍身报国仇，喋血东兰省。
横眉对豺狼，无畏笑东瀛。
临终嘱稚子：为国母赴刑，
母知去无返，长别泪雨涌，
对汝责未尽，莫怪母无情；
野兽无人性，逼母下阴冥。
烈女昂首去，须眉尽泪倾。
人识赵一曼，不知李门生，
芳号叫坤泰，瘦李是昵称。
捐躯为中华，洒血尽精忠。
黄河黑水怒，四海五湖腾。
齐檄倭寇罪，颂英震天庭。
列仙迎忠魂，芳名贯长虹。

五岳共景仰，四海唱英雄。
秉志永向前，直到东方红。

2005 年 7 月 19 日

题张纯如肖像

上海艺术家满怀至爱深情，精心塑造了两尊张纯如肖像，一尊赠美，一尊留华，供人瞻仰。

一

亭亭玉立披春风，贤淑端庄着霞装。
青春苦短伤残月，韶华蹉跎悲秋霜。
心怀冤魂三十万，怒将日寇诉公堂。
世间奇女今何在？年年万众仰肖像。

二

高山巍巍连霄汉，劲松苍苍拂天罡。
萧剑游刃作玉笔，诗魂飘香化锦章。
血史昭著橄倭孽，赤胆一寸千古芳。
我沉伤心于碧海，诚邀日月伴君旁。

2005 年 7 月 23 日于美国加州拉荷亚

月饼歌

小小月饼岁千年，漂洋过海送团圆。
最忆儿时中秋月，兄妹围着爹娘转。
吃口月饼望眼月，无数疑惑问星天。
嫦娥不解稚童意，暗洒桂香到人间。

2005 年 7 月 24 日于美国加州拉荷亚

海城暮色

月映海城暮色爽，清风暗送桂花香。
碧天溶溶洒露华，星空鸥鹭犹翩翔。

2005 年秋于美国加州拉荷亚

秋晚怀乡

烟波浩淼漂浮槎，夕阳有情织晚霞。
日落西天恋华夏，望乡滩头涌泪花。

2005 年秋于美国加州拉荷亚

天堂鸟

天堂有鸟堪称奇，昂首俏立翠玉枝。
银喙靛颈金羽翼，妙似火箭欲飞驰。
莫看娇娆身玲珑，志欲群英比高低。
桂姐菊妹共和谐，装点庭院招人迷。

2005 年 10 月 23 日于美国洛杉矶

悼巴金老

夔门危危剑阁陡，三峡重重猿鸣愁。
为觅真理别锦城，奋笔灭亡悲绪稠[1]。
呼风唤作雾雨电[2]，挥泪凝聚家春秋[3]。
抗战疾书三部曲[4]，寒夜难眠沪滩头[5]。

追随先驱创黎明，呐喊声彻遍九州。
激流勇唱救国歌，青春无悔壮志酬。
五卷随想录磊落[6]，慈善宽诚德仁厚。
肝胆相照耀汗青，大师永在情长留。

注：1.《灭亡》系巴金早期留学法国时所写长篇小说。

2.《雾》《雨》《电》系巴金著名的长篇小说《爱情三部曲》。

3.《家》《春》《秋》系巴金著名的长篇小说《激流三部曲》。

4. 系指巴金《抗战三部曲》（《火》之一、之二、之三）。

5.《寒夜》系巴金最后的一部长篇小说，是巴金小说的巅峰之作。

6.《随想录》（五集）系巴金晚年最重要的散文集。

2005 年 10 月 21 日于美国加州拉荷亚

昙 花

月光如水分外明，夜半怒放对玉京。
欲把雅香奉嫦娥，碧空徐徐度薰风。
百卉斗艳寻常事，唯君不与俗家同。
远离华滋敛娇媚，孤芳独喜伴朦胧。

2005 年 12 月 21 日于美国洛杉矶

乡 情

日沉西海乡情牵，月光如素夜难眠。
愿随春风度玉门，天涯游子心早还。

2005 年 12 月 21 日于美国加州拉荷亚

浪 花

丛丛如雪镶海边，万千姿态任指点。
心地透亮怀渤溟，眸室晶滢容碧天。
休笑纤体细似屑，众志成城卷巨澜。
艳阳光下放绮彩，装饰海景不计年。

2006 年 1 月 19 日

守 岁

满院庭树绽灯花，守岁独喜待窗下。
新年新春新风韵，未曾敲门已进家。

2006 年 1 月 29 日于美国加州拉荷亚

拜 年

乡情常伴梦魂牵，最是难禁逢年关。
万缕思念寄故国，遥向乡亲拜大年。

2006 年 1 月 29 日于美国加州拉荷亚

《小品》赞

《说事儿》获得了今年央视春晚小品类节目一等奖后，赵本山说"小品已走入死胡同"，遂特作此打油诗以赞之。

祖祖辈辈二人转，三转两转到春晚。
年年春晚有新转，全国老少喜欢看。
笑倒一个宋丹丹，乐透一个赵本山。
莫道走入死胡同，今生来世转不完。

2006 年 2 月 18 日于美国加州拉荷亚

游春小趣

桃源赏花正当时，任性小孙折秀枝。
招惹群蜂缠身舞，忙喊爷爷帮驱离。

2006 年 2 月 21 日

水上酒家与朋共酌

水上酒家浮碧波，窗外帆挂西天月。
玉烛素焰淡淡香，金杯清醅微微烈。
海隅波上话天下，每每故国旧题多。
醉波船摇未醉客，乡情难禁寄嫦娥。

2006 年 3 月 3 日

海边赏月

海边静谧凉意添，独恋明月临崖畔。
华灯映涛摇夜城，玉辉如水洒海天。
吟兴逐浪忘归舍，诗思随月飞银汉。
清风会意送新雅，春潮暗涌韵波翻。

2006 年 3 月 4 日于美国加州拉荷亚

听 雨

静听窗外雨，细品天籁音。
银丝万根弦，竞奏故国春。

2006 年 3 月 18 日

漂 泊

澄空浮白云，碧波荡青山。
银鸥逐游鱼，清风戏轻帆。
阔海远天际，闲客忘尘烦。
飘泊寻仙乐，悠然山水间。

2006 年 3 月 20 日

登 临

登山运远目，倚空观沧溟。
日沉催客归，帆迎晚霞红。

2006 年 3 月 21 日

烛 影

天涯山顶望明月，海角滩头思故人。
夜夜临窗窥烛影，尽是五湖梦中亲。

2006 年 3 月 22 日

晚　归

山形倒海静，云影落水闲。
人乘浪上月，帆落波下天。
舍舟入城池，观灯凭锦轩。
银河决堤流，欣然步星滩。

2006 年 3 月 22 日

读文天祥《过平原作》

蒙山峣峣峻峰明，沂河滔滔湍流清。
四朝忠臣老颜公[1]，平叛镇乱结大盟。
十七郡城连铁阵，安贼不敢长安行[2]。
可恨卢杞起妒心，借刀杀人害英雄[3]。
罪恶如同李希烈，应取头颅祭英灵。
巍巍昆仑风长歌，滚滚大河浪永腾。
英雄洒泪吊忠魂，人读文诗起共鸣。
奸贼瞬息浪淘去，豪杰千载留美名。
悼诗代代传史久，丹心万古照汗青。

注：1. 颜真卿在玄宗，萧宗，代宗，德宗四朝任职尽忠。

2. 安禄山叛乱后向长安进犯，颜真卿与堂兄颜杲卿奋起抵抗，河北一十七郡奋起响
   应结盟推颜真卿为平叛盟主，安禄山不敢向长安进犯。

3. 宰相卢杞忌妒颜真卿功高，恐有损自己相位，遂借叛贼李希烈之刀杀害颜
   真卿。

2006 年 3 月 26 日

弄潮歌

爹娘生我大海边，从小爱在浪里翻。
朝霞催我拾小海*，夕阳唤我收归帆。
清风作伴抒豪情，丹阳为友逐浪玩。
鸥鹭笃恋海天阔，弄潮尤喜冲浪尖。

注：渔家子女每天早上于早潮退后在海滩上拾鱼虾蚌蟹类，称为"拾小海"。

2006 年 4 月 3 日

怀　乡

海隅夜深琴声悠，怀乡曲尽望九州。
孤身烛影思故里，笃羡清风身自由。
来去无须通关牒，澄空碧海任飞游。
朝辞洛矶暮昆仑，万里情志一日酬。

2006 年 4 月 3 日于美国加州拉荷亚

家　书

万里晴空万里风，万里碧海万里朦。
异国凭轩怀故园，客域倚桅寄乡情。
浪花卷涌游子泪，夕阳沉没孤帆影。
裁片晚霞书心怀，拜托清风捎家中。

2006 年 4 月 6 日于美国加州拉荷亚

杜　鹃

春风催醉映山红，丹艳如霞耀碧空。
清溪流芳香千转，翠崖吐妍娇万重。
游客步恋花丛径，画侣坐赏芳间亭。
花光蝶影聚旖旎，幽林鸟鸣凝真情。

2006 年 4 月 8 日

九龙吟[*]

九龙春深月色清，弥敦道上华灯明。
稻香相聚趣话多，数载未见尽倾情。
当年共赏山顶月，港城熠熠摇波中。
无限欢欣织旧忆，江涛高歌犹朦胧。
难忘九七回归后，花开四季尽春浓。
祝君长寿娱夕阳，见证历史第一功。

注：2006 年 4 月 12 日，余同泓源兄自美返港，在稻香酒家与汤先生伉俪、孙先生伉俪
欢聚共酌，特记之。

2006 年 4 月 12 日于中国香港九龙

平湖春月[*]

春风洒翠柳丝穿，扁舟轻浮鸥鹭欢。
菜花怒放卷地香，月映平湖挂玉帆。
芙蓉戏风艳影动，虹桥凌空水阁悬。
对酒当歌清波上，夜静醉酌忘应还。

注：平湖位于浙江省平湖市内，汉时名为"当湖"，后改名为"平湖"。

2006 年 4 月 16 日于浙江省平湖市

春游乌镇

步韵吴为旦《晚归乌戌道上》

芦荻新叶摇翠浦，芙蓉玉蕾擎碧天。
锦溪轻橹荡春波，虹桥拐角起炊烟。
燕栖檐下筑巢忙，莺立枝头展翅悬。
镇如彩琴溪似弦，银舟奏曲泊门前。

2006 年 4 月 30 日于浙江省桐乡市乌镇

月 季

院中月季竞相开，邻人闻香齐观来。
红氲紫盉颜如霞，玉枝绿叶随风摆。
花似牡丹带笑靥，瓣如芍药盈绮彩。
清风喜添妩媚色，无限风韵醉春怀。

2006 年 5 月 28 日

海边赏夕

暮霭飞天际，晚霞映海波。
携友同赏夕，欣添心头乐。
浪花离岸去，鹰鹭身边过。
隔水望故乡，远方归帆多。

2006 年 6 月 2 日

悲哉行

　　余来美国后，遇到几个同样命运的女性，心中极不平静，乃作小记，记下身边这真实的故事。

夜听邻窗琴，然是怨妇吟。
二九来美国，嫁夫年六旬。
友人常戏言，误认是爷孙。
夜夜早入睡，日日起晚辰。
整天不在家，闭户茕茕身。
不可学英语，不可出家门，
不可学开车，不可会友人，
不可去读书，不可觅知音。
规矩一大叠，离家难逾寸。
电视看不懂，电话净鬼音。
居室无所事，面壁空悲愤。
都言美国好，实情不曾问。
盲目来异域，如今害死人。
楼房如牢笼，有翅难展伸。
爹娘万里外，兄弟隔海深。
上天天无路，入地地无门。
春鸟有佳偶，清风伴白云。
海鸥成双栖，黄鹂相吻亲。
玉枝擎嫩蕊，红花绿叶衬。
独己对耆翁，天天带泪痕。
青春遭闭锁，芳心遮暗尘。
空待银丝添，笑靥变皱纹。
真若有来世，誓不出国门。
我听琴中情，彻夜不得寝。

人生在旅途，可怜无多魂。
何曾有来世，今生当惜身！

2006 年 6 月 21 日于美国加州拉荷亚

喜迎香港回归

一

虎门怒火逾百年，南京一纸丧国权。
喜见今日迎回归，国人热泪两腮涟。

二

五星紫荆卷九天，休忘国土仍未全。
待等华夏崛起日，切教子孙誓讨还。

1997 年 7 月 1 日于中国香港寓所

晴　日

晴空鹰翅展，碧海锦帆扬。
山远翠色淡，林深鸟语忙。

2006 年 7 月 3 日

和李商隐《无题》

万里相思恨见难，秋风萧萧情意残。
重九望乡待日尽，泪洒成海两眼干。
坎坷历遍容颜改，夜露凝霜犹觉寒。
天涯此去无多路，桂谢菊黄谁共看？

2007 年 7 月 7 日

和刘禹锡《竹枝词》

碧波无垠海水平，鸥鹭翔鸣伴琴声。
日出月落难催雨，天涯无情乡有情。

2007 年 7 月 11 日

纤　云

纤云一缕浮碧空，携卷临窗看浪涌。
清风斜阳满楼台，自恋诗书乐一生。

2006 年 9 月 11 日

秋到海隅

秋色到海隅，红霞醉万树。
长空南飞雁，啼声催归去。

2006 年 9 月 16 日于美国加州拉荷亚

秋　问

山上丹叶随风舞，海边楼台思旧侣。
落英缤纷洒门前，故国菊花开过无？

2006 年 9 月 22 日于美国加州拉荷亚

行吟篇

有缘环宇走天涯，攀山涉水洒韶华。
千仞高崖寻芳草，万里旷原觅仙葩。
暮宿常伴水边月，晓行频随壑中霞。
风雨无阻诗言志，冰雪难封情溢雅。
欲学鲲鹏游南溟，更羡清风步天下。
人生百年休嫌短，脚印落处绽春花。

2006 年 9 月 23 日

秋　愁

烟波浩渺凭阑久，眺望萧条万里秋。
北雁南去怜落叶，凉风阵阵游子愁。

2006 年 9 月 26 日于美国加州拉荷亚

秋夜月色

天高云淡月华收，青山远外烟树稠。
欲临夜海窥星空，菊桂飘香醉心头。

2006 年 9 月 29 日于美国加州拉荷亚

暮秋登临

山枫渐老壑蕙凋，满目衰翠败红飘。
登临正是暮秋景，离肠万种谁人晓？

2006 年 9 月 30 日

海上中秋月正圆

——记川渝湘丙戌中秋赏月篝火晚会

　　丙戌中秋，应邀出席川渝湘同乡会中秋赏月篝火晚会，地处密森海湾银滩和草坪上。乡亲喜聚，明月正圆，篝火腾焰，舞劲歌欢，清风徐徐，情意绵绵，遂奉小韵，敬献乡贤。

　　　　海上中秋月正圆，风送桂香到琼湾。
　　　　蜀湘赤子举盛会，篝火映波舞翩跹。
　　　　乡音乡歌醉乡情，笑声笑语盈笑颜。
　　　　莫道异国万里遥，华夏文明越洋传。
　　　　乘兴举杯对瑶宫，天上人间共婵娟。

　　　　　　　　　　2006 年 10 月 7 日于美国加州圣迭戈

贺《夜光杯》创刊六十周年

　　余自上海赴美国与家人团聚，每年都订《新民晚报》，每日必读《夜光杯》副刊，迄今数年，受益匪浅。适逢《夜光杯》创刊六十周年，特寄拙语贺之。

　　　　沪上金樽夜光杯，通俗纯厚对诸辈。
　　　　文吐真言堪磊落，史咏至情明是非。
　　　　清如泓泉澄澈底，翠似春野簇芳菲。
　　　　高登五岳仰日月，深蹈四海集琼瑰。
　　　　难得世间百花园，姹紫嫣红熠霞辉。
　　　　异国日捧夜光杯，多谢故乡送美醅。

　　　　　　　　　　　　　2006 年 10 月 19 日

磊落光明耀青史

——纪念鲁迅逝世七十周年

横眉冷对歌正气，俯首为牛吟庶黎。
呐喊一声惊浊世，利笔一支百万师。
丹血殷殷荐轩辕，铁骨铮铮抗寒时。
粪土残朝名与利，扫荡魔界魍和魑。
两袖清风归去辞，磊落光明耀青史。

2006 年 10 月 19 日

天涯怀国

清风夜半月西斜，临窗犹闻人悲歌。
霜凝寒空惊海魂，天涯怀国梦关牒。

2007 年 10 月 19 日于美国加州拉荷亚

情侣寄语

珍珠钻石何足奇，
无价少时求偶诗。
年近金婚情愈蜜，
牵手共吟夕阳辞。
相夫教子贤慧持，
勤奋敬业志坚毅。
风雨同舟诚共济，
慈航有岸苦终离。

览尽天涯芳草地，
三世不忘鹣鲽谊。

2006 年 10 月 30 日

丙戌重阳节纪怀

异国重阳亦重阳，临海登高望故乡。
秋染枫叶千般醉，风绽菊蕊万缕香。
浪涌天际孤帆远，云浮山外鹰独翔。
夕阳应灿乌云遮，翠壑难觅桂粟黄。
思乡何时乡情尽，春花谢去又凝霜。
日隐暮沉归旧舍，灯台明烛照彷徨。

2006 年 10 月 30 日于美国加州拉荷亚

遥　思

青山垂泪惜岁晚，大漠倦行响驼铃。
哀烟空梦波影乱，遥思面壁对残灯。
古卷在手无意翻，仰问窗外满天星。
远海孤岛久别客，此时可在夜路行？

2006 年 11 月 24 日于美国加州拉荷亚

火与剑

——纪念富兰克林诞辰三百周年[1]

万钧霹雳震环宇，一线风筝牵天电。
盗得灵霄圣火种，普照夜世金光灿。

冒死撷电守恒律，奠基人间电学苑[2]。
奋争独立创新家，抱病挥笔披肝胆[3]。
建国功高铭丰碑，制宪鸿篇导航船。
三百周年吊英灵，理想火炬有擎传。

注：1. 美国著名科学家、思想家和社会活动家本杰明·富兰克林 1706 年诞生于马萨诸塞
　　 州波士顿城郊。

2. 1752 年 7 月，富兰克林在费城冒着生命危险，利用风筝吸取天电实验长达 5 个小
　　 时之久，创建电学电荷守恒定律，成为电学奠基人。世人称他的电学也像希腊神
　　 话中的普罗米修斯一样盗火种造福人类。他发明的避雷针至今人们仍在使用。

3. 富兰克林满腔热情地参加美国的独立运动，参加起草《独立宣言》与《美国宪法》
　　 等多个重要历史文件。

2006 年 12 月 12 日于美国加州拉荷亚

暮　雨

潇潇暮雨洒海畴，一番洗秋霜风愁。
故国缥缈山河远，红衰翠减物华收。
临海登高尧音杳，碧水无语空自流。
几回梦里识归舟，乡思难禁苦淹留。

2006 年 12 月 16 日

月伴梅友

冰心玉骨无媚姿，窗外静听吾吟诗。
寒香浮动月华满，正是与君切磋时。

2006 年 12 月 21 日

归　路

万里沧溟迷远途，孤帆隐映避风处。
松亭月榭雅情遁，凭轩吟倚愁凝伫。
天涯拾翠知音邈，雨残犹觉海天暮。
故乡别来短信息，烟水茫茫遮归路。

2006 年 12 月 22 日于美国加州拉荷亚

新华诗卷

——纪念《诗刊》创刊五十周年

新华诗卷立为先，奉献瑰宝到禹甸。
风雷激荡惊环宇，甘露普洒润赤县。
汗浸秀圃育瑶芝，血滋风雅写华篇。
历尽风云五十载，九州诗坛尽烂漫。

2007 年元月于美国加州拉荷亚

春　节

春节喜押春风韵，华人乐咏华夏情。
琴弦桐板共知音，客乡尽扬韶乐声。

2007 年 1 月 7 日

月夜与港友共酌

玉烛金樽春未眠，窗外夜海连星天。

银钩斜映故人泪，斗酒诗兴正盎然。
漫吟香江回归事，畅颂九州盛世年。
天涯奉韵赠知音，耄耋犹望乡愁断。

2007 年 1 月 8 日

咏　梅

铁枝玉骨怀冰心，傲寒凌霜知春音。
清芬柔情凝洁身，继桂承菊洒香云。

2007 年 1 月 11 日

思　乡

苍茫碧水连天际，远影孤帆归途迷。
海光摇落西天月，游子泪梦思乡时。

2007 年 1 月 15 日于美国加州拉荷亚

山　溪

山溪有声寻春闹，花香无语追风飘。
月落西天沉玉影，云遮翠峦掩妖娆。

2007 年 1 月 15 日

迎　春

岁首群芳犹酣寝，独君怒放溢芬馨。
若非花中真仙子，何敢冒寒早迎春？

2007 年 1 月 17 日

归 雁

雁飞北去又一春，夜鸣长空报归音。
几回梦里见乡亲，泪雨难禁湿衣襟。

2007 年 1 月 17 日于美国加州拉荷亚

春 燕

海风吹绽浪花笑，岸边秋千荡童娇。
如燕飞跃追春风，少妇捧腹乐弯腰。

2007 年 1 月 17 日

滑 冰

一片明境溶春色，几双紫燕冰上飞。
春风窗外窥娇姿，暗叹自身弗能追。

2007 年 1 月 19 日

山 村

远山苍茫烟霭缈，近村清明杨柳萋。
巷口几处飞笑语，街杏枝头黄莺啼。

2007 年 1 月 20 日

小 花

路边小花一丛丛，花蕊甜甜醉金蜂。
蕾爆信息谁传开，八方使者忙嗡嗡。

2007 年 1 月 27 日

雾 夜

雾漫城郭掩翠山，街灯静谧夜昏然。
姣姣皓月藏云上，熠熠明星隐九天。
客侣迷帷思故埠，游朋怅舸忆陈园。
天涯几处漂泊者，洒泪愁拨旧时弦。

2007 年 2 月 7 日于美国加州拉荷亚

丁亥春节

正月头节万众欢，华人户户彩灯悬。
金猪奉运迎今岁，玉狗呈福送往年。
紫气东升祥瑞绕，竣鸟普照昱辉暄。
神州万里当明世，鸿溟扬波喜讯传。

2007 年 2 月 18 日

雨后牧云

赠 W 君

初春细雨洗尘埃，旭日姗姗笑面来。

飞鸟翩翩逐海浪，游鱼闪闪戏溟怀。
渔舟静静沉钩隐，客艇徐徐解缆开。
伴侣乘风同牧云，无边韵雅任君摘。

2007 年 2 月 22 日于美国加州拉荷亚

迎春曲

戌尾亥首五更天，阖家守岁满堂欢。
孙子争抢打电话，要给叔姨拜大年。
儿媳网上发邮件，遥祝亲家福寿全。
老伴难禁心花放，悄备小辈压岁钱。
一派喜气映红烛，诸神迎春到人间。

2007 年 2 月 18 日

淡泊篇

淡泊名利天地同，时有拙篇付深衷。
砚池长涌四海涛，帛笺宏开五洲风。
行吟千山觅真知，游泳万水寻佳琼。
花明柳暗春作伴，日光月辉照我行。
有缘天涯来相会，此谊无价最难称。
人生在世何所求，丹心一寸照清空。

2007 年 3 月 1 日

惜陈晓旭君

历尽红楼梦成真，踏遍商海识红尘。
卸去红妆抛天远，洗却脂颜沉海深。

散去钱财身外净，聚来觉悟心内纯。
剪断情丝万千缕，毅然净空入佛门。
可怜世间窈窕女，漂泊阴冥做游魂。

2007 年 3 月 7 日于美国加州拉荷亚

雨 后

昨宵细雨洗青山，翌日春风洒海天。
兢渡千帆飞碧水，争翔万鹭戏洪澜。

2007 年 3 月 27 日

蜂 鸟

庭树有鸟像只蜂，贪恋花蜜两翼轻。
稚女摘花满院跑，蜂鸟追花跟西东。

2007 年 3 月 28 日

牧云谣 （游仙古风）

月钩为舟荡九天，牧云停泊银河边。
抛橹七星北斗内，挂鞭桂树翠枝间。
牛郎吴刚邀共酌，织女嫦娥喜弄弦。
云浪悠悠随意唤，化作春雨洒人寰。

2007 年 4 月 1 日

蒲公英

路边常见不陌生，迷你小伞簇高篷。
春风吹来各飘离，飞向原野谋新生。

2007年4月4日

游仙都¹

步韵微之跨越州州宅

仙都多画亦多书，络绎游人宿有居。
遍野芳菲春雨后，满城旖旎夜华初。
山歌飞韵千家醉，笑语传情万缕虚。
盛世崛崚天有柱，存心不悦奈何如²？

注：1. 仙都风景区位于浙江省缙云县，景区内有黄帝祠、鼎湖峰、步虚山、倪翁洞、月
　　镜峰、小赤壁和练溪等景观。
　　2. 仙都风景区内的"鼎湖峰"被誉为"中国第一石柱"。

2007年4月18日于浙江省缙云县

湘春夜月

湘春夜月碧空澄，漫步天门堪魂惊[*]。
万峰栩栩云中立，群仙翩翩聚天庭。
霓霞雾霭罩华昀，楚天邈渺洒娥影。
轻抱瑶琴奏韶音，乡山乡水蕴乡情。

注：天门山位于湖南省张家界市近郊，以上有天门而著名。

2007 年 4 月 27 日于湖南省张家界市

日照观海

碧海清风共舞欢，无垠波涌远天连。
青山含翠招堆雪，峭壁舒怀喜燕怜。
泳仔冲儿激浪起，游人钓叟乐悠闲。
高崖运目孤帆尽，戏水翔鹰落玉莲。

2007 年 5 月 2 日于山东省日照市石臼港

返　乡

清明刚过时犹春，艳阳初照万象新。
青山含笑齐迎我，旧居更新换檐门。
丁亥春联盈喜气，三月杨柳添翠频。
进村无须问乡老，和谐邻里总是亲。

2007 年 5 月 3 日于故乡

咏道德经[1]

旷世大贤诞赤县，道德经传惊楼观[2]。
巧说宇宙规律事，妙语万物道中玄。
人间奇文古罕见，五千名言字字灿。
莫笑小国寡民处，无限哲理壶中天。

注：1. 福建省柘荣县将于其东狮山著名风景区辟建"天下第一大福""易经八卦碑林"和
　　　"道德经碑林"等旅游精品工程，特为题之。

2. 相传《道德经》写于陕西的楼观台。

2007 年 5 月 10 日于上海

沪上重逢

　　丁亥年五月十三日，余等于上海浦东新区陆家嘴金穗大厦内"老山东酒家"同上海《文汇报》财经版主编朱光明兄相会共餐。久别重逢，虽千言万语，难尽离别之情。不觉已至深夜，离酒家漫步于东方明珠之下，明星拱月，路灯闪烁，夜色怡人，不禁心潮起伏，遂得小韵。

老友重逢老山东，陆家嘴晚霓彩虹。
千言难尽别离情，万语畅叙天涯风。
一席鲁肴慰乡愿，几杯清醅藉月明。
浦江有情送春波，逐浪心绪飞夜空。

2007 年 5 月 13 日于上海玄圃斋

邻里聚

　　丁亥年五月，余携内子自美返沪，邀诸邻里于绍兴饭店喜聚。久别重逢，有说不完的话，道不完的情，欢乐无比，激动万分。

五月天未暑，喜与邻里聚。
欢叙昔日事，笑容挂眉宇。
往时朝夕见，和睦共相处。
遇事胜远亲，有需常互助。
天涯归故里，相邀抒心绪。
新茶代旧醇，乡肴替鲍鱼。
家长又里短，众口吐连珠。
茶香融玉液，开心频添壶。

邻里和谐贵，盛世福寿殊。

不觉夜更深，时钟报子午。

分手月早落，星明照户枢。

2007 年 5 月 19 日于上海玄圃斋

高风颂

——悼恩师汪尧田教授逝世一周年

恩师汪尧田教授是我国倡导加入世界贸易组织的第一学人，并自始至终亲自参加漫长的"入世谈判"，直至我国加入世贸组织后，汪老仍孜孜不倦地致力于世贸组织的研究工作，亲自兼任中国唯一的"WTO"研究机构 WTO 上海研究中心主任。前年，我同夫君鲁山回沪与恩师相聚时，他老人家虽已八十九岁高龄，仍精神焕发，勤奋工作，著书立说。他赠送我们其新作大集，同时勉励我们要继续学习，多为人类社会做贡献。恩师的"生命不息、工作不止"的忘我精神，不畏艰险、无私奉献、热爱生活的高尚情操是其精彩人生的写照。恩师不仅是我们心中的丰碑，而且更是我们学习的楷模。他的谆谆教诲将永远鞭策我们不断进取。令人痛心的是，恩师已于去年驾鹤西去。今年，正值恩师仙逝一周年之际，国家有关方面在上海举行汪老逝世一周年追思大会和铜像落成揭幕仪式，余和夫君接到邀请，但甚憾因机票原因未能及时赶到，故特集小韵并置花篮一只，亲赴恩师家中，敬献于恩师像前，洒泪痛悼之。

天柱巍巍青松苍，杨子滚滚碧波泱[1]。

寒窗凝聚志刚强，崎途锻炼气轩昂。

哈德逊河履严冰，哥伦比亚谱华章[2]。

为抗倭寇赴蛮缅，历尽绝险海难量[3]。

一身正气写沧桑，老骥伏枥放眼望。

倡导入世第一翁，废寝忘餐鬓染霜[4]。

矢志不移迎难上，无惧坎坷千重障。

世贸组织誓登堂，四海扬波颂留芳。

更育桃李满天下，学无止境豪气长。

百年施教犹嫌少，学海仍望再飞艎。
道高德超铭丰碑，英灵永在九霄扬。

注：1. 汪尧田教授系安徽人，天柱山与长江皆在其家乡。

2. 汪尧田教授赴美国纽约哥伦比亚大学留学期间，经济十分困难，曾一度靠上门推销领带赚钱维持学业。

3. 抗日战争期间，汪尧田教授冒着生命危险，毅然奔赴缅甸山区，参加抗日远征军，历尽无数的艰难困苦。

4. 汪尧田教授于新中国成立后长期在北京国家外贸部工作，后调上海专门从事国际贸易教学与研究工作，并兼任上海市人民政府法制顾问。

2007 年 5 月 20 日于上海玄圃斋

咏八卦图*

——兼赠柘荣县人大常委会陆成伟主任

八卦一图妙无穷，乾坤玄机蕴其中。
千变万化皆有缘，成败得失尽验灵。
羲皇巧制驭天地，庶民习谙诸事明。
时贤呕心扬宝典，四海高歌赤子情。

注：福建省柘荣县筹建著名风景区东狮山，雕凿巨大老君石像，刻《道德经》碑林和《八卦图》碑林，弘扬我国古典文化。

2007 年 5 月 25 日于中国香港

十载回归十载情

——纪念香港回归十周年

其一

香港回归十载整，香江波暖浪无惊。

太平山顶唱崛起，九龙头前抒豪情。
全球华人庆回归，热血澎湃喜泪盈。
高举金樽敬先贤，心潮滚滚壮东风。

其二

十载征程十载功，十载回归十载情。
港人治港结硕果，一国两制方向明。
齐心谱写新篇章，风雨同舟破浪行。
喜乘改革东风劲，香港明日尽美景。

其三

万千亲情系两岸，日日夜夜思团圆。
老兄老弟愁白发，耄耋父母盼儿还。
海峡相望盈泪满，陆岛分离身遭残。
一国两制金桥在，何不早日归故园？！

2007 年 6 月 12 日于美国加州拉荷亚

端　阳

叠五佳节飘粽香，天涯华人过端阳。
艾蒲溢翠插门眉，五丝生彩佩腕上。
龙舟飞渡竞碧波，金桨劲摇激玉浪。
灵钧九霄忧国魂，应慰离骚吟异疆。

2007 年 6 月 19 日于美国加州拉荷亚

生日歌

——给天国母亲的一封信

《华人》杂志自去年五月份推出"给母亲的一封信"特集，真是一个好主意。

这给无数有母亲的人一个难得的好机会，可以尽情地表达自己对母亲的情怀；也给失去母亲的人一片追思母爱的天空，可以使他们在追思母爱中倾诉自己对母亲的思念……

生日年年过，年年过生日。
不为庆己生，专为忆母慈。
慈母生我身，更把生命赐。
十月整怀胎，小心又翼翼。
生后更辛苦，操心难以计。
冷暖牵心头，饥饿记心里。
时时勤哺乳，日夜不得息。
纺纱又织布，缝我身上衣。
耕种又收割，煮我碗中米。
腰弯又背驼，双手起皱皮。
额头结皱纹，两鬓添银丝。
长年万般苦，儿女有谁知？
待到儿女大，婚嫁又生子，
亲身育儿女，母苦方觉知。
可怜时已迟，父母早别离。
思恩无处报，悔恨已无益。
我今过生日，思母泪淋沥。
苍天亦有情，伴我同哭泣！
悲唱生日歌，愿君共我思！

2007 年 7 月 8 日

风催潮涌

风催潮涌扑岸急，冲浪精英赛高技。
海鸥翩翩从头越，矫捷泳儿逐波戏。

2007 年 7 月 11 日

秋日小游

海山秀丽秋色迷，金风扬帆归棹疾。
笑语激浪飞锦花，偶作小游尽神怡。

2007 年 7 月 23 日于美国加州拉荷亚

秋　韵

海岸晨曦催落月，金銮暮霭萦夕阳。
边城翠竹摇芳影，山麓丹枫映菊黄。
归雁碧空缓逐云，新桂平畴频送香。
一叶报秋秋思飞，清风万里欲还乡。

2007 年 7 月 24 日于美国加州拉荷亚

月下泛舟

横披夜幕泛舟游，涛影依稀月下流。
粼粼波光荡沉星，海天朦胧自心悠。

2007 年 7 月 25 日

无题（二首）

一

重峦叠翠清风过，浅滩流碧轻舟停。
缓步登岸频回眸，诗情画意油然生。

二

海上一漂情依依，人离小艇入梦思。
雅兴逸致扑怀来，独坐灯下觅小诗。

2007 年 7 月 26 日

血染太行垂青史，三十青春耀神州

——纪念抗日女英雄黄君珏诞辰85周年 *

洞庭滚滚湘泪流，岳麓巍巍楚天愁。
生逢国难无选择，山河沦落国土丢。
长沙有女初长成，巾帼英杰怀国忧。
天生玉容赛湘妃，犹如娥皇百花羞。
马日事变惊恐怖，孤身赴沪遏飞舟。
立志革命誓报国，敢闯虎穴入虎口。
上海海深敌险恶，赴汤蹈火再昂首。
机智勇敢斗豺狼，胆大心细探敌酋。
为屠倭寇上太行，不灭顽敌死不休。
日寇五月大扫荡，灭绝人寰太行吼。
英雄途中遇顽敌，分散隐蔽引敌走。
战友洞藏庄子岭，日寇发现如狼狗。
不敢入洞来搜索，架柴放火堵洞口。
浓烟滚滚漫山洞，战友生死在关头。
君珏毅然冲出洞，三发子弹出枪头。
举手打死两鬼子，飞身跳崖壮志酬。
血染太行垂青史，三十青春耀神州。
寂寞青山年复年，杜鹃又开芳长留。
当年山洞今安在？草木萋萋迷眼稠。
孤坟依山青松伴，坟中艳骨香无朽。
花开花落春又秋，今来祭君一杯酒。

深山旷谷忆峥嵘，浩气英风荡九州。

山花带笑献忠魂，放心天门安息走。

注：黄君珏，原名黄维佑，1912 年生，湖南湘潭人。1927 年加入共产主义青年团，在长
　　沙做妇女工作。马日事变后，面对严重的白色恐怖，她离开长沙，只身来到上海，
　　转入上海中学学习，继续从事革命活动。后就读于复旦大学经济系。1930 年加入中
　　国共产党。1934 年，她参加了远东情报局的工作。1939 年，她被派到太行山区工
　　作。1942 年 5 月间在日寇五月大扫荡中，为保护战友安全，孤身冲向敌群，连杀死
　　两鬼子后，奋起飞身跳下悬崖，壮烈牺牲。这一天恰恰是她的 30 岁生日。

2007 年 8 月 2 日

草原情浓歌声悠

——贺内蒙古自治区成立六十周年

巍巍长城耸堞楼，滔滔黄河万古流。

百富不再唯一套，阴山南北风卷旒。

明妃青冢昭日月，天骄峻陵睹春秋。

骏马千里驾东风，六十岁月峥嵘稠。

人民当家喜作主，草原情浓溢燕幽。

山河巨变史无例，水清草绿白云悠。

厂矿遍野楼高起，牛羊成群马纵游。

民族自治堪楷模，无垠朔漠春光留。

2007 年 8 月 8 日

月伴中秋

岁到中秋月最明，如溟银汉碧莹莹。

蟾宫远播嫦娥意，禹甸遥输父母情。

千古团圆连阙价，此时相聚至情浓。
秋风花影莲香送，皓月相陪共眆程。

丁亥年中秋于美国加州拉荷亚

秋晚独酌

鸥归栖峭崖，潮涌催浪花。
松摇梢头月，山披天际霞。
把樽对蟾宫，乡情寄华夏。
秋风来门前，桂香送全家。

2007 年 8 月 16 日于美国加州拉荷亚

秋夜独坐

——兼寄国内兄嫂

独坐峭岩对浩溟，幽玄作伴邀清风。
溪催飞瀑送冷韵，山托玉轮运华明。
黔峰沉寂夜幕垂，林松浑然朦胧生。
人生无价百岁老，几度夕阳分外红。

2007 年 8 月 23 日于美国加州拉荷亚

清　辉

——丁亥年中秋赏月寄台湾同胞

清辉普洒碧海天，轻舟吟酌任浪翻。
天上人间喜团圆，两岸三地共婵娟。

2007 年 9 月 25 日

团 圆

自一九九八年儿子留学美国回家探亲团聚后，女儿又去加拿大读书，全家分离达十年之久未得团聚。丁亥年十月二日，中秋乍过，月犹圆未缺，女儿喜获美国签证来美团聚。久别重逢，全家欢喜欲狂，特记之。

十载分离两茫茫，一朝团圆喜欲狂。
中秋佳节留明月，蟾宫良辰献桂香。
窗外碧波催玉浪，门口清风送凉爽。
庭前翠枝喜鹊乐，园中红花笑蝶忙。
孙女围着女儿转，姑姑叫声甜如糖。
美食一桌叙别情，清醅满杯话离伤。
世上无价是亲情，天长地久享安祥。

2007 年 10 月 2 日于美国加州拉荷亚

吊切·格瓦拉

——纪念切·格瓦拉逝世40周年*

千里行医觅真理，遍地贫穷惹人思。
满路彷徨心迷乱，身入革命马列识。
卡斯特罗好兄弟，并肩战斗共生死。
革命功成举大业，西半地球擎红旗。
星星之火可燎原，拉美革命好形势。
今日左派齐追思，天国英灵可全知？

注：2007 年 10 月 9 日是切·格瓦拉逝世 40 周年，拉美国家左派领袖纷纷举行追思活动，以纪念这位古巴革命领袖。

2007 年 10 月 9 日

观圣迭戈航空表演

2007 年 10 月 13 日，余偕全家祖孙三代观看圣迭戈航空表演即兴。

腾飞扯绮虹，展翼起雷鸣。
云影忙挪避，清风让路通。
蓝天呈旷宇，碧野绣鹏程。
观众开颜笑，游人乐溢胸。

记圣迭戈经济发展会议 *

民食举重天，万众衣食牵。
运策群英萃，掬谋俊士贤。
讲坛出睿释，宴座献瑰繁。
千载经国事，诸端百姓先。

注：2007 年 10 月 20 日，圣迭戈召开第四届经济发展会议，总统布什和州长施瓦辛格均
发来贺信，十分重视此次会议的召开。泓源兄与余同时应邀出席该次大会，受益匪
浅，特记之。

2007 年 10 月 20 日于美国加州拉荷亚

登　高

——丁亥年重阳登高寄怀

秋催重阳到边山，怀国思亲情满贯。
北风驱雁报归期，登高望乡又一年。

2007 年 10 月 19 日（丁亥年重阳日）

感　伤

——听朱葆瑨教授抗日歌即兴*

数曲忆起千重恨，今日听来泪湿襟。
欣看中原呈盛世，横眉靖国招魔魂。

注：朱葆瑨祖籍山西省，早年参加太行山抗日队伍，后赴美国读书，是美国加州州立大学圣迭戈分校教授。

2007 年 10 月 21 日于圣迭戈《华人》杂志社

记南加州特大火灾

丁亥年十月二十二日至二十四日，南加州圣迭戈和洛杉矶相继发生历史上罕见之特大火灾，山林烧尽，民房焚毁，万千居民无家可归，州长施瓦辛格亲临现场指挥灭火救灾，更有大批义工踊跃救助服务，施行人道主义，壮情实为可歌可颂。

山火熊熊燃林木，烈焰灼灼吞民居。
恶习无义催鬼火，上千家室成废墟。
家毁人伤万众怨，财产损失无计数。
幸有神勇救火队，蹈火消灾日夜赴。
无奈荒山短水路，空中飞机浓烟阻。
万千百姓逃火去，衣食住行无出处。
一人有难众人帮，多谢义工齐照顾。
送水送饭送热心，问寒问暖问急需。
山火无情人有情，救灾义捐纷纷出。
雪中送炭情无价，救人用急献粒粟。

世上人生最美好，烈火之中壮情抒。

2007 年 10 月 25 日于美国加州拉荷亚

春 梦

翠影横窗淡月清，柳丝轻拂栖莺惊。
海棠绯晕浓夜馨，梨花素絮香玉亭。
轻摇丽枝比英姿，玉奴无意媚春风。
星随月转渡云汉，雁归北去鸣长空。
风催浪琴依旧韵，云浮山外碧昊澄。
欣倚锦轩仰蟾宫，春梦醒来百花明。

2007 年 12 月 13 日

春 归

海天不老青山醉，百花无语春又归。
一番细雨洗埃尘，几缕和风洒芳菲。
窗前桃花门外李，路边玉兰溪畔梅。
郁金香羞海棠面，杨柳青映松柏翠。
布谷报讯野空耀，黄莺迎春枝上飞。
天涯边城春归处，倦客思乡玉笛催。

2007 年 12 月 13 日

泓源自嘲

吾本一清泉，家住青山里。
皇帝不知处，渔樵最相识。

生在平民间，当谋百姓利。

不求世人知，流韵自成溪。

2007 年 12 月 16 日

春　宵

昨晚客船到门前，海边山头月轮悬。

酒家半宵开怀饮，灯下整夜话别年。

一帆风浪添倦意，满路颠簸催酣眠。

知音寒舍尽舒怀，鼾声如雷惊宠犬。

芳馨难得千般醉，锦绵榻上蝶影翩。

梦中不记坎坷事，醒来窗外春波欢。

2007 年 12 月 18 日

浮　海

催来银舟浮碧海，海光无涯任我裁。

裁得深情千万缕，缕缕春思萦心怀。

2007 年 12 月 19 日

碧海轻舟

磊落松柏海岩青，矫捷鸥鹭长空鸣。

粼粼金波和鸟韵，悠悠轻帆扬琴声。

碧海无涯天际远，清风万里波上行。

归来满船飞霞影，落帆盈怀诗兴浓。

2007 年 12 月 19 日

月下踏莎

月下海边踏莎行，夜浪涌来栖鸥惊。
但笑林静山无语，未防星月落波中。

2007 年 12 月 19 日

村妇吟

欣悉河南省焦作市修武县西村乡有村妇名为林解放，为传播毛泽东思想，自掏腰包，倾家中全部积蓄，用十八万元人民币，在家乡建立"毛泽东纪念厅"，以教育家乡子孙后代，永远牢记毛主席的教导，为人民服务。此情此心，感人肺腑，特拟小诗以颂之。

黄河滔滔万古流，太行巍巍峻峰秀。
乡间有女林解放，感人事迹佳话悠。
自掏腰包十八万，修建厅堂颂领袖。
伟大领袖毛泽东，千古圣贤数风流。
为民服务全心意，永远活在众心头。
人心是秤最公正，有口皆碑昭春秋。
任人说三和道四，黎民敬仰遍九州。
教育子孙永牢记，领袖恩重如山丘。
今日建厅生心田，村妇丹心汗青留。
可怜庙堂显贵家，不如乡民真情有。

2007 年 12 月 26 日

迎 新

迎新茶话聚琼楼，桌桌绵语自清悠。
晴暖春风边阙里，痴情游子诉乡愁。

2008 年 1 月 1 日

望故山

岁岁新年更旧年，年年春去又秋还。
天涯开卷怀中土，海角登临望故山。

2008 年 1 月 1 日于美国加州拉荷亚

家 书

青山明媚海茫茫，春莅边城百卉香。
万里家书传喜讯，国逢盛世俚乡强。

2008 年 1 月 2 日于美国加州拉荷亚

重读诸葛亮《出师表》

南阳躬耕知风雨，卧龙岗上怀乾坤。
三顾茅庐出师去，一统西蜀立国门。
六出祁山开疆域，七擒孟获施义仁。
可怜阿斗无德才，累死丞相失国魂。

2008 年 1 月 4 日

春　雨

一夜春雨洗天涯，盈野芳菲脸飞霞。
迎春怒放催桃李，万紫千红竞春华。

2008 年 1 月 7 日

春节喜进华人家

春节乘春到，喜进华人家。
春联盈春馨，红烛映红霞。
年糕粘桂香，巧果凝麻花。
爆竹辞旧岁，玉历报春华。
紫气播祥瑞，薰风催艳葩。
洒酒祭祖先，举尊敬天下。
一节传古今，历来尽佳话。
伊妹纷纷来，贺喜满天涯。
海外赤子心，早已飞华夏。

2008 年 1 月 20 日于美国加州拉荷亚

溪　吟

柳溪融梦闻莺唱，花溪泽芳漂菲香。
玉溪翠径丽人行，春溪碧波锦帆扬。

2008 年 1 月 28 日

四季情

春踏芳草寻蝶梦，夏栖浓荫恋清风。
秋观红叶撷绯霞，冬赏玉梅觅雅情。

2008 年 1 月 28 日

元　宵

元宵迎春月首圆，鞭炮齐鸣震霄汉。
千种彩灯映海城，万朵烟花耀碧天。
踏碎坎坷风帆举，抚平心潮接两岸。
四海和谐百姓乐，五岳崛起黎民健。
岁月流金人亲善，年华荡翠歌悠远。
九州神韵萦寰宇，一朝升平唱河山。

2008 年元宵夜于上海玄圃斋

百年雪殇

罕见大雪漫天扬，冰冻三尺封大江。
山岭哭泣林含泪，江山半壁尽同悲。
百岁老人未曾见，半世史册无存档。
新生少年感稀奇，苦煞远方打工郎。
恰逢春节年关到，难以团聚返家乡。
车船飞机皆停运，机场车站人海茫。
赖有政府多关照，权将他乡作故乡。
就地安排年夜饭，举杯遥敬爹和娘。
抗寒救灾举国令，输电送暖除雪殃。

五湖春风祛灾魔，四海暖流融冰障。
国逢盛世堪祈福，民呈富强保安康。
春随头节归来唱，九州处处尽骄阳。

戊子年元月十五日于上海

雪　怨

丁亥尾，华夏大地长江中下游一带，发生百年不遇之特大雪灾冰害，正值春节到来之际，飞机被阻，铁路中断，电路遭害，水源塞流，上百万民工滞困车站、机场，不得回家团聚。国家领导人身临灾地，带头抢险救困，共除民难，情景感人。

白魔狰狞肆乱狂，浑向禹甸锁大江。
冰冻三尺囚龟蛇，寒凝九重笼潇湘。
横阻鲲鹏断龙途，强压青松困梅香。
吴越有难太湖怒，赣闽遭灾武夷慌。
春节临前万民怨，严寒当头众心凉。
天道无情人有情，战天斗地休绝唱！
举国祛灾仗青锋，奋斩白魔迎春阳。
凤鸣九州真盛世，暖流滚滚百姓康！

2008 年 2 月 3 日

夜宿孤寺

翠壑千重清溪湍，春雨万丝绿茵欢。
倦投孤寺听梵音，醉入酣梦赏蝶翩。
桃花多情探窗笑，黄莺献勤报晓天。
一觉醒来倦尘净，赶奔溪畔弄钓竿。

2008 年 2 月 3 日

梅花贺卡

　　戊子大年初一，在美国收到学生从上海寄来的一张贺年卡，卡面上是一株盛开的梅花。想到华夏大地丁亥年末的雪灾冰害，铁路中断，飞机停航，而这梅花贺卡却能冲破叠障，飞越万里，及时到达，顿觉乡情荡漾，故国春暖。

贺卡一长溢梅香，冲破叠障万里翔。
报春无惧雪魔舞，飞来域外春荡漾。
喜传平安亲无恙，寻梦天涯别忘乡。
常来常往故国路，月照乡山情意长。
梅花含笑盈真情，华夏腾飞神采扬。
冰雪难敌薰风劲，梅催春煦暖禹疆。

2008 年 2 月 7 日

海　云

海云亢漭漫澄空，沧水原来邃宵溟。
欲仗孤舟浮万里，故乡夜夜梦归中。

2008 年 2 月 7 日于美国加州拉荷亚

望韶山

旭日高照金光闪，祥云漫涌彩霞灿。
韶峰郁翠瞰壑碧，清溪澄澈激鱼欢。
一代伟人出名冲，千载神州崛世间。
燕雀安知鸿鹄志，人心景仰高过山。

2008 年 2 月 7 日于美国加州拉荷亚

天涯守岁

香霭缭绕萦丹心，红烛熠烁凝春馨。
守岁倾尽千杯酒，天涯飞魂忆乡亲。
岁月畏老惜残更，春华犹怜异国身。
寒喧一夜两年催，故园正念未归人。

2008 年 2 月 7 日于美国加州拉荷亚

寻 梦

空蒙浮海离乡井，寻梦依稀万里征。
权把异乡当故里，汇丰何处不勤耕？

2008 年 2 月 7 日于美国加州拉荷亚

旷 宇

旷宇苍茫日色明，山溪去海怿然腾。
桃花水畔贪春晚，布谷飞来报隐情。

2008 年 2 月 7 日于美国加州拉荷亚

梦三峡

旧时猿声屡惊梦，高峡成湖雨犹濛。
诸葛八卦留遗阵，李白诗韵漾清风。
三巴有歌传千古，牵夫从此无踪影。
梦中游轮侧畔过，醒来窗外莺啼声。

2008 年 2 月 12 日于中国香港

窗 外

窗外涛喧荡海空，月摇花影映帘屏。
茶香古卷迷心静，未迓春风夜叩声。

2008 年 2 月 14 日

明 月

清辉映映碧空洁，玉影婀娜俊秀多。
魂伴梅姿神称醉，身随风韵意堪歌。
漂泊万里思乡岳，步履八方恋故河。
一寸丹心情切切，千曲韶乐奏谐和。

2008 年 2 月 22 日

华清池

华清如镜鉴千秋，空对蛾眉宠过头。
马嵬坡下芳魂断，谁教天子蒙此羞？

2008 年 3 月 1 日

与白桦沈默共酌感赋*

戊子年 3 月 12 日，在沪与白桦和沈默共进晚餐，并畅叙往事，颇多受益，乃记之为念。

少小难识鬓染霜，空抛岁月洒韶光。

调俗律乱难抒志，音圣格崇易咏扬。
雅聚春申联慧语，馨凝浦水涌华章。
临轩吟尽春风赋，忘却兰花遍地香。

注：白桦是我国当代著名作家、诗人，现为中国作家协会理事、中国电影艺术家协会理
事，上海作家协会副主席。沈默是我国当代著名雕塑艺术家。

2008 年 3 月 12 日于上海玄圃斋

天涯行

天涯咫尺任浮槎，笑傲九霄抛英华。
日月相伴飞碧落，风云到处堪为家。

2008 年 3 月 20 日于上海玄圃斋

蝴蝶兰

蝴蝶静静恋新枝，红紫黄白各逞姿。
含羞娇颜香尽送，端庄尤待未眠时。

2008 年 3 月 29 日于上海玄圃斋

清明雨

——苏州东山扫墓记

清明时节雨绵绵，家家扫墓奔林园。
儿携肴果孙抱花，爷奶策杖步姗姗。
坟茔寂寂掩亲骨，松柏默默伴魂眠。
天地同悼泪纷纷，山河共祭红烛燃。

纸钱翩翩绕坟飞，玉香袅袅拂碑悬。
杯杯清醅洒桌下，簇簇鲜花供墓前。
亲情万缕历历明，关怀无微椿椿现。
忆昔家人团聚时，和睦温馨铭心坎。
慈容笑貌常萦怀，如今有话对谁言？
清明有节年年过，祭祖追思代代传。
感恩养育重重难，感恩家教世世严。
感恩铺路步步宽，感恩种桃个个甜。
青山长眠留遗志，碧水无涯梦正圆。
阴阳相隔情永在，思念无价天地鉴。
黄土一抔和泪拌，双手高举坟头添。
今日莹身更新颜，他日青草绿芊芊。
洞庭两山擎日月，太湖一水浮莲帆。
万里新翠醉春风，无限新雅报凯旋。
清明雨中情切切，细雨绵绵话绵绵。
恰如亲人面对面，千言万语叙心愿。
血脉涓涓千古流，香火旺旺无间断。
年年清明雨中祭，寄情天国没尽完。
天上人间共婵娟，碧水青山荐轩辕。

2008 年 4 月 4 日于苏州市东山镇

清　明

清明时节春色绮，踏青丽影笑靥迷。
细雨藏幽人伫立，碧海怀缈帆扬迟。
桃花馨浓迷醉人，骄燕姿捷戏翠丝。
三月海山多梦幻，薰风不眠绕新枝。

2008 年 4 月 4 日

吊苏小小*（二首）

一

小小花季伴西子，才高艳绝少年迷。
为保阮郎登庙堂，独向西泠眠华时。
荐得栋梁题金榜，九霄芳魂慰未迟。
今人凭吊犹感慨，清明悲伤细雨泣。

二

西泠桥畔一玲冢，千年芳魂伴月明。
平湖芙蓉拜仙姿，碧波虹影映玉容。
游侣络绎觅芬韵，翔鸟翩翩寻芳踪。
留得佳话传四海，一身清白怀至情。

注：杭州西湖畔西泠有才女苏小小墓。

2008 年 4 月 4 日于浙江省杭州市

清明翌日与唐家生饮茶湖心亭*

湖心亭外细雨濛，湖心亭内热气盈。
春风杨柳万千条，清明翌日尽游踪。
南来北往八方客，东去西行四面风。
身边少年论时尚，邻座番友谈古情。
琴声悠悠飞窗外，笑语朗朗游鱼惊。
水随雨点银涡旋，桥映碧波影自成。
应时画图频频出，触景诗韵屡屡生。
柳丝扬翠招酒旗，玉液溢香从新茗。
明时品茶堪知音，盛世言志瞻鹏程。

人生九曲通云汉，丹心一寸付苍穹。

注：唐家生先生是我国碧玺紫砂的发明人，被称为"碧玺紫砂之父"，湖心亭位于上海城
　　隍庙豫园门外九曲桥上，乃重要旅游胜地。

2008 年 4 月 5 日于上海玄圃斋

春　晓

春晨晓起，有白头翁双双在院中树上啼晓，颇为有趣，乃记之。

春风早我进院庭，园中群花竞妍红。
竹丛篁尖悄悄出，枝头唱晓白头翁。

2008 年 4 月 10 日

鹭岛夜话*

鹭岛更深夜朦胧，嫂叔灯下叙家情。
三十八年风云过，岁月峥嵘魂更惊。
最痛兄长早西去，未见今夜月色明。
侄孙成年逢盛世，可慰天国英魂灵。
诚望母嫂身康健，喜伴儿孙看晚晴。

注：2008 年 4 月 16 日，余偕内子赴厦门看望二嫂。是夜二嫂、阿敏、阿灵、阿利与丽
　　芬诸侄辈聚于一起，晚饭后共叙家情，直至午夜。全家亲情漾漾，长夜难眠。二哥
　　原为厦门守备区政委，于 30 年前去世，是位烈士。

2008 年 4 月 16 日于福建省厦门市

夜雨辞

夜在二嫂家，听二嫂同儿子阿利就孙子即将复员回家就业事，苦苦争执，遂记之。

操心儿女心已碎，又忧孙辈可成人？
少孙从军将还家，何处立业寻路门。
怪儿不急孙子事，怨媳不把事当心。
人家孩子父母愁，自家儿子任浮沉。
儿媳笑语不用急，船到桥头自会直。
男儿长大当自立，何须管天又管地？
一番议论成激战，老母忿忿不忍离。
好说歹说说不通，愤然立起生大气：
"从此再不关我事，任他去东还是西。"
儿子接话忙劝母，别为此事太着急！
妈妈心意儿领会，不要着急伤身体！
有关孙儿就业事，儿与媳妇定努力。
条条大道通罗马，择路必须看仔细。
千里迢迢不嫌远，只要孙儿有志气！
古来志者事竟成，成大业者胸怀志。
儿媳一旁频点头，笑请婆母尽消气。
夜静更深窗外雨，沙沙洒落鹭江里。
争议未了夜难眠，灯下唯听雨淅沥。

2008 年 4 月 20 日于福建省厦门市

贺杨达八十五大寿

晋云冀月八千里，燕风楚雨春秋长。

巾帼驰骋数风流，驱虏惩寇战疆场。
胸怀壮志凌霄汉，开国勋著唱大江。
八十五载洒韶华，迎来盛世娱夕阳。
儿孙满堂颂明时，尤喜俊才成栋梁。
天赐东海长流水，地润南山松青苍。

2008 年 4 月 23 日于上海玄圃斋

贺赵凤龄兄八十大寿

海岱苍茫连广宇，浦水流碧汇溟洋。
一朝连理成鹣鲽，百年相敬共天长。
清贫岁月同舟渡，祥瑞时光娱夕阳。
难忘池州望闽日，万千相思寄大江。
山仰贤偶教孺子，海量忠诚凝栋梁。
更喜儿孙展鹏翼，白头偕老唱小康。

戊子年四月于上海玄圃斋

赠杜邦遥君*

老君岩下桂子香，古邦兴埠万年长。
路遥贤达堪强国，留取丹心照海疆。

注：杜邦遥君系福建省晋江市安海镇著名企业家之一，其工厂产品大部销往国外。戊子年五月一日，余偕内子泓源及侄儿文祺全家应邀去其家做客。

2008 年 5 月 1 日于福建省晋江市安海镇

城妹赞

秦家有女名玉英，不生京城生县城。

美貌玲珑惹人爱，脸如苹果初透红。
同窗共读三年整，成绩总是第一名。
花季俊秀人人喜，暗恋少年如群蜂。
无奈少女不理睬，一心读书谋高名。
生女不比男儿差，除非白马是英雄！

2008 年 5 月 10 日于上海玄圃斋

巴蜀祭

　　戊子年五月十二日十四时二十八分，四川汶川县一带发生八点零级特大地震，成为新中国成立以来最大的一次大地震，其强度范围超过一九七六年的唐山大地震。国家总理温家宝于灾后第一时间赶赴汶川地震重灾区，亲临现场指挥抗震救灾。人民解放军从四面八方立刻组成抗震救灾大军，会同全国各地的救灾队伍约十五万人，奔赴险区，发挥"一不怕苦、二不怕死"的大无畏精神，冲锋陷阵，抢救灾民，堪称楷模！

巴蜀地陷日月惊，国人悲痛泪涕零。
浩劫断魂残垣泣，噩耗溅血难海涌。
家园瞬间成废墟，城郭眨眼毁无踪。
山河破碎塞蜀道，楼房倒塌遮巴岭。
东邻儿女呼爹娘，西舍爷奶唤孙名。
北门少女寻爱侣，南城新妇哭亡婴。
可怜万千乡亲家，从此户籍再无影。
伟令一声传天下，总理闻讯即离京。
踏遍瓦砾慰亲人，指导救灾断壁中。
神州天大第一事，赖有众志可成城。
空水陆路三军至，勇闯绝境救余生。
不怕苦死怀赤心，抗震救灾打先锋。
最敬恩师德崇高，临危忙救桃李命。
大难当头尽忠魂，永留光辉照学童。

红十白衣众天使，舍己救人美名称。
生命宝贵争抢救，一分希望百倍功。
争分夺秒尽天职，真情无量八方倾。
可歌可泣动人事，犹如明灯照夜空。
可悲可喜真情话，激励国人斗志明。
炎黄子孙不可欺，天塌地裂有柱撑。
今日崛起更坚强，无惧山倒与地崩。
半旗国祭万众哀，以民为本至高情。
泪花挂腮怀同胞，烛光摇影悼亡灵。
中华儿女真豪杰，高山仰止敬英雄。

2008 年 5 月 19 日于上海玄圃斋

端阳遥祭

域外边城端阳时，羲和送辉百鸟啼。
翠艾遍插清香飘，五丝普戴彩色奇。
旧歌曲曲昌国运，新醅杯杯祝乡祺。
遥祭巴蜀初别魂，天地同祷神共祈*。

注：据最新统计，截至今日，"五一二"特大地震已遇难乡亲达 69 127 人，受伤者达 373 612 人，失踪 17 918 人。

戊子年端阳节于美国加州拉荷亚

古 琴

古琴弦动夜曲鸣，又是怀乡故里情。
唤起离人愁万绪，空催明月照沧溟。

2008 年 6 月 6 日于美国加州拉荷亚

独　步

独步海边娱夕阳，羞为庸碌度时光。
应向凌云勤砺志，尽留晚节百世芳。

2008 年 6 月 13 日

游　海

戊子年六月二十六日，美国南加州圣迭戈香港商会和港岛游艇俱乐部部分会员，为迎接北京奥运，作海上一日游。傍晚归来，霞光满天，海风阵阵，归帆如箭，韵雅盈怀，凯旋满船。

一

清风徐徐掠海空，喜迎奥运望北京。
扁舟一叶千重浪，锦帆两挂万里风。
艳阳熠熠沧溟笑，归棹闪闪碧波腾。
倦尘洗却重抖擞，枕上梦蝶戏庄生。

二

碧海滚滚扬长波，银艇跃跃过浪惊。
白云隐隐万缕尽，天岸萦萦一线明。
边城巍巍青山暗，落日沉沉海霞红。
高崖静静棲倦鸟，归帆昂昂傲长空。

2008 年 6 月 26 日于美国加州拉荷亚

晚　潮

玉镜初悬碧天低，晚潮涌动飞浪急。

漫步海滩未经意，一涛卷来尽湿衣。

2008 年 6 月 27 日

灯　下

风催诗韵扰人眠，灯下灵思跃笔端。
夜静月明春浪滚，凌晨又看丽章篇。

2008 年 7 月 7 日于美国加州拉荷亚

垂　钓

老来无事少烦恼，静坐岩头钓海涛。
相伴尽是乐钓翁，春潮钓起卷天高。

2008 年 7 月 7 日于美国加州拉荷亚

闲　逸

闲看秋水翻韵波，静听天和传籁声。
卧游五岳观日出，坐泊三江赏月明。
烟波一棹四海荡，清风万里五湖腾。
避风港湾敛归帆，临窗枕涛闻浪惊。

2008 年 7 月 17 日

猎　奇

猎奇搜趣山林中，穿松入竹踏歌行。
清溪泻泉声声脆，幽洞听雨滴滴鸣。

半山松涛风雅劲，一潭月影婆娑动。
临波垂钓恋春色，夜宿海隅闻涛声。

2008 年 7 月 17 日

海　潮

海潮澎湃日月惊，碧山巍巍松柏明。
清风不识归帆韵，误将夷情认乡情。

2008 年 7 月 17 日

秋　怀

秋高天朗夜幕静，金风送爽桂飘香。
登楼望月寄怀远，四顾边山非故乡。

2008 年 7 月 17 日于美国加州拉荷亚

悼念浩然

惊悉老作家浩然仙逝，甚感悲痛，乃作小韵，痛悼之！

东风化雨艳阳天，一生讴歌立田间。
浩然正气惯长虹，荡哉清风仰高山。
扎根大地腰杆直，舒枝碧空胸襟宽。
风雨飘飖精神抖，霜雪摧压意志坚。
文坛沉浮等闲事，梨园深浅自惬然。
痛惜农友失知音，何时再续艳阳篇？

戊子年七月于美国加州拉荷亚

感恩花

　　回家路上，遇一株枯花被弃路旁，乃随手拣来带回植于院中窗下，勤于浇灌，枯株乃发，绽放春花，甚乐之。唯花开对窗，正向我所坐处，似有感恩之状。但我不识此花，乃来圣地亚哥第一次见到，曾请教数人，亦皆称不知其名，遂自名其为"感恩花"，并题小韵记之。

路边拾得残枝归，栽在窗前勤浇水。
一朝翠发抽新枝，绿叶油油闪春辉。
更喜蓓蕾迎风放，尽将郁香对窗吹。
娇艳香蕊正向我，有意报恩献明媚。
怜花之心人人有，为求芳魂有所归。
举手之劳何用报，无须感恩送芳菲。
劝君应向邻里开，馨香洒向众人堆。
香飘千里艳阳笑，芳留百世春风催。

2008 年 8 月 4 日

奥运梦园曲

百年奥运梦，今朝喜成真。
五星国旗红，五环会旗新。
礼花熠碧空，圣火明征心。
万国群英至，兴会振国魂。
健儿显俊勇，巨巢蕴温馨。
夺冠不为敌，拥金不炫尊。
元首齐相聚，共仰崛起门。
神州宴贵客，美酒溢金樽。
国强不称霸，礼仪睦四邻。

世界同和谐，祥瑞谱佳音。

2008 年 8 月 8 日

寄 兄

兄问归期未有期，沧茫碧海水涟漪。
何当共饮乡槐下，却盼中秋会月时。

2008 年 9 月 3 日于美国加州拉荷亚

庆中秋

中秋夜色溶碧天，异国月亮一样圆。
乡亲欢聚庆佳节，丹桂飘香月饼甜。
炎黄子孙人丁旺，同胞情深心相连。
文明东渡播新域，华夏歌飞彻宇寰。

戊子年中秋佳节月下于美国加州拉荷亚

月魂吟

岁次戊子，奥运初捷，中秋月圆，丹桂飘香。天涯游子，团聚尹府，饮酒弄琴，咏诗作画，笔走龙蛇，雅趣尽兴，特题小韵，以敬月魂。

天涯明月中秋魂，海外游子望国门。
权把异乡当故乡，佳节团圆尽乡音。
故园美食遂意愿，域外琴瑟动人心。
挥毫锦帛龙蛇舞，泼墨丹青韵雅新。
奥运凯旋歌犹传，神州崛起堪称论。

金杯高举倍思亲，遥祝禹甸万代春。

2008 年 9 月 13 日于美国加州拉荷亚

会月记

戊子岁次，中秋佳节，圣迭戈市部分琴棋书画和诗歌摄影爱好者，雅集尹府，风骚各佐，琴奏中秋，诗咏明月，墨泼桂菊，笔吐金蛇，共度良宵，神怡意惬。

奥运梦初圆，佳节接踵临。
清风奏新曲，欢愉盈众心。
中秋喜相会，婵娟共尹门。
海天悬明月，莲香送温馨。
桂酒敬益友，丹心赠亲人。
书画添锦花，琴诗会知音。
海纳百川广，宁静致远深。
天涯情韵雅，云汉玉辉纯。
年年娱中秋，今年月更亲。
祝君万般好，明年再举樽。

2008 年 9 月 13 日于美国加州拉荷亚

中秋月下遥寄

又是中秋月圆时，万里海外寄相思。
曾忆共饮夜窗下，举杯邀月影依稀。
古今明月贵一圆，无奈知音两别离。
桂酒含泪倾怀尽，念君难眠到鸡啼。

2008 年 9 月 13 日于美国加州拉荷亚

画 童

——兼给儿子儿媳

戊子年九月十九日，收到儿子寄来一张当地英文报纸，头版正面有一张大照片，是孙女柔安专心作画的照片，心甚喜，乃作此打油小诗。

孙女画画登市报，若大照片惹人笑。
聚精会神运画笔，有模有样别小瞧。
不望今日称神童，只盼他年画榜佼。
自古成才靠勤奋，铁杵磨针功夫到。
树大全凭园丁浇，育才莫忘勤心操。

2008 年 9 月 19 日

神七吟（二首）

继神舟六号和嫦娥一号飞天后，神舟七号又成功升空，足见故国航天科技发展之速，令人钦佩。

一

千古梦幻太空行，今日云汉如闲庭。
金舟飞渡银河阔，天客浮槎浪无惊。
神七高唱盛世曲，神六犹歌东方红。
指日九霄诸仙会，织女含泪谢群英。

二

中秋乍过月刚圆，喜看神七上青天。
华夏仙子访嫦娥，兴会桂下聊大观。

神州明时人心仰，五岳崛起堪称赞。
自古居上后来人，科学发展当为先。

2008 年 9 月 25 日

鉴　颂
——读《探索与呼喊》赠薛老*

为振新华苦呐喊，为青新天勤探索。
卞和献璞正国魂，杜宇啼血怀兴国。
无端遭贬遣昆仑，久经高寒志砺磨。
山鹰盘空眼如炬，鲲鹏展翼胸襟扩。
青春不再随流水，真理永持不求说。
俯瞰神州九万里，玉辉普洒莲香多。
须发尽霜诗言志，禹甸耕耘天地阔。
一卷奇文堪为鉴，莫教岁月重磋砣。

注：薛老乃中国现代作家、诗人和理论家薛毅，现居北京。

2008 年 10 月 1 日

秋晚望乡

望乡沧溟远，相思欲断魂。
归雁长空鸣，飞鸿传书勤。
晚霞映故里，落日孤影沉。
登临两眼穿，霜月洒柴门。

2008 年 10 月 2 日于美国加州拉荷亚

喜重阳

岁岁重阳娱重阳，今年重阳增新光。
欣看国人步天庭，登高何如会吴刚*。
桂香普洒九霄醉，国旗漫卷云汉扬。
但等来年重阳日，飞渡银河访牛郎。

注：神舟七号载人飞船升天后，宇航员翟志刚成功出舱，漫步太空，成为我国历史上在太空步行第一人，实现国人漫步太空之旷古神话。

2008 年 10 月 7 日重阳节

望 乡

望乡沧溟远，相思欲断魂。
归雁翱翔急，飞鸿传书勤。
晚霞映故里，落日孤影沉。
秋风揩泪眼，霜月洒柴门。

2008 年 10 月 20 日

感恩歌

序 歌
适逢感恩节，来唱感恩歌。
中华奉孝道，千古列金科。

正 歌
年年感恩节，感恩人人有。

父母生我身，辛苦到白头。
日夜无好睡，劳苦无所休。
经年洒血汗，辛酸泪常流。
寒时衣上身，饥时饭送口。
喃喃学昵语，歪歪学步走。
冷热与病恙，牵挂心头肉。
十年寒窗读，千般父母忧。
出国留学去，海外万里游。
父思对孤灯，母想倚门楼。
身上衣可暖？袋中钱可够？
雪天可冻坏？雨天可淋透？
担惊又受怕，吊胆又心揪。
隔海唤儿名，叮咛泪凝眸。
别忘打电话，别忘发电邮。
家书贵万金，勿嫌信笺厚。
万里常飞鸿，乡亲勤问候。
九州水尽美，五岳峰至秀。
异域可寻梦，不忘故国丘。
他乡人情淡，天涯风雨骤。
落叶应归根，故乡人情稠。
多少日和月？多少春和秋？
多少风和雨？多少温和柔？
多少血和泪？多少喜和愁？
多少梦和幻？多少怅和惆？
莫忘父母恩，感恩莫作酬。
百善孝为先，孝行动天畴。
万事先莫急，感恩当为首。
夕阳近黄昏，余晖难再久。
莫存终生恨，莫把遗憾留。
感恩父母亲，天地共悠悠。

尾 声

唱罢感恩歌，难禁声哽咽。
父母坦荡荡，把歌寄明月。

戊子年感恩节前于美国加州拉荷亚

海湾夜题

蟾宫洒辉清，银河浮星明。
云绕远山树，风戏近壑松。
临轩横短笛，凭窗闻涛声。
掩卷寄乡思，开怀抒故情。

2008 年 12 月 1 日

看两小孙女学滑冰

寒冬腊月大雪天，滑冰场上健儿欢。
两小孙女学小燕，手牵手儿舞翩翩。
可怜妹妹够勇敢，跌倒爬起再向前。
一片明镜映燕影，无限春意尽盎然。

2008 年 12 月 9 日

兜 风

碧海苍茫雨意浓，兜风偏向浪尖迎。
一排飞浪扑崖壁，乍梦鸥鸲怵怵惊。

2008 年 12 月 15 日

边 城

涛声棕影蕴朦胧，掩卷凭窗揽月明。
夜半繁星山黝黝，边城韵浸梦酣中。

2008 年 12 月 15 日

云霄横吹 （二十首）

白云涛声

偶有雅情似春时，信手拈拾两三诗。
付与清风捎故友，白云涛声催人迷。

潇潇秋雨

潇潇秋雨入梦稀，桂香初隐菊黄时。
窗外涛声翻新韵，何时能唱归来辞？

秋日小游

海山秀美秋色丽，金风扬帆归棹疾。
笑语激浪飞锦花，兴作小游尽神怡。

天涯怀国

秋风夜半月西斜，临窗犹闻人悲歌。
霜凝寒空惊海魂，天涯怀国梦关牒。

登高望乡

秋催重阳到边山，怀国思亲情满关。
北风驱雁报归期，登高望乡又一年。

玉辉普洒

玉辉普洒碧海天，轻舟吟酌任浪翻。
天上人间喜团圆，两岸三地共婵娟。

阳春一曲

山松崖桉簇海湾，琴声悠扬飘林间。
谁人帆下弄瑟弦，阳春一曲和风欢。

薰风催春

薰风催春海花开，望乡运目登高台。
几朵白云天际去，可有家书故国来？

银舟浮海

催来银舟浮碧海，海光无涯任我裁。
裁得深情千万缕，缕缕春思萦心怀。

月下踏莎

月下海边踏莎行，夜浪涌来栖鸥惊。
但笑林静山无语，未防星月落波中。

浅滩流碧

重峦叠翠清风过，浅滩流碧轻舟停。
缓步登岸频回眸，诗情荡胸韵雅生。

独坐寻梦

海上一漂情依依，人离游艇入梦思。
雅兴逸致如蝶舞，独坐灯下觅小诗。

童脸飞霞

南瓜遍地灿如花，乐得群童脸飞霞。

抬起南瓜比大小，车满金球忙回家。

天涯明月
一溟碧水溶春韵，万缕乡情牵国门。
举杯纵论古今事，天涯明月照知音。

和刘禹锡《竹枝词》
碧波无垠海水平，鸥鹭翔鸣伴风声。
日出月落难催雨，天涯无情乡有情。

绿林深处
日闲云逸清风欢，绿林深处琴声传。
闻曲踏韵觅知音，溪畔丽人醉弄弦。

雨洒千山
雨洒千山林海翠，花落一溪春水香。
边城百里矫鹰舞，海畴万顷锦帆扬。

碧山清溪
碧山清溪波涟漪，银舟素帆风催疾。
岸边石磴玉女行，水上浪尖白鸥戏。

夜月孤行
默默月华洒夜空，壑间松韵漾风清。
山高海阔云汉渺，雾露霞霭沾衣行。

黄莺啼春
鲜花丛丛笑蜜蜂，蝴蝶翩翩戏薰风。
蜂忙采蜜蝶忙舞，黄莺枝头啼春声。

2008 年 12 月—2009 年 12 月

戊子岁末题志

百年罕见孽灾繁，事过回眸魄尽寒。
地裂山河天府陷，冰封城野大江悬。
全民抗险凝一志，万众兴邦撼九天。
京奥功成惊举世，春曦送暖又华年。

戊子年岁末于美国加州拉荷亚

题菊花脑

己丑年一月三日北美《世界日报》"家园"版上有赏花闲人撰《菊花脑》文并菊花脑图，余初识菊花脑，乃题小韵。

不与牡丹争娇艳，生来傲霜对秋烟。
不占庙堂一寸土，铺碧摇翠田畴宽。
舒金喷香馨万家，青枝绿叶众人怜。
做成佳肴敬八仙，醉倒桌旁忘飞天。

2009 年 1 月 4 日于美国加州拉荷亚

牛年志怀

青牛奋蹄昆仑顶，鲲鹏展翼翱南溟。
志随羲和驾金旭，悠然云汉步闲庭。

2009 年 1 月 24 日

长街宴

戊子岁农历腊月二十八日，重庆市中山古镇的居民依照惯例摆起长街宴，居民自办的260桌酒席在千米老街上依次摆开，本地居民和外地游客一起免费共享，同喜同乐，祈福迎春，其景可观，其情可赞。

古镇千米长街宴，盛世盛举堪大观。
明灯高照楹联红，锣鼓喧天山河欢。
城镇和谐百姓乐，五谷丰登仓廪满。
乡肴乡味溢乡情，民宴民俗兴民间。
玉香祈福紫气浓，红烛迎春金焰灿。
家家扶得醉人归，春风不眠忙拜年。

2009年1月24日于美国加州拉荷亚

祝　福

故国正年夜，此地日犹长[1]。
万里天涯外，游子思乡狂。
神思飞乡里，祈福敬爹娘。
兄弟姐妹好？侄孙可健壮？
举杯颂国魂，洒泪怀国殇。
汶川民可安？灾后居可房？
孤儿衣可暖？孤老食可粮？
学子师可在？上课堂可亮？
欣闻总理至，守岁到灾乡[2]。
问寒又问饥，足迹遍山岗。
七奔重震区，民苦刻心上[3]。
雪中亲送炭，严冬擎暖阳。

翁妪喜泪流，童稚歌舞忙。

辞旧山岳笑，迎新江河唱。

华夏过大年，欢乐尽风光。

游子心欣慰，祝福寄禹疆。

注：1. 国内大年夜时，美国仍是大年除夕之日。

　　2. 新闻载，温家宝总理前往汶川大地震灾区同灾区人民一起过春节，关心灾区人民的生活疾苦，深得老百姓爱戴。

　　3. 此次是温家宝总理第七次亲赴汶川地震重灾区，体察民情。

2009 年 1 月 25 日于美国加州拉荷亚

元宵感兴

——记南加州圣迭戈华人中心元宵节游园会

一

春风春雨催花明，华人街市歌乐声[1]。

舞狮腾龙演太极，弹琴横笛奏箫笙。

元宵三日家家醉，月圆一夜灯灯红[2]。

尽把乡情荐故国，莫教离思空萦胸。

二

华人盛会颂华夏，炎黄游子是一家。

落地无根相扶持，漂洋孤身助浮槎。

风雨同舟胞谊深，肝胆相照莲香华。

万里海外同欢庆，乡情曲曲悦天涯。

注：1. 己丑年元宵节前连续风雨两夜一天，尽洗埃尘，催润春华。

　　2. 按习俗，每年元宵节是从农历正月十四到十六日三天。

2009 年元宵节于美国加州拉荷亚

和某君《观鹤感怀》

曦辉云霞伴鹤仙，比翼鹏程九霄间。
志越天高凌云去，溟外夜夜梦故园。

2009 年 1 月 29 日

附：某君《观鹤感怀》

魂灵神出城鹤仙，妙音绝韵吾双还。
心随梦归游故土，奈何此身犹恋战。

仙鹤吟

生带仙风姿，玉境更超然。
怀志凌云汉，高洁难尘染。
长空任比翼，沧溟戏春澜。
鹣鲽共婵娟，犹恋故国蒹。

2009 年 1 月 30 日

鹤 颂

——鹤乡恋歌

手捧温雨露君摄之《鹤乡》玉影一组，仔细观赏，真乃珍品，爱难释手，逐影拈吟，不禁与鹤心通，遂和其鸣。

一

蒹葭亭亭披银装，恭迎处士返故乡。
玉华如茵映仙姿，域外归来寻根忙。

二

碧空湛湛际无疆，昂首引颈颂朝阳。
天地广阔旭辉美，夫唱妇随共畅想。

三

洁玉铺地兼作帐，你恭我敬温情漾。
双双展翅欲高飞，天涯处处留芬芳。

四

霞彩巧织天幕降，夕阳沉沉晚照亮。
回首眺望觅栖处，不知何处可梦长？

五

旭日冉冉腾海上，红波动荡海云绛。
恰是长鸣神怡时，对天高歌尽情唱。

六

夜幕未退曙光漏，翘首期盼观天候。
筹谋未来新历程，风雨无阻壮志酬。

七

夕阳恋恋隐云海，鹈鹕披霞归乡来。
夜幕作帷好入梦，两情依依梦境开。

八

并肩心旷娱夕阳，犹恋天际半束光。
含情默默盈憾意，晚风吹来夜露凉。

九

一片曙光染兼影，万里天幕顿时开。
鸣晨展翅迎华旭，无限欢欣盈仙怀。

一〇

澄澄晴空云汉长，鹈鹈起舞芦荻旁。
任是天涯更远处，舞旋仙风芦花香。

一一

旭辉万道照征程，比翼九霄乘长风。
你追我赶各逞矫，天高海阔任君行。

一二

冰清玉洁琼浆稠，饮醉瑶池共风流。
仙姿婆娑随波去，独留丹顶到白头。

一三

默默幽栖秋林间，含情无语相偎眠。
金窝银窝何足道，无价草窝蕴暖甜。

一四

风雨蒙蒙阴霾暗，芦荡迷雾天地间。
寻梦坎坷磋砣日，共济蒹丛同患难。

一五

乌云压顶路漫漫，残阳如雪倦影悬。
一场梦幻两茫茫，无奈双双返故园。

一六

离离蒹丛映水天，淡淡夕阳伴云烟。
觅寝缓缓作细步，情语悄悄肩并肩。

一七

夜空溶溶玉镜悬，吟月芦苑共婵娟。
一往深情寄蟾宫，不是桃源胜桃源。

一八

夕阳欲沉云霞淡，翘首夷疆望中原。
游子天涯万里外，满怀乡情对谁言？

一九

振翼翱翔伴艳阳，忘却何处是扶桑。
欣随羲和归禹甸，鹏程万里享辉煌。

二〇

白云淡淡缥缈烟，轻舞翩翩彩云端。
高天浩浩欣相戏，倩姿矫矫月魂美。

二一

冬去春来清风欢，生机勃勃溢盎然。
你饰锦衣我振喉，长歌一曲响云寰。

二二

晚霞隐去天犹蓝，余晖一抹镶云边。
娱罢夕阳心已旷，最爱还巢共团圆。

二三

红日出山霞满天，万里家园彩霓现。
酣梦过后重抖擞，长卷画廊展眼前。

二四

朝霞如锦绯波翻，展翅跃向银河畔。
无限风光在霄外，前途灿烂志更远。

二五

层层乌云当空悬，清泓一夜结冰原。
双钓寒江步闲庭，随形倒影颇逸然。

二六

会罢夕阳戴霞还，余曦映水细波涓。
悠悠漫步清涟中，情语绵绵话当年。

二七

冰原滢滢玉境宽，仙姿窈窕碧落间。
胸怀光明长比翼，身居高处自胜寒。

二八

情语切切倾心房，兀立高巅胸襟旷。
一番辛苦一番累，崎岖过后堪舒畅。

二九

山径叠嶂草木黄，步向顶峰回眸望。
一番攀登一番险，笑傲江湖放眼量。

三〇

金曦喷薄跃山岗，欲上征途巧梳妆。
锦绣前程任君越，叱咤风云翼满张。

三一

芦花盛开阵阵香，金秋硕果累累黄。
超凡脱俗广施舍，真爱无疆谋慈航。

三二

又是夕阳映红霞，赏透晚照该回家。
俯首敛翼洗倦尘，梦中翩翩飞华夏。

三三

穿云破雾赴神州，万里迢迢莫停留。
报国心切赤子志，不效祖国誓不休。

三四

壮志已酬精神抖，放声抒怀无怅惘。
大洋两岸超然立，白头偕老数方遒。

三五

一身仙气当风扬，低头沉思来日长。
揽月摘星访广寒，缚龙擒蛟下五洋。

三六

大计已成喜气洋，双双歌舞娱曙光。
志同道合赴新途，风雨同舟信心强。

三七

观罢日出又夕阳，群策群力高瞻望。
众志成城振雄风，广阔天地尽华章。

三八

相爱芦丛互倾情，默默无语胜有声。
两情依依心相印，可有仙子又降生？

三九

曦光熠熠征程明，振翅翱翔驾仙风。
清波涟漪映倩影，愿随贵君游天庭。

四〇

朝阳金辉洒海疆，霞裳锦衣自带装。
为觅新机又离巢，胸有成竹步康庄。

2009 年 1 月 31 日于美国加州拉荷亚

春 赋

桃红柳绿迎春还，天涯万里寄怀远。
域外边山沧溟隔，心随明月回故园。
寒舍孤灯长相思，窗外竹影屡催眠。
春风不识游子心，频频叩门惹人烦。

2009 年 2 月 17 日于美国加州拉荷亚

春海夜归

春海夕阳催浪飞，观潮游侣恋忘归。
凌波戏水醉潮音，夜幕开处朗月媚。

2009 年 2 月 17 日于美国加州拉荷亚

闻中原特大旱灾有感遥寄

惊闻中原 12 省市遭遇半个世纪以来之特大干旱灾害，国家首次宣布启动一级抗旱应急响应，夜不能寝，有感寄之。

禾苗半壁成干草，杨柳忍辱赤条条。
大地龟裂田园焚，山河欲燃无水浇。
农夫胸中如火烤，夸父再世尤心焦。
为洒甘露普中原，速驾鲲鹏上云霄。
祈雨云海三层浪，借水天河九重涛。
润的五岳重抖擞，不教饥荒降吾曹。

2009 年 2 月 19 日于美国加州拉荷亚

晨 笛

晨催百鸟唱朝霞，春令百花香天涯。
碧水丹阳连故国，忙封春光寄回家。

2009 年 3 月 7 日于美国加州拉荷亚

夜 月

院内桃花阵阵香，澄空夜月玉辉长。
临窗掩卷拈吟醉，涛韵频频咏绚章。

2009 年 3 月 27 日

春 题

岸堤杨柳拂翠烟，边城楼阁彩旗悬。
壑林黄莺春歌脆，海空鸥鹭盘旋欢。

2009 年 4 月 11 日

蓬莱新阁

　　蓬莱阁新建多处庙宇，有人对此颇多疑义。历来国内外古庙屡毁屡建和盛世新建者众，此属民愿所归，乃正常也。

庙新庙旧何须评，千年之后自有名。
国逢盛世庙宇多，国遭患难复飘零。

今日筑庙迎百客，佑我华夏祥瑞生。
迈步蓬莱游仙阁，紫气缭绕龙疆兴。

2009 年 10 月 7 日

秋　山

秋山湖影倒，孤舟钓翁骄。
一树丹叶飞，满湖霞影漂。

2009 年 10 月 29 日

读杨绍碧《寻梦延安》[1]

宝塔巍巍青山明，延河滚滚碧水清。
几回梦中到延安，眼前常现领袖影。

黄土高坡旧窑洞，杨家岭上最倾情。
运筹帷幄居陋室，决胜千里展雄风。

旌旗猎猎炮声隆，保卫延安举世功。
长缨在手缚苍龙，神州一曲东方红。

苍松翠柏映红日，楼宇亭阁展华容。
踏遍青山人未老，诗人长歌延安颂[2]。

注：1. 杨绍碧是四川省作家协会会员。
　　2. 指著名诗人贺敬之以及其诗《回延安》。

2009 年 12 月 4 日

年夜饭

庚寅年夜迎春，参加圣迭戈湖北同乡会于品瑭轩共吃年夜饭并守岁迎春，甚为欢欣，特以记之。

出了国门，凡是国人，
不管来自何方，
见面都是老乡。
老乡见老乡，两眼泪汪汪。
可流泪，莫悲伤。
大年夜，尽欢畅。
是亲人，坐桌旁。
菜一桌，酒一觞。
家乡菜，扑鼻香；
家乡酒，暖肚肠；
家乡话，温馨漾；
家乡情，飘四方；
家乡舞，纵情跳；
家乡歌，放声唱；
敬爷奶，孝爹娘；
爱兄妹；亲儿郎；
谜语猜，红包赏；
大红灯笼高高挂，
炎黄子孙聚满堂。
耄耋老人眉飞舞，
乳香稚童团团忙。
一幕春晚歌舞欢，
乐到人人心坎上。

权把他乡当故乡，
迎春守岁到晨亮。
万里春光普天降，
祝福神州永隆昌。

庚寅年元旦

忆江阳[1]（三首）

佛宝醉梦

佛宝古楼叠层张，江阳酒香尽荡漾。
千载渡口风浪急，万年溪水映翠岗。
清波涟漪融山影，雾幔沉垂掩斜阳。
停车偏爱山林晚，画境醉迷梦幻乡。

翠海溢幽

琴蛙湖中碧波扬，琴蛙一鸣天籁响。
翠华欲滴溢幽径，仙雾缭绕迷天罡。
千里翠海翻香浪，万顷绿帷桫椤藏。
卧虎藏龙侠义胆，蜀南竹海天下唱。

古蔺飞瀑[2]

古蔺八节洞瀑倾，银花飞溅卧彩虹。
飘飘洒洒空灵秀，羞羞答答半遮容。
情人有情投明珠，蟒童无意筑坝横。
连滩飞泉穿崖出，嶂日奇峰拔地生。

注：1. 四川省泸州古称江阳，西汉时为江阳县，以产泸州老窖酒闻名。

2. 四川省古蔺县八节洞风景区内有八节洞瀑布群，深藏青山峻岭之中，风景极幽。
古蔺县郎酒与茅台齐名，到古蔺县一要喝郎酒，二要游览八节洞瀑布。

2010 年 1 月 10 日

玉树祭

天灾震玉树，三江源魂惊。
噩耗随风至，悲罩九州城。
同胞命相连，兄弟血脉通。
举国紧急事，救死扶伤生。
三军齐出动，万众忙捐赠。
更喜海外侨，天涯不忘情。
飞鸿报关心，志愿赴险境。
愿随清风去，血祭昆仑顶。
超度众亡魂，保佑在天灵。

2010 年 4 月 14 日夜于上海玄圃斋

江 韵

红日腾波上，弦钩犹未沉。
万里长江浪，共映日月魂。

2010 年 4 月 16 日于长江游轮上

黄鹤楼

久盼黄鹤归，今日登新楼。
崔灏诗称绝，千古声悠悠。
太白谦搁笔，吾曹更犯愁。
逆行三日浪，汇绝九派流。
揽尽楚湘风，更向巴渝游。
一江唱盛世，万山春光稠。

2010 年 4 月 17 日于湖北省武昌

江 夜

日沉弦月静，夜来江风冷。
暗涛荡星辉，孤帆摇山影。

2010 年 4 月 21 日于长江游轮上

上海世博会

滚滚长江碧波翻，百年喜见世博园。
嘉宾络绎纷纷至，异宝琳琅面面观。
未迈国门游世界，闲庭浦畔览夷天。
神州乐看开怀事，携手高朋共向前。

2010 年 5 月 1 日于上海玄圃斋

赠昌焱绪珞[*]

庚寅年六月十一日得昌焱、绪珞书详，真乃人间至情。遂赠之为念。

迢迢寻梦赴夷疆，展翅鲲鹏万里翔。
相读扶耕瑶阙地，凰随凤唱海溟旁。
仙山琼苑怀乡土，云径虹桥往返忙。
无价天伦皆企盼，难得孙辈乐夕阳。

注：刘昌焱、陈绪珞夫妇是湖北武汉人，来美国加州圣迭戈居住达三十一年之久，是圣迭戈最大华人社团"中国人协会"之创始人和多任会长、名誉会长以及现任名誉会长，2010 年下半年退休后即将移去旧金山同家人团聚，享受天伦之乐。

2010 年 6 月 13 日于美国加州圣迭戈

落　日

夕阳沉水缓，红透半边天。
海鸟齐追逐，霞翼斑斑灿。

2010 年 6 月 30 日

七月风

激情燃烧七月天，红色旅风神州欢。
上海南湖韶山冲，井冈遵义宝塔山。
欣见高铁风驰疾，更喜长龙飞湘赣。
人心向往圣地秀，国运昌隆游路宽。

2010 年 7 月 11 日

玄圃斋留言

陋室一间，吾家吾园。
斋名玄圃，与玄无关。
叩门是客，随意访谈。
来者吾师，多多益善。
清茶一杯，旧书数卷。
任品任翻，无须付钱。
赐教者尊，唯贤共勉。
迟早皆迎，日月当鉴。

2010 年 7 月 13 日

天鹅戏水曲

天外来客居瑶池，高风亮节清波戏。

教子护女无穷趣，引睿领智神圣事。

一泓玉液醉华月，两翼清风迎艳日。

阅尽春秋风雨疾，浴透和谐乾坤驰。

2010 年 7 月 15 日

仙人涧

　　家乡深山处有一山涧，涧底有一平坦石板，上有一巨人之赤脚脚印，深过厘米，极其鲜明，不知何人何时所为，村民称此山涧为"仙人脚沟"，我改称其为"仙人涧"，乃记之。

深山藏幽涧，翠荫遮碧潭。

双瀑高崖挂，叠虹流雾悬。

激浪溅石散，飞云洒雨欢。

峭壁树上猿，追逐互攀援。

巨石仙脚印，游者齐围观。

村翁讲故事，句句不离仙。

有仙何方去？留此不计年。

今人起迷惘，仰首问苍天。

2010 年 7 月 15 日

忆大峡谷 *

云拥金碧城，虹凌琉璃宫。

谷阔鹰回头，崖陡猿避行。

日月望落魄，风雨过路惊。

浮沉飞机上，游仙九霄中。

注：此指美国亚利桑那州大峡谷。

2010 年 8 月 12 日

舟曲祭

故国噩耗至，舟曲流泥石。

千人遭灭顶，万家哭别离。

祁连山恸哭，黄河母亲泣。

舟曲好儿女，顷刻化为泥。

天地同悲伤，日月光泽失。

举国总动员，四海悲浪激。

赶赴舟曲去，救人是天职。

国民齐响应，爱心捐献急。

稚童忙倾囊，耄耋尽心意。

八月十五日，全国哀悼时。

五岳同哀悼，九州寄哀思。

世博降半旗，万国共为祭。

风雨誓同舟，患难志共济。

无畏险境行，坚强泥中立。

明我同胞心，壮我华夏志。

天灾各国有，无须趁火欺。

幸灾乐祸者，休要寻恶辞。

禽兽不能如，卑鄙无耻极。

2010 年 8 月 15 日于美国加州拉荷亚

中秋寄语

世博花絮朵朵绽，中秋明月团团圆。
盛事相联黎庶乐，凯歌频传天地欢。
国庆宴罢同胞悦，玉魄赏后亲人盼。
桂香一缕寄乡山，五岳天涯共婵娟。

2010 年 9 月 22 日于美国拉荷亚

贺嫦二飞天

一

中秋乍过国庆来，嫦二飞天奔月怀。
心随姐姐会吴刚，难舍神州百花开*。

二

迢迢银河万古流，碧空起舞更风流。
洒遍普天都是爱，姐妹蹁跹共舒袖。

三

会罢吴刚泛中流，盛邀牛郎携手游。
阅尽太清神与奇，寄语华夏心曲悠。

注：此指嫦娥一号。

2010 年 10 月 1 日于美国加州拉荷亚

庚寅十一月五日离泰州留赠荆杰博士

九州载祥泰，苏源怀溱潼。

花拥田园秀，柳护道路平。

乘风过大江，飞车越长龙[1]。

星街觅美食，药城寻佳梦[2]。

可怜湖中月，娑婆玉影动。

五岳东风劲，四海春潮涌。

归耕桃源里，人杰地更灵。

万事齐具备，天助东风盛。

世上无难事，只要肯攀登。

心高意志坚，视远前途明。

感恩故山峻，不忘乡水清。

步步脚踏稳，程程马驰骋。

任凭风雨疾，扎根故土中。

根深枝叶茂，指日栋梁成。

常念小儿女，勤思结发情。

信心自当强，智慧油然生。

待到功成日，举杯喜泪倾。

注：1. 此指江苏省江阴长江大桥。

2. 此指江苏省泰州市中国药城。

孑行吟

漫游江海步山川，寻师访友未等闲。

孑行独迈浮沧溟，悠然静思云霄间。

岑巅幽谷松下歇，湖波水上夜荡船。

阒寂陋居尽潇洒，揽月缚蛟度华年。

2010 年 12 月 10 日

欢迎邱绍芳总领事兼记兔年迎春[*]

玉兔光临呈吉祥，海外华人喜气扬。
神州有使送春至，天涯无语望故乡。
一泓春水向东流，万缕情思寄禹疆。
轻歌曼舞伴佳肴，迎亲迎春颂炎黄。

注：邱绍芳先生为新任中国驻美国洛杉矶总领事。

2011 年 1 月 22 日

闻家乡遭遇百年特大旱灾有寄[*]

世纪枯焦历罕闻，故乡尽断翠苗魂。
原畴龟裂良田燥，阡陌炎燃绿柳焚。
百姓黎民忧馑饱，万家农户布愁云。
为驱清水游银汉，遍洒甘霖润锦春。

注：家乡山东遭遇六十年一遇的旱灾，部分地区更是遭遇百年一遇和二百年一遇的罕见
　　特大旱灾，田地龟裂，禾苗尽枯，农家忧愁，心地如焚，担心今后生计，新闻读来
　　心情极其沉重。

2011 年 1 月 31 日于美国加州拉荷亚

辛卯遥祝

藏疆密码乍研究，玉兔姗姗下九天[1]。

伫望沧溟心绪滚，鞠躬五岳拜国年。
百年旱火焦乡土，万户愁云布故园[2]。
祈盼天庭福祉赐，吉祥普降佑中原。

注：1. 指长篇小说《藏地密码》1—10卷。
   2. 山东老家自去秋以来遭遇百年特大旱灾，给民生造成极大困难，闻知心情异常
      沉重。

2011 年 2 月 3 日

晚过海湾大桥

一桥凌银汉，两岸星滩灿。
牛女喜相会，隐身群星间。
下桥访仙友，嫦娥暗指点。
水边明月下，玉影两缠绵。

2011 年情人节

远航篇

——写在建党九十周年

沧桑风雨九十年，岁月峥嵘半世间。
星火燎原昭旷宇，苍松挺岳揽高天。
城池堪固防蚀蛀，疆域称广警蚍端。
欣看九州驰远港，乘风破浪莫轻闲。

2011 年 7 月 1 日

朱枫祭

烈士朱枫 1950 年 6 月 10 日下午在台北马场町刑场惨遭杀害，遗骸去向不明，直到去年，骨灰才被找到，迎回大陆。喜闻 2011 年 7 月 13 日骨灰被簇拥返回故里，14 日安放于宁波市镇海革命烈士陵园，忠魂得安矣！

魂断台北六十年，望乡泪尽九霄间。
一朝英灵回故里，万载天地祭陵园。
无悔与狼共舞艰，笑傲伴贼偷残安。
喜看五岳齐崛起，儿孙秉志对长天。

2011 年 7 月 14 日

贺张嘉荃老师九十大寿[*]

慈祥老师张嘉荃，矢志献身桃李园。
满怀青春洒甘露，一身秀气捐华年。
春申日月照讲台，浦江风雨伴阅卷。
母心师心凝赤心，身教言教披肝胆。
春润芳苗力启蒙，夏戴炎阳勤浇灌。
秋撷红叶添锦花，冬蕴梅香除严寒。
六十余载如一日，呕心沥血任劳怨。
发似银丝鬓成雪，人娱夕阳更乐观。
喜看桃李红碧野，尽是栋梁擎华天。
九十华诞满堂欢，望师百岁犹康健。

注：张嘉荃老师乃上海市重点中学——上海市第五十一中学化学老师，从二十岁始在该校执教，直到八十四岁高龄才离开教坛，真乃桃李满天下。

辛卯岁次仲夏于上海

高原颂

——贺西藏和平解放六十周年

一

北京拉萨彩桥联，雪山万仞金光闪。
农奴翻身六十载，高原崛起一甲年。
天翻地覆慨而慷，水歌山舞乾坤转。
长治久安金汤固，岿然屹立东风欢。

二

布达拉宫绮霞飞，喜玛拉雅放光辉。
欢庆解放幸福来，歌颂翻身春色归。
山北主人笑颜开，山南小丑向隅悲。
高原万众奔小康，边关长城壮国威。

2011 年 7 月 19 日

辛卯夏夜圣迭戈湾畔音乐会

夜云遮星空，灯影婆娑动。
游艇凌波眠，岸树朦胧静。
台上琴弦鸣，湾中波浪腾。
烟火跃海天，火树金花明。

2011 年 7 月 29 日

题纽约时报广场"中国屏"

新华网讯：8 月 1 日，纽约时报广场亮起一块巨大的液晶"中国屏"，大亮眼球，令人振奋。

> 朝阳拱起中国屏，隔海隔山传真情。
> 驱散迷雾真理在，澄清玉宇是非明。
> 一屏窗开送春色，万户门敞迎华风。
> 人民永远心心联，中美友好万年青。
>
> 2011 年 8 月 1 日

看日本国防白皮书

8 月 2 日，日本发表了国防白皮书，书中极尽掀动"中国威胁论"，造谣惑众，欺骗舆论。同时还强行把邻国岛屿说成是日本领土，进一步暴露其侵略者的强盗本性。

> 曾经横行称魔王，亚洲各国尽遭殃。
> 三光杀人血盈海，慰安掠妇泪满洋。
> 战犯妖魂无悔意，靖国鬼屋犹开张。
> 今看日防白皮书，又见盗贼忙栽赃。
>
> 2011 年 8 月 8 日

航母歌

——为我国航母平台进行出海试验而作

> 风云滚滚海涛惊，中国航母初试行。
> 平台高奏东风曲，万事俱备堪出征。
>
> 2011 年 8 月 10 日

最美奶奶高风扬

新华网讯：河南省内乡县赵店乡红堰村 69 岁老太太柴小女，不顾自己年老体衰，连救落水三个孩童，当她又再去救第四个小孩时，不幸身亡，被誉为"最美奶奶"。其家人将其默默葬在乡间山岗，情节极为感人。

湍河滚滚流大江，最美奶奶高风扬。
不顾年老身体衰，舍身跳河救童郎。
三名孩童救上岸，再救险儿重赴汤。
奶奶年老力已竭，难将小儿托岸上。
可恶浪涛无情义，活将奶奶溺身亡。
奶奶英名柴小女，村里生来乡里长。
忠厚纯朴一世名，助人为乐人善良。
儿女忠厚秉母德，默默葬母乡山岗。
不给社会添麻烦，唯留清明满村乡。
可怜平平乡间女，壮举动地惊天刚。
一身光辉耀中原，千秋美名万众仰。
做人应学柴奶奶，正气浩然大河唱。
奶奶赴汤清俗尘，九州尽学好榜样。

2011 年 8 月 21 日

辛卯仲秋访微软赠金宇哲博士

飞越名校登高枝，微软庭深菁英集。
海蓝院静花锦簇，湖碧帆动彩霞奇。
胸怀神州报效志，背负故国复兴旗。
作伴鲲鹏万里行，一路高歌乘风驰。

2011 年 9 月 5 日

辛卯中秋（二首）

一

伊妹纷纷送美言，祝福中秋阖家欢。
先报家乡喜事多，再祝花好月儿圆。

二

隔山隔海异地栖，明月万里寄相思。
蟾宫应怜天涯客，尽洒玉辉镀锦衣。

2011 年 9 月 12 日

重阳日登高

海润山林青，秋染枫叶红。
登临重阳日，最怜故国情。

2011 年 10 月 5 日

天庭乐

——贺天宫一号神舟八号成功对接

禹乡遣使九霄间，天宫迎客八仙欢。
银河初吻情馨浓，华岳久盼意境鲜。
一朝崛起开新宇，万载蠢世揽高天。
劝某休摇霸权旗，笑看云汉金浪翻。

2011 年 11 月 2 日

读闲人难闲《山菊》得黄字韵

甘居山野犀馨黄，笑傲秋风送酷霜。
昼看寒鹰翔碧落，夜观冷月过青冈。
曾经陋室雅天赐，不美琼阁韵自香。
愿驾清风长做伴，添华禹甸度沧桑。

2011 年 11 月 25 日

野　菊

岁落众芳歇，唯君艳香浓。
山隅傲严霜，旷野笑寒风。
孤芳不自赏，群菲已功成。
灿犀映枫彩，亮节熠长空。

2011 年 11 月 26 日

红梅新赞

——记抗美援朝女英雄解秀梅*

红梅一朵开寒川，战火堆里艳更鲜。
无惧强盗蜂拥上，等闲弹雨纷飞前。
救死战友冒极险，扶伤同志忘至艰。
一朝凯旋见领袖，泪流满面却无言。

注：电影《英雄儿女》中女英雄王芳的原型解秀梅，是中国人民志愿军 68 军 202 师政治
　　部文工队队员，是抗美援朝中唯一一位荣获"抗美援朝一级战斗英雄勋章"称号的

女战士，曾作为志愿军归国代表团代表，受到伟大领袖毛主席的接见。

2011 年 12 月 1 日

月全蚀

姮娥闲来银河游，偶见浴哥裸浪头。
羞得脸似桃花开，速敛玉辉避风流。

2011 年 12 月 13 日

采桑子·贺神六凯归

问鼎苍穹游霄汉，遨访天宫，欣拜瑶京，万里长空任我行。　　九州崛起何须鉴？碧海飞艨，昊际腾龙，盛世国强不逞雄。

2005 年 10 月 13 日

思越人·寄海归友

异域留学力奋攀，历经艰悴创尖端。满怀高论归华苑，誓以丹心荐祖先。　　观赤县，涌春澜。羡君英彩展娇妍。今托鸿雁传书去，两处楼台同念贤。

2005 年 11 月 11 日于美国加州拉荷亚

减字木兰花·寄寻梦友

天涯觅梦，坎坷蹉跎谁相共？喜上眉边，一遇花明奇迹翩。　　视高瞻远，心驾长风宏景现。万里鹏程，险过漩滩犹浪惊。

2005 年 11 月 23 日于美国加州拉荷亚

长相思·观潮

早潮流，晚潮流，流到拉荷亚滩头，思乡屡屡愁。　　云悠悠，浪悠悠，日日临崖观浪头，念亲何日休?

2005 年 12 月 17 日

贺新郎·春雨过后

细雨滋山绿，嫩芽发、叶悄悄动，翠枝滴露。云散煌煌虹霓现，树尽滢滢晶镀。更凑趣、莺添新妩。遍野朝花含羞放，惹游姑、心里突生妒。花斗艳、人争誉。　　风吹淡翠催惺苏。看迎春、金华簇路，送神怡目。缕缕浓香扑鼻入，芳气盈集肺腑。又恐怕、他人超路。昂对青天怀今古，放长歌、乘风抒心绪。同惬意、襟袒露。

2006 年 3 月 17 日

醉桃源

桃花绯晕抹群峦，清风催笑颜。满源丹絮泛香澜，轻舟荡影湍。　　颂名记[1]，韵千篇，烟岚飘过山。秦家有女舞蹁跹[2]，纯情醉楚天。

注：1. 指陶渊明《桃花源记》诗并序。

　　2.《桃花源记》诗并序中说，桃花源里的居民系避秦暴政之秦人。游桃花源时有当地姑娘表演节目，翩翩起舞如仙。

2007 年 4 月 25 日于湖南省桃源县

醉桃源·海湾

劲松翠柏立高巅，海风吹浪欢。青山脚下涌波澜，鸥鸣翔玉天。　　浪花笑，慢催帆，白云静逸然。荡舟弄瑟细拨弦，雅情洒碧湾。

2007年6月26日

瑞鹤仙·贺青藏铁路通车

日骄哈达素，众雪山翘盼，雄鹰飞舞。春风遍吹绿，正寒消暖涌，满园花树。往昔旧路，厚冰封，雪峰横堵。看今朝，金龙驰飞，举世万民欢舞。　　欢舞，万千险阻，山海移填，顿为衢路。高原突兀，思往日，行路苦。仰崇山胜境，众人盼往，游访安排加速。兴冲冲，择日程，早心已去。

2006年7月1日

苏幕遮·秋思

桂花香，菊影俏，霞落千山，尽是秋颜佼。枝满沉沉金果翘。红日高擎，北雁南飞早。　　想亲朋，思故老，夜夜难眠，致把归心搅。西下丹阳天际缈。远影孤帆，化作相思道。

2006年8月6日

永遇乐·夕阳

横越苍穹，金曛熠辉，巧织霞绮。烂漫天帷，层层锦致，画卷铺天际。龙吟霄汉，凤翔霓里，仙阙琼阁瑰丽。奔瑶池，清波洒韵，亿载秀色无比。　　生来自是，唯施广济，光热惠恩尽赐。普照高明，笑逐风雨，轻把寒云戏。昆仑遥望，红如火炬，欲将丹心留世。纵沉去，先忧后乐，志遂神逸。

2006 年 8 月 28 日

采桑子·重阳

霜天林海翻金浪，千叶飘扬，万叶浮香，落叶归根仰傲霜。　　春光几度昭昭谢，乍过重阳，恰又重阳，万里边山梦返乡。

戊子年重阳节

蝶恋花

二〇〇六年十一月二十日，内子经自己刻苦努力，于六十一岁时成功获取美国加州大学洛杉矶分校安德森管理学院颁发企业家 MDE（Management Development for Entrepreneurs）毕业证书，激动异常，特填小词以纪之。

浦畔瑶禾生陌院。才艺精专，菁萃拔群范。欲比鲲鹏金翼展，凌空碧海东西岸。　　轻戏沧溟霓彩现。莫唱弘图，只教勤登揽。摘取青锋霄外看，暮天花绽更香灿。

2006 年 11 月 20 日

浪淘沙·赠胡银钱先生

鹰落困蛮瓯，壮志难酬，故京才萃正初抽。无奈野荒空枉守，何日方休？　　独自莫忧愁，天地悠悠，春风吹绽百花稠。堪仰夕阳无限美，老骥芳留。

2006 年 11 月 21 日

沁园春·赠王应涛老

滚滚长江，万涛奔腾，争跃鹏程。恰激流勇进，风华正茂，雄姿英展，一派光明。无事生非，天教多患，岁月峥嵘伤别情。实何奈，问良心天地，自有公评。　　李桃花放园明，看艳满人间香气浓。忆昔日慎教，红蠋恰似，燃身施爱，启窍蒙眬。澄碧长空，清风送爽，更有夕阳无限红。为师表，笃恋修行美，德誉堪铭。

2006 年 11 月 22 日

踏莎行·假日游海

荡海扬帆，波轻浪缓，片舟溅却琼花泛。鸥鹚喜戏绕桅杆，纷纷乱逗游人恋。　　燕语绵绵，莺歌婉婉，潜鱼跃起逐春暖。雅兴归载映帷帘，敛帆傍向游轮缆。

2006 年 12 月 22 日

菩萨蛮

日斜风起春澜泛，凭轩运目情飞乱。天际孤帆无，云遮归去途。海岩独伫立，熠熠夕阳炽。愿夙寄乡亲，和谐福满门。

2006 年 12 月 27 日

临江仙·重遇

沉夜金樽摇蜡影，久别重遇芳俦。往昔如梦莫回眸。举杯对皓月，歌尽醉方休。　　海岸游轮栖倦客，归舟轻帆敛黝。人于途旅乐依忧。

披风昂首去，留韵唱千秋。

2007 年 1 月 10 日

南歌子·送深情

　　夜雨凌晨止，朝花戴露滢。翠山红日正升腾，碧海细波澄澈、戏风轻。　　野岛企鸥鹭，高岩舞燕鹰。水天浩渺觅航程，万里云飞心绪、送深情。

2007 年 3 月 24 日

太平时·爬山

　　柳暗花明三月三，赏春欢。姐偕哥妹去爬山，勇奔前。　　迎面蝴蝶争起舞，惹人怜。高瞻天际立峰巅，步云端。

2007 年 3 月 24 日

太平时·游海

　　星隐春霄曙满天，露湿衫。林莺啼叫翠枝间，共鸣欢。　　游海登船忙解缆，早扬帆。碧空鸥鹭舞翩翩，喜相怜。

2007 年 3 月 24 日

渔歌子·垂钓

　　珞玛岩[1]上海鸟飞，希而它岛[2]尽芳菲。孤钓叟，玉钩垂，夕阳隐去忘应归。

注：1. 珞玛岩位于圣迭戈湾北部伸入海中的珞玛岬。

　　2. 希而它岛位于圣迭戈湾北部珞玛岬下，乃一游览胜地。

2007 年 3 月 26 日

沁园春·欢聚

　　丁亥年四月，余皆内子自美返沪，与内子诸老师、同学、学生并亲友共聚于上海绍兴饭店交大店 301 贵宾厅，畅述久别离情，漫话盛世新语，春意昂然，兴致勃发，令人感慨万分，特命笔以记之。

　　盛世神州，五岳生辉，四海纵歌。望长城内外，山河巨变，田畴盈翠，处处琼阁。凤舞峦峰，龙跃江海，比翼鲲鹏凭锐觉。看崛起，仰横空出世，万众欢噱。　　师亲芳友同酌，尽溢绵绵情语切。忆良师教悔，寒窗共度，风华正茂，才气堪绝。岁月峥嵘，谢酬壮志，正万千长波送捷。勤激励，有慧灯引领，学之华釐。

2007 年 4 月 22 日于上海玄圃斋

湘春夜月·游张家界

　　恰芳春，步天门顿消魂[1]。只恋几片仙山，应侃侃知音。欲与数峰倾诉，恐雾云飞近，罩住华昀。望楚天万里，烟霞邈妙，和燮融存。　　金杯慢举，昭君奏瑟，屈子陪樽。寨上黄石[2]，身下是、杜鹃拥熳，岩绕霓云。心随皓月，对影吟、千里难寻。异地客、笑怡藏赝内，朦胧蕴韵，轻抱瑶琴。

注：1. 天门山系张家界著名风景区之一，因山有天门而得名，该天门宽度可以穿行飞机，两年前天门山飞机穿飞天门大赛在此举行，轰动世界。

　　2. 黄石寨系张家界著名风景区之一，当地有民谣："不登黄石寨，枉到张家界。"

2007 年 4 月 27 日于湖南省张家界市

捣练子·姐妹梦语

临海院，半空阁，姐妹相偎夜唱歌。姐姐梦中嬉妹妹，妹兜阿姐想阿哥。

2007 年 7 月 12 日于美国加州拉荷亚

玉蝴蝶

茫茫隔海离乡，背井又悲伤。伊妹送书忙，天涯寄断肠。　　思乡频步嶝，怀梦早帆张。园故尽风光，暮晨含泪汪。

2007 年 7 月 19 日

江南春

山黝黝，水茫茫，晨曦昭秀野，夕阳映天长。神仙殊恋青山美，游客舟催帆尽扬。

2007 年 7 月 19 日

江城子

鸥鸬戏水浪翻腾。燕翔空，雨濛濛。帆催艇跃，惬意赖豪情。碧海韵舒千缕浪，身尽憩，戏清风。

2007 年 7 月 20 日

浣溪沙

风绽浪花遍绮观，岸边翠抹柳纤纤。风波浪里尽游船。
三五芳俦出海去，戏澜逗水慢扬帆。鸥歌鹭舞伴身边。

2007 年 7 月 20 日于美国加州拉荷亚

瑶花·中秋月下

中秋月下，花影摇曳，尽抬头瑶祝。清晖玉色，瞻恋去，忘却秋风寒露。桂魂诱侑，渐入醉、佳醅些许。念中原父老乡亲，洒落千杯愁绪。　银河浪筑星桥，迎织女牛郎，相会倾诉。离愁无限，到那日、白首耄耋长处？正此际、相思堪苦。只企盼玉境嫦娥，快把桂香撒去。

2007 年 9 月 12 日

沁园春·守岁

戊子年大年夜，与侨居在圣迭戈的诸乡邻同胞 40 余人欢聚一堂，迎春守岁，热闹非凡，欢乐无比，国俗彰著，乡情洋溢，令人慨然，记之为念。

守岁天涯，万里他乡，老少俱欢。喜稚童烂漫，妪翁眉笑；福辉映禄，霞满春联。四海肴食，一桌盛宴，盈尽中华情意全。恭迎禧，与地天同乐，喜降人间。　红醅添韵绯然，令守岁乡亲尽醉酣。念故国父老，精神奕奕；德高长寿，银鬓童颜。四海波腾，五湖帆跃，齐把昆仑崛起宣。金华洒，看明朝春色，灿烂无边。

2008 年 2 月 7 日

渔家傲·万家欢*

边阙花明杨柳绮，和谐黎庶欢欣至。翁妪挽扶依孝子。邻人喜，万家欢度家庭日。　　摊主迎宾含笑立，台中歌舞翩扬起。树底太极绝巧技。童稚恣，百般祥瑞盈天地。

注：戊子年八月二日，适值圣迭戈市克莱蒙镇家庭日创办六十周年暨第十九届纪念日，应友人邀，余与泓源兄前往参加，观看表演始终。

2008 年 8 月 2 日

满江红·北京奥运

火树金花，百年梦、如愿遂真。红旗舞、万方英秀，迎进国门。我赶你追惊日月，角鸣鼓响振山林。仰华京、今奏进行曲，雷万钧。　　诸元首[1]，亲莅临。观崛起，品韶音。喜赛庭魁举，虎跃龙奔。圣火一擎昭浩宇，彩霞万缕耀征心[2]。眺未来、世纪韵声吟，华夏魂。

注：1. 2008 年北京奥运会期间，出席观礼的各国元首与皇室成员多达一百余位，创历届奥运会之最，可见人心所向、潮流所归。

　　2. 此处指奥运会开幕式所放焰火多达三万余束，为历届运动会所不能比及。亦为中国历来所放焰火之最多最灿烂者。

2008 年 8 月 8 日

伴云来·天游

神七飞天成功，国人漫步太空，举世万众轰动，小令敬献英雄。

千古奇观，惊天撼地，梦想成真如幻。巧驾神舟，畅游云汉，自胜高天寒险。月宫谙练，访秘境、琳琅瑶苑。霄外神奇九探，天庭任由来返。　　中华睿英倩倩，振国威、雄风凸显。应运神州崛起，普天同焕。旷世鸿图灿烂，辟新宇、和谐佐宏愿。好伴云来，飞天不断*。

注：继神五、神六、嫦娥一号和神七飞天后，神八、神九与神十，亦将陆续按计划飞天。

2008 年 9 月 28 日

眼儿媚·秋思

萧萧秋风雁过鸣，鸟诧落英声。枫染山野，菊芳沟壑，溪映绯红。　　天涯不是长留处，古瑟泣霜空。边城陋室，海隅幽径，醉念乡情。

2008 年 11 月 11 日于美国加州拉荷亚

倦寻芳·孤旅

溙沧碧海，风起潮澎，骇浪惊梦。峭壁栖鸥，霄汉鹭鹰争勇。步天街，临高榭，山涛滚滚乡情涌。宿昆仑，又遨游异域，花催春令。　　倦游子，天涯浪迹，雨骤风急，谁与舟共？揽月摘星，愿驾撼天飞艇。辟就铺霞七彩路，来来去去堪驰骋。对东风，颂国魂，尽抒心境。

2009 年 1 月 13 日

西江月·夜笛

月下浪花无倦，岸边游客迟归。纵谈时事敞心扉，惊起憩鸥翔翔。　　邻水明窗迎月，凭轩玉管横吹。曲脆悠婉伴清辉，踏韵飘然心醉。

2009 年 3 月 9 日

眼儿媚·春晚

蒙蒙霏雨洒沧溟，春蕴雾烟中。杜鹃催种，黄莺啼翠，紫燕腾空。　　天涯未讶春来晚，柳暗傍花明。边城处处，绵绵乡语，缕缕乡情。

2009 年 3 月 25 日

眼儿媚·春花

边山三月春风柔，春翠百花稠。李桃争艳，蕙兰竞秀，笑靥含羞。　　千姿百态播春韵，朵朵尽风流。芳心初逗，浓情如蜜，蝶恋蜂麻。

2009 年 3 月 28 日

桂枝香

中秋月下，恰故里乡居，窗前闺婳。月色晶莹如水，幔帘轻挂。神思飞去蓬莱顶，有桂香、扑怀催纳。天宇碧澄，无垠霄汉，月华涵雅。　　六十诞、丰功满甲。喜四海歌涌，滔滔诗话。五六家亲兄弟，舞毫新画。天安门下红旗展，再长征、豪气纷洒。野朝黎庶，高吟万代，爱吾华夏。

2009 年中秋节

解佩令·重阳

雁穿云汉。秋添枫艳。院中桂、花歇香淡。重九登高，有菊子、簇拥殷伴。观齐烟、瑞光九点。　　思亲无限。望乡千遍。特频恋、梦甜乡间。月半中秋，巧团圆、醉颜盈面。仰蟾宫、有情言难。

2009 年重阳节

卜算子·春潮

鸥鹭弄春潮，逐浪层层矫。戏水翩翩起舞欢，去影云天杳。　　雨骤济沧溟，风暴卷云邈。掀起春潮浪万重，扑岸飞花笑。

2010 年 3 月 20 日

南歌子·乡思

万里思乡苦，年年望断秋。频频伊妹诉离愁，一缕乡思总是挂心头。　　隔海沧茫水，无边日夜流。离乡游子梦寻稠，唯望乡山乡月久萦留。

2010 年 7 月 13 日

调寄浪淘沙·中国海军护卫舰队

舰队越洋征，破浪乘风。西洋路上郑公缨。勇往直前平海盗，气贯长虹。　　海上亮青锋，浪骇涛惊。直凌红海斩长鲸。揽月捉鳖神采奕，一派豪英。

2011 年 12 月 23 日

自度曲　东风

——写给两代会

喜闻第九届文代会和第八届作代会在北京胜利召开

才会一号天宫，又送万里东风。百花园里艳丽争，神州妖娆更

浓。　　等闲篱外噪音，净化园内晴空。崛起路上英姿爽，笑傲霸径
凄零。

2011 年 11 月 23 日

生查子·荡舟海上

浪溅逗轻舟，帆翼风催恣。白鹭绕高桅，弄瑟馨音起。　　怀涌
恋溟情，泛荡春潮里。吟诵对清风，如醉闲云逸。

2012 年 2 月 3 日

拉荷亚的歌*

我家住在呀拉荷亚，
拉荷亚有诗又有画。
拉荷亚风光美无边，
拉荷亚有海又有山。

拉荷亚的山呀明又青，
拉荷亚的海呀宽又蓝。
拉荷亚的天呀澄又碧，
拉荷亚的云呀轻又淡。

拉荷亚的风呀清又香，
拉荷亚的霞呀红又灿。
拉荷亚的太阳明又亮，
拉荷亚的月亮媚又圆。

拉荷亚的树呀翠又绿，
拉荷亚的花呀娇又妍。

拉荷亚的山水靓又倩，
拉荷亚的游客乐又闲。

君不见——
拉荷亚的游客尽笑脸，
说说笑笑，春风满面，
悠哉悠哉，活似神仙，
翘首大海，指指点点，
遥望落日，思绪万千……

看，拉荷亚的画
——多美！
听，拉荷亚的歌
——多甜！
一个快乐的小海湾，
装了一湾的美和甜！

注：拉荷亚位于美国加州圣迭戈县内，是圣迭戈的卫星市。

2005年1月16日于美国加州拉荷亚

拉荷亚的浪花[*]

我在拉荷亚的海边，
徜徉在水际的沙滩。
浪花一层层地扑来，
涌向我的身影，
热吻我的脚面。
我蓦地双膝跪下，
掬起一束浪花，
静静地仔细看：

这浪花来自海的彼岸，
是家乡多情的风，
把她送到我的跟前。

这浪花——
来自故乡的山溪，
这浪花——
来自故乡的海滩，
这浪花——
来自乡亲的家园，
这浪花——
来自父母的脚边……
不信，你看——
这晶莹的浪花里：
泛露着亲人的丽影，
映透着亲人的笑脸，
夹带着亲人的欢歌，
凝聚着亲人的思念！

思念！亲人的思念！
是思念凝成的泪花，

涌到我的脚下，
扑向我的面前！
浪花，浪花，浪花，……
一束束，浪花无数！
思念，思念，思念，……
一缕缕，思念无限！
是妈妈的泪花！……
是妈妈的思念！……

注：＊拉荷亚位于美国加州圣迭戈县内，是圣迭戈的卫星市，以风景秀美著称。

2005 年 7 月 14 日于美国加州拉荷亚

雏鹰展翅

——听陈小沫钢琴独奏音乐会＊

丙戌年三月出席陈小沫在拉荷亚的钢琴独奏会，琴声高雅，出人意外，惊喜倍至。

春花妍，夏日红，
秋实累，冬雪丰。
金琴银键播韶音，
玉童妙手撒春明。
君不闻
忽如怒涛拍悬崖，
忽如清溪细浪腾；
忽如虎啸过三峡，
忽如春蚕静苑食叶青；
忽如鸾凤唱云霄，
忽如莺雀枝头鸣；
忽如飞瀑倾九天，
忽如晶露翠湖滴芙蓉……
有志何须谈年高，
满厅听众仰神童。
十岁幼女登雅堂，
奏出阳春白雪声。
座无虚席，犹众旁听，
全神贯注，鸦雀无声，
悠然琴止，掌声雷鸣。

琴童真心献微笑，
观众肺腑生共鸣。
热泪盈眶不禁流，
琴韵萦绕化春风。

注：陈小沫，女，祖籍上海，生在美国加州拉荷亚，4 岁始学弹奏钢琴，曾先后在美国，
上海，巴黎和维也纳举行过多次钢琴独奏音乐会，被誉为钢琴神童，已出版发行多
个独奏专辑。

2006 年 3 月 6 日于美国加州拉荷亚

大海，永恒的诗人

我独坐在海岩上，
静听大海在歌唱。
我同浪花开玩笑，
她逗湿我的衣裳。
我浑身滚动着珠痕，
云用纱巾揩我面庞。

大海是永恒的诗人，
每时每刻都有
数不清的新韵。
波涛是她的韵律，
浪花是她的练句，
潮声是她的强音。

请听——
大海日夜在朗诵。
海鸟，白云，清风，
太阳，月亮，星星，

还有我和海边的精灵,
都是她忠实的听众。

我爱大海出了名,
同她的感情
究竟有多深,
连我自己也说不清。
是她给了我韵的激情,
是她给了我诗的通灵。
我的诗咏是波涛的高歌,
我的诗集是浪花的结晶。

2006 年 5 月 28 日

我从海涛中走来

我从海涛中走来,
浪花向着我怒放。
我身上挂满浪痕,
浪痕满映着霞光。

海鹰在我头上盘旋,
海鸥在我身边徜徉。
听着涛声仰望长空,
我静静躺在沙滩上。
这情景呀多么相似,
像回到童年的故乡。

一样的蓝天,一样的白云,
一样的碧海,一样的银浪,
一样的清风,一样的彩霞,

一样的轻帆，一样的桅樯；
唯独我弄潮的伴侣，
同昔日儿时不一样。

啊——
我多么想时光倒流，
回流到那
天真无邪的童年时光！

2006年11月19日于美国加州拉荷亚

羡 慕

太阳哥哥真棒，
每天下班后，
就披着晚霞
回到故乡。

月亮姐姐真靓，
每夜下班后，
就驾着曙光
回到故乡。

星星小弟弟们真风光，
同月亮姐姐一起上班，
下班后又一起
回到故乡。

只有我，
无论白天还是黑夜，
下班后依然

滞留在客乡。

2006 年 11 月 20 日于美国加州拉荷亚

春风从天际外吹来

春风从天际外吹来，
吹绿了群山的脊梁，
吹丽了众林的盛装，
吹皱了大海的胸膛，
吹绽了百卉的芳蕾，
吹得人们心花怒放。

黄鹂在绿林里歌唱，
银鸥在碧海上展望，
清溪在翠壑中奔腾，
白云在苍空间游荡。
春风送来阵阵暗香，
醉得太阳满面辉煌。

春风徐徐送来了希望，
春风浩荡满载着理想。
希望的种子在地底下萌发，
理想的翅膀在蓝天上飞翔。
春风化雨洒下普天甘露，
春的知音放歌明媚春光。

2006 年 11 月 30 日于美国加州拉荷亚

我游历了维纳斯的诞生地

在塞浦路斯的西部帕福斯，
我游历了维纳斯的诞生地。
碧波荡漾着一个美丽的传说，
峻峰叙说着一个神奇的故事。
在巨大的岩石撞击海涛的瞬间，
一个姑娘从飞溅的浪花中跃起。

这姑娘的名字就叫维纳斯，
帕福斯就成了她的诞生地。
维纳斯的母亲是地中海的波涛，
维纳斯的父亲是帕福斯的巨石。
美丽的传说化成了人间的神话，
神奇的故事铸冶了古老的历史。

地中海的胸脯如锦缎般柔软，
帕福斯的巨石依然昂首矗立。
我遇见无数年轻的俊男靓女，
不远万里从四面八方来这里，
来寻觅人间纯洁无瑕的爱情，
来探涉维纳斯那美丽的足迹。

据说这里游泳可像维纳斯般美丽，
还说这里游泳可使爱情鹣鲽不移。
就时而倚傍着维纳斯父亲的躯体，
又时而潜藏在维纳斯母亲的身底。
海涛有情，涤去了他们的凡心俗念，
巨石挥志，坚定了他们的海盟山誓。

在塞浦路斯的西部帕福斯，
我游历了维纳斯的诞生地。
主人送我一尊维纳斯的精美雕像，
带回后放在我心爱的玻璃书橱里。
每当看到维纳斯端庄的娇躯倩影，
似乎又听到波涛中涌动的那首诗……

2006 年 12 月 1 日于美国加州拉荷亚

也是乡愁

台湾同胞的乡愁，
是在海峡的两岸；
我和家人的乡愁，
是在大洋的两边。

台湾同胞的乡愁，
是在同一个家园；
我和家人的乡愁，
是不同的两片天。

我要架一座虹桥，
把大洋两边相联，
一头搭在昆仑山，
一头搭在落基山。

让乡愁化为清风，
在桥上自由往返：
常看客乡的蓝天，
不忘故乡的青山。

2006 年 12 月 2 日于美国加州拉荷亚

高高的金字塔呀，我来到你的脚下

在开罗，埃及历史博物馆工作人员陪同我们游览了吉萨大金字塔。

长长的尼罗河呀你流过多少个波浪？
高高的金字塔呀你见过多少次太阳？
辽阔的撒哈拉呀你胸怀多少坚强子女？
赤道的红太阳呀你放射出多少热和光？
厚厚的吉萨高地呀你肩负着多少重任？
亚历山大的灯塔呀你指引多少次夜航？
底比斯的神庙呀你袒护了多少个英灵？
古老埃及的文明呀你孕育了多少曙光？

高高的金字塔呀我在你的脚下徜徉，
倚着蓝天把你高大雄伟的身躯瞻仰。
尼罗河在你的身边呀年年滚滚流淌，
金太阳在你的头上呀日日闪闪发光。
我无意同你呀比谁高谁低，
更无意同你呀论谁更寿长，
五千多年的风风雨雨呀——
只有你的主人比你更年长！

披星戴月，你胸怀着无穷珍贵的宝藏，
经世流年，你见证了古老文明的辉煌。
呼风唤雨，你让历代无数英雄竞折腰，
顶天立地，你令累世千万豪杰心向往。
时空的风云在你的肩上浩浩飘扬，
历史的长河在你的脚下悠悠荡漾。
民族的精英锻铸成你坚强的脊梁，

法老的慧灵凝结满你睿智的面庞。

为瞻仰你的风采我飞越了天山昆仑，
为探寻你的神奇我跨过了黄河长江。
法老的土地上印下炎黄子孙的足迹，
长江尼罗河水呀把和平的赞歌高唱。
我奋力攀上你高耸云端的峻峭肩头，
如同登上万里长城摩天的城垛顶上。
文明的民族创造了文明的伟大奇迹，
金字塔呀你使多少人神思魂萦梦想！

2006年12月6日于美国加州拉荷亚

我的梦

我的梦，一个连着一个，
似乎多得从来不会间断，
像大河里的波涛，千重万重，
像小溪里的浪花，千串万串。

这些梦，有的美丽可爱，
令人万般留恋，看了又看；
这些梦，有的丑恶可憎，
令人心惊肉跳，赶快闭眼。

这些梦，是我个人经历的再现，
这些梦，是社会现实中的窥斑；
我把它一个个记入日记，
我把它一串串摄进影片。

我把梦编成串串故事，

小心送去出版社出版；
离开印刷厂门警的眼睛，
我的梦飞进了各种书店。

离开了大大小小的书店，
我的梦又飞进了图书馆；
经过无数爱好者的双手，
又飞去人们的床头枕边。
从此，我的梦就变成了他人的梦，
从此，我的故事就为他人所传谈。
梦，是好，是坏，是美，还是善，
因为本来是梦，我就从不去多管。

2007 年 2 月 26 日

城市，一架彩色的琴

一座美丽的城市
一架彩色的竖琴
街道，是琴上的银弦
车辆，是弦上的符信

清晨，银弦拨出
优美的朝霞短韵
傍晚，音符凝成
愉悦的夕照轻音

白天，银弦激越出
争分夺秒的铿锵高频
夜间，音符跳荡出
灿若星河的白雪阳春

无限的爱，汇入这座城市
无数的曲，飞出这架竖琴
漫步，人们成了弦上的另一音符
加油，马达催醒了这竖琴的灵魂

2007 年 3 月 20 日

乡　情

——记丁亥年六月十六日《华人》文友聚会

一泓碧水溶汇了满天的明星，
一桌美食带来了遥远的乡情。
一颗颗丹心在为同一个音韵跳动，
一张张笑脸挂满无限喜悦的彩容。
一整晚佳话说不尽欢欣的相逢，
一华室笑语述不完新有的成功。

是乡情，把我们赤诚的心串在一起，
是乡情，把我们洁净的影集于一庭。
是乡情，在天涯与故乡架起彩虹，
是乡情，把人生与尊严双手高擎。
是乡情，为我们敲响了暮鼓晨钟，
是乡情，为我们催出长夜的黎明。

发一份《华人》，播一缕乡情，
念一篇华文，吐一片心声。
出一卷《华人》，造一只芳舟，
写一篇华文，点一盏明灯。
是知音，会踏着心声寻觅未来，
是同胞，会怀着乡情迈上征程！

2007 年 6 月 16 日深夜于美国加州拉荷亚

海湾露天音乐会

云朵在碧空中漫游，
波浪在蓝海里翻荡。
鹰鸥在头顶上盘旋，
黄鹂在翠枝头欢唱。
拉荷亚海湾音乐会，
在鼓声琴韵中开场。

草坪如同绿毯绵柔，
阳伞像花朵般明靓，
孩子们笑靥挂满脸上，
老人们鬓发尽染银霜。
姑娘们秀发飘落肩旁，
小伙们坦露着健壮胸膛。

舞池里翩翩起舞如飞，
歌台上歌喉脆润嘹亮。
清风从海上赶来助兴，
鲜花从野畴暗送芳香。
太阳洒下金色的光芒，
鸽子在人群中徘徊张望。

掠一缕清风揩汗添凉，
拔一片白云避暑遮阳。
掬一捧浪花清醒洗面，
撷一束芳菲仔细品香。
欢乐的海湾露天音乐会，
笑声和歌声在海空飞扬。

2007 年 7 月 22 日

我的牧云友啊，你们此时在何方？

　　克瑞斯特山加大院十楼，临窗病房，于病床上拟之，特致牧云诸友，以酬中秋之情。

我躺在病床上，
从窗口往外眺望。
蓝天上有几朵白云，
正在自由自在地飞翔。
我的牧云友啊，
你们此时在何方？

我躺在病床上，
从窗口往外眺望：
青山上松林芊绵，
定有鸟儿在欢唱。
我的牧云友啊，
你们此时在何方？

我躺在病床上，
从窗口往外眺望：
碧海上浪涛滚滚，
如莲轻帆在荡漾。
我的牧云友啊，
你们此时在何方？

我躺在病床上，
从窗口往外眺望：
万家灯火晔耀闪烁，

一轮明月普洒清光。
我的牧云友啊，
你们此时在何方？

我躺在病床上，
从窗口往外眺望：
我的牧云友啊，
我知道你们都很忙，
为着中秋的盛会，
正准备节日的艳装。

我躺在病床上，
从窗口往外眺望：
我似乎听到牧友们的心声，
又好像看到牧友们的华章。
多谢啦，我的牧云挚友，
祝你们中秋月下诗雅情长！

2007年9月14日于圣迭戈加州大学医院

嫦娥一号

才会嫦娥[1]，
又见嫦娥[2]，
嫦娥有伴不寂寞。

久望太空，
今上太空，
太空追星振雄风。

梦幻月宫，

畅游月宫，
月宫琴曲堪尽听。

漫步九天，
探密九天，
九天人间共婵娟。

注：1. 今年 9 月 25 日乃中秋佳节，余曾作《中秋会月》诗一首。
　　2. 此指今年 10 月 24 日，我国成功发射之"嫦娥一号"绕月探测卫星。

2007 年 10 月 24 日

写在新年贺卡上的歌

静静的夜晚，暖意洋洋，
天空中飞来了雪姑娘。
袅娜轻盈，一身锦裳，
温柔可爱，普洒瑞祥。

美丽的长青树，闪闪发光，
放射出光辉，满挂着理想。
快看呀，是新年翩翩飞来！
快听呀，是春姑娘在歌唱！

啊！是你，美丽的春姑娘，
一路带着笑，盛情送来了
春天的挚爱、春天的芬芳、
春天的快乐、春天的期望！

可爱的小松鼠在欢蹦乱跳，
精灵的小红鸟在轻盈飞翔。

山海换上节日的浓艳盛妆，
祝贺你新年永远春光荡漾！
2007年12月24日于美国加州拉荷亚

祝　愿

——献给黄峥峥博士的歌

　　青年科学家黄峥峥博士，将要赴杜邦公司高就。在此，特向她表示祝贺，并祝她马到成功，为国争光。

年轻的朋友啊，
你要飞去远方，
在那水天相连的大西洋边，
绘展宏图，开辟新的奋斗疆场！

年轻的朋友啊，
你要飞去远方，
带着你那甜蜜的理想，
在九霄碧空中展翅翱翔！

年轻的朋友啊，
你要飞去远方，
鹏程万里，前途无量，
向你招手的是成功的希望！

年轻的朋友啊，
你要飞去远方，
心怀着父母爱，背负着华夏情，
去遥远的天涯为祖国母亲争光！

年轻的朋友啊，
你要飞去远方，
衷心祝愿你一路春风浩荡，
让你的理想之花在春风中怒放！
　　　　　2008 年 1 月 26 日于美国加州圣迭戈

燃烧吧，奥林匹亚的圣火

——记北京 2008 年奥运圣火采集仪式

美丽的奥林匹亚呀，
像中国的城市一样：
人们勤劳勇敢的面孔，
充满了圣城的大街小巷，
中华人民共和国的国旗，
在圣城上高高飘扬。
古老的奥林匹亚呀，
圣女翩翩，春风浩荡；
神圣的赫拉古庙呀，
神韵怡怡，灿烂辉煌。
2008 年北京奥运会的圣火采集，
举世瞩目，万众翘望！
2008 年北京奥运会的圣火火炬，
如愿以偿，完美点亮！

清风万里，乌云让路，
羲和驰骋，浩空澄朗，
太阳神静静地施展威力，
秉承爱好和平人们的渴望：
让圣火点燃奥运的火炬！

让圣火发出灿烂的光芒！
希腊国家电视台庄严宣告：
"这是中国的一次盛会，
也是希腊的一次盛会，
更是整个世界的圣会。"
——这声音响彻大地，
瞬间传遍七大洲四大洋！
因为奥运会的故事，
将在 13 亿中国人中流传，
这意义极其深远！
这意义非比寻常！

可怜有几个无耻小丑，
混进圣火的采集现场，
怀着不可告人的目的，
企图让乌云遮住太阳！
在它们主子的指示下，
干着与和平者为敌的勾当！
像寒冬冰雪中的几只苍蝇，
像历史巨轮下的几只螳螂，
在严寒阴暗的旮旯里，
向隅而泣，活活冻僵！
在和平巨轮的转碾下，
魂销魄散，逃之惶惶！

燃烧吧，奥林匹亚的圣火！
光芒四射，祝你在宇宙间越烧越亮！
前进吧，奥林匹亚的圣火！
风雨无阻，祝你早日传到北京现场！
你是和平的象征！
你是成功的希望！

你的光明，将照亮世界
爱好和平人们的眼睛！
你的传递，将展开北京
2008 年奥运会成功的翅膀！

2008 年 3 月 26 日于希腊雅典

母亲之歌

——记"五一二"大地震中的一位遇难母亲

谨以此诗献给"五一二"特大地震中保护和抢救孩子的母亲们！

在"五一二"大地震的救灾过程中，人们在废墟底下发现一位年轻的母亲，跪倒在地，弯曲着上身，像在祈求上苍。在她的躯体下有一个三四个月大的孩子，仍在甜甜地睡着，安然无恙。而孩子的守护神，这位年轻的母亲，却早已魂断残垣，命归西天……

一位年轻的母亲跪向大地，
祈求上苍，弯身匍匐向前。
背撑着八级大地震的重压，
保护自己幼小婴儿的平安。

她用自己纤弱的躯体，
构筑一个坚强的穹庐，
为让不满半岁的孩子，
在她的怀中平安舒服！

这母亲强忍着巨痛走了，
婴儿还没从睡梦中苏醒。
可怜的孩子怎么会知道，
天灾早已夺去了妈妈的生命！

可他（她）还不会叫一声妈妈，
也还没来得及吸完最后一口奶；
天崩地裂的汶川八级大地震呀，
无情地将他（她）与妈妈分开！

一位母亲，有万分慈爱，
万般祈求，为一个生命。
年轻的母亲啊，您有多么伟大！
神圣的母爱啊，海再阔也难盛！

从来没有任何人教过她，
也从没有任何人发命令，
在大难临头、生死诀别的时刻，
去保护一个幼小的生命——
她，只知道这是母亲的天职！
她，只知道这是母亲的本能！

母心高贵！母爱无量！母亲伟大！
孩子，请永远记住妈妈的崇高品行！
在困难面前，像妈妈一样无私无畏！
在坎坷路上，像妈妈一样坚强英勇！

压力再大，大不过八级地震的强压！
困难再大，大不过要夺走你的生命！
像妈妈一样去顶住八级大地震压力，
像妈妈一样去面对崎岖坎坷的人生！

孩子，你是否会记得——
妈妈的怀抱是多么温暖？！
孩子，你是否会记得——
妈妈的心地是多么慈善？！

孩子，你是否会记得——
妈妈的乳汁是多么甘甜？！
孩子，你是否会记得——
妈妈的笑脸是多么灿烂？！

孩子，什么时候等你长大成人，
去向周围的人问清妈妈的身影。
你的生命是你妈妈生命的延续，
你的血同你妈妈的血一样鲜红！

孩子，什么时候等你长大成人，
不要忘记祭奠你妈妈的在天英灵！
每年到五月十二日这难忘的一天，
去你妈妈墓前回报你生命的历程！

撒一抔黄土，洒一杯清酒，
供一束鲜花，抹一把泪水；
把妈妈的厚爱深情永远记在心里，
让妈妈的忠魂在九霄上安然欣慰！

2008 年 5 月 18 日于上海玄圃斋

老师之歌

谨以此诗献给"五一二"特大地震中保护和抢救学生的老师们！

什邡市红白镇中心学校物理老师张辉兵在"五一二"大地震中为抢救学生而献出自己的生命。故事广为流传。是他，用身体顶住教室的门，让学生赶紧逃离险境，而他自己却因没来得及逃出被压死，遗体右手还指着逃生的方向。当武警人员把他从废墟下抬出时，正值下大雨，天地同悲。他的四岁的女儿问妈妈："爸爸为什么在雨中躺在地上睡觉？"妈妈含着热泪，回答了她……

惊人的八级大地震过去啦，
留下一长串动人的故事；
在四川什邡市的红白镇上，
人们在广颂着张辉兵老师！

不同的面孔讲述着同一个人，
不同的声音传颂着同一首诗：
"五一二"大地震的那一瞬间，
发生了一件感人肺腑的事迹。

唐章建含着热泪激动回忆说：
当张老师猛把我从梦中推醒，
地震就来啦！只听张老师喊：
"不要慌，所有人快往外跑！"

是张老师顶住房门和门框，
给我们指出逃命的方向！
当我们逃出倒塌的教室，
张老师的声音却顿时消失！

他是离门外活路最近的人，
他却把逃生门路留给学生！
他是业余篮球强壮运动员，
但他却没跑出那逃生门槛！

当武警把他抬出来的时候，
日月悲痛，大雨滂沱如浇。
天真的四岁女儿好奇地问妈妈：
"爸爸为什么雨中还躺在地上睡觉？"

年轻的母亲含着热泪，告诉女儿说：

"爸爸没有睡，他去天堂上班去啦！"
"是谁叫他去的，他不喜欢我了吗？"
"爸爸很爱你，是天使叫他去的呀！"

"天上还下着大雨，他身上都湿了，
妈妈，你给爸爸再盖上一件衣服吧，
　　　别让他觉得冷。"天哪——
听了孩子的话，夜晚在雨中倾盆泪下！

学生们在雨中哭泣，孩子们在雨中哭泣，
老人们在雨中哭泣，乡亲们在雨中哭泣，
苍天在雨中哭泣，　大地在雨中哭泣，
红白镇上山山水水呀都在雨中哭泣！

谁能安慰学生们对老师的眷恋！？
谁能补偿孩子们对父亲的爱怜！？
谁能止住老人对失去儿子的悲恸！？
谁能抚平妻子对失去丈夫的震撼！？

红白镇中心学校对面的山梁上，
张辉兵老师坦然地在那里长眠。
伴同着他的是十几个遇难的学生，
眺望着山谷中即将要重建的家园。

一个极平凡的山村教师，
一个极普通的家庭父亲，
一个极朴实的农民儿子，
一个极单纯的少妇爱人……

有谁能说出他有多么伟大！？
有谁能说出他有多么坚强！？

有谁能说出他有多么英俊！？
有谁能说出他有多么高尚！？

2008 年 5 月 20 日于上海玄圃斋

新年，希望

——写给《牧云学社》诸牧友

一轮新年，一怀希望，
一缕乡情，一片春光，
一群游子，一串梦想，
一番崛起，一世辉煌。

是梅花笑却华夏寒意
送来了九州春风浩荡。
是瑞雪孕育五湖春息，
催萌了四海百花芳香。

是信心点燃诗友热情，
登上了霄外牧云疆场。
是成功坚定文俦壮志，
谱写了异国华韵锦章。

身处天涯的牧云友啊，
感谢你们的无比盛情：
一手招呼春阳，迎来！
一手挥别冬日，送往！

2008 年 12 月于美国加州拉荷亚

我同花儿聊天

我同花儿聊天，
花儿簇我身边。
我问花儿姓名，
花儿把头点点。

我同花儿聊天，
花儿簇我身边。
蜜蜂来吻花蕊，
花儿喜笑开颜。

我同花儿聊天，
花儿簇我身边。
蝴蝶飞来猎艳，
花儿羞红了脸。

我同花儿聊天，
花儿簇我身边。
清风赶来凑趣，
暗香送我面前。

我同花儿聊天，
花儿情语绵绵，
迎风亭亭玉立，
太阳笑容满面。

我同花儿聊天，
鸟儿头上飞旋。

花向鸟儿招手，
春光烂漫璀灿。
2005 年 8 月 10 日于美国加州圣迭戈大学
2009 年 12 月 20 日修改于加州拉荷亚

小白菜之歌

世博园里的志愿者，
人们昵称为"小白菜"。

每天清早，
东方乍红。
你迎着朝霞，披着晨风，
第一个来到世博园中，
准确定点自己的位置，
等待把游客笑脸相迎。

等闲酷暑炎热，
笑傲风吹雨打。
世博园是你向往的天使之家，
世博会让你的理想高度升华。
一句问候，迎来了满园的笑脸，
一声回答，催绽了满园的心花。

多少个日日夜夜，
多少个傍晚黎明，
你的英姿被称为美的化身，
你的笑容被视为美的霞影。
你是世博园里的报春鸟，
你是世博会上的报时钟。

面对滚滚人潮，
身负重重劳怨，
你把方便留在游客的身边，
你把需要送到游客的眼前；
你把温馨融进游客的心田，
你把满意凝上游客的笑脸。

夜幕徐徐降下，
天地晶莹交融，
你是世博园银河中的明星，
闪闪发光，指引游客行程；
你是世博园梦幻中的彩蝶，
翩翩起舞，唤醒游客醉梦。

游客恋恋离开，
怀着无限深情；
带去世博园美好的记忆，
也带去你那甜美的笑声；
带去世博园缥缈的梦幻，
也带去你那如霞的笑容。

忘却了白天的疲倦，
忘却了夜晚的劳累，
你把爱，献给世博盛会，
用青春铸造世博之美；
你把情，献给八方来宾，
用真诚编织世博光辉。

小白菜，小白菜，
人人见，人人爱，
扎根世博园，

把青春花儿开。
你给世博园增添绚丽光环，
你使游客们激荡热血心怀，
你同世博园一样无比美丽，
你同世博会一样难忘精彩！

2010 年 10 月 5 日

小松鼠

一对松鼠
在枝头悄悄细语，
是谈情说爱，
还是在计划生儿育女？

一对恋人
从树下经过，看见了松鼠，
轻轻举起相机，
停止了脚步。

任你相机闪光不止，
任你尽情仰视频睇，
小松鼠依然我行我素，
情语绵绵，如在无人处。

恋人依依不舍离去，
仍不时地向枝头回眸。
小松鼠干脆把头靠在一起，
热吻过后，仍然对坐私语……

2010 年 12 月 23 日

雨后的公园

雨后的公园，
荡漾着花香。
五彩缤纷的圣诞树下，
妈妈抱着满岁的姑娘。
爸爸忙得团团转，
把相机频频闪光。
小姑娘的笑，
花一样的靓；
小姑娘的吻，
花一样的香。

清晨的灿烂朝阳，
给公园披上彩裳。
一群白鸽飞来落在圣诞树下，
一对松鼠蹿出爬到圣诞树上。
小姑娘指指鸽子，
笑得更甜更脆亮；
小姑娘指指松鼠，
让爸爸快快照相。
一对笑靥，一缕亲情，
化作公园的一曲绝唱。

2010 年 12 月 23 日

来自朋友们的抱怨

每每我和朋友们聊天，

他们总是无情地抱怨：
说他读了几大堆诗篇，
说不出的无味和讨厌。
一大堆读完了不知说的是啥？
一大堆都是把散文句排成串。
更令人费解的是今人写的诗，
读时还要去查阅古汉语词典。

听了朋友们的无情抱怨，
我顿时觉得脸红和汗颜。
如今诗人们都是怎么啦？
因为我也是其中的一员。
长篇累牍却总是言之无物，
没有诗的味道和诗的语言。
还有什么面孔去做个诗人，
不如学学陶潜回家去种田。

2011 年 3 月 3 日

诗歌飞向青海湖

——写给第三届青海湖国际诗歌节

青海湖水清又清，
诗人兴会放歌行。
诗歌飞向青海湖，
青海湖水浪花腾。

青海湖水清又清，
雪山高原送清风。
诗人颂歌献高原，

金龙飞藏举世惊。

青海湖水清又清，
诗人兴会诗情涌。
神州崛起山河秀，
赞歌飞扬万里行。

青海湖水清又清，
诗人齐把祖国颂。
放声高歌动天地，
一片真情传北京。

青海湖水清又清，
诗人来自五洲中。
天下诗人同挥笔，
谱就故乡海深情。

青海湖水清又清，
白云翩翩鸟争鸣。
盛会诗节春风起，
吹遍诗园百花明。

2011 年 8 月 12 日

图书在版编目(CIP)数据

行吟集 / 鲁山,泓源著. — 上海:文汇出版社,
2024. 9. — ISBN 978 - 7 - 5496 - 4202 - 1

Ⅰ. I267

中国国家版本馆CIP数据核字第20241N3W65号

行吟集(上)

著　　者 / 鲁　山　泓　源

责任编辑 / 熊　　勇
封面装帧 / 薛　　冰

出版发行 / 文匯出版社
　　　　　上海市威海路755号
　　　　　(邮政编码200041)
经　　销 / 全国新华书店
排　　版 / 南京展望文化发展有限公司
印刷装订 / 启东市人民印刷有限公司
版　　次 / 2024年9月第1版
印　　次 / 2024年9月第1次印刷
开　　本 / 720×1000　1/16
字　　数 / 480千字
印　　张 / 39.75

ISBN 978 - 7 - 5496 - 4202 - 1
定　　价 / 88.00元(全二册)

鲁山泓源诗文系列选编

行 吟 集

（下）

鲁山　泓源　著

文匯出版社

目　录

上辑

枫韵浅吟

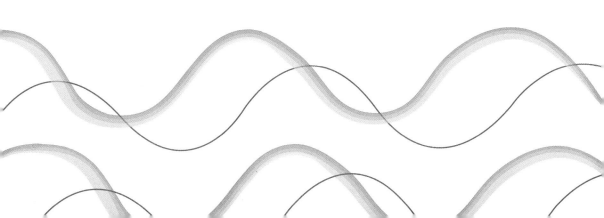

辛卯孟秋访张宏跃博士新居（七律）

清泓潋潋瀑飞扬，铁树昂昂翠羽张。
宁静新居国色蕴，华严幽院溢天香。
一杯红酒倾神宇，满殿高论拓绮疆。
莫道国学庭院寂，鸿儒常聚自生光[*]。

注：美国南加州圣迭戈《国学沙龙》为张宏跃博士所创办。

2011 年 8 月 20 日

辛卯八月赴温哥华赠许维真兄嫂

曾经商海共浮槎，赖有扶济渡天涯。
宦场难有知心客，庶门喜遇兄弟家。
香江滔滔波浪滚，沪天浩浩风云咤。
人生无价真情友，山高松青凝光华。

2011 年 8 月 27 日于加拿大温哥华

哥伦比亚冰原行[*]

斜阳冷如霜，冰天泛银光。
寒凝琼涛静，雪积玉峰彰。
云浪浮鸟道，风刀削峦岗。
偕友冰原游，兴浓高处蹚。

注：哥伦比亚冰原位于加拿大阿尔伯省落基山脉中。

2011 年 8 月 28 日

班芙吟踪

　　班芙国家公园是加拿大第一个国家公园，创立于 1885 年，山灵水秀，千姿百态，是落基山中最美丽的地方。

迎客峰

一山飞来突兀间，顶天立地气非凡。
灵滢仙子来相伴，春风满面碧波涟。
绿林如带绕翠影，白云似莲空中悬。
迎客不惜降至尊，皆大和谐千万年。

风雪图

瑞雪皑皑耀碧空，万里素装呈晶莹。
群马贪恋雪下草，身披银鞍对雾凇。
林海雪原盈生机，众志成城向苍穹。
晴空无垠寒流遁，心旷神怡壮东风。

灵魂湖

峻峰巍巍银冠明，清波涟涟白帆轻。
风平浪静巧梳妆，花落絮飘抹淡影。
游客踊跃倩姿动，青松挺拔亮高风。
一片迷茫凝梦幻，船头独立孤钓翁。

双杰克湖 *

白云飞处山青青，绿障簇拥波光明。
小岛树下路人动，游径栈桥钓客停。
一群白鹭上青天，几双银鸥戏波行。
片舟一叶随意漂，仰看山鹰翱翔中。

注：双杰克湖是由两个名叫杰克的人共同发现的，故名之。

班芙小镇

雪罩高峰独胜寒，镇藏山脚特蕴暖。
温馨溢溢热气升，笑语朗朗人情欢。
客来客往常年见，车去车还如梭穿。
天然油画流光彩，夜来静梦飞蝶翩。

云遮银山灰蒙蒙，彩绘琼阁色浓浓。
千里寒山献桃源，百家客栈奉亲情。
艳阳巧染金色亮，清风妙送温馨生。
难得雪山有情意，留得人间热气腾。

硫磺山 *

雾罩云漫穿霄汉，飞天缆车一线牵。
伫立顶巅瞰班芙，漫步云端览众山。
玲珑如画清溪流，锦绣似霞层林染。
落基山中极佳处，班芙有缘集大观。

注：硫磺山是眺望班芙小镇全貌和落基山山脉风光的最佳去处。班芙小镇有一个缆车站，
乘坐缆车可以到达海拔 2 000 多米高的硫磺山。

弓河瀑布 *

弓河有瀑美名传，性感巨星艳迹现。
大江东去千古流，名影上演百姓欢。
山不在高有仙灵，水不在深有龙鲜。
一瀑清流飞活水，流进万众心田间。

注：弓河瀑布不大，落差仅有 10 米，40 年前，性感明星玛丽莲·梦露因在弓河瀑布演
出《大江东去》而成了家喻户晓的明星，从此，弓河瀑布就成了班芙国家公园中著
名景点之一。

班芙春泉酒店 *

高山为屏林做幔，万绿丛中红楼显。
玉峰松涛山歌飘，春泉浪花丽影翩。
登上雪巅望环宇，躲进温榻梦故园。
觅得深山更深处，醉梦当头飘然仙。

注：班芙春泉酒店前身是苏格兰爵士铁路旅馆，酒店 1888 年 6 月 1 日正式对外开放营业。

城堡山 *

一山如城碧空悬，巍峨峻拔云霄间。
远望璀璨透阙壁，近仰辉煌耀苍天。
城根青松织翠帐，林中清溪汇碧潭。
祈福何须上天宫，此处无仙胜有仙。

注：城堡山海拔 2766 米，酷似德国城堡，故名之。

弓　湖

落基山中一明镜，美轮美奂水波清。
晶莹剔透映玉影，纯净无染仰高风。
心怀蓝天胸襟阔，面带彩霞倩姿英。
待到仙女沐浴时，无限艳丽荡漾中。

水鸟湖

青山怀抱碧波涌，雪峰倒影玉姿明。
若非世间真仙子，焉能亭亭立风中。
山下木屋温馨家，湖边游人谈笑声。
一朝春风送春波，鹣鲽酣梦醉朦胧。

露易丝湖 *

纯净出尘披清风，天生丽质玉芙蓉。
白马王子亲相伴，国色天香玉帝惊。

心心相印王子面，脉脉相通淑女胸。
瑶池不见西王母，仙女笑靥临春风。

云天蓝蓝印胸中，雪山皑皑倒影晶。
高岩巍巍傍身立，绿林葱葱绕岸挺。

行人难分天地沿，飞鸟迷失归巢径。
画家醉迷忘返乡，影师酷恋梦寝中。

注：落基山有"翠宝石"之称的露易丝湖，位于班芙小镇以西约 60 千米处，是落基山最知名的景点。湖长 2.4 千米，宽 500 米，深 90 米，海拔 1 731 米，是由冰河侵蚀的洼地储蓄了冰河融水而成的冰河湖。湖的后面耸立着终年冰清玉洁的维多利亚山。

露易丝湖城堡酒店

兀立湖边云水间，山姿林影湖中翩。
水底游云飘蓝天，波上轻帆浮雪莲。
泊舟静听鸟争鸣，停橹欣看鱼游欢。
归来卧榻观鸥鹭，山风阵阵凌波欢。

佩托湖 *

雪峰拱托翠林绕，天庭滢滢一瑰宝。
琼浆玉液凝明镜，仙女梳妆尽妖娆。
此镜只应天上有，惟妙惟肖云中飘。
会仙台上会仙子，清泓雪山艳阳骄。

注：佩托湖镶嵌在群山之中，狭长的湖面完全被陡峭的山崖和茂密的森林包围，几乎无路可以抵达湖畔，只能攀越山间林中小道方能登上，并从山上向下鸟瞰湖景。

2011 年 8 月 30 日于温哥华

夜宿韦碧岛

枕涛揽月数稀星，静卧雅居闻啼莺。
窗外花香迷竹影，案前玉辉映画屏。
笑语朗朗惊林鸟，吟韵悠悠扬海空。
夜海波漪畅思涌，星河风徐催黎明。

2011 年 9 月 2 日

与苏顺史俊两博士共度辛卯春节（七律）

玉兔姗姗未有迟，迎春异乡趣新奇。
年轻博士欣姿倩，初岁温馨映绮霓。
才貌双全德可敬，爱怜倍至志高持。
鹏程云汉鹣鲽去，万里飞达再骋驰。

2011 年 2 月 5 日

枫韵浅吟（八首）

一

青山有路绕山行，满路枫叶如落英。
天女散花花雨飞，花天花地花飘零。

二

山径无语留芳迹，枫叶有情载雅诗。
树上红霞伴霓云，地上彩蝶吻香泥。

三

一丛霜枫隐绿帐，几抹绯韵逗莺啼。
曲径朦胧通幽境，绯云缥缈归鸟迷。

四

几树枫彩映碧空，一湖清波荡霞影。
轻舟慢浮琴弦鸣，秋风初吻山腮红。

五

秋色镀金抹丹霞，处处火树绽金花。
雁鸣霜凝北风起，落英缤纷拥锦华。

六

古寺朦胧曙霭中，晨钟隐隐梵音浓。
墙外红枫掩石径，醉迷阶上出门僧。

七

霜枫簇簇拥山城，清溪绕郭霞浪腾。
浣女三五洒英姿，倩影纷纷绯波惊。

八

无垠海润山林青，万里秋染万山红。
重阳登临望雁归，殷殷血涌故乡情。

2011 年 9 月 28 日

国庆寄语（四首）

一

中秋国庆连重阳，祝福祖国桂菊香。
喜看"天宫一号"飞，寄语故乡热血狂。

二

神州崛起日益强，天涯赞歌献禹疆。
万里华夏荡韶音，歌声飘飘红旗扬。

三

高瞻远瞩放眼量，运筹帷幄韬略藏。
强筑长城防祸殃，佑我华夏万年长。

辛卯国庆前夕

天宫代传枫叶归

万里天涯度重阳，夷山难闻茱萸香。
半日乌云半日雨，几树秋枫几树霜。
风雨飘摇落叶疾，思念驰骋飞故乡。
天宫代传枫叶归，祝福重阳好时光。

2011 年 10 月 5 日

辛卯岁末美国华人笔友聚会有寄 (二首)

适中国农历新年前夕，旅美华人众笔友假圣迭戈新乐宫海鲜酒家聚会迎春，特作小韵纪之。

一

天涯奇葩十载香，园丁相聚心语琅。
岁末频顾寒梅笑，年初更盼春兰芳。
不求华丽百世荣，但愿芬馨一季扬。
人生如花争艳放，秋去冬过又春光。

二

龙逢龙年龙飞腾，春响春雷春潮涌。
边城赤子话春暖，夷山乡侣叙龙情。
虽无兰亭流水韵，却纵金杯颂雅风。
乐宫阵阵笑语飞，未觉云汉天籁声。

2012 年 1 月 21 日

活女神[*]

天真贞女童，寂寞居深宫。
封上神仙榜，如何度人生？

注：库玛莉是尼泊尔人所供奉的童贞女神。2012 年 3 月 18 日下午，在加德满都杜巴广
场库玛莉寺，我们见到了尼泊尔的当值"活女神"库玛莉。

2012 年 3 月 18 日

雪山飞度[*]

一峰柱九天，众山仰首瞻。
振翼从头越，莫称英雄汉。

注：在尼泊尔乘飞机"雪山飞度"游览珠穆朗玛峰，是尼泊尔非常值得骄傲的特有旅游
项目，也是中国驻尼泊尔大使馆的首选推荐项目，好似中国的"不到长城非好汉"。

2012 年 3 月 19 日

奇特旺行[*]

纵象入密林，珍禽异兽观。

虎奔犀牛憩，鸟鸣猴争攀。

注：尼泊尔奇特旺国家公园位于加德满都西南部、尼泊尔与印度边界处，是尼泊尔第一
座国家公园，也是尼泊尔全国最著名的国家公园，园内因多珍禽异兽而著名。

2012 年 3 月 20 日

独木舟行 *

密林河如带，浮舟独木成。
水鸟绕舟舞，鳄鱼出水惊。

注：在尼泊尔奇特旺国家公园河中乘独木舟探险游，观看鳄鱼与水鸟，是一大趣事。

2012 年 3 月 20 日

费瓦湖上 *

轻舟浮游缓，鱼尾倒影涟。
尽是山外客，凌波伊甸园。

注：费瓦湖（Begnas Lake）位于尼泊尔第二大城市博克拉（Pokhara），是博克拉最具代表
性的景观，大多数游客前往博克拉主要目的是观赏费瓦湖。博克拉的四周群山环绕，
然而占据主要天际线的，是神奇壮观的鱼尾峰。这座海拔 6 997 米的山峰，由于峰顶
酷似鱼尾而得名，又因为其最靠近博克拉而被称为尼泊尔的"圣山"，是当地的地标。

2012 年 3 月 21 日

雪山日出 *

玉峰托红日，霞光染晶莹。

旷谷荡流霓，万山曙蒸腾。

注：在尼泊尔博克拉的莎朗可山观赏雪山日出，是当地最受欢迎的旅游项目之一。在这里，由西向东分别可以欣赏到海拔 8 172 米的道拉吉里峰（Dhaulagiri），海拔 6 693 米的鱼尾峰（FishTail），和海拔 7 937 米的安纳布尔纳二峰（ANnapurnaII），它们犹如一幅卷轴般展开。每当日出之时，晶莹剔透的群山托起一轮红日，霞光万道，雪峰顿如金光四射的皇冠，熠熠生辉。

2012 年 3 月 22 日

杜巴广场*

杜巴广场红，王宫皆雷同。
何须分三国，一都更伟雄。

注：尼泊尔的杜巴广场即是王宫广场的意思。在尼泊尔语中，"杜巴"（Durbar）指的就是"王宫"。在加德满都、帕坦和杜利凯尔三古都的杜巴广场，相传是由古尼泊尔马拉王朝的三兄弟分别在三地先后建立了三个国家、三座首都和三个相同的杜巴广场。

2012 年 3 月 24 日

猴　庙*

古湖莲花盛，四眼天神来。
群猴喜追逐，朦胧金光开。

注：尼泊尔加德满都的"猴庙"，是苏瓦扬布纳佛塔（Swayambhu Nath）的昵称，坐落在加德满都西侧两千米的一座山头上，是尼泊尔著名的地标之一。

2012 年 3 月 24 日

鱼尾峰[*]

西天有大鱼，尾翘九霄间。
星辰供神魄，日月照圣面。

注：鱼尾峰海拔6 993米，由于峰顶酷似鱼尾而得名，虽然它只是安纳布尔纳群山中较
小的山峰之一，然而因其离博克拉市较近，给人以特别突兀高大的感觉，因而成为
尼泊尔国家的标志和圣山。从费瓦湖附近，可以清楚地看到鱼尾峰和它周围的群峰。
鱼尾峰四周西侧有海拔8 091米的安纳布尔纳一峰和海拔7 219米的安纳布尔纳南
峰，东侧依次有海拔7 555米的安纳布尔纳三峰、海拔7 525米的安纳布尔纳四峰和
海拔7 937米的安纳布尔纳二峰。

2012年3月24日

清明遥祭

清明遥祭雨纷纷，遍插鲜花供祖魂。
万里哀思飞故土，亲人入梦现慈身。

癸巳岁次清明节

九寨沟行（十首）

卓玛藏家
奶茶喷香青稞醇，藏歌藏舞醉魄魂。
卓玛家中初为客，篝火熊熊情更亲。

犀牛海
碧水清澈白云翩，丽山倒影一轴展。

不见犀牛戏明水，却看巴士海底欢。

五花海

有海绚丽五彩鲜，荡玉流翠惹人怜。
桥上游客争相看，映得笑脸随波涟。

珍珠滩

天女撒下珠一滩，珍花跳动翠里翻。
过往俏妹洗芳颜，捧起玉珠溅香衫。

珍珠滩瀑布

千条银练垂天庭，林荫静听天籁声。
高山仰止怡情飞，九州来客尽笑盈。

镜　海

翠微脚下海如镜，一碧澄澈漾山影。
鸟翔海底游鱼下，云浮波上涧风清。

长　海

雪山皑皑青山明，独尊长居深涧中。
玉峰倒影叠翡翠，诱来白云停半空。

岷山雪原

壬辰五月一日登岷山雪宝鼎。

岷山五月雪漫漫，雪宝鼎上冰如原。
忆昔红军万里行，旌旗如火盘山展。

梦幻九寨

梦幻九寨终成行，玉峰巍峨翠峦重。
海子如镜银瀑飞，歌舞激扬藏家情。

藏王晏舞 *

松赞文成结良缘，天河高歌群山欢。
盛宴开怀高举杯，舞到劲处天籁传。

注：壬辰四月三十日晚于九寨沟漳扎镇彭丰村《藏王晏舞》演艺宫观看大型歌舞《藏王晏舞》等表演，高歌劲舞，群情激奋。

2012 年 4 月

天府游（四首）

登青城山

寻仙问道攀青城，借船月湖登上清。
林海滚滚翻翠浪，云河漫漫雪涛涌。
细雨蒙蒙洒静幽，微风习习扑怀胸。
老君阁上眺蜀天，洞天福地第一峰。

观都江堰

岷江滔滔游鱼奇，吸水吞石有绝技。
伏魔降妖称天骄，润国富民创伟绩。
一江水顺千载颂，二王庙雄万众祈。
功德道旁群英立，离堆园里风情迷。

天府小吃

天府小吃不虚传，麻辣飘香肴味鲜。
龙抄手家满堂坐，锦里食街笑语欢。

汶川行

适值汶川"5·12"特大地震四周年前夕，余有缘做茂县、汶川两地行，凭吊大地震中众遇难乡亲。

天摇地动骇大川，山崩水裂埋家园。

十万乡亲魂魄断，无数生灵化作烟。
苍龙有难八方救，西蜀地陷九州填。
喜看茂汶新城乡，家家国旗迎风展。

2012 年 4 月

重访草堂

壬辰四月底，龚炜轩、陈泓君伉俪陪同我们在成都游杜甫草堂，在我已是重访也。

重访草堂心绪腾，诗圣留韵千古鸣。
门前合影再寄语，广厦已安韵成风。

2012 年 4 月 27 日于成都

游青羊宫

四十年前，余曾来成都，时青羊宫封闭不开放。今再来成都，游青羊宫，愿得遂矣。

唐王避乱蜀地行，留得一宫噪盛名。
不见老君骑青牛，独有青羊守门庭。

2012 年 4 月 27 日

再游武侯祠

三代忠烈为汉主，千篇颂雅盈史书。
泪读前后出师表，遥祭定军山下墓。
可怜阿斗太无能，忘却国耻不思蜀。

今日再拜武侯祠，蜀天尽洒润蜀雨。

2012 年 4 月 28 日

题金沙遗址

壬辰四月，余等游成都金沙遗址，遂作小题。

三千年前古城痕，蚕丛鱼凫谁为君？
识得三星堆里人，蜀韵一路流到今。

2012 年 4 月 28 日

悼吴斌

　　2012 年 6 月 4 日，杭州市全城老少百姓送吴斌一人，悼念这位舍己救人的"平民英雄"。

天目汪汪泪双流，钱江滚滚涌潮头。
灵隐呜咽西子泣，吴山鞠躬深叩首。
日月失辉星黯然，白云披素山风吼。
杭城老少悼吴斌，万家空室汇人流。
一代英雄矗天立，留下光环照九州。
谁说道德尽滑坡？谁说道德不再有？
谁说人生只为己？谁说炎黄子孙羞？
贪生怕死皆小人，舍身为人英雄稠。
横空立世出平凡，高山仰止情操优。
危机之时先救人，无怨无悔情悠悠。
世上堪称真男儿，一代榜样万世留。
英雄面前贪腐辈，无地可容应自疚。
社会举赞广成风，彰我民族神志秀。

吾曹隔海寄泪雨，悼赞吴斌天涯走。

2012 年 6 月 5 日

天宫新曲

吴刚惊喜玉轮洁，天宫又来新嫦娥。
几声问候贯天地，一抹笑容灿日月。
并州男儿真好样，禹乡女子不显弱。
天宫秘境任来往，神州桃源尽凯歌。

2012 年 6 月 25 日

天宫喜过端午节

嫦娥蹁跹吴哥欢，故乡有妹飞来天。
此番难得月宫见，奔向天宫庆团圆。
天宫喜过端午节，银河欣瞰赛龙船。
驰罢旷宇回家转，豪气伴歌扬霄汉。

2012 年端午节

北京人

闻北京倾降暴雨成灾，百姓无私互救，情景感人。

银河横溃淹北京，皇城根下洪峰腾。
街道河涛卷门窗，里巷溪浪惯院庭。
百姓忘我救路人，平民无私济陌生。
可怜琼楼富豪家，施舍先要记大名。

2012 年 7 月 22 日

调寄南乡子·贺易思玲夺伦奥首金

　　赛械举肩前，昂对群英浩气轩。不负众托小杜丽，金环。射落头金笑靥娟。

　　无语苦功板，誓戴金冠莫等闲。不懂英文成巧事，花添。梦遂明星念故园。

2012 年 8 月 1 日

秋叶（二首）

一

一叶知秋起，万叶归根疾。
叶叶盈秋辉，大地涌华丽。

二

一夜秋风起，万叶展金翼。
叶叶化诗飞，香飘千万里。

2011 年 8 月 16 日

约书亚树杂咏*（五首）

约书亚树
亭亭玉立伴石山，虽无浓荫亦葳然。
独领风骚烈日下，根深自有叶茂鲜。

石　山
巍巍群山迭巨石，垒垒高岩千万姿。

应是娲皇补天时，留此余石超然奇。

仙人掌

昂首挺拔天地间，昼暑夜寒只等闲。
自带水源和卫士，笑傲大漠赤日炎。

航母石山

石雕航母泊谷间，雄伟英姿气非凡。
舰上炮身挺胸起，乘风破浪出港湾。

狐　狸

历来狐狸爱偷鸡，未闻狐狸恋奇石。
美国狐狸此地多，天然石室乐生息。

注：约书亚树国家公园位于美国加州东南部，近亚利桑那州边界。

2012 年 9 月 1 日

灵气之都瑟多纳杂咏*（六首）

红钟岩

巍巍红钟矗旷原，不知钟家何方仙。
一鸣惊天动地彻，八方回应尽丹山。

红石山

红石垒阙遮半天，瞭望台上赤城悬。
座座红堡烈焰腾，一览众山丹霞灿。

瑟多纳

丹城赤堡碧空环，周天灵气聚神源。
南去北往八方客，争相来此会群仙。

过瑟多纳

山连碧天丹霞飞，丹城林立拥翠微。
清风阵阵天籁传，何方仙子把笛吹？

贝尔德大峡谷

赤壁丹崖争高低，一条红峡景千奇。
长龙飞驰穿峡游，任凭景仰任凭思。

科罗拉多河

科罗拉多天河长，涧峡辉煌风光藏。
空阔壮观举世奇，一览神怡胸怀旷。

注：瑟多纳位于美国亚利桑那州凤凰城以北的崇山峻岭中，是旅游胜地之一。

2012 年 9 月 2 日

重游哈瓦苏湖（二首）

其一

伦敦有桥迁美洲，哈瓦苏湖逞风流。
炎炎大漠少寂寞，游人络绎笑语稠。

其二

身负灵气步古桥*，一虹靓姿涟漪娇。
白云沉湖喜相伴，扬帆凌波乐逍遥。

注：哈瓦苏湖位于美国亚利桑那州西部近加州处，湖上有著名的伦敦桥，是游览胜地。
余饱览"灵气之都——瑟多纳"风光霞彩后，顺道重游哈瓦苏湖（Lake Hawasu），
戏称浑身带有灵气。

2012 年 9 月 3 日

月光下的舞会

明媚的月色洒遍了江城，
悠扬的舞曲激荡着夜空。
霓虹灯闪烁的大小广场，
对对舞友脸上挂满了笑容。

舞步随着乐曲轻快飞起，
身姿伴着月影徐徐生风。
一天的疲劳在旋律中消失，
一天的快乐洋溢着优美的身影。

乐曲一支连着一支，无意休停，
舞步一轮接着一轮，激情正浓；
星星时隐时现，看得发呆，
月亮满脸含笑，欣然助兴。

2012 年 11 月 4 日

最后的舞步

他久病的妻子躺在病床上，
是癌症晚期，正等待死亡！
而他却在悠扬的乐曲中，
与舞友旋转在舞会的城市广场。

妻子艰难地爬起来扶着病床，
拖着她干枯的身躯向窗外张望；
是她让他去分享片刻的乐趣，

舞蹈是他唯一的业余爱好和专长！

从家中的病床，到医院的病床，
从医院的病床，回到家中的病床，
为了治好她的病，让她早日恢复健康，
他长期来一直陪伴在她的身旁……

她看得出他同自己的身体一样，
一天天在消瘦，眼睛正失去光芒……
她久拖的病体使他过分地劳累，
更让他失去生活的光明和力量！

去吧！老公，不会出事的，
我自己可以片刻静养；
去同你的舞友一起放松一下，
减少你的过度疲劳和惆怅！

去吧！老公，不会出事的，
我可以独自把天花板静静欣赏；
去同你久别的舞伴一起分享：
舞步的轻松，舞曲的悠扬……

不！我不能离开你半步，
　请静静休养，快别有丝毫劳伤！你一天不恢复健康，
我一刻不离开你的病房！

去吧！老公，不会出事的，
算是我对你的恳求和祈望！
看在我们这么多年的夫妻分上，
难道连这么点祈望你都不肯酬偿？！

在她的一而再，再而三地催促下，
满带着深沉的忧伤和愁肠，
他拖着沉重而疲倦的步子，
走进了城市广场，披戴着星星和月亮。

带着忧伤，乐曲换了一曲又一曲，
带着徬徨，舞友换了一双又一双；
路边的霓虹灯亮了又暗，暗了又亮，
他此刻似乎把什么都遗忘……

当乐曲停止，舞友离场，
　　　　　他急急回到家中，赶忙扑近她的房窗：
她、她、她，她倒在望着霓虹灯的窗下，
　　　　　心跳已停，眼角犹闪着渴求生命的泪光……

从此，人们再也没见过他的身影，
从此，舞伴再也没见他走进舞场；
星星们伤心地躲到遥远的天外，
月亮悲痛得把脸儿罩进朦胧的玉帐。

2012 年 11 月 5 日

云顶速描[*]

云顶楼高立，峰巅虹拱起。
风吹云涛滚，山摇翠色滴。

注：云顶高原位于马来西亚吉隆坡以北六十余千米处，海拔 1 700 余米，上有马国华侨
　　林梧桐先生创办之云顶娱乐城，是马国避暑胜地之一。

2012 年 11 月 14 日

过马六甲古城

长峡滚滚浪涛骄，辽原苍苍椰林笑。
曾经七度下西洋，难能五驻观南潮。
惊涛骇浪风帆劲，结谊联姻友情高。
今日适逢过古城，神思万里追风飘。

2012 年 11 月 16 日

病榻上的媳妇

——一个真实的故事

从一家医院转到另一家医院，
在病榻上她已经躺了很久很久；
为治病花去了她家所有的钱，
医院以"床位紧张"让她离走。

为治病，借尽所有亲朋好友的钱，
再求援，已难向亲戚和朋友张口。
亲戚和朋友都心知肚明：她家已无力偿还，
但出于亲情和道义，能帮还是尽力帮个够！

媳妇的家中已穷不堪言，
一切除了破旧，还是破旧；
　　　　她整天望着灰暗的破天花板，
　　　　盼望着天使快来把自己拯救！

　　　　然而一天又一天、一夜又一夜过去，

病魔折磨得她实在无法忍受。

　　　　当年的丰满和秀丽早已无影无踪，
　　　　如今头发脱光，只剩下一副皮包骨头！

　　　　窗外一颗流星无情地划过夜空，
病榻上的媳妇又把天使憧憬：
　　　　"快来救我，美丽的天使，求求您，
　　　　请留住我美好的青春和宝贵的生命！"

　　　　"快来救我，美丽的天使，求求您，
　　　　看在我那还不满周岁孩子的亲情，
　　　　让我把他再养大几岁后，
　　　　我一定会随死神去阴曹地冥。"

几天后的一个可怕的夜深人静，
　　　　病榻前突然传出了凄惨的哭声！
　　　　年轻的媳妇终于心脏停止了跳动，
　　　　她的孩子正趴在她身边哭个不停！

含着泪，亲友们个个万般无奈，
咽着泪，丈夫他强忍住难言的悲恸；
没说声再见，媳妇就这样痛苦地走啦，
太让人心疼，因为她实在还太年轻！

　　　　　　　　　　　　2012 年 11 月 21 日

寒　晨

　　冷月送晓浮西天，寒晨独步探梅园。
　　疏影淡雅霜枝俏，清香幽艳报春还。

　　　　　　　　　　　　2012 年 12 月 21 日

白沙记 (七律)*

晶莹大漠映蓝天，细净琼沙步步暄。
梦幻翩翩斜日影，神思漫漫圣洁还。
风吹雪海层层浪，沙筑银滩垒垒山。
万里寻珍瑰伟绮，无垠锦绣涌胸前。

注：此系指美国白沙国家公园，是世界著名的自然奇迹之一，位于美国西南的新墨西哥
州阿拉蒙哥多市东南约 24 千米处，是个面积达 300 多平方英里的白色沙漠，由石膏
岩风化而成，藏身于美国莫哈比大沙漠中间。白沙颗粒大小一致，逞细油砂型，为
全世界别处未曾见过之奇观。

2012 年 12 月 28 日

游白沙国家公园

似雪非雪雪涛翻，似银非银堆银山。
天际雪峰汗颜尽，碧空白云羞现面。
晶海涌浪万千重，银滩堆丘卷旷原。
千里戈壁雪莲开，锦上添花举世罕。

2012 年 12 月 28 日

反贪除腐赞

廉明祭庙堂，魍魉毕原形。
庶意军心济，天罗地网封。
苍蝇堆粪地，老虎缚监牢。
腐败清风扫，长歌万里征。

2013 年 1 月 31 日

奔向辽阔的蔚蓝海洋

网讯：中国海军近日奔向辽阔的太平洋进行演练，斗志昂扬，令人振奋。

冲垮海门前的魔鬼链障，
奔向辽阔的蔚蓝海洋。
你可以在这里耀武扬威，
我可以把这里当成演武广场。

冲垮海门前的魔鬼链障，
奔向辽阔的蔚蓝海洋。
你可以在这里兴风作浪，
我可以在这里踏平海疆。

冲垮海门前的魔鬼链障，
奔向辽阔的蔚蓝海洋。
你的舰船肆意横行作恶，
我的舰艇尽情乘风破浪。

冲垮海门前的魔鬼链障，
奔向辽阔的蔚蓝海洋。
昔日小米步枪打败敌寇，
今天火箭导弹可惩豺狼。

冲垮海门前的魔鬼魔障，
奔向辽阔的蔚蓝海洋。
被人宰割的岁月一去不返，
崛起昂首的时代正彰辉煌。

冲垮海门前的魔鬼链障，
奔向辽阔的蔚蓝海洋。
让太平洋变得真正太平，
让世界各国把和平共享。

冲垮海门前的魔鬼链障，
奔向辽阔蔚蓝的海洋。
无垠的海疆任我们乘兴驰骋，
神圣的使命让我们斗志昂扬。

冲垮海门前的魔鬼链障，
奔向辽阔的蔚蓝海洋。
可上九天揽月，可下五洋捉鳖，
蔚蓝的海空任我们自由翱翔。

冲垮海门前的魔鬼链障，
奔向辽阔的蔚蓝海洋。
众志筑成坚固的海上长城，
定把海盗水贼彻底地埋葬！

2013 年 2 月 3 日

蛇年春节

中华渊源久，岁暮蜡福神。
祭祖承明志，迎春返物新。
家家团聚乐，户户喜闻真。
共奏强国曲，风催四海春。

2013 年春节

蛇年春节遥赠清华王兴国教授*

山国识贵友，过后挚情深。
伊妹传佳信，飞鸿送美文。
五湖山水鉴，四海赏风云。
天趣奇观阅，攀登步更勤。

2013 年春节

登山巧遇（二首）

山 雨
山雨迷幽谷，谷风摇崖树。
树动崖欲坠，坠瀑飞天去。

山 虹
琼楼悬山腰，临轩翠谷娇。
雨后复叠虹，登云步彩桥。

2013 年 2 月 19 日

梨 花

春风叩门催，满庭梨花飞。
落英铺地雪，扫来醉心扉。
请君莫踏踩，护其芳魂归。
于泥贵无染，丧节最堪悲。

2013 年 2 月 23 日

七绝·处处神州花怒放

春风有约悄声来，应诺桃花竟艳开。
处处神州花怒放，芬芳万里入情怀。

2013 年 2 月 29 日

元宵节

一碗汤圆万家春，新月明媚灯韵神。
金水桥塄歌舞起，天涯翘首报春人。

2013 年元宵节

五律·春江逐韵

飘然江水上，轻艇驭流云。
鹭鸶帆头戏，清风逗丽人。
转山林翠密，近林鸟鸣勤。
逐浪悠悠去，焉能负妙春。

2014 年 2 月 23 日

观　浪

滩头观浪罢，栈径恋人闲。
海鸟争相问，春风几日还？

2013 年 3 月 6 日

春　风

春风悄悄来，遍地百花开。
快乐林中鸟，争鸣尽述怀。

2013 年 3 月 6 日

春　头

日暮正春头，家家备耕牛。
犁田播种事，互助共筹谋。

2013 年 3 月 8 日

七绝·红尘

——答谢李克恭老师

纵情四海犹余兴，胡乱涂鸦未懈勤。
自叹仙家难为伍，惟从啸傲写红尘。

2013 年 3 月 9 日

春风春雨结伴来

春风春雨结伴来，
草儿青青花儿开。
柳丝飘飘阡陌翠，
村头娃儿放牛乖。

春风春雨结伴来，
农家人人乐开怀。
肩犁抗耙下地去，
耕出春光尽风采。

春风春雨结伴来，
田苗芽儿笑歪歪。
春华芬芳秋实丰，
家家喜气盈门腮。

春风春雨结伴来，
万里浩宇净尘埃。
九州清明万物新，
悠悠小康心歌凯。

2013 年 3 月 12 日

春光篇

——贺北京两会胜利闭幕

万里春光洒满天，北京盛会凯歌传。
风催大地芳菲溢，雨润神州草木妍。
百姓心驰出舵手，举国望断诞哲贤。
环球共勉中国梦，大业复兴志当坚。

2013 年 3 月 15 日

七律·赏樱

梨花谢尽又樱芳，如雪压枝却溢香。

戏絮清风驱料峭，洗尘细雨润春光。

笑声满苑飞枝外，玉影高昂过栅墙。

花间忽闻萧韵起，他乡错认是吾乡。

2013 年 3 月 20 日

会飞的小兔

画廊里有一幅美丽的画，
　　　　一只会飞的小兔在追赶晚霞。
　　　　他的身边是几只活灵的小鸟，
　　　　正在飞回家要见自己的妈妈。

　　　　小兔问小鸟：你们的家在哪儿？
　　　　小鸟们回答：穿过霞光就是我们的家。
　　　　小兔又问：我可不可以去你们家做客？
　　　　小鸟们回答：当然欢迎，请快赶路吧！

　　　　飞呀飞，飞呀飞，晚霞已经隐退，
　　　　小兔问小鸟们：怎么还没到你们的家？
　　　　小鸟们回答：我们都是自由的精灵，
　　　　四海为家，那里日落，就在那里下榻。

小鸟们问小兔：你的家在何方？
　　　　小兔回答：我的家在那霞光之上。
每晚天空中那轮皎洁的明月，
就是我和姐姐哥哥们住的地方。

小鸟们惊讶地问：那么遥远，
　　　　你何时才能回到姐姐哥哥的身旁？！
小兔回答说：每隔十二年，

我才能从月宫来地上一趟。

人间不是有个生肖兔年吗，
　　　　　　我一定要在兔年到来时回到地上，
过完兔年，我再赶紧起程，
飞回到我常驻的明媚月亮。

　我的姐姐就是美丽的嫦娥，
　我的哥哥就是英俊的吴刚。
　　　　　　我们家前有棵很大很粗的桂树，
　我们常常在桂树下跳舞畅想。

小兔问小鸟们：你们要不要
　　　　　　也跟我到天上，同喜鹊们一样，
每年七夕为牛郎织女搭桥，
　　　　　　让牛郎织女亲密地相会在桥上？

　　　　小鸟们齐声回答：不要，不要，
我们喜欢满天地自由飞翔；
　　　　　听诗人说嫦娥后悔偷吃了灵药，
每天在月宫里寂寞得发慌！

　　　　小兔回答说：根本不是那么回事，
那都是诗人们的瞎编乱讲。
　　　　　嫦娥姐姐每天总是那么忙，同仙女们
　　　　　一起向人间普洒春光、平安和吉祥……

　　　　还有我的哥哥吴刚，每到秋天，
　　　　　就要向万里神州大地普洒桂香。
你们要是不相信我说的话，
　　　　　就随我到月宫去看看实际情况。

还要欢迎来自家乡的兄弟姐妹，
为他们长袖起舞，纵情欢唱！
听说到 2020 年的时候，
家乡的科考队员要到月宫里观光！

小鸟们叽叽喳喳商量了一会儿，
认为可以先去小兔家里拜访；
更可以借机拜会嫦娥和吴刚，
看看月宫里究竟有什么神秘宝藏！

小兔看看夜幕就要降临，
金色的晚霞渐渐失去光华。
姐姐哥哥正在家等他，
怎么办？可不能让她们急煞！

见小兔似乎飞得越来越慢，
眼睛里好像不时地涌出泪花；
小鸟们好奇地围来问小兔：
为什么一下子像变成了哑巴？

小兔说出了自己的心里话，
小鸟们听了乐得笑哈哈！
我们已经仔细商量好了，
去看看月宫里是怎样的风景如画。

小鸟们用翅膀架起小兔，
赶飞在天庭朦胧的夜幕下。
海浪笑得绽开了层层银花，
星星们乐得眼睛不停地眨了又眨。

2013 年 4 月 1 日

共唱普天和平曲

——记2013年4月博鳌论坛

海涌博鳌春风扬，椰擎硕果玉露香。
地球村民举盛会，各国政要登坛忙。
天下为公大道阔，一己谋私路难长。
共唱普天和平曲，五洲四海荡春光。

2013年4月6日

团湖醉歌*

翠盖织锦连君山，芙蓉亭亭锦上添。
沉鱼不思窥佳丽，飞鸥偏爱戏新莲。
舟上渔妹心歌扬，水中小伙献藕繁。
清风暗度芳香郁，俏姑醉得笑靥欢。

注：团湖为洞庭湖的一部分。

2013年4月18日

闻芦山地震有寄

汶川犹悲痛，雅安又遭难。
山崩河川塞，地裂乡镇陷。
可怜天府国，地震太频繁。
骇梦四二零，震灾天地怨。
幸有春风唤，九州共施援。

救命穿险阻，抢生涉重关。
爱满西蜀水，情暖雅安山。
灾民食宿济，难友医疗全。
救灾英雄多，情操真美善。
齐悼芦山魂，祈福向苍天。
炎黄好子孙，优秀道德传。
献己仓中物，出己手上钱。
送水又奉药，恐后忙争先。
废寝连忘食，团结肩并肩。
寄语家乡亲，众志成城坚。
中华文明史，如江流万年。
逝者留遗志，生者勇往前。
共筑中国梦，前景更灿烂。

2013 年 4 月 22 日

读余雨娜《高山流水》

高山流水真情倾，汇入大海波澜惊。
欣见代有才子出，人间可畏是后生。
网坛奇葩竞芬芳，诗苑新秀耀眼明。
欲学太白搁笔去，写诗再练三年功。

2013 年 5 月 5 日

赠新华网博友"一粒小砂"

一粒小砂不可轻，篇篇佳作爱憎明。
香溢诗坛路人醉，小砂众志成大城。

2013 年 5 月 6 日

过马六甲古城

长峡滚滚浪涛骄，辽原苍苍椰林笑。
曾经七渡下西洋，难能五驻观南潮。
惊涛骇浪风帆劲，结谊联姻友情高。
今日适逢过古城，神思万里追风飘。

2012 年 11 月 16 日

彷　徨

旧历翻尽新岁张，与时俱进发渐光。
少小无知怨春懒，老来识途笑寒霜。
可怜学海未舟远，犹叹书山径漫长。
六洲阅遍难遂意，归来远眺尚彷徨。

2013 年 5 月 19 日

紫　薇

五月日煦紫薇开，清风送香满长街。
一树张彩万树霞，城乡家家紫气来。

2013 年 5 月 20 日

枇　杷

门前枇杷坠满枝，累累金果正熟时。
街童贪吃忙采摘，路人欲行又步止。

2013 年 5 月 23 日

五　月

五月薰风暖情怀，三角梅约紫薇开。
红云紫霞绕城郭，玫瑰仙子添风采。

2013 年 5 月 24 日

三角梅新咏

郊外移来三两枝，觅得新居生媚姿。
遍体通透红颜娇，桂花香里春丝丝。

2014 年 9 月 11 日

游俄罗斯天鹅湖*（五首）

一

为觅天鹅万里来，一路啸嗷尽风采。
圣女翘首盼远客，琼波涟涟入情怀。

二

碧水涟漪映蓝天，圣女端庄伴身边。
天鹅不知何处去，翠柳轻舞拂轻烟。

三

亭亭玉立绿帷环，清镜澄澈照明艳。
日夜梦盼天鹅归，舞曲不尽绕梁悬。

四

一泓如镜鉴宇寰，圣女含情半掩面。
待到天鹅重戏水，舞到子夜不觉眠。

五

天鹅有曲插翅飞，响遍全球梦萦迴。
伴舞翩翩举世迷，曲家灵感似又催。

注：俄罗斯天鹅湖坐落在莫斯科市新圣女修道院旁边，与新圣女修道院相拥相偎。

2013 年 5 月 30 日

五律·晨趣

傍海晨星隐，接天远岭清。
山岚徐散尽，曙色正升腾。
掩卷乏腰挺，出门两腿轻。
神驰游海市，憩鸟梦初惊。

2013 年 6 月 3 日

端午节奉官小诀

农历五月五，家家庆端阳。
千载屈子情，一裹糯粽香。
年年龙舟渡，谁识个中详。
做官崇清正，廉洁最堪仰。
有手勤富民，切莫伸过长。
竭精虑强国，国强忌贪赃。
腐化一时快，遗臭百年殃。
休欺民心贱，氓可摧秦亡。

欲唱大风歌，贵民第一桩。

水顺舟行远，万里凯歌扬。

青史无骂名，子孙头尽昂。

百姓长福寿，国家久富强。

寿终入土安，正寝心舒畅。

君子有令德，千载流辉光。

2013 年端午节

揽风赋

兴来觅韵荡舟行，喜遇天吹顺水风。

有志鲲鹏云汉去，识途骊骥路千程。

德操清雅襟怀阔，名利淡泊背负轻。

揽采风骚心自慰，长歌作乐抚沧溟。

2013 年 6 月 9 日

踏云行·贺神舟十号

月恋瑶宫，星迷银汉，"神十"出访天庭盼。嫦娥起早喜梳妆，迎接新妹过庭院。

云海翻腾，风涛漫卷，蟾宫桂树郁香散。神州特使上门来，昭昭异彩霄寰灿。

2013 年 6 月 11 日

踏云行·贺神舟十号 (续)

梦寐飞天，志凌霄汉，天宫会罢天情揽。一番天问壮怀酬，辉煌满载回尧甸。

日月交辉，星辰璀璨，"神十"凯返精华献。更仰三笑使天臣，全国老幼齐声赞。

2013 年 6 月 26 日

中华儿女真英雄，铁骨铮铮令敌敬

——纪念抗日女英雄成本华*

惊天噩耗降天庭，倭寇狼群闯家中。
民族遭遇天无日，血风腥雨屠生灵。
长江汹涌怒涛滚，同仇敌忾卷东瀛。
中华儿女群英起，童军上阵打冲锋。
誓把青春酬报国，立志抗日举长缨。
豺狼面前无所惧，横眉冷对向狰狞。
身经血战同志亡，独剩单身卫孤城。
弹尽无援被敌困，坦然蔑笑对群凶。
卫国天职匹夫有，巾帼不让须眉情。
强盗酷刑百般尽，忠魂浩然化清风。
一身正气撼天地，红花凋落香愈浓。
抗日救国无私欲，献身杀敌不为名。
痛看战友全牺牲，独自战斗到魂终。
面对死刑等闲视，铁骨铮铮令敌敬。
浮雕一尊威然立，人称最美抗日兵。
山河破碎风怒吼，松柏摇曳山涛鸣。
千刀万剐魔鬼肉，举世声讨野兽行。
世贤四处寻灵迹，乡亲八方觅亲朋。
安徽和县有村庄，英雄曾是当地生。
村里成家族长善，亲把英灵置祖莹。
教育族人学榜样，时时刻刻敬英雄。
保家卫国国人事，民族气节惯长虹。

注：被称为"最美抗日女兵"的抗日女英雄成本华的事迹，是从日军出版的《支那事变画报》第28辑上的成本华照片及其说明得知。这以前，因极其残酷的斗争环境，成本华的抗日战友相继全部壮烈牺牲，无人知道成本华的英雄事迹，国内没有任何有关成本华的史料记载，真堪称抗日"无名英雄"！现仅从日军照片下题字得知："和县城门上抓到的唯一敌军士兵——女俘虏成本华，她的腰带上带有'中国女童子军'字样，这名抗日顽固分子没有吐露丝毫军事机密。"后安徽和县成氏族人将其灵位安放在祖林茔中，以彰其抗日爱国之英雄气概，供后人敬仰学习，继承英烈遗志。

2013 年 6 月 20 日

夏日小景（二首）

一

窗前莲池荷擎苞，清晨玉露凝叶娇。
曙光初照晶莹闪，柳上黄鹂犹啼晓。

二

院中清泓芙蓉开，水明叶碧映粉腮。
家雀喷泉戏水欢，金鱼摇尾聚拢来。

2013 年 6 月 26 日

五绝·幽径

竹拥幽径静，拨翠露沾襟。
觅索清晨趣，魂怡气自神。

2013 年 6 月 28 日

重游天山天池（二首）

一

蓝天玉峰印明镜，苍松翠柏倒影清。
山鹰翱翔晴空碧，峻岩高耸威姿雄。
马上娇儿纵山歌，帐内哈妹弄弦轻。
蓦然一阵谷风来，天山肩上舒心胸。

二

舟推琼波银花翻，兜风逐浪心怡然。
曾传王母宴周王，却教天子醉忘还。
西去万里瑶池境，东下咫尺是江山。
一曲花儿为啥红，难忘来客情绵绵。

2013 年 7 月 3 日

夏夜海港观烟火（二首）

一

喜迎节庆着盛装，花花绿绿一身靓。
为留人间半空霞，粉身碎骨自甘当。

二

寂寂星空月无踪，静静海港灯火明。
声声脆响天花放，银汉洒落满港星。

2013 年 7 月 4 日

家乡飘来一朵云

家乡飘来一朵云，
带来问候和温馨。
游子天涯漂泊路，
时时牵动爹娘心。

家乡飘来一朵云，
送来乡情和乡亲。
路行千里冷暖多，
乡亲正盼外出人。

催去天空一朵云，
带回游子心一寸。
儿行万里心在家，
日夜梦萦故乡春。

催去天空一朵云，
捎回心愿重千钧。
祈望年年收成好，
故园山水日日新。

2013年7月27日

每当七夕的夜晚

每当七夕的夜晚，
我望着银河的星滩；
去找牛郎织女的星座，

沿着闪闪的银河两岸。

有几年七夕曾是阴天，
我伤心地只留下梦幻：
　　　　猜想鹊桥是否已经搭好？
　　　　牛郎织女是否正在缠绵？

　　　　自从神舟天宫对接成功，
　　　　刘洋亚萍相继轻盈飞天。
　　　　我想牛郎织女再不用鹊桥，
　　　　乘神舟去相会则更加方便。

每当七夕的夜晚，
我望着银河的星滩。
　　　　牛郎织女的故事在银河里流淌，
　　　　浪花直流进我孩提时的心田。

　　　　传说牛郎织女原是我的同乡，
　　　　他们的家就在可爱的沂河边。
从小本来是一对青梅竹马，
　　　　不知为啥，她们违背了王母的心愿。

　　　　狠心的王母娘拔出头上的金钗，
　　　　在他们中间划出银河波浪滚翻。
　　　　银河越流越宽，他俩越分越远，
　　　　牛郎挑起儿女拼命把织女追赶。

　　　　可怜的一双小儿女拼命苦喊，
　　　　哭声传到了玉皇大帝的耳畔。
　　　　玉皇大帝批评王母心肠太狠，
　　　　该让牛郎织女一家年年团圆。

好心的喜鹊听玉皇大帝有令，
飞来用翅膀搭桥在银河上面。
让牛郎织女在桥上团聚相会，
诉说久别的苦情和无限思念。

一个七夕又一个七夕，
年年岁岁，岁岁年年，
　　我祈求银河不要把牛郎织女分开，
　　我盼望着牛郎织女早日回到人间。

2013 年 8 月 13 日（七夕）

五绝·秋晨遇虹（二首）

其一

清晨细雨停，海上拱叠虹。
玉阙天门壮，七霞映碧穹。

其二

曙色半天华，双桥绮彩搭。
行人共举目，影画进千家。

2013 年 9 月 7 日

月光椰影

月色绘椰影，鸥唱和涛声。
潮落泳滩洁，星隐海空清。
山居灯火闪，湾舟悠笛鸣。
轻步踏锦沙，笑语逐夜风。

2014 年 6 月 14 日

中秋新吟

露白秋风起，月圆正秋半。
桂飘九州香，风扬五湖帆。
举国望明月，天地共婵娟。
云使问海峡，为何分两岸？
久分世难立，何对子孙言。
枝发炎黄根，血出一脉源。
先辈皆西去，故人早离远。
往事成逝水，勿让续生怨。
莫贪眼前利，莫恋海隅安。
神州已崛起，大国光环灿。
挺拔民族林，昂立地球园。
团圆正天时，华夏阖家欢。
统一千秋功，嫦娥舞银汉。
中秋月辉明，家家把酒酣。
举杯问青天，何时庆团圆？

2013 年中秋节

我们心中都飘着五星国旗

十月一日，
一个多么辉煌的日子！
每当这一天到来，
我们心中都飘着五星国旗。
这旗，是我们祖国的灵魂，
这旗，是我们祖国的标志！

十月一日，
一个多么神圣的日子！
不管我们身处何方，
我们心中都飘着五星国旗。
这旗，是我们前进的信念，
这旗，是我们复兴的动力！

十月一日，
一个多么幸福的日子！
全国举行欢庆时，
我们心中都飘着五星国旗。
这旗，是我们理想的结晶，
这旗，是我们信念的天梯！

十月一日，
一个多么伟大的日子！
作为新中国的儿女，
我们心中都飘着五星国旗。
这旗，是我们团结的力量，
这旗，是我们胜利的旗帜！

2013 年 10 月 1 日

霜雪冰月

霜严梅愈香，雪沉松益挺。
冰寒竹摇翠，月冷风更清。

2013 年 10 月 2 日

湖上秋韵

一山霜枫满湖灿，双侣倩影浮舟翩。
蓦然云朵飞碧落，锦绣清波绽雪莲。

2013年10月8日

秋枫歌

一夜霜晶白，万山枫叶红。
林卷彩霞飞，江翻绯浪腾。
清溪流缤花，碧湖漂纷英。
枫丹游云羞，山醉归雁惊。

2013年10月8日

夜宿钻石头山下*

云游万里遥，遍览名山娇。
驻足马蹄湾，阅尽钻头翘。
枫韵染重峦，雪姿饰峰峣。
归步隐幽居，空谷月色高。

注：钻石头山和马蹄海湾均为加拿大温哥华以北的太平洋海边，钻石头山山头终年白雪
皑皑，直插云霄，阳光下晶莹如钻石，为加拿大著名旅游胜地之一。

2013年10月9日

秋山醉

秋山竞红颜，霜枫丹霞灿。
空谷扬缤纷，独醉山水间。

2013 年 10 月 9 日

山 居

两山对峙并显娇，一色玉冠着锦袍。
绯彩缤纷溢谷怀，白云翻浪绕山腰。
晨岚绵绵迷山居，晚霞熠熠映溪桥。
风吹丹叶群蝶舞，松摇山涛惊琼瑶。

2013 年 10 月 10 日

观 瀑

高崖飞长练，叠虹映日悬。
白云过虹桥，溪流松间欢。

2013 年 10 月 10 日

海 岱

海岱秋韵洒，霜枫织丹霞。
湖碧鉴绣影，云淡映黄花。

2013 年 10 月 12 日

游阿里斯湖 *

雪山玉峰映斜阳，青松云杉挺劲苍。
湖边幽径树森森，山脚泉畔枯干躺。
玉峰翠峦借湖鉴，波光明镜画轴亮。
游客闲坐乐静怡，林鸟争鸣似合唱。
少妇信步任童奔，耄翁姗姗无须杖。
枫影落水缤纷动，银瀑飞天虹彩扬。
天涯处处胜境多，莫让美景空泛光。
人生百岁路漫漫，春秋相伴日月长。

注：阿里斯湖位于加拿大卑诗省斯姞蜜诗市。

山乡秋韵

山乡严霜后，丹枫染深秋。
金日霞谷照，银瀑翠涯流。
林荫遮淑女，湖波浮轻舟。
菊香群芳歇，正气浩然留。

2013 年 10 月 14 日

秋日晨起

丹枫绮魄显，雪山玉影明。
开门望游帆，推窗见栖鹰。
金鹿三两过，山鸡成群行。

　　　　玉峰托红日，碧空万里清。

2013 年 10 月 15 日

七律·逐梦

　　　　天涯漂泊一叶舟，忆昔离乡更夷犹。
　　　　异境常栖星空下，故亲偶遇夜宿留。
　　　　万里风雨废日月，一路蹉跎忘春秋。
　　　　年少不知光阴贵，逐梦醒来已白头。

2013 年 10 月 15 日

秋至枫乡

　　2013 年 10 月，余等与数拍友赴加拿大温哥华北部马蹄湾畔、钻石头山下，抓拍丹枫绮魂、雪山玉影，居 10 余天，惊艳枫韵山姿，收获颇丰，特记之。

　　　　青山拥翠谷，艳阳照玉峰。
　　　　天涌云浪白，霜染枫林红。
　　　　风起落叶疾，溪流林间静。
　　　　水上翔娇鹭，碧空翱雄鹰。
　　　　进山路如带，出海帆影重。
　　　　喜遇当地民，乐吹本处风。
　　　　吾亦被感染，谈笑愈风生。
　　　　月下管弦鸣，幽谷天籁声。
　　　　枫韵尽妖娆，故乡更馨情。
　　　　对月思神州，望星至晓明。
　　　　扬帆借东风，踏波万里行。

2013 年 10 月 17 日

枫 炬

路边火炬接山崖，楼旁依依满树花。
林海旖旎红烂熳，长谷璀璨飞丹霞。

2013 年 10 月 18 日

落叶吟

春来吐翠珠，夏盛呈绿荫。
秋深傲霜过，纷洒镀地金。
归根化沃土，滋润萌芽身。
舍己无私虑，只为来年春。

2013 年 10 月 23 日

秋扫落叶即兴

叶飞彩蝶舞，叶落满地金。
霜白菊更香，枫丹林缤纷。

2013 年 10 月 23 日

重游手指湖 *

林中落叶乱飞天，湖畔柳丝翠已残。
栈桥孤步忆昔岁，灯影依旧映波涟。
月辉静洒夜游人，滩头无语舟自眠。
迎面过客谈笑声，惊起憩鸥飞一边。

注：2013 年 7 月，余曾来到手指湖群中的瑟纳克湖边住居多日，今年暮秋，又来旧地重
游，颇多秋思。

2013 年 10 月 24 日

秋游莱曲沃斯 *

高秋日色淡，归雁鸣碧天。
银瀑叠长峡，丹枫染翠山。
鹈鹕波上浮，鹰鹫岩顶观。
游人惊憩鹿，落叶戏风欢。

注：莱曲沃斯峡谷位于美国纽约州与宾州边境处的摩瑞斯山间，俗称美国东部大峡谷，
谷中有上、中、下三道瀑布，其中落差最大的为中瀑布，落差达 107 英尺，形成狭
谷湍流、拍崖壮观。

2013 年 10 月 25 日

暮扫落叶闻孤雁鸣

秋雨催叶落，撒院乱纷纷。
暮闲忙集扫，孤雁鸣寻群。
不闻同伴应，冷空独悲吟。
月寒无栖处，夜深难觅邻。

2013 年 10 月 31 日

游瓦斯肯峡谷 *

幽峡长长藏山中，壁如刀切底无踪。
九曲一迭十里长，一曲百阶银练生。

叠瀑如梯步步高，观景宛若登天庭。
蓦然身入水濂洞，玉帘长挂映双虹。

注：瓦斯肯峡谷（Watskin Glen）位于美国纽约州瑟纳克湖南畔近处，为一州立公园，风
　　景玲珑剔透，精致深邃，幽逸绝妙，极为诱人。

2013 年 10 月 31 日

读祁奚荐贤[*]

为固金汤荐贤材，个人恩怨全抛开。
保得国泰民安康，功成身退自开怀。

注：祁奚为战国时期的晋国大夫中军尉，曾辅佐晋悼公，励精图治，重振晋国霸业。

2013 年 11 月 5 日

悼王青意蔡福想二义士

　　2013 年 10 月 31 日晚上，浙江省温州市平阳县腾蛟镇社区党委书记王青意、青湾村村主任蔡福想二人，因抢救一路遇车祸之孕妇，不幸牺牲。事迹感动成千上万民众，被称为"最美温州人"，特以记之。

清清带溪水，潺潺日夜淌。
最美温州人，赞声满平阳。
村民祭英烈，悲痛聚一场。
悼泪滴滴落，莲灯盏盏亮。
齐召英灵归，生命旋律响。
岗位犹安在，笑貌盈慈祥。
一心为乡亲，废寝忘食忙。
爱民心切切，救人舍己亡。

乡亲忆旧容，老少共悲伤。
社区好书记，干部好榜样。
村庄好主任，为民掏心肠。
贪官人人骂，公仆万众唱。
或言官皆贪，此官德高尚。
如若半信疑，请君闻莲香。

2013 年 11 月 7 日

秋游拾遗

溪凭飞瀑凿深潭，枫借严霜染重山。
云渡万里影千姿，雁鸣长空声远传。

2013 年 11 月 7 日

初　雪

秋叶落尽枝如铁，寒风冷吼催飞雪。
一夜玉锦铺大地，万里青山舞银蛇。
日照晶莹映蓝天，月洒流萤盈城郭。
水荡灯影婆娑动，树摇银枝珍絮叠。

2013 年 11 月 13 日

三游尼亚加拉大瀑布

银河横溢挂长空，雨雾迷蒙响雷霆。
彩虹叠叠凌高峡，碧流湍湍潜龙宫。
水上仙子踏波忙，崖顶游客壮云风。
一泻飞落牵两湖，群涛浩荡万里行。

2013 年 11 月 17 日

雪 夜

枫林湖畔狂雪飞，月逃星遁倦旅归。
红酒有情怜过客，炉火映杯笑盈眉。

2013 年 11 月 18 日

冬日晨别

月冷星凄寒鸦惊，雪冰路滑残灯明。
人在旅途恨离多，梦断晨别汪伦情。

2013 年 11 月 19 日

重游拱门国家公园*

朱堡赤城连天庭，丹阙红楼接玉京。
圣翁抱朴济世道，贤女怀真救苍生。
陆桥座座樵夫过，天门拱拱仙家行。
众目炯炯窥环宇，火炬熠熠映长空。
奇岩峻拔斗娇姿，异磊嵬峨比俊雄。
今番重游多新意，他日再临景愈明。

注：拱门国家公园（Arches National Park）位于美国犹他州中东部，内有大小天然石拱门
2 000 余座，且奇在不断有新的拱门形成和老的拱门坍塌，是世界上最大的自然沙岩
拱门集中地。

2013 年 11 月 29 日

游马蹄湾*

高原一蹄印，天马留足痕。
环壁半空悬，危岩刺白云。
河深水浮练，崖高谷惊魂。
归来生余悸，夜梦犹怵心。

注：马蹄湾（Horseshoe Bend）位于美国亚利桑那州北部近犹他州边界处。

2013 年 11 月 29 日

游纪念碑山谷*

座座红岩丰碑立，怪异峻拔呈英姿。
梦幻缭绕碑林峻，游客萦怀胜境迷。
流云滚滚添朦胧，飞雾翩翩增神奇。
误把山谷当蓬莱，仙音传处响横笛。

注：纪念碑山谷位于美国犹他州南部近亚利桑那州边界处，不是国家公园，但也是美国
国家级的著名旅游胜地。

2013 年 11 月 29 日

游羚羊谷*

玉帝颁诏开画展，一轴不慎落九天。
深藏奇山无人知，空放异彩在世间。
清流一朝洗蒙尘，绚丽万代呈璀璨。
慕名千里来相见，别时神迷步离难。

注：羚羊谷（Antelope Canyon）位于美国亚利桑那州北部，近犹他州边界处。

2013 年 11 月 29 日

游峡谷地公园*（二首）

其一

浩茫高原裂深渊，满峡岩菇世罕见。
拱门横跨雪山明，夕阳沉落霞光灿。
广原辽野天地阔，八荒九垓峡谷宽。
蓦然流云飞碧落，长河雾浪滚滚翻。

其二

残雪斑斑洒林山，浓雾漫漫溢谷间。
山鹰难觅悬崖居，游客抱憾空攀岩。
谁教流云从此过，不予行人留大观。
最恼乍离天顿开，满腔怨气付高寒。

注：峡谷地国家公园（Canyonlands National Park），并不是著名的大峡谷国家公园（Grand Canyon National Park）。它位于美国犹他州中南部的高原上，科罗拉多河与格林河在这里交汇，切割穿凿，蜿蜒曲行，遂形成无数高原峡谷，奇特怪异，壮观无比。

2013 年 11 月 30 日

贺嫦三奔月

九霄天地咫尺间，神州佳人勤往还。
刘洋亚萍刚返乡，三号嫦娥又飞天。
怀抱新兔奔月宫，姐妹幸会双兔欢。
待到五妹六妹到，吴刚举杯敬七仙。

2013 年 12 月 3 日

玉兔登月

离怀嫦娥步虹湾，负命神州探九天。
为教蟾宫谱新韵，玩月逍遥银河边。

2013 年 12 月 18 日

五律·再赞除贪腐

老虎休偷巧，苍蝇莫盗生。
恢恢天网撒，密密铁拍擎。
打虎山河净，拍蝇四野清。
虎除蝇尽灭，万籁盛清风。

2013 年 12 月 21 日

冷月送晓

冷月送晓浮西天，寒晨独步探梅园。
疏影淡雅霜枝俏，清香幽艳报春还。

2013 年 12 月 21 日

颂伟人（二首）

——纪念毛泽东 120 周年诞辰

其一

韶峰巍巍湘天薰，泱泱大国诞伟人。
降魔伏妖开明宇，摧枯拉朽奉华春。

敢教日月换新天，踏平逆流伫昆仑。
一身光明尽磊落，高山仰止品至尊。

其二

大江滔滔与时进，五岳巍峨绕白云。
建党建国创伟业，觅理寻真历艰辛。
胸怀华夏春秋史，眼观环宇日月魂。
今日举国纪诞辰，百姓颂赞歌涛滚。

2013 年 12 月 26 日

中 辑

浮游感悟

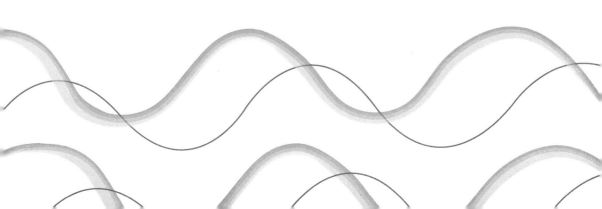

年界吟

身处年界北斗张，辞旧迎新神思扬。
去岁硕果足鉴史，来年辉煌可珍藏。
国有栋梁堪建瓴，民赖廉政乐徜徉。
午夜钟响乾坤彻，华夏新韵唱康庄。

2014 新年夜

七律·打虎歌

曾经贪腐妖风盛，喜见除魔俊勇来。
摆阵金棒疾速打，登坛天网瞬间开。
害国老虎原形露，龌龊苍蝇灭顶灾。
大地一呼重作气，神州万里净尘埃。

2014 年 1 月 8 日

雪落神州

新华网载：神州八省市新春普降瑞雪，兆丰年也。

雪落神州润新春，马报丰年喜煞人。
古都琼玉瑞光闪，运河津渡仙境临。

2014 年 2 月 7 日

赠众博友

　　余自在新华网上建立博客以来，承蒙不少博友登门造访，难以一一致谢，甚感抱歉，故特在此对先来后到诸友，一并答谢之。

博客园里贵友忙，多谢诸位过陋房。
留下馥郁香一片，送来楷模众师良。
共迎新春花卉馨，齐颂廉政风雅扬。
携手开怀唱大风，登临运目凯歌长。

2014 年 2 月 8 日

赠元谊老

——读元老《七绝》有感

一束烟花万缕情，风华伴同烟花升。
金水桥堍天花灿，怡轩窗外夕阳红。
老骥伏枥犹志远，大鹏展翼赴南溟。
欣看后辈掀春潮，推波逐浪亦可功。

2014 年 2 月 8 日

七律·飞马迎春

一年浩浩劲风薰，万户昭昭气象新。
飞马迎春清玉宇，国民追梦叱风云。
金艨踏浪扬国魄，玉兔飞天展月魂。
踏遍青山独领伶，雄关漫道报捷音。

2014 马年元日

七律·喜遇立春

喜遇立春六九头，俗谚吃穿都不愁*。
国持廉风净凡尘，家扬金鞭打土牛。
庶民抖擞绣新野，清吏奋发壮神州。
几番扫除洁胜境，从头越向观景楼。

注：中国有民谣，叫作"春打六九头，吃穿不用愁"，预兆着今年会是个好年头。立春
这一天传统有"打春"习俗，又称"鞭春牛"或"鞭土牛"，以期盼五谷丰登，国
泰民安。

七律·鲲鹏展翅

高层打虎扫蝇忙，除害强国妙策扬。
岁首廉风兴百姓，迎春法制振朝纲。
优良传统堪承继，美好新规尽举张。
万马奔腾齐奋勉，鲲鹏展翅赴康庄。

2014 马年元日

迎春新曲

一场扫腐清风吹，神州迎春尽朝晖。
传统习俗还真善，新兴时尚步雅轨。
美梦成真当可待，大业复兴指日回。
喜看五湖百花放，昂首四海春潮催。

2014 年 2 月 10 日

春风三月

桃花源里看桃花，春风三月一片霞。
何方仙女花间行，笑靥桃腮难分华。

2014 年 2 月 11 日

悼念秀兰·邓波儿

小小登台成大观，七岁获奖惊世间 *。
天真烂漫放异彩，双眼生神笑靥灿。
稚情如珍童颜甜，乐煞台下众万千。
一生无邪传善美，百花织圈献灵前。

注：秀兰·邓波儿七岁时就荣获奥斯卡金像奖。

2014 年 2 月 11 日

贺李坚柔妙夺索契冬奥中国首金

索契奇迹从天降，坚柔夺冠创辉煌。
梅花喜欢满天雪，金牌四连增国光。

2014 年 2 月 13 日

乌斯浑河浪滔天，八女投江颂歌传
——纪念抗日女英雄群冷云等八位烈士 *

苍苍兴安茂林密，油油黑土良田宽。

祖宗世代安居乐，不料大祸闯身边。
白山黑水起狼烟，日寇入室毁家园。
抢我田中蔬和粮，把我栏里牛羊牵。
杀我父老和乡亲，强把我家媳女奸。
烧尽村中避寒房，毁我家中挡风院。
国仇家恨从天降，山呼海啸走向前。
中华群英抗顽敌，女子杀敌并肩男。
西征队伍跋山过，巾帼伴同涉水艰。
楼山镇上刚擒贼，乌斯河畔遇敌顽。
为护大队突围去，巧诱日贼拼死战。
日贼如狼群扑上，背水弹尽难有援。
为有牺牲多壮志，血海深仇志更坚。
欣看战友安全离，笑傲诱降对魔颜。
砸毁枪支付激流，挽臂豪迈动地天。
国际歌声扬九霄，集体沉江英灵显。
乌斯浑河浪滔天，八女殉国颂歌传。
世世代代炎黄人，日寇罪孽记心间。
莫把豺狼当善犬，严防靖国魔魂还。
中华儿女拭目待，誓让海盗下黄泉！
强我长城卫边疆，寸土不让保河山。

注：抗日战争时期，以冷云（原名郑志民，入伍后改名冷云）为首的东北抗日联军八位
女官兵，在顽强抗击日本侵略军的战斗中，背水作战，弹尽无援，寡不敌众，集体
沉江，壮烈殉国，表现了中华民族同敌人血战到底的伟大英雄气概，在人民群众中
广为传颂。让我们永远记住她们的名字吧，她们是：东北抗日联军第二路军第五军
妇女团的指导员冷云，班长胡秀芝、杨贵珍，战士郭桂琴、黄桂清、王惠民、李凤
善和被服厂厂长安顺福。牺牲时，她们中年龄最大的冷云23岁，最小的王惠民才
13岁。这真是有志不在年高！她们代表的是中华民族的真正灵魂！

2014 年 2 月 17 日

闹元宵

年年正月闹元宵，今年元宵更妖娆。
中西情人同过节*，花灯璀璨隐鹊桥。
月下灯前恋影多，情语绵绵心花娇。
漫步天街星河阔，嫦娥结伴下九霄。

注：2014 年中国的元宵节与西方的情人节正好是同一天，元宵节可算是中国的情人节，
只有在元宵节，闺阁佳人小姐们才可以借观灯良时，与心上人见面幽会。中国的正
月十五，与西方的 2 月 14 日，每隔 19 年才可重逢在同一天。

2014 年元宵

西江月·除恶

贪吏醉生掠取，腐官梦死销魂。损伤社稷丧天伦。民怨沸腾凝恨。
今有尚方宝剑，打贪扫腐除尘。中央号令唤风云。老虎苍蝇罪论。

2014 年 2 月 18 日

春思新梦

远山横黛迎春归，近林扬绿催花开。
春思如织还乡去，新梦凝霞扑面来。

2014 年 2 月 20 日

咏萨克塞华曼*（二首）

其一

印加帝国古堡坚，俯瞰京都胜景观。
巨石砌垒神功至，长垣屹立鬼斧严。
大地震撼摧耶庙，高天拥爱护堡全。
谁人能解千秋谜，代代学者浮想翩。

其二

美洲有豹卧高山，代天行役护家园。
印加来王筑城池，堡垒有道通疆边。
石墙巋峨矗九霄，古道逶迤绕山峦。
世界奇迹辉煌耀，游人怀古攀高巅。

注：萨克塞华曼古堡（Sacsayhuaman Forttress）被认为是印加帝国除马丘比丘之外最大、最壮观的印加帝国遗址，位于印加帝国古都库斯科城北 1.5 千米处 300 米高的山坡上，由印加王帕查库蒂于 15 世纪 70 年代开始建造，既是坚固的三层防御体系，也是祭祀太阳神的巨大祭坛。石墙由 30 多万块巨大的石头砌成，全部都是用数十吨或数百吨重的巨石。在这些精心雕琢打磨的巨石中，其中最大的石块高达 9 米，宽 5 米，约 361 吨重。令人难以置信的是，这些笨重的巨石被巧妙地雕琢成多角形然后又巧妙地拼合在一起，垒砌得严丝合缝，刀刃不入，连手指都摸不出来。为了整体建筑的坚固，有些巨大的石块竟然倒着安放。如此鬼斧神工，令今人无法想象是采用何种技术建成？更不可思议的是，当大地震发生时，上面的修道院荡然无存，而古堡石墙则安然无损，屹立不倒，故被称为世界十大不可思议的地标建筑之一。

2015 年 2 月 21 日

游卡尔斯贝水晶溶洞[*]

天上瑶宫未曾见，地下瑶宫会有缘。
笋林挺拔光闪闪，乳群润滑亮斑斑。
晶帘垂地玉幕落，钟塔朝天琼楼轩。
万般玲珑异彩放，满目琳琅展奇观。

注：卡尔斯贝水晶溶洞位于美国新墨西哥州奇瓦瓦沙漠中高山底下 100 多米的深处，共由 117 个水晶溶洞组成，其中最大的洞长达 120 英里，常年住着 40 多万只墨西哥无尾黑蝙蝠。洞中所有笋、钟、乳、帘、棱、柱等溶液成型体，皆为水晶结构，晶莹剔透，坚硬光滑，偌大的一个山底洞群，恰如一座庞大的地下水晶艺术品宫殿，世所罕见。现为美国卡尔斯贝水晶溶洞国家公园。

2014 年 2 月 25 日

咏黄山西海大峡谷

伟岸只应天上有，奇绝美景罕世间。
险多惊异盈心旷，幻化万千难等闲。
幽境一轴九霄长，太白下笔赞亦难。
北海徜徉玉屏醉，西海归来自成仙。

2014 年 2 月 26 日

闻设立"南京大屠杀死难者国家公祭日"有寄

一场屠杀天地证，古都冤魂悲天鸣。
白骨垒垒凌金山，仇海深深源东瀛。
血债累累风云怒，罪恶滔滔日月惊。

斥问靖国孽贼子，何时认罪对苍穹？
今设国家公祭日，年年公祭慰众灵。
此仇不忘万代传，严惩日寇教后生。

2014 年 2 月 26 日

花香十里

春风春雨添春花，花香十里百姓家。
家家黄鹂啼翠枝，枝枝香蕊摇新霞。

2014 年 3 月 1 日

除恶务尽
——痛斥恐怖分子昆明行凶

国有宏图兴大业，岂容孽徒暴恐行。
青锋出鞘莫手软，除恶务尽保苍生。

2014 年 3 月 2 日

新 月

桃花摇枝过院墙，夜风入窗阵阵香。
一弯玉钩挂梢头，新月红颜醉梦乡。

2014 年 3 月 2 日

一江渔火

一江渔火映夜天，银河沉落星浪翻。

帆秉新月乘夜归，春笛悠扬醉客船。

2014 年 3 月 5 日

红雨纷飞

清明过后百灵催，落英纷飘红雨飞。
桃花不舍辞春去，尽由东风送芳归。

2014 年 3 月 6 日

题王兴国杨学云伉俪阿根廷冰山前照

冰清玉洁映鹣鲽，海阔天远并展翼。
问尽六洲山水缘，归来津津自神怡。

2014 年 3 月 6 日

富春江上

六合塔下帆逆行，望眼桐山赖顺风。
瑶琳洞中赏瑶琳，严陵滩头忆严陵。
富春柳暗十里翠，桐山花明万家红。
醉迷江南三月天，轻舟一叶春光中。

2014 年 3 月 7 日

还乡曲

江北春风江南来，江南桃花江北开。
彩蝶翩翩添艳姿，蜜蜂殷殷探芳怀。

翠枝摇香游人醉，碧水荡波玉浪拍。
千里还乡春作伴，一路踏歌尽悠哉。
2014 年 3 月 9 日

航标篇

——赞全国人大、政协盛会

全国两会树清廉，治国安邦谱华篇。
铁拳打虎日月笑，利剑反腐山河欢。
魍魉除尽航道阔，尘埃扫净天地宽。
一路高歌军民乐，东风阵阵送凯旋。
2014 年 3 月 11 日

书 价

坊间民谣满天传，出书容易卖书难。
时尚什么都高价，唯有书籍不值钱。
经典名著论斤卖，诺奖小说摆地摊。
签名赠书无人要，你说这事惨不惨？
莫贪虚名去出书，堆在家中如同山！
2014 年 3 月 12 日

题冬星拍梅花照

梅花朵朵展风采，自是傲寒迎春来。
喜见博友留芳影，艺苑暗香醉扑怀。
2014 年 3 月 13 日

烟雨长江

一帆烟雨泛中流，万里长江展画轴。
岸拥青山迎且送，波载日月沉又浮。
荷并梅香夏冬秀，桃伴菊子艳春秋。
千古大浪淘沙去，无限风流盈神州。

2014 年 3 月 15 日

春暖绿野

春暖绿野紫燕嬉，柳翠湖堤黄莺啼。
轻舟扬帆冲浪飞，岸山流云追风驰。

2014 年 3 月 15 日

好奶奶赞

　　新华网载：四川省宜宾市南溪区邱方梅自出生时就患有膝盖畸形，不能走路。两岁始，母亲离婚而去，父亲外出，全靠爷爷奶奶养育。随着年龄增大，到了上学读书时候，她的奶奶向其友老人为了满足其渴望读书的心愿，每天挂着拐杖背着她到 2 里多外的学校上学，整整八年，每天送接，风雨无阻，走过了6 000 多里山路，使邱方梅从未迟到。向其友奶奶的事迹极其感人，特以赞之。愿天下所有母亲、奶奶都向向其友奶奶学习。

山巍巍，路颤颤，挂拐背孙过青山。
崎岖坎坷步步艰，六千里路八整年。
多少累？多少汗？多少苦？多少难？
多少风？多少雨？多少暑？多少寒？

多少痛？多少酸？多少跌？多少趼？
多少滑？多少攀？多少蹒？多少跚？
非一日，非一年，谁人计？谁人算？
坑坑凹凹高高岩，坡坡崖崖沟沟坎。
风雨无阻不间断，两脚不停迈向前。
不要迟到唯一愿，每日按时去上班。
崇尚天伦道义广，背负希望天地怜。
中华奶奶真伟大，恩重情深堪典范。
群山钦佩低头敬，日月盛誉笑影灿。
乡亲齐把奶奶赞，我读事迹泪潸潸。
可敬可爱好奶奶，美德光辉照人寰。

2014 年 3 月 17 日

永恒篇
——记习近平总书记视察兰考

视察兰考步中原，继往情深慕先贤。
一身春风绿大地，满怀热望暖民间。
昌明榜样焦裕禄，为民服务志弥坚。
百姓父母牢记心，理想化作永恒篇。

2014 年 3 月 18 日

登太阳神金字塔*

2014 年 3 月 27 日，余偕泓源兄同登墨西哥特奥蒂瓦坎太阳神金字塔。

万众景仰太阳神，威坐中央堪独尊。
塔顶离天三尺三，塔身半腰浮白云。

四方有山齐朝恭，　脚下亡者大道陈。

北面山前月亮神，　端坐高台等齐身。

亡者大道通远方，　两旁遗址显迹痕。

视野开阔天地小，　心仪久远前景新。

时空穿越两千年，　古都城残威犹存。

白云悠悠随风飘，　蓝天浩浩高万仞。

神庙不知何处去？　塔顶空空踱游人。

注：太阳神金字塔（Pira'mide Del Sol）位于墨西哥城东北 50 千米处的特奥蒂瓦坎古城（Teo Tihuacan），是仅次于埃及胡夫金字塔（Cheops）和乔卢拉（Cholula）金字塔的世界第三大金字塔，坐落在亡者大道的东侧。现存遗址呈长方形，长 230 米，宽 187 米，高 68 米，塔顶的神庙已无存。在太阳神金字塔的北方山前，是高大的月亮神金字塔（Pira'mide De La Luna），它们是特奥蒂瓦坎古都遗址最主要的建筑。与埃及的金字塔不同，埃及的金字塔多是法老及贵族等的陵墓，墨西哥的所有金字塔都是各种神庙的基座。

2014 年 3 月 27 日

咏月亮神金字塔[*]

端庄娴雅坐高台，　谦与太阳比风采。

背靠高山向大道，　面临神殿左右排。

司职夜空放光明，　休闲白昼观云开。

千年不倦当风口，　佑护众生圣母怀。

注：月亮神金字塔坐落在亡者大道北端，背靠大山，比太阳神低 20 米，但由于其建在一高地上，看起来同太阳神金字塔差不多高，且显得端庄优雅、赏心悦目得多。该金字塔完工于公元 300 年左右。塔前有一个由 12 座神殿组成的月亮神广场，非常壮观。

2014 年 3 月 27 日

沂蒙桃源

　　去山东地下大峡谷，路经一大片山野桃园，正值春风三月，桃花盛开，丽人姗姗，风采无限。

沂蒙山底寻奇峡，欣见遍野开桃花。
群崮巍巍迎艳阳，春风徐徐送彩霞。
山妹村姑花间行，笑靥馨蕊难分华。
清涧明潭绯波动，疑是落英飞琼崖。

2014 年 3 月 28 日

墨西哥城掠影*

高原有城墨西哥，城郭庞大广场阔。
雕塑林立姿态异，建筑宏伟饰艺绝。
四季如春风景美，居民热情笑容多。
鲜花缤纷香艳浓，美女云集风采绰。
天使凌空观世俗，教堂遍地扬圣歌。

注：墨西哥城是墨西哥的首都，这是一座生机勃勃的国际大都市，市区人口超过 2 200 万之多。全市位于墨西哥高原中部盆地中，海拔 2 000 米左右，四季如春，同我国云南省昆明市差不多。市内有著名的瓜达卢佩圣母院遗址；全国最大的中央广场左卡洛，仅次于我国的北京天安门广场和俄罗斯莫斯科的红场，为世界第三大广场；总统办公的国家宫游客可以入内游览，只是不可以进入办公室内；拉丁美洲最大的天主大教堂和 100 多座博物馆。故墨西哥城是整个墨西哥的中心。

2014 年 3 月 28 日

卡巴遗址纪游[*]

玛雅古国胜地游，春风习习白云悠。
遗址遍地垣壁立，金字塔多神庙稠。
面具宫殿震撼奇，人像雕柱立千秋。
喜遇向导玛雅人，祖宗历史背如流。

注：卡巴玛雅遗址位于墨西哥梅里达南面 100 千米处，遗址横跨 261 号公路，在乌斯马尔之后，卡巴是这一带最重要的城市。遗址的东面大部被修复好，以著名的 El Palado De Los Mascarones 面具宫殿、男像柱（Atlantes）、El Palado 宫殿和 Templo De Las Columas 神殿为主；横跨公路往西，有一条小路通向 Gran Pir'amide 大金字塔，穿过大金字塔，便是一条用鹅卵石铺成的祭祀道路，可一直通向古城乌斯马尔。

2014 年 3 月 29 日

寻古乌斯马尔[*]

久仰玛雅古文明，今步遗址热血腾。
建筑峻峨逞天威，设计精湛令人惊。
金字塔上仰神志，皇宫殿下寻古风。
海岱文化蛛丝显，文明东渡源有承。

注：墨西哥梅里达南面 80 千米处的乌斯马尔玛雅古遗址，被列为顶级的玛雅考古景点。在这里有一个庞大的玛雅古建筑群：39 米高的神殿金字塔，仅次于月亮神金字塔，曾先后被五次重建过；由四座宫殿组成的四合院式的建筑群，有人说是修女院，有人说是古玛雅军事学院、皇家学校，或是皇家庭院，至今保存完整。走出四合院宫殿群，穿过古玛雅球场，对面有不同皇室家族的宫殿、海龟之屋和另一巨大的金字塔。据说，这里已发现的建筑群和遗址，仅为整个玛雅古都的十分之一，还有十分之九的建筑仍然藏在森林和地下，可见规模之大。

2014 年 3 月 29 日

奇琴伊察探秘 *

人间奇迹世少见，羽蛇神灵通九天。
金字巨塔气盖世，司职神殿貌威然。
天文台上赏日月，千柱林中风云观。
希腊罗马多残迹，玛雅辉煌惊人寰。

注：奇琴伊察位于墨西哥梅里达到坎昆的 180 号公路中段的路南伊察的水源口，是迄今
为止已发现的最著名的、也是修复得最好的尤卡坦玛雅古文化景点，被誉为新世界
七大奇迹之一。这里的"时间神殿"（又称羽蛇神金字塔）完好地诠释了古玛雅天文
历法的先进、科学、精湛和神秘。奇琴伊察，是目前所有玛雅古文化遗产中保存最
完整的一处遗址，建于公元 5 世纪，有城堡金字塔、战士神殿、天文台、千柱林、
球场和圣泉等诸多胜景，其雄浑的天文台和保存完好的千柱林，为世界别处罕见，
游后令人赞叹不已。

2014 年 3 月 30 日

从坎昆到女人岛 *

探罢玛雅观蜃楼，加勒比海凌波游。
碧空澄澄烈日炎，蓝海湛湛涌浪头。
游轮仓中客人乐，女人岛上风物优。
劝君莫嫌天涯远，海角深处景一流。

注：坎昆乃墨西哥尤卡坦半岛东北角上的一座海滨城市，为葵茵塔娜·槠州首府，是一
处现代化的旅游度假胜地。女人岛在坎昆东北海中，距坎昆约 40 分钟海程，岛上
山明树翠，花香鸟语，四周天碧海蓝，沙洁水清，是西加勒比海中的一处著名度假
胜地。

2014 年 3 月 31 日

游坎昆女人岛*

凌波踏浪赴天堂，椰树亭亭百花香。
游艇桅林遮碧湾，酒肆旗号街楼扬。
海鸥迎宾展翅舞，轻舟送客荡橹忙。
水清沙白鹈蝶恋，天碧海蓝鹭鸶翔。

注：女人岛位于墨西哥坎昆市东北西加勒比海中，距坎昆约 45 分钟船程，是旅游休闲度
假的胜地。

2014 年 3 月 31 日

女人岛观鲨记

浮游半日下船来，栈桥观鲨碧波开。
召来鲨鱼怀中抱，温文尔雅竟无害。
谁家小妹跳水去，头顶肥鲨乐开怀。
周围相机光影闪，搏浪戏鲨逗人爱。

2014 年 3 月 31 日

坎昆水下博物馆记*

地上古迹历历明，水下塑像栩栩生。
阵容庞大龙宫惊，艺术华美振海风。
游鱼成群喜为伍，珊瑚满身颜色红。
慕名潜泳来相会，乐在其中难融情。

注：墨西哥度假胜地坎昆东北的女人岛附近海水下 8.4 米深处，有一座水下雕塑博物馆，

是迄今为止世界上最大的水下雕塑博物馆，由英国艺术家杰森·德卡雷斯·泰勒（Jason De Carres Taylor）设计建造。该水下雕塑博物馆中陈列了泰勒的 460 座不同时期的雕塑作品，被称为"沉默的艺术"，塑像全部使用酸碱度平衡的生态混凝土制成，姿势优美，特征各异，令人眼花缭乱，游鱼成群结队漫游其间，许多雕塑遍体长满彩色珊瑚，五光十色，如梦如幻，蔚为壮观。

2014 年 3 月 31 日

朱彦夫赞

　　一个战场上归来的重残军人，一个家喻户晓的人民英雄，用自己的崇高信念和钢铁意志，谱写了一曲共产党人最壮丽的人生赞歌。

一代楷模朱彦夫，钢铁意志钢铁骨。
战场杀敌功勋赫，家乡建设奋斗殊。
无私奉献为村亲，极限人生榜样树。
清风高歌山河赞，党的瑰伟好干部。

2014 年 4 月 3 日

天　泪

天泪纷洒清明节，九州家祭焚香火。
祭亲犹念先烈魂，为创江山流尽血。
恨看贪官造大孽，怒惩腐吏慰先烈。
惩恶莫赖野火烧，力铲深挖除根绝。

2014 年清明

咏"莫雷诺大冰川"*

天宫有镜落寒疆，晶莹亮丽百里长。

日月投影鉴英姿，霞霭争辉献绮光。
冬夏凝溶拒尘染，风雨吹洒添瑞祥。
罕见热情火地岛，稀世奇观独冷藏。

注：阿根廷最南部的火地岛，有着极地外最大的冰川——"莫雷诺大冰川"，位于阿根廷
南部圣克鲁斯省卡拉法帖城西 80 千米的"阿根廷冰川国家公园"内，形成于约两万
年前的冰川时期，高达 60 余米，面积达 200 余平方千米。

2014 年 4 月 19 日

咏"大河婚礼"*

两条大河牵手流，风采分明各悠悠。
相亲相恋并肩行，情到深处拥抱走。
月下老人拴红线，一场婚礼悦春秋。
千载佳话亚马孙，诱来天下慕客游。

注：在巴西，从玛瑙斯乘轮船巡游亚马孙河，有一段水域非常特别，被戏称为"大河婚
礼"奇观。该水域位于内格罗河与索里芒斯河交汇处以下，宽阔的水面上出现一幅
不可思议的奇特景观：索里芒斯河的河水是黄色浑浊的，内格罗河的河水是咖啡色，
两条河交汇后，河水却不是相融在一起，而是泾渭分明，各呈风采，并肩前进，恰
如一对新婚恋人穿着不同的服装，正在步入结婚礼堂举行婚礼一样。经过 10 余千米
后，两条河的流水才开始融合成一体，一起奔向大海。

2014 年 4 月 19 日

题北京老夏摄颐和园春雪

瑞雪如银镀京城，天赐年年五谷丰。
国泰民安金汤固，宏业复兴梦景明。

2014 年 4 月 22 日

题北京老夏摄玉渊潭樱花

樱花朵朵送暗香，醉迎古都好时光。
赏花归来犹神迷，辛苦北京老夏忙。

2014 年 4 月 22 日

觅网络华佗

网络病菌虎狼毒，百篇诗作瞬间无。
谁人教我觅华佗，除毒消灾博民舒。

2014 年 4 月 23 日

读日寇侵华家书愤笔

近日屡读吉林省公布的日本侵华档案材料，日寇豺狼不如之罪行，可令天地仙神惊之、痛之、恨之。

日寇家书血斑斑，惨绝人寰世罕见。
吞我河山灭我族，旷世血债垒如山。
又见贼孙拜鬼屋，怒火燃胸恨冲天。
誓志强国振华威，报仇雪耻慰祖先。

2014 年 4 月 27 日

看赵佶《腊梅山禽图》

画梅画禽本无过，错在帝王失家国。

花香鸟语纵然美，山河破碎何依托？
不顾江山迷丹青，史家提笔怎评说？
百姓痛伤亡国耻，悔作虏囚遗恨多。

2014 年 4 月 29 日

题《凌云茶模》（二首）

首届广西春茶媒体行有"凌云茶模"表演，引得网友热议，特来凑趣。

其一

欣看茶模青山行，玉指撷翠露不惊。
凌云红颜凝茶香，霓裳月容带笑声。

其二

莫道青山不销魂，真假到底谁能分？
翠岭处处飞茶韵，满坡倩影传歌频。

2014 年 5 月 2 日

共赢篇

——记上海亚信峰会

亚信峰会东风盛，协作信任铸共赢。
造福和平新亚洲，凝聚俱荣睦邻兴。
随事而制堪睿智，因时而变足贤明。
休搬石头伤自脚，切记莫吹他人灯。

2014 年 5 月 21 日

题昆明"小矮人王国"

新华网 5 月 21 日载：昆明"小矮人王国"自开放以来，饱受质疑，不知何故？

为求谋生出心裁，"王国"居民快乐来。
世人理应多鼓励，质疑未必胜关怀。

2014 年 5 月 22 日

浮生记

浮生逐梦空白头，淡泊名利未曾休。
旧书一卷伴子身，新月半轮照孤舟。
山径崎岖幽境尽，陋室简净烛香留。
闲来步网观四维，摄得风云记春秋。

2014 年 5 月 29 日

七律·马年端阳

适遇端阳在异疆，欣观俚韵已漂洋。
艾蒲户户清馨溢，糯粽人人尽品尝。
龙艇只只争跃进，鼓锣阵阵慰思乡。
故国更有传佳讯，屈子家乡纪念忙*。

注：新华网讯，5 月 30 日始，国家文化部在秭归县屈原故里举办全国性端午文化节庆活动——"2014 屈原故里端午文化节"。

2014 年 6 月 2 日

夏日游湖喜遇

一泓翠伞遮明镜，万朵芙蓉争艳开。
亭亭玉立凌波上，洁身自爱清馨来。

2014 年 6 月 12 日

当涂江月

江水溶明月，渔火映暗空。
运桨忆太白，秉夜逐波风。
恨涛不识君，误使诗仙丧。
千古铸大憾，惟松伴墓陵。

2014 年 6 月 21 日

丝路新歌

大漠驼铃响，碧海危帆扬。
彩云九霄灿，花雨满路香。
霞霭映锦途，日月献辉光。
万国丝绸路，千载友情长。
天时东风劲，地利人气旺。
宏图展绮丽，山海披霓裳。
为民造福祉，共赢谱华章。
文明渊源深，和平道路广。
应运生新歌，造化降吉祥。

2014 年 6 月 27 日

七律·"七一"颂
——党的九十三华诞献词

魔舞神州魍魉欢，南湖画舫启新帆。
惊涛骇浪蛟龙缚，勇往直前斩孽顽。
艰苦卓绝兴百废，图强奋斗步高巅。
东风万里春潮涌，独领风骚社稷烜。

2014 年 7 月 1 日

打虎凯歌

打虎阵阵凯歌传，桩桩件件遂众愿。
贪官腐吏原形露，军民举国同声赞。
党有妙策民有力，同舟共济除万难。
富国强军群心齐，祖国一片艳阳天。

2014 年 7 月 1 日

清晨闻鸡鸣

隔篱邻居母鸡鸣，清晨报告新蛋生。
赶早慰谢主人恩，报啼不求方寸功。

2014 年 7 月 10 日

悼马航MH17班机

2014 年 7 月 17 日，又一趟永不能抵达的航班，又是数百个来不及告别的生命，马来西亚航空公司一架载有 298 人的波音 777 客机，于靠近俄罗斯边界的乌克兰东部地区坠毁。顿时，全世界引起巨大震惊和悲恸，特以痛悼之。

晴天霹雳响，噩耗从天降。
三百活灵魂，顷刻化肉酱。
惨状令人惊，现场血汪汪。
可怜无辜儿，经世尚未长。
无端遭此劫，闻者心碎凉。
天下民怨沸，马航更遭殃。
举世齐痛悼，鲜花伴泪淌。
蜡烛光摇曳，泣魂断异乡。
家属抱头哭，亲友悲欲狂。
慰问加谴责，六洲同悲伤。
祈求正义出，力把公理张。
天灾或人祸，还民事真相。
我亦与君同，伤心已绞肠。
网上寄悼词，招魂悲歌扬。

2014 年 7 月 19 日

甲午战争百廿周年祭

甲午百廿载，华夏半世灾。
泱泱大清国，饱受小鬼害。
割地又赔款，国难民受煎。
罪在栋梁朽，贪腐蛀虫泛。
九州圣贤出，披荆斩棘殊。
前仆后继人，救国寻新路。
十月炮声响，真理当空扬。
红船启南湖，北斗指航向。
工农齐唤起，高举农奴戟。

打碎旧世界，开创新天地。
鸡鸣东方明，神州浩气升。
勇奔康庄道，万马齐奔腾。
两弹一星飞，赤县闪光辉。
航天谱新曲，东风阵阵催。
五岳横空立，四海波涌急。
悠悠中华韵，纷纷长空驰。
更喜新策建，复兴大梦展。
追梦万里遥，圆梦二百年。
逆流须踏平，惊涛凌波行。
赖有好舵手，金艨破浪骋。
国强无霸意，人善邻里喜。
天涯朋友多，海内尽知己。
长征不嫌远，满怀壮志坚。
红旗擎在手，阔步勇往前。

2014 年 7 月 25 日

泛江归来 (二首)

一

重峦叠嶂清风过，百曲流碧扁舟轻。
日暮登岸频回眸，诗情画意油然生。

二

江上一日情依依，人离游艇入梦思。
雅兴未尽随波去，独坐灯下觅小诗。

2014 年 7 月 26 日

夏日咏荷

——反腐感悟

独得地利享天时，笑傲污泥暗隐池。
魂魄高洁邪遁远，身心瑰丽露霖滋。
清风做伴摇明艳，霞韵增辉绮色稀。
境地等闲堪警世，惟留盛誉刻磐石。

2014 年 8 月 2 日

鲁甸地震遥寄

新华网讯：8 月 3 日鲁甸大地震截至今日已有 398 人遇难，108.84 万人受灾，灾情严重。

网信惊梦报噩耗，又有乡亲魂魄逃。
山崩地裂家园毁，墙塌垣断砖瓦抛。
国家施救明令传，友邦慰问悲情飘。
龙头山下彰大爱，军民共搭生命桥。

2014 年 8 月 4 日

悼谢樵

云南省公安边防总队医院中医科卫生员、武警中士谢樵，8 月 4 日为抢救鲁甸地震灾民，不幸殉职，以生命践行使名——战士忠诚，青春不朽！

地震万民受难日，天妒英才不识时。

青春不朽山长在，战士忠诚志不移。
乡亲悲赞烈士魂，同伴泪忆英雄姿。
遥向震区祭谢樵，秉承遗志举战旗。

2014 年 8 月 8 日

观芝加哥云门^{*}

奇豆湖边站，面面集大观。
人在半空行，楼在天街弯。
游人尽嬉笑，飞鸟争跃前。
千姿百态绝，五光十色玄。

注："芝加哥豆"乃美国芝加哥千禧公园中巨型雕塑"云门"（Cloud Gate）的俗称，又俗
称"魔镜"。该雕塑宛若一巨型银色大蚕豆，又像一个巨大的立体"哈哈镜"，是芝
加哥新地标之一，更是当今世界"第一大豆"美称。由英国艺术家安易斯（Anish）
设计。整个雕塑用不锈钢拼贴而成，体积庞大，毫无缝隙，外形极其别致奇特，高
33 英尺，长 66 英尺，宽 42 英尺，重约 110 吨。该大豆在映出芝加哥的摩天大楼和
天空中变幻莫测的浮云飞鸟时，更能映出万千游人，是全芝加哥人气最旺的旅游景
点之一。

2014 年 8 月 30 日于芝加哥

观白汉金喷泉^{*}

澄湖风城相偎倚，白汉金泉奇幻迷。
晨拱彩虹晚织霞，晴张霓彩阴扯绮。
莺歌婉婉林摇翠，天籁娓娓湖涌碧。
千里水畔觅佳音，未讶琼雨已湿衣。

注："白汉金喷泉"位于美国芝加哥市密执安湖和密执安大道中间的格兰特公园中，是迄

今为止全世界最大的照明音乐喷泉，每到夜晚，霓灯闪烁，乐音缭绕，琼雨甘霖，星光月辉，相互交织，融映成趣，美轮美奂，如梦如幻，令人陶醉无比。

2014 年 8 月 30 日于芝加哥

芝加哥湖畔清晨一瞥

一湖银帆飘，满城金厦娇。
喷泉织虹影，魔镜幻妖娆。
林间蝉争鸣，栈桥鸥啼早。
日跃红波上，霞隐天际涛。

2014 年 9 月 1 日于芝加哥

密执安湖畔林中闻蝉（二首）

其一

多年未听君争鸣，近日难得闻君声。
抑扬顿挫声声脆，高唱低音阵阵清。
晨来报晓迎朝霞，暮临催眠送晚星。
月辉已洒声犹续，几处弦动夜幕中。

其二

湖畔林中闻蝉鸣，可怜长空已秋风。
地府修得金蛹身，出世褪壳两翼轻。
曾经兴兴唱炎夏，又始凄凄悲露泠。
虽是花好月圆时，君声泣噎怯意浓。

2014 年 9 月 1 日于芝加哥

游查尔斯湖*

佛恩山间湖如镜，水榭林中鸟争鸣。
少妇稚子游乐园，耄翁耋妪步幽径。
钓叟舟头勤挥竿，影师桥上忙旋镜。
清风荡漾花香醉，绿荫摇动松鼠惊。

注：查尔斯湖位于美国伊利诺伊州佛恩山小镇。

2014 年 9 月 2 日于芝加哥

扶摇曲

——记上合组织元首理事会第十四次会议

世界屋脊桂香飘，雄鹰群会共扶摇。
奔赴宏图再振翼，万里丝路更妖娆。

2014 年 9 月 11 日

三角梅新咏

郊外移来三两枝，觅得新居生媚姿。
遍体通透红颜娇，桂花香里春丝丝。

2014 年 9 月 11 日

马年中秋寄月

长峡滚滚碧波翻，乡笛悠悠两岸传。
相思最是中秋月，嫦娥蟾宫催团圆。

2014 年中秋节

仙 归

秋半月全桂香浓，乡情乡韵溢乡空。
嫦娥思乡萌归意，喜闻众仙已启程。

2014 年中秋

秋韵别吟

枫染山林秋韵兴，稻香瓜熟苹果红。
尽是农家开心日，廉风催得民情浓。

2014 年 9 月 17 日

明湖雾渡（二首）

其一

雾笼翠微不见天，一泓烟雨迷游帆。
几处画舫琴瑟动，笑声频频凌波传。

其二

霞霭绵绵绕柳烟，湖心亭边游艇拴。

又见轻舟踏浪来，笑靥未露脆歌甜。

2014 年 9 月 19 日

英烈祭

——写给国家首个烈士纪念日

巍巍英雄碑，高高苍翠松。
铮铮民族魂，朗朗日月明。
潇潇陵园路，殷殷涌仰敬。
恨恨悲思飞，默默泪飘零。
鲜花簇花圈，挽联寄哀情。
举国祭英烈，万众齐歌颂。
乱世赤子生，黑夜擎明灯。
双手举农戟，创世热血腾。
驱虏抛肝胆，惩恶打先锋。
保家无私虑，卫国离门庭。
呕心沥血尽，光明磊落成。

铁骨铸江山，忠肝乾坤惊。
铺就康庄道，争得华夏雄。
海内升平现，域外多友朋。
三江唱赤胆，五岳仰英灵。
国祭慰忠魂，大爱诲人行。
汗青载壮志，警钟正长鸣。
为官忌贪腐，从政廉风清。
国运兴与衰，匹夫责任重。
牢记先烈事，奋圆复兴梦。
岁岁常祭拜，遗志记心中。
万里长征路，步步力攀登。

矢志勇往前，战旗猎猎红。

2014 年 9 月 30 日

每当我走进烈士陵园

——写在国家首个烈士纪念日

每年 9 月 30 日，为国家烈士纪念日。

每当我走进烈士陵园，
总要到英雄碑前站上一站。
低头悼念国家的忠魂，
衷心把民族的脊梁颂赞！

是烈士的鲜血，染红了新中国的国旗，
是烈士的鲜血，浇灌了新中国的花园；
是烈士的忠骨，铸成了新中国的大厦，
是烈士的豪气，凝聚了新中国的蓝天！

烈士，是世上最神圣光荣的称号，
烈士，是世上最伟大崇高的形象，
烈士，是我们心中最英雄的先驱，
烈士，是我们心中最光辉的榜样！

年年祭拜烈士，我们继往开来，
年年祭拜烈士，我们远瞩高瞻！
年年祭拜烈士，我们排除万难，
年年祭拜烈士，我们勇往直前！

烈士纪念日，我们年年祭拜——
是为了更好地继承烈士的遗愿！
烈士纪念日，我们年年祭拜——
是为了复兴中华的梦早日实现！

2014 年 9 月 30 日

祝福祖国

——写在新中国六十五华诞

（五言排律）

天安门前，花篮飘香，祝福祖国，繁荣富强。

禹甸丹阳照，光华尽染穹。
笑迎贤圣健，喜看红旗擎。
海盗乘风扫，魑妖破浪平。
红船凌海市，北斗耀星空。
兴废天时降，标新地利生。
东风化万紫，春色绘千红。
四海升平起，三山鼓瑟鸣。
高瞻天地小，远瞩路途明。
碧海艨艟跃，长空玉兔行。
金瓯严守护，异域莫陈兵。
力举中国梦，高歌俭朴风。
肃贪除腐劲，廉政盛邦功。
举案惟民意，胸怀庶众情。
好风催舰重，德水载舟轻。
域外结良友，环球倡共赢。

2014 年 10 月 1 日

又见枫叶红透时

又见枫叶红透时，满山遍野娇艳绮。
国庆重阳馨犹浓，蓝天白云托秋思。
寄语故乡丰收节，遥望神州金色时。
炎黄子孙脸飞霞，赤心胜过丹枫姿。

2014 年 10 月 1 日

月夜山间听瀑

夜沉山静瀑独鸣，月冷辉淡风自清。
枝头栖鹰无倦意，岖径行人兴正浓。
穴间鼠眠梦犹酣，溪中鱼憩波不惊。
三五趣友水边坐，玩月听瀑到黎明。

2014 年 10 月 5 日

胡小丽之歌

新华网杭州 10 月 6 日电：温州瑞安一家民办幼儿园的老师胡小丽，2014 年 10 月 6 日上午，和她 10 岁的女儿在江边烧烤时，附近有一个男童不慎落水，胡小丽发现后，勇敢地跳入江中，将男童推到岸上。男童获救，但不会游泳的她，却被江水冲走，不幸身亡，永远离开了我们！

一名小小的民办幼儿园的老师，
虽然她并没有什么很高的学历，
更谈不上是什么名牌大学的硕士博士，
但她的品德和行为却令人高山仰止！

为了营救一个不慎落水的孩子，
她奋不顾身跳入水中把孩子托起！
然而她忘了自己压根儿不会游泳，
把自己的年轻生命抛向九霄云际！

一个不认识的落水的孩子得救了，
我们却永远失去了一位优秀的老师！
胡小丽，"最美温州人"——
一位真正的人类灵魂的工程师！

采集山林间最美的花编织成我的赞歌，
采集田野中最美的花编织成我的挽词，
献给故乡瑞安的山山水水，
献给人民的好老师胡小丽！

什么叫道德高尚？什么叫人格伟大？
什么叫无畏无私？什么叫救人舍己？
看看一个最普普通通的幼儿园老师，
用青春和生命谱写出了最壮丽的诗！

2014 年 10 月 6 日

秋色篇

天高云影纤，长空雁飞南。
城镇桂香浮，山野菊色妍。
丹枫染林海，果香溢田园。
农家眉开尽，五谷堆如山。
神州六五载，辉煌崛世间。
玉兔依然在，信息频频传。
天庭奇迹出，月亮红光面。

国盛喜事多，政廉清风欢。

反贪破竹势，除腐摧枯般。

九州山河笑，华夏人开颜。

时下气象新，前景更嫣然。

锦途骅骝健，庙堂多哲贤。

律严吏身正，法明人自安。

纲举惟社稷，目张为民先。

良策航标清，好风劲扬帆。

等闲逆流起，乘风破巨澜。

舵正船行稳，国强长城坚。

百年争朝夕，万里不嫌远。

待到梦圆日，高歌中华篇。

2014 年 10 月 8 日

重阳登高遥祝（二首）

一

长空惊闻雁归鸣，山隅不觉已秋风。

天涯登高重阳日，遥祝战友夕阳红。

二

国逢华诞连重阳，红旗漫卷桂飘香。

百年巧遇双叠九，登临放歌国运昌*。

注：2014 年农历闰九月，有两个重阳节，分前、后两重阳。闰月在九月的情况很稀少，在 2020 年之前的 200 年间，仅有 1832 年和 2014 年（今年）闰九月，为百年仅见，下一个世纪将在 2109 年会出现闰九月。

2014 年前重阳

读史篇

先师歌颂毛泽东主席，有诗句曰："掌上千秋史，胸中百万兵。"

悠悠中华史，绵绵五千年。
圣贤代代出，文明载鸿篇。
瑰宝垒昆仑，史诗铸长卷。
炎黄尧舜帝，开疆立华山。
用人唯贤治，创业除万难。
护佑中华族，朗朗万代传。
造文记春秋，制策育人范。
经典浩浩著，明训历历鲜。
民族山脉雄，龙图高巅悬。
时贤步先圣，昌明以史鉴。
力举复兴梦，制法开新端。
国弱不丧志，居安当思危。
牢记甲午耻，不忘圆明园。
古善可大用，昔恶莫续延。
昂首怀坚信，阔步锦途宽。
海能纳百川，江河各有源。
国虽有大小，一律平等观。
睦邻五原则，和平万众盼。
同住地球村，互学理当然。
良策可采纳，致用休照搬。
为吾民族计，发扬国学先。
选学域外术，兼收并蓄全。
净除噪声杂，严把国门守。
强军固长城，时刻听召唤。
三湾立明规，军行严防偏。

古田严铁纪，惟党指挥权。
军魂熠熠闪，战旗猎猎展。
卫国守寸土，保家护庭院。
彰吾华夏志，清吾神州天。
富吾炎黄孙，丰吾尧舜典。
长征再迈步，万里只等闲。
为圆民族梦，昂首勇登攀。

2014 年 10 月 13 日

芦荻曲（四首）

其一

边城冷雨携风吟，山野枫林丹叶新。
忽见河畔众芦荻，一夜白发披半身。

其二

一身翡翠饰大地，万束银花笑冷风。
劝君莫嫌翁白头，无限风光夕阳红。

其三

等闲寒风梳白发，笑傲严霜结院庭。
休说夕阳近黄昏，青春依旧年年生。

其四

花绽偏向寒风扬，枝摇抖落满身霜。
误将飞絮当瑞雪，洒向大地催春光。

2014 年 10 月 17 日

秋夜

霜凝深山菊，月冷空谷云。

风疾归雁栖，星寒暗溪吟。

2013 年 9 月 20 日

仙人球

余于十年前赴沙漠花园游览，途中在路边山坡上挖得野生仙人球数颗，带回栽于院中，只见日益膨大，不见异常。不料今年突生花蕊，旋即绽放之，花如太阳形状，金色艳辉，特别喜人，遂记之。

荒山觅得仙人球，栽在院中伴春秋。

翡翠凝身透玲珑，高雅满腔玉质优。

十载储秀餐光华，一朝绽放奇迹酬。

花似太阳金色灿，郁香飘逸妍辉幽。

2014 年 10 月 26 日

厦门市花

有君不识三角梅，厦门市花凝春晖。

家家光彩亮庭院，户户明霞饰门楣。

大街小巷花影动，山脚海边香风吹。

欣看满城红颜放，日光岩下彩云飞。

2014 年 10 月 27 日

七律·原韵和范曾君

——读习近平主席在文艺座谈会讲话

　　范曾君在北京文艺座谈会后，其有感所作七律及众君和诗发表后，网上颇多评议。余亦凑凑热闹，献拙和之，以助范君之兴。

神州万里沐朝阳，十月京城倍溢香。
久蓄经纶忧庶祉，为昌社稷谱华章。
胸怀大梦鹏程灿，越步昆仑正道常。
百姓高歌扬盛世，尧籍舜典荐康庄。

2014 年 10 月 30 日

古田颂

——寄古田全军政治工作会议

古田有幸铸军魂，镰斧指路破迷津。
八十五载忆峥嵘，听党指挥战旗新。
五次反剿壮神威，万里长征叱风云。
驱逐日寇惊天地，惩除腐恶截昆仑。
抗美援找擒贼王，保家卫国守边勤。
今朝又进古田镇，重振军魂抖精神。
导师面前仰教诲，军歌嘹亮战旗红。

2014 年 11 月 2 日

再题蜂鸟

小小蜂鸟嘴巴尖，逍遥嬉戏百花间。
玲珑玉体随风飘，翡翠锦衣霞光闪。
花前悬翼吻不绝，风后迷影无尘烟。
难得有缘巧相会，瞬息无踪空留憾。

2014 年 11 月 12 日

采芝乐

采芝入幽谷，清溪多瀑布。
金叶铺虹桥，丹枫染林路。
峭崖悬青松，谷底横枯木。
俯首看流水，举目望云舒。
有芝陡壁生，登采力攀树。
雨后多泥泞，滑倒悬空步。
志在得仙芝，跌摔无所惧。
谷空鹰盘旋，树上蹿松鼠。
两手捧灵芝，满身山泥涂。
归来衣襟破，儿孙尽笑余。
吾亦捻须乐，眉飞又色舞。
灵芝知酬主，满堂仙气足。

2014 年 11 月 12 日

题雾中西湖断桥

新华网讯：11 月 23 日上午，浙江杭州遭遇大雾天气，市区能见度小于 500

米，游客在西湖桥上游玩，宛若游仙。

王母浣纱晾天庭，方士觅奇朦胧行。
仙人桥上众仙度，梦幻翩翩涟漪生。

2014 年 11 月 24 日

山村雾韵

轻纱缭绕掩山村，隐若村舍仙阁魂。
惟独霜枫出朦胧，傲然挺拔向青云。

2014 年 11 月 24 日

游布莱斯峡谷*（二首）

其一

天赐胜景布莱斯，庞大博物馆藏奇。
罗马剧场全坐满，秦国兵马俑阵齐。
崔巍城堡九霄立，葳蕤石林窅邃迷。
夕阳未落弦月静，松摇山涛谷风疾。

其二

日出日落两景观，谷上谷下不同天。
青松点点挺峭崖，残雪斑斑染峰峦。
探渊寻幽琳琅宫，临顶俯瞰瑰丽源。
振臂一呼万山应，樵歌回响空谷传。

注：布莱斯峡谷位于美国犹他州西南部，是美国著名国家公园之一。该公园以奇形怪状的风化岩石著称。公园面积为 56 平方英里（150 平方千米）。除观赏风景外，布莱斯峡谷更是天文爱好者用肉眼观星的最佳地，可以看到 7 500 颗星星。

2014 年 11 月 27 日

荡舟包伟湖*（二首）

其一

碧水丹崖云霄间，清泓明霞彩澜翻。

鬼斧神工雕辉煌，惟妙惟肖绘斑斓。

四周巉岩千姿异，两岸峭壁百态鲜。

荡舟红峡凌波上，重重惊魂神思翩。

其二

包伟湖畔彩虹桥，藏在深闺无人晓。

一朝春风揭面纱，万缕霞霭添妖娆。

蓝天湛湛映玉液，白云悠悠金拱飘。

弃舟登临仰雄姿，抖尽风尘化新潮。

注：包伟湖位于美国犹他州东南与亚利桑那州边界科罗拉多大峡谷的上游，为两州的边界共享高原峡谷湖，一部分在亚利桑那州，大部分在犹他州，是美国第二大人工湖，有"彩色峡谷"之美誉。全湖由科罗拉多河切割而成，如同把大峡谷搬到湖上似的。湖岸线长 3 150 千米（1 960 英里），湖内共有 96 个峡谷，组成一个极其壮观的水上峡谷群。在湖畔有一座高大的天然拱桥，称为"彩虹桥"，从叶城码头乘船约两小时可达。

2014 年 11 月 28 日

游锡安峡谷*（二首）

其一

天外飞来一赤城，落在崇山峻岭中。

日擦宫阙增金碧，月拂城垛带笑容。

白云缭绕织梦幻，霞光抚吻神采生。

松涛穿城丹风扬，天籁悠悠旷谷鸣。

其二

锦溪潺潺幽谷间，一路倩影伴歌欢。
高山巍峨壮神威，谷林茂盛青春焕。
山狮纵腾跃山过，金鹰翱翔盘谷旋。
美景接踵扑面来，漫步拱门未觉寒。

注：锡安峡谷位于美国犹他州西南圣乔治市北部近郊，为美国国家公园之一。锡安国家公园与大峡谷国家公园的景观完全相反：大峡谷国家公园主要是居高临下地俯瞰壮丽的科罗拉多大峡谷，而锡安国家公园则是深入锡安峡谷底部，在狭长的峡谷中蜿蜒漫游，尽情欣赏谷底和两侧的壮美风光。高大险峻的悬崖峭壁，突兀的丹霞峻山，加上清澈涟漪的溪流，构成了一幅美丽的山水长卷。而锡安国家公园里的"科罗布拱门"（Kolob Arch），横跨 310 英尺（94.5 米），为全世界最大的天然拱门。另外，这里更是天然的动、植物王国，有许多珍禽异兽、奇花蕙草。

2014 年 11 月 30 日

游马丘比丘 *（二首）

其一

半山彩云半山雾，悬空古城悬空居。
千室皆空空留谜，百姓全遁遁无余。
印加帝国遗址多，失落城市只字无。
日月浮沉鉴春秋，山河依旧风雨梳。

其二

太阳门前观日出，光芒普洒浩宇姝。
高山皑皑雪峰灿，深渊宵宵雨林苏。
瓦纳比丘众山小，印加古道感悟独。
幽幽圣洁神秘境，幢幢怀古人追逐。

注：马丘比丘古城，是秘鲁古印加帝国的最著名的遗址，位于古印加帝国的首都库斯科城西北 130 千米的马丘比丘山脊上，两边各是 600 余米深的陡峭山谷。古城遗址海拔在 2 280 米高处，面积达 9 万平方米，是南美洲最负盛名的考古中心和秘鲁最受欢迎的旅游胜地，为世界新七大奇迹之一。整个遗址由 200 余个建筑物组成，包括庞大的神庙、宫殿、避难所、公园和住居区。连接这些建筑物和山坡的是 109 道花岗岩阶梯。著名诗人聂鲁达曾有长诗《马丘比丘之巅》歌颂之。1983 年，马丘比丘被联合国教科文组织评定为世界文化与自然双遗产之一。更由于其圣洁、神秘、虔诚的幽境和氛围，马丘比丘被列入世界十大怀古圣地之一。

2014 年 12 月 11 日

读《三国志》

魏取汉尊三国成，百姓涂炭少安宁。
权力纷争战乱频，神州破碎天公惊。
捷报传来尽屠戮，哀鸿遍野怨沸腾。
通观一部三分史，国君何曾顾民生。

2014 年 12 月 12 日

图腾篇（二首）
——记南京大屠杀77周年暨首个国家公祭日

其一
哀乐沉沉神州悲，国家公祭泪纷飞。
冤魂从此得安处，血债终究须讨回。
历史真相碑刻深，铁证如山不可摧。
慎终追远精神著，民德归厚图腾伟。

其二
束束鲜花献苦墙，环环花圈悲情扬。

死难同胞魂归处，山河重整焕奇光。
天若有情天亦老，人间正道是沧桑。
尧舜同仇敌忾日，巍巍华夏尊严亮。

2014 年 12 月 13 日

潜艇之歌

——记英雄的 372 潜艇

潜艇，潜艇，
372 潜艇，
你是祖国的无比骄傲，
你是人民的真正英雄！

潜艇，潜艇，
372 潜艇，
逐鹿大洋，生死沉浮，
你是时代当之无愧的先锋！

潜艇，潜艇，
372 潜艇，
排除万难，勇立奇功，
你显现了顽强的战斗作风！

潜艇，潜艇，
372 潜艇，
掉深断崖，无所畏惧，
你发扬了我军的优良传统！

潜艇，潜艇，
372 潜艇，
生死潜程，英雄壮歌，
你是乘风破浪的隐身雄鹰！

潜艇，潜艇，
372 潜艇，
敢担当，有血性，技术精，作风硬，
你是祖国大海的勇猛蛟龙！

潜艇，潜艇，
372 潜艇，
等闲茫茫大海暗藏的杀机，
你突现了敢下五洋捉鳖的本领！

潜艇，潜艇，
372 潜艇，
任敌军围困万千重，
你誓言铮铮："怕死就不当潜兵！"

潜艇，潜艇，
372 潜艇，
驰骋海疆，守我国防，
你背负着伟大祖国的神圣使命！

潜艇，潜艇，
372 潜艇，
你是祖国长城的巍然一垛，
我从心里发出对你的无限崇敬！

2014 年 12 月 24 日

"上帝"篇

——赞毛主席和他的"上帝"

看《东湖梅岭毛泽东》*，
毛主席说他相信"上帝"，
——我开始感到惊奇。
作为一个伟大的马克思主义者，
毛主席怎么会相信"上帝"？

原来主席他老人家的"上帝"，
不是别的什么神仙，而是
是"老百姓"和"人民"的意思。
他终生坚定的信念——
就是"为人民服务"要全心全意！

为了他心目中神圣的"上帝"，
他老人家一生鞠躬尽瘁，死而后已！
他把自己的理想融入自己的信念，
把宝贵的一生献给伟大的"上帝"！

他最恨贪官腐吏和特权阶级，
毕生致力于新生的社会主义；
把马克思主义同中国实际结合，
将中国革命从胜利引向胜利。
"上帝"的利益永远高于一切，
他一切都是为了"上帝"的利益。

毛主席最热爱自己的"上帝"，
"上帝"也最热爱自己的毛主席！
毛主席永远活在"上帝"的心里，
"上帝"更是从心里永远热爱毛主席！

注：2014 年 12 月，央视 10 套播出纪录片《东湖梅岭毛泽东》，片中主席提及："我信上帝，我这个上帝就是老百姓。"

2014 年 12 月 26 日

咏塔云山[*]

金顶高耸塔云山，云缥雾缈仙音传。
琼阁玲珑针尖上，绮霞绚丽三清间。
深涧无底猿猴惊，高崖峻峭鹰鸢盘。
忽望有仙飞临至，馋得逍遥友垂涎。

注：云塔山位于陕西省商洛市镇安县境内。

2014 年 12 月 27 日

咏老君山[*]

老君山巅老君观，铁顶巍巍九霄间。
云上青牛驮仙影，霞霓缭绕琼阁宽。
千年帝王留佳话，新开盛世誉满天。
闲来乘兴访老君，登临问道探奥玄。

注：老君山位于河南省栾川县境内，是著名旅游胜地。

2014 年 12 月 28 日

七律·迎春寄语

龙马功成别境去，金羊开泰降吉来。
欣观廉政清环宇，更喜除贪净雾霾。
国举法纲怡百姓，道行经济锦途开。
军民合力同心干，春满神州大地怀。

2015 年元旦

瑞雪吟

瑞雪纷纷散天花，暖意融融流农家。
莫道春来洁魂归，遍野萌芽飞翠霞。

2015 年 1 月 12 日

喜读南邨诗雨《五言·岁末絮语》

野游仙为伴，四海觅陶然。
怀禅自遂意，登门拜佳篇。

2015 年 1 月 12 日

游仙词

飘然游仙去，万里只等闲。
朝登琅琊台，暮仁昆仑巅。
棘津会太公，瑶池王母宴。
韶峰拜导师，玉皇日出观。

井冈思王佐，延安祭左权。
衡顶看雁归，蓬莱会八仙。
天台仰羲和，汤谷嫦娥娟。
北地看极光，南天蹚冰原。
希腊圣火旺，罗马古城残。
漫步以弗所，荡舟芬兰湾。
观涛好望角，探秘格陵兰。
踏浪地中海，徜徉斐济滩。
两临玛雅潘，三攀印加山。
觅奇合恩角，冰岛恋温泉。
桌山宴仙伴，天籁悠悠散。
回转华巅上，运目四维宽。
家园无限美，炎黄五千年。
举世唯吾国，绵延不曾断。
香火世世旺，子孙代代传。
巍巍大中华，横空崛世间。
今举强国梦，复兴宏业艰。
赖有圣贤出，黎庶心坦然。
乘风归去来，银发披双肩。
两袖惟清风，百年不留憾。

2015 年 1 月 13 日

航　程

——纪念遵义会议八十周年

志酬革命上井冈，工农政权罗霄创。
红色圣地日昌盛，蒋匪丧心围剿狂。
五次反剿四次胜，一次失利丢战场。
可怜岁月峥嵘多，血洒群井别黄洋。

何处星火堪燎原？何处红船能驰航？
险阻重重虎狼凶，山高水长夜茫茫。
红军将向何处去？革命前途在何方？
道路自信壮志豪，共产主义信仰强。
人间正道是沧桑，遵义城头北斗亮。
确立领袖毛泽东，领导红军舵航向。
挽救革命挽救党，铁流滚滚军号响。
万水千山只等闲，延安窑洞运筹忙。
驱除日寇战犹酣，横扫千军逐匪蒋。
敢叫日月换新天，天安门上高声唱。
万众齐歌东方红，五星国旗迎风扬。

2015 年 1 月 15 日

农民工*

看了新华网 1 月 15 日报道的记者陪伴 115 名农民工在寒风中讨薪 110 小时的报道和视频，其景其情，令人心酸。

农民工，农民工，
抛家离舍奔城中。
流血流汗一年整，
专等拿钱过寒冬。
老板无理欠工资，
年关逼近两手空。
要钱不知何处去，
楼空老板人无踪。
叫天叫地都不应，
一年工资化为零。

农民工，农民工，
为讨工资餐寒风。
睡马路，挤涵洞，
食无着，衣被轻，
八十五天无消息，
冰天雪地苦苦等。
乡下家中有老小，
翘首含泪守孤灯。
小孩饿，老人病，
急等工钱来救命！
可恶老板太无良，
人去门锁钱无影！

农民工，农民工，
城市建设有大功。
幢幢高楼平地起，
一砖一瓦来砌成。
神州城市现代化，
哪里不见农民工？

农民工，农民工，
如今讨薪何凄零？
寒风吹，天结冰，
讨薪难，真实情。
人们只知住高楼，
几人关心砌楼工？
工钱拖欠无着落，
年关已近太不公。
痛痛痛，等等等，
多谢记者抱不平！

注：本诗中农民工，指诗前新闻报道中讨薪的 115 名农民工群体。

2015 年 1 月 18 日

七律·述怀

——原韵步晏殊《寓意》

万里天涯久未逢，柴门寂寂自朝东。
梅花小院怜寒月，银霞山城戏冷风。
彩梦多年觉悟后，白须一夜零落中。
抒怀笔下情难尽，燕雀鸿鹄各不同。

2015 年 1 月 21 日

题伊犁河谷越冬天鹅（二首）

一

伊犁河谷暖融融，天外来客度寒冬。
长空比翼志尚远，倾情相爱玉波中。

二

一谷春意盼佳宾，天鹅仙子添温馨。
歌舞争鸣无尽时，白云落影天难分。

2015 年 1 月 22 日

雪原夜话

雪原千里夜茫茫，冷月无偿护惨光。
小鹿慌慌急找母，老熊觅子更匆忙。

林中鹰隼窥搜索，村外狐狸怵目张。
峦影凝城神意恣，星河冰冻玉辉凉。

2015 年 1 月 24 日

七绝·花树 [*]

粉霞灿灿满山崖，酷似瑶池梦境花。
无语芳香游子醉，画轴喜进万千家。

注：在美国加州圣迭戈见到一种花树，不是紫荆，亦非粉色木兰，冬季无叶开花，早于
　　迎春，通树繁花如霞，很是美艳，更有蜜蜂成群结队访觅。曾向园丁请教，所得答
　　复只是：摇头。故仍未知花树名。但见画师处处，抢画艳姿。

2015 年 1 月 25 日

登毓璜顶 [*]

未上蓬莱登毓璜，玉皇庙前览海光。
毓秀钟灵神仙地，璜琮璞玉瑰宝乡。
地不爱宝宝共生，山自生辉辉煌彰。
洒向人间都是爱，碧波荡漾蓝天长。

注：毓璜顶位于山东烟台市芝罘区南部海边的一座小山上，原名"玉皇顶"，因有"玉皇
　　庙"而得名。上有"小蓬莱坊"、玉皇庙和玉皇阁。清光绪十九年（1893）重修玉皇
　　庙时，更名为"毓璜顶"，为烟台市著名旅游景点之一。在烟台山对游人开放前，这
　　里是到烟台的游人必到之处。

2015 年 1 月 27 日

致新华博坛诗友

新华博坛风雅浓，良师益友会兰亭。
朋唱友和开心吟，菊灿梅香含深情。
国魂牡丹艳无媚，洁圣芙蓉享清风。
共谱新世兰亭序，文苑长河大浪腾。

2015 年 1 月 28 日

鹤鸣鹤山[*]

东崂延脉聚鹤山，碧海扬波渡八仙。
击掌招鹤鹤鸣脆，登梯听水水声传。
庙旁石阶千古谜，山门手印惊世间。
访仙不见丹顶影，闻鹤听水已飘然。

注：此为山东青岛市即墨境内鹤山，位于黄海之滨，崂山北麓余脉，是道教名山，相传
丘处机曾在此修炼传道。山有两大奇秘，一为在庙前山门击掌，即可听到鹤声回鸣，
清脆悦耳，曰"招鹤回鸣"。一为登庙旁阶梯，站在阶梯上面的人会听到流水潺潺，
曰"水鸣天梯"。

2015 年 1 月 29 日

七律·读南邨诗雨

良师妙手舞毫疾，尽善珠玑闪烁词。
化雨春风灵感美，生辉丽日韵神绮。
山峦紫气云霞灿，江海华光雾霭熙。
踏访登临携卷唱，李桃天下和鸣齐[*]。

注：博友南邨诗雨是一位有 40 余年教龄的老教师，可谓桃李满天下也。如学子皆得"南邨"诗之真传，则堪称诗苑一大盛事。

2015 年 1 月 31 日

海城雾夜

雾漫海城夜色浓，灯晕团团凝朦胧。
月隐星遁无寻处，霓虹闪闪梦幻生。

2015 年 2 月 3 日

草堂赏梅

新华网讯：成都杜甫草堂梅花迎雪盛开，当地年轻女子古装结伴踏雪赏梅，俨然一幅"雪里梅香"图。

草堂梅花迎雪开，佳人古装寻芳来。
玉洁粉香催春发，清波丽影韵徘徊。

2015 年 2 月 3 日

年关返乡

雪舞梅放雁已归，年关返乡真情催。
恨不插翅飞故里，莫待年过空伤悲。
膝下稚子想娘泣，高堂老母盼儿回。
银鹰展翼长龙驰，只为年夜笑盈眉。

2015 年 2 月 5 日

春节将至遥寄旅友

　　出国旅游，有时仅一地难以组团，概由全国各地会合成行，团员行前互不认识，组团出游后，方成为同团旅友，游览完毕，又各回原地。

相识崎岖路，结缘在蓝天。
同车穿山野，同桌他国餐。
美景共捕捉，奇趣分享览。
高山揽风云，深涧探邃渊。
雪原觅熊踪，林海见鹿蹿。
赤城赏丹霞，绿野叠虹观。
九霄瞰云涛，碧水凌波澜。
难忘山国地，旅友突病染。
异域他乡里，守候在床前。
问疼又问暖，通宵无倦眠。
导游翘拇指，医生齐称赞。
五湖四海友，难得凑一团。
有缘来相会，共游赏河山。
队友身有恙，关照理当然。
旅伴重登途，全团笑开颜。
别后勤交流，网上频畅谈。
心心益相印，影影殊相联。
山水增厚谊，春秋佳话传。
旅程千般美，节前祝君健。
冬去春又来，远游待过年。

2015 年 2 月 6 日

回家过年

打工千里远，家中一线牵。
风雨知艰辛，日月明冷寒。
白云送家信，清风鱼书传。
天涯寄归意，阖家团聚欢。

2015 年 2 月 6 日

年关别吟

瑞雪飘飘梅香清，雾凇熠熠玉宇明。
反贪阵阵战鼓催，除腐频频凯旋声。
老虎瑟瑟身发抖，苍蝇嗡嗡挣扎中。
庙堂举纲景象新，乡俚同心紫气升。

2015 年 2 月 10 日

七律·元日再吟

元日清风阵阵吹，公仆喜见避陋规。
曾有节庆忙收礼，屡欲灯红酒色催。
反腐赢来黎庶赞，肃贪劲增铁军威。
亲朋贺岁眉盈悦，春意欣欣抚面归。

2015 年元日

七律·春节将至致新华诗友

新华诗苑雅风浓，趣辈云集会意兴。
益友良师开朗唱，梅香菊灿吐深情。
花魁牡丹妍无媚，洁圣芙蓉婉丽生。
共谱兰亭新序韵，长河颂萃大波腾。

2015 年 2 月 12 日

羊年迎春一瞥

红灯盏盏亮，神州迎金羊。
人心怀善美，乾坤溢吉祥。

2015 年 2 月 12 日

雪晨（二首）

其一
一夜雪压松，红梅独分明。
玉茵浸芳香，举步不忍行。

其二
银花乘夜来，梅枝玉屑凝。
芳魂轻抖擞，晶莹纷纷中。

2015 年 2 月 16 日

羊咩春早

金羊伊始田园新，雨雪迎春催纷缤。
三湘一夜桃花放，八闽半日李如云。
踏青赏花人络绎，探幽寻芳艳惊魂。
翠微谷中丽影动，清溪波上银帆勤。

2015 年 2 月 20 日

孤舟闲吟

迎春香消翠色浓，岸山倒影涟漪清。
孤舟闲吟扬帆去，一江水暖万里情。

2015 年 2 月 25 日

春绿茶山

茶山如绣翠浪翻，樱添锦花更姣妍。
远处峻岭绕白云，眼前新枝彩霞缠。
春意悄悄染幽境，风情悠悠浸桃源。
踏青男女争赏赞，迎春图上影翩翩。

2015 年 2 月 26 日

飞览纳斯卡地画*（二首）

其一

久梦翩翩求一圆，有缘展翅飞蓝天。

安第斯山探秘境，纳斯卡谷观画源。
无限秘图藏荒漠，千古奇谜留旷原。
凌空览遍梦中景，归来疑惑犹万千。

其 二

大千世界尽奇观，古人遗迹灿斑斑。
多少秘境谁人识，更存奇谜解亦难。
前哲行踪后人惊，吾辈景仰惟先贤。
待到梦圆悟醒时，解谜惟有问青天。

注：纳斯科地画位于秘鲁伊卡省的东部，距首都利马450千米。20世纪因神秘的"纳斯卡谷地巨画"而闻名于世。这些巨画，组成蜥蜴、蜘蛛、鲸鱼、章鱼、长爪狗、老鹰、海鸥、孔雀、仙人掌、外星人等各种图形，达300余处，遍布于方圆几十千米的地域。在地上因画之巨大，根本无法观赏，只有乘飞机从高空浏览。迄今为止，无人能知道这些巨画出自谁人之手，作何用处，为谁所观，如何绘成？考古学家和科学家众说纷纭，无有定论。纳斯卡地画被称为"世界第八大奇迹"。

2015年3月1日

春 赞

——记羊年3月全国人大、政协盛会

樱花烂漫海棠红，首都盛会浩气升。
五湖人心系瀛台，四海民情汇北京。
春风喜颂治国策，羲和欣照强邦功。
举世仰瞻中华梦，环球凉热同此行。

2015年3月3日

今日又盛学雷锋

——纪念毛主席题词"向雷锋同志学习"

雷锋曾经杳无踪，今日又盛学雷锋。
难忘社会观念乱，更厌精神雾霾重。
喜看春风澄玉宇，欣见九霄艳阳红。
学习雷锋不忘志，为民服务代代行。

2015 年 3 月 5 日

高峰山咏奇*

天府有景高峰山，八卦为冠翠裳穿。
重重秘境藏玄奥，层层幽室机关悬。
道凌山河度日月，梯登霄汉风云观。
谁识迷宫奇妙处？生死门口慎步前。

注：高峰山位于四川省蓬溪县城北 20 千米处的文井镇高峰村，形如栖凤，故又称高凤
　　山。山上有道观，原为初唐时所建之"广教寺"，后改为道观，观以山名，为我国著
　　名道教圣地之一。整座道观以八卦中的干、坤、坎、离四卦并设东、西、南、北四
　　门形状，建于高峰山山顶，内含重重玄机，奥妙变化无穷。2013 年，高峰山道观古
　　建筑群被列为全国重点文物保护单位。

2015 年 3 月 6 日

夏日湖韵

翠伞遮日鱼穿梭，鸳鸯戏水莺赛歌。

超凡芙蓉亭亭立，脱俗柳丝姿绰约。
轻舟浮光水上漂，游客掠影荡清波。
湖心亭里笙歌悠，虹桥头上笑语多。

2015 年 3 月 8 日

雾崖栖鹰

雾漫海疆翅难展，静栖峭壁空度闲。
一身无奈空抖擞，翘首仰盼碧蓝天。
鸥鹭争鸣隐邻崖，浪涛澎湃击岸岩。
只待振翼晴空去，海阔天高任跃翻。

2015 年 3 月 14 日

春风吹奏小夜曲

——赠新华博友"一江渔火"

一江渔火映夜天，银河星辰报笑颜。
渔舟唱晚悠悠扬，天籁播爱朗朗传。
月娥怀情思故乡，船家感赋颂恩源。
春风吹奏小夜曲，诱得林鸟共鸣欢。

2015 年 3 月 15 日

博鳌篇

——记博鳌亚洲论坛 2015 年年会

春风轻歌白云飘，海韵凯旋波涌潮。

昔岁论坛展新观，今年盛会逐浪高。

"一带一路"锦华显，亚投银行成聚焦。

迈向命运共同体，风光独好山河娇。

2015 年 3 月 20 日

凌波仙

——赠新华博友"荷花一朵"

荷花一朵凌波仙，粉容玉身翠衣衫。

污泥不染丽洁体，自古赏家争相赞。

2015 年 3 月 23 日

国学赞

——赠新华博友"国学正声"

国学龙脉尽渊源，炎黄子孙代代传。

楚辞汉赋逶迤来，唐诗宋词集大全。

治国理政典籍妙，修身养性意境鲜。

神州又逢春风盛，花明柳暗康庄宽。

2015 年 3 月 24 日

共赞祖国好河山

——赠新华博友"优优游悠"

优优游悠自娱闲，清风白云堪游仙。

新华诗友荟萃来，共赞祖国好河山。

2015 年 3 月 25 日

七律·清明祭

时令催春万物生，山河日月共欣荣。
佳节举祭哀思寄，盛世强国感奋征。
志与鲲鹏翔万里，心随华梦赴征程。
惊涛骇浪乘风去，昂首高歌阔步行。

2015 年 4 月 4 日

年年清明寄哀思（三首）

其一

清明景秀春雨蒙，国祭家祭无限情。
满山遍野杜鹃开，尽是先烈血染红。

其二

英雄山下春意浓，松柏苍翠花卉明。
年年清明寄哀思，幸福不忘先驱功。

其三

雨祭英雄春山青，父辈墓群卧英灵。
清明仰拜先烈归，继承遗志再长征。

2015 年清明节

奇缘篇*

——记北京大学南加州暨圣迭戈校友

2015 年清明踏青

青山巍巍谷风欢，　蓝天澄澄云朵翩。
抗日胜利七十年，　踏青峡谷遇奇缘。
九十一岁老校友，　曾是飞虎队队员。
十七岁时从戎去，　讨倭伐寇赴前线。
选入勇敢飞虎队，　惩驱豺狼飞滇缅。
激战日寇蓝天上，　热血洒遍边陲山。
老人年年祭战友，　时时常把伙伴念。
今逢清明踏青来，　亲与校友同游玩。
目光炯炯精神健，　一身戎装现眼前。
脸上喜悦难遮掩，　故国请柬到身边。
特邀北京去观礼，　纪念抗战大庆典。
亲睹中华强盛景，　告慰英灵在蓝天。
晚辈校友齐景仰，　人人皆把英雄赞。
团团围住老前辈，　争相合影做留念。
一趟踏青受益大，　清明更是不一般。
踏青哀思共一举，　先烈遗志得真传。
感谢老人以身教，　代代校友红旗展。

注：2015 年清明节踏青，91 岁的老校友陈科志先生原是抗日战争时期著名的飞虎队队
　　员，17 岁时正值日寇大举侵华，毅然投笔从戎，参军抗日，后被选入飞虎队，飞赴
　　滇缅边陲，与日寇激战，许多战友热血洒尽边陲青山，陈科志为少数幸存者之一。
　　现陈老前辈已被中方邀请，参加中国抗日战争胜利和世界反法西斯战争胜利七十周
　　年庆祝大会观礼。

2015 年 4 月 6 日

梨园曲

一夜梨花放，满院雪飘香。

游客无寒意，络绎赞赏忙。

淑女争伴影，清纯溢春光。

花蝶蜂共舞，艳阳添殊靓。

芸芸花树下，相机忙收藏。

朝至夜幕降，恋君犹徜徉。

归来披星辉，戴月香满囊。

花魂不可污，圣洁堪榜样。

2015 年 4 月 15 日

万隆篇

——纪念亚非国家万隆会议六十周年

万隆会议六十年，沧桑巨变亚非观。

反帝反殖风起劲，争取独立云涌欢。

保卫和平开锦途，发展经济创新园。

第三世界民族林，从此真正有尊严。

与时俱进春潮滚，新兴国家凯歌旋。

"一带一路"蓝图灿，同梦同想富国篇。

亚非兄弟肩并肩，敢教日月换新天。

昂首高瞻远瞩行，号角声声催向前。

2015 年 4 月 23 日

七律·浦江夜韵

银汉晶莹落浦边，明珠闪耀彩霓缠。
观光绣舸犁飞浪，玩水锦舴串游欢。
灯影漪漪舒卷练，月辉润润洒江天。
更阑有客兴新韵，赞颂抒怀唱和繁。

2015 年 5 月 25 日

祈 望
——寄长江沉船东方之星

鬼使龙卷落楚江，盛誉游轮遭灾殃。
中央号令举国动，军民救命抢时光。
暴雨可恶添险乱，江涛无情风浪狂。
祈望船下众乡亲，安全出水看艳阳。

2015 年 6 月 2 日

痛悼东方之星沉船遇难乡亲

束束鲜花伴泪雨，声声哀悼裂肺腑。
天灾龙卷肇孽端，地祸江涛夺命余。
勇士虽持尚方剑，难敌阎王催命符。
可怜夕阳西下人，瞬间魂断魄消无。
万般无奈惟祈祷，祝愿走好天国路。
吾辈当承未酬志，热血化作楚天舒。

2015 年 6 月 5 日

游箭头湖*（二首）

其一

云绕青峰梦幻骋，小熊幽谷溢清泓。
碧空澄澄白云悠，翠波涟涟银帆行。
仙山逶迤屏玉浪，琼阁鳞次壮清风。
湖边多少佳话传，述尽人间奇异情。

其二

箭头湖畔珍秀村，社会名流多村民。
四季常使人络绎，一年到头宾如云。
海鸥不嫌山谷远，野鹭酷恋涧水深。
欣看湖街翁妪乐，一群水鸟觅食临。

注：被誉为"南加明珠"的箭头湖，位于美国加州洛杉矶东"圣贝纳迪诺国家森林"小熊谷中，海拔约 1 557 米（圣贝纳迪诺国家森林最高处海拔为 2 085 米），为著名避暑和旅游胜地，湖边山上布满各界企业大亨、社会名流、好莱坞明星与富家度假别墅，宛然仙山琼阁、人间瑶池。

2015 年 6 月 10 日

巴斯胜境*

海上磊石众，众志独成城。
城市如蜃楼，楼在缥缈中。

注：巴斯是英属维尔京群岛的第一海上名胜，位于群岛中的维京果岛上。巨大的鹅卵石堆积成山，在碧波蓝天之间，周围银滩环绕，玉椰点翠，是极为罕见之奇观。它与魔鬼湾组成的国家公园，是洛克菲勒家族于 20 世纪 60 年代捐赠给英属维尔京群岛

政府的几座原始公园之一，在维尔京戈尔达全部景点中排名第一。

2015 年 6 月 22 日

游维尔京群岛[*]

青山环碧湾，红楼隐翠峦。
绿岛相邻近，海天波涌宽。
月滩镶海倩，碧浪涌沙暄。
万方游客来，兴会山海间。

注：东加勒比海的维尔京群岛，位于背风群岛的北端，分属英、美两国辖治。英属维尔京群岛的首府为罗德城（Road Town），美属维尔京群岛的首府为圣托马斯，两者皆是嘉年华邮轮公司和皇家加勒比邮轮公司的轮船停靠和游览景点。

2015 年 6 月 23 日

巴巴多斯剪影[*]（二首）

海 龟
龟龟大于盘，悠游山海间。
与世无争乐，神仙也心馋。

碧 水
碧水连碧水，银滩接银滩。
翠椰临清风，健儿逐浪翻。
大洋孤岛逸，小城众民闲。
日出辉煌灿，月浮梦幻翩。

注：巴巴多斯属于加勒比海小安的列斯群岛中的向风群岛，是整个加勒比海岛屿中最东部的岛屿，四周全被大西洋包围。西距特里尼达 322 千米。巴巴多斯岛是南美洲大

陆科迪勒拉山脉在海中延伸的部分，大部分由珊瑚石灰岩构成，海岸线长 101 千米，全岛最高点仅海拔 340 米。岛上无河流。巴巴多斯被誉为"西印度群岛的疗养院"，全岛五分之二的国土是海滩，总面积达 180 平方千米。有洁白如玉的白沙滩、粉红色的彩沙滩、世界 10 大海滩之一的卡伦海滩，以及大大小小的玲珑幽静的海滩，一片连着一片，吸引着来自世界各地的慕名游客。

2015 年 6 月 24 日

游圣卢西亚 （二首）

岛国趣话 *

海岛万树掩，小城百花鲜。
青峰遮碧水，锦阁隐翠山。
国小名人多，奖大得主欢。
方外获趣闻，归来佳话传。

注：圣卢西亚，当地称为"圣卢莎"，为英联邦成员国，位于东加勒比海向风群岛中部，是座火山岛，也是一处未受污染的岛屿，自然生态环境特佳，既是新婚夫妇前往举办集体婚礼和度蜜月的最佳胜地，更是世界上按人口比例出诺贝尔奖得主最多的国家。一个只有 17 万人口的国家，竟然先后出了两位诺贝尔奖获得者：一位是 1992 年诺贝尔文学奖获得者德里克·沃尔科特，是圣卢西亚著名诗人和剧作家，市中的"德里克广场"即以其命名，公园有其雕塑像；另一位是 1979 年诺贝尔经济学奖得主威廉·阿瑟·刘易斯，在公园中也有一尊雕塑像。两位诺奖得主，共处一座公园，为世人所敬仰。

奇山皮通 *

世上难觅同胞山，天遣皮通到人间。
头戴云冠礼风雨，脚穿浪靴敬坤乾。
春去秋至观日月，夏来冬往数暖寒。
任他潮起与潮落，巨浪涌来自坦然。

注：皮通山，是圣卢西亚的"世界自然遗产"，由形状相似、高矮相近（大皮通山海拔
　　770米，小皮通山海拔743米）的两座山，并列矗立在岛西南海岸边，恰如一对山
　　的双胞胎，是加勒比和圣卢西亚的最著名地标。

2015年6月25日

登圣基茨乔治堡 *

半空悬城堡，峭崖观海涛。
云漫青峰突，雨骤翠林娇。
风急堡旗扬，海阔银帆飘。
万里乘兴来，远眺凭阙高。

注："乔治堡"位于圣基茨和尼维斯联邦圣基茨岛上的硫磺石山国家森林公园内，为一古
　　军事要塞，占地15公顷，由英国军事工程师设计，当时军队监管着非洲运来的奴隶
　　进行修建和维护。古堡建于海边的硫磺石山腰上，地势险要，保存完好。古堡的建
　　筑布局糅和了英国要塞和加勒比地区的风格，成为十七八世纪城堡的典范。现为该
　　国国家公园。1999年作为文化遗产被联合国列入《世界遗产名录》，非常值得参观
　　游览。

2015年6月26日

游圣基茨

——登大西洋和加勒比海分水岭

独立峭岭巅，双手两波牵。
汹涌大西涛，娴静加勒澜。
风雅尽扑怀，幽境多梦幻。
背风到向风，浮游奇景观。

2015年6月26日

游圣马丁岛（二首）

两国情 *

一岛两国情，泾渭特分明。

地小寡民逸，常闻鸡犬声。

往来尽遂意，界碑不阻行。

放眼观海涛，波涌山不惊。

注：圣马丁岛（St. Martin）位于加勒比海东北部，向风群岛的北端，面积仅88平方千米，分属于荷兰和法国。其南部属于荷属安地列斯，北部为法属海外行政区域。圣马丁岛南端的菲利普斯堡（Philipsburg）为荷属部分的首府，也是岛上著名的邮轮停靠港，有免税购物中心和商业中心。而法属部分的首府则在马里格特（Marrigot），城市背山面海，山上有圣路易斯古堡。两国所有分界处仅插两面国旗和立一界碑，无边防与海关等设施，各方人员均可自由往返。圣马丁岛虽小，但因分属两国，故有荷兰和法国两种独特文化氛围。

梦海滩 *

海滩称梦卧曚晄，碧湾扬波拱叠红。

矫鹭翩翩穿霞去，轻帆跃跃浮涛峰。

丽影如云伞下话，健儿成群博浪行。

喜看澄莹蓝天上，银鹰追梦乘长风。

注：梦海滩位于法属圣马丁岛首府马里格特近郊，虽没有东方海滩那样盛名在外，但因其湾面开阔，环境清幽，且位于城之近郊，更能吸引白领阶层前往。比较起来，我们更喜欢此梦海滩。

2015年6月27日

观荧光海湾[*]

湾阔星汉密，境幽神秘奇。
梦幻翩翩飞，意韵悠悠异。
荧光繁如星，闪闪凝辉熙。
借问牛郎女，可否解此谜？

注：荧光海湾，英文全称为"Bioluminescent Bay"，顾名思义，是"生物发光的海湾"，
是由于水体里含有一种能够发光的微生物，在夜间整个水体会闪闪发光，极其梦幻。
全世界迄今共发现有五处荧光海湾，其中两处在澳大利亚，三处在波多黎各。波多
黎各的三处分别是：西南海岸的 La Parguera；Viegues 岛上的 Mosquito Bay；La
Laguan Geande。我们去的是波多黎各的 La Laguan Geande，此处海湾明亮，便于到
达，是游客乐于前往探秘之地。

2015 年 6 月 29 日

游背风向风两群岛[*]（二首）

其一
星明织弦月，珠翠编长弓。
浮游穿岛过，尽赏仙境中。

其二
瑶池荡仙山，琼阁翠微掩。
处处仙家居，切勿惊梦幻。

注：背风群岛和向风群岛属于加勒比海小安的列斯群岛，中间由瓜德罗普海峡隔开。两
列群岛宛若一轮弦月，或是一影弯弓，镶嵌在加勒比海的东部，形成一幅美丽的岛
屿风光长卷。

2015 年 6 月 29 日

访巴卡迪酒厂*

风车摇海涛，朗姆醉草坪。
有朋远方来，主客尽高兴。
款待有美酒，不问姓和名。
一杯刚下肚，脸胜活关公。
同伴相视笑，飘然驾云腾。
非是力不胜，酒香实太浓。
莫笑面色红，多谢主人情。
云游万里外，友谊处处盛。

注：波多黎各圣胡安"巴卡迪酒厂"，是当今世界上最大的朗姆酒生产厂家。该厂最早创建于古巴，后迁至波多黎各圣胡安，迄今已有 200 多年历史。参观不但完全免费，而且酒厂还免费招待朗姆酒，每个游客可领两张品酒票，不用任何证明，就可以凭票排队取酒，每人可以取两大杯（据称朗姆酒有 70 度高，属烈性酒）。品完酒后，凭取酒票，按照票的不同颜色上游览车参观工厂，经过各种车间、展厅、博物馆等，了解朗姆酒的生产和巴卡迪（Barkadi）家族的历史、酿酒的流程及简单的朗姆酒调酒知识等。由于该酒厂创始于古巴，所以巴卡迪酒厂的标志是一只蝙蝠，因为在古巴，蝙蝠象征着"Family Union, Fortune and Health!"（家庭团聚，财富与健康！）

2015 年 6 月 30 日

月湖浮舟

轻歌悠悠起，渔火萤萤彩。
柳丝钓涟漪，清风夜徘徊。
荷影月下动，暗香波上来。
浮舟望星空，玉辉泻满怀。

2015 年 7 月 20 日

拙释武则天无字碑

有碑无言胜有言，谁能释得奥中玄。
一代风流君王尊，有言自比无言烦。
阅尽华夏奇女子，惟汝汗青著帝篇。
功过任凭后人说，武曌曾撑一片天。

2015 年 7 月 30 日

七律·山中喜遇

翠山处处杜鹃红，韵雅盈盈溢玉风。
雨露常滋光彩闪，霓霞频访艳颜生。
迎宾崖上婀娜影，万绿丛中靓丽容。
过客停观别忘返，唯留挚爱谷怀中。

2015 年 7 月 31 日

咏　荷

荷花朵朵凌波尊，污泥不染圣洁魂。
韵雅无限聚丽质，翡翠一身凝清纯。
渔翁船姑历历唱，文人墨客代代吟。
仙子盛名诗画载，古往今来皆精神。

2015 年 8 月 3 日

访白求恩故居*
——为纪念抗日战争胜利七十周年而作

万里迢迢访白园，一路梦幻织锦篇。
人品高洁胜瑞雪，志尚远大凌云天。
小楼静静藏珠玑，白屋融融记华年。
为助抗战赴华夏，舍生取义太行山。
今日漫步故居里，遗物件件记心间。
时光倒流七十载，导师盛赞犹眼前。
待到世界大同日，再献鲜花赴白园。

注：白求恩故居是加拿大国家级历史文物单位，位于加拿大多伦多以北 165 千米的格雷
文赫斯特小镇上。1972 年，白求恩获"加拿大历史名人"称号。白求恩故居现辟为
"白求恩故居博物馆"，馆内有"白求恩纪念馆"。

2015 年 8 月 8 日

采莲曲

秋风初起爽，清香满荷塘。
村中采莲女，穿行碧波上。
莲桶荡翠影，笑彩沐莲香。
乡趣无限美，秋雅歌悠扬。
一篮玉莲满，满塘盈霞光。
霞光映涟漪，涟漪流韵长。
又是丰收年，采莲凌波忙。
采莲曲阵阵，鸥鹭翩翩翔。
尽享农家乐，村村步小康。

2015 年 8 月 13 日

题徐来唐生明夫妇

——写在抗日战争胜利七十周年

曾经风流花花年，伴贼伴狼事有源。
妙假魔剑除奸首，再立新功报延安。

2015 年 8 月 22 日

腾冲和顺荷花别咏

古城嵬嵬绕翠微，荷花亭亭凌波开。
满堂绿盖拥仙子，一路马邦铃声来。
国道万里通和顺，边陲千载龙脉怀。
山河熠熠霞光闪，清风阵阵扫尘霾。

2015 年 8 月 26 日

浮游感悟

已未秋，去西雅图乘轮船游阿拉斯加，日夜与海为伴，颇多感悟。

茫茫无涯波涛翻，观海听雨轮窗前。
远眺浪花银鸥影，近看雨丝天籁弦。
沧海一粟知多少，大洋万涛涌巨澜。
浮海迢迢方深悟，人贵自知成行前。

2015 年 8 月 30 日于挪威宝石号邮轮上

图腾柱[*]

柱林根根载图腾，形象逼真栩栩生。
异国他乡万里遥，堪与我国一脉承。
印第安人寻祖根，华夏故地殊分明。
有疑请察图腾柱，一样图腾一样情。

注：在阿拉斯加科奇坎市，有众多的印第安原住民遗址和图腾柱，这些图腾柱同加拿大
温哥华印第安人原住民的图腾柱，与我国的云、贵、川、甘一带的少数民族图腾柱
均大同小异，几乎一样，似同根同源。

2015 年 8 月 31 日于阿拉斯加科奇坎市

科奇坎行[*]

黄金一现万民涌，海峡瞬间冒新城。
展翅雄鹰群群飞，无价宝石颗颗明。
高山无翅飞佳话，长峡欢乐喜气盈。
金去惟剩鲑鱼在，更见柱林载图腾。

注：科奇坎（Ketchikan）位于阿拉斯加的东南端，是阿拉斯加的第一座城市和第三大港
口。1898—1901 年，随着金、银、铜矿的陆续发现，各地众多的"淘金客"纷纷涌
到科奇坎，遂使科奇坎瞬间成为阿拉斯加的第一座城市。印第安语原意科奇坎是
"展翅之鹰"。这里有丰富的印第安人原住民遗址和大量的原住民图腾柱，此外，由
于科奇坎有着丰富的鲑鱼资源，故被誉为"世界鲑鱼之都"。

2015 年 8 月 31 日于阿拉斯加科奇坎市

朱诺冰原行 *

雪山重重拱冰原，晶水莹莹汇清潭。
数条冰川耀玉辉，一挂瀑布飞浪溅。
冰封百年厚千尺，峰立万载九霄穿。
惊观冰河消融去，长峡流冰滚滚翻。

注：朱诺市是阿拉斯加的首府，有"小旧金山"之称，一个因淘金而兴起的城市，建于
　　1880 年，因发现黄金而闻名。世界著名的"朱诺冰原"是六大冰川的源头。雄伟的
　　雪山群，巨大的冰原层，蓝色的冰川带，成为今天人们游览的胜景。壮观的
　　"Mendenhall Glacier"是世上少有的雪山、冰川、飞瀑和碧湖共处一幅的人间美景。
　　高大的雪山，巨大的冰川，清澈的湖波，伴同从冰川旁山顶飞流直下的大瀑布，湖
　　面上漂浮着巨大的冰块，宛若游艇在湖中荡漾。这是一幅举世罕见的雪山冰川飞
　　瀑图。

2015 年 9 月 1 日

游门扰豪尔 *

冰川长镜映玉境，飞瀑银河落九天。
雪峰皑皑云隙耀，碧湖澄澄翠谷闪。
曲径幽幽通青山，云涛滚滚林海漫。
归来心犹荡凌帆，夜半船头冷月悬。

注：门扰豪尔景区（Mendenhall）位于阿拉斯加首府朱诺市郊，集青山、雪峰、冰川、飞
　　瀑、碧湖和浮凌于一身，成为世界上罕有之景观，遂为世界著名之景区和旅游胜地
　　之一。

2015 年 9 月 1 日

斯凯威行[*]

黄金梦断楼尽空，惟见邮轮壮寒风。
小港静静烟迹少，大山巍巍雪踪重。
海峡逐波缓缓去，山涧飞龙徐徐行。
怀特通路故事绝，宇空攀驰真情盛。

注：斯凯威（Skagway），一个由淘金热而兴起的城市，今天只有 920 个居民。幸亏
19 世纪后邮轮的兴起，为斯凯威又带来了生机和商业活动。一条曾为淘金者而
修建的山涧铁路，如今也成了斯凯威游客的主要观光项目。从斯凯威开始，到
美、加边界上的白马市奔奈湖畔的怀特通路，在高山深涧的半山腰峭壁悬崖上
行驶，使游客尽赏两边的青山绿水、雪原玉峰、峰峦深涧和陡崖飞瀑之壮观，
自是惊叹不已。斯凯威，当地印第安语的意思为"风之城"，高山深谷，长风怒
吼，终年不断。

2015 年 9 月 2 日

七律·正道篇
——记中国人民抗日战争暨世界反法西斯战争胜利七十周年大阅兵

沧桑正道古来真，日寇驱除社稷欣。
妖孽欺天兴恶浪，神龙仗义咤风云。
东瀛垂首投降泣，华夏昂扬唱战勋。
今朝阅兵瞻铁马，壮志凌云举世吟。

2015 年 9 月 3 日

雄师篇

——记中国人民抗日战争暨世界反法西斯战争胜利七十周年大阅兵

金戈铁马长安街，铁流滚滚天上来。
摧枯拉朽惊鬼魅，惩腐除恶大道开。
莫拿威胁当幌旗，休推军国续孽灾。
靖国魔魂应烟灭，正义雄师悦心怀。

2015 年 9 月 3 日

海上日出

茫茫碧海丹阳升，喷薄光彩染波红。
粼粼无涯霞满天，浮海锦途万里明。

2015 年 9 月 3 日于北美外太平洋上

冰河湾行*

冰河碧湾漂冰山，万马奔腾争向前。
艳阳普照七彩闪，雪峰共映催千帆。
银柱刀削穿白云，晶崖剑劈浩波悬。
惊魄玉川断层坠，巨岩落水浪冲天。

注："冰河湾国家公园"位于"朱诺冰原"近处，是去阿拉斯加邮轮必到胜境，为近距离
观赏冰河消融的最佳处。冰块大大小小地从冰川末端断裂后纷纷坠入海湾中，激起
飞天浪花，然后在冰河湾中漂浮游弋，如万马奔腾，如千帆竞发，远眺又似雪莲盛
开，其壮观异常。在巨大的冰河湾国家公园观看冰河消融之美景，是阿拉斯加最具

爆炸性的自然奇观。

2015 年 9 月 4 日

题周洪明摄洪泽湖落日

白露秋风爽，洪泽落日红。
孤舟夕阳下，悠悠湖上情。

2015 年 9 月 10 日

重过寒山寺

夜泊枫桥寺门前，禅房问经烛焰欢。
漫步庭中银杏下，仰观星河昊空悬。
未闻乌啼惊落月，但有更漏催客眠。
钟声不知何时响，渔火依然映夜天。

2015 年 9 月 11 日

秋 虹

长空叠虹天门开，惊闻北雁南归来。
借问万山几多秋，霜枫尽染层林怀。

2015 年 9 月 18 日

已未中秋

天高云淡季风行，菊黄桂香霜林红。
雁鸣长空惊旅梦，叶落远山愁绪生。

异域中秋少节氛，番疆月圆欠韵情。

微信微博纷然至，旧庭团聚盈笑声。

2015 年 9 月 27 日

和平尊

为纪念联合国成立七十周年，中国国家主席向联合国赠送一座"和平尊"。

中华一尊铸和平，联合国厦光彩明。

不逞强权凌贫弱，力持公道护苍生。

国大国小同尊严，邦强邦弱共平等。

七十华载从头越，永世和平金尊铭。

2015 年 9 月 28 日

新篇赞

——记联合国成立七十周年系列峰会

联合国立七十载，庆祝峰会乘胜开。

高高讲坛开新篇，掌声如雷阵阵传。

万国大厦庙堂高，万国宪章条条妙。

万国会员应坚守，万国和平为大道。

各国政要共抒怀，大会小会接踵来。

高见齐发态度明，群策群力展风采。

南南合作道路广，国际道义须加强。

地球村民是一家，同舟共济理应当。

一座中华和平尊，牢铸世界和平音。

七只展翅和平鸽，传承奋斗七十春。

举世并肩求发展，一律平等同尊严。

共富共强共幸福，同享地球艳阳天。

2015 年 9 月 29 日

呦呦鹿鸣

欣闻 2015 年度诺贝尔生理学和医学奖为中国科学家屠呦呦与其他两位海外科学家共同摘取此桂冠。

呦呦鹿鸣，食野之萍。
创研仙药，青蒿素成。
全球推广，治疟神灵。
成果辉煌，堪贺特庆。

呦呦鹿鸣，食野之萍。
华夏儿女，土长土生。
含辛茹苦，不求利名。
只为救人，挽回生命。

呦呦鹿鸣，食野之萍。
"三无"教授，两袖清风。
为研新药，精益求精。
无怨无悔，孜孜以成。

呦呦鹿鸣，食野之萍。
欣获诺奖，祖国之荣。
重视国粹，莫崇洋经。
华夏万载，长史可证。

2015 年 10 月 5 日

重九行

轻霜临菊月，淡绯染枫林。
岖径通峻岭，幽谷流浮云。
山鹰盘空鸣，松涛回涧吟。
登攀玉峰顶，运目览众岑。

2015 年重阳节

做客圣盖博山下[*]

圣盖博山下，做客朋友家。
红酒助兴意，聊天漫无涯。
纵谈开心怀，门外秋色洒。
推窗山风进，霜枫飞红霞。
老友再斟酒，尽吐心中话。
回首旧岁月，漂泊远浮槎。
风雨几十载，日夜苦挣扎。
异域谋生难，尊严更低下。
青春去无影，如今已白发。
岁月峥嵘尽，血汗凝春华。
儿女各飞远，无须再牵挂。
应遂多年愿，归根还华夏。
我听老友语，举杯祝兴他。
夕阳无限好，还乡离天涯。
故国柳丝长，家乡多明花。

注：圣盖博山位于美国加州大洛杉矶市北部，主峰圣安东尼奥山海拔 3 069 米，其另一
　　高峰为威尔逊山，山顶有著名的威尔逊天文台。圣盖博山下有圣盖博市、阿凯迪亚

市、巴莎迪纳市和圣玛丽诺市等华人居住的区域。2014 年 10 月 10 日，圣盖博山被辟为国家纪念公园。为美国最年轻的国家公园。

2015 年 10 月 30 日

大 雪

小雪未到大雪飘，一夜积琼压枝娇。
天地同眠锦玉被，山河共披银貂袍。
自然多变奇景美，人间易动风采高。
待到冰消雪化尽，万里新翠献妖娆。

2015 年 11 月 20 日

寒 月

寒月冷辉洒雪原，万里冰空冻夜天。
蟾宫桂下舞影绝，银河星滩萤光寒。
山村茅屋窗灯稀，闹市高楼霓虹惨。
大千生灵归蛰眠，梦幻春暖待来年。

2015 年 11 月 23 日

游惠特尼山 *

云缭雪绕山峰奇，一脉逶迤横空立。
怪石千姿壮雄伟，峻岩万态倚天起。
弥勒笑佛坐迎客，吠天神犬展飞翼。
谁知多少过往客，争相留影心着迷。

注：惠特尼山是美国本土 48 州的最高峰，海拔 4 418 米，属美国内华达山脉，位于加州

东部。山顶平缓，终年积雪，山坡有巨大的雪崩槽道和巨大花岗岩块。1864 年为美国哈佛大学地质学家惠特尼发现，故以其名字命名。惠特尼山和它的阿拉巴马狼丘是美国西部大片的主要拍摄地之一，据不完全统计，在这里拍摄的好莱坞各种影视片达 300 余部。

2015 年 11 月 26 日于美国加州毕绍坡

过独松 *

路过独松闻奇情，居民祖为日本兵。
太平洋战成俘虏，押来独松集中营。
时光已去七十载，遗址犹在营灶明。
民已归化入他籍，山石为伍拓荒生。
高山巍巍虽无语，日月浮沉可做证：
任是深山更深处，子孙无人思东瀛。

注：美国加州东北部惠特尼山区的"独松镇"（Lone Pine），原为美国政府关押太平洋战争时日本战俘的集中营。现在镇上的居民多为当年日本俘虏的后裔，早已归化入籍，成为美国公民，继续在此拓荒生存。故被美国人口普查局视为"拓荒者"之地。现在该镇因处于惠特尼山区，沾惠特尼山之光，也已成为美国西部大片的拍摄重要基地之一。

2015 年 11 月 26 日于美国加州毕绍坡

游红石峡 *

峭崖层层吊脚楼，接天丹壁彩云流。
赤堡连阙悬旷谷，碧空架虹拱山头。
蓝卡斯特沙茫茫，音乐之路曲悠悠。
一路走来心神怡，更喜山鹰翱翔游。

注：此地为美国加州红石峡谷，不是我国河南云台山中红石峡谷。

2015 年 11 月 26 日于美国加州毕绍坡

翡翠湾[*]

银阙瑶池共伴生，碧空澄澈湖光明。
一湾翡翠荡玉波，满船笑语暖寒风。
雪峰倒影涟漪洁，玉林英姿婀娜清。
如梦如幻尽朦胧，归来犹觉游仙中。

注：翡翠湾是美国内华达州太浩湖名气最大的景点，原为太浩湖边一个独立的小湖，由
于长年累月的湖水冲洗，把连接两湖间的陆地冲开，遂使两湖连成了一片，成为太
浩湖的一个湾。

2015 年 11 月 27 日

初遇莫诺[*]

天路茫茫雪山行，路遇莫诺未久停。
似雪似盐似浪翻，如翡如翠如镜明。
雪飞湖上添朦韵，鹰击长空振雄风。
初识未见真情怀，留待他日闻心声。

注：莫诺湖（Mono Lake）位于美国加州北部的 Mammoth Lake 的右上方，或 Yosemite
National Park 的右上方出口处，因其景致如同梦中的阳光和水光交映，如梦如幻，故
又被称为"梦幻湖"。湖面积 60 平方英里，海拔 8 000 英尺，湖深 200 英尺，直径
约 7.5 千米。据说，此湖可能是 76 万年以前由于火山爆发而生成，原本是覆盖大部
分内华达州和犹他州的北美最古老的湖泊旧址。该湖由五条雪山河水汇流而成，但
没有出水口，全靠自然蒸发之，故湖水中多盐分，含盐为海水的两倍。

2015 年 11 月 27 日于美国雷诺市

飞览太浩湖*

玉树亭亭雪山高，一步飞天观太浩。
俯首银裹天庭绣，回眸翠染瑶池娇。
缆车徐徐如翔鹰，游艇悠悠赛浮蛟。
万仞高处无寒意，滑雪健儿热气豪。

注：太浩湖（Tahoe Lake）又译作"塔霍湖"，印第安语原意是"大湖"之意，位于美国加州和内华达州边界处，在内华达州州府卡森市以西 10 英里处。它是北美最大的高山湖，海拔 1 897 米，又是北美第二深的高山湖，深达 501 米，仅次于俄勒冈的蓝湖（火山口湖）。湖面积 490 平方千米，蓄水量为 150.682 49 立方千米，全世界排名第 26 位，其三分之一面积在内华达州，三分之二面积在加州。湖四周高山环绕，湖水清澈如镜，夏为避暑胜地，冬为滑雪胜地，曾是冬奥会举办地之一。湖南端的高空缆车可达 9 000 英尺高的雪山半腰滑雪场。

2015 年 11 月 27 日于美国太浩湖市

再会莫诺*

多见笋柱生溶洞，罕有楼塔湖中挺。
古水荡漾锦绣现，碧波涟漪玲珑生。
鸥鸟翩翩石林茂，钙华亭亭仙境明。
晨曦晚霞赐华彩，无限灿美群山中。

注：莫诺湖湖水湛蓝，周围的群山高出湖面 2 000 多英尺，终年积雪覆盖，湖边多盐滩，处于高原荒凉地区。马克·吐温在他的《苦行记》第 38 章中对湖的原有生态，曾有精辟描述。由于湖底含有很多石灰钙成分，常年以气泡形态夹带着钙溶液冒出，慢慢形成诸多石灰柱，如同石笋、石楼、石塔等，原来在湖底，后因洛杉矶地区截流分淡水食用，使湖水减少，湖水面下降达 10 米之深，湖底大量的石笋、石柱、石塔

等陆续露出水面，形成林状，更有甚者，酷似外星人造型，极为壮观，遂成为旅游者和摄影爱好者的天堂。特别是在早上晨曦初照和傍晚夕阳西下时，满湖霞光与湖水相映，朦胧如幻，令人陶醉。其中最美的景观就是南岸的石灰岩塔——南泉华（South Tufa）。可惜，马克·吐温在时未能看到此等奇景，笔下只有一片荒漠。

2015 年 11 月 28 日

高山丰碑篇

——记约翰内斯堡中非论坛峰会胜利闭幕

彩虹之国彩霞飞，中非合作步新轨。
合作共赢锦帆扬，风雨同舟春潮催。
盛会蓝图凝共识，宣言理念闪光辉。
山外更有高山在，福祉巍巍民意归。

2015 年 12 月 6 日

圣诞夜话

己未圣诞夜，适值在国外某市朋友处过，夜出街市观灯，路遇异景，遂作夜话。

己未遇西节，恰作圣诞行。
家家置圣树，星星坠枝明。
灯明礼品丰，桌亮大餐呈。
火鸡整只卧，糕点堆山盛。
佳槟吐醇香，美酒透杯红。
举杯共喝彩，满堂节气腾。
可怜街头人，路宿餐风冻。
夜深寒难挡，蜷缩冷无情。

雪花盖天狂，硬钻破絮中。
蒙头脚露外，藏脚头顶风。
浑身瑟瑟抖，长夜难熬更。
朔风刺骨吹，寒气钻心冷。
上帝如真在，何不赐公平！
如此偏心重，何颜对众生？
同过圣诞节，贫富两异景。
彩灯映惨影，谁能解此情？

2015 年 12 月 25 日

格律汉俳五首

寒 风
冷月浴寒风
寂寂冰天万里清
皦皦夜灯明

细 雨
细雨洒纷纷
腊月浮游孟夏云
百卉也销魂

严 霜
苑院遇霜严
郁郁梅菊笑屪妍
飒爽待春还

瑞 雪
瑞雪满天扬
万里山河裹素装

大地暖流藏

圣　诞

圣诞看花灯
万紫千红分外明
走走又停停

2015 年 12 月 25 日

韶山吟

——写在 2015 年 12 月 26 日

韶山有幸诞伟人，一生惟求主义真。
胸怀黎庶苦与难，为民谋福理想纯。
难忘神州巨影闪，日月凝辉照众心。
年年百姓共缅怀，只因尽瘁为人民。

2015 年 12 月 26 日

冰河恋歌

——题王陆斌摄"冰河之恋"

天鹅兴会孔雀河，芭蕾曲悠天籁和。
玉洁世界仙姿展，冰清胜境恋趣多。
抒怀争鸣豪情壮，引吭高歌志向合。
年年千里来此会，倩影翩翩逞英杰。

2015 年 12 月 28 日

下辑

山溪唱晚

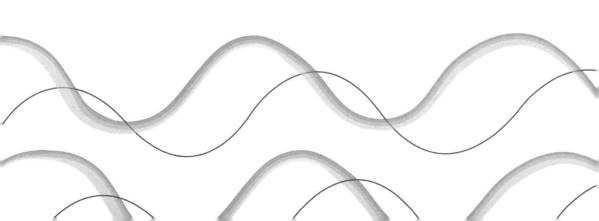

龙居冰瀑

——题朱旭东摄"太行冰瀑醉游人"

天宫飞下一玉雕，
落在太行万般娇。
玲珑晶莹醉仙班，
迷得游人竞折腰。

2016 年 1 月 3 日

流凌叉桥

——题吕桂明摄"流凌叉桥"

寒流滚滚玉冰生，晋陕峡谷奔凌腾。
虎口吞下冰凌去，龙槽凝就叉桥成。
黄河滔滔献奇观，北国巍巍佳境呈。
红日跃上高原来，喜见大河飞长虹。

2016 年 1 月 3 日

窗前冬梅

小寒夜雨裹冷风，鼠标未停待天明。
窗外冬梅摇风吟，晨晴霞映笑靥红。

2016 年 1 月 6 日

天赐瑞光

——题王斌银摄"敦煌阳关区繁星璀璨呈梦幻大漠美景图"

群星璀璨耀敦煌，茫茫瀚漠泛奇光。
星空星轨共交辉，银河银海旋天亮。
沧桑浩渺戈壁广，阳关巍峨丝路长。
天赐瑞光普华夏，梦幻路上觅强邦。

2016 年 1 月 16 日

小雾凇岛

吉林省吉林市松花江畔小雾凇岛，雾凇晶莹，奇观迷人。

清波荡漾蓝天澄，玉树琼花透晶莹。
洁白无瑕英姿娇，一片妖娆傲碧空。

2016 年 1 月 24 日

九大湖吟

——题杜华举摄"冬日神农架九大湖"

神农架上九大湖，银装风采举世殊。
雾凇晶莹山水净，玉峰倒影瑶池居。
天鹅翩翩戏水乐，山鱼悠悠冰下浮。
日出群巅笑颜开，万般妖娆天上无。

2016 年 1 月 24 日

黄山冰瀑

罕见寒流袭来，黄山多处出现冰雪瀑布奇观。

寒流滚滚从天降，黄山白龙群舞狂。
晶凌挂幔九霄垂，冰瀑悬帘三千丈。
银堡重重倚空垒，玉轩绵绵连天长。
江南罕有此景观，可兆丰年五谷香。

2016 年 1 月 26 日

七律·金猴迎春

大闹天宫旷世雄，迎春下界驭东风。
反贪睿智尘埃净，除腐神通玉宇清。
五岳山山祥瑞溢，神州水水昶升平。
强国富庶展良策，尤喜军魂壮志明。

2016 年 1 月 28 日

夜空星桥

夜空星桥灿，天籁悠悠传。
月隐梦幻绮，仙游轻吟欢。

2016 年 2 月 4 日

快乐春晚

——看2016年春节联欢晚会

难忘今宵万家春，华夏舞台送佳音。
五洲华人同欢庆，四海同胞尽慰欣。
一场春晚真情传，无限关怀暖赤心。
寄语祖国山河娇，年年日日富强新。

2016年2月8日

爆竹争鸣

爆竹大年临门，家家点放开心。
不求一鸣惊人，只为争鸣报春。

2016年2月8日

香雪香

春节日煦梨花放，千家万户香雪香。
夜来红灯映玉容，宛若仙子着盛妆。
稚童不知颜值尊，争放鞭炮震天响。
惊飞花仙一身娇，香魂飘落随风扬。

2016年2月10日

读博友清风明玉《七绝》有记

神州黎庶喜迎春，谁忆英儿护国门？

最恨英雄遭颠覆，抹黑军史丧良心！

2016 年 2 月 16 日

元宵红灯

元宵红灯映千春，神州万里日日新。
炎黄子孙笑颜开，山河尽飘吉祥云。

2016 年 2 月 22 日

雨中梅花

雨中梅花绽，暗香浮动浓。
绯魇凝玉珠，笑戏冷意风。

2016 年 2 月 23 日

春到三峡

春到三峡彩云游，山花烂漫桃花稠。
澄波涌碧游仙乐，峻峰披翠神女羞。
客轮悠悠乘风漂，松涛滚滚逐浪流。
一江春水东逝去，万里梦幻海纳收。

2016 年 2 月 24 日

春回大地

春回大地翠色浓，锦田返青梅助兴。
暖气殷殷蛰龙醒，布谷欢快催春耕。

2016 年 2 月 25 日

七彩霞

春绿绣野百花艳，云漫翠山镶蓝天。
七彩霞映九霄灿，千里波扬万群帆。

2016 年 2 月 29 日

春叠神州

——贺 2016 全国人大、政协盛会

两会盛开春叠春，神州处处传佳音。
强国谋略篇篇明，富民计策章章新。
清风浩荡化甘霖，紫气升腾凝芳馨。
家家小康指日待，更喜穷乡令脱贫。

2016 年 3 月 2 日

油菜花田浅吟

众志笑拥遍地金，金田熏风送芳馨。
馨香万里神州梦，梦圆华夏处处春。

2016 年 3 月 6 日

春日海岛访渔家

春光富足渔人家，不问肥鱼问苦茶。
珍岛众芳簇琼阁，碧水群鸥戏浮槎。

入境觅俗帆影近，临船探奇远霭霞。
蓦然惊涛骇浪来，应是潮涨到天涯。

2016 年 3 月 10 日

春雪蕴梦

冷风不怜仲春魂，酷催飞雪乱纷纷。
江南梦绕翠芽发，花落玉屑蕴新馨。

2016 年 3 月 11 日

步师博客

博客园地师友多，滑鼠轻挪诸君过。
纵横环宇天地广，云游四维瑰宝绰。
江山妖娆诱神往，古今典籍任览阅。
莫道夕阳黄昏近，老骥伏枥自有乐。

2016 年 3 月 14 日

东 方

东方有谷睡帝王，血洒神州凝华章。
高冢历历尊严崇，青松苍苍志尚强。
渭河滚滚黄河阔，镐京迢迢长安长。
炎黄驰骋五千载，历代正史续辉煌。

2016 年 3 月 17 日

落日余晖

群山青影隐，碧天泛霞光。
云海银浪滚，落日余晖长。

2016 年 3 月 20 日

虹桥雪踪

雪洒虹桥静，亭傍河影清。
舟推涟漪绮，人望远景明。

2016 年 3 月 20 日

火烈鸟记

亭亭玉立碧波中，一身火焰映塘红。
群起群舞昂首唱，独步独行迎春风。
展翅欲飞却戏水，引颈高歌又争鸣。
最怜慈母细心事，哺喂雏崽时不停。

2016 年 3 月 24 日

老中医

在海外我遇到了一位老中医，
他给我把脉问诊，看得非常仔细。
从脸部表情，到舌苔颜色，
一一询问，反复察看，不漏点滴。

诊完施针后他同我聊天，
自然离不开祖国的药典药医；
从《黄帝内经》，到历代典籍，
他的话如高山流水，一泻千里。

他说，中华民族有悠久的历史，
代代相传，从未间断，延续至今；
能成为全世界人口最多的国家，
中医是我们民族伟大的保护神！

我问他，如何看待得诺奖的屠呦呦？
他顿时眼睛明亮，炯炯生神。
中华医学宝库博大精深，奥妙无穷，
光大发扬，将是全人类的最大福音！

离开老中医那简单而洁净的诊所，
我沉思在人行道上静静地慢走，
沉思曾经过去的一段经历：
为啥有些同胞把中医丢进阴沟？！

在一座名牌肿瘤医院里，
我遇到了一位海归的主治医师，
他把中医说得一无是处，
是崇洋媚外，还是背宗忘祖？
是遭人误导，还是天生糊涂？

我从来不反对洋为中用的西医，
但也坚决反对全盘地否定中医！
因为世上没有哪个民族像我们一样，
将自己的医学传留至今，光大无比！

2016 年 3 月 24 日

海曲晨光

清晨的东海波上，
红日喷薄而出，无比明亮。
光彩映红了半边天空和无垠海浪，
也牵走了所有日观者的目光。

赶早的渔帆染透了晨光，
乘风扬帆，驶向刚刚日出的地方。
光明就在遥远的天际，
那里充满了丰收的希望。

沙滩上小姑娘捡起了几个漂亮的贝壳，
用水洗净，细细端详：
是送给心爱的妈妈做床头摆设，
还是用线穿起挂在爸爸的脖子上？

摄影师们忙忙旋转着镜头，
绘画者静静守候在画屏旁，
还有那说不清数目的手机，
在人群中不停地闪闪发光，
捕捉着早晨最美好的日景，
作为人世间最无价的收藏！

2016 年 3 月 26 日

访李清照章丘故居[*]

玉女才奇婉约靓，百脉泉涌吟绚章。

历下明湖倩影在，南国残月添鬓霜。
家国破碎泪凄凄，魂魄离散梦惶惶。
可怜藕神无立处，含恨异乡独断肠。

注：李清照章丘故居位于山东章丘市明水街百脉泉公园内漱玉泉畔。在漱玉泉北侧，有"李清照纪念堂"，纪念堂系仿宋建筑，大门上挂着郭沫若写的"李清照纪念堂"匾额，堂前还挂着郭老题的楹联：

大明湖畔趵突泉边故居在垂柳深处
漱玉集中金石录里文采有后主遗风

李清照被尊为"藕花神"，在济南大明湖畔有"藕神祠"。自清代始，济南人民将李清照封为"藕神"以祭祀。

2016 年 3 月 26 日

登冠豸山 *

冠豸山青獬豸灵，岩壁危峭天池清。
风调雨顺谷畜足，政通人和樵农兴。
神兽护佑人康健，名仙赐福国升平。
长寿亭下八闽秀，江山妖娆红日腾。

注：冠豸山位于福建省连城县城东 1.5 千米处，为国家重点风景区和国家自然遗产名录之一，与武夷山同属丹霞地貌，被誉为"北夷南豸，丹霞双绝"。主峰山巅建有长寿亭。

2016 年 3 月 27 日

成山头观日出 *

万重波涛托日腾，一天华光映海红。
秦皇惊艳筑长桥，汉武折腰拜日情。

游客络绎山头峻，鸥鹭翱翔海空形。
时光飞逝年年过，羲和巡察日日行。

注：成山头，又名"山尽头"，位于山东省荣成市龙须镇，为胶东半岛荣成山山脉的最东
　　端，故而得名"成山头"，中国陆海交接的最东端，为国家级风景名胜区和国家
　　AAAA 级旅游风景区。

2016 年 4 月 2 日

香江夜

香江夜来梦幻多，万家灯火共闪烁。
太平山顶数流星，银河为我从天落。

2016 年 4 月 3 日

春风又送清明归

春风又送清明归，家祭国祭哀思飞。
祖宗身影分明在，先烈遗志益崔嵬。
鲜花束束托忠怀，心声句句真情催。
诚祝忠魂天堂健，护国佑民梦萦回。

2016 年 4 月 3 日

难民怨

　　震惊全球的欧洲难民潮，死伤者无数，且继续恶化下去，既挑战整个欧洲，
更令举世反思：谁之过？谁之罪？

"颜色革命"起，中东战火纷。

同室操戈急，外贼强闯进。
家破无居处，逃离渡苦津。
众生本无过，无奈成难民。
原是天堂人，何成难民身？
幼儿溺海亡，少妇哭断魂。
衣食无着落，寒侵老病吟。
凄惨难民营，风冷寒森森。
谁教难民苦？谁教难民贫？
滔滔难民潮，涌来无限恨！
反思难潮源，祸首难逃遁。
人间有常道，劝君牢记真：
种豆得豆即，种瓜得瓜勤。
种灾植祸者，难免灾祸临。
世人应清醒，莫再糊涂混。
认清强盗相，关牢家国门。
强销民主者，休要盲目跟。
如若不相信，难民潮更频。

2016 年 4 月 4 日

飞出公园的孔雀

偌大的一座孔雀公园，
却关不住孔雀的自由，
几只，或几十只孔雀，
结伴飞出公园，漫步在街头。

在孔雀公园外的马路上，
想看孔雀，比孔雀公园里还多；
双双结对，三五成群，
在街上悠哉悠哉，无比快活！

这里汽车躲着它，狗儿让着它，
我终于明白了一个道理：
马路上天地要比公园里广阔，
孔雀成了马路上的真正上帝！

现实生活往往如此，
野生的大熊猫似乎更多些人气！
孔雀可能也是一样，
在马路上比公园里更讨人欢喜！

2016 年 4 月 5 日

回味人生

在星巴克的咖啡店，
我终于叫了一杯咖啡。
坐在临窗的小茶几前，
我静静地仔细品味……

看着马路上流星般的车辆，
看着人行道上的人来人往，
我终于也有了一份自己的清闲，
回首往事，脑海中奔腾着遐想。

一群孩子在窗前蹦蹦跳跳，
一群姑娘在树下说说笑笑，
一对老夫妻拄着拐杖走到门口，
相互搀扶，正度着人生的暮桥。

我的习惯是天天喝茶，
但这里茶比咖啡还贵。

我无奈只好入店随意，
借着咖啡把人生回味……

2016 年 4 月 6 日

故乡的山影

住在深山沟里的人，
最熟悉故乡的山影。
她是我心目中一座座神奇的丰碑，
在这里我可以找回童年的心声。

放牛的山坡，放羊的草坪，
处处留着我童年的脚印，
大牛的亢奋，小羊的咩咩，
还有那山鹰的盘空长鸣……

那山顶上高高的消息树，
曾是乡亲们抗日的明证。
最难忘的是火急的鸡毛信，
多次使乡亲们躲过鬼子兵。

如今村里的童伴已剩不多，
多数是当年的地雷战英雄！
回乡相聚时笑着谈起往事，
却从无人计较昔日的战功！

山里人最爱的是山的身影，
大山才是故乡真正的英雄！
不管人们离家走去天涯海角，
背后永远屹立着故乡的山影！

2016 年 4 月 6 日

黄山云海

青松冠巘荡云涛，百态千姿意境高。
动静相拥神韵至，蓝白互映富娇娆。
广茫浪涌群龙跃，浩渺舒纶万锦飘。
漫步云崖撷妙趣，丹阳冉冉众峰娇。

2016 年 4 月 12 日

咏云南龙江大桥*

山峦峻峭入云霄，江水滔滔万里遥。
金索悬空惊谶纬，巨龙眺日正风骄。
一桥飞架群峰矮，双塔摩天众星高。
路客腾冲争过往，天工览尽唱今朝。

注：云南龙江大桥位于保山和腾冲之间的龙川江上，峡谷跨径世界第一，海拔高度亚洲
第一，桥面宽 33.5 米，总长 2.47 千米，桥距谷底高度为 280 米，保山岸索塔为
169.5 米，腾冲岸索塔高度为 129.5 米，规模为世界同类桥梁之最，是保腾高速创造
"历史文化之旅、自然景观之旅、国际通道之旅"的标志性建筑。

2016 年 4 月 18 日

云上行

茫茫冰海恰消融，飞琼流翠九霄中。
晶舰艘艘奔驰急，玉帆群群乘风行。
雪山熠熠逐流浮，云涛滚滚卷天涌。
犹喜夕阳洒金辉，七彩霞光盈碧空。

2016 年 5 月 10 日

重读《随园诗话》

随园有话释诗情，赐教作诗点睛成。
他人皆师莫鄙薄，惟领风骚力巧行。

2016 年 5 月 16 日

小　区

城市中有许多小区，令人向往。

小区林荫浓，处处鸟争鸣。
花开笑无语，芳香送门庭。

2016 年 5 月 17 日

邻　里

邻里日相见，点头带笑颜。
八老九十多，相聚话当年。
少小听故事，好像很久远。
悄声问爸妈，吞吐难答全。

2016 年 5 月 20 日

夜桥月影

桥落满月影，橹荡春波长。
雨飞柳丝翠，帆摇玉莲香。

2016 年 5 月 21 日

让　座

车上长者多，频频忙让座。
七十让八十，九十又上车。
可怜座位少，惟站后来者。
满车耄耋辈，坐站皆快活。

2016 年 5 月 23 日

翘檐挑月

虹桥映波清，水巷楼阁拥。
灯红涟漪碧，翘檐挑月明。

2016 年 5 月 24 日

访丁肇中祖居

丙申年五月返乡期间，由孙婿王合轩与孙女申玉芳陪同访问丁肇中先生祖居，特记之。

节竹青青榆荫茂，门第书香少年豪。
母教双爱凝壮志，翘楚独举诺奖高。
万里归做华夏梦，一心奔赴通天桥。
神州喜瞻小康景，九霄瑰丽江山娇。

2016 年 6 月 7 日

重登蓬莱阁

霞映蜃楼薰风欢，重登蓬莱览海天。
玉阶盘高三清临，翘檐穿空龙图悬。
贵客络绎风采扬，名胜荟萃列仙班。
琼阁高台飞笑语，漂洋归把神通传。

2016 年 6 月 10 日

游刘公岛*

刘民嵘燕传良风，东隅屏藩峻岛雄。
日月堪证英灵健，山海痛诉日寇凶。
甲午先烈垂千古，北洋舰魂载汗青。
定远炮前悲歌壮，强国兴军护祖庭。

注：刘公岛位于山东半岛最东端的威海湾内，面积为 3.15 平方千米，长约 4.08 千米，最宽处约 1.5 千米，最窄处约 0.06 千米，最高处旗顶山海拔 153 米，是清代北洋水师提督和水师学堂的所在地，更是中日甲午战争的战场，为国家 AAAAA 级风景名胜区。

2016 年 6 月 11 日

春过田头

碧波虹桥阡陌间，柳絮杨花飞又还。
霏雨洗得田园翠，春风吹来青苗欢。

2016 年 6 月 29 日

田园翠

碧波虹桥琼阁间，柳絮杨花飞又还。
珍雨洗得田园翠，薰风吹来青苗欢。

2016 年 6 月 29 日

韶　音

——看经典连续剧《井冈山》与《红色摇篮》

八七会议指方向，工农政权靠武装。
信仰永恒北斗明，道路自信意志强。
星火燎原民众合，战旗飘扬缨枪长。
踏遍罗霄真理在，韶音传处黄花香。

2016 年 7 月 1 日

七律·伏中秋

丙申年八月七日立秋，时正值中伏天气。

当伏秋莅骤然凉，静宇清风遣夜香。
时令高温频次至，罕逢大雨暴风狂。
千条溪涧洪流泻，百处城乡患水殃。
战罢天灾林自翠，桂香品尽度重阳。

2016 年 8 月 7 日

访盖蒂别墅 *

> 重峦叠涛两苍茫，仙山琼阁眺远洋。
> 罗马石柱刻春秋，希腊长廊印风霜。
> 一代风流别墅起，千古瑰丽凝沧桑。
> 林荫深处尽悦目，归来灯下夜话长。

注：盖蒂别墅，又称盖蒂博物馆，比盖蒂中心规模小一些，位于洛杉矶西海岸圣丹姆尼克海滩北部的岸边群山半腰，隐于绿林中，可眺望浩瀚的太平洋。盖蒂别墅仿照公元 1 世纪罗马乡村别墅 Villa Dei Papiri 建造。公元 79 年，意大利维苏威火山喷发时 Villa Dei Papiri 被埋在火山灰里，由于该别墅大部分尚未发掘，所以，盖蒂别墅的许多建筑细节参照了以庞贝、赫库兰尼和斯塔比伊等其他古罗马宅邸为蓝本绘制的元素。别墅内部的主要部分为中庭，是古罗马房屋的主要公共房间；赫拉克利乌斯神庙；列柱内廊；列柱外廊以及罗马式道路等。藏品中主要展现了古代地中海地区的文化艺术品。盖蒂别墅现为南加州主要地标之一。

2016 年 8 月 27 日

致特岗教师

国家施行特岗教师已十年整，许多特岗教师的事迹极为感人，特献拙作以赞之。

> 支支蜡烛僻乡明，十年风雨十年情。
> 燃尽自身光亮在，照得村娃智慧生。
> 一身正气感天地，两袖清风山河敬。
> 稚童离乡成栋梁，特岗教师第一功。

2016 年 9 月 10 日

水调歌头·中秋

云遁玉盘亮，时韵唱中秋。碧空天籁缭绕，华甸赞歌悠。寄语家乡亲友，举目品玩清辉，月照故国楼。赤子久别后，揣揣满乡愁。

会新知，访旧雨，话神州。婵娟千里，环宇驰骋尽消惆。四海扬帆追梦，五湖浮槎寻绮，天地任遨游。恰得逢圆月，揽彩润春秋。

2016 年中秋

贺"天宫二号"

欣悉"天宫二号"于中秋节之夜 22 时发射成功，让中秋月夜更添美景。

中秋望明月，"天宫二号"升。
神曲悠悠起，欣欣娱天庭。
花好月圆时，金梯已搭成。
太空安新家，探秘邀星空。
万里共婵娟，众仙簇三清。
牛女翘首望，嫦娥起舞迎。
九天觅知音，天籁和奏鸣。
故国有贵客，银汉会群星。
宇宙四维阔，奥妙更无穷。
千古神话多，星众堪计梦。
神舟十一到，猎奇共驰骋。
多谢科学家，佳节再举功。

2016 年 9 月 15 日

有感于《红色追寻》

红色追寻去长征，亲行万水千山重。
识得先驱革命志，方圆复兴中华梦。
雪山草地步履艰，贼兵恶匪追堵凶。
高山仰止信念真，宝塔巍巍战旗红。
血染旌旗猎猎新，革命代代有先锋。
喜见红色追寻迹，继承先辈好传统。

2016 年 9 月 18 日

谍海双英

——赞沈安娜华明之伉俪

伴虎伴狼智勇怀，昂首红岩盼梅开。
满腔热血除霾雾，青春换得新天来。

2016 年 9 月 27 日

远在天涯望故乡

满城风雨近重阳，归雁悲鸣声凄凉。
扬帆海隅迷茫多，登高山径复惆怅。
攀岩九重层峦遮，陟步百回遇叠嶂。
远在天涯望故乡，蓦然云隙笑艳阳。

2016 年 10 月 6 日

丙中重阳游大熊湖

夜梦飞熊至，昼来大熊湖。
山高松林密，湖深涟漪徐。
群峰度重阳，满船银发族。
笑语逐波远，鸥鸣近仙居。
有居不见仙，孤岩凌波凸。
访仙下船来，步阶攀岩去。
有翁下山行，扁舟拴缆除。
原是仙居人，云游正归宿。
宾主喜相见，主人乐有余。
清茶待远客，连称居陋俗。
望客多包涵，惟有湖光足。
随主步岩顶，山青水碧绿。
世外桃源地，人间妙去处。
居室虽陋简，四壁藏诗书。
山水画卷美，诗思意境姝。
游侣皆陶醉，满眼山水图。

注：大熊湖（big bear lake）位于美国加州洛杉矶东北的圣贝纳迪诺山脉（San Bernardino Mountains）中，海拔6 759英尺（约2 060米），为高山湖，是一处高山游乐胜地。高耸的山峰环抱着的大熊湖，杰克松树林沿湖边群山而生。苍山倒映，湖光闪烁，游客络绎，鸥鹭争鸣，宛若人间仙境。

2016 年重阳

霜月海边独步

孤雁凄鸣冷月惨，双鹭沉浮雪浪翻。

水边独步乡思远，海风阵阵夜色寒。

2016 年 10 月 15 日

贺神舟十一号（二首）

2016 年 10 月 17 日 7 时 30 分，神舟十一号载人飞船成功升空。

一

天宫二号正弛行，神舟十一负命升。
携手探寻九霄秘，太空科研圆梦中。
犹见神州太空人，来去自由步天庭。
莫道天宫空间小，天问凯旋有东风。

二

一从大地起风雷，神舟升天闪金辉。
群仙兴高银河畔，翘首迎宾喜上眉。
谁不说咱家乡好，喜事连连捷报飞。
星空无垠传神曲，故国万里春光媚。

2016 年 10 月 17 日

太空吻之歌

——记神舟十一号和天宫二号对接成功

漫步太空登天宫，一声问候神州应。
天宫飞船喜相吻，故国万众齐欢腾。
千古名言登天难，今朝飞天随意行。
星月结伴银汉美，华夏再添新风景。

2016 年 10 月 21 日

听琴箫合奏阳关三叠

古琴铮铮箫悠悠，一室春意难蕴留。
梁间雏燕忘娘归，院树喜鹊争鸣收。
重奏声声时空穿，叠韵缕缕缭心头。
西去阳关天路阔，春光万里消君愁。

2016 年 10 月 22 日

半床被子

——记长征战士与老百姓的鱼水深情

红军战士万里行，半床被子写真情。
冰天雪地严寒路，一分温暖半分赠。
信仰崇高理想远，心中惟有老百姓。
精神永恒代代传，发扬光大再长征。

2016 年 10 月 23 日

丙申秋日寄怀

丙申秋高云淡轻，天宫牵手神舟行。
更无阴霾因风起，惟有丹心倾日红。

2016 年 10 月 27 日

小松鼠和大孔雀

公园里孔雀正在散步，
悠哉悠哉，无忧无虑。
一只小松鼠从树上跳下，
拖起孔雀的美丽尾巴，
围着孔雀风轮般旋转飞舞。
旋转了一圈又一圈，
兴高采烈，顽皮十足。
孔雀终于不高兴了，
奋力开屏，尾巴直竖，
想把小松鼠甩到远处。
小松鼠玩撑竿跳高，一眨眼，
借力趁机跳上了原来那棵树。
顽皮的小松鼠在树上
看着孔雀眉飞色舞，
乐！乐！乐！
趣！趣！趣！

2016 年 10 月 27 日

天门飞瀑

傲霜枫饰万山红，穿林河荡彩流涌。
临崖浪倾飞瀑落，跨谷虹架天门成。

2016 年 10 月 28 日

悼女飞行员余旭

惊悉歼 10 女飞行员"金孔雀"余旭因飞行事故不幸壮烈牺牲，特痛悼之。

少小志高凌云天，翱翔九霄丽梦圆。
无端苍穹生事故，可怜英雄玉魂捐。
清风高歌颂英灵，白云垂泪哀华年。
悲见亲朋哽咽泣，肖像幅幅不忍翻。

2016 年 11 月 14 日

秋色赋

一秋无雨更无霜，枫叶照红菊照香。
山野烂漫硕果丰，碧空澄澈归雁翔。
村村乡乡忙田事，户户家家勤收藏。
夜来双鹊高巢静，月辉如银镀黔岗。

2016 年 11 月 22 日

晚霞短笛

翠微黝黝夕阳沉，金霞万道云销魂。
山霭倒影锦波绮，水天梦幻舟归人。

2016 年 12 月 11 日

自度曲·夜朦胧

夜朦胧，
水朦胧，
倒影光柱婆娑动，
海湾粼光明。

夜朦胧，
灯朦胧，
船灯岸灯相辉映，
银河落星空。

夜朦胧，
月朦胧，
星迷云汉牛织行，
椰影伴涛声。

2016 年 12 月 16 日

冬 至

满天飞雪冬至来，山居梅花笑颜开。
馨香瑞光凝寒韵，一幅锦图天地裁。

2016 年 12 月 21 日

双龙湖浮舟 *

画里浮舟日辉熙，双龙湖上波涟漪。

三面青山垂翠影，一溪碧水载知己。

注：双龙湖位于湖北恩施土家族苗族自治州宣恩县境内。

2016 年 12 月 22 日

岁末致新华网友

百家网友新华游，纵横环宇揽春秋。
众志奋追中华梦，神州万里凯歌悠。

2016 年 12 月 22 日

雄鸡高歌

雄鸡高唱迎春歌，东风劲吹城乡乐。
日月争辉耀神州，海天织锦披五岳。
借尽银汉化甘霖，洒遍禹甸润山河。
自古华夏典籍丰，沧桑历历盛世多。

2017 年 1 月 2 日

题李克恭老师佳作《梅花》

每每新年春节到临，李克恭老师总是将自己的画作制成精美的贺卡赠我。今次在贺卡中嵌入了他的佳作《梅花》，特题之。

瑶台琼姿颜胜霞，移于彼岸香万家。
雪原疏影怡高士，林海暗香美人华。
铮骨玉容傲霜凝，珍蕾粉靥迎春发。

俏然一枝价连城，渭水泼墨画梅花。

2017 年 1 月 3 日

拐杖老师

李朝文老师坚守广西大石山区"微小学"38 年，为大山深处的孩子们点亮人生启明灯，开拓人生希望锦途。

> 高山巍巍大石坚，一根拐杖卅八年。
> 风雨无阻山路行，启明灯点稚童前。
> 心中至上微小学，为育栋梁洒血汗。
> 青春无悔换白发，肝胆披沥荐明天。
> 日月争辉照崎径，山水放歌齐声赞。
> 任是深山更深处，拐杖老师美名传。

2017 年 1 月 9 日

祖国温暖

——赞异地务工人员回家过年专列

新华网讯：1 月 13 日，K4186 次异地务工人员回家过年专列从福州开出，满载着 2 591 名乘客，经过万水千山，驰往四川广安。消息令人高兴和欣慰！多年来，异地务工人员过年回家难的问题，有了好的解决途径。

> 年年过年回家难，今年迎春笑开颜。
> 专列飞驰送春归，东风凯旋过千山。
> 车外迢迢冰冻路，厢内绵绵情意暖。
> 舒适惬意凝酣梦，团圆快乐过大年。

长龙到站亲人乐，幸福临来阖家欢。
感谢列车诸员工，祖国温暖四海赞。

2017 年 1 月 14 日

中华红灯

红灯红心中华红，漂洋过海万里行。
东风吹送中国梦，红遍六洲华人中。
金鸡高歌新春至，千家万户红灯明。
五彩缤纷庆佳节，红灯亮处喜盈盈。

2017 年 1 月 16 日

七律·金鸡迎春

金鸡高唱迎春歌，东风伴奏城乡和。
日月争辉耀神州，海天织锦饰陂陀。
银汉倾情化甘霖，中华崛起壮山河。
自古华夏圣贤出，沧桑历历盛世多。

2017 年 1 月 18 日

灶王节

　　我国腊月二十三日，为民间传统"灶王节"。这一天，传说家家灶王爷上天向玉皇大帝禀报一年来的各家民情。

灶君上天言民情，千家万户各不同。
土豪收敛少张扬，贪官伏法同阎庆。
平民家中勤理事，廉吏牵挂黎民生。

神州大地百姓家，清风横扫尘埃净。

2017 年 1 月 20 日

牵挂之歌

——读新华社新年特别奉献——《心中的牵挂》

一分牵挂万分暖，牵挂心在庶民间。
兰考视察仰英魂，陕北寻旧敬村贤。
访贫同吃山药蛋，感恩甘做勤务员。
不忘初心廉吏勤，自有百姓评好官。

2017 年 1 月 23 日

边关志士

网上见有报道：多位退伍老战士，为护战友英灵，几十年如一日，忠心耿耿在边关山区护理烈士陵园，无怨无悔，浩然正气，事迹感人。

青山巍巍埋忠骨，志士耿耿护友伴。
一去风雨数十载，难忘战友共并肩。
时光流逝换新宇，青春飞渡鬓霜染。
相伴战友无怨悔，豪情热血润边关。

2017 年 1 月 24 日

七律·丁酉元日

金鸡献岁送福临，元日开春万象新。
民众新征号令动，愚公重振感天神。

高屋远虑凝良策，四野明察理政勤。
昂首金瓯除魍魉，山河佼佼庶民欣。

2017 年元日

七律·迎春寄怀

东风送韵奏凯歌，年味浓浓满乡郭。
红灯悬檐祥瑞显，楹联张门喜气多。
爆竹声催新岁来，烟花彩绘吉星河。
心事浩茫连广宇，团圆情深溢家国。

2017 年 1 月 28 日

欢欣拜年

身着新装顶戴红，欢乐拜年伴春风。
亲情友情喜气盈，国情民情紫气腾。
中华一家传史久，神州万载仁世明。
欣看金鸡唱时韵，风光独娇红旗升。

2017 年 1 月 28 日

七律·丁酉立春

春开六九大千苏，盛世风调百卉姝。
水秀山明拥绮丽，花红柳绿伴风舒。
还乡紫燕忙含泥，留守田家伺莳株。
万里江山呈胜景，神州百姓赴征途。

2017 年 2 月 3 日

圆梦新篇

马列传来新宇开，神州从此正道来。
先哲创世运大略，时贤圆梦展雄才。
等闲万水千山阻，无惧虎羆与狼豺。
携手军民从头越，盛世宏图春风裁。

2017 年 2 月 4 日

七绝·翠鸟赏梅

寒梅怒放笑颜红，翠鸟飞来赏俏容。
忽有春风从此过，原来新蕾慢开中。

2017 年 2 月 8 日

新　梅

窗前一株梅，含苞待时催。
春风扣门过，美人笑靥归。

2017 年 2 月 9 日

七绝·寒梅佳人

满天雪迓寒梅放，朵朵虔虔伴玉魂。
红饰佳人移倩影，丹霞一抹映芳春。

2017 年 2 月 9 日

七绝·喜庆元宵

元宵月媚彩灯明，乡镇欢欣舞巨龙。
虎跃龙腾春意闹，金瓯处处庆升平。

2017 年元宵节

七绝·元宵看灯

岁岁元宵看彩灯，千家万户簇霓虹。
缤纷闪烁耀城乡，璀璨流光火样红。

2017 年元宵节

七绝·情人节寄耄耋情侣

网上见全国各地有众多耄耋情侣健在，特寄之。

爱河滚滚浪涛翻，风雨飘摇不计年。
笑展皱纹迎盛世，儿孙簇唱大合欢。

2017 年情人节

春风曲

春风一夜樱花香，满园游客醉芬芳。
蜂鸟蜜蜂探秘来，忘记何处是故乡。

2017 年 2 月 17 日

七绝·黑颈鹤越冬吟[*]

高原劲舞戏蓝天，旷野长鸣聚会欢。
春水温情堪眷恋，翩翩倩影待来年。

注：黑颈鹤被誉为"鸟类大熊猫"，是国际公认的珍稀濒危鸟类品种，国家一级保护动物。我国云南昭通大山包黑颈鹤国家自然保护区是全国最大的黑颈鹤越冬栖息地，每年有逾千只黑颈鹤来此栖息越冬。

2017 年 2 月 17 日

二月二日

二月二日龙抬头，春风送雨润神州。
阡陌纵横野花香，千家万户试耕牛。

2017 年 2 月 27 日

七绝·春湖日影

翠柳垂丝钓碧塘，青鲢摆尾觅荷香。
春风踏绉清漪乱，金桨摇来日影长。

2017 年 3 月 7 日

仙女湖畔

江西省新余市仙女湖凯光植物园内，郁金香盛开，蔚然似花海。游人如织，倘徉其中，踏青赏玩，如梦如醉。

仙女湖畔郁金香，游人园中醉徜徉。
村妹盛妆结伴来，隐于花丛添春光。

2017 年 3 月 8 日

七绝·新巢别吟

院槐喜鹊筑新巢，盼育新生子女娇。
他日宠儿双翅硬，高飞远走离巢遥。

2017 年 3 月 9 日

七绝·惜忆蓝窗

由于地中海大风浪冲击，马耳他著名旅游景点"蓝窗"于今年 3 月 8 日上午
轰然坍塌坠海，从此这一大自然奇观异景将永远消失，令人备感惋惜。

春来默默忆昔游，憾晓蓝窗坠海流。
可叹奇观难再见，惟凭遗影述春秋。

2017 年 3 月 9 日

农民工新吟
——寄全国人大、政协两会农民工代表

背井离乡打工行，披风沐雨立勋功。
安得广厦千万间，铺就锦途天路成。
欣见北京当代表，喜闻两会传民声。
中华崛起众志酬，神州处处凤凰鸣。

2017 年 3 月 10 日

雾晨觅芳

雾沉暗香涌，觅芳深巷行。

不见人来往，梅影独分明。

2017 年 3 月 11 日

登圣哈辛托山[*]

茫茫大漠耸高山，节后乘兴携孙玩。

缆车旋转千峰过，云浪浮沉万涛翻。

银瀑飞下潭底潭，峭岩冲上天外天。

一步登临到瑶台，无限风光任君揽。

注：圣哈辛托山位于美国加州一号公路上的著名旅游城市棕榈泉市，在棕榈泉市 119 个
    景点中排名第三，是棕榈泉市的骄傲和避暑胜地。

2017 年 3 月 11 日

海城流雾

雾流蜃楼现，琼阁出云端。

不见仙家来，惟闻晨笛传。

2017 年 3 月 19 日

春之格律汉俳五首

——为上海外事译协成立三十周年而作

春　风

熙和暖万家，
时来化雨润天涯，
催芳绽百花。

春　雨

润物细无声，
广袤山河现翠萌，
绵绵母乳情。

春　光

媚丽艳阳天，
林中百鸟赛歌欢，
羲和眺影翩。

春　潮

湖光闪闪明，
更添四海浪涛澎，
春潮日夜腾。

春　梦

酣眠恋暖宵，
江山醒看尽新娇，
中华梦佼绕。

2017 年 3 月 24 日

贺上海外事译协成立三十周年

（非格律汉俳五首）

远　望

春风携花香，
送我登山观八方，
高处远景亮。

金　桥

译协三十载，
搭成金桥通世界，
远朋尽往来。

追　梦

浦江荟菁英，
追梦中华崛起行，
馥郁溢海空。

译　友

译友多银发，
夕阳绚烂耀光华，
共勉笔生花。

祝　贺

春光无限美，
祖国万里俱腾飞，
东风更劲吹。

2017 年 3 月 26 日

将军和英雄

——赞抗日英雄徐振明父子两代守护杨靖宇将军陵园六十年

长白山高白云悠，青松苍劲神魄遒。
将军陵巍矗天地，英雄举壮感春秋。
炎黄子孙气浩然，华夏乾坤图腾优。
娃娃八路酬壮志，守护将军到白头。

2017 年 4 月 2 日

清明行

清明结伴行，驾车去踏青。
山移绿涛滚，云飘银浪涌。
风来花香醉，雨过柳丝萌。
千村少炊烟，处处闻啼莺。

2017 年 4 月 4 日

七律·序曲

——贺首艘国产航母成功下水

翘首国旗浩荡扬，惊涛骇浪下泱洋。
莫称航母船只大，却道青锋莫干长。
一旦闯关从险越，有朝驰跃任征航。
今天喜看新艨靓，他日群龙戏浪忙。

2017 年 4 月 26 日

火烧云

火烧一片云，云烘天幕红。
红透满湖水，水镜照穹隆。

2017 年 4 月 28 日

林海鹭影

林海鹭影舞，情兴翩翩飞。
倦来交颈偎，含情脉脉归。

2017 年 4 月 29 日

江城春暮

一江烟草迷山路，满城风絮春景暮。
小桥幽径连万家，绮窗朱户华灯著。

2017 年 4 月 30 日

咏薯片岩*

有山生奇翼，飞展向青天。
勇敢游家女，双双坐翅尖。
山高不惧险，风疾只等闲。
伸手可摘星，放眼流云观。
惊煞岩下客，清风助乐欢。
九霄飞笑语，群巅乐开颜。

一览众山小，惬意赛神仙。
从容下山去，归来不思险。

注：美国第一旅游城市圣迭戈市鲍威湖畔，有巨型山岩，形如薯片，薄似蝉翼，遂称
　　"薯片岩"，翘首山顶，惊险奇特，被誉为"世界九大惊险景观地"之一。

2017 年 4 月 30 日

追梦曲

——贺 C919 喷气大飞机首飞成功

追梦蓝天翱九霄，浦江水暖聚英豪。
废寝忘食日月鉴，披肝沥胆春秋晓。
为生神翼挟风雷，又拓鹏程万里遥。
可敬半世航空人，热血酬志国魂骄。

2017 年 5 月 6 日

星空盛会

星空多奥秘，银河日夜流。
神舟结队来，天舟争上游。
嫦娥数姐妹，袅娜天宫行。
同为神州使，复命会天庭。
探秘无穷趣，觅奇胜景明。
中华梦幻多，追梦无止境。
永作中华人，环宇红彤彤。

2017 年 5 月 15 日

黄大年赞

背井离亲留洋难，学成毅然回家园。
一缕乡情牵赤子，万般壮志报国坚。
海归楷模诚仰敬，国家瑰宝堪珍怜。
民族脊梁英雄魂，伟迹阅罢泪潸然。

2017 年 5 月 18 日

云海图

云海滚滚万涛翻，群岛巍巍千山安。
红日冉冉重波上，雄鹰翩翩九霄间。

2017 年 5 月 23 日

"蛟龙"赞*

神舟飞空云曲传，蛟龙入海凯歌欢。
九天揽月追绮梦，五洋探秘寻珍源。
穿越蛟潭搏巨涛，漫游龙宫瑰宝观。
凯旋归来应酬志，欲圆远梦再扬帆。

注："蛟龙"号载人潜水器 6 月 9 日 16 时 35 分从 6 488 米的雅浦海沟深渊区回到海面，满载而归，完成了其自 2009 年 8 月出海以来的第 150 次下潜，为我国海洋科研创造了奇迹。

2017 年 5 月 25 日

海岸行

海岸有路峭壁行，湾湾相连山重重。
云带牵来千山翠，帆群扬去万波明。

2017 年 5 月 26 日

游威士乐村

加拿大西海岸的威士乐村（Whistler Village）乃 2010 年世界冬季奥运会举办地点，以雪山风光著称，为世界著名滑雪胜地之一，现成为著名旅游胜地。

幽境深山千古藏，一场冬奥盛名扬。
高峰雪道条条明，谷村鲜花丛丛香。
图腾古柱记远史，巨石今标展新光。
游客八方络绎来，雄鹰云端盘旋翔。

2017 年 5 月 29 日

观山昂瀑布（二首）

加拿大大温哥华地区的斯姥蜜诗市郊有高山飞瀑，名曰"山昂瀑布"（Shannon Falls），每日有不少游客前往观看，是该市一著名旅游景点。斯姥蜜诗市是 2015 年《纽约时报》评选出的人一生必须去的全世界 52 个游览胜地之一。

其一
露珠莹莹草色青，云杉挺挺碧空澄。
白头山翁扯长练，落入林中影无踪。
忽见脚下湍流激，原是瀑布穿林行。

奔流成溪勇往前，汇入大海波涛涌。

其二

一挂瀑布两处踪，山腰水中各分明。
云霭欲度霞惊色，游鱼追逐迷路径。
谷风吹来雨扑面，帆影浮过瀑漪动。
造化神奇超人意，万千妙趣胜景生。

2017 年 5 月 29 日

雪山群

雪里群山久白头，安然排坐全天候。
春风热心梳银发，化作飞瀑日夜流。

2017 年 5 月 29 日

读乐天诗

乐天作诗不厌俗，妇孺能解心方舒。
莫言晦涩称佳句，道僧皱眉释玄虚。

2017 年 6 月 7 日

樵夫颂
—— 记政和县好书记廖俊波

巍巍武夷群峰青，政和吏贤亲情明。
披荆斩棘除民困，俯首甘为樵夫行。
九曲溪唱俊波歌，百姓心系书记情。

泾渭公私不染尘，新标廉洁奉大公。

2017 年 6 月 15 日

母怀暖（二首）

——香港回归二十周年盛赞

其一

国旗漫卷港旗扬，凯歌如潮涌香江。
回归祖国二十载，天翻地覆慨而慷。
神州巨变添奇彩，祖国富强增异光。
母亲神圣子孙贤，华夏今朝更辉煌。

其二

梦求回归喜回归，二十年间美梦回。
母亲怀热儿女暖，中华崛起强边陲。
一国两制铭青史，一带一路远景美。
红旗飘飘金帆扬，前程锦绣宏图伟。

2017 年 7 月 1 日

荷塘（五首）

月 夜

凌波仙子披清辉，亭亭玉立群英会。
共赏明月瑶池上，袅袅娜娜影相随。

雾 晨

盛夏夜雨洒荷塘，晨来迷雾融蕊香。
满塘梦幻仙子会，影影绰绰尽艳装。

轻　歌

满塘荷花争艳开，村姑结伴摇舟来。
轻歌阵阵群芳笑，花容玉貌齐竞彩。

香　韵

一朵莲花一缕香，万朵莲花香荡漾。
薰风含情送香韵，鲤鱼跃水醉满塘。

荡　舟

翠摇碧波清风欢，芙蓉放苞尽开颜。
橹荡轻舟涟漪细，群仙乐得笑弯腰。

2017 年 7 月 8 日

立秋夜曲

边城立秋艳阳悬，长夏虽过犹日炎。
夜来明月挂棕稍，沧海无垠涛声传。

2017 年 8 月 8 日

冷月寒梅

冷月静挂寒梅稍，清辉暗香逐梦绕。
谁家笙音夜空传，穿过篱栅送晨晓。

2017 年 8 月 15 日

雁鸣长空

雁鸣长空报秋来，石榴抱子笑开怀。

菊香山野金光闪，枫染林海溢丹彩。

2017 年 8 月 17 日

秋　热

晚来立秋秋意远，霜影未见热浪翻。
菊明山野迷樵夫，柳暗水畔钓翁恋。
芦获发华惜春老，芙蓉体萎羞叶残。
时温不适寻常律，误把秋日当伏天。

2017 年 9 月 5 日

赠一代大师叶嘉莹先生

诗词润心心殊美，意志强身身无摧。
生离死别终难却，岁月凝得神韵归。
携卷登高仰先生，畅吟步云献欣慰。
千秋英华桃李颂，一身风采融春晖。

2017 年 9 月 12 日

秋日登山偶拾

轻风过耳去，淡云擦肩来。
松香怡心醉，枫丹催眼开。

2017 年 10 月 15 日

云山行

白云逐浪梦幻翩，红枫染霞点翠峦。
寻奇探幽步仙境，蓦然晴空虹门悬。

2017 年 10 月 27 日

秋韵短吟

枫叶红遍北国，菊香飘溢神州。
月下桂子相伴，夜窗横笛悠悠。

2017 年 10 月 30 日

息夫人

步王维同名诗

国亡山河恋，家破憎恨添。
为奴楚王阁，至死不共言。

2017 年 11 月 2 日

闻永杰孙随外交使团赴任瑞士有寄

菊花傲霜开，桂子香郁浓。
国强声望高，外交言行重。
日行无小事，背负国责明。
身处法桐地，不忘国槐青。

推窗少女峰，抚胸泰山情。
广交海外友，牢记故国行。
国家有大小，一律皆平等。
勿以大逞骄，勿以强欺凌。
各国皆吾友，人民兄弟称。
同住地球村，安居乐业兴。
永立民族林，天下共太平。
亲友常问候，假日常信通。
壮我中华志，扬我中华风。
山高不言险，海深涛不惊。
登攀无止境，驰骋东风盛。
国强靠山巍，誉高莫视轻。

2017 年 11 月 5 日

五律·海港秋韵

霜枫生烂漫，归雁返乡鸣。
拱虹凌霞灿，桥龙卧浪平。
渔舟歌晚照，笛韵伴霓灯。
星散银河闪，天澄蜃景明。

2017 年 11 月 10 日

题庐山雾淞

金枝瑶卉含鄱口，玉树琼花汉阳峰。
稀见晶凌镶红叶，心丹体明扬高风。

2017 年 11 月 19 日

小雪别吟

小雪无踪秋韵浓，柳丝犹绿枫叶红。
赏菊情兴人络绎，花香飘处仰枫情。

2017 年 11 月 22 日

秋湖泛舟

红叶染碧水，扁舟荡涟漪。
横笛凌波悠，醉赏山水奇。

2017 年 11 月 28 日

寄丁酉国家公祭日

神州公祭天泪垂，南京亡灵魂魄归。
日寇屠刀溅血海，中华哭墙白骨垒。
民族耻辱记千载，国家使命岁岁催。
自信红旗猎猎扬，义勇军号阵阵吹。

2017 年 12 月 13 日

雾漫龙湖

雾漫龙湖迷境生，樵夫林中失路径。
渔翁孤舟钓梦幻，独向虹门凌波行。

2017 年 12 月 25 日

七律·盛会新说

——写在《美国华裔教授学者协会》2017年会

天高云淡雁归歌，一代精英创锦河。
游子栖城欣相聚，乡亲故里寄情多。
为追绮梦漂洋去，誓觅真知报效国。
岁岁春风催会盛，年年喜雨奏新说。

2017年12月25日

岁末祝词

——赞中央农村工作会议

岁末凯旋翻新篇，神州继往艳阳天。
锦途辉煌接踵至，五湖逐梦展奇观。

2017年12月30日

蒲公英再吟*

久居深山独显灵，为救众生离幽境。
山神相助飘四野，玉帝颁诏登仙庭。
乡野普敬婆婆丁，民间尊奉蒲公英。
花开金黄遍阡陌，香透春夏和秋冬。

注：蒲公英，又名婆婆丁，被尊为"草药皇后"，是中医家之宝，可治乳痈及各种炎症，
有济肾、利胆和保肝等功效，长期饮食可净化血液，强化心脏等。

2018年1月8日

七律·新年新雨

新年乍来甘霖纷，不是春雨亦断魂。
三山岩松青枝显，五湖岸柳翠丝新。
迎春含苞犹待放，冬梅送香更精神。
瀛台韶音传万家，无限春光盈乾坤。

2018 年 1 月 10 日

采　珍

采珍蒲公英，贵其魂魄灵。
救生济寒门，无须登显庭。

2018 年 1 月 11 日

鹅湖晨韵

天鹅湖上旭日升，主人好客起舞迎。
群起亢奋展翼跃，侣伴高昂振喉鸣。
岸边林中隐倩影，水上舟边浴晨风。
朝晖映波暖意荡，春光镀野万景明。

2018 年 1 月 15 日

山溪唱晚

呼山风悠悠，唤云霞灿灿。
攀岩石磊磊，蹚溪水潺潺。

问樵曲径幽，唱晚小桥悬。
日沉月隐影，星闪银河湍。

2018 年 3 月 18 日

七律·闻王兴国杨学云伉俪南极归来有寄 *

远去极洲观秘境，春风做伴送君还。
万帧旅影添佳作，百载行程纪世传。
悦目人间风并雨，赏心世上水和山。
香槟捧举邀明月，有幸欣逢盛世年。

注：王兴国先生是清华大学教授和中国摄影家协会常务理事，乃吾之耄耋旅友。

2018 年 3 月 19 日

五律·旅夜书怀

变韵步杜甫原诗

山影如城卧，高峰欲顶天。
星垂杳谷黝，日落瀑声传。
立当光明至，行应戒腐贪。
飘然何所似，大漠一清泉。

2018 年 3 月 25 日

七律·追梦再吟

追梦宏图两百年，经天纬地著新篇。
扶贫万户国民乐，壮健三军领土欢。

继世乘风扬马列，创新破浪立坤乾。
为公天下康庄阔，共富和平寄友贤。

2018 年 3 月 25 日

天台山怀古*

龙山何所在，惟存尧王城。
羲和留摩崖，嫦娥遗香冢。
汤谷多祖灵，东海盈仙踪。
秦皇登临处，千古荡余风。

注：此天台山乃山东日照天台山，系龙山古国之圣山。尧王城乃龙山古国之首都，其遗
址现为国家级文物保护单位。

2018 年 4 月 2 日

春湖独钓

湖波涟漪动，翠山倒垂新。
岸上孤叟立，独钓一湖春。

2018 年 4 月 2 日

七绝·梦中遥祭

远离家国万里遥，意趣随时任飞飘。
清明梦里先人祭，老泪潸潸伴酒浇。

2018 年清明节

马克思诞辰200年祭

1818年5月5日，伟大的思想家卡尔·马克思诞生在德国南部的古城特里尔市。

> 沧桑历历真理生，共产主义诞幽灵。
> 巴黎公社曙光露，苏联东欧曾功成。
> 南湖红船乘风航，井冈星火燎原红。
> 革命自有后来人，喜看神州旗帜明。
> 企盼追梦二百年，笑迎环宇劲东风。

2018年5月5日

七绝·芒种

> 芒种时节正暖阳，农家万户下田忙。
> 春播希望飘原野，秋获辉煌耀满仓。

2018年6月6日

七绝·乡友

> 乡友迢迢莅闭门，带来佳作送欢欣。
> 常年异域多忧怨，久梦难得遇故人。

2018年6月8日

七绝·快乐时光（二首）

每当星巴克咖啡店设快乐时光，饮料半价，老友借机相聚话旧，特记之。

其一

快乐时光快乐扬，咖啡半价尽情尝。
经营有道盈门客，无处咖啡不溢香。

其二

快乐时光忆过往，耄耋聚会话题长。
漂泊难有开心事，四海归帆与时扬。

2018年6月9日

踏沙行

月下海边踏沙行，夜浪涌来栖鸥惊。
但笑林静山无语，未防星月落波中。

2018年6月12日

七绝·戊戌端午

端午驱邪又避灾，五湖竞渡浪花开。
粽食味美香囊靓，艾叶香蒲伴泰来。

2018年6月18日

五绝·夏至听蝉

蝉鸣夏至来，荷召满塘开。
玉棹拂仙影，涟漪展韵怀。

2018 年 6 月 21 日

百载纪世

百载红旌举马列，星火燎原赤县天。
井冈农戟长征旗，延安号角渡江船。
开国大典五星扬，寻梦宏图康庄宽。
敢教神州重强盛，昂首世界立峰巅。

2018 年 7 月 10 日

七律·戊戌罕遇奇热

热浪腾空火燎天，茫茫大地起焦烟。
禾苗枯槁田畴裂，黎庶精疲口腹干。
水尽江河鱼恨死，火灼林海树悲冤。
九疑造化情何在？谁教环球绿退颜。

2018 年 8 月 5 日

戊戌七夕吟

神州俏女着汉裳，七夕乞巧施淡妆。
弄琴绘画剪彩花，轻歌曼舞献艺忙。

追梦阿哥纵马来，激情少年对歌亮。
仰看银河流星飞，牛郎携眷还故乡。

2018 年 8 月 17 日

偏蚀落日吟

天狗啃落日，日沉形缺月。
月观台上奇，奇景海天多。

2018 年 8 月 20 日

云　吟

云来云去，云聚云散。
云纤云厚，云密云淡。
云涛云浪，云海云山。
墨云翻滚天河倾，
白云飘散太阳艳。
夏日云遮胜伞，
冬日云消气暖。
春日云涌化甘霖，
秋日云染枫成丹。

我爱云，腾之可摘星三清，
我爱云，步之可遨游九天。
三山五岳探秘境，
五湖四海访名仙。
银河畔上邀牛女，
广寒宫里享盛宴。
七夕云来浮鹊桥，

中秋云去明月悬。

云曲千首万家咏，

云影起彩九霄绚。

2018 年 8 月 28 日

忆科摩（二首）

意大利北部科摩湖畔的科摩市，乃古科摩王国的国都，余曾多次游览访问之，印象极深。

其 一

古国旧都在，碧波映翠峦。

驱车湖边行，伸手白云揽。

落日照东峰，玉镜印西山。

停步恋晚霞，难忘醉桃源。

其 二

湖边一古城，城下半虹水。

对岸是友邻，相望不相摧。

天鹅鹈鹕游，枫叶凝秋晖。

浮舟载笛友，横吹鸥鹭飞。

2018 年 9 月 5 日

七律·山乡恋者

家兄两度从戎，新中国成立后解甲归田，参加农村社会主义建设，任村党支部书记凡数十年。近来村党支部换届选举时，他虽已年逾九十，仍有不少人提名他重新出任支书。由于他年事已高，笑而婉拒，坚持让年轻人继续担任。吾闻之，颇感欣慰。

驱日伐蒋两从军，戎甲高阁又挂新。
国换新天还故里，村奔远景奋争春。
山河抖擞清风正，百业兴隆紫气纯。
一众乡山披翠绿，村民不忘带头人。

2018 年 9 月 19 日

戊戌国庆游常州

十月枫叶映彩虹，出游人群如长龙。
天宁塔下香火旺，恐龙园里人沸腾。
原野田畦瓜果香，城乡街道国旗红。
夜来霓灯争辉处，食肆客满传笑声。

2018 年 10 月 1 日

十月八日香港太平山顶见闻录

国庆长假过，游人仍不绝。
团队接踵至，散客身边多。
五湖人带笑，六洲宾欣悦。
指点瞰香江，百舸如穿梭。
水边高楼立，山腰别墅坐。
银鹰天外去，巨轮海内泊。
国强海天长，世盛黎庶歌。

2018 年 10 月 8 日

观商代文物赞妇好女将军

三千年前女豪杰，驰骋疆场奏凯歌。

大商有助半边天，武丁贤内史赞说。
英年早逝山河怨，九问苍天嫉贤何？
观吾民族英雄谱，件件文物铭深刻。

2018 年 10 月 16 日

马旭赞

　　中国首位女空降兵马旭老人，数年间分多笔将一生千万元积蓄捐赠给故乡木兰县，以回报众乡亲，而自己与战友丈夫仍然过着俭朴的生活，其精神实在是可歌可敬。

戎马一生奇迹传，信仰守恒意志坚。
清贫度日心甘乐，俭朴过活意淡恬。
点滴积攒成大计，千万捐赠梦终圆。
马旭精神九州赞，无地可容众贪官。

2018 年 10 月 21 日

咏港珠澳大桥

巨龙出水舞南冥，长虹飞架伶仃惊。
一国两制金汤固，花雨丝路远景明。
日月普辉凝宏图，春秋奉彩绘锦程。
海天无际东风劲，时人尽说尧舜功。

2018 年 10 月 26 日

悼谢一宁

　　《侨报》董事长谢一宁先生不幸意外身亡，特悼之。

媒坛行者履沧桑，噩耗传来同悲伤。
胸怀友谊中美赞，笔吐真情盈瀚洋。
文采璀璨誉侨界，品风高尚众人仰。
先生千古留美名，痛惜共勉步华章。

2018 年 11 月 19 日

忆亚马孙河奇遇

亚马孙河有居民，自称祖先安阳人。
世代供奉殷将军，更有石刻验名真。
岁月流逝三千载，风俗依然印古痕。
一路相伴话远史，万里寻秘遇乡音。

2018 年 11 月 24 日

贺嫦娥四号飞天

嫦娥四妹不畏寒，大雪纷临忙飞天。
欲探月阴奥妙在，愿把寒宫秘情传。
三清寻奇会诸神，九霄求真拜众仙。
群星闪烁银河滩，犹记玉兔戏浪间。

2018 年 12 月 8 日

悼百岁红嫂张淑贞

2018 年 12 月 22 日，沂蒙军民同百岁红嫂张淑贞遗体告别，知红嫂张淑贞已驾鹤西去。

惊悉百岁红嫂去，高岩寒梅泪潸纷。

沂河滚滚唱英灵，蒙山巍巍颂忠魂。
白幔低垂亿倩姿，鲜花簇拥显精神。
沂蒙儿女永向党，理想圣洁信阳真。

2018 年 12 月 23 日

英雄风范赞

2018 年 12 月 26 日，我志愿军特等功臣、一级战斗英雄、朝鲜一级自由独立勋章获得者柴云振逝世，享年 93 岁。他抗美援朝伤残后复员回乡，隐战功、埋英名达 33 年，默默在山乡为人民服务，传为神州佳话。

战功赫赫不居功，讨蒋抗美真英雄。
渡江浪里神枪手，朴达峰上斗志勇。
身残归乡隐战功，志坚为民埋英名。
三十三载留佳话，英雄风范山河敬。

2018 年 12 月 26 日

春洒神州

东风除霾玉宇清，江山万里春意浓。
创新先锋捧金奖，航天俊杰送明星。
脱贫号角催攻坚，奋斗目标耀征程。
春洒神州百花放，追梦四海大潮涌。

2019 年 1 月 1 日

蜡梅报春

蜡梅怒放笑小寒，满园金色鸟歌欢。

报春无惧大寒临，暗香涌动又新年。

2019 年 1 月 5 日

春运图

高铁巨龙驰神州，银翼大鹏翱长空。
为送温馨万户春，除却惆怅千里冰。
争分夺秒抢时运，消寒化冻护锦程。
一入家门大团圆，新禧共庆满堂红。

2019 年 1 月 29 日

小诗

小诗有味似连珠，偷闲勤觅兴趣余。
日来寻得半篮归，与友分享心宽舒。

2019 年 2 月 15 日

春节游园

春节年年喜游园，摊位连城光彩鲜。
人人乐得眉眼笑，龙腾虎跃鼓喧天。
炎黄游子共相会，六洲同庆山河欢。
任是天涯万里外，华灯一样高高悬。

2019 年 2 月 16 日

敢教环球同凉热

年年两会送春风，民情民意汇北京。

春风化雨涌春潮，群策发力拓锦程。

奋起追梦两百载，同心建业千年功。

敢教环球同凉热，再创辉煌载汗青。

2019 年 3 月 5 日

日照西湖春韵（二首）

其一

青山群峰绕白云，碧波万顷玉帆扬。

艳阳洒金满湖霞，清风催波涟漪长。

水畔花圃呈芳颜，山坡茶园飘翠香。

晨歌一曲迥波荡，鸥鹭翩翩迎春忙。

其二

湖光潋滟春色娆，岸柳垂丝钓春潮。

翠鸟飞来戏柳丝，游鱼潜去探龙蛟。

茶妹山坡采茶去，船姑扬帆忙起锚。

一重春波一重爱，一缕春情一缕娇。

2019 年 3 月 16 日

戊戌清明踏青

清明昱日艳阳悬，踏青郊外阡陌间。

柳丝扬翠桃花笑，迎春金灿紫荆鲜。

梨花飞雪遍地芳，木兰飘香馨满园。

美人梅放花千树，郁金香开万朵鲜。

2019 年 4 月 6 日

游九仙山

戊戌清明节期间，余与泓源由侄儿们陪同游日照九仙山。

昔日曾登五莲顶，今日又攀九仙巅。
一索飞架通胜境，两岳相连聚群仙。
会仙亭下云浪滚，步仙桥上游客欢。
苏翁有韵赞九仙，明溪轻歌伴身边。

2019 年 4 月 8 日

读《山海经》

山山水水凝华夏，草草木木荟神州。
千奇百怪远古事，与时俱进堪细究。
亦贤亦圣众祖先，慧识瑰宝山水留。
休把神异当荒诞，秘藏典籍价无朽。
若非天宫嫦娥舞，谁信玉兔月背游？
一部旷世大成集，任君探秘天地悠。

2019 年 4 月 29 日

向老英雄张富清学习

一心跟党信仰真，无私奉献守初心。
严锁勋章藏功名，牢记使命仰忠魂。
意志坚强铁骨铮，名利淡薄清廉纯。
强国路上好榜样，五湖四海学精神。

2019 年 5 月 24 日

独臂村医赞

陕西省略阳县乐素河镇瓦房村卫生室村医何永清，立志家乡，不畏艰苦，奋发图强，为民服务，赢得了村民的深厚爱戴。

身残志坚立乡间，无惧山大沟深难。
送医上门千家乐，排忧解难万户欢。
攀山越涧等闲事，披星戴月心坦然。
品格高尚感日月，独臂村医山河赞。

2019 年 5 月 29 日

痛悼黄文秀

惊悉党的好女儿、广西百色市乐业县新化镇百坭村第一书记黄文秀 6 月 17 日不幸被山洪冲走遇难，极感惋惜，特痛悼之。

青松倾情立山岗，芳华无悔献故乡。
扎根大地风采艳，坚守初心高山仰。
踏破铁鞋志扶贫，操碎丹心奉小康。
歌颂党的好女儿，鲜花含泪悼魂芳。

2019 年 6 月 29 日

还我天堂

暴徒一撮乱天堂，狐假外虏逞猖狂。
痛打严惩莫手软，还我天堂明丽亮。
可怜无知少年辈，被骗上当前途丧。

充当炮灰打砸抢，终生难洗一身脏。
神圣中华不可犯，五星红旗高高扬。
牛鬼蛇妖妄变天，外贼内孽休梦想。
螳臂当车残命定，一朝碾压尽丧亡。

注：2019 年，香港发生修例风波，在外部势力干预下，少数暴徒乱港，严重危害国家安
全，诗以记之。

2019 年 8 月 9 日

赞祖国七十华诞

中华大庆典，五星旗高扬。
红海浪翻滚，颂歌涛激荡。
欣看七十载，神州慨而慷。
城乡生巨变，贫弱变富强。
日月换新天，山河更盛装。
揽月上九天，捉鳖下五洋。
长舰驱海盗，青峰斩霸王。
铁流显神威，银鹰傲空翔。
艨艟四海驰，莲帆五湖放。
万众精神振，百业雄姿壮。
齐颂诸领袖，建国宏业创。

自力更生路，艰苦奋斗忙。
历险觅锦途，崛起立东方。
两弹一星飞，航母惊巨浪。
嫦娥九霄舞，神舟环宇逛。
玉兔探月阴，天宫神曲唱。
喜吾中华人，壮志不可量。

追梦两百年，远景更辉煌。

2019 年 10 月 1 日

秋读寄怀

悠游涵泳天地间，与时俱进莫等闲。
为有逍遥风云志，书山学海自怡然。

2019 年 11 月 10 日

大雪别吟

大雪未见雪花飞，细雨沙沙蕴春归。
清明尚远甘霖纷，路人断魂佳音崔。
年尾应是还乡时，春头又将美梦追。
虽说瑞雪兆丰年，瑞雪无影翠踪回。

2019 年 12 月 7 日

看"香剧"小记

——《香蜜沉沉烬如霜》观后

三世轮回未必真，香蜜沉沉醉芳魂。
天魔大战谁之过？恶后罪孽堪称因。
红颜有过三清怜，天庭内斗六界恨。
归看青山绿水处，当比仙境更怡神。

2019 年 12 月 7 日

无　题

生当战乱寇蹄疾，幸有铁军惩顽敌。
驱寇伐贼乾坤定，兴废立新神州奇。
五湖四海扬碧波，三山五岳共崛起。
喜看华夏仙境现，遍地尧舜谱史诗。

2019 年 12 月 27 日

星巴克别吟

异域偶坐星巴克，一杯咖啡感慨多。
故乡有茶千年久，未见品牌生连锁。
钱江春潮润龙井，太湖清波凝碧螺。
瑞幸有心步星巴，国茶清香谁评说？

2019 年 12 月 30 日

读梁启超《志未酬》

男儿志酬不言酬，有志未酬方觉羞。
天下尚有穷苦众，九州犹存僻壤丘。
风云揽却鬓霜染，山河阅尽背已猴。
劝君锦途别停步，环球同暖莫思休。

2020 年 1 月 23 日

春 晚

——记春晚三十年

年年春节看春晚，春晚年年锦华添。
喜气洋洋溢五洲，新意浓浓四海传。
举世仰观春晚舞，全球欢庆中国年。
一盏红灯亮环宇，万朵烟花开满天。

2020 年 1 月 25 日

孤宿辞

展翼伴鸿八千里，巧遇赏秋夜梦时。
一杯清茶解路渴，无数落叶飞云际。
百年风雨化霞霭，万般跌宕有谁知？
歇来孤宿入林去，不知何时随众啼。

2020 年 2 月 11 日

痛悼为抗新冠肺炎而牺牲的白衣天使

群烛泪雨悼天使，云梦波涛涌悲凄。
荆汉疾风送险情，九州回响惊天地。
为惩新冠肺恶魔，舍生忘死勇不辞。
日日夜夜酷作战，分分秒秒不得息。
喜看患者愈出院，丹心热血映天际。
环球共唱天使颂，春雨同悼垂泪泣。

2020 年 2 月 26 日

沙棘篇

生来贫苦居漠边，不美福贵不美官。
长在路侧无人问，春时花开少人怜。
难得秋霜催果熟，粒粒通透映苍天。
知情宾友来访问，鬼集珍藏助寿年。

2020 年 2 月 29 日

春耕曲

犁划大地千重浪，花开田头万缕香。
春雨霏霏田原乐，春风阵阵催耕忙。
疫情无碍农家事，青山绿水簇艳阳。
壮牛亢奋银铧响，布谷振喉枝头唱。

2020 年 3 月 3 日

遵义新颂

网讯：革命老区遵义全面脱贫，群众高兴万分。此乃民之大事，欣闻欢喜无比，特作小记。

青山绿水伴新居，全面脱贫庆富裕。
雁归巢来山乡乐，家家小康步锦途。
百姓十谢共产党，千山万水令致富。
遵义精神代代传，春风高歌新征路。

2020 年 3 月 4 日

编后记

　　奉献在《行吟集》里的访记、游记、诗歌，都是我们退休之后的业余之拙作。由于没有机会得到专业老师们的指教，难能成器，故仅借来与朋友共勉分享，并请在分享时，多加赐教，借君之长智，补吾等之短愚，并当衷心感谢之。

　　说实在话，由于工作的性质所限，我等是文艺创作族群里地地道道的门外汉，故无法与专业文化里手同年而语，有的只是拜师的份儿。这些拙作，权当交给老师们的一份习作和交给社会的一片心愿而已。在此，亦请诸位老师善意指正之。

　　顺便说明一下，此宗拙作皆曾在国内外纸媒和网站博客上发表过，此次选编仅在个别文字与词句上作了小许改动。

鲁山　泓源　谨启

2024 年 3 月 15 日

图书在版编目（CIP）数据

行吟集 / 鲁山，泓源著 . — 上海：文汇出版社，
2024. 9. — ISBN 978 - 7 - 5496 - 4202 - 1

Ⅰ. I267

中国国家版本馆 CIP 数据核字第 20241N3W65 号

行吟集（下）

著　　者／鲁　山　泓　源

责任编辑／熊　勇
封面装帧／薛　冰

出版发行／**文匯**出版社
　　　　　上海市威海路755号
　　　　　（邮政编码200041）
经　　销／全国新华书店
排　　版／南京展望文化发展有限公司
印刷装订／启东市人民印刷有限公司
版　　次／2024年9月第1版
印　　次／2024年9月第1次印刷
开　　本／720×1000　1/16
字　　数／480千字
印　　张／39.75

ISBN 978 - 7 - 5496 - 4202 - 1
定　　价／88.00元（全二册）